HEYNE
BÜCHER

Das Buch

Ian Foscari, der Graf d'Aosto, leitet mit seinem Bruder und drei Cousins ein reiches Handelshaus. Die verschworenen Fünf nennen sich die ›Arboretti‹. Eines Tages erhält Ian Foscari einen Brief, der ihn zu der berüchtigten Kurtisane Isabella ruft. Als er Isabellas Zimmer betritt, liegt sie tot auf dem Bett. Neben ihr steht die schöne Bianca Salva, eine junge Ärztin aus vermögendem Haus. Sie hält einen blutigen Dolch in der Hand, auf dem sich das Wappen des Grafen d'Aosto findet. Beide haben also gute Gründe, sich gegenseitig des Mordes an Isabella zu verdächtigen: Hat Bianca mit dem Dolch zugestoßen? Hat Ian Foscari Isabella ermordet, ehe Bianca ans Bett der Kurtisane trat? Schnell kommen beide überein, dass es in beider Interesse ist, den wahren Mörder zu finden. Um mit den heimlichen Ermittlungen, die sie gemeinsam anstellen, keinen Verdacht zu erregen, nimmt Ian Foscari Bianca mit in seinen Palast und verkündet seine Verlobung mit ihr – sehr zur Freude der vier anderen ›Arboretti‹, die ihn schon lange drängen, eine passende Ehe einzugehen …

»Die Intrigen in der venezianischen Gesellschaft, einfallsreiche Liebesszenen und eindrucksvolle Charaktere beleben den ungewöhnlichen und spannenden Plot. Der Roman kombiniert historischen Hintergrund mit Witz und üppiger Sinnlichkeit.«

PUBLISHERS WEEKLY

Die Autorin

Michele Jaffe promovierte in Harvard über die Literatur der Renaissance. Sie lebt in Cambridge, Massachusetts.

MICHELE JAFFE

UNTER DEN STERNEN VON VENEDIG

Roman

Aus dem Amerikanischen
von Gisela Stobbe

WILHELM HEYNE VERLAG
MÜNCHEN

HEYNE ALLGEMEINE REIHE
Band-Nr. 01/13272

Titel der Originalausgabe
THE STARGAZER

Umwelthinweis:
Dieses Buch wurde auf
chlor- und säurefreiem Papier gedruckt.

Redaktion: Birgit Groll

Deutsche Erstausgabe 2/2001

Printed in Germany 2001
Umschlaggestaltung: Nele Schütz Design, München,
unter Verwendung des Gemäldes
»Santa Maria della Salute in Venedig« von Canaletto, um 1730
Satz: Buch-Werkstatt GmbH, Bad Aibling
Druck und Bindung: Bercker, Kevelaer

ISBN: 3-453-17980-3

http://www.heyne.de

*Dieses Buch ist Daniel Goldner und Holly Edmonds gewidmet,
ohne deren Hilfe dieses Buch nie zu Stande gekommen wäre.*

1. Kapitel

Ihr, mein Herr? Euch habe ich hier wahrlich nicht erwartet.« Bianca sah zu dem gut gebauten Mann hoch, der den Türrahmen ausfüllte – und nieste.

Graf d'Aosto, Ian Foscari, war völlig fassungslos und rang nach Worten, was ihm normalerweise nicht passierte.

»Ganz offensichtlich nicht«, erwiderte er schließlich und starrte auf den blutigen Dolch, mit dem sie auf ihn deutete. Selbst als geübter Beobachter hatte er Mühe, die Szene, die sich ihm darbot, zu begreifen. Der Raum war luxuriös ausgestattet – pfirsichfarbene, mit goldenen Blumen bestickte Seidenvorhänge umrahmten die hohen Fenster, der Boden war mit türkischen Teppichen in lichten Pastelltönen ausgelegt ... Das riesige Bett in der Mitte des Zimmers war mit dem gleichen Seidenstoff wie an den Fenstern bezogen. Darauf ausgestreckt lag der spärlich bekleidete Körper der Kurtisane Isabella Bellocchio. Man hätte meinen können, sie schlafe friedlich, wäre da nicht der riesige, hässliche rote Fleck auf ihrer Brust gewesen. Neben ihr stand blutverschmiert, einen Dolch in der Hand, die Frau, die gerade zu ihm gesprochen hatte.

Ihre Blicke ließen einander nicht los, und über den Raum senkte sich ein dumpfes Schweigen, während jeder die Miene des anderen zu ergründen suchte. Das Szenario wurde abrupt unterbrochen, als sie erneut nieste und gleich darauf noch ein zweites Mal.

»Was tut Ihr hier?«, fragte sie und löste endlich ihren Blick von seinem Gesicht.

»Dasselbe könnte ich Euch fragen.«

»Ich würde sagen, das ist doch offensichtlich.« Bianca nieste und erwiderte seinen Blick mit, wie sie hoffte, finsterer Miene.

Schockiert über ihre unverfrorene Direktheit, starrte er grimmig zurück. »Ja, es scheint so. Aber welcher Teufel hat Euch geritten, sie umzubringen?«

Zum ersten Mal wurde Bianca sich bewusst, welchen Anblick sie bot. In ihrer rechten Hand hielt sie den blutigen Dolch, den sie aus Isabellas Herz gezogen hatte, und ihr Kleid war von dem Versuch, das Mädchen zu retten, über und über mit Blut bespritzt. Die Situation entbehrt nicht der Komik, dachte sie und wischte sich mit dem Bund des Ärmels die laufende Nase ab. Doch dann fielen ihr plötzlich die Insignien auf dem Schaft des Dolches ein. Kühn begegnete sie Ians Blick und hielt den Griff der Waffe zwischen ihnen hoch. »Sollte ich das nicht eher Euch fragen, ehrenwerter Lord?«

Es war unzweifelhaft sein Wappen, das auf dem Griff mit Rubinen und Smaragden heraldisch dargestellt war. Er zuckte die Schultern und ließ seinen Blick von der prunkvollen Gestaltung seines Wappens zu Biancas kleinem ovalen Gesicht gleiten. »Das ist mit Sicherheit nicht meiner. Gewiss, es ist mein Wappen, aber ich würde niemals etwas derartig Protziges in Auftrag geben.«

»Ich fürchte, mein Herr« – Bianca nieste –, »dass guter Geschmack keine angemessene Verteidigung« – sie nieste erneut – »gegen eine Mordanklage ist.« Bianca versuchte den Blick auf seiner Augenhöhe zu halten, während sie fünf Mal hintereinander in schneller Folge nieste. »Wenn Ihr mir vielleicht sagen könntet, was Ihr hier verloren habt …?«

»Das geht Euch zwar wirklich nichts an, Signorina, aber ich erhielt von Isabella eine dringende Depesche.«

Ohne sich von seinem kalten Ton einschüchtern zu lassen, fragte sie: »Was stand darin? Wie war der genaue Wortlaut?«

Ian ärgerte sich über sich. Er hatte ihre erste Frage, ohne lange nachzudenken, beantwortet, sich einer seltsamen Art von Autorität gebeugt, die von ihr ausging, und jetzt tat er es erneut. Fast kam es ihm vor, als sei es eine andere Person, die den Zettel aus seinem Umhang zog, ihn auseinanderfaltete und zu der ihm unbekannten Fragestellerin sagte: »Da, überzeugt Euch selbst.«

Bianca zog die Augenbrauen hoch und nieste erneut. Der Brief war in klarer schräger Schrift auf leicht parfümiertem Pergament geschrieben und mit Isabellas Namen unterzeichnet. Graf d'Aosto wurde darin gebeten, unverzüglich bei ihr vorstellig zu werden. Bianca hielt das Papier gegen das Licht, studierte es und gab es dem, wie sie fand, unglaublich gut aussehenden blonden Mann, der vor ihr stand, zurück.

»Wurde sie Euch persönlich ausgehändigt?« Ian nickte. Bianca zog die Stirn kraus und nieste. »Danach seid Ihr mit Sicherheit nicht der Täter.« Ihr Blick wanderte von dem Zettel, den er immer noch in seiner Hand hielt, zu dem Dolch in ihrer eigenen Hand. »Doch es sieht ganz danach aus, als versuche jemand, Euch in eine Falle zu locken. Aber wer? Oder bin ich es, die man reinzulegen versucht?« Sie nieste. »Wenn wir vielleicht versuchten …«

Ian kämpfte den Tumult in seinem Inneren nieder und kehrte wieder zu seiner kurz angebundenen, unnahbaren Reserviertheit zurück, wobei er sich bemühte, zum Ausgleich für seine vorherige Schwäche noch eisiger als gewöhnlich zu sein. »Ich kann Euch gar nicht sagen, wie erleichtert ich bin, von Euch bestätigt zu bekommen, nicht der Täter zu sein«, unterbrach er sie rüde. »Ich bin zwar gespannt auf Eure Ausführungen, gleichzeitig aber auch leicht irritiert, was Euren Gebrauch des Wörtchens ›wir‹ anbetrifft. Ich habe keine Ahnung, für wen Ihr Euch haltet beziehungsweise wer Ihr überhaupt seid, doch ich habe mit Sicherheit keinen Bedarf an irgendeiner jungen Signorina, die gerade frisch von der Schule kommt. Ich versichere Euch, *wir* werden gar nichts tun.«

Seine Worte, die er wie Pfeile abschoss, trafen ihr Ziel. Bianca zuckte zusammen, nicht weil sein Ton so kalt wie ein eisiger Nordwind war, sondern wegen der gönnerhaften Art, mit der er sie »Signorina« genannt hatte, so als sei er sich sicher, dass sie es nicht wagen würde, ihm, dieser beeindruckenden, gebildeten Person, den Gehorsam zu verweigern. Bei den Fingerspitzen der Santa Barbara, war dieser Mann arrogant! Bianca hatte keinen Zweifel, dass er genau denselben Ton anschlug, wenn er willige junge Frauen von ihren Heiratsabsichten abbringen wollte. Was sie anging, so hatte sie kein Interesse an einer Ehe, ihr lag nichts daran, sich von irgendeinem Tölpel unterjochen zu lassen, der ihr Vermögen durchbrachte und sie ins Kindbett verbannte.

Aber es ärgerte sie, dass ihr Wunsch nach Unabhängigkeit dem hoch stehenden und mächtigen Grafen d'Aosto das Recht gab, zu ihr in diesem beleidigenden, herablassenden Ton zu sprechen und sie mit jedem Wort daran zu erinnern, dass sie nur eine unerfahrene Frau war.

»Natürlich habt Ihr Recht. Ich ziehe es sowieso vor, alleine zu arbeiten.« Wütend hatte Bianca das Messer abgelegt und wusch sich nun die Hände in einer Porzellanschüssel. Noch schlimmer als seine Arroganz war der Tumult, der in ihrem Inneren vorging. Wie konnte sie sich so leicht von der Unschuld eines Mannes überzeugen lassen, und – was noch schlimmer war – noch dazu mit solcher Erleichterung? Was für einen Unterschied machte es denn für sie aus, ob der eiskalte, grausame Graf d'Aosto schuldig war oder nicht, ob er reich war oder umwerfend gut aussah, dieser Mann mit seinen kraftvollen Händen und seinen langen, eleganten Fingern …

Ihre Träumerei wurde jäh durch seine Worte unterbrochen. »Ihr habt mir noch nicht gesagt, was Euch so sicher macht, dass ich nicht der Täter bin. Die einzig einleuchtende Antwort wäre, dass Ihr selbst, wer immer Ihr auch sein mögt, der schuldige Teil seid.« Er blickte sie scharf an.

Bianca versuchte, ihn ungläubig anzusehen, während sie nieste. »Mein Herr, Ihr macht Scherze.« Sie nieste. »Ich und eine Mörderin?«

War da etwa ein Anflug eines Lächelns, den er da um ihre Lippen spielen sah? Ian wollte verdammt sein, wenn er es zuließe, sie so, nun ja, so unschuldig dastehen zu lassen. »Ich scherze nie.«

Selbst ohne den scharfen Ton in seiner Stimme hätte Bianca ihm das sofort abgenommen. Sie wusste, dass Ian Foscari, der Graf d'Aosto, einer der reichsten, attraktivsten, aristokratischsten – und am wenigsten begehrten – Junggesellen von Venedig war. Er war bekannt als ein Mann aus Stein – kalt, distanziert, gefühllos. Nur seine engsten Freunde, die anderen Arboretti, wussten um die Lebendigkeit, die sich hinter der kalten Fassade verbarg, aber selbst sie konnten sich kaum daran erinnern. In den letzten zwei Jahren war Ian ein anderer Mensch geworden. Er war zwar so brillant und tüchtig wie eh und je, vielleicht sogar noch mehr, aber er hatte keinen Sinn mehr für Heiterkeit und Frohsinn gezeigt, lachte nicht mehr, ja, er lächelte sogar kaum noch. Nicht einmal sein Bruder Crispin schaffte es, den Eispanzer, der ihn umschloss, aufzutauen, obwohl er es in den zwei Jahren seit jenem Vorfall Tag für Tag versucht hatte. Ian schien es zu gefallen, jeden Menschen auf gefühlsmäßige Distanz zu halten und die jungen Frauen, deren Mütter eingebildet genug waren, ihn zu einer Heirat bewegen zu wollen, gewohnheitsmäßig zu verschrecken.

Aber Bianca ist keine junge Signorina, die man verschreckt, versicherte sie sich selbst, selbst dann nicht, wenn ein Eisblock sie einfach so des Mordes beschuldigte. Sie straffte die Schultern und nahm allen Mut ihrer vierundzwanzig Jahre zusammen, um seinem Blick zu begegnen. »Mein Herr«, sagte sie, »wie so viele andere junge Frauen heutzutage, die nicht für würdig befunden werden, eine Ausbildung zu erhalten, war auch Isabella des Schreibens unkundig. Sie war genauso wenig fähig, Ihnen zu schreiben, wie ich fähig bin, dieses Messer zu benutzen, um jemandem das Leben zu nehmen.« Sie nahm die Waffe wieder hoch, nieste zwei Mal und richtete sie auf ihn. »Oder wie Sie fähig sind, irgendetwas durch Ihr dickes Fell zu empfinden.« Sie nieste drei Mal wie ein schnell hintereinander abgefeuertes Gewehr. »Bei den Augen der Santa Lucia«, fragte Bianca schließlich gereizt, »warum muss ich nur ständig so entsetzlich niesen?«

Sie legte das Messer wieder weg und wandte sich von ihm ab und dem Fenster zu, wobei sie mindestens zehn Mal hintereinander ohne Unterbrechung nieste. Während sie sich die laufende Nase und die Augen an ihrem Ärmel abwischte, betrachtete sie die Regentropfen, die an den Scheiben herunterrollten, und bemühte sich, die aufsteigende Welle des Zorns und der Enttäuschung niederzukämpfen. Der Schock, eine Leiche an Stelle ihrer Freundin vorzufinden, und die Anmaßung eines halbversteinerten Mannes, sie des Mordes zu bezichtigen, dazu noch die Grausamkeit, sich mit ihrer kitzelnden Nase vor ihm präsentieren zu müssen, das alles forderte seinen Tribut, und Bianca spürte, wie ihr psychisches Gleichgewicht durcheinander geriet. Sie würde nicht weinen, schwor sie sich, sie würde diesem zu Stein gewordenen Menschen mit dem goldblonden Haar nicht das Vergnügen gönnen, sie weinen zu sehen! *Nein, nein, nein, auf keinen Fall!*

Ian beobachtete ihr Gesicht, das sich in der Scheibe des Fensters spiegelte, sah, wie sie mit ihrem Niesen und ihren Gefühlen kämpfte, und empfand keinerlei Genugtuung. Es war so lange her, seit er von irgendjemandem oder irgendetwas beeindruckt gewesen war, dass er das Gefühl zunächst gar nicht zu identifizieren wusste. Doch es dauerte nicht lange, bis er es einordnen konnte: Widerwillig musste er sich eingestehen, dass er für sie Bewunderung empfand. Ihre Begründung für seine Unschuld war so einfach, so elegant gewesen, eigentlich eine sonnenklare Angelegenheit, auf die er selber aber sicher erst nach stundenlangem Nachdenken gekommen wäre. Er wurde sich bewusst, dass er – obwohl sie ihrerseits ihn zu kennen schien – noch nicht einmal den Namen dieser Frau kannte, die nicht nur ungewöhnlich intelligent, sondern ebenso ungewöhnlich schön war. Als er gerade darüber nachdachte, ob sie ihm nicht vielleicht eine ungeheure Hilfe bei der Aufklärung des Mordes sein könnte, ertappte er sich plötzlich dabei, wie er die anmutigen Formen ihres Körpers bewunderte, die Art, wie eine Haarsträhne sich über ihren Nacken wand und …

War er denn verrückt geworden? Diese Frau war wahrscheinlich eine Mörderin. *Wahrscheinlich* – selbst sein Verstand bewegte sich mit ihr auf einer Wellenlänge und senkte dieses Samenkorn des Zweifels in eine dem Augenschein nach so klare Angelegenheit. Wenn eine kluge Frau einen Mord plante, würde sie dann nicht an alles denken, einschließlich solch winziger Details wie der Kundigkeit des Schreibens und ähnlicher Dinge, die einem Mann niemals in den Sinn kämen? Der Verstand von Frauen ging so verschlungene Pfade, dass man sicher sein konnte, sie würden an alles denken, was der Illusion diente, sie seien es nicht gewesen, und was die Last der Schuld von ihren schmalen Schultern nahm. Er hatte diese Lektion gut gelernt und würde – *könnte* nicht noch einmal getäuscht werden, nicht einmal von jemandem, dessen Schultern so faszinierend waren, wie die der Frau vor ihm.

Zuerst ›Bewunderung‹? Dann ›wahrscheinlich‹? Und jetzt ›faszinierende Schultern‹? So konnte das nicht weitergehen. Er stand über den Dingen und hatte ein dickes Fell, das hatte sie selbst gesagt, und er würde es ihr zeigen. »Jetzt bin ich an der Reihe, Fragen zu stellen, einfache Fragen, die selbst eine Signorina wie Ihr ohne Mühe beantworten können müsste. Also fangen wir an, wer seid Ihr?«

Er hatte zu ihrem Rücken gesprochen, und sie wandte sich auch nicht zu ihm um, als sie antwortete: »Mein Name ist«, Bianca nieste – hochmütig, wie sie hoffte –, »Bianca Salva, Tochter von ...«

Sie nieste erneut und Ian nutzte die Gelegenheit, um sie zu unterbrechen. »Ihr braucht nicht weiterzureden, ich habe von Eurer Familie gehört.« Auch wenn er überrascht war, eine Frau von hoher Geburt mitten am Tag blutbespritzt im Haus einer Kurtisane vorzufinden, so blieb er doch seinem Ruf aus Stein zu sein treu und ließ sich nichts anmerken. Als er das Verhör fortsetzte, war sein Ton gleichgültig, wenn nicht sogar ein wenig drohend. »Signorina Salva, würdet Ihr vielleicht die Güte besitzen, mir zu erklären, was Ihr hier zu suchen habt?«

Er hatte wieder das Wort ›Signorina‹ gebraucht und es so ausgesprochen, als beschreibe es die niedrigste Kreatur auf Gottes Erde. In diesem Augenblick wusste Bianca, dass sie ihm die Wahrheit nicht sagen konnte, oder besser gesagt, nicht sagen wollte. Ihr blieben nur zwei Möglichkeiten: Entweder verweigerte sie ihm die Antwort oder sie tischte ihm eine Lüge auf. Sie hatte in ihrem ganzen Leben nie gelogen, nicht einmal als Kind, damals als sie gegen die strikte Anweisung ihres Vaters Kräuter aus seinem Arbeitskasten genommen hatte, um für ein armes Mädchen eine Medizin zu mischen. Und auch nicht später, als sie ihrem Untermieter die Anatomiebücher entwendet hatte, um die Körperteile zu studieren. Diese beiden Male und bei den Hunderten von anderen ähnlichen Vorfällen, die ihre Erziehung geprägt hatten, hatte Bianca stets ihr Vergehen eingestanden, und ihr frommer, verständnisvoller Vater hatte ihr verziehen. Aber ihr

Papa war jetzt dahingeschieden, und der Graf von Aosto schien in dieser Beziehung so nachgiebig wie eine Marmorsäule.

Sie wandte sich vom Fenster ab und drehte sich zu ihm um. Der Niesreiz wurde jetzt immer heftiger, und Bianca bemühte sich, schnell zu sprechen, um zu verhindern, unterbrochen zu werden. »Ich würde es vorziehen, diese Frage nicht zu beantworten, Graf d'Aosto« – sie nieste zwei Mal, so als sei sie gegen seinen Titel allergisch, und fuhr dann fort: »Ich wüsste auch nicht, was das mit dem Tod dieses armen Mädchens zu tun haben sollte« – sie nieste –, »den ich, wie ich Euch bereits sagte« – sie nieste wieder –, »nicht zu verantworten habe.« Angesichts dieser brillanten, durch Niesen immer wieder so nonchalant unterbrochenen Verteidigungsrede sah sich Ian beinahe versucht zu lachen, ein Gefühl, das ihm seit Monaten fremd war. »Stimmt irgendetwas nicht, mein Herr? Ihr wirkt so gequält.«

Der Drang zu lachen verschwand so schnell, wie er gekommen war. Seine Augenfarbe wechselte von kristallblau zu grau, das einzige sichtbare Zeichen seines Stimmungsumschwungs. »Ich fürchte, Signorina –«, Ian machte eine Pause, um die Wirkung dieses Wortes auf sie zu beobachten, »dass ich die Verweigerung Eurer Antwort trotz Eurer siegesgewissen Unschuldsbeteuerung nicht akzeptieren kann. Ich frage Euch, warum sollte ich Euch glauben?«

Bianca beantwortete seine Frage mit einer Gegenfrage. »Welches Motiv sollte ich denn haben, diese Frau umzubringen?«

»Frauen brauchen keine Motive, nur die Mittel«, zitierte Ian ein hässliches venezianisches Sprichwort. »Ihr tätet besser daran, Fragen zu beantworten, anstatt welche zu stellen.«

Ohne sich dessen bewusst zu sein, hatte Ian angefangen, ihre Nieser zu zählen. Er war bei zwölf angekommen, als sie wieder zu sprechen begann.

»Dann«, sie nieste – damit waren es dreizehn – »tätet Ihr« – vierzehn –, »mein höchst ehrenwerter Graf ohne Fehl und Tadel, besser daran« – fünfzehn –, »Fragen zu stellen« – sechzehn –, »die es auch wert sind, beantwortet zu werden«, schniefte Bianca und bemühte sich redlich, seinen Titel so verächtlich wie möglich klingen zu lassen. Während sie sprach, hatte sie begonnen, ihre Utensilien zusammenzusuchen, froh über jede Ablenkung, die sie davon abhielt, ihre tränenden Augen über seine Gesichtszüge streifen zu lassen. »In der Tat« – siebzehn –, »wärt Ihr besser beraten« – achtzehn –, »Eure Zeit so zu nutzen« – neunzehn –, »wie ich meine Zeit zu nutzen gedenke – nämlich dafür, herauszufinden, wer Isabella Bellocchio getötet hat und warum« – zwanzig –, »man« – einundzwanzig –, »es darauf angelegt hat« – zweiundzwanzig –, »Euch das Verbrechen anzuhängen.«

Ian unterbrach seine Zählerei nur eben zu dem Zweck einer scharfen, eisigen Erwiderung. »Was sollte ich denn Eurer Meinung nach tun, wenn nicht die Hauptverdächtige befragen – die Person, die sich, mit dem Blut des Opfers bespritzt und mit der Mordwaffe in der Hand, über die Leiche beugte?«

»Ihr könntet beispielsweise versuchen, nach der tatsächlichen Mordwaffe Ausschau zu halten, die mit Sicherheit nicht dieses protzige Spielzeug hier war.« Bianca konzentrierte sich darauf, das Niesen zu unterdrücken, um zu sehen, welche Wirkung diese Mitteilung auf ihn hatte. »Oder Ihr könntet einen Plan entwerfen, um« – sie nieste – »die Person ausfindig zu machen, die bereit war, sich in derartige Unkosten zu stürzen« – Bianca fuchtelte mit dem edelsteinbesetzten Heft des Dolches in der Luft herum, während sie abermals nieste –, »nur um Euch zum Mörder zu stempeln.«

Ian, der mit seinen Berechnungen jetzt bei fünfundzwanzig angelangt war, weigerte sich, ihr in die Hände zu spielen und verkniff sich die Frage, wie sie zu einer derart wilden Behauptung bezüglich der Waffe kam. Er hegte auch keinen Zweifel daran, dass sie sofort mit einem Plan herausrücken würde, wenn er seine Bereitschaft erkennen ließe. Sie war gerissen und schlau, seine kleine niesende Mörderin. Und selbst wenn sie für diesen Mord nicht verantwortlich sein sollte, so standen die Chancen doch ziemlich gut, dass sie ihn zu dem Täter, wer auch immer das war, führen konnte. Mit dem ihm eigenen Scharfsinn erfasste Ian die Situation sofort und erkannte, dass Bianca ihm sehr nützlich sein konnte.

Blitzartig wurde ihm bewusst, dass der Mord nur ein Teil, ja sogar der kleinste Teil des Ganzen war. Als er sich plötzlich der ganzen Tragweite seiner brillanten Eingebung bewusst wurde, vergaß er völlig, die Niesanfälle mitzuzählen. Er starrte auf die herausfordernde Schönheit vor sich und sah mit einem Mal einen perfekten Weg, um Francescos und Robertos pausenlosem Drängen auf eine Eheschließung ein Ende zu setzen. Tatsächlich war es die Flucht vor diesen nervenden Tiraden seiner beiden Onkel gewesen, die ihn dazu bewegt hatte, an eben diesem Morgen so schnell der Bitte Isabellas – oder der des Salva-Mädchens oder wessen auch immer – Folge zu leisten. Und jetzt bot sich ihm wie durch einen Wink des Schicksals die Gelegenheit, ihnen für alle Zeit zu entkommen. Der Plan, den er in diesen wenigen Sekunden entwarf, war – er beglückwünschte sich selbst dazu – genial einfach und lupenrein. Wenn er sich mit dem gefährlich dreinschauenden Salva-Schätzchen verlobte und es in sein Haus nahm, dann – da war er sich sicher – würden ihn Francesco und Roberto und die anderen Arboretti innerhalb von drei, spätestens vier Tagen anflehen, die Verlobung zu lösen und ein für alle Mal zu seinem Junggesellendasein zurückzukehren. Als er wieder zu sprechen anfing, spürte er bereits den Geschmack des Sieges auf der Zunge.

»Zufällig, Signorina, habe ich tatsächlich einen Plan.« Ians Mundwinkel zitterte – seine Version eines Lächelns –, als er sah, wie Bianca sich bemühte, bei seinem absichtlich herablassenden Ton nicht zusammenzuzucken. Er wusste, sie würde seinen Überlegungen nur zustimmen, wenn er sie aufstachelte, und er war überrascht, wie sehr er die Aussicht darauf genoss. Außerdem, je gereizter sie war, desto schlechter würde sie sich benehmen und desto schneller würde sein Plan Früchte tragen.

Bianca wartete darauf, dass er fortfuhr und nieste zwei Mal in die Stille hinein. Dieses Zucken um seine Mundwinkel sagte ihr, dass sie den Plan, was auch immer er beinhalten mochte, abscheulich finden würde. Doch sie hatte keinerlei Vorstellung davon, wie bitter er sein sollte. Sie hatte sich entschieden, ihn nicht zu ermutigen. Trotzdem hörte sie sich nach einer Zeit, die ihr wie eine Ewigkeit vorkam, plötzlich sagen: »Ah, ich merke schon, mein Herr, Ihr seid tatsächlich so klug wie jedermann behauptet.« Sie nieste. »Ihr gedenkt einfach abzuwarten, bis die Leiche zerfällt, womit sich Euer Problem buchstäblich in Luft aufgelöst hätte.«

Ian ignorierte ihren Spott. »Mein Plan besteht darin, Euch so lange fest zu halten, bis Ihr mir genau erklärt habt, was Ihr hier tut, und mir alles erzählt, was Ihr über Isabella wisst. Ihr könnt es jetzt gleich tun, hier und jetzt. Oder aber ich werde Euch an einen – da könnt Ihr sicher sein – äußerst ungemütlichen Ort bringen, nämlich in das Verlies unter dem Palazzo, und Euch dort so lange festsetzen, bis Ihr bereit seid, den Mund aufzumachen. Denkt mal darüber nach, wie schnell sich Eure Nieserei dort verschlimmern würde. Ganz zu schweigen davon, wie Eure Familie darauf reagieren wird, wenn sie erfährt, dass Ihr als Mörderin eingekerkert worden seid.«

Bianca wurde blass. Nachdem ihr Bruder sich wieder einmal auf einer seiner spontanen Reisen befand, gäbe es niemanden, der sie vor dem Zorn ihrer Tante und ihres Onkels schützen würde, wenn sie den Namen der Familie erneut beschmutzte. Aber wenn sie herausfänden, was sie tatsächlich bei Isabella gewollt hatte, könnte es sogar noch schlimmer für sie werden, als wenn sie des Mordes angeklagt würde. Sie fragte sich, ob dieser Mann auch nur im Entferntesten ahnte, was sein Vorschlag für sie bedeutete.

Das Mädchen ist in einem echten Zwiespalt, stellte Ian überrascht fest. Vielleicht, sinnierte er, war sie ja wirklich unschuldig. Was, wenn er eine unschuldige Frau verfolgte? Er zögerte einen Moment und fragte sich, ob er weitermachen sollte, erinnerte sich dann aber daran, dass ›Unschuld‹ und ›Frauen‹ absolut unvereinbar waren. Selbst wenn sie dieses Verbrechens nicht schuldig sein sollte, entschied er, so hatte sie zweifellos andere Vergehen auf dem Kerbholz. Und außerdem hatte sie es mit diesem Mundwerk verdient, einen Denkzettel verpasst zu bekommen.

Als er der Meinung war, ihr genügend Zeit gegeben zu haben, um sich der ganzen Tragweite seiner letzten Worte bewusst zu werden, fuhr er fort. »Es gibt allerdings noch eine andere Möglichkeit. Aber ich fürchte, Ihr werdet sie als noch unangenehmer empfinden als die andere.« Und dann schob er, so als sei ihm die Idee erst nachträglich gekommen, noch nach: »Schade, denn das wäre sehr praktisch für mich. Versteht mich richtig, mein Hauptinteresse besteht darin, so viele Informationen wie möglich von Euch zu bekommen. Wenn Ihr nun in mein Haus ziehen würdet, könnte ich Euch nach Belieben verhören – wann immer und wo immer ich will und unter Anwendung jedweden Druckmittels, das mir opportun erscheint. Man erzählt sich übrigens, mein Dienstpersonal sei nicht besonders zimperlich.«

In der Art, wie Ian diese letzten Worte aussprach, lag etwas entschieden Bedrohliches, aber Bianca weigerte sich, sich von ihm oder seinem Hinweis auf die Gerüchte, die über ihn kursierten, Angst einjagen zu lassen. Sie war davon überzeugt, dass man in diesem Haus nichts Erschreckenderes als einen morbiden Butler oder einen wollüstigen Verwalter vorfand, und impertinente Verhöre im Hause des Grafen waren doch eigentlich nichts, verglichen mit den Schrecken venezianischer Gefängnisse. Natürlich, es ziemte sich ganz zweifellos nicht für eine allein stehende Frau, einige Tage unter einem Dach mit einem unverheirateten Adligen zu wohnen, aber das wäre nichts gegenüber der Schande, wegen Mordes gefangen gehalten zu werden. Ihre Familie wäre vielleicht sogar dankbar für den gesellschaftlichen Nutzen, den sie aus der Beziehung ziehen könnte.

Bianca nieste und bereitete sich darauf vor, die Überraschung auf Ians Gesicht auszukosten, wenn sie in seinen Vorschlag einwilligte. »Trotz Eurer Bemühungen, mich nach besten Kräften abzuschrecken, mein Herr, würde ich sagen, dass diese letzte Möglichkeit entschieden die beste ist. Ich akzeptiere.« Mit einem Niesen unterstrich sie quasi die dramatische Wirkung ihrer letzten Worte. »Unter einer Bedingung ...«

Ian reagierte, enttäuschend gleichgültig, nur mit einem Hochziehen der Augenbrauen. »Ihr könnt Euch kaum vorstellen, wie sehr mich das überrascht.«

Bianca ignorierte seinen sarkastischen Ton. »Ich möchte gern Isabellas Leiche mitnehmen, um sie nach Hinweisen zu untersuchen, wie sie getötet worden ist« – sie nieste – »und von wem.«

Ian schwieg einen Augenblick, dachte nach und nickte schließlich. »Das passt mir, offen gesagt, ganz gut ins Konzept. Wenn ich den Besitz der Leiche geheim halte, kann ich eine Meldung in Umlauf setzen, dass Isabella vermisst wird. Das wird mir meine Nachforschungen erleichtern und sie zweifellos erfolgreicher machen.« Ian, der völlig in Gedanken versunken schien, sprach offensichtlich zu sich selbst. Bianca dachte schon, er könnte sie vielleicht vergessen haben, bis ein heftiger Niesanfall seinen Blick wieder in ihre Richtung lenkte.

»In Ordnung«, sagte er und sah sie an, »damit wäre das geklärt. Ich werde meinen Diener Giorgio mit der Gondel für Euch und die Leiche herschicken. Ihr werdet hier bleiben, bis er kommt.« Ian zog eine goldene Dose aus seiner Tasche, öffnete den Deckel und blickte auf die Oberseite. Unter dem Deckel erkannte Bianca etwas, was wie eine sehr kleine Ausgabe der riesigen Uhr auf der Piazza San Tristan aussah. Sie war so gefangen von dem erlesenen Kunstwerk und seinem feinen Mechanismus, dass ihr das Zucken um Ians Mundwinkel entging, als er wieder zu sprechen begann.

Er versuchte einen leichten Ton anzuschlagen und den Eindruck zu erwecken, dass ihm der Gedanke gerade erst gekommen sei. »Natürlich wird es Eurem Ruf ziemlich schaden, unter meinem Dach zu wohnen.« Ian hob den Blick und sah sie an.

»Mein Ruf geht Euch nichts an«, gab Bianca von oben herab zurück, in der Absicht, ihm den Spaß, den er offensichtlich daran hatte, sie zurückschrecken zu sehen, zunichte zu machen. Dann nieste sie vier Mal.

»Das ist zweifellos richtig, Signorina, aber um *meinen* Ruf mache ich mir Sorgen. Nein, Euch einfach so in meinem Haus aufnehmen, das geht einfach nicht.« Sie war ihm direkt ins Messer gelaufen. Ian blickte wieder auf seine Uhr hinunter, so als würde er nachdenken, in Wirklichkeit aber wollte er nur den Triumph auf seinem Gesicht verbergen. Er verharrte einen Moment, bis er seine Gesichtszüge wieder unter Kontrolle hatte, und ging dann zur Tür. Als er sich noch einmal umdrehte, um seinen letzten, schrecklichen Trumpf auszuspielen, hatte er den Türknauf bereits in der Hand, um sich schnell aus dem Staub zu machen.

»Ich sehe einfach keinen anderen Ausweg. Deshalb werde ich wohl heute Abend bei der Senatssitzung unsere Verlobung bekannt geben müssen.« Daraufhin war nur noch – wie ein Punkt hinter diesem Satz – das Klicken der Tür zu hören, die sich leise hinter ihm schloss.

Bianca stand völlig konsterniert da, viel zu verwirrt, um zu protestieren oder gar zu niesen. Sie starrte auf den Fleck, wo eben noch Ian gestanden hatte, und sie hätte schwören können, jemanden lachen zu hören.

2. Kapitel

Der junge Mann folgte dem jungen maurischen Diener durch den riesigen Marmorballsaal. Selbst die reichlich vorhandenen prächtigen Tapisserien konnten nicht die Kühle des regnerischen Nachmittags abhalten, und der Besucher zog seinen Degenumhang fester um sich. Der Diener blieb vor einer massiven Mahagonitür mit einer heraldisch gestalteten Familienkrone stehen und wartete darauf, eingelassen zu werden. Als sich die Tür öffnete, neigte der Diener seinen mit einem Turban bedeckten Kopf und verschwand, um den Mann alleine auf der Türschwelle zurückzulassen.

Der Anblick, der sich ihm beim Betreten des Raumes darbot, wärmte ihn langsam von innen auf. Er blickte auf prachtvolle Möbel, der gesamte Marmorboden war mit einem riesigen kostbaren Teppich bedeckt, und alle Wandflächen waren mit Fresken ausgemalt. Aber die Hauptattraktion befand sich in der Mitte des Zimmers: Auf einem wuchtigen Sofa saßen zwei der atemberaubendsten Gestalten, die er je gesehen hatte, beide in einen burgunderroten Morgenmantel gehüllt. Jedes Mal, wenn er die beiden Geschwister zusammen sah, war er aufs Neue von ihrer Schönheit berauscht.

Als er eintrat, winkten sie ihn heran. Die Frau warf ihr glänzend schwarzes Haar zur Seite und bot ihm ihre Wange zum Kuss, wobei sie die Hand andeutungsweise über seine Samtkniehose gleiten ließ.

Unter den halb geöffneten Lidern ließ sie ihren Blick über ihn schweifen. »Wie blendend mein Engel aussieht«, sagte sie und verzog den Mund zu einem angedeuteten Lächeln. »Er muss mir wohl gute Nachrichten bringen.«

Ihr Bruder lächelte ebenfalls, glücklich darüber, dass sie glücklich war. Während er seinen Besucher in den übergroßen Sessel neben sich komplimentierte, wandte er sich an seine Schwester. »Wir müssen jetzt über Geschäfte reden, *cara*. Möchtest du bleiben oder würdest du lieber ein Bad nehmen? Ich werde Diana Bescheid ...«

»Nein, nein, nein, wenn er uns etwas über die Hure erzählen will, dann will ich unter allen Umständen dabei sein. Ich möchte alles hören. Ich werde jedes Detail genießen.« Sie schloss die Augen und öffnete leicht die purpurfarbenen Lippen, so als habe sie schon begonnen, sich dem Genuss hinzugeben. Doch dann schlug sie plötzlich noch einmal die Augen auf und fixierte den Besucher mit einem Blick, der alles andere als verführerisch war. »Ihr seid gekommen, um uns mitzuteilen, dass sie tot ist, nicht wahr?«

»Nun ja, so ist es. Ich will sagen, das würde ich Euch gerne mitteilen.« Der junge Mann bemühte sich, nach außen hin gelassen zu erscheinen, während er sich in dem Sessel umsetzte.

»Himmel nochmal, ich habe nicht nach Euch geschickt, damit Ihr mir grammatikalische Spitzfindigkeiten auftischt«, explodierte der Bruder, dessen einziges Verlangen schon immer darin bestand, seiner älteren Schwester zu gefallen. Dass sein Plan, ihr das Geschenk aller Geschenke zu machen, womöglich gescheitert sein sollte, ein Plan, der monatelang vorbereitet worden war, versetzte ihn in Wut. »Ist sie nun tot oder nicht«, fragte er hitzig.

Der junge Mann wechselte abermals seine Position und fing an, sorgfältig seine Fingernägel zu inspizieren. »Ja, nun, Eure Exzellenz, sie *war* tot, nur jetzt ... Ja, also, Eure Exzellenz – kann eine Leiche gehen?«

»Können wir diesem Frage- und Antwortspielchen nicht endlich ein Ende setzen? Was haben diese Ausflüchte zu bedeuten?«

Die Frau rutschte auf dem Sofa nach vorne und legte beruhigend eine Hand auf die Schulter ihres Bruders, um sich dann an den jungen Mann vor ihr zu wenden. Ihre Stimme war jetzt leise und wohl auch ernst, aber seltsam einschmeichelnd. »Habe ich denn all meine Zeit mit Euch nur verschwendet? Wart Ihr tatsächlich so selbstsüchtig, mir nicht diesen einen winzigen Gefallen zu tun, nach allem, was ich für Euch getan habe?«

Die Art, wie ihre Lippen die Worte formten, verfehlte nicht ihre Wirkung. Sie wusste, wie sie den jungen Mann in ihren Bann schlug. »Nein, nein, das ist es nicht«, beeilte er sich, seine Mätresse mit rauer Stimme zu beruhigen. »Sie war tot, ich habe den hässlichen Dolch in ihre Brust gestoßen. Ein genialer Stoß, Madonna, ehrlich.« Die Frau neigte anmutig den Kopf, zum Zeichen, dass er dafür durchaus ein kleines Lob verdiente, doch ihr Bruder fing an, ungeduldig zu murren. Der junge Mann fuhr eilig fort. »Als ich dann später zurückkam, um die verabredete Falle zuschnappen zu lassen, war niemand dort – *niemand* – nicht einmal die Leiche.«

Das war zu viel für die Frau. Bin ich denn nur von Dummköpfen umgeben, fragte sie sich wütend. Wie konnte das Schicksal nur so gemein zu ihr sein? Sie verdiente etwas Besseres, das wusste sie, und brauchte jemanden, bei dem sie ihren Zorn über diese schreiende Ungerechtigkeit abreagieren konnte. Es würde nichts bringen, den jungen Mann zu beschimpfen, er könnte ihr noch nützlich sein, und außerdem hatte sie zu viel Zeit investiert, ihn sich heranzuziehen. Sie konnte den Gedanken nicht ertragen, dass ihre Anstrengungen verlorene Liebesmüh' gewesen sein sollten.

Stattdessen zog sie scharf die Luft ein und wandte sich an ihren Bruder. In ihren wunderschönen Augen glitzerten Tränen des Zorns und der Enttäuschung. »Wie konntest du mich anlügen und behaupten, du liebtest mich? Wie konntest du dir mit deinen falschen Versprechungen mein Vertrauen und meine Liebe erschleichen?« Das Gesicht ihres

Bruders erstarrte zu einer Maske des Schmerzes, während sich der anklagende Ton in ihrer Stimme immer mehr steigerte. »Du hast gesagt, du würdest alles für mich tun, du würdest ihn bestrafen für das, was er mir angetan hat. Aber jetzt ist alles klar. Ich begreife endlich, dass du wie alle Männer bist. Man kann dir nicht vertrauen.« Sie machte eine Pause, ließ ihre Lippen zittern, gab ihrem Publikum die Gelegenheit, sie in ihrer verzweifelten Schönheit zu bewundern, bevor sie zu ihrem Finale ansetzte. »Ich bin ganz allein auf dieser Welt, niemand kümmert sich um mich. Ich kann niemandem vertrauen, mich auf niemanden verlassen, werde von niemandem geliebt.«

»Natürlich lieben wir dich. Jeder, der dich sieht, muss dich einfach lieben«, protestierte ihr Bruder, sobald er der Sprache wieder mächtig war. »Und es sieht wirklich nicht so schlecht aus, wie du meinst, *cara* – das Mädchen ist tot, die Bedrohung hat für uns ein Ende. Denk doch an das viele Geld, das wir haben werden, an die wunderschönen Kleider, die ich dir kaufen werde.«

Sie wischte seinen Kommentar mit einem Hohnlächeln hinweg, so als habe er sie mit der Erwähnung von derlei weltlichen Dingen geradezu beleidigt. »Was kümmert mich das Geld. Ich will kein Geld. Ich will Rache.« Ihre Augen waren verschleiert, ihr Blick undurchdringlich. »Mein Glück liegt dir nicht mehr am Herzen als ihm damals. Du bist für mich ein Nichts.« Sie erhob sich von dem Diwan und ging auf den Besucher zu, wobei sich ihre Haltung beim Näherkommen veränderte und ihr Gesichtsausdruck zunehmend weicher wurde. Sie hob eine Hand und streichelte seine Wange. Dann ließ sie sie über seinen Oberkörper gleiten. Sie wusste, was dem jungen Mann gefiel und wie man ihn unter Kontrolle bekam. »Ihr, mein kleiner Engel, seid jetzt all meine Hoffnung, die letzte Hoffnung, die mir bleibt. Ihr werdet mir dabei helfen, diesen eingebildeten Grafen zu zerstören, nicht wahr, mein Engelsgleicher? Ihr werdet die Leiche für mich finden?« Sie legte in ihren Blick so viele Versprechen, dass sie wusste, er würde nicht widerstehen können. Der junge Mann spürte, wie ihm warm wurde, und hatte Mühe, seine Stimme wiederzufinden, um zu antworten.

Er lächelte zu ihr hoch, strahlend und glückselig. »Ich denke, ich habe sie bereits gefunden.«

»Kommt, helft mir bei meinem Bad«, sagte sie, nahm ihn bei der Hand und führte ihn hinaus.

3. Kapitel

Bei den Augen der Santa Lucia, warum will diese Feder denn nicht spitz bleiben?« Bianca blickte auf den Federkiel in ihrer Hand und dann auf die halb fertige Zeichnung vor sich. Sie zeichnete nie gut, wenn sie müde war, und die achtundvierzig Stunden, die sie, eingesperrt mit Isabellas Leiche, verbracht hatte, hatten sie völlig ausgelaugt. Aber sie war entschlossen, die Zeichnung fertig zu machen, bevor der diesige graue Tag wieder in die Dunkelheit eintauchte. Trotz ihrer Erschöpfung war sie immer noch ganz aufgeregt wegen der Fülle des Materials, das sie zusammentragen konnte. Nicht nur, dass sie viel über das Verbrechen herausbekommen hatte, Isabellas Leiche gab ihr dazu auch noch zum ersten Mal die Gelegenheit, die Anatomie einer jungen Frau aufzuzeichnen. Ihre einzigen weiblichen Leichen waren bisher nur die armen, alten Frauen von Padua gewesen, die ohne genügend Geld für ein ordentliches Begräbnis gestorben waren. Mit Isabellas gesundem jungen Körper war für sie ein Traum in Erfüllung gegangen, natürlich nur vom wissenschaftlichen Standpunkt aus.

Ihre Schulden bei Isabella schienen selbst nach dem Tod dieser jungen Kurtisane noch anzuwachsen, sinnierte Bianca zynisch. Noch ein paar Zeichnungen, und ihr Buch würde endlich in Druck gehen können und zum ersten Mal den weiblichen Körper genau zeigen. Sie konnte ihren Triumph fast schon schmecken, wenn sie diesen verbohrten Männern in Padua beweisen würde, dass Frauen ihre eigene vollkommene Anatomie besaßen und nicht etwa nur fehlerhafte Ausgaben von Männern waren. Wandelnde Gebärmütter, hach! dachte sie bei sich. Sie erinnerte sich an ihre diesbezüglichen

Debatten mit Andrea Vesalius, als er noch am Anfang seiner glänzenden Karriere stand, und lächelte bei der Vorstellung, dass ihr Buch irgendwo auf einem Regal neben dem seinen stehen könnte. Eine Vision ihrer Zukunft breitete sich einladend vor ihrem geistigen Auge aus – sie würde Vorlesungen über die weibliche Anatomie halten, den weiblichen Körper und dessen Zyklen studieren und öffentlichen Anschauungsunterricht geben. Es würde himmlisch sein, einfach himmlisch. Abgesehen von dieser Farce mit der Verlobung.

Sie wusste, eine Verlobung hatte, wenn sie erst einmal vor dem Senat bekannt gegeben worden war, vom Gesetz her bindenden Charakter und war eigentlich nicht mehr rückgängig zu machen, sofern nicht beide Partner einer Auflösung zustimmten, oder eine der beiden Personen sich als unziemlich erwies. Wenn sie gleich realisiert hätte, was Ian ihr vor ein paar Stunden – war es wirklich erst Stunden her? – vorgeschlagen hatte, hätte sie nie eingewilligt. Jedenfalls aller Wahrscheinlichkeit nach nicht. Oder vielleicht doch? Graf d'Aosto hatte immer schon eine seltsame Wirkung auf sie ausgeübt. Von dem Abend an, damals vor neun Monaten, als sie das erste Mal in die venezianische Gesellschaft eingeführt worden war. Er war der einzige Mann, den sie immer bemerkte, beziehungsweise dessen Abwesenheit sie zumindest immer bemerkte. Aber wahrscheinlich nur, weil er auch der einzige Mann war, der sie nie eines Blickes würdigte. Er hatte nicht einmal gewusst, wer sie war, als sie sich bei Isabella begegneten, rief sie sich ins Gedächtnis. Und jetzt waren sie beide verlobt. Das war absolut idiotisch.

Während sie ihren Gedanken nachhing, bearbeitete sie die Spitze ihres Federkiels, um sie wieder in Form zu bringen. Doch als ihr plötzlich die volle Tragweite ihrer Verlobung klar wurde – keine Freiheit, keine Vorlesungen, kein eigenes Buch – glitt sie mit dem Messer ab und schnitt den Federkiel in zwei Teile. »Mist!«, entfuhr es ihr. Sie blickte schnell hoch, um sich zu vergewissern, dass niemand ihr skandalöses Wort mitgehört hatte. Doch sie war allein. Seit dem Tod ihres Vaters schien sie immer allein zu sein. Aber das war genau das, was sie sich wünschte … oder etwa nicht?

Ihre herumwandernden Gedanken, die zerbrochene Feder und dazu der Schlafmangel machten es ihr unmöglich, weiterzuarbeiten und ihre Arbeit zu beenden. Mit einem Seufzer stand sie auf und band sich ihre blutgetränkte Schürze ab. Schläfrig ging sie zur Tür, um sie zu öffnen, doch sie ließ sich nicht bewegen. Sie versuchte es noch einmal, drehte mit aller Kraft den kalten Türknopf hin und her, es passierte nichts. Sie war eingeschlossen. Eine Mischung aus Verzweiflung und Entrüstung fegte ihre Erschöpfung hinweg, und sie begann mit all ihrer Kraft gegen die schwere Tür zu hauen. Nichts. Mein Gott, dachte sie, er hat mich hier zurückgelassen, damit ich neben der Leiche sterbe. In ihrer Panik ging sie an das entgegengesetzte Ende des Zimmers, nahm Anlauf und warf sich gegen die Türe.

Ian hörte sie von seinem Labor aus. Er hatte damit gerechnet, dass Bianca Salva schwierig sein und auch Ärger machen würde, aber musste sie auch gleich noch so laut sein? Er schob die Gesteinsprobe, die er unter seinem Vergrößerungsglas betrachtet hatte, beiseite und machte sich auf den Weg zum anderen Trakt des Palazzos, wo er ihr einen Raum für ein eigenes Labor zur Verfügung gestellt hatte. Der Lärm schien Gott sei Dank vorbei, als er sich der Türe näherte und den Knauf umdrehte.

Er hätte später nicht genau sagen können, wie es dazu gekommen war, dass er sich plötzlich mit Bianca in den Armen an die gegenüberliegende Wand des Korridors gequetscht wiederfand, aber er spürte die blauen Flecken noch über eine Woche lang. Es war kein unangenehmes Gefühl gewesen, gestand er sich ein, nur völlig unerwartet. Er erinnerte sich vage daran, wie er in dem Moment, als die Tür aufschwang, irgendetwas auf sich zufliegen gesehen hatte. Aber wieso dieses Etwas Bianca Salva war, blieb irgendwie mysteriös. Sie standen ein paar sprachlose Sekunden lang aneinandergepresst da, bevor der Körper vor ihm von ihm wieder wegstrebte.

»Mein Herr, wie könnt Ihr es wagen?«, keuchte Bianca schließlich und trat einen Schritt zurück.

»Ich bitte um Vergebung, Signorina, aber ich glaube, es wart Ihr, die Ihr in meine Arme gestürzt seid, nicht umgekehrt.« Ian zog zynisch eine Augenbraue hoch.

Sie starrte ihn so abweisend wie möglich an. »Das habe ich nicht gemeint«, sagte sie außer Atem. »Wie könnt Ihr es wagen, mich mit dieser Leiche da einzusperren? Ich werde nicht Eure Gefangene sein!«

»Da irrt Ihr Euch, *carissima*. Ihr seid meine Gefangene – denkt daran, wir sind verlobt. Das gibt mir jedwede Macht über Euch.«

Bianca widerstand nur schwer dem Drang, ihn zu schlagen. »Diese Verlobung ist eine Farce; das wissen wir beide. Was ich einfach nicht verstehe, ist, warum Ihr diesen Vorschlag überhaupt gemacht habt – Ihr hättet das doch sicherlich nicht gemacht, wenn Ihr mich wirklich für die Täterin hieltet. Ist es denn wirklich so schwer, jemanden zu finden, der bereit ist, Euch zu heiraten? So schwer, dass Ihr Euch schon im Verbrechermilieu umsehen müsst?«

»Im Gegenteil«, Ian passte sich ihrem sarkastischen Ton an. »Ich habe nicht mehr Interesse an einer Ehe wie Ihr. Deshalb ist eine Mörderin die perfekte Frau für mich – ich kann mit ihr machen, was ich will, sie um den Verstand bringen, ihren Ruf zerstören und sie dann, wenn ich mit ihr fertig bin, den Wölfen zum Fraß vorwerfen. Es dürfte Euch nicht unbekannt sein, dass eine Mordanklage ein durchaus ehrenwerter und legitimer Grund für die Auflösung einer Verlobung ist.« Ian lächelte hämisch in sich hinein, während er auf Biancas nächsten Wutausbruch wartete. Doch er fand nicht statt. Stattdessen seufzte sie aus ihrem tiefsten Inneren auf und ihre Schultern begannen zu zucken. O nein, dachte er, sie fängt gleich an zu heulen. Ian konnte weinende Frauen nicht ausstehen, und wollte ihr das gerade sagen, als Bianca plötzlich den Mund öffnete.

»Wenn ich an Eurer Stelle wäre, mein Herr«, sagte sie, wobei man jedem ihrer Worte ihre Erschöpfung anmerkte, »würde ich es bei Euren Verhören eher mit Freundlichkeit, denn mit Grausamkeit versuchen. An letztere bin ich nämlich nicht gewöhnt und daran werde ich mich auch nicht gewöhnen. Und die Chancen, etwas aus mir herauszubekommen, wären mit Sicherheit größer, wenn ich nicht darauf vorbereitet wäre. Vielleicht könntet Ihr gleich jetzt schon damit anfangen, indem Ihr mir einfach sagt, dass ich nicht da drin schlafen muss« – sie deutete mit einer müden Handbewegung auf ihr Labor – »zusammen mit dieser Leiche da. Überall sonst, und ich verspreche auch, mich nicht zu beklagen, wenn Ihr mich einsperrt.«

Ian kämpfte mit sich. Ein Teil seiner selbst verspürte plötzlich den Drang, den Teppich, der zwischen ihnen lag, zu überqueren und Bianca zurück in seine Arme zu ziehen. Der andere Teil wollte sich auf dem Absatz umdrehen und vor ihr fliehen. Unfähig sich zu bewegen, stand er wie festgenagelt da und starrte sie an. Sie starrte zurück und sah ihm forschend in die Augen. So standen sie sich wie zwei Statuen gegenüber, bis eine Uhr am Ende des Korridors die Stunde zu schlagen begann. Kurz darauf folgte in einem anderen Teil des Palazzos eine zweite und schon bald waren es zehn, jede mit einem anderen Klang, aber alle zusammen in vollkommener Harmonie aufeinander abgestimmt. Bianca beobachtete Ian, wie er dem melodischen Klang der Uhren lauschte, und war von dessen vergeistigter Schönheit völlig überwältigt. Sie lächelte ihn an und er – o Wunder, das schlug alles, was sie in den letzten vier Tagen erlebt hatte – lächelte zurück.

»Wunderschön«, flüsterte sie ehrfürchtig.

»Ja, nicht wahr?« Ian seufzte zufrieden. »Mein Cousin Miles macht sie. Er ist der beste Uhrmacher in ganz Italien, darauf wette ich, aber er macht sie nur für mich.«

Sie zögerte einen Moment und fragte sich, ob sie ihm sagen sollte, dass es sein Lächeln war und nicht etwa die Melodie der Uhren, die ihr Herz so schnell schlagen ließ. »Ihr seid ein Glückspilz. Ich würde ihn gern kennen lernen.«

Sich plötzlich ihrer gefährlichen Nähe bewusst, wich er einen Schritt von ihr zurück. »Vielleicht eines Tages, aber bestimmt nicht, bevor wir nicht weiter über den Mord gesprochen haben.« Seine Stimme hatte wieder die gewohnte kalte Schärfe. Während er sprach, verschloss er die Türe hinter der Leiche. Er spürte ihren fragenden, forschenden Blick auf seinem Gesicht und führte sie schnell in den dunkleren Teil des Korridors. Während sie sich der Treppe hinunter zum Hauptwohntrakt näherten, wurde er sich bewusst, dass es weit nervenaufreibender werden würde, diese seltsame

Salva-Frau unter seinem Dach zu beherbergen, als er es sich ursprünglich vorgestellt hatte. Er würde die ganze Zeit so reserviert wie möglich sein müssen. Reserviert und kalt. Er würde sich von ihr auf keinen Fall manipulieren lassen.

»Bis Ihr mir nicht gesagt habt, was ich wissen will, werdet Ihr niemanden zu Gesicht bekommen«, fuhr er fort, während sie den Gang entlanggingen. »Ausgenommen Eure Anstandsherren natürlich. Ihr dürft Euch mit ihnen nach Belieben austauschen, aber seid gewarnt: Sie werden mir alles sofort hintertragen.«

»Ich kann es kaum erwarten, diese kleinen Ungeheuer kennen zu lernen. Ich nehme an, Ihr werdet mich auch in einem dunklen Verlies schlafen lassen, oder?« Verwirrt über Ians plötzlichen Stimmungsumschwung, versuchte Bianca sich seiner kühlen, formellen Art anzupassen.

»Natürlich. Wo sollte ein Mörder denn sonst schlafen?« Bianca meinte in seinem Mundwinkel wieder dieses gefährliche Zucken zu erkennen und beschloss, still zu bleiben. Schweigend gingen sie eine zweite Treppe hinauf und durchquerten mindestens zwei Ballsäle, bevor sie vor einer dunkelblauen Türe Halt machten. »Dies ist die Suite, die ich Euch laut Francesco und Roberto zuweisen soll. Sie ist zwar nicht die komfortabelste, aber die beiden haben sie für Euch ausgesucht.«

»Francesco und Roberto?« Sie sah ihn fragend an.

»Die Ungeheuer – Eure Anstandsherren, meine Onkel. Sie haben ihre Suite da drüben.« Ian deutete quer durch den breiten Mittelgang auf eine Reihe von Türen an der gegenüberliegenden Wand. Er bemerkte ihren verdutzten Gesichtsausdruck und konnte sich vorstellen, was sie dachte: Zwei Aufpasser an Stelle von einem, das war ungewöhnlich. Und dass es sich dabei um zwei Männer handelte, war beinahe ungehörig. Er wollte schon eine Erklärung abgeben, warum er gerade sie ausgesucht hatte, erinnerte sich dann aber gerade noch rechtzeitig an seinen früheren Vorsatz.

»Ich konnte doch nicht eine meiner alten Tanten bitten, das Haus mit einer Mörderin zu teilen, oder? Und ich wollte auch nicht irgendeine passende *gentildonna* mit ausgeprägtem Zartgefühl nehmen, die sich bei meinen Verhören womöglich einmischt. Nein, *eine* Frau unter meinem Dach ist genug.« Bei seinen letzten Worten schüttelte er sich angewidert.

Bianca dachte einen Moment ruhig nach. »Es hat den Anschein, dass sie mich nicht vor Euch schützen sollen, sondern vielmehr Euch vor mir.«

»Immerhin seid Ihr ja doch diejenige, die gefährlich ist, nicht wahr?« Während er diese Worte laut aussprach, flüsterte eine innere Stimme: *Du hast ja keine Ahnung, wie Recht du hast.*

Ian runzelte ärgerlich die Stirn und riss die Tür zu Biancas ›Verlies‹ auf. Vor Bianca öffnete sich nicht nur kein Verlies, sondern sie stand stattdessen auf der Schwelle zu den prächtigsten Gemächern, die sie je bewohnt hatte, so dass sie einen Aufschrei des Entzückens nicht unterdrücken konnte. Die Wände des ersten Zimmers waren alle mit Fresken bemalt, die Frauen jeden Alters und jeden Landes in ihrer Landestracht zeigten. Da gab es Kriegerinnen in Eisenrüstungen und römische Frauen mit langen Gewändern, auch nackte Frauen, deren Körper nur mit ausdrucksstarken Farben bemalt waren. Nur mit Mühe gelang es Ian, sie von dem Wohnsalon in den Hauptraum der Suite zu komplimentieren. Umgeben von Fresken mit alten Gottheiten stand dort ein breites, mit dunkelblauen Samtvolants verhängtes Bett. Bianca war so müde und von der Schönheit nicht nur der Gemälde und Möbel, sondern auch der des Mannes neben sich so überwältigt, dass sie ganz vergaß, darüber nachzudenken, wie ungebührlich es war, mit ihm in einem Schlafzimmer zu stehen. Sie berührte leicht Ians Arm und flüsterte: »Das ist der außergewöhnlichste Raum, den ich je gesehen habe.« Sie löste ihren Blick von den Malereien und sah den Mann neben sich an – und aus einem äußerst unziemlichen Impuls heraus küsste sie ihn plötzlich auf die Wange.

Ians Gedanken wirbelten zwischen der Vergangenheit und der Gegenwart hin und her. Eine Frau in seinem Haus. Ein Kuss. Dieser Raum. Als Ian auf sie herabblickte, sah Bianca, wie sich seine Augen zu einem kalten Schiefergrau verdunkelten. In dem Bewusstsein, zu weit gegangen zu sein, wich sie vor ihm zurück.

»Das war sehr ungehörig, Signorina Salva. Seht zu, dass so etwas nie wieder vorkommt.« Er drehte sich auf dem Absatz um und ging zur Tür.

»Ihr zeigt ein sehr schlechtes Benehmen, das ist Euch hoffentlich klar«, sagte Bianca ruhig.

Ian blieb abrupt stehen und drehte sich von der Tür aus zu ihr um. »Was sagtet Ihr gerade?«

»Einfach so wegzulaufen. Erst große Töne spucken und dann den Raum verlassen, ohne sich anzuhören, was irgendein anderer dazu zu sagen hat. Das ist fast schon feige.«

Bianca spürte, wie eine Welle des Zorns durch den Raum auf sie zurollte. Mit wutverzerrtem Gesicht starrte Ian zu ihr herüber. Als er den Mund aufmachte, war seine Stimme gefährlich leise und eiskalt.

»Wenn ich Ihr wäre, würde ich mir meinen Esprit für morgen aufheben. Ihr werdet jedes Quäntchen Eurer Intelligenz brauchen, um mich davon abzuhalten, Euch als Mörderin anzuzeigen.«

4. Kapitel

Ian las das dechiffrierte Schreiben zuende vor und reichte es dann an Sebastian zu seiner Rechten weiter.

»Das ist heute Morgen angekommen. Ein Fischer hat es hergebracht. Ich werde nie begreifen, wie unser L.N. diese Dinge immer herausbekommt, aber bis jetzt lag er noch nie falsch.«

Die anderen vier Männer um den Tisch nickten zustimmend. Keiner von ihnen war ihrem englischen Cousin, Lucien North Howard, Herzog von Danford, je begegnet, allerdings nicht etwa, weil sie es nicht versucht hätten. Miles und Crispin, die mindestens die Hälfte des Jahres auf ihren Besitztümern in England verbrachten, hatten sich inzwischen daran gewöhnt, höfliche Absagen auf ihre Einladungen zu bekommen und von seinem zwar höflichen, aber leicht bedrohlich klingenden Butler in London darüber informiert zu werden, dass ihr Cousin ›traurigerweise nicht greifbar‹ sei.

Das einzige unzweifelhafte Zeichen seiner Existenz war seine rege, umfangreiche Korrespondenz. Seine Briefe kamen von überall aus der Welt her und wurden auf den abenteuerlichsten Wegen zugestellt. Sie konnten auf Arboretti-Schiffen kommen oder aber auch durch einen ausländischen Boten gebracht werden, der so schnell verschwand, wie er gekommen war. Sie waren jedes Mal eine Mischung aus persönlichen Erlebnissen und Reisebeschreibungen mit geschäftlichen Ratschlägen. Ohne diese Tipps hätten sie es selbst mit Ians hervorragendem Geschäftssinn nicht geschafft, Arboretti zu einer der größten und reichsten Reedereien ihrer Zeit zu machen. Auf L.N.s Rat hin hatten sie ihre Cargos von ursprünglich nur Holz auf alle erdenklichen Produkte aus aller Welt ausgedehnt. Arboretti-Schiffe luden Textilien, Weine, Gewürze, Pflanzen, Tiere, Munition, Gold, Silber, Edelsteine, einfach alles, was man an einem Ort der Welt kaufen und an einem anderen mit Profit wieder verkaufen konnte. In nur acht Jahren hatten sie aus den sechs Schiffen, die ihnen ihr Großvater hinterlassen hatte, eine Flotte gemacht, die denen der meisten Stadtstaaten auf der Halbinsel ebenbürtig war.

Als Mitglied der englischen Gesandtschaft für den Großraum Venedig hatte sich ihr Großvater Benton Walsingham in Laura Foscari-Dolfin, die einzige Tochter einer alten venezianischen Patrizierfamilie, verliebt und beschlossen sich in Venedig niederzulassen. Er erkannte sofort die Möglichkeiten eines Marktes für englisches Bauholz in Europa, das, angefangen vom Gebäudebau bis hin zum Bau von Kriegsschiffen gebraucht wurde, und begann seine Firma aufzubauen. Er nannte sie nach dieser Ladung *Arboretti* – kleine Bäume, und vermachte sie bei seinem Tode seinen sechs Enkelsöhnen.

Siebzig Jahre nach der Gründung seiner Gesellschaft war der Name in das allgemeine Gedankengut als scherzhafte Anspielung auf die ungewöhnliche Körpergröße der sechs Männer eingegangen, die dieses ungeheuer erfolgreiche Unternehmen führten. Es genoss in der ganzen Welt einen hervorragenden Ruf, und die groß gewachsenen jungen Männer, die die Gesellschaft leiteten, wurden regelmäßig von anderen Unternehmern zu Rate gezogen, die oftmals doppelt so alt waren wie sie. Aber es waren vor allem Frauen, deren Gunst sich die meisten Arboretti zweifellos erfreuten. Gut aussehend und vermögend wie sie waren, pflügten sie eine breite Spur durch die Frauenwelt Europas, hinterließen teure Geschenke und jede Menge gebrochener Herzen.

Nach der Meinung der anderen war L.N. dem Anschein nach der Schlimmste von allen. An jedem Hof des christlichen Abendlandes gab es mindestens eine schöne Frau, die immer noch nach ihrem ›geliebten Lucien‹, ihrem ›Carissimo Luciano‹ oder ihrem ›Cher Luc‹ schmachtete. Die fünf anderen verfolgten begierig die Heldentaten ihres mysteriösen Cousins, führten zum Spaß nicht nur Buch über die Gewinne, die seine Informationen einbrachten, sondern auch über seine Eroberungen. Wie er die Zeit hatte, Herzen zu brechen und gleichzeitig auch noch entscheidende Informationen zu sammeln, blieb ihnen zwar ein Rätsel, aber sie hatten es gelernt, dies, ohne Fragen zu stellen, hinzunehmen. Um genau zu sein, blieb ihnen gar nichts anderes übrig, denn ihr Großvater hatte verfügt, dass der Herzog von Danford, den er nach dem Tod seiner jüngsten Tochter selbst aufgezogen hatte, bei allen geschäftlichen Angelegenheiten die letzte Entscheidung haben sollte.

Als L.N. nun seinen Cousins die Anweisung gab, eine Schiffsladung Schießpulver und Kanonenfutter für England zu stoppen und stattdessen eine Ladung verdorbenen Getreides zu verschiffen, konnten sie deshalb nichts weiter tun, als den Kopf zu schütteln und seiner Order Folge zu leisten.

»Aber wir haben doch gar nichts von diesen Piraten läuten hören, die seinen Angaben nach unser Cargo bedrohen«, warf Miles skeptisch ein und strich sich die Haarlocke aus der Stirn, die ihm ständig über die Augen fiel. »Ich habe das Schießpulver erst vor zwei Monaten höchstpersönlich dem Lord Chamberlain für seine Schlachten in den Highlands versprochen, und ich glaube nicht, dass er sehr erfreut sein wird, wenn er jetzt stattdessen ein Büschel verrottetes Getreide samt Ratten bekommt.«

»Er könnte ja versuchen, das Zeug an die Rebellen im Norden zu verfüttern«, ließ sich Tristan vom Ende des Tisches her vernehmen. »Vielleicht bringt er sie damit ja schneller um, als wenn er kämpft. Und die Staatskasse würde sich auch freuen.« Er schüttelte seinen dunklen Kopf und seine jadegrünen Augen blitzten fröhlich auf. »Ja doch, eine gute Idee ...«

Tristans Frotzeleien wurden plötzlich durch einen langen durchdringenden Schrei unterbrochen, der aus einem entfernten Trakt des Palazzos kam. Schweigen legte sich über die Runde, und alle Köpfe wandten sich Ian zu, der schnell von seinem Stuhl aufsprang.

»Das klingt ganz nach meiner scharmanten Verlobten, wenn ihr mich für einen Moment entschuldigen wollt ...«

»Ihm nach!«, rief Crispin aus, während Ian den Raum verließ. »Es ist Jahre her, dass so etwas Aufregendes in unserem Haus passiert ist, und ich für meinen Teil, möchte das nicht versäumen.«

»AAAAAAAAHHHHHHHH!!!« Bianca schrie wie eine Furie. Sie hatte eine unruhige Nacht verbracht, viel gehustet und sich immer wieder in dem großen Bett hin- und hergewälzt, ständig von dem Gefühl verfolgt, sie werde beobachtet. Als sie die Augen öffnete, sah sie sich plötzlich einem Monster mit gräulichen Hauern gegenüber, das sich über sie beugte. »Hau ab, hau ab! Hilfe, Hilfe, Hilfe!«

Die Hand der Kreatur verschloss ihr den Mund. »Ganz ruhig, kleines Fräulein«, sagte eine beruhigende männliche Stimme ganz nah an ihrem Ohr. »Ian wird uns den Kopf abreißen, wenn Ihr unseretwegen derart schreit.«

Bianca drehte den Kopf zu der Stimme hin und sah, dass sie nicht aus dem Mund einer verschlagenen Bestie kam, sondern einem normal aussehenden älteren Mann mit rundem Gesicht und lächelnden Augen gehörte. Neben ihm stand ein zweiter, etwa gleich alter Mann, mit einem etwas ernsteren Gesichtsausdruck. In der Hand des lebhafteren Mannes baumelte eine Karnevalsmaske, die einen wilden Eber nachbildete. Er hielt sie ihr zur Ansicht hoch und nahm die Hand von ihrem Mund.

»Ian hat uns erzählt, Ihr würdet zwei Ungeheuer erwarten. Dem wollten wir nur entsprechen. Und außerdem dachten wir, wir müssten Eure Lebensgeister wieder ein bisschen in Schwung bringen. Sie scheinen in den letzten Stunden ganz schwach geworden zu sein.« Er nickte und griff nach Biancas Handgelenk. »Sieh an, Roberto, sieh an! Ich habe doch gesagt, dass dieser Trick funktionieren würde. Fühl nur, jetzt pumpen sie wie die Bergwerksknappen!«, rief er und zog dabei Biancas Arm in Richtung des ernsteren Mannes.

»Ja, es scheint funktioniert zu haben, Francesco, aber ich glaube, eine Dosis von Ians feinem Brandy hätte weniger Sand ins Getriebe geworfen. Schau sie dir an – er beklagte sich dauernd, dass sie nicht still sein will, aber bei uns hat sie noch kein Wörtchen herausgebracht. Du hast es wieder einmal übertrieben, fürchte ich.«

Bianca ließ ihren Blick von dem einen zum anderen gleiten und versuchte zu begreifen, was hier vorging. Die beiden mussten Francesco und Roberto sein. Doch anstatt sie Ungeheuern zu überlassen, hatte Ian sie wohl in die Hände von Ärzten übergeben, und zwar nicht nur irgendwelchen Ärzten, sondern dazu noch berühmten: Ihr Vater hatte oft voller Bewunderung von Francesco di Rimini und Roberto Collona gesprochen, und sie erkannte ihre Gesichter nach den Portraits auf den Titelseiten ihres Pflanzenbuches wieder, mit dem sie während ihrer Medizinstudien gearbeitet hatte. Die Verwirrung darüber, sich plötzlich in Gesellschaft dieser beiden berühmten Männer zu befinden, ließ sie im ersten Moment über Ians Kommentar bezüglich ihrer Geschwätzigkeit hinweghören, aber es dauerte nicht lange, bis ihr Stolz die Oberhand über ihr Gefühlschaos gewann. Doch bevor sie noch Zeit fand, auf Ians Verleumdung zu reagieren, fand sie sich wieder in ihr Bett zurückgestoßen, die Decke über dem Kopf.

Durch die Betttücher hörte sie gedämpft Ians Stimme. »Ist sie noch nicht auf? Ich meinte ihre Stimme zu hören. Ist es normal, dass sie so lange schläft?« Seine Fragen sprudelten nacheinander in schneller Folge aus ihm heraus.

»Nur ein Albtraum, lieber Neffe, nur ein böser Traum«,

versicherte ihm Francesco und ließ die Karnevalsmaske diskret neben dem Bett auf den Boden fallen. »Nur keine Sorge. Der Schlaf wird ihr gut tun. Wenn sie erst wach ist, geht es ihr wieder gut, aber wir müssen der Natur ihren Lauf lassen. Bist du nicht auch der Meinung, Roberto? Am besten lassen wir sie weiterschlafen, oder?«

»Ja sicher, ganz recht, Francesco. Wir werden Euch natürlich sofort, wenn sie aufwacht, aus der Sitzung holen, Ian.«

»O ja, die beste Zeit für ein Verhör ist, bevor sie noch ihre Sinne wieder alle beisammen hat«, fügte Francesco hinzu und sah dabei seinen Neffen durchdringend an. »Nur Interesse halber, gedenkt Ihr eigentlich, das Verlies für Eure Arbeit zu benutzen? Schrauben, Nägel, Peitschen? Ihr wisst doch noch, wie gut das bei der Letzten gewirkt hat …«

»Was, zum Teufel, wollt Ihr …?« Ians Frage wurde von Francescos Stimme abgewürgt, während Roberto sich gleichzeitig über das Bett beugte und verzweifelt versuchte, die sich windende Bianca ruhig zu halten.

»Ganz recht, das geht uns nichts an«, fuhr Francesco fort und komplimentierte dabei Ian zur Tür. »Ihr möchtet nicht, dass sich irgendjemand in das Verhör einmischt, das waren Eure genauen Worte gestern Abend.« Ian glaubte einen Anflug von Ironie aus der Stimme seines Onkels herauszuhören. »So, und jetzt geht wieder an die Arbeit und verdient gutes Geld, damit wir alle weiter wie die Fürsten leben können, und lasst uns die Arbeit von Ungeheuern machen. Steht Euch sowieso nicht.«

Mit Francescos drängendem Arm um die Schulter, war Ian schon fast über die Schwelle getreten, als Roberto plötzlich das zappelnde Knäuel Betttücher nicht mehr halten konnte.

Bianca explodierte unter den Decken und schrie los: »Peitschen? Ihr wollt mir mit Peitschen kommen?«

Die drei Männer sahen sie verblüfft an. Ihre Augen waren von einem faszinierenden Dunkelbraun und ihre Lippen zitterten vor Wut. Sie warf den Kopf nach hinten und reckte herausfordernd das Kinn nach vorne.

»Nur zu, erniedrigt mich. Foltert mich. Peitscht mich meinetwegen aus. Aber beim Busen der heiligen Agata verspreche ich Euch, wenn Ihr mich wie ein Tier behandelt, dann werde ich auch wie ein Tier schweigen. Ich lasse mich lieber irgendwo in einem schmutzigen, feuchten Verlies von Ratten mit spitzen Zähnen auffressen, als Euch zu sagen, was ich weiß.« Sie verschränkte die Arme über der Brust und starrte Ian finster an.

»Madame, Ihr habt das Geheimnis gelüftet!«, ließ sich auf einmal eine männliche Stimme hinter Ian vernehmen. Bianca blickte auf und sah eine Gruppe von groß gewachsenen Männern, die ihres Wissens nach die anderen Arboretti sein mussten. Der eine von ihnen, ein blonder Hüne, der wie eine jugendlichere Version von Ian aussah, sprach sie lächelnd an: »Das Geheimnis, womit mein Bruder seine ganze Zeit verbringt. Er schärft die Zähne der Ratten in seinem Verlies. Ich bin so ein Tölpel, dass ich darauf nicht früher gekommen bin ...« Crispin schüttelte in gespielter Verzweiflung über seine eigene Dummheit verächtlich den Kopf, während seine Begleiter sich nur mühsam beherrschen konnten, um nicht laut loszuprusten.

Nun war es an Ian, finster dreinzuschauen. Er wandte sich mit seiner strengsten Miene an die Eindringlinge im Flur und befahl ihnen zu gehen. »Dies ist ein Frauengemach. Es ist für meine Verlobte beleidigend, von euch Barbaren in dieser Weise belästigt zu werden ...«

»Das macht mir nichts aus. Wirklich nicht.« Bianca lächelte die vier Männer auf der Türschwelle gewinnend an. »Tretet doch ein. Es ist für mich eine große Ehre, die berühmten Arboretti kennen zu lernen. Ich kenne Frauen, die sich ein Bein ausreißen würden, um irgendeinen von Euch in ihr Schlafgemach zu bekommen, geschweige denn alle fünf auf einmal.«

Nun konnten die Arboretti nicht länger an sich halten und brachen in Gelächter aus, und Bianca lachte mit. Dabei musterte sie sie heimlich, nachdem sie noch nie Gelegenheit gehabt hatte, dieser bemerkenswerten Gruppe so nah zu sein. Der, der gesprochen hatte, war – das wusste sie – Crispin, Ians Bruder, dessen Ruf, ein wüster Lebemann mit einem ausschweifenden Leben zu sein, nur durch seine extreme Gutmütigkeit und seine außerordentliche Freundlichkeit aufgehellt wurde. Neben ihm erkannte sie mit einer Haarlocke in der Stirn die seelenvollen Gesichtszüge von Miles, Ians Uhrmacher und seines Zeichens Poet von hohem Ansehen. Seine dichterischen Fähigkeiten wurden oft in einem Atemzug genannt mit seiner Leichtigkeit, sich zu verlieben, einmal sogar in nicht weniger als zehn Frauen an einem Tag. Aber das nützte ihm alles nichts, da er mit fünf Jahren verlobt worden war. Hinter dem dauerverliebten Poeten stand Sebastian, der seine dunkle Hautfarbe und seine Sprachbegabung von seiner türkischen Mutter geerbt hatte, während seine tiefblauen Augen und sein entwaffnendes Lächeln das Erbe seines venezianischen Vaters waren. Bianca hatte gerüchteweise gehört, er könne eine Frau quer über einen Raum voller Menschen verführen. Das schien zwar außergewöhnlich, doch als sie ihn nun von Angesicht zu Angesicht sah, wurde die Wahrscheinlichkeit dieser Behauptung in keiner Weise ausgehöhlt. Neben Sebastian stand Tristan, dessen Zeit als König venezianischer Diebe sich in einer amüsierten Betrachtung des Lebens niedergeschlagen und ein schlaues Lächeln zurückgelassen hatte, das alles, was er sagte, glaubhaft erscheinen ließ. Bianca hatte gehört, dass seine Sammlung zeitgenössischer Kunst, die in dem Palazzo, den er mit Sebastian teilte, untergebracht war, zu den schönsten in ganz Europa gehörte, und beschloss, ihn danach zu fragen.

»Tja, Tristan ist dafür berühmt, schöne Dinge zu sammeln«, mischte Miles sich ein, noch bevor sein Cousin etwas erwidern konnte. »Aber in Bezug auf Euch hat Ian die Nase vorn gehabt.«

Die Aufrichtigkeit von Miles Kompliment zerstreute Biancas Unmut darüber, als eines von Ians Sammelobjekten beschrieben zu werden, und so dankte sie ihm lachend. Diese unbeschwerte Kameraderie war ganz und gar nicht im Sinne von Ian. Die Atmosphäre war gesellig, heiter und unbeschwert, war alles andere als spannungsgeladen, so wie er es sich erhofft hatte. Er fühlte sich von dieser fröhlichen Gruppe vollständig ausgeschlossen. Als habe Bianca seine Isolation bemerkt, wandte sie sich ihm mit einem einladenden Lächeln zu. Es war so verlockend – nur ein bisschen loslassen, ein klein wenig entspannen ... Verdammt, dachte er, und riss sich aus seiner verführerischen Träumerei – sie tut es schon wieder, beugte ihn ihrem Willen, so als sei er irgendein unerfahrener junger Liebhaber.

Anstatt loszulassen, spannte Ian seine Kiefermuskeln an. »Euer Stelldichein mit meinem Bruder und meinen Cousins ist jetzt vorbei«, verkündete er streng und merkte, wie die Heiterkeit aus ihrem Gesicht verschwand. Er scheuchte alle Männer zur Tür. »Raus, und zwar alle, raus. Meine Verlobte und ich haben eine Menge Dinge zu besprechen, und wir ziehen es vor, dies unter vier Augen zu tun.« Aus dem Augenwinkel heraus sah er, wie Bianca den Mund öffnete, um etwas zu sagen, ihn dann aber doch wieder schloss. Gut so. Sie musste sich ins Gedächtnis zurückrufen, wer hier unter Kuratel stand.

Einige der Arboretti-Cousins wagten beim Hinausgehen einen Blick zurück und lächelten beziehungsweise zwinkerten ihr mitfühlend zu. Francesco lungerte noch auf der Türschwelle herum, als wolle er noch etwas sagen, doch Roberto überredete ihn mitzukommen. Als sie schließlich allein waren, spürte Ian Biancas Blick auf sich. Erwartungsvoll sah sie ihn an. Er fühlte sich seltsam verwirrt, unfähig sich daran zu erinnern, was er in diesem Prunksalon mit dieser reizenden zerzausten Frau auf dem Bett machen wollte. Als er sich ihr näherte, fragte er sich im Stillen, ob die Haut ihrer Schultern wohl genauso zart und weich wie die Haut ihrer Wangen sei – oder vielleicht noch zarter. Waren ihre Brustwarzen, die sich durch ihr dickes Damastnachthemd nur unscharf abzeichneten, eher rosa oder mehr pfirsichfarben? Wie würde sich ihr Mund unter seinen Lippen anfühlen? Oder ihr Körper?

Schockiert bemerkte er plötzlich, dass er zunehmend erregt wurde – und das ausgerechnet hier in dem Schlafgemach dieser einen zum Wahnsinn treibenden, manipulierenden, gefährlichen Frau. Eigentlich könnte er ein Vermögen sparen, überlegte er. Anstatt – wie häufig – eine der teuren Kurtisanen zu besuchen, brauchte er nur sein Recht wahrzunehmen, seine Verlobte zu verführen. Aber er hatte vor Jahren beschlossen, nie mehr Gefühle und Geschlechtlichkeit zu vermischen, und diese Regel schien jetzt bei dieser gefährlichen Schönheit vor ihm besonders wichtig zu sein. Es wäre besser, sich ihr nicht einmal zu nähern, entschied er und machte sich gleichzeitig eine gedankliche Notiz, sich für die Zeit von Biancas Anwesenheit in seinem Haus im Vorhinein die täglichen Dienste einer bevorzugten Kurtisane zu sichern. Vielleicht auch zwei Mal pro Tag, dachte er gerade, als sich eine ihrer Fesseln unter der Bettdecke hervorschob.

Biancas Herz raste. Ian war nah genug herangekommen, um ihn berühren zu können. Endlich schien sie zu erleben, worauf sie schon so lange gespannt war. Sie wünschte sich, einfach den Arm auszustrecken und seine Hand zu nehmen, um sie über all die Stellen ihres Körpers zu führen, deren Berührung sie sich in ihren Fantasien ausgemalt hatte. Doch sein barscher Tadel vom Abend zuvor war ihr noch in böser Erinnerung, und so zögerte sie, um nicht das Risiko einzugehen, ihn wieder zu vertreiben. Sie spürte, wie ihr unter seinem Blick auf seltsame, aber nicht unangenehme Weise warm wurde. Während sie zu ihm hochblickte, sehnte sie sich danach, von ihm berührt zu werden, wollte, dass er sich über sie beugte und ihren Mund mit seinen Lippen umschloss. Sie ließ ihre Zunge langsam über ihre Zähne gleiten, um ihn zu sich zu locken.

Ian drehte sich abrupt um und ging zur Tür. Dort wandte er sich noch einmal um, starrte auf irgendeinen Fleck über ihrem Kopf und gab ihr Anweisungen. »Ich werde im Vorzimmer auf Euch warten, bis Ihr Euch angekleidet habt. Wir müssen die Leiche von Isabella bald wegschaffen. Deshalb würde ich sie mir gern heute Nachmittag mit Euch zusammen ansehen. Eure Garderobe wurde übrigens heute Früh vom Haus Eurer Tante hergebracht. Ihr findet sie in dem Schrank. Beeilt Euch bitte.«

»Gewiss, mein Herr. Die Verwesung ist natürlich ein Problem. Ich bin sofort bei Euch.« Bianca bemühte sich, ihrer Stimme die schmerzliche Enttäuschung und ihre Verwirrung nicht anmerken zu lassen. Für einen kurzen Augenblick hatte sie etwas gespürt, hatte das Gefühl gehabt, dass er sie vielleicht doch nicht wirklich hasste. Aber sie hatte sich getäuscht. Er fand sie abstoßend, konnte sich nicht einmal überwinden, sie zu berühren. Ihre Umarmung am Abend zuvor war ein Trugbild gewesen. Er empfand nichts außer Verachtung für sie. Aber, redete sie sich gut zu, es gab noch andere Männer – Gondolieri, Butler, Diener und sogar die anderen Arboretti. Ein Haus dieser Größe musste voll von ihnen sein. Nein, es musste mit Sicherheit kein Graf sein, der sie darin unterrichtete, wonach sie sich so lange schon sehnte. Als jedoch selbst dieser Gedanke ihren Schmerz nicht linderte, erinnerte sie sich selbst daran, dass der eigentliche Zweck ihres Hierseins ja darin bestand, den zu finden, der Isabella ermordet hatte. Ihre Unschuld zu beweisen, war schließlich wichtiger, als sie zu verlieren, auch wenn es an den Graf d'Aosto wäre. Das sollte es zumindest sein. Während sie sich das immer wieder wie ein *Ave Maria* vorsagte, zog sie sich schnell an und ging dann zu ihm hinaus.

5. Kapitel

Bianca und Ian stiegen die Treppen zu den Labors genauso hinauf, wie sie sie am Tag zuvor hinuntergegangen waren – schweigend. Ian ließ Bianca den Vortritt in den kalten Raum und folgte ihr mit einer Hand voll Wachskerzen. Beim Betreten des Raums schlug ihnen zwar der Gestank von verwesendem Fleisch entgegen, doch Ian fiel auf, dass Bianca keine Notiz davon zu nehmen schien. Er fragte sich, ob wohl alle Mörder so kaltblütig waren. Gemeinsam machten sie sich daran, alle Kerzen anzuzünden und sie in die Kerzenhalter an den Wänden zu stecken.

»Ich hatte Giorgio angewiesen, in der Nacht noch mehr Eis zu bringen.« Ian deutete auf die riesigen Eisblöcke rund um die Leiche. »Ich dachte, man könnte damit die Verwesung hinauszögern.«

»Hm, ja, sehr gut, mein Herr.« Bianca ging die Zeichnungen in ihrem Buch durch und versuchte erst ihre Gedanken zu ordnen, bevor sie mit ihrem Bericht begann. Nachdem sie ein paar Minuten lang ihre Papiere hin- und hergeschoben hatte, blickte sie auf und sah, wie Ian wehmütig auf die sezierte Frau auf dem Tisch hinabstarrte.

Der Gedanke traf sie wie ein Blitzschlag. Bei den Zähnen der Santa Appolonia, was für eine Idiotin war sie doch gewesen! Natürlich, er war in Isabella verliebt gewesen und war nun in tiefer Trauer. Kein Wunder, dass er sie hasste, sie, die mutmaßliche Mörderin seiner Geliebten. Sie erinnerte sich an das Medaillon, das sie auf dem Körper der Leiche gefunden hatte. Die Haarlocke, die darin sorgfältig aufbewahrt war, war von genau demselben Blond gewesen wie Ians Haar. Sie waren Geliebte gewesen, dachte Bianca bei sich und war plötzlich eifersüchtig auf die Frau auf dem Tisch. Verflucht nochmal, ging es ihr durch den Sinn, was er jetzt brauchte, war beileibe nicht eine kalte Bestandsaufnahme von Isabellas Anatomie, sondern Mitgefühl.

Sie räusperte sich. »Würdet Ihr gern über sie sprechen, mein Herr?« Bianca hatte schon oft Stunden damit zugebracht, die Verwandten von sterbenden Patienten zu trösten, und ihnen dabei geholfen, ihre Trauer auszudrücken. Sie wusste aus persönlicher Erfahrung, wie schwer es sein konnte, einen geliebten Menschen zu verlieren. Als Ian nicht reagierte, versuchte sie es noch einmal. »Wie lange habt Ihr sie, hm, gekannt?«

Ian sah sie überrascht und etwas verwirrt an. »Sie gekannt?«, wiederholte er, und dann: »Wie lange?«

»Ihr braucht nicht zu antworten, wenn das zu schmerzlich für Euch ist«, unterbrach Bianca ihn verlegen. Sie hätte nicht fragen sollen, die Sache war viel zu persönlich, das ging sie überhaupt nichts an.

»Schmerzlich?« Ian hatte wieder diesen leeren Blick. Endlich schien er langsam zu begreifen, und er fing an zu sprechen. Sein Tonfall war abgehackt. »Ihr scheint da etwas misszuverstehen, Signorina Salva. Ich kannte Isabella Bellocchio nicht. Ich habe sie vor vier Tagen, als ich die Leiche entdeckte, zum ersten Mal gesehen. Sie gehörte nicht unbedingt zu meinen gesellschaftlichen Kreisen.« Isabella war nicht der Typ Kurtisane, den er sich aussuchte. Crispin hatte zwar oft von ihrer süßen Unschuld und ihrem kindlichen Scharm geschwärmt, aber das waren Eigenschaften, die Ian nicht anzogen. Er dachte daran, dies Bianca zu erklären, befand dann aber, dass sie das nichts angehe. Sollte sie doch denken, was sie wollte.

Jetzt war es an Bianca, verwirrt zu sein. Warum log er sie an? »Aber das Medaillon ...«, platzte sie heraus, bevor sie noch darüber nachdenken konnte. »Sie hatte Euer Haar in diesem Medaillon. Sie war doch sicherlich Eure Geliebte.«

»Ihr tätet gut daran, Euch mit Vermutungen über mein Liebesleben zurückzuhalten, Signorina. Das geht Euch absolut nichts an.« Ian war überrascht, wie schroff diese letzten Worten aus ihm herauskamen. »Außerdem weiß ich nichts von einem Medaillon. Was jedoch meine Haarfarbe anbetrifft, so findet Ihr sie bei der Hälfte aller Patrizier Venedigs. Sie unterscheidet sich übrigens nicht so schrecklich von der Farbe Eures Haares.« Ian musterte sie. »Woher soll ich wissen, ob das Medaillon nicht ein Geschenk von Euch war? Ob Ihr früher nicht einmal Freundinnen wart und später wegen eines Eurer Kunden zu Rivalinnen wurdet? Ihr wurdet vielleicht eifersüchtig und habt sie deshalb getötet.«

Bianca blickte ihn ob dieser absurden Logik verächtlich an. »Wir hatten in Bezug auf unsere Liebhaber keineswegs denselben Geschmack.« Das war nicht einmal so ganz weit von der Wahrheit entfernt, versicherte sie sich selbst.

Aha! Sie war also doch nicht so unschuldig, wie sie zu sein vorgab. Ian triumphierte – er hatte ihre zur Schau gestellte Naivität die ganze Zeit durchschaut. »Isabella hatte vielleicht beschlossen, die Palette ihrer geschmacklichen Vorlieben zu erweitern. Ist das der Grund, warum Ihr in Isabellas Wohnung gegangen seid? Wolltet Ihr Euch an ihr rächen, weil sie Euch in die Quere gekommen ist?« Ian beobachtete sie genau. Er war sich sicher, dass er einer Sache auf der Spur war.

»Isabella wurde nicht aus einer spontanen Eingebung heraus in einem Anfall von leidenschaftlicher Rache getötet.« Bianca klang ärgerlich. »Wer auch immer sie umgebracht hat, er muss es von langer Hand geplant haben.«

»Wie könnt Ihr das so genau wissen, wenn Ihr es nicht selbst wart?« Ian hatte sie in die Enge getrieben. Er sah, dass sie langsam nervös wurde.

Bianca sah ihn überrascht an. »Wie würdet *Ihr* denn den Dolch und die Nachricht an Euch erklären? Das sind mit Sicherheit keine Dinge, an die man in letzter Minute noch denken würde. Aber es sind Beweise für meine Unschuld: Welchen Grund sollte ich denn gehabt haben, Euch in die Falle zu locken, um Euch einen Mord anzuhängen – obwohl das jetzt, da ich Euch besser kenne, gar keine so schlechte Idee zu sein scheint. Doch selbst wenn ich es getan hätte, warum sollte ich am Ort des Verbrechens bleiben, bis Ihr eintrefft?«

Das war an sich ein ganz überzeugender Gesichtspunkt. Allerdings erkannte Ian sofort eine Schwachstelle. Er schüttelte den Kopf. »Typisch Frau, so zu argumentieren, und die augenscheinlichen Indizien für eine Schuld als Beweis für ihre Unschuld ins Feld zuführt. Ich glaube, ich stelle hier die Fragen, und Ihr antwortet. Habt Ihr sonst noch irgendwelche ähnlich zwingenden Beweise für Eure Unschuld?« Ian beschloss, es ihr leichter zu machen. »Wenn Ihr Isabella nicht umgebracht hättet, würde es Euch vermutlich nichts ausmachen, eine Erklärung für Eure Anwesenheit in ihrer Wohnung abzugeben.«

Bianca blickte ihn einen Augenblick durchdringend an. Er war so stur und verbohrt, weigerte sich strikt, seinen Verstand einzusetzen. Sie wollte schon ihrem ersten Impuls nachgeben und ihm zeigen, dass sie genauso stur sein konnte, und eine Antwort verweigern, überlegte es sich dann aber anders. Vielleicht konnte sie ihm ja genug erzählen, um den Beweis dafür zu erbringen, dass sie keine Mörderin war, ohne dabei gleich alles zu offenbaren.

»Ich habe Isabella das Schreiben beigebracht. Ich war jeden Montag um dieselbe Zeit bei ihr, um ihr Stunden zu geben. Wir hatten eine feste Vereinbarung.« Sie sah ihm herausfordernd in die Augen.

»Klingt sehr unschuldig. Warum habt Ihr das nicht gleich zugegeben?«

»Dazu bestand kein Grund. Ich sagte Euch doch, dass ich mit Isabellas Tod nichts zu tun habe.«

Ian war misstrauisch, das spürte sie. Sie begann im Zimmer herumzugehen, räumte auf und traf Vorbereitungen für den Abtransport der Leiche.

»Warum habt Ihr das getan?«, fragte Ian plötzlich provozierend.

Bianca biss die Zähne zusammen und zischte ihn an: »Ich habe doch gerade gesagt, dass ich es nicht getan habe ...«

»Nein, den Mord habe ich nicht gemeint. Warum habt Ihr eingewilligt, Isabella Stunden zu geben? Was hat Euch dazu gebracht, Eure Familie durch Eure Kapriolen mit einer Kurtisane möglicherweise in Misskredit zu bringen? Es gibt in Venedig mit Sicherheit adäquatere Schreiblehrer als irgend so ein junges Ding, das sich einbildet, mal eine berühmte Ärztin zu werden. Die hätte sie doch genauso gut anheuern können.« Er fügte auch gleich noch die Ergebnisse der Recherchen, die er am Morgen über ihre familiäre Situation angestellt hatte, hinzu. »Ihr habt von Eurem Vater ein immenses Vermögen geerbt; Ihr brauchtet mit Sicherheit kein Geld ... Was also war Euer Motiv?«

»Wie Ihr ja selbst so schön gesagt habt, Frauen brauchen keine Motive, nur die Mittel dazu.« Bianca spuckte ihm diese Worte förmlich ins Gesicht. Sie konnte kaum sprechen, so wütend war sie. Wie konnte sie ihn nur jemals für attraktiv gehalten haben? »Im Gegensatz zu den geschätzten, ehrenwerten und erhabenen Männern Eurer sozialen Schicht, müssen sich Frauen ihre Bildung hart erkämpfen. Auf jeden Fall werden diejenigen unter uns, die anmaßend genug sind, um sich für gelehrt zu halten – natürlich bei weitem nicht so begabt wie Ihr und Eure Freunde –, oftmals von weniger vom Schicksal Begünstigten um Hilfe und um Unterricht angegangen. Viele Frauen, so auch Isabella, sind zu eitel, um einem Mann einzugestehen, dass sie weder schreiben noch lesen können. Das muss man sich einmal plastisch vor Augen führen, mein Herr: nicht in der Lage sein, geschichtliche oder naturwissenschaftliche Arbeiten zu lesen oder den Brief eines Freundes, geschweige denn ein Liebesgedicht. Stellt Euch vor, Ihr könntet Eure eigenen Konten nicht entziffern, wüsstet nicht, wie man eine einfache Addition oder Subtraktion durchführt. Ohne diese Fähigkeiten ist eine Frau immer auf das Mitleid und die Gnade eines anderen angewiesen. Ich vermute, dass Ihr Männer sie so bevorzugt. Würdet Ihr mir darin nicht zustimmen, mein Herr?«

»Eine interessante Theorie, Signorina, aber genau wie all Eure anderen Theorien hat auch sie ein entscheidendes Manko – es fehlt der Beweis. Wieso also kam dieses Arrangement mit Isabella zu Stande? Spazierte sie auf der Piazza San Tristan rein zufällig an Euch vorbei, hörte rein zufällig, wie Ihr einem armen Burschen, der Euch auch rein zufällig sein Ohr lieh, etwas vorlast, und schwupps bat sie Euch, ihr Unterricht im Lesen zu geben. Oder macht ihr vielleicht Werbung für Eure speziellen Schnellkurse im Schreiben? Oder war es –«

Bianca unterbrach seine sarkastische Litanei. »Wenn Ihr es genau wissen wollt, kam es dazu, nachdem wir uns ineinander verliebt hatten. Ich wollte von ihr Briefe bekommen, wenn ich nicht da war, und es störte mich, dass sie nicht schreiben konnte.«

Ian ließ seinen Satz unbeendet. »Das ist das erste Vernünftige, was Ihr an diesem ganzen Tag gesagt habt.«

»Und gleichzeitig auch die erste Lüge.« Bianca seufzte und sah ihn fast mitleidig an. »Mein Herr, ich bin Euch zwar dankbar dafür, dass Ihr mich attraktiv genug findet, um eine Schönheit wie Isabella für mich zu begeistern, aber ich muss doch darauf bestehen, dass Ihr Eure Hypothese, wir beide seien ein Liebespaar gewesen, wieder ad acta legt. Ich begegnete ihr bei der Arbeit an meinem Buch. Für meine Studien musste ich mir alle Typen von Frauen ansehen und mit ihnen sprechen. Ich gab bekannt, dass ich bereit war, jede Frau, ungeachtet ihrer Zahlungsfähigkeit, medizinisch zu betreuen. Isabella war eine meiner Patientinnen.« Das entsprach alles der Wahrheit, wenn es auch nicht die ganze Wahrheit war. Warum also war sie trotzdem weiterhin so nervös, als sie auf die Reaktion von Ian wartete?

Ian konnte Bianca förmlich vor sich sehen, wie sie durch die ganze Stadt fuhr, um Frauen zu besuchen, die Gondel voll gepackt mit medizinischen Tinkturen und was weiß der Himmel alles. Kein Wunder, dass ihre Tante und ihr Onkel so bereitwillig einem Umzug in sein Haus zustimmten, und das trotz der ziemlich unkonventionellen und fragwürdigen Verlobung. Er konnte sich auch vorstellen, wie zu jeder Tages- und Nachtzeit irgendwelche Wichte und Boten an ihre Tür bollerten und nach der Ärztin verlangten. Es schauderte ihm bei dem Gedanken daran, dass seinem Palazzo womöglich ein ähnlicher Ansturm bevorstand.

Bianca hielt seinen forschenden Blick nicht länger aus. »Ich habe Euch jetzt alles erzählt, mein Herr. Ich bin unschuldig. Vielleicht erzählt Ihr mir jetzt, was Eure Nachforschungen ergeben haben.«

»Nein.« Ian schüttelte den Kopf, doch keineswegs entschuldigend. Er hatte zwar keinen Zweifel daran, dass sie ihm die Wahrheit bezüglich ihrer Bekanntschaft mit Isabella erzählt hatte, aber es gab da noch etwas, was sie zurückhielt, dessen war er sich sicher. Dafür, dass sie bei ihrem ersten Aufeinandertreffen so viele Ausflüchte benutzt hatte, war ihre Erklärung zu banal. Sie schützte irgendjemanden, sich selbst oder jemanden, um den sie sich große Sorgen machte. Und er musste wissen, wer das war.

Einen Moment lang spielte er mit dem Gedanken, ihr zu erzählen, welche Schritte er unternommen hatte, um den Mörder in eine Falle zu locken. So hatte er zum Beispiel einen Aufruf mit der Bitte um Hinweise über Isabellas Verschwinden gemacht und auch versucht, etwas über die Herkunft dieses scheußlichen Dolches mit seinem Wappen in Erfahrung zu bringen. Wenn er sie das wissen ließe, vielleicht würde sie das ja in Panik versetzen und die Wahrheit zu Tage fördern. Doch sie war schlau und gerissen, diese Bianca Salva, und schaffte es, alles zu ihren Gunsten zu verdrehen. Dieses kratzbürstige kleine Ding einzuschüchtern, war wahrscheinlich ein Ding der Unmöglichkeit. »Nein, das wäre keineswegs ratsam. Für wie blöd haltet Ihr mich eigentlich, Signorina?«, fragte er schließlich. »Meint Ihr etwa, ich würde meiner einzigen brauchbaren Verdächtigen meine Methoden und Ermittlungsergebnisse verraten? Ich mag vielleicht nicht Euer geistiges Format besitzen«, seine Lippen zuckten wieder in dieser gefährlichen Weise, »aber ich bin auch kein hirnloser Säugling, der gerade erst von der Mutterbrust entwöhnt ist.«

Bianca war viel zu verblüfft, um etwas zu erwidern. Schließlich entgegnete sie: »Das ist einfach absurd. Ich habe Euch gesagt, was ich dort gemacht habe. Ich habe Euch alles erzählt. Ich bin unschuldig.«

»Beweist es.« Ian taxierte sie. Seine Augen hatten sich zu schmalen Schlitzen verengt. »Wenn Ihr es wirklich nicht getan habt, dann sagt mir wenigstens, wer es war.«

»Bei den Knöcheln der Santa Barbara, Ihr seid der größte Sturkopf auf Gottes weiter Erde. Ihr haltet also weiterhin daran fest, dass ich eine Lügnerin und Verbrecherin bin?« Sie näherte sich ihm und baute sich direkt vor ihm auf, wobei sie mit dem Finger auf seine Brust zielte, um jedes ihrer Worte zu betonen. »Glaubt Ihr etwa, mir macht diese Verlobungsfarce Spaß?« Sie stach mit dem Finger zu. »Eine Verlobung, in der ich eine Demütigung nach der anderen einstecken muss« – wieder ein Stich –, »die meinen Ruf ruiniert, und in der meine Integrität ständig in Zweifel gezogen wird?« Sie stach noch mehrere Male mit ihrem Finger gegen seine Brust. Um nicht in ein Nadelkissen verwandelt zu werden, griff Ian nach ihrem Finger und zog sie zu sich heran.

Seine Nähe machte Bianca schwindelig. Sie hasste ihn doch jetzt, rief sie sich ins Gedächtnis, er war verabscheuungswürdig. Verabscheuungswürdig, dachte sie noch einmal, während sie ihm ins Gesicht blickte. Und sah nicht einmal gut aus. Oder vielleicht sah er zu gut aus, ja sicher, das war sein Problem. Genau dieses kleine Quäntchen zu gut.

»Ich gebe Euch eine Woche, Signora. Von heute ab genau sieben Tage, um Eure Unschuld zu beweisen.« Er konsultierte seine schöne Taschenuhr. »Das heißt, bis nächsten Donnerstag Mittag. 168 Stunden. Ihr wisst doch, wie man die Uhr abliest, nicht wahr?«

Verabscheuungswürdig, erinnerte sie sich. In der Tat verabscheuungswürdig. Sie riss sich von ihm los und näherte sich der Tür. Als sie sie erreicht hatte, drehte sie sich noch einmal zu ihm um.

»Sehr gut, mein Herr – nachdem *Ihr* ja offensichtlich nicht dazu in der Lage seid, werde ich den Mörder für Euch finden. Aber seid versichert, dass Ihr dafür bezahlen werdet, teuer bezahlen, und zwar Tag für Tag, solange wir verheiratet sind.« Sie versuchte ihre Stimme gemein und bedrohlich klingen zu lassen, wollte ihren Worten einen unheilvollen Unterton geben. »Und jede lange Stunde und jede lange

Woche und jedes lange Jahr, werdet Ihr nur noch damit verbringen, Euch selbst Vorwürfe zu machen.« Die Tür knallte hinter ihr zu.

Ian starrte auf den leeren Fleck, wo eben noch Bianca gestanden hatte. Er zweifelte immer noch nicht daran, dass sie die Wahrheit gesagt hatte, auch wenn er das nagende Gefühl nicht loswurde, dass sie ihm etwas verheimlichte. Ian rekapitulierte noch einmal Biancas Argumente. Sie hatte anscheinend eine plausible Erklärung für ihre Anwesenheit in Isabellas Gemächern. Und selbst wenn er ihr ein Motiv für den Mord an der Kurtisane nachweisen könnte, so hätte sie doch kaum einen Grund, ihn ihm, einem völlig Fremden für sie, anzuhängen. Er wusste, er hatte viele Feinde, aber es tröstete ihn zumindest, dass er alle beim Namen kannte.

Ihm wurde bewusst, dass er nicht die Möglichkeit ihrer Unschuld einkalkuliert hatte und auch nicht die Möglichkeit, dass sie sich einer Auflösung der Verlobung widersetzen könnte. Nicht dass das einen großen Unterschied ausmachte. Er würde irgendwann sowieso einmal heiraten müssen, und Bianca war als Kandidatin so gut oder schlecht wie jede andere. Ihre Familie war genauso alt wie die seine, auch wenn ihr Vater ein bisschen übergeschnappt gewesen war. Außerdem schien sie gesund genug zu sein, um Kinder zu bekommen. Solange sie nicht zu viel Zeit miteinander verbringen mussten, wäre letztendlich nichts dagegen einzuwenden – eine typische Patrizierehe eben.

Es hatte einmal eine Zeit gegeben, da hatte er sich auf die Ehe gefreut, darauf, eine Familie zu haben. Er hatte von einer Beziehung geträumt, die nicht so kalt wie die Partnerschaft seiner Eltern wäre, von einer Beziehung, die auf gegenseitigem Vertrauen und Verständnis, gemeinsamen Interessen, ja sogar Liebe aufbaute. Es war nicht etwa so, dass er eine solche Beziehung ganz allgemein für ausgeschlossen hielt – Francesco und Roberto lebten mit Sicherheit in solch einer Partnerschaft –, aber für ihn war sie unmöglich geworden. Er war es nicht wert, geliebt zu werden. Das hatte Mora ihm klar gemacht. Und er konnte es ihr auch nicht verübeln. Er allein war dafür verantwortlich, wenn sie ihn hasste. Sie hatte Recht gehabt, er würde jeden enttäuschen, der ihm zu nahe kam. Eine Ehe mit einer Frau, die ihm versprach, ihn von Anfang an zu hassen, das war genau das, was er verdiente. Jahrelanger Kampf, ein mit Wut und Ärger vergiftetes Heim, uneheliche Kinder – das hatte ihm Mora prophezeit. Sie wäre erfreut, wenn sie wüsste, wie genau sich ihre Prophezeiung erfüllen sollte.

Ian schob diese Gedanken, wie schon so viele Male zuvor, einfach beiseite. Es gab Geschäfte, um die er sich kümmern musste; viel zu lange schon hatte er die anderen Arboretti im Stich gelassen. Außerdem musste dieser Raum aufgeräumt und die Leiche – beziehungsweise, das, was von ihr übrig geblieben war – entfernt und angemessen bestattet werden. *Grazie a dio* es gab immer etwas zu tun.

Bianca entfernte sich schnell vom Labor. Fetzen ihres Gespräches schossen ihr immer wieder durch den Kopf und ließen sie abwechselnd vor Ärger oder vor Verlegenheit erröten. Sie war so damit beschäftigt, sich alles noch einmal ins Gedächtnis zu rufen, dass sie geradewegs in Crispins Arme lief.

»Seid Ihr beim zweiten Treffen immer so stürmisch?«, fragte er, als sie ihn überrascht anblickte.

»Mein Herr, ach du lieber Gott, es tut mir Leid. Ich habe nicht aufgepasst, wo ich hinlaufe und ... es ist nur, dass Euer Bruder ... es tut mir so Leid.« Bianca wurde flammend rot und trat einen Schritt zurück.

»*Niente,* mein Bruder übt auf jeden diese fatale Wirkung aus. Er bringt jeden aus der Fassung. Ich fürchte, das macht ihm Spaß. Ihr könnt Euch, wann immer Euch danach ist, in meine Arme flüchten und Trost holen – wie bei einem großen Bruder natürlich«, fügte er schnell hinzu, als er bemerkte, wie sie in Alarmbereitschaft ging. »Aber wir haben jetzt keine Zeit zum Plaudern. Ich soll Euch sagen, dass Eure Tante mit Cousin und Cousine eingetroffen sind, um Euch einen Höflichkeitsbesuch abzustatten.«

»Wäre höflicher von ihnen gewesen, mich in Ruhe zu lassen«, murmelte Bianca vor sich hin und beeilte sich, als sie merkte, dass Crispin ihre Worte mitbekommen hatte, schnell hinzuzufügen: »Ich wollte damit nur sagen, dass ich heute verständlicherweise sehr müde bin. Wie reizend von ihnen.«

Crispin, der einmal zwanzig Minuten mit ihrer Tante am Kartentisch verbracht hatte, sah sie skeptisch an. »Reizend, *si certo*. Seid Ihr bereit, sie zu sehen oder braucht Ihr erst noch etwas Zeit, um Euch umzuziehen?«

Bianca sah an ihrem schlichten gelben Kleid, das sie immer bei der Arbeit trug, hinunter, stellte fest, dass es keine auffallenden Flecken hatte, und schüttelte den Kopf. »Nein, sie sind daran gewöhnt, mich in so einer Aufmachung zu sehen. Sie wären wahrscheinlich enttäuscht, wenn ich mich jetzt, da ich verlobt bin, auf einmal ziemlicher benehmen würde. Aber es gibt für Euch keinen Grund, Euch länger aufzuhalten. Wenn Ihr mich in die richtige Richtung weist, kann ich das Zimmer sicherlich alleine finden.«

Crispin lachte schallend. »Nicht ohne Karte und Kompass, das garantiere ich Euch. Aber es geht erst mal hier hinunter.«

Er nahm ihren Arm und führte sie. Nachdem sie fünf Korridore und vier Treppen hinuntergegangen waren – »Nimmt dieses Haus denn überhaupt kein Ende?«, wollte Bianca unterwegs wissen –, kamen sie in einen ziemlich großen Raum mit einer riesigen Fensterfront zu beiden Seiten. In der Mitte standen Chaiselongues, auf denen ihre Tante Anatra, ihr Cousin Angelo und ihre Cousine Analinda Platz genommen hatten. Ihre Tante Anatra war einmal eine begehrte Schönheit in den Kreisen des venezianischen Adels gewesen; das hatte man zumindest Bianca erzählt, aber das Einzige, was jetzt noch auf ihren früheren Glanz hindeutete, waren ihre Kinder. Angelo mit seinem gelockten blonden Haar und seinen großen unschuldigen Augen sah wie der Inbegriff eines ritterlichen Helden aus. Seine jüngere Schwester hatte dieselben Gesichtszüge, nur weicher und femininer. Ihre kürzliche Einführung in die venezianische Gesellschaft hatte sich sehr viel versprechend gestaltet, zumindest, wenn man die Zahl der Liebessonnette zum Maßstab nahm, die sie anonym zugeschickt bekam. (»Mehr als drei Dutzend«, hatte sie in der Woche zuvor Bianca anvertraut, »sogar mehr als Catarina Nonte!«) Von Analindas Standpunkt aus war Biancas Verlobung mit dem vermögenden und adeligen Grafen mit all seinen gut aussehenden Cousins ein Geschenk des Himmels. Aber sie schien das einzige Mitglied der Familie zu sein, das so dachte.

Die Luft in dem Raum knisterte vor Spannung, obwohl Francesco und Roberto sich nach Kräften bemühten, Anatra zu unterhalten. Als Bianca und Crispin den Raum betraten, blickten ihre beiden Anstandsherren mit deutlichen Anzeichen der Erleichterung auf. Crispin begrüßte die Grifalconi-Familie und reichte Angelo, mit dem er verschiedene Klubs und viele Frauen teilte, die Hand. Er warf Analinda noch schnell einen bewundernden Blick zu und verabschiedete sich dann mit der Entschuldigung, die Geschäfte riefen. Bianca schenkte ihrem Cousin und ihrer Cousine ein warmes Lächeln und begrüßte ihre Tante mit einem Knicks.

»*Piacere,* Tante Anatra. Was für eine reizende Überraschung.«

»Lange nicht so überraschend wie deine Verlobung«, erwiderte ihre Tante trocken. »Es macht dir offensichtlich Spaß, Unruhe zu stiften, nicht wahr?«

»Ja, das sagt Ihr mir nach«, gab Bianca genau so trocken zurück. Jeder Anflug eines Lächelns war aus ihrem Gesicht verschwunden, während sie hoch aufgerichtet vor ihrer Tante stand. Seit dem Tode ihres Vaters im Jahr zuvor wohnte Bianca zusammen mit ihrem Bruder in einem eigenen Haus auf dem Campo Sao Paolo. Doch Sitte und Anstand verboten es, dass eine unverheiratete Frau allein in einem Haus wohnte, und so war Bianca gezwungen, jedes Mal, wenn ihr Bruder wieder auf einer seiner obskuren Reisen war, was in letzter Zeit ständig der Fall zu sein schien, bei ihrer Tante und ihrem Onkel in deren altem Palazzo in Cannareggio Quartier zu nehmen. Tante Anatra hatte keinen Hehl daraus gemacht, wie sehr sie Biancas Vater verachtete, und hätte ihren Widerwillen gegen ihn gern in Bausch und Bogen auf seine exzentrische Tochter übertragen. Als sie jedoch merkte, dass ihr Bruder mit seiner sparsamen Lebensweise sein Erbe nicht nur zusammenhielt, sondern sogar noch vermehrte, hatte sie versucht, besser über ihn zu denken oder vielmehr über seine Erben. Tatsächlich hatte sie sich bemüht, Bianca zumindest für so gut zu befinden, dass sie sie mit ihrem einzigen Sohn, ihrem kostbaren Angelo, verheiraten wollte. Aber das verwöhnte Ding hatte abgelehnt, ein ums andere Mal. Und nun war sie mit einem Grafen verlobt. All das schöne Geld verschwand nun aus der Familie. Der Gedanke daran machte Anatra krank vor Wut.

»Seltsam, dass du deine Verbindung mit d'Aosto vorher nie erwähnt hast«, schmollte Anatra vor sich hin. »Noch seltsamer, dass er dich ohne eine Mitgift genommen hat.«

Bianca wusste nicht so recht, worauf ihre Tante anspielte, aber sie war sich sicher, dass es nicht freundlich gemeint war. »Ich besitze immerhin ein großes Vermögen, wie du dich vielleicht erinnerst«, gab sie kühl zurück. »Aber da er selbst so reich wie Midas ist, lässt ihn das wahrscheinlich kalt.«

Bianca beobachtete schadenfroh, wie Tante Anatra den Mund auf- und zuklappte und wie ein Fisch auf dem Trockenen nach Luft schnappte. Angelo griff nach der Hand seiner Mutter, um sie zu trösten, wobei er gleichzeitig Bianca ein strahlendes Lächeln schenkte. Er hatte die Neuigkeit, dass seine Cousine sich verlobt hatte und aus dem Haus gezogen war, erst morgens bei seiner Rückkehr von einem dreitägigen ausschweifenden Liebesabenteuer erfahren. Den schweren Moschusduft von seiner neuen Geliebten noch in der Nase, war er sexuell völlig ausgelaugt in den Palazzo seiner Familie geschlichen, in der Hoffnung, seine Cousine Bianca zu Gesicht zu bekommen. Es sollte ein Experiment sein. Er wollte sehen, ob sie ihn auch in diesem Stadium der Sättigung so wie sonst üblich noch erregen konnte. Vor Jahren hatte er unauffällige Löcher durch eine einem Spiegel gegenüber liegende Wand ihres Zimmers gebohrt; und dann hatte er Stunden damit zugebracht, ihr Spiegelbild beim Baden und beim Ankleiden zu beobachten. Er kannte jedes Mal auf ihrem Körper, jede vollkommene Kurve, jedes entzückende Grübchen.

Er war wütend gewesen, als er von ihrer Abwesenheit erfuhr, aber noch wütender hatte ihn die Neuigkeit von ihrer Verlobung gemacht. Doch als er hörte, wer dieser Verlobte war, hatte sich seine Wut wieder abgekühlt und war Neugier gewichen. Bianca und der Graf d'Aosto. An dieser plötzlichen Verlobung war entschieden etwas faul, vor allem was den Zeitpunkt anbetraf. Begierig darauf, mehr zu erfahren, hatte er sofort seine Mutter und seine Schwester zu einem Höflichkeitsbesuch bei der künftigen Braut gedrängt. Aber bis jetzt war enttäuschend wenig dabei herausgekommen. Keines der Mitglieder des Haushalts schien wegen der Verlobung verstimmt zu sein, und Bianca war genauso dreist – und aufreizend – wie eh und je. Was auch immer hier vorging – und es musste irgendeinen triftigen Grund geben, der die sture Cousine unters Ehejoch zwang –, es wurde sehr gut vertuscht. Mit höflichen Floskeln verschwendete er hier nur seine Zeit, entschied er.

Plötzlich ungeduldig geworden, stand er auf und verbeugte sich. »Wir werden deine Gesellschaft auf Ca'Grifalconi sehr vermissen.« Angelo setzte seine Worte zwar höflich, doch sie klangen irgendwie falsch. »Ich bin zwar grün vor Neid, aber du wirst d'Aosto eine perfekte Frau sein. Davon bin ich überzeugt.« Bianca dachte an den Fluch, mit dem sie Ian gerade erst vor ein paar Minuten belegt hatte, und wusste nicht recht, ob sie lachen oder weinen sollte.

Angelo nahm ihre Hand und wollte sie gerade an seine Lippen ziehen, als er bemerkte, dass sie mit Tinte verkleckst waren.

»Hast du diese ersten Tage deiner Verlobung etwa mit Arbeiten verbracht? Tote Katzen und wer weiß was aufgeschnitten und über ihre Organe Aufzeichnungen gemacht?« Aus seinen Worten sprach unverhohlen Geringschätzung.

Biancas Herz begann heftig zu klopfen. »Man muss immer in Aktion bleiben, weißt du«, sagte sie und hoffte, dass ihre Stimme nicht zitterte.

»Aber Ihr müsst zugeben, *cara* Signorina, seit Ihr hier seid, habt Ihr ungeheuer viel Zeit da oben im Labor verbracht. Tja, gerade –« Bianca schnitt Francesco mit einem Blick, der mehr als einen Mann hätte töten können, das Wort ab.

»Im Labor, ja?« Angelos Neugierde wurde endlich belohnt. »Ich würde liebend gern einen Blick auf den Arbeitsplatz der *dottoressa* werfen. Könnte ich nicht jetzt gleich mit dir hinaufgehen?« Während er noch sprach, packte er ihre Hand fester und zog sie in Richtung Tür.

»Ich fürchte, Signorina Salva hat heute wirklich keine

Zeit, Euch ihren Arbeitsraum zu zeigen«, ließ sich plötzlich Robertos weiche Stimme aus der Nähe des Kamins vernehmen. »Wir haben so viel wegen des Festes zu besprechen, dass ihre Zeit völlig verplant ist.«

Bianca sah zu Roberto hinüber und versuchte, sich nicht durch einen fragenden Blick zu verraten. »Ach ja, natürlich, danke, dass Ihr mich daran erinnert habt, Dottore Collona. Ich bin viel zu beschäftigt. Vielleicht ein andermal, lieber Cousin«, wandte sie sich mit einem Lächeln an Angelo und entwand ihm ihre Hand. Wie aus dem Nichts stand plötzlich ein Diener im Raum und komplimentierte die Grifalconi-Besucher hinaus. Bianca knickste höflich, als ihre Tante an ihr vorbeifegte und küsste anschließend Analinda auf beide Wangen. Angelo ging als Letzter. Er machte eine tiefe Verbeugung vor ihr und verabschiedete sich. Als sich die Tür schon hinter ihnen geschlossen hatte, hörte man noch, wie Analinda ihre Mutter fragte, wer Midas sei und ob er irgendwelche unverheirateten Söhne habe.

Bianca, Francesco und Roberto sahen sich an und fingen an zu lachen.

»Das war ein reizender Besuch. Ziemlich nett von ihnen, vorbeizukommen«, sagte Francesco schließlich etwas außer Atem, und fuhr dann, an Roberto gewandt, fort: »Aber was sollte das ganze Gerede über ein Fest? Warum erfahre ich als Letzter davon?«

»Die Idee kam mir gerade erst in diesem Moment, aber ich bedaure es, nicht früher daran gedacht zu haben. Ganz gleich, unter welchen seltsamen Umständen diese Verlobung auch zustandegekommen ist«, bei diesen Worten richtete er seine Augen fragend auf Bianca, »wir sollten zumindest die Etikette wahren. Es muss ein Fest geben, um das neue Paar der Gesellschaft vorzustellen.«

»Fürwahr, natürlich, ganz recht. Und außerdem hat es hier kein Fest mehr gegeben, seit diese Hexe Mor –« Roberto schnitt Francesco mit einem scharfen Blick das Wort ab. »Seit ziemlich langer Zeit.«

Roberto hätte sich gar keine Sorgen zu machen brauchen, denn Bianca war zu sehr damit beschäftigt, in Gedanken eine Liste zu erstellen, um ein Ohr dafür zu haben, was sich zwischen den beiden abspielte. Eine Uhr an der gegenüberliegenden Wand schlug die Stunde. Jetzt bleiben mir nur noch einhundertsiebenundsechzig Stunden, rechnete sie.

Sie wandte sich plötzlich abrupt ihren Anstandsherren zu und unterbrach deren Diskussion. »Wenn ich Papier, Tinte, dreitausend Golddukaten, zwei Gondeln, Männerkleidung und einen gewandten jungen Mann bräuchte, wo in diesem riesigen Haus könnte ich Eurer Meinung nach wohl fündig werden?«

6. Kapitel

Der große Speisesaal wurde nur von einer Hand voll Kerzen erleuchtet, die geheimnisvolle Schatten über die mit Wandteppichen dekorierten Wände tanzen ließ. An dem einen Ende der langen Tafel lagen verstreut die Überreste eines Dinners für zwei Personen herum. In dem Marmorkamin, wenige Schritte davon entfernt, loderte ein Feuer und versuchte die Kälte des regnerischen Winterabends aus den Mauern zu vertreiben. Vor dem Kamin tat sich eine Katze an den Überresten einer Wachtel gütlich, und nicht weit von ihr lagen sich zwei Liebende unter einer Pelzdecke eng umschlungen in den Armen.

»Erzähl mir nochmal von dem Mädchen«, sagte die Frau und schob den Kopf des Mannes von ihrer harten Brustwarze weg. »Wie sieht sie aus? Was für einen Eindruck macht sie? Wird sie ihn glücklich machen?«

Der Mann seufzte und lehnte sich zurück. »Das habe ich Euch doch schon erzählt.« Er spürte, wie ihre Hand zu seinem Glied wanderte, das vom Liebesakt noch klebrig war. »Sie ist farblos.« Er merkte, wie es unter ihren streichelnden Fingern langsam wieder steif wurde. »Sie ist langweilig.« Ihre Hand glitt sein hartes Glied auf und ab und verweilte zwischendurch immer wieder auf der Spitze. Sie schürte sein Feuer, trieb ihn liebkosend zum Höhepunkt. »Sie wird ihn wahrscheinlich zu Tode langweilen.« Ihre Lippen tasteten sich zu seiner Männlichkeit hinunter und saugten an ihm. Er hatte dieselben Unwahrheiten beim Dinner schon hundert Mal wiederholt und würde sie für diese Belohnung noch hundert weitere Male wiederholen. Ihre Dankbarkeit war wirklich bewegend.

Ihr Mund umschmeichelte immer noch sein Glied, als die Tür am anderen Ende des Raums aufging. Sie zog sich von ihm zurück. Der junge Mann stöhnte.

»Wo bist du *cara?* Wir müssen etwas besprechen ...« Es war die Stimme ihres Bruders.

»Hier hinten, mit unserem kleinen Gehilfen.« Sie zog den Pelz über ihren Körper und drehte sich auf den Bauch. »Er hat mir von der Geschichte erzählt. Eine höchst interessante Geschichte. Der Graf hat sich also verlobt. Verlobt, um zu heiraten. Um eine nichts sagende Schlampe zu heiraten. Ich muss sie unbedingt kennen lernen.«

»Du wirst sehen, dass die Beschreibung absolut zutrifft«, meinte ihr Bruder ernsthaft. Für ihn, wie für die meisten Männer, sahen alle Frauen neben seiner Schwester nichts sagend aus. »Aber vorher müssen wir ein Problem besprechen. Mir ist gerade zu Ohren gekommen, dass diese undankbaren Halunken ihre Schießpulver-Schiffsladung gegen Getreide ausgetauscht haben, und dazu noch gegen verrottetes Getreide.« Seine Stimme zitterte vor Entrüstung.

»Das ist ziemlich unerfreulich. Wie hast du das herausgefunden?«

Er wischte ihre Frage beiseite. »Ohne dieses Schießpulver sind wir verloren. Damit wird alles zunichte gemacht! Wir müssen darüber sprechen. Jetzt gleich.« Er richtete den Blick auf den Mann neben ihr und sah ihn scharf an.

Sie seufzte. Sie merkte, dass ihr Bruder nicht so leicht zu besänftigen sein würde. Sie wandte sich ihrem Liebhaber zu, küsste ihn auf das Ohr und schob ihn weg. »Es ist Zeit für Euch, an Euren Auftrag zu denken, mein Engel. Kommt wieder, wenn Ihr etwas Interessantes für mich habt, und ich werde Euch reichlich belohnen. Ich weiß, wie gerne Ihr Euch Euren Dank abholt.«

»Dankt mir zuerst, dann werde ich gehen«, sagte der junge Mann und rieb sein erigiertes Gemächt an ihrer Hüfte.

Sie schüttelte den Kopf und schob ihn wieder weg. Er war ein bisschen zu draufgängerisch und brauchte eine Lektion in Disziplin. Sie war zwar gewillt, seine Bedürfnisse regelmäßig zu befriedigen, aber sie stand ihm nicht zur freien Verfügung. Er zog eine Schnute, stand aber auf und ging zu seinem Kleiderstapel in der Ecke. Besorgt darüber, dass sie durch ihre Zurückweisung den Eifer des jungen Mannes bezüglich der Aufgabe, die vor ihm lag, womöglich gedämpft hatte, suchte sie nach einem Weg, um seine Begeisterung wieder neu anzufachen.

»Ist er nicht gut gebaut?«, fragte die Frau ihren Bruder voller Bewunderung und so laut, dass er es mitbekam.

»Das brauchst du mir nicht zu sagen, *cara*. Ich habe ihn schließlich angebracht, wie du dich vielleicht erinnerst. Und ich war es auch, der ihn körperlich in Form gebracht hat. Ich bin froh, dass du zufrieden bist.«

Der Gegenstand ihrer Unterhaltung lächelte bei ihren Worten in sich hinein. Die Komplimente schmeichelten seiner Eitelkeit. Er war beiden Geschwistern sehr verbunden. Er verdankte sowohl ihr als auch ihm mehr vergnügliche Stunden, als er zählen konnte, wenn man einmal von der großen Summe Dukaten absah, die er am Spieltisch verloren hatte.

Als er fertig angekleidet war und vor ihnen stand, ermahnte ihn die Frau noch einmal: »Vergesst nicht, *angelo mio*, je mehr Ihr mir bringt, desto dankbarer werde ich sein.« Sie warf den Kopf nach hinten und öffnete leicht die Lippen, um seinen Kuss zu empfangen.

»Ich werde bald zurück sein, um mir meine Belohnung abzuholen«, versicherte er ihr mit belegter Stimme. Dann verbeugte er sich vor seinem Dienstherren, zog sich eine schwarze Maske vor das Gesicht und verschwand in die Schatten der Nacht.

7. Kapitel

Ian rannte, das Herz schlug ihm bis zum Hals. Er befand sich in einer weiten Halle, die nur von einem Feuer am anderen Ende erhellt wurde. Auf einem goldenen Pelzvlies lag eine Frau, nackt und verführerisch, und winkte ihn zu sich heran. Als er näher kam, konnte er ihr ovales Gesicht, umrahmt von wallendem hellbraunen Haar, ausmachen, in dem ihre braunen Augen vor Leidenschaft glühten. Er nahm ihre vollen Lippen wahr, ihren schlanken Körper, Brüste wie zwei kleine feste Pfirsiche von den Bäumen in Crispins Gewächshaus … Sie streckte die Hand nach ihm aus, und er versuchte zu ihr zu gelangen, rannte so schnell er konnte, doch sie wich vor seinen Augen immer weiter zurück und blieb außer Reichweite für ihn. Sein Körper schmerzte vor Erregung. In seiner Not machte er einen Satz nach vorne, um nach ihr zu greifen; doch plötzlich drang ein schreckliches, vertrautes Lachen an sein Ohr. »Du Feigling«, das Lachen verwandelte sich in eine Stimme: »Du lächerliche Memme. Du wirst sie nie bekommen. Niemals. Nicht einmal in deinen Träumen.«

Ian schreckte in seinem Bett hoch. Er war nass geschwitzt. Sein Herz raste. Und sein Körper schmerzte tatsächlich vor Erregung. »Diese verfluchten Weiber!«, sagte er in die dunkle Nacht hinein. Wie konnte sie nur solche Wirkung auf ihn haben? Er kannte zwar diese Albträume, durch die immer wieder Moras zynische Worte schrillten, aber dieser Traum fiel aus dem Rahmen. Was ihn so unerträglich machte, war Bianca. Von einer mutmaßlichen, dazu noch nackten Mörderin zu träumen, muss irgendwie nervlich bedingt sein, redete er sich ein. Zumal er ja von ihr nicht etwa nur träumte, sondern auch noch von ihr erregt wurde. Sehr erregt. Das musste aufhören.

Er stand auf und verließ den Raum, um nackt durch das Haus zu wandern. Es war ein vertrauter Weg, und die kalte Luft der regnerischen Nacht ließ seine Erregung wieder abklingen. Er ging die Flure entlang und blieb vor den Fenstern stehen, die auf den Canal Grande hinausführten. Der

Regen hatte aufgehört, zum ersten Mal in dieser Woche, und das Licht des Vollmondes schimmerte auf dem dunklen Wasser unter ihm. Wie oft hatte er hier schon so gestanden, auch nackt, den Kopf gegen die kühlen Glasscheiben gepresst, und beobachtet, wie die Dunkelheit langsam der Morgendämmerung wich? Er hatte einmal tagsüber nachgesehen, ob der Boden an dieser einen Stelle schon abgewetzt war, ob es irgendwelche sichtbaren Spuren gab, die auf die große Angst, die ihn tief in seinem Inneren peinigte, hindeuteten. Aber die Steine lieferten keinen Hinweis auf seine geheimen mitternächtlichen Nachtwachen. Und er würde auch nichts verraten.

Er beobachtete, wie auf dem Kanal eine Gondel in anonymem Schwarz auf ihn zuglitt. In dem Palazzo gegenüber war noch ein Fenster erleuchtet, und er sah, wie der französische Botschafter sich intensiv mit seinem Kammermädchen vergnügte. Ian versuchte zu erkennen, ob es noch dieselbe Frau wie letzten Monat war, kam zu dem Schluss, dass das der Fall war, und verlor das Interesse. Der französische Botschafter hatte ihm einmal anvertraut, dass es Pflichtgefühl seinem Land gegenüber und nicht etwa pure animalische Lust war, was ihn trieb. Er war überzeugt, dass Kammermädchen für andere Regierungen spionierten und das Bett der einzige Weg war, sich ihre Loyalität zu sichern. Ian bewunderte das Engagement, mit dem er seine patriotischen Pflichten erfüllte und dachte daran, wie vergleichsweise einfallslos sein eigener Einsatz als Senatsmitglied und Bewacher seines *sestiere* war. Sollte er vielleicht mit einer mutmaßlichen Mörderin schlafen …?

Sein beunruhigender Gedankenspaziergang wurde durch ein Geräusch unterbrochen. Ian war mit den nächtlichen Geräuschen seines Hauses durchaus vertraut und das Knarren einer Türangel gehörte nicht dazu. Er schlich leise zu der Treppe am Ende des Raums, froh darüber, keine Kerze mitgenommen zu haben. Unsicher, ob das Geräusch aus dem Hof unten oder von einem der Flure oben gekommen war, blieb er stocksteif stehen und wartete. Plötzlich ein anderes Geräusch, so als schabe Holz über Metall. Diesmal schien es eindeutig von oben zu kommen. Er griff nach dem erstbesten Gegenstand, den er zu fassen bekam – einen silbernen Gewürzständer, den Sebastian in Konstantinopel entdeckt hatte – und stieg langsam die Treppe hinauf. Er war noch keine zehn Stufen hoch, als er unten ein näher kommendes flackerndes Licht bemerkte. In der Meinung, er habe die Quelle des Geräusches falsch lokalisiert – die Akustik konnte einen manchmal ganz schön zum Narren halten, das wusste er – wandte er sich dem herankommenden Licht zu. Während der Eindringling näher kam, zuckte Ian plötzlich der Gedanke durch den Kopf, dass es sich um einen ziemlich dreisten Verbrecher handeln musste, wenn er sich in keiner Weise darum scherte, entdeckt zu werden. Das bedeutete, er musste auch ganz schön gefährlich sein, und so beschloss Ian, ihn zu überrumpeln.

Ian schlich sich von hinten an, hielt die Luft an und ließ den Gewürzständer auf den Hinterkopf des Eindringlings sausen. Der Einbrecher stöhnte kurz auf, fiel zu Boden und blieb bewusstlos liegen. Dabei fiel ihm die Kerze aus der Hand. Ian nahm sie schnell an sich und riss dem Unbekannten in ihrem Schein die schwarze Maske vom Gesicht, was er jedoch sofort bereuen sollte. Denn wer da bewusstlos auf dem Boden lag, war niemand anderer als Bianca. Während er noch völlig konsterniert auf sie herabstarrte, fingen ihre Augenlider an zu zucken. Als er schließlich versuchte, sie hochzuziehen, stöhnte sie vor Schmerzen auf. Endlich schlug sie die Augen auf.

Und dann wurden ihre Augen immer größer. Die Schmerzen an ihrem Kopf wurden von dem Anblick, der sich ihr bot, völlig in den Hintergrund gedrängt. Ians nackter Körper war atemberaubender als alles, was sie sich in ihren Fantasien über einen lebenden Männerkörper je ausgemalt hatte: dieser muskulöse Körperbau, die starken Arme und kraftvollen, breiten Schultern, die im Kerzenschein golden schimmernde Brustbehaarung, die über die schlanke Taille hinweg in ein Dreieck aus dunkleren Locken zwischen den Schenkeln mündete ... Sie war von dem Anblick so gefangen, dass sie gar nicht bemerkte, dass er etwas sagte.

»Signorina Salva, Bianca, verdammt nochmal, könnt Ihr

mich hören?«, drängte er immer wieder und schüttelte sie schließlich, um ihre Aufmerksamkeit zu erregen.

Sie nickte langsam und zwang sich, ihren Blick von seinem Körper loszureißen, um ihm ins Gesicht zu sehen.

»Was zum Teufel habt Ihr hier zu suchen? Ich hätte Euch verletzen können.«

»Das habt Ihr ja auch getan«, sagte Bianca und winselte, als sie die Beule an ihrem Hinterkopf betastete.

»Das habt Ihr auch verdient, und noch viel mehr. Wer hat Euch erlaubt, zu nachtschlafender Zeit als junger Mann verkleidet, im Haus herumzustreichen?«

»Nein, nein, mein Herr. Ich braucht Euch keine Sorgen zu machen, dass ich im Haus herumschleiche. Ich bin hier so gut wie gar nicht gewesen. In Wirklichkeit bin ich gerade erst zurückgekommen.«

Ians Zorn wurde durch sein ungläubiges Erstaunen abgemildert. »Ihr wart weg? In diesem Aufzug? Wozu das alles?«

»Wenn Ihr nur noch sieben Tage zu leben hättet, würdet Ihr dann nicht auch versuchen, sie in vollen Zügen auszukosten?«

»Aber wenn Ihr unschuldig seid, wie Ihr behauptet, dann hättet Ihr doch noch mehr als sieben Tage. Ist das etwa ein Geständnis?«

»Nein, eher eine realistische Einschätzung meiner Lebenserwartung als Eure Frau.« Bianca hoffte damit den Triumph, den sie aus seiner Stimme herausgehört hatte, zu dämpfen.

Es funktionierte. Sie hätte schwören können, dass sie Ian finster knurren hörte. Aber dann merkte sie, dass das Geräusch nicht von dem Mann herrührte, der nackt vor ihr stand, sondern von oben aus einem anderen Teil des Palazzos kam. Ian wirbelte den Kopf in Richtung des Geräusches herum und spitzte die Ohren in die Dunkelheit hinein. Er bedeutete ihr, sich ruhig zu verhalten und lief zur Treppe, die er, immer zwei Stufen auf einmal nehmend, hinaufstürmte. Bianca folgte ihm langsamer, beeinträchtigt durch den stechenden Schmerz, der ihr bei jeder Bewegung des Kopfes durch den Körper schoss. Sie war allerdings dankbar, eng anliegende Kniehosen zu tragen und nicht die bauschigen Unterröcke, die es ihr unmöglich gemacht hätte, Ian überhaupt nachzukommen.

Oben auf dem Treppenabsatz angelangt, blieben sie stehen. Ian steckte die Kerze in einen Halter an der Wand und gab ihr ein Zeichen, dort zu warten. Ihr Kopf schmerzte, und außerdem meinte sie, seine Geduld für diese Nacht schon genügend strapaziert zu haben, so dass sie sich pflichtschuldig seinen Anordnungen beugte. Der Krach schien nicht aus seinem Labor direkt vor ihnen zu kommen, sondern von weiter hinten aus dem Korridor, aus ihrem Labor. Wer auch immer Isabella auf dem Gewissen hatte, war jetzt aller Wahrscheinlichkeit nach auf der Suche nach der Leiche, fiel es ihr plötzlich wie Schuppen von den Augen. Was für ein Dummkopf war sie doch gewesen, auf diesen Gedanken nicht früher gekommen zu sein und sich selbst dort eingeschlossen zu haben, um den Übeltäter bei seinem Eintreffen in Empfang zu nehmen! Die Aufregung über diese Erkenntnis gewann schließlich die Oberhand über ihren Gehorsam, und sie beeilte sich, Ian wieder einzuholen. Als sie ihn erreicht hatte, war er gerade dabei, den Türknauf langsam herumzudrehen.

Die Tür gab lautlos nach innen nach. Zentimeter für Zentimeter drückte Ian sie auf, wobei er sich insgeheim schwor, sich am nächsten Tag Georgio zur Brust zu nehmen, weil er sie nicht abgeschlossen hatte. Schließlich war der Spalt für Ian groß genug, um den Kopf durchzustecken und in den Raum zu spähen.

Das Labor war abgesehen von einer Gestalt ganz in Schwarz, die ihm den Rücken zukehrte, leer. Das Fenster gegenüber der Tür war eingeschlagen, und Biancas Instrumente aus den Regalen und Schubladen lagen verstreut auf dem Boden herum. Die Gestalt stand inmitten der Unordnung und studierte aufmerksam einen Stapel Papier vor sich. Ian drückte die Tür weiter auf und machte einen Schritt in den Raum, um direkt auf eine scharfe Kante zu treten. Innerlich fluchend schlich er sich näher an den Einbrecher heran, bereit, erneut mit seinem Gewürzständer zuzuschlagen.

Als er ihn über den Kopf des Eindringlings hob, huschte der Widerschein der Kerze über die gegenüberliegende

Wand. Die Gestalt blickte kurz von den Papieren auf, beugte sich dann aber – dem Anschein nach nicht beunruhigt – wieder über sie. Doch sie war gewarnt. Und genau in dem Augenblick, als Ian den Ständer dort niedersausen ließ, wo ihr Kopf hätte sein müssen, hatte sie sich schon weggeduckt und war bereits am Fenster, bevor Ian noch begriff, was passiert war.

Ian stürzte dem Einbrecher hinterher, aber der war bereits mit einem Satz vom Fenster auf das Dach des Nachbarhauses gesprungen, und Ian sah im Mondlicht, wie er sich schnell über die regennassen Terracotta-Schindeln bewegte, unter dem einem Arm den Stapel Papier und mit dem anderen das Gleichgewicht haltend. Barfuß und beide Hände frei, war Ian schneller unterwegs als seine Beute. Der Eindringling sprang von einem Dachfirst auf den nächsten, gefolgt von Ian, der ihm dicht auf den Fersen war. Plötzlich glitt Ian aus und rutschte ein Stück ab. Halt suchend griff er nach einer Schornsteinkappe neben ihm. Er rappelte sich wieder hoch und sah, dass sein Gegner ebenfalls hingefallen war. Ian kroch schnell auf ihn zu und hatte ihn endlich eingeholt. Mit einem wilden Sprung warf er sich auf die Schultern des Mannes. Einen Moment lang war das Subjekt unter Ian eingezwängt.

Wenn er sich gefangen nehmen ließ, schoss es dem Eindringling durch den Kopf, würde er von niemandem mehr belohnt werden. Angefeuert von dem Gedanken an die Dankbarkeit seiner Geliebten, fing er an, sich unter dem Gewicht des Mannes hin- und herzuwinden. Ungeachtet der scharfen Kanten der Schindeln, versuchte er mit aller Gewalt den Verschluss seines Degenmantels zu öffnen. Und tatsächlich, plötzlich löste sich das Cape und rutschte langsam, zusammen mit seinem Angreifer obenauf, nach unten. Ian fluchte und versuchte sich an einer Schindel fest zu halten, aber das Pelz-Cape bekam auf dem nassen Dach immer mehr Fahrt. Er würde sterben, schoss es ihm durch den Kopf, nackt auf einem Pelz-Cape, das die Dachschräge des alten Hauses der Witwe Falentini hinunterrutschte. Die Leute würden denken, er sei verrückt geworden. Das heißt, er musste tatsächlich verrückt sein, sich in eine solche Situation zu bringen. Die Verlobung mit einer mutmaßlichen Mörderin, eine wilde Verfolgungsjagd bei Mondschein – das alles konnten kaum Zufälle in Ian Foscaris wohl geordnetem Leben sein. Aber es waren Zufälle und er ... verdammt nochmal, er genoss es sogar. Plötzlich wollte er lachen. Und er wollte leben. Aber die Dachkante kam näher und näher, gefährlich nahe ... Ian sammelte all seine Kraft, streckte die Arme aus und griff nach zwei kaputten Schindeln, die, Gott möge ihm beistehen, hoffentlich nicht locker waren.

Sie waren es nicht. So hing er nun zwischen zwei Schindeln – nackt im Mondschein. Es war erst das zweite Mal in seinem Leben, dass Ian sich dem Tod so nahe fühlte, aber dieses Mal war es anders. Das letzte Mal hatte ihn die Tatsache, überlebt zu haben, mit Angst erfüllt. Er hatte sich nach dem Tod gesehnt, *er* hätte sterben müssen, nicht Christian. Jetzt war er froh, fühlte sich leicht und beschwingt. »Du hattest schon immer einen ausgeprägten Selbsterhaltungstrieb«, hörte er Mora höhnen, aber das erschien ihm nun unwichtig. Angesichts seiner schmerzenden Arme war es im Augenblick wichtiger, sich hochzurappeln. Unter Aufbietung all seiner Kraft zog er sich stöhnend hoch auf seine Füße.

Er blickte in die dunklen Straßenschluchten hinunter, in der Hoffnung, doch noch eine Spur des Einbrechers zu entdecken, obwohl ihm eigentlich klar war, dass das sinnlos war. Der Mann war weg. Das Einzige, was von ihm zurückgeblieben war, war sein Umhang. Ian schlang sich das Kleidungsstück als Schutz gegen die plötzlich aufkommende Kühle um die Schultern und kletterte langsam über die Dachziegel zu seinem Haus zurück. Da der Mann sich mit den Aufzeichnungen Biancas aus dem Staub gemacht hatte, war klar, dass er nach einem Beweis für Isabellas Anwesenheit gesucht hatte. Aber woher hatte er wissen können, dass die Leiche dort war? Ian hatte die Nachricht von Isabellas Ermordung vor den Arboretti geheim gehalten, hatte überhaupt niemandem außer denen, die eingeweiht werden mussten, also Francesco, Roberto und Giorgio, etwas darüber erzählt. Die ganze Zeit über, während die Leiche dort war, hatte er das Labor abgeschlossen gehabt, so dass auch keiner der Bediensteten durch Zufall über die Leiche hätte stolpern können. Nur fünf Personen – er selbst, seine Onkel, Giorgio und Bianca wussten von der Leiche. Einer von ihnen musste also etwas ausgeplaudert haben. Für die Ersten vier konnte er die Hand ins Feuer legen, aber Bianca war ein Schwachpunkt. Allerdings hatte sie seit ihrer Ankunft die ganze Zeit unter Bewachung gestanden. Sie hätte keine Gelegenheit gehabt, irgendjemandem irgendetwas zu erzählen. Es sei denn …

Es sei denn, sie steckte mit dem Mann unter einer Decke. Es sei denn, sie hatte es von Anfang an darauf angelegt, mit der Leiche in sein Haus zu gelangen. Der Dolch war nur ein kleines Mosaiksteinchen in ihrer groß angelegten Intrige gegen ihn gewesen. Sie hatte es so eingefädelt, dass er sie bei der Leiche vorfand, damit er sie in sein Haus mitnahm, um dann hinreichend Gelegenheit zu haben, weitere Spuren für seine Schuld zu legen. Ja natürlich, so war es! Und diese Inszenierung von heute Nacht war von langer Hand vorbereitet. Die beiden Verschwörer mussten für den Einbruch eine Zeit abgesprochen haben. Dann trat Bianca mit ihrem plumpen Ablenkungsmanöver auf den Plan, damit der Eindringling oben genügend Zeit hatte, Spuren für seine Täterschaft zu legen. Doch Ian hatte ihnen ihren Plan mit seinem Überraschungsangriff auf ihn gründlich verdorben. Der Komplize hatte die Flucht ergreifen und zur Tarnung Biancas Papiere mitnehmen müssen. Vielleicht enthielten sie ja auch irgendwelche Anweisungen für ihn. Von wegen anatomische Zeichnungen! Diese falsche, intrigante Schlange. Aber das Pärchen würde keine Chance haben, das schwor sich Ian. Sie würden ihn nicht über den Tisch ziehen, ihn nicht.

Ian bewegte sich jetzt schneller, angetrieben von dem Gedanken, Bianca würde, nachdem sie ihre Pläne durchkreuzt sah, womöglich gleich zu fliehen versuchen. Als er sich seinem eigenen Dachfirst näherte, keuchte er nicht nur vor Anstrengung, sondern kochte auch vor Wut. Von seinen Emotionen vorangetrieben, schaffte er es mühelos, vom Dach seines Nachbarn hinüberzuspringen und sich am Fenstersims von Biancas Labor festzuklammern. Er stemmte sich hinein, mehr oder weniger damit rechnend, den Raum leer vorzufinden.

Auf den ersten Blick sah es auch so aus. Auf dem Tisch in der Mitte brannte nur einsam eine Kerze, deren Flamme durch den Luftzug von draußen unruhig hin- und hertanzte. Biancas Instrumente lagen immer noch zwischen den herausgerissenen Schubladen und umgekippten Regalen verstreut auf dem Boden herum. Plötzlich hörte Ian aus einer Ecke des Raums ein Geräusch, ein leises Geräusch, das sich wie ein Wimmern anhörte. Er erkannte eine zusammengekauerte Gestalt, die irgendetwas umklammert hielt. Es dauerte einen Augenblick, bis er das wimmernde Bündel als die gerissene Verbrecherin, die er eben noch in seinen Gedanken verdammt hatte, identifizierte. Bianca sah alles andere als verschlagen aus. Tränen rollten ihr über die Wangen und tropften auf den Gegenstand in ihren Händen. So, wie Ian zu heulenden Frauen stand, war er versucht, sofort wieder das Weite zu suchen und abzuwarten, bis sie sich wieder gefangen hatte. Aber dann wurde ihm bewusst, dass dies das erste Mal war, dass er sie in seiner Gegenwart weinen sah; und diese Etikette zu wahren, war nach allem, was passiert war, bestimmt nicht immer ganz leicht gewesen. Er war einen Moment lang ratlos und fragte sich, was diesen Tränenstrom wohl ausgelöst hatte. Doch dann kam ihm der Gedanke, dass dies wahrscheinlich nur eine Mitleidstour war, um den Fehlschlag ihres Komplizen zu verschleiern.

»Sehr geschickt ausgedacht, Signorina Salva, mich auf diese Weise umzubringen zu versuchen. Ich nehme mal an, nach dem ersten Mord wird die Sache immer leichter, was?« Ians Ton war schneidend.

Bianca hob die Augen von ihrem Instrument, das sie fest umklammert hielt, und bemerkte erst jetzt Ians Anwesenheit. Doch sie nahm weder seine Worte noch seinen Ton wahr, sondern starrte nur wie gebannt auf die Blutspuren auf seinen zerschnittenen Beinen. Sie rappelte sich hoch, in der Absicht, das Verbandsmaterial in dem Durcheinander ihrer Instrumente zu suchen, wurde aber durch eine schwere Hand auf ihrer Schulter gebremst.

»Hiergeblieben, *carissima*. Nichts da, ich werde Euch

keine Gelegenheit geben, mit diesem Ding da auf mich loszugehen.« Ian versuchte ihr das Werkzeug aus den Händen zu winden und drängte sie in die Ecke zurück. Es sah aus wie eine Art Schneidewerkzeug mit einem langen zusammengeklappten Messer und einer kurzen Klinge. Aber selbst die kürzere Klinge sah noch gefährlich genug aus und Ian wollte kein Risiko mehr eingehen.

Bianca weigerte sich, es herzugeben. »Nein. Es ist alles, was mir von ihm geblieben ist«, sagte sie einfach.

»Das gehörte also Eurem Komplizen? Handelt es sich dabei möglicherweise um die Mordwaffe?«

»Meinem Komplizen?« Bianca schien verwirrt. »Meinem Vater, meint Ihr? Es gehörte ihm, ein Geschenk von König Heinrich III. von Frankreich für eine spezielle Operation. Mein Bruder hat ohne mein Wissen alle Instrumente verkauft, als mein Vater starb. Dies konnte er nicht verkaufen, weil mein Vater es mir in seinem letzten Willen vermacht hat. Es ist alles, was ich von ihm habe, und jetzt ist es zerbrochen.«

Bianca schüttelte unglücklich den Kopf. Ian sah, wie ihr wieder Tränen in die Augen stiegen. Das ist wirklich eine gekonnte Vorstellung, dachte er und spürte plötzlich einen Stich. Sehr Mitleid erregend. Sehr überzeugend.

Als er auf sie herabblickte und sah, wie sie vor sich hin weinte, das seltsame Instrument fest umklammernd, fragte er sich ein weiteres Mal, ob sie nicht vielleicht doch unschuldig sein könnte. Dann fiel sein Blick auf seine Beine. Die langsam antrocknenden Blutspuren der vielen Schnitte brachten ihn wieder zur Vernunft; er konnte wieder klar denken. Frauen waren zu allem fähig, rief er sich selbst zur Räson, als er das warme Blut spürte, das immer noch aus einer besonders tiefen Wunde an seinem Knie quoll – zu wirklich allem.

Biancas Augen folgten seinem Blick zu seinen blutigen Beinen, und auch sie fing wieder an, klar zu denken. »Es tut mir Leid, mein Herr«, sagte sie und wischte sich die Tränen aus dem Gesicht. »Ich hätte Eure Wunden schon längst versorgen müssen. Wenn Ihr mich vielleicht aufstehen lasst, damit ich das Verbandszeug suchen kann ...«

Ian schüttelte den Kopf. »Damit Ihr mich mit diesem Ding da von Eurem Vater niederstecht – falls es denn wirklich Eurem Vater gehörte. Ihr geht nirgendwohin, bevor Ihr mir das nicht ausgehändigt habt. Dann sehen wir weiter.«

Widerstrebend streckte Bianca Ian das Instrument hin. »Bitte, mein Herr, werft es nicht weg. Es ist das Kostbarste, was ich besitze, und ich wäre sehr traurig, es zu verlieren.«

Ian nahm es ihr aus der Hand und musterte es. Es schien tatsächlich das Wappenschild Heinrichs III. zu tragen, aber das war trotzdem keine Garantie dafür, dass sie die Wahrheit sagte. Er legte es auf dem Tisch ab und wandte sich ihr dann wieder mit einem durchdringenden Blick zu.

»Vielleicht wollt Ihr mir ja jetzt, nachdem Ihr mit Eurer Heulerei fertig seid, verraten, wer Euer Komplize ist? Oder zumindest, was er heute Nacht hier zu suchen hatte?«

»Mein Komplize ...?«, murmelte Bianca. »Bedeutet diese Frage, dass Ihr ihn nicht erwischt habt?«

»Ihr gebt also zu, dass er Euer Komplize war?«

»Nein, mein Herr. Das habe ich nicht gesagt. Ich fürchte Euer Blutverlust hat sich auf Euer Gehör ausgewirkt. Wenn Ihr mich jetzt vielleicht Eure Wunden verbinden lassen würdet ...«

Ian ignorierte sowohl ihren Sarkasmus als auch die angebotene Hilfe. »In welcher Beziehung steht Ihr zu ihm?«

»Ich verabscheue ihn«, sagte Bianca frei heraus.

»Aha! Ihr kennt ihn also?«

»Nicht gerade eine logische Glanzleistung, mein Herr. Ein hoher Blutverlust beeinträchtigt zwar meist das Denkvermögen, aber –«

»Hört endlich mit diesen Anatomielehrstunden auf! Sagt mir lieber, *carissima*, wie könnt Ihr ihn verabscheuen, wenn Ihr nicht wisst, wer er ist?« Ians Ton wirkte ziemlich oberlehrerhaft.

»Beim Ringfinger der Heiligen Olivia, das liegt doch auf der Hand. Er hat die Schere meines Vaters kaputt gemacht und meine Zeichnungen gestohlen. Beide sind unersetzlich und von unschätzbarem Wert für mich.«

Ian versuchte in ihrem Gesicht irgendein Anzeichen von Scheinheiligkeit zu entdecken, fand aber nichts. Das alles klang so plausibel; es wäre so leicht, ihr zu glauben. Andererseits könnte sie aber auch eine ganz gerissene Mörderin sein oder zumindest die Person kennen, die Isabella auf dem Gewissen hatte. Die Person, die immerhin versucht hatte, ihn zuerst in eine Falle zu locken und ihn dann auch noch fast umgebracht hätte. Er zwang sich, wieder seinem früheren Gedankengang zu folgen.

»Wenn Ihr schon nicht zugeben wollt, dass dieser Mann Euer Komplize ist« – Bianca versuchte etwas einzuwerfen, kam aber nicht zu Wort –, »wenn Ihr das also weiter hartnäckig leugnet, dann könnt Ihr mir vielleicht wenigstens erklären, wie Ihr dazu kamt, als junger Mann verkleidet im Haus herumzuschleichen.« Als sehr wohl geformter junger Mann im Übrigen, fügte er in Gedanken hinzu und wunderte sich, warum er das nicht schon früher bemerkt hatte.

Bianca zögerte einen Moment, um zu überlegen, wie viel sie Ian erzählen konnte. Ihre Sorge um seine Schnittverletzungen und die Trauer über den Verlust ihrer Schätze hatten sie vorübergehend ganz vergessen lassen, dass sie ihn hasste. Dazu noch vorhin der Anblick seines nackten Körpers im Kerzenschein. Aber sein penetrantes Beharren auf ihrer Komplizenschaft und seine bösartigen Absichten – und nicht zuletzt auch der Schmerz in ihrem Kopf, den sie ihm verdankte – erinnerten sie wieder daran, und sie kam zu dem Schluss, er verdiene es nicht, in die Einzelheiten eingeweiht zu werden. »Ich habe Nachforschungen angestellt«, sagte sie schließlich.

»Nachforschungen?« Ian schnaubte verächtlich. »Wo denn, in irgendeiner Spielhölle vielleicht? Für welche Art von Nachforschungen müssen Mörderinnen sich denn« – er gebrauchte das Wort mit voller Absicht – »als Mann verkleiden?«

Bianca ignorierte seinen Versuch, sie zu provozieren. »Auch wenn es Eurer Aufmerksamkeit möglicherweise entgangen ist, aber Frauenkleider sind ziemlich hinderlich. Es ist leider unmöglich, in Frauenaufmachung eine Gondel zu rudern, oder eine Mauer zu erklimmen, oder auch auf einen –«

»Weil«, unterbrach sie Ian, »Frauen solche Dinge nicht

tun sollen. Ich glaube kaum, Signorina Salva, dass Ihr Euch in dieser Aufmachung anmaßen könnt, Lektionen über angemessene Kleidung und angemessenes Benehmen zu erteilen.«

»Genauso wenig, wie *Ihr* Euch wohl anmaßen könnt, zu diesen Dingen Euren Kommentar abzugeben«, gab Bianca zurück und musterte süffisant seinen Aufzug beziehungsweise das Fehlen jeglichen Aufzugs.

Ian zuckte innerlich zusammen. Ihm wurde plötzlich bewusst, dass er vollkommen nackt in einem äußerst kühlen Raum stand, mitten in seiner eigenen Blutlache, und mit einer gerissenen Frau diskutierte, die sich logischer Argumente bediente, um sich um Auskünfte zu drücken. Das war so verrückt, dass es schon wieder komisch war, und zum dritten Mal in diesen Tagen geschah das Undenkbare: Er lachte. Zuerst war es nur ein leises Glucksen, das aber immer mehr anschwoll, bis es von den Wänden des kleinen Labors widerhallte. Den Kopf nach hinten gelegt, die Augen geschlossen, ließ Ian das so lange zurückgehaltene Lachen wie eine Sturmflut aus sich herausbrechen.

Bianca war zuerst verdutzt, dann in Alarmbereitschaft und schließlich in höchster Alarmbereitschaft. Das war nicht normal, für niemanden, aber ganz besonders nicht für diesen bekanntermaßen gefühllosen Ian Foscari. Sicherlich waren seine Verletzungen ernster, als sie angenommen hatte, und jetzt war er vorübergehend seiner Sinne nicht mehr mächtig. Langsam rutschte sie die Wand hoch, bis sie stand, ängstlich darauf bedacht, die hysterische Gestalt vor sich nicht aufzuregen. Sie beobachtete ihn in seiner verrückten Ausgelassenheit und wartete, bis er sich so weit beruhigt hatte, dass man ihn ansprechen konnte.

»Mein Herr«, begann sie vorsichtig und streckte einen Arm nach ihm aus. »Mein Herr«, versuchte sie es noch einmal, diesmal etwas lauter. »Ich glaube wirklich, ich sollte Eure Schnittverletzungen verarzten. Dieses Verhalten ist, nun ja, ist sehr beunruhigend.«

Ian öffnete die Augen und sah sie, noch ein Glucksen in der Kehle, überrascht an. Wer war diese Kreatur, die sein nüchternes, wohl geordnetes, zufriedenes Leben – nun ja vielleicht nicht wirklich zufriedenes Leben, wie er zugeben musste, aber ein durch und durch rationales Leben – völlig auf den Kopf gestellt hatte? Sie ist wirklich von erlesener Schönheit, dachte er und erinnerte sich auch an die Kommentare der anderen Arboretti. Er streckte die Hand nach einer der goldenen Locken aus, die sich unter ihrer Kappe herausgeschlängelt hatte, und betrachtete versunken ihren Glanz im Kerzenschein. Er hätte gern seine Lippen darauf gedrückt, um ihre Seidigkeit zu spüren. Dann würde sein Mund zu ihrem entzückenden Ohr wandern, es sanft mit seiner Zunge kitzeln, ihr leise Worte zuflüstern, um sie zu verführen. Seine Hände würden diesen Körper liebkosen, diesen Körper mit den kleinen festen Brüsten und den samtenen Hüften, den Körper, von dem er geträumt hatte, den Körper, nach dem er sich sehnte.

Warum eigentlich nicht, fragte Ian sich plötzlich. Als Verlobter hatte er schließlich das Recht dazu. Und es war wahrscheinlich der beste Weg, um den beunruhigenden Träumen von ihr ein Ende zu setzen. Er wusste aus Erfahrung, wenn er erst einmal mit einer Frau geschlafen hatte, interessierte sie ihn nicht mehr. Bisweilen frustrierte ihn diese ständig neue Suche nach Befriedigung, die ihn oftmals weit vor die Tore Venedigs trieb. Aber zu anderen Zeiten, wie beispielsweise im vergangenen Jahr bei dieser üppigen spanischen Kurtisane, oder bei dieser gefährlichen, aber unwiderstehlichen Frau vor ihm, konnte es von Vorteil sein. Er rief sich zwar ins Gedächtnis, dass es gefährlich sein könnte, mit ihr zu schlafen, aber andererseits schien es noch gefährlicher zu sein, der Verlockung ihrer Reize nicht nachzugeben. Ja, das war überhaupt die Lösung, überlegte er, überrascht, nicht früher auf den Gedanken gekommen zu sein. Auf diese Weise würde wieder Ordnung in sein Leben und in seine Träume kommen: Er musste sie lieben. Und wenn sein Körper ihm in diese Richtung irgendetwas signalisierte, dann nur: je früher, desto besser.

»Kommt.« Ian nahm Bianca am Arm und führte sie aus dem eisigen Raum.

Bianca war zu durcheinander, um etwas zu sagen, und so gingen sie schweigend den langen Korridor entlang und stiegen zwei Treppenfluchten hinunter. Sie war überrascht, als sie nicht etwa in der Etage ihrer Gemächer Halt machten, sondern auch noch die nächste Treppe hinunterstiegen. Wollte er womöglich sein Versprechen wahrmachen und sie in sein Verlies bringen?, dachte sie entsetzt. Sie war ja wirklich ein bisschen dreist gewesen, musste sie zugeben, und hatte seine Geduld sicher überstrapaziert. Vielleicht sollte sie sich entschuldigen, um noch einmal eine Chance zu bekommen.

»Mein Herr«, fing sie zögernd an – doch Ian schnitt ihr einfach das Wort ab, indem er ihr mit einem Finger auf den Lippen bedeutete zu schweigen. Bianca hielt auch sofort den Mund und folgte ihm gehorsam, in der Hoffnung, durch Willfährigkeit die bevorstehende Folter – wie auch immer sie aussehen mochte – möglichst abzumildern. Bei jedem Schritt schwang der schwarze Degenumhang elegant um Ians Körper und gewährte ihr immer wieder einen kurzen Blick auf seine athletische Figur. Wenn sie ihn berührte, würde sich sein Körper dann mehr wie Stein oder mehr wie lebendiges Fleisch anfühlen? Sie spürte, wie ihre düsteren Vorahnungen von einem Gefühl wachsender Erregung in den Hintergrund gedrängt wurden, als sie noch ein weiteres Stockwerk hinabstiegen. Endlich machte er vor einer kunstvoll geschnitzten Mahagonitür Halt, die doppelt so groß war wie die Tür zu ihren Gemächern. Ian öffnete sie und ging voran.

Das Mondlicht strömte durch vier große Fenster und leuchtete ein riesiges Schlafgemach mit rostrotem Seidenbett aus. Ohne ein Wort zu sagen, winkte Ian sie in die Mitte des Raums und machte sich dann daran, den Kamin anzuzünden. Auch wenn er mit dieser Frau aus Pflichtgefühl und purer Notwendigkeit schlief, gab es keinen Grund, warum es so kalt sein sollte, dass er nichts davon hatte, überlegte Ian. Außerdem fand er den Schein des Feuers auf ihrem Haar ganz besonders anziehend.

Als das Feuer ordentlich brannte, stützte Ian sich auf das Plüschsofa vor dem Kamin und ließ seinen Umhang achtlos zu Boden gleiten. Der Feuerschein betonte die Konturen seines Gesichts, seine hohen Wangenknochen, sein kräftiges, starkes Kinn, und ließ ihn wie das Abbild eines goldblond gelockten Gottes erscheinen. Er richtete sich zu seiner vollen Größe auf und gab seine ganze makellose Schönheit, ohne etwas zu verbergen, ihren Augen preis. Jetzt erst brach er sein Schweigen.

»Kommt her.« Seine Stimme war vor Erregung und Erwartung heiser. Bianca stand vor ihm und zwang sich, nicht zu zittern. Er winkte sie näher und beugte sich nur kurz nach vorne, um auf ihre eng anliegende Jacke zu tippen. »Zieht das aus!«

Bianca zögerte eine Minute und begann dann langsam, die Jacke mit ungeschickten Fingern aufzuschnüren. Sie schlüpfte langsam heraus, sich ständig der feuchten Hitze zwischen ihren Beinen und der dunkelgrau verschleierten Augen Ians, die auf ihr ruhten, bewusst. Sie hatte sich zuvor noch nie vor einem Mann ausgezogen und fand es überraschend erregend. Trotz des Feuers standen ihre Brustwarzen sichtbar vor, feste Knospen, die sich gegen den zarten weißen Batist ihrer Bluse abdrückten. Am liebsten hätte Ian sofort die Hände ausgestreckt und sie durch das dünne Gewebe hindurch sanft massiert. Aber er zwang sich zu warten. Er würde langsam vorgehen, würde sie erst dazu bringen, alle Geheimnisse ihres Körpers preiszugeben. Dann würde es nichts mehr geben, was seiner Fantasie zusetzte. Also begnügte er sich vorerst damit, die Jacke aufzuheben und sie ins Feuer zu werfen.

»Aber …, aber die gehört mir«, stammelte Bianca ungläubig, als sie sah, wie die Flammen an ihrem Kleidungsstück hochzüngelten.

»Es ziemt sich nicht für Euch, solche Sachen zu tragen und ich vermute, der einzige Weg, Euch davon abzuhalten, ist, sicherzustellen, dass Ihr keinen Zugriff mehr darauf habt«, wischte Ian kurzangebunden ihren Einwand vom Tisch, obwohl er natürlich viel mehr daran interessiert war, sie ohne diese Kleider zu sehen. »Und jetzt zieht Ihr Euer Beinkleid aus.«

»So unziemlich es für mich auch sein mag, diese Kleidung zu tragen« – Bianca nahm eine trotzige Haltung an –, »noch viel unziemlicher ist es mit Sicherheit, nächtens nackt in

Eurem Haus herumzulaufen. Ganz zu schweigen davon, wie unmoralisch es wäre, sich nackt vor Euch zu präsentieren, mein Herr.«

»Euer Bemühen um Anstand und Eure Sorge um Euren Ruf sind wirklich ziemlich rührend, *carissima*«, erwiderte Ian in seiner Ungeduld, sie zu besitzen, sarkastisch, »aber wie gewöhnlich völlig fehl am Platz. Dieser Korridor«, er wies mit der Hand über seine Schulter, »führt direkt von meinen Gemächern zu den Euren. Ihr braucht also keine Angst zu haben, jemandem in die Arme zu laufen, egal in welchen Aufzug. Und außerdem weiß ich nicht, was daran ungehörig sein sollte, Euch vor mir zu entblößen, nachdem Ihr ja immerhin meine Verlobte seid.«

Für einen Augenblick schwiegen beide. Das einzige Geräusch, das in dem Zimmer zu hören war, war das Knistern des Feuers, in dem die letzten Fetzen des schwarzen Wamses verkohlten. »Wollt Ihr«, fragte Bianca schließlich mit zitternder Stimme – ihr Herz klopfte so wild, als würde jeden Augenblick ihre Brust zerspringen – »wollt Ihr mit mir schlafen?«

Die schlichte Naivität ihrer Frage, ihr Tonfall, in dem Angst und gleichermaßen Verlangen mitschwangen, rührten in ihm etwas auf, was er nicht benennen konnte. Zum zweiten Mal in dieser Nacht kamen Ian Zweifel an ihrer Schuld. Konnte es sein, dass sie tatsächlich unschuldig war? Nicht nur, was den Mord anging, sondern auch in *dieser* Hinsicht? War sie vielleicht wirklich das zierliche Persönchen ohne Arg, als das sie sich vor ihm präsentierte, jung und allein in der Welt? Ian betrachtete die Silhouette, die vom Feuerschein des Kamins hinter ihr umschmeichelt wurde, und suchte nach Antworten. Sein Blick glitt über die feinen Züge ihres Gesichtes mit dem weichen Kinn und über die schlanke Figur ihres Körpers, bis sein eigener Körper, der von Minute zu Minute erregter wurde, seine Aufmerksamkeit zurückforderte und diese beunruhigenden Gedanken verscheuchte. »Ich glaube, ich bat Euch, Euch Eures Beinkleids zu entledigen«, erinnerte er sie schließlich mit leiser Stimme.

Während sie mit den komplizierten Verschlüssen ihrer Kniehosen kämpfte, stellte Ian sich vor, wie er ihr vom Feuer warmes, weiches Gesäß mit seinen großen Händen umfasste und in sie eindrang. Er merkte, wie er jetzt fast genauso heftig atmete wie sie, wie sein Herz fast genauso aufgeregt schlug. Nachdem Bianca die Verschlüsse der Hose gelöst hatte, streifte sie sie über die Hüften und stieg heraus. Als Ian sich vorbeugte, um sie ins Feuer zu werfen, streifte ihn ein erster köstlicher Duft ihrer Erregung und er wusste, dass er sich nicht mehr lange zügeln konnte.

Als er sich wieder aufrichtete, streifte sein Arm Biancas Hüfte. Die Berührung ließ ihren Körper in nie geahnten Empfindungen lustvoll erbeben. Ohne Ians Anordnung abzuwarten, zog sie ihr dünnes, fast durchsichtiges Hemd, das gerade noch das Dreieck goldbrauner Locken unterhalb ihres Bauches verdeckte, über den Kopf und warf es selbst in das Feuer – sie stand nackt vor ihm.

Ian war von der Schönheit der Frau vor sich geradezu überwältigt, einer Schönheit, die verführerischer war, als alles, wovon er je geträumt hatte, einer Schönheit, die all seine Vorstellungen übertraf. Gebannt starrte er auf das kleine kleeblattförmige Muttermal, eine handbreit oberhalb ihres linken Oberschenkels, die zarte Furche zwischen ihren kleinen Brüsten, gerade breit genug, um seinen Kopf hineinzubetten … Ihr Haar fiel in weichen Wellen über ihre Brüste und wirkte im Schein des Feuers wie geschmolzenes Gold, verlieh ihr einen unbeschreiblichen äußeren Glanz, der sich mit ihrer inneren Ausstrahlung in vollkommener Harmonie verband.

Während seine Augen ihren Körper liebkosten, stand Bianca still da, bewegungslos, kaum fähig zu atmen, geschweige denn zu sprechen. Ihr Traum sollte endlich wahr werden, der Augenblick, auf den sie so lange gewartet hatte, schien endlich gekommen. Sie sollte in die Mysterien der Liebe eingeweiht werden. Sie hatte erwartet, ein bisschen Angst zu verspüren, ein bisschen aufgeregt zu sein, aber dass sie nahezu den Verstand verlieren würde, ihrer Sinne nicht mehr mächtig zu sein schien, darauf war sie in keiner Weise vorbereitet. Der Gedanke, ihre Wange an seine Brusthaare zu drücken, die Vorstellung, seine muskulösen Schenkel um sich zu spüren, von diesen Händen liebkost zu werden, überwältigte sie einfach. Ihre Haut prickelte, ihr Hals war trocken, ihr Herz klopfte so laut, dass sie meinte, Ian müsse es hören. Aber das Überraschendste und Wundervollste von allem war die eigenartige Hitze zwischen ihren Beinen, die von dort aus in jede Faser ihres Körpers strömte.

Ian streckte endlich die Arme aus und zog sie auf seinen Schoß. Als sein erregtes Glied ihre Schenkel streifte, hielt sie den Atem an – und gleich darauf wieder, als seine Hand sacht die Unterseite ihrer Brust massierte ... Sie hob das Gesicht zu ihm auf, ihre Blicke begegneten sich und tauchten ineinander ein. Was sie während dieses Bruchteils einer Sekunde in seinen Augen las, erfüllte Bianca mit einer Sehnsucht, die bestimmt war von dem Verlangen, ihn nicht nur in ihren Körper aufzunehmen, sondern auch in ihre Seele. Ian zog ihren Kopf zu sich herab und umschloss ihre Lippen mit den seinen.

Als ihre Lippen sich berührten, spürte Ian, wie ein Funke auf ihn übersprang und in ihm ein Feuer entzündete, wie er es nie zuvor erlebt hatte. Dies hier war etwas anderes als nur bloße Leidenschaft; dieses brennende Gefühl, das seinen ganzen Körper zu versengen drohte, war mehr. Blitzartig erkannte er, dass diese Frau aus geschmolzenem Gold eine Hitze ausstrahlte, die jede Barriere, jede Mauer niederbrennen und den dicken Panzer, den er sich in den vergangenen zwei Jahren zum Selbstschutz aufgebaut hatte, zum Schmelzen bringen konnte. Sie hatte doch schon damit angefangen, seine Welt auf den Kopf zu stellen, warum sollte er sie nicht einfach weitermachen lassen? Alles, was er tun musste, war, sie in sich aufzusaugen, sich ihr zu öffnen, sich ihrer heilsamen Magie auszuliefern. Er würde wieder fühlen, wieder lachen, wieder lieben ... und wieder verletzen.

Abrupt riss er seinen Mund von ihr los und stieß sie von sich weg auf den Boden. »Verschwindet! Sofort.« Er hatte seinen Kopf abgewandt, und seine Stimme zitterte vor Gefühlen, die er nicht einordnen konnte. Völlig konsterniert – weniger wegen der harten Landung auf dem Boden als vielmehr wegen seiner schrecklichen Zurückweisung –, war Bianca einen Moment lang zu keiner Reaktion fähig. »Verschwindet! Lasst mich in Ruhe! *Raus!*«, wiederholte er etwas heftiger, als er ihr Widerstreben bemerkte. Er spürte, dass sie etwas sagen wollte und ließ sie erst gar nicht zu Wort kommen. »Wenn Ihr mich nicht sofort verlasst, und zwar ohne Widerrede, werde ich morgen dafür sorgen, dass Ihr eingesperrt werdet.«

Zitternd vor Schmach und Wut, rannte Bianca zu der Tür, die Ian ihr zuvor gezeigt hatte. Die Hand schon auf dem Türknauf, blieb sie noch einmal stehen und warf einen Blick zurück auf die Gestalt, die zurückgelehnt vor dem Kamin saß, die Augen fest zusammengekniffen, das Kinn verbissen vorgestreckt. In dem Netz ihrer eigenen verletzten Gefühle gefangen, war sie unfähig, den Schmerz zu erspüren, der von ihm ausging. »Ich hasse Euch«, murmelte sie leise vor sich hin, aber noch laut genug für Ian, und zog die Tür hinter sich zu.

Nach dem Einschnappen der Tür verharrte er noch einen Augenblick bewegungslos und sagte dann laut in den Raum hinein. »Da bist du nicht die Einzige.«

8. Kapitel

Bianca lag auf dem Rücken in ihrem dunkelblauen Samtbett und starrte zur Decke. Genauer gesagt, sie starrte *durch* die Decke hindurch und richtete ihren ganzen Zorn auf den Mann, der sie kurz zuvor so erniedrigt und grausam zurückgestoßen hatte. Die Beule an ihrem Kopf war immer noch empfindlich und schmerzhaft, aber das war nichts im Vergleich zu dem Schmerz in ihrem Inneren. Sie schlang die Arme um die Knie und zog sie an die Brust, versuchte das Gefühl seiner Berührungen auszulöschen, auf ihrer Brust, ihren Hüften, ihren Lippen. Eine Welle der Scham überflutete sie, als sie daran dachte, wie sie sich ihm präsentiert hatte, als sie an ihre Frage dachte, ob er mit ihr schlafen wollte. Sie war eine Närrin gewesen, sich einzubilden, sie sei für ihn keineswegs abstoßend. Er hatte gründlich dafür gesorgt, dass sie das begriff. Doch plötzlich drängte sich Zorn vor die

Scham. Denn als sie sich all die offenkundigen Anzeichen seiner Erregung in Erinnerung rief, blieb ihr nur eine logische Schlussfolgerung für sein Verhalten: Er hatte sie manipuliert, um sich daran aufzugeilen. Er hatte nie die Absicht gehabt, mit ihr zu schlafen, er wollte nur mit ihr spielen, sich über ihre Unerfahrenheit lustig machen.

Nur das in Intervallen wiederkehrende Schlagen der Uhren und die schwachen Lichtstrahlen, die durch die schweren Vorhänge ihres Schlafgemachs drangen, erinnerten sie an der Verstreichen der Zeit. Sie seufzte und streckte sich wieder aus, dachte vage daran, dass es wohl an der Zeit sei, aufzustehen und sich anzukleiden. Doch es mangelte ihr an jeglicher Energie, irgendetwas zu tun. Vielleicht, wenn sie im Bett blieb, sich den ganzen Tag oder einen ganzen Monat oder ein ganzes Jahr lang versteckte, ja vielleicht würde dann die schreckliche Leere und Einsamkeit, in der ihre Gefühle erstickt wurden, verschwinden. Sie könnte diesen Ort verlassen, weglaufen und für immer ihr eigenes Leben leben.

Aber es gab kein Entrinnen, rief sie sich ins Gedächtnis zurück. Ihr Verschwinden, wenn sie denn verschwinden könnte, würde von Ian nur als ein Schuldeingeständnis angesehen werden. Sie sträubte sich dagegen, ihm diesen Gefallen zu tun. Er sollte nicht triumphieren, er habe doch Recht gehabt. Sie musste bleiben und sich selbst reinwaschen. Und dann, wenn alles vorüber war und man Isabellas Mörder der gerechten Strafe zugeführt hatte, dann konnte sie weglaufen. Aber jetzt hatte sie ein Verbrechen aufzuklären.

Sie versuchte ihre Gedanken auf das zu konzentrieren, was sie bei ihren Nachforschungen in der Nacht zuvor gefunden beziehungsweise nicht gefunden hatte. In Isabellas Wohnung gab es keinerlei Indizien. Das war seltsam, es sei denn, jemand anderer hatte sie vorher schon durchforstet. Sie war überzeugt gewesen, dass der Mörder irgendeine Spur hinterlassen haben müsste, aber sie hatte absolut nichts gefunden. Ja, mehr noch, sie hatte gespürt, dass irgendetwas in dem Raum fehlte, etwas, woran sie sich nur vage erinnerte, wenn sie sich den Tag ins Gedächtnis rief, an dem sie die Leiche entdeckt hatte. Aber ihr fiel einfach nicht ein, was es gewesen war.

Mit geschlossenen Augen stellte Bianca sich den Raum vor, wie er ausgesehen hatte, als sie ihn das erste Mal betreten hatte. An der Wand gegenüber der Tür befand sich eine Reihe gotischer Fenster. Darunter eine geschnitzte Aussteuertruhe aus Eichenholz. Von der Wand rechter Hand ragte ein Bett mit eleganten Vorhängen ins Zimmer, ihm gegenüber stand eine Frisierkommode mit einem Spiegel darüber. Bianca erinnerte sich daran, dass der Spiegel seltsam angebracht war und fragte sich, wie jemand an der Kommode sich darin sehen konnte, bis ihr einfiel, dass man vom Bett aus in ihn hineinsehen können sollte. Der Gedanke ließ sie erröten und daran denken, wie wunderbar es wäre, Ians schlanken Körper auf sich zu spüren und gleichzeitig sehen zu können.

»Bei Santa Floras Backenzahn, ich muss den Verstand verloren haben! Dieser Mann treibt mich noch in den Wahnsinn.«

»Es ist erstaunlich, meine teure Signorina Salva, aber Ihr scheint die gleiche Wirkung auf ihn zu haben.« Die freundliche Stimme von der Türschwelle drang zwar unerwartet an ihr Ohr, war ihr aber nicht unvertraut. Als Francesco und Roberto den Raum betraten, setzte Bianca sich auf, froh darüber, sich in der Nacht noch ein Nachtgewand übergezogen zu haben.

»Ian hat heute Morgen wieder eine seiner Launen, tobt in der einen Minute im Haus herum und will dem Dienstpersonal den Kopf abschlagen, um in der nächsten Minute unbewegt ein Staubkörnchen anzustarren. Ich habe ihn schon seit Jahren nicht mehr so erlebt ...« Francescos Stimme blieb in der Luft hängen.

»Seit zwei Jahren«, fügte Roberto ruhig hinzu.

»Hat er Euch geschickt, um sicherzustellen, dass ich nicht geflohen bin oder wollt Ihr irgendetwas von mir?« Sie hatte die Worte kaum ausgesprochen, da bedauerte sie sie auch schon, vor allem den Ton, den sie angeschlagen hatte. Francesco und Roberto waren ihr gegenüber die Freundlichkeit selbst gewesen und verdienten mit Sicherheit Besseres als ihr renitentes Gequengel. »Ich meine, gibt es irgendetwas, was ich für Euch tun kann?«, setzte sie neu an und hoffte, dass sie liebenswürdig klang.

»Ja und nein. Wir wollten Euch gerne einen Gefallen tun, waren uns aber nicht einig, wie dieser Gefallen aussehen soll. Ihr habt doch gestern um einen ›gewandten, jungen Mann‹ gebeten – das waren doch die Worte, nicht wahr, Roberto?« Francesco hielt kurz inne, gerade so lange, um Roberto, der damit beschäftigt war, die Vorhänge zurückzuziehen, die Gelegenheit zu geben, sich umzudrehen und zustimmend zu nicken. »Roberto war überzeugt davon, dass Ihr diese Person für Besorgungen und ähnliche Dinge braucht, aber Ian hat ganze Heerscharen von Leuten an der Hand, die das tun könnten, so dass ich eher annehme, Ihr braucht sie für andere, sagen wir mal, für mehr gesellschaftliche Zwecke, was angesichts von Ians Verhalten sicherlich verständlich wäre.«

Biancas Augen weiteten sich. Nach ihrer anfänglichen Verwirrung begriff sie plötzlich, erfasste die ganze Bedeutung von Francescos Worten. Doch bevor sie zu einer Erklärung ansetzen konnte, mischte sich Roberto ein.

»Und da wir uns nicht entscheiden konnten, haben wir Euch von jeder Sorte einen mitgebracht.« Und schon öffnete er eine kleine Tür am anderen Ende des Zimmers, eine Tür, die Bianca bis jetzt noch nicht einmal wahrgenommen hatte. Wie viele Geheimnisse barg dieses riesige Haus wohl noch, fragte sie sich im Stillen, als zwei junge Männer den Raum betraten.

Sie waren so unterschiedlich, wie zwei Menschen nur sein können. Der eine war wohl etwa in Biancas Alter, groß, muskulös und sehr gut aussehend. Bianca musterte seinen straffen Körper von oben bis unten und überlegte, ob seine Garderobe wohl ein adäquater Ersatz für die Kleidung, die sie letzte Nacht verloren hatte, sein könnte. In der Art, wie er auf sie zu stolzierte und die lüsternen Blicke, die er ihr zuwarf, als er sich vor ihr verbeugte, ließen Bianca vermuten, dass er die Taxierung seiner Kleidung wohl missverstanden und für körperliches Interesse gehalten hatte. »Madame, ich brenne darauf, Euch gefällig zu sein«, sagte er mit eindeutiger Stimme.

Angesichts seiner unverblümten Einladung zur Verführung war es wohl nicht gut möglich, ihn darum zu bitten, seine Kleidung abzulegen, das war Bianca schnell klar. Schade, denn seine Beinkleider hatten es ihr sofort angetan. Sie hatte noch nie zuvor so einen Schnitt gesehen, einen Schritt bei dem die Schnürriemen an der Taille durch kleine Schnallen ersetzt waren. Sie gestattete es sich, ihre Blicke ein paar Augenblicke sehnsüchtig auf ihnen verweilen zu lassen und wurde erst wieder aus ihren Gedanken gerissen, als sich Francesco direkt neben ihrem Ohr räusperte.

»Es hat den Anschein, als seiet Ihr, ähem, mit diesem jugendlichen Exemplar sehr zufrieden. Soll ich den anderen Kandidaten wegschicken?«

Bianca wurde sich plötzlich bewusst, wie ihre Kleiderinspektion auf die anderen gewirkt haben musste und wurde flammend rot. »Nein, nein. Ich habe keinerlei Interesse an diesem Burschen, er ist mir zu reif.« Francesco zog die Augenbrauen hoch, und Bianca errötete ob ihrer zweideutigen Wortwahl noch mehr. »Bei den Augen der Santa Lucia, was ich eigentlich sagen wollte, ist, ich suche tatsächlich einen Laufburschen, und nicht einen …«

Sie ließ den Satz unvollendet und wandte sich dem zweiten Kandidaten zu. Er konnte nicht älter als dreizehn sein, hatte einen braunen Wuschelkopf und zwei ernste haselnussbraune Augen. Während Francesco den ersten jungen Mann aus dem Raum komplimentierte, stand er abseits und musterte Bianca aufmerksam. Auf einmal huschte ein Ausdruck plötzlichen Erkennens über sein Gesicht, und er eilte behände zu ihrem Bett. Er sprach so schnell wie er ging.

»Ich weiß, wer Ihr seid. Ihr seid die Ärztin, die sich meiner Tante Marina angenommen hat. Sie war krank, und jeder hielt sie für todgeweiht, aber dann hat Gott Sie geschickt, und sie hat sich dank Ihrer Hilfe wieder erholt. ›Bei den Brüsten der Santa Agata‹, rieft Ihr aus, als Ihr sie zum ersten Mal saht.«

Das klang wirklich nach ihr, aber darüber hinaus regte sich bei ihr keine Erinnerung. Bianca runzelte die Stirn und versuchte sich wenigstens an ein winziges Detail der Episode, die der Bursche so lebendig beschrieb, ins Gedächtnis zurückzurufen. Als er ihre Verwirrung sah, fügte er hinzu: »Es war zu der Zeit, als Sebastian Venier noch Doge von Venedig war. Ich hätte Euch schon viel früher erkannt, aber damals wart Ihr noch viel jünger.«

»Du auch«, erwiderte Bianca mit warmer Stimme, während sie bei sich dachte, wenn sie schon älter aussah, dann sollte sie sich auch dementsprechend verhalten. Sie versuchte erneut, sich an den Knaben zu erinnern und bemühte sich krampfhaft, sich die Daten von Veniers Dogen-Herrschaft ins Gedächtnis zurückzurufen. Und plötzlich fiel es ihr wieder ein. »Aber Sebastian Venier ist seit mehr als sechs Jahren tot! Wie solltest du dich so weit zurückerinnern können?«

»Ich erinnere mich an alles«, sagte der Knabe ruhig. »Ich brauche nur etwas zu sehen oder zu hören und schon bleibt es in meinem Gedächtnis haften.«

»An alles? Wirklich an alles, was du siehst oder hörst?« In ihrem Tonfall schwang Aufregung und ungläubiges Erstaunen mit.

Der Knabe schien angesichts ihres Zweifels fast verletzt. »Wir sind zweiundsechzig Stufen nach hier hinaufgestiegen, dazu kamen noch einhundertvierzig Schritte. Der Weg führte uns an zweiunddreißig Lampen und fünf verstaubten Gemälden – alles Frauenportraits – vorbei. Wir gingen durch acht Türen, von denen sechs abgeschlossen waren, einschließlich der Tür zu Eurem Gemach, die wir mit einem Schlüssel öffnen mussten. Es war ein Messingschlüssel mit vier Einkerbungen, drei auf der einen und einer auf der anderen Seite. Die ersten Worte, die ich von Euch mitanhörte waren: ›Bei Santa Floras Backenzahn, ich muss den Verstand verloren haben! Dieser Mann treibt mich noch in den Wahnsinn.‹ Dann sagte dieser Mann« – er machte eine kurze Pause und deutete auf Francesco –. »›Es ist erstaunlich, meine teure Signorina Salva, aber Ihr scheint die gleiche Wirkung auf ihn zu haben.‹ Soll ich fortfahren?«

Bianca, Francesco und Roberto starrten ihn mit offenem Mund an. Es hatte allen dreien die Sprache verschlagen. Der Knabe, der an solche Reaktionen gewöhnt war, blieb völlig entspannt. Bianca war die Erste, die die Sprache wiederfand.

»Das war fantastisch. Wie heißt er?« Sie blickte erst auf ihre Anstandsherren und dann wieder zurück auf den kleinen Zauberer.

»Darf ich Euch Junker Nilo vorstellen, Madame.« Francesco löste sich aus seiner Erstarrung, um den Knaben korrekt vorzustellen, der sich daraufhin feierlich verbeugte. »Er wohnt mit seiner Tante beim Arsenal, aber sie hat eingewilligt, ihn Euch gegen einen kleinen Obolus als Laufburschen zur Verfügung zu stellen. Als wir von seiner bemerkenswerten Begabung hörten, dachten wir, er könnte Euch vielleicht bei Euren Nachforschungen nützlich sein.«

»Ja, er wird mir eine ziemlich große Hilfe sein.« Bianca fragte sich gerade, wie viel Francesco und Roberto wohl über ihre Nachforschungen wussten, als sie sich, angeregt durch Robertos Worte, plötzlich an etwas erinnerte. Aber natürlich! Vor sechs Jahren hatte sie bei ihren seltenen Reisen von Padua nach Venedig die meiste Zeit damit verbracht, sich um die Bedürfnisse der armen Prostituierten zu kümmern, die die Stadt eigens für die Schiffsbauer in Notunterkünften beim Arsenal untergebracht hatte. Dahinter stand der Gedanke, dass die Schiffsbauer, sofern sie nur genügend Frauen in ihrer Nähe zu ihrer Verfügung hatten, ihre Arbeit niemals im Stich lassen würden. Und Venedig könnte sich weiter rühmen, tagtäglich ein ganzes Kriegsschiff zu bauen. Ein wahrlich effizientes System, dachte Bianca bitter und ein System, das sich nur Männer ausgedacht haben konnten. Sie erinnerte sich, wie erschrocken sie war, als sie sah, wie die Frauen und ihre Familien lebten, und erfuhr, dass sie zehn bis fünfzehn Männer an einem einzigen Tag empfingen. Für sie war das eine ungeheure Leistung, eine Leistung, die nicht minder zu bewerten war als der Bau eines Kriegsschiffes. Aber es war keine Leistung, die die Stadt für würdig befunden hätte, damit anzugeben. Zweifellos war Nilos Tante eine von diesen hart arbeitenden, unglücklichen Frauen. Sie blickte den Knaben an und fragte sich, ob sein außerordentliches Gedächtnis eher ein Segen oder ein Fluch für jemanden war, der unter solchen Verhältnissen aufgewachsen war.

Bevor sie diese Gedanken weiter vertiefen konnte, begann eine Uhr die Stunde zu schlagen, gefolgt von einer zweiten und bald noch einer dritten. Ihre harmonische, aber durchaus laute Mahnung an die Vergänglichkeit der Zeit erinnerte

Bianca an die Aufgabe, die vor ihr lag. Noch einhundertsechsundvierzig Stunden, rechnete sie und stand auf.

»Ich danke Euch beiden vielmals dafür, dass Ihr so einen Schatz für mich ausgegraben habt.« Ihr Lächeln glitt von Francesco und Roberto zu Nilo, dem es sehr zu gefallen schien, sich so beschrieben zu sehen. »Ja, und ich habe auch gleich einen Auftrag für ihn. Wenn die Herren uns jetzt freundlichst entschuldigen würden …?«

Sich gegenseitig zu ihrer guten Arbeit beglückwünschend, machten sich Francesco und Roberto gerade auf den Weg, ihren Erfolg auch feierlich zu begießen, als ein Diener in Livree auf sie zustürmte und sie in einer dringlichen Angelegenheit zu Ian beorderte. Sie gaben dem Mann Anweisung, ihnen gleich eine Flasche Perlwein nachzubringen, und begaben sich die Treppe hinunter zu Ians Bibliothek. Die eine Wand bestand fast ausschließlich aus Glas und ging auf den Hof des Palazzos hinaus, während die anderen drei Wände unter Aussparung eines riesigen Marmorkamins mit Bücherregalen verstellt waren, die mit dekorativen ledergebundenen Büchern voll gestopft waren. Auf dem Boden lag immer noch der alte Perserteppich, den man dem Dogen Foscari vor hundert Jahren zum Geschenk gemacht hatte, nur ergänzt von einem dicken Schaffell vor dem Kamin, das von einer der englischen Schafherden Crispins stammte. Im Gegensatz zu den Bibliotheken vieler seiner vermögenden Zeitgenossen, wurden sowohl der Raum als auch die Bücher, die er beherbergte, von seinem Besitzer oft benutzt. Für Ian war er Arbeitszimmer und Zufluchtsort zugleich.

Roberto und Francesco fanden den Hitzkopf der Familie vor seinem elfenbeinverzierten Walnussschreibtisch sitzend vor, den Blick grollend auf irgendetwas an seinem Fenster geheftet.

»Wir wollten gerade anstoßen auf … du lieber Himmel, was ist das denn?«, rief Roberto aus, als er plötzlich die seltsam verschlungene Topfpflanze vor dem Fenster bemerkte.

»Crispins neueste Errungenschaft. Ein erstaunliches Gewächs, irgendeine seltene, blühende Pflanze, die er aus dem Reich der Mongolen mitgebracht hat, so erzählte er mir jedenfalls. Für mich sieht sie aus wie irgendein verdorrter Strempel von meinem Landhaus am See, aber ihr wisst ja, wie schlecht ich mich mit Lebewesen auskenne.« Ians muffiger Tonfall verriet seinen Onkeln, dass sich seine Laune seit dem Morgen noch nicht gebessert hatte.

Düster wandte er seinen Blick von der Rarität aus der Mongolei ab und richtete ihn auf seine strahlenden Onkel. »Ich habe heute Morgen diesen ganzen verdammten Palazzo von oben bis unten nach Euch abgesucht. Wo seid Ihr gewesen?«

»Wir hatten etwas für Eure bezaubernde Verlobte zu erledigen.«

Ian schnaubte verächtlich. »Bezaubernd? So bezaubernd wie der Satan persönlich. Ihr glaubt, sie sei eine Heilige, kaum zu unterscheiden von diesen Frauen da, die sie ständig im Munde führt, aber ich sage Euch, das Mädchen ist aller Wahrscheinlichkeit nach eine Mörderin, oder zumindest so etwas wie eine Verbrecherin.«

»Das sagt *Ihr*«, erwiderte Roberto ruhig, »aber wir wissen ja, wie schlecht Ihr Euch bei Lebewesen auskennt.«

Robertos ruhiger und unerwarteter Widerspruch brachte ihm einen extrafinsteren Blick von Ian ein.

»Euer Urteil über Frauen ist nicht gerade über jeden Zweifel erhaben«, kam Francesco seinem Partner zu Hilfe und erntete dafür ein bitterböses Knurren.

»Wartet's nur ab. Ihr werdet schon sehen, dass ich mit meiner verdammten Beurteilung Recht habe. Ihr glaubt, Ihr kennt sie besser als ich, ja? Und was sagt ihr dann dazu? Hier, damit wollte sie auf mich losgehen!« Ian schob das seltsame Instrument, das er die Nacht zuvor Bianca abgenommen hatte, über den Schreibtisch auf sie zu.

»Das glaube ich nicht.« Roberto schüttelte vehement den Kopf. »Nein, das habt Ihr mit Sicherheit missverstanden. So etwas würde sie nie als Waffe benutzen. Erstens ist es kaputt, und zweitens muss sie sehr daran hängen. Es dürfte wohl ihr kostbarster Besitz sein. König Heinrich III. hat es bei einem Besuch in Venedig ihrem Vater geschenkt, und es ist alles, was ihr von den Instrumenten ihres Vaters noch geblieben ist. Das stimmt doch, Francesco, oder?«

»O ja, der Rest wurde von ihrem Bruder auf einer Auktion verscherbelt. Das ist ein übler Halunke, dieser Bruder von ihr. Wenn Ihr schon jemanden mit Namen Salva sucht, den Ihr des Mordes verdächtigen könnt, dann empfehle ich Euch, *ihn* ins Visier zu nehmen.« Francesco nahm die Schere hoch und betrachtete sie wehmütig. »Ich würde sagen, das ist das einzige Utensil, das als Beweismaterial nicht in Frage kommt. So ein hübsches Stück; schade, dass es zerbrochen ist. Wie ist das passiert?«

Ian stierte seine Onkel verständnislos an. Bianca konnte sie in der Kürze der Zeit doch nicht so schnell umgekrempelt haben, dass sie ihm auf ihr Geheiß und ohne mit der Wimper zu zucken eine so weit hergeholte Lüge auftischten.

»Dann hat sie Euch also auch diese Lüge aufgetischt, und Ihr glaubt ihr auch noch?« Als er sah, dass Roberto wieder den Kopf schüttelte, fragte Ian herausfordernd: »Und woher, bitteschön, wisst Ihr das dann?«

Roberto antwortete bewusst langsam, in der Hoffnung, sein gemäßigter Ton könnte ihm dabei helfen, zu diesem bornierten Dickschädel vorzudringen. »Wir haben von der Geschichte erfahren, als wir das Glück hatten, bei der Auktion den Zuschlag für die Instrumente ihres Vaters zu bekommen. Das war kurz nach dessen Tod.«

»Die Schere ist übrigens ziemlich berühmt. Sie wurde ihr im letzten Willen ihres Vaters vermacht, so dass sie nicht mit dem Rest der Sammlung verkauft werden konnte, obwohl sie weit mehr als all die anderen Instrumente zusammen gebracht hätte. Schaut Euch dieses handwerkliche Meisterstück doch nur mal an.« Francesco hielt sie Ian hin, damit er sie bewunderte, aber der schob sie nur achtlos beiseite. »Aber Ihr habt uns noch nicht erzählt, wie sie eigentlich entzweigegangen ist …?«

»Fragt sie doch selbst.« Ian stand auf und stolzierte zum Fenster, darauf bedacht, nicht an Crispins kostbares Pflanzenexemplar zu stoßen. Er musste jetzt allein sein, um darüber nachzudenken, was er soeben erfahren hatte, und dann natürlich auch über seinen fehlgeschlagenen Plan. Dass seine Verlobte nicht die gewünschte Wirkung hatte, war klar und wurde noch klarer, als sein Onkel Francesco wieder das

Wort ergriff. Seine Stimme schien aus weiter, weiter Ferne zu kommen. »Und nun zur Verlobungsfeier, Ian. Wir haben gehofft, Ihr würdet mit dem Rat über eine Aufhebung des Aufwandsgesetzes anlässlich dieser Angelegenheit sprechen. Es ist nur recht und billig, dass Bianca den Foscari-Topas trägt, und Ihr wisst, er kostet weit mehr als die mickrigen tausend Dukaten, die per Gesetz für eine zukünftige Braut vorgesehen sind. Roberto hat sich bereits nach Stoff für ihr Kleid umgesehen, und der Schmuck wird fantastisch dazu aussehen, wenn nur –«

»Ja, in Ordnung, ich werde mich darum kümmern.« Ian hatte ihnen immer noch den Rücken zugekehrt, aber er zwang sich dazu, höflich zu klingen.

»Wunderbar, einfach wunderbar.« Francesco kam richtig in Fahrt. »In diesem Fall können wir wohl auch Anweisungen geben, aus Eurem Jagdgrund in den Bergen eines dieser köstlichen Wildschweine zu besorgen –«

»Und vergiss nicht den musikalischen Rahmen, an den wir gedacht haben«, erinnerte ihn Roberto.

»Darauf wollte ich gleich zu sprechen kommen, aber erst noch zu den Pfauen für den Garten. Wir planen, sie mit Blattgold zu belegen, natürlich nur die Schwänze –«

Ians Geduld war am Ende. »Macht, was immer Ihr wollt. Gebt aus, was auch immer Ihr an horrenden Summen braucht, ladet ein, wen auch immer Ihr meint, es ist mir egal. Ich weiß noch nicht einmal, ob ich überhaupt da sein werde. Ich bezweifle es.« Er hoffte, sein Ton war brüsk genug, um sie daran zu erinnern, wo die Tür war. Der Trick schien funktioniert zu haben, denn an Stelle einer Antwort drang das wunderbare Geräusch einer sich fest schließenden Tür an sein Ohr.

Während er in den grauen Tag hinausstarrte, konnte er zuerst an nichts anderes denken, als daran, dass Bianca die Wahrheit gesagt hatte. Alles, angefangen bei den Instrumenten ihres Vaters bis hin zu dem Geschenk des alten König Heinrichs, schien Hand und Fuß zu haben. Doch das hieß noch lange nicht, dass sie in allem die Wahrheit gesagt hatte. Es gab immer noch zu viele unbeantwortete Fragen und zu viele ungeklärte Zufälle. Warum war sie als Erste am Ort des

Verbrechens gewesen, und warum wollte sie ihm das nicht sagen? Wo hatte sie sich am gestrigen Abend herumgetrieben? Wer war der Einbrecher?

Er versuchte noch einmal die Ereignisse der vergangenen Nacht Revue passieren zu lassen – von dem Zeitpunkt an, als er den Einbrecher hörte, bis hin zu der verrückten Verfolgungsjagd über die rutschigen Dächer der Stadt, aber seine Gedanken wanderten immer wieder zurück zu der Szene, die sich hinterher abgespielt hatte. In seinem Kopf spukte immer wieder nur Biancas nackter, warmer Körper herum. Er konnte sie sehen, sie fühlen, sie riechen. Er hörte ihre Stimme, ihren schwer zu beschreibenden, aber verführerischen Klang, als sie ihn fragte, ob er mit ihr schlafen würde. *Ja* wollte er ihr am liebsten zuschreien, *ja, ja, ja*. Seine Haut begann zu prickeln, er spürte, wie seine Erregung zunahm, und er ertappte sich bei der Frage, ob er sie nicht sofort aufsuchen sollte.

»Du Narr, du Idiot, du Wahnsinniger!«, schimpfte er laut vor sich hin und hielt sich gerade noch zurück, die Tür zu öffnen, deren Knauf er bereits in der Hand hatte. Wo war bloß sein Verstand geblieben? Was hatte sie nur mit ihm angestellt? Francesco hatte sie bezaubernd genannt, und in der Tat, das war sie, betörend wie eine dieser Zauberinnen von früher, die die Männer verhexten und in den Ruin trieben. Er brauchte diese Komplott schmiedende, den Kopf verdrehende Salva-Intrigantin nicht, versuchte er sich selbst zu überzeugen. Was er brauchte, war eine Frau. Irgendeine Frau, und zwar je früher, desto besser. Heute noch, wenn möglich, noch in dieser Stunde. Mit festen Schritten und wieder erwachter Entschlusskraft stapfte Ian aus der Bibliothek und blaffte seine Anweisungen, eine Gondel für ihn bereitzustellen, durch das Haus.

Bianca starrte gerade auf das leere Loch in der Wand, wo früher einmal das Fenster ihres Labors gewesen war, als sie ein Geräusch hörte. Es war so schwach, dass sie dachte, sie habe es sich nur eingebildet. Doch dann wurde es lauter und kräftiger, und sie merkte, dass es aus der Wand zu ihrer Rechten kam. Sie wollte gerade einen Schritt nach vorne machen, da bewegte sich auf einmal unter einem gewaltigen Ächzen und Quietschen rostiger Türangeln die gesamte Wand auf sie zu, so laut, dass man Tote hätte erwecken können.

Eine Hand tastete sich um die Ecke.

Dann erschien ein Fuß.

Und dann ein gut aussehender blonder Kopf.

»Oh, gut, ich habe gehofft, Euch hier zu erwischen.« Crispin begrüßte Bianca fröhlich, so als sei sein Eintreten die normalste Sache der Welt.

Bianca versuchte sich seiner Nonchalance anzupassen und schob ihre zitternden Hände schnell unter ihre Arme. »Sind alle Wände im Haus so gebaut?«

»Nicht alle, nein. Aber viele von ihnen haben Geheimtüren und Geheimgänge. Dieses Haus besitzt mehr Geheimzimmer und Geheimgänge als der ganze Dogenpalast. Als dieses Haus gebaut wurde, waren unsere Vorfahren allem Anschein nach in irgendwelche dunklen Geschäfte verwickelt, die schnelle Fluchtmöglichkeiten und absolut sichere Verstecke verlangten. Sie müssen ein interessanteres Leben gehabt haben als wir alle, die wir jetzt hier wohnen.« Er ging zu dem kaputten Fenster hinüber und schaute hinaus. Dann drehte er sich um und betrachtete sie. »Na ja, mit Eurer Anwesenheit habt Ihr sicherlich viel dazu beigetragen, die Dinge hier ein bisschen in Schwung zu bringen.«

»Tut mir Leid, mein Herr. Ich weiß, seit ich hier bin, habe ich jedem nur Unannehmlichkeiten bereitet. Ich werde das Fenster natürlich auf meine Kosten ersetzen lassen und ...«

Crispin unterbrach sie mitten im Satz. »Im Gegenteil, es ist uns ein Vergnügen, Euch hier zu haben. Zu sehen, wie Ian aufblüht, tut meinem Herzen gut.«

»Aufblüht? Ich würde eher sagen herumtobt. Wie haltet Ihr das nur aus?«

»Es ist mir lieber, wenn er sich wie ein tollwütiger Hund verhält und lebendig ist, als wenn er wie eine wandelnde Leiche herumschleicht, so wie er es die letzten Jahre getan hat.«

»Die letzten zwei Jahre?«, fragte Bianca ruhig.

Er warf ihr einen fragenden Blick zu. »Ja, so in etwa.« Er wusste nicht, wie viel die Verlobte seines Bruders über die Vorfälle von 1583 wusste, aber er wollte auf keinen Fall derjenige sein, der sie darüber aufklärte. Wenn Ian seine Geheimnisse für sich behalten wollte, wie kam er dann dazu, sich einzumischen? Und wenn nicht, dann war es allein an ihm, sie preiszugeben. Außerdem musste er zugeben, dass er nicht einmal mit letzter Sicherheit wusste, was sich damals vor Jahren auf dem heißen öden Land abgespielt hatte. Er suchte krampfhaft nach einem anderen Thema.

»Nicht gerade sehr warm hier drin.« Gesprächsthema *Wetter?* Das klang selbst in seinen Ohren etwas dürftig, und er wäre wegen seiner Einfallslosigkeit am liebsten im Erdboden versunken.

Bianca wusste sofort, woher der Wind wehte und nahm es gelassen hin, konnte aber nur mit Mühe ein unpassendes Kichern unterdrücken. »Ja, kein Wunder bei einem Fenster ohne Fensterscheiben ...« Sie deutete auf das gähnende Loch, durch das nun ein leichter Nieselregen hereinsprühte. Als Crispin schwieg, beschloss sie, selbst für ein Gesprächsthema zu sorgen. Wenn sie schon nicht an seine Geheimnisse herankam, dann konnte sie wenigstens versuchen, etwas über die Geheimnisse des Hauses zu erfahren. »Sagt, wo führt diese Tür eigentlich hin?«

Diesmal gab Crispin mit Begeisterung Auskunft. »Zu meinem Arbeitsraum. Wollt Ihr ihn Euch anschauen? Es gibt da drin zwar nicht viel zu sehen, aber ich würde mich geehrt fühlen, wenn Ihr daran interessiert wärt. Ich weiß, es ist sehr unhöflich, aber ich fürchte, ich muss Euch vorangehen.«

Sie folgte ihm um die Wandtür herum und dann durch einen kurzen schmalen Gang, der zu einer anderen, schon eher nach einer Tür aussehenden Tür führte. Das Erste, was ihr beim Übertreten der Schwelle auffiel, war nicht etwa die ungeheure Größe des Raums oder wie sauber und ordentlich er aufgeräumt war, sondern vielmehr der entsetzliche Gestank, der ihr entgegenschlug. Immerhin standen sie ja im Dunkeln, und die einzigen Sinne, die ihr im Augenblick zur Verfügung standen, waren ihr Geruchs- und ihr Tastsinn, wobei der Geruch, der ihre Nase attackierte, jedes Bedürfnis, auch ihren Tastsinn einzusetzen, im wahrsten Sinne des Wortes erstickte.

»Man braucht ein Weilchen, um sich daran zu gewöhnen«

– Crispin wedelte mit irgendetwas in der Hand herum –, »aber nach ein paar Minuten werdet Ihr den Geruch überhaupt nicht mehr wahrnehmen.«

Nach *ein paar Minuten?* Die Aussicht darauf verursachte Bianca noch mehr Übelkeit als der Gestank selbst. Doch bevor sie noch protestieren konnte, hatte Crispin schon eine Lampe angezündet und hielt sie hoch. Jetzt konnte Bianca einen Eindruck von der Größe und Sauberkeit des Raums gewinnen. Allerdings faszinierte sie der Ausdruck auf Crispins Gesicht weitaus mehr. In seinen Gesichtszügen, die denen von Ian glichen – nur waren sie irgendwie weicher – spiegelte sich so viel Stolz auf sein stinkendes Arbeitsreich wider, dass sie sich von seiner Begeisterung mitreißen ließ.

»Ich experimentiere mit verschiedenen Bodenarten und Nährstoffen für meine Pflanzen«, erklärte er und deutete dabei auf die großen, obskur wirkenden Behälter, die an den Wänden aufgereiht waren. Er setzte zu einer detaillierten Erklärung hinsichtlich der Vorzüge von pflanzlicher Nährstoffzufuhr gegenüber mineralischer Nährstoffzufuhr an und war gerade dabei, seine letzte Mixtur zu verteidigen, als ein über und über mit Erde verschmutzter Mann durch eine Seitentür eintrat. Ohne sie eines Blickes zu würdigen, begann er geschäftig irgendetwas aus einem Fass neben ihnen zu schöpfen.

»Das ist Luca«, flüsterte Crispin Bianca zu. »Er behauptet zwar, mein Angestellter zu sein, aber ich glaube, ich nehme von ihm mehr Befehle entgegen, als er von mir. Er hasst es, wenn ich Besucher hierher mitbringe, besonders wenn es sich um Frauen handelt, weil er Angst hat, sie würden mich von meinen Pflanzen ablenken.« Er wandte sich dem verdreckten Mann zu. »Luca, du brauchst dir keine Sorgen zu machen. Sie ist an mir nicht im Mindesten interessiert, *peccato*. Sie ist Ians neue Verlobte. Du solltest sie kennen lernen. Du könntest sie mögen.«

Luca musterte Bianca eindringlich von oben bis unten. »Eine Frau«, sagte er und nickte, als habe sich ein hässlicher Verdacht bestätigt. Er drehte sich um und ging.

»Nehmt es nicht persönlich. Das ging nicht gegen Euch …«

Bianca wischte seine Erklärung beiseite. »Mir ist schon aufgefallen, dass in diesem Haus ein entschiedener Mangel an Begeisterung für Frauen besteht.« Als ihr klar geworden war, dass es unter den Bediensteten keine einzige Kammerzofe gab, war sie dankbar gewesen, dass sie trotz ihres Vermögens von Anfang an hatte lernen müssen, sich selbst anzukleiden und zu pflegen. Sie fragte sich, ob es in diesem Haushalt überhaupt irgendwelche Frauen gab. »Sind alle Eure Bediensteten männlichen Geschlechts?«

Crispin nickte. »Das war nicht immer so, aber, nun ja, seit ein paar –«

»Zwei«, half Bianca ihm bereitwillig auf die Sprünge.

»– Jahren«, fuhr Crispin etwas verunsichert fort, »hat es unter diesem Dach keine Frau mehr gegeben.«

Es entstand ein peinliches Schweigen, bis Bianca mit großen unschuldsvollen Augen bemerkte: »Nicht gerade besonders warm hier drin, mein Herr.« Sie machte eine kurze Pause. Als sie fortfuhr, spielte ein Anflug von Lächeln um ihren Mund. »Wenn es Junker Luca nicht allzu sehr aufregt, würde ich mir liebend gerne Eure Pflanzen ansehen. Eure Sammlung ist ja ziemlich berühmt.«

Biancas liebenswürdige Neckerei und ihre höfliche Schmeichelei brachten Crispins gute Laune blitzartig wieder zurück. Er nahm sie am Arm und führte sie zu der Seitentür, durch die die verdreckte Gestalt verschwunden war. Vor ihnen öffnete sich ein lichtüberfluteter Raum.

Bianca hatte plötzlich das Gefühl, in einem Meer von Farben zu schwimmen. Sie war umgeben von Beeten mit blühenden Pflanzen in allen Farbschattierungen, Formen und Größen, die man sich vorstellen konnte.

»Beim Kinn der Heiligen Helene, ist das fantastisch! Das müssen ja an die tausend Pflanzen sein!«

Hinter Bianca gab Luca einen abfälligen Grunzlaut von sich, um zu dokumentieren, was er von ihrer Schätzung hielt.

»Fünftausend«, verbesserte Crispin, wobei er seinem Gehilfen einen warnenden Blick zuwarf. »Von überall her aus der Welt. Aber das ist nur der erste Raum. Es gibt auch noch einen Kräuterraum, einen Orchideenraum und einen Raum für Setzlinge und Experimente.«

Jetzt erst nahm Bianca bewusst die Weite des Raums, in dem sie stand, wahr. So etwas hatte sie in ihrem ganzen Leben noch nie gesehen. Der Raum war viel größer als ihr Labor und war, bis auf die Seite, die an die Außenwand des Palazzos grenzte, vollständig verglast, wobei die einzelnen Scheiben in ein Holzbrettergerüst eingepasst waren. Trotz des grauen Tages draußen, war es hier drinnen warm und hell.

»Es war Ians Idee, ein Glashaus zu bauen«, begann Crispin, als er ihr Interesse an der Konstruktion bemerkte. »Dergleichen wäre für mein Anwesen in England einfach undenkbar, weil es fast unmöglich ist, dort an Glas heranzukommen. Aber da Venedig seine eigenen Glasmacher hat, war dies hier kein Problem, und ich kann jetzt Pflanzen ziehen, die in diesem Klima sonst nicht existieren könnten.«

Luca gab wieder einen Grunzlaut von sich und Crispin fügte gut gelaunt hinzu: »Ich meine natürlich, Luca kann Pflanzen ziehen. Ich bin nur ein Dilettant.«

»Aber Ihr habt einen grünen Daumen, das kann ich Euch bescheinigen, *ragazzo mio*.« Lucas Stimme war ruppig, aber in seinem Ton schwang sehr viel Zuneigung mit. Er wandte sich mit seinem dreckverschmierten Gesicht Bianca zu. »Dieser Knabe könnte aus dem Hinterteil eines toten Rebhuhns sogar noch Blumen sprießen lassen, Gottverdammmich, wenn er das nicht kann.«

Bianca war so damit beschäftigt, sich diese bemerkenswerte Übung plastisch vorzustellen, dass sie die Unziemlichkeit dieses Bildes völlig übersah. Crispin dagegen wurde flammend rot.

Er klang allerdings ganz ruhig, als er mit zusammengebissenen Zähnen hervorpresste: »Genug, Luca. Ich habe dir doch schon gesagt, dass sie nicht an mir interessiert ist. Es gibt keinen Grund, sie zu verscheuchen.«

»Wer versucht denn hier, die Göre zu verscheuchen? Ich habe nur die Wahrheit gesagt, Gottverdammmich, wenn das nicht stimmt.«

Bianca brach plötzlich in schallendes Gelächter aus. Völlig verdutzt starrten die beiden Männer sie an. »Ich bin völlig sicher, dass Ihr nichts anderes im Sinn hattet, als den Talenten seiner Lordschaft Gerechtigkeit widerfahren zu lassen, Signore Luca.«

»Ihr habt Recht, Fräulein, aber die Geschichte da, von wegen seine andere Lordschaft heiraten, das hätte ich nicht im Traum gedacht. Das ist ein Verrückter, sag' ich Euch. Als ich gestern am späten Abend die Pflanzen noch einmal gewässert habe, da hab' ich ihn doch glatt nackt über den Dachfirst turnen sehen, Gottverdammmich, wenn er das nicht getan hat. Und jetzt fragt mich mal, verbringt ein Mann, der noch ganz klar im Kopf ist, etwa so seine Zeit? Und ich antworte Euch, nein, verdammt nochmal, ganz bestimmt nicht.«

Crispin, der sichtlich Schwierigkeiten hatte, das Gehörte zu glauben, wollte etwas sagen, doch Bianca kam ihm zuvor. »Habt Ihr noch jemand anderen auf dem Dach gesehen?«

»Ihr meint diesen anderen Kerl, den mit dem Umhang. Aber der flitzte nicht splitterfasernackt als Blickfang für die Witwe Falentini herum; und das Herz der Frau ist, weiß Gott, nicht mehr das allerbeste. Da kann sie nicht noch nackte Männer vor ihren Augen gebrauchen, die sie dann endgültig über den Jordan schicken.«

»Ihr habt sicher Recht.« Biancas Stimme war angespannt. »Aber habt Ihr den anderen Burschen genauer gesehen? Ist Euch irgendetwas an ihm aufgefallen?«

»Aber ich sage Euch doch, nein, weil er ordentliche Kleidung trug. Alles, was ich gesehen habe, war schwarz, schwarz, schwarz, und dann kommt Ian an, nackt, wie am Tag seiner Geburt. Daran erinnere ich mich noch. Er sieht heute übrigens ein ganzes Stück besser aus als als Säugling, Gottverdammmich, wenn das nicht stimmt. Nun ja, er war trotzdem ein hübsches Kind, vom ersten Tag an sonnig und fröhlich –«

Spätestens jetzt wäre Lucas Erzählfluss von Crispin brüsk unterbrochen worden, wenn ihm nicht ein lautes Klopfen an der Tür am anderen Ende des Raumes zuvorgekommen wäre.

»Ist Signorina Salva hier?«, schrie eine Stimme durch die Tür, noch bevor Crispin öffnen konnte. »Ah, da seid Ihr ja, Herrin. Ich habe im ganzen Haus nach Euch gesucht!« Nilo hatte keine Augen für die fantastische Farben- und Formenpracht um sich herum, sondern steuerte schnurstracks zwischen den Blumenreihen auf Bianca zu. »Ihr müsst mir Bescheid sagen, wo Ihr hingeht! Dieses Haus ist so groß, und wie soll ich Euch da finden, wenn sich irgendetwas Wichtiges ergibt, wie zum Beispiel jetzt?«

Crispin und Luca blickten konsterniert auf den kleinen, mageren Jungen. Doch Bianca war so begierig auf seine Nachricht, dass sie sein ungebührliches Verhalten überhaupt nicht bemerkte. »Was ist geschehen? Was ist so dringend? War dein kleiner Ausflug also erfolgreich?«

»Sie hat gesagt, wenn Ihr jetzt gleich kommt, hat sie etwas für Euch, was Euch vielleicht interessieren könnte. Aber Ihr müsst sofort kommen. Sie ist eine viel beschäftigte Dame.« Nilo griff nach Biancas Hand, um die Dringlichkeit ihres Kommens zu unterstreichen.

»Ich danke Euch beiden für Eure Freundlichkeit«, schaffte sie gerade noch über die Schulter zurückzurufen, während Nilo sie zum Ausgang des Gewächshauses zog. »Es war mir ein Vergnügen, Eure Bekanntschaft zu machen, Signore Luca, und mich mit Euch, Eure Lordschaft, zu unterhalten. Ich hoffe, mir eines Tages auch den Rest Eurer schönen Sammlung ansehen zu können.«

Die Tür schloss sich hinter den beiden, und die beiden Männer blieben allein im Gewächshaus zurück.

»Frauen«, murmelte Luca vor sich hin und schüttelte den Kopf. »Kommen her, stellen Fragen, tun furchtbar interessiert und biedern sich an. Und dann kommt irgend so ein Jüngling daher, und sie hauen einfach ab, und du stehst blöder da als vorher. Gottverdammmich, wenn das nicht so ist.«

9. Kapitel

Findet Ihr das Rouge auf meinen Brustwarzen zu dick aufgetragen?« Tullia ließ einen abschätzenden Blick über ihre sinnliche Figur im Spiegel gleiten und suchte dann Biancas Augen, die hinter ihr stand.

»Tullia, du weißt sehr gut, dass ich die Letzte bin, die du in Bezug auf das, was Männern gefällt, um Rat fragen solltest. Da solltest du besser Daphne fragen.« Bianca versuchte locker zu klingen, aber Tullia war keineswegs der leichte Anflug von Melancholie in ihrer Stimme entgangen. Tullia war die erste Kurtisane, an die sie sich im Zuge ihrer Ermittlungen mit der Bitte um Hilfe gewandt hatte. Zwischen den beiden hatte sich eine eigenartige Art von Freundschaft entwickelt. Als unangefochtene Königin unter den venezianischen Kurtisanen wurde Tullia Arragona von den anderen Mädchen ihres Gewerbes im Allgemeinen eher mit Neid als mit Zuneigung betrachtet, und deshalb fiel es ihr sehr schwer, irgendeine der Frauen, die sie kannte, als Freundin zu bezeichnen. Auch wenn andere Kurtisanen vordergründig echtes Interesse an ihren Affären bekundeten, so wusste sie doch aus Erfahrung, dass sie auf ihre Sorgen und Nöte eher mit Jubel als mit Mitgefühl reagierten. In Bianca hatte sie zum ersten Mal in all den Jahren eine echte Freundin gefunden, und deshalb war sie beunruhigt, als sie sie so verstört sah.

»Es ist Euch also immer noch nicht gelungen, Euch von Eurer Jungfräulichkeit zu verabschieden. Ich kenne eine Menge Frauen, die ihr Gebiss opfern würden für das Privileg, Euch zu verführen.« Sie wandte sich von dem Spiegel ab und drehte sich mit einem betörenden Lächeln – dafür war sie berühmt – zu Bianca um. »Ich zum Beispiel. Aber Ihr weigert Euch ja, mich zu besitzen.«

Tullia seufzte, und ihre Enttäuschung war nicht nur gespielt. Biancas zarte Schönheit mit ihren weichen Rundungen in den Armen zu halten, wäre eine Wonne, ein Gefühl, das sie unter dem fordernden harten Griff der Männer schon lange nicht mehr empfand. Sie hatte sich oft gefragt, in welche Höhen sie ihre Freundin mit ihren Liebkosungen treiben könnte, welche verborgene Sinnlichkeit sie wecken könnte, aber ihre Vorschläge, ob indirekt oder direkt, wurden jedes Mal als Scherz abgetan. Sie lachte über das Angebot einfach hinweg, wohl aus der Überzeugung heraus, dass eine so großartige Frau, wie Tullia d'Arragona es war, mit einer schlichten Jungfrau wie ihr nichts anfangen wollen konnte.

Tullia hatte sich ihre Stellung an der Spitze ihres Gewerbes zwar mit harter Arbeit und einem messerscharfen Verstand erkämpft, doch mit Sicherheit war ihr dabei auch ihre atemberaubende Schönheit und ihre sündige Sinnlichkeit zu Hilfe gekommen. Bianca sah fasziniert zu, wie die griechische Kammerzofe Daphne ihre Herrin für den nächsten Kunden vorbereitete. In ihrem dünnen Kleid aus feinem Batist war Daphne kaum mehr bekleidet als ihre Herrin und stand ihr auch an Schönheit nur wenig nach. Bianca bewunderte und beneidete diese beiden hinreißenden Frauen, die ihren Körper liebten und einsetzten, die wussten, wie man Lust entfachte und wie man sich ihr hingab. Die beiden zu beobachten, war ein Fest der Sinne.

Schon wenn man zusah, wie Daphne ihre Herrin zurechtmachte, dann man, dass sie für Tullia weit mehr war als nur ein einfaches Kammermädchen. Daphne massierte sachte Tullias Brustwarzen, bis sie punktförmig hervortraten, wobei sie sorgfältig darauf achtete, dass das Rouge nicht verwischte. Dann nahm sie einen Hasenschwanz zur Hand, um sie mit Puder aus fein gemahlenen Diamanten zu bestäuben. Liebkosend ließ sie die Puderquaste über ihren Oberkörper streichen. Als Tullia sich auf einer bordeauxroten Chaiselongue zurücklehnte, fing sich das Licht des rosafarbenen Glaskronleuchters an der Decke in dem Puder und verlieh Tullias Körper einen verlockenden Glanz.

Auch wenn Bianca sich hier immer schrecklich fehl am Platz vorkam, liebte sie dennoch das überwältigend luxuriöse und sinnliche Ambiente von Tullias Haus. Schwere Seide, plüschiger Samt und feinste Felle, wohin das Auge blickte, schufen eine Atmosphäre, die förmlich zum intimen Austausch von Zärtlichkeiten einlud. An den Wänden, die mit einer dünnen Goldpatina überzogen waren, hingen überall Spiegel, die das weiche Licht des Kronleuchters streuten und dem ganzen Raum einen warmen, sinnlichen Glanz verliehen. Doch was Bianca am meisten liebte, war der schwere Duft, der den Körper der Kurtisane umwehte und der in jedem Winkel der luxuriös ausgestatteten Zimmer hing. Mit gespannter Aufmerksamkeit beobachtete sie, wie Daphne vier kunstvolle Glasflakons holte und Tullia zur Auswahl präsentierte.

»Heute Gardenia. Das ist sein Lieblingsduft, glaube ich, obwohl es schon so lange her ist, dass ich mich kaum noch erinnern kann.«

Daphne ging ans Werk. Sie tupfte eine genaue Anzahl von Tropfen auf Tullias Halsbeuge, in die tiefe Kerbe zwischen ihren Brüsten und entlang der weichen Linie der Innenseite ihrer Oberschenkel. Zum Schluss umrundete sie das Dreieck der rotgoldenen Locken, die sich auf ihrem Schambein kräuselten, um sie anschließend mit einem kleinen Perlmuttkamm sorgfältig in Form zu bringen. Als Daphne mit ihren geschickten Fingern über sie hinwegstrich und alsbald in die feuchten Falten darunter vordrang, öffneten sich die Lippen ihrer Herrin, und mit einem Ausdruck der Wonne auf dem Gesicht schloss Tullia die Augen. Sie seufzte einmal tief und schob dann die Hand des Mädchens weg.

»Keine Tändelei heute, du bemerkenswert talentiertes Wesen.« Tullia küsste anerkennend die Fingerspitzen des Mädchens. »Bianca und ich haben ernste Dinge zu bereden. Bring mir noch schnell den Spitzenmorgenmantel und die Perlen, die Rono mir geschenkt hat, und dann ab mit dir!«

Nachdem Daphne Tullia in ein Gedicht aus feinster Spitze – so fein, wie sie sie noch nie gesehen hatte – geholfen hatte, steckte sie ein paar vorwitzige Löckchen in ihre kunstvolle Frisur zurück – es brauchte sicherlich nur einen Bruchteil der Zeit, die für das Hochstecken benötigt worden war –, legte ihr ein zweireihiges Perlencollier um den Hals und fädelte ihr zwei große Tropfenperlen durch die Ohren. Dann verließ sie sie und schloss leise die Tür hinter sich.

Tullia machte es sich wieder auf der Chaiselongue bequem und wandte sich endlich dem Thema zu, das Bianca zu ihr getrieben hatte.

»Euer Laufbursche sagte, Ihr machtet Euch Sorgen wegen des Verschwindens von Isabella, und Ihr wollt jetzt wissen, ob ich irgendetwas darüber weiß. Ich werde Euch nicht fragen, was Euer plötzliches Interesse an Isabella geweckt hat, aber wenn Ihr es mir erzählen möchtet … Ich muss zugeben, ich sterbe vor Neugier. Geht es um eine *affaire de coeur*?«

»Wie kommt das bloß, das jeder das denkt?« Bianca war verzweifelt.

»Jeder?« Tullia legte den Kopf zur Seite und musterte Bianca eindringlich.

Bianca überging die zweite Frage einfach und sagte: »Nein, ich hatte weder eine Affäre mit Isabella, noch war ich in sie verliebt. Ich mache mir einfach nur Sorgen um ihr Wohlergehen.«

»Gut, dann brauche ich ja nicht eifersüchtig zu sein. Und Ihr braucht Euch keine Sorgen zu machen. Nach dem, was Isabella mir vor zwei Wochen erzählt hat, ist für ihr Wohlergehen gesorgt. Sie wird heiraten.«

»Heiraten?« Das also war der Grund dafür, warum Isabella sie bei ihrem letzten Treffen darum gebeten hatte, für sie ein Liebessonnett zu schreiben, sinnierte Bianca. Aber das Ganze erschien trotzdem verrückt. »Bist du sicher? Sie wird heiraten?«

»Ja, ich fand die Vorstellung auch ziemlich unrealistisch und habe meine Zweifel angemeldet, aber sie blieb stur. Als ich auf das Missverhältnis hinwies, wie oft Kurtisanen Heiratsanträge gemacht werden und wie viele dann letztendlich heiraten, meinte sie sinngemäß, er sei eben ihrem Scharm verfallen und könne sich nicht von ihr lösen. Man weiß ja, wie unerträglich viel sie sich auf ihre Reize einbildet.« Tullia zuckte mit den Schultern. »Vermutlich hatte sie diesbezüglich sogar Recht, wenn man bedenkt, wie schnell sie es geschafft hat, einen vermögenden Mann so zu umgarnen, dass er ihr gleich ein eigenes Haus eingerichtet hat. Valdo Valdone hatte immer schon eine Schwäche für die Reize der Jugend.«

»War –«, Bianca verbesserte sich schnell, »ist er der Mann, den sie heiraten wird?«

Tullia lachte laut auf. »Ganz bestimmt nicht. Isabellas Verlobter, wenn wir ihr denn glauben wollen, ist ein junger Patrizier aus einer alten Familie mit hübschem Besitz. Sie zeigte mir eine Haarlocke, die sie in einem Medaillon um ihren Hals aufbewahrt, und das war keineswegs so grau und borstig, als dass es von dem kümmerlichen Haarkranz auf Valdos Kopf stammen konnte. Ja also, ich vermute, dass das der Grund ist, warum sie sich aus dem Staub gemacht hat. Sie wollte einfach einer Konfrontation zwischen ihrem alten Galan und ihrer neuen Liebschaft aus dem Weg gehen. Wenn Valdo herausbekommen sollte, dass sie zu heiraten beabsichtigt, dann würde er sie zweifellos ohne einen Heller fallen lassen oder ihren Verlobten zu einem Duell herausfordern. Oder vielleicht auch beides. In jedem Fall wäre das ein gefundenes Fressen für die Schandmäuler. Man würde sich den Mund zerreißen, und das wäre nicht gerade das, was man sich als Ehefrau eines Adligen zum Einstand wünscht.«

In Biancas Kopf schwirrten tausend Fragen herum, aber sie wusste, allzu vieles Fragen würde Tullia misstrauisch machen. Schließlich entschloss sie sich, die wichtigste zu stellen. »Hat sie dir denn zufällig auch den Namen ihres Bräutigams verraten?«

»Aber, *bellissima*, Ihr müsstet Isabella eigentlich besser kennen. Eine Frau, die so zimperlich ist, dass sie kein einziges weibliches Wesen um sich duldet, nicht einmal eine Zofe – aus Angst, ihre Liebhaber könnten ein Auge auf sie werfen –, die würde sich eher von ihren glänzenden Wimpern trennen, als seinen Namen so besitzergreifenden Monstern wie mir preiszugeben.«

Bianca musste über Tullias abwegige Selbstcharakterisierung lachen. Aber die damit verbundene Information war wenigstens ein kleiner Anhaltspunkt. Die Identität von Isabellas Verlobten war immerhin etwas, wo sie bei ihren Nachforschungen ansetzen konnte. Sie beschloss, selbst auf die Gefahr hin, allzu neugierig zu erscheinen, noch einmal nachzuhaken. »Hast du irgendeine Idee, wer er sein könnte?«

»Wenn man nach der Farbe der Haarlocke in ihrem Medaillon geht – ein zu hellbraun tendierendes Blond –, dann kommt ja eigentlich nur die Hälfte aller Adligen in Frage, würde ich sagen. Und selbst wenn man alle die ausschließt, die weder jung noch betucht genug sind, dann bleiben – grob geschätzt – nur noch lächerliche dreihundert mögliche Kandidaten. Wohlgemerkt, sofern sie die Wahrheit in Bezug auf seine Vermögensverhältnisse gesagt hat. Falls nicht, dann müssen wir auch noch alle die einbeziehen, die nicht so begütert sind, und das würde die Zahl mindestens verdoppeln.« Tullia bemerkte, wie langsam alle Farbe aus Biancas Gesicht wich, und beschloss, besser doch mehr Ernst walten zu lassen. »Aber es sind wahrscheinlich nur an die zehn Personen, die Isabella regelmäßig besuchen, ihren Gönner nicht eingeschlossen. So auf Anhieb fallen mir da Sergio Franceschino, Lodivico Terreno, Brunaldo Bartolini, Giulio Cressi, dein Cousin Angelo und dein Bruder Giovanni ein. Oh, und dann natürlich noch die beiden Prachtstücke in ihrer Sammlung, zwei der Arboretti, Tristan del Moro und Crispin Foscari.«

Ohne groß nachzudenken, platzte Bianca mit der Frage heraus: »Und was ist mit Crispins Bruder Ian?«

Tullia lachte wieder und wehrte mit der Hand ab. »Seltsam, dass Ihr mich gerade nach ihm fragt. Nein, Isabella ist überhaupt nicht sein Typ. Sie ist zu lebenslustig und, nun ja, zu oberflächlich für den intelligenten und grüblerischen Grafen d'Aosto. Ihre kindliche Naivität und Unbedarftheit, die für die meisten ihrer Liebhaber die Hauptanziehungskraft sind, würde an seinen Nerven kratzen wie ein Misston auf einer verstimmten Viola. Er bevorzugt mehr reife Frauen, so wie mich. Ich erwarte ihn übrigens jeden Moment.«

Bianca starrte ihre Freundin mit offenem Mund an, wurde sich aber sofort ihrer Reaktion bewusst und klappte den Mund schnell wieder zu. Sie schluckte schwer und versuchte, ihr Herz, das ihr bis zum Hals schlug, wieder unter Kontrolle zu bringen. Sie dachte an das Vergnügen, mit dem sie Tullia bei den Vorbereitungen für ihren Kunden zugesehen hatte und spürte, wie der Ekel vom Morgen wieder verstärkt in ihr hochstieg. Ihr einziger Gedanke war Flucht.

»Ich verstehe. O ja, dann will ich dich wirklich nicht länger aufhalten.« Sie streckte die Hand aus, war froh, dass sie nicht zitterte. »Danke, dass du mir so viel von deiner Zeit geopfert hast. Du hast mir wirklich sehr geholfen, Tullia. War wieder schön, dich zu sehen.«

Tullia war zu sehr damit beschäftigt, die Falten ihres Morgenmantels so zu ordnen, dass sie mehr preisgaben, als sie verbargen, um Biancas innere Aufruhr zu bemerken. »Wenn ich sonst noch irgendetwas für Euch tun kann, *bellissima*, dann tut Euch keinen Zwang an und kommt einfach her, oder schickt nach mir. Ihr wisst ja, ich bin immer für Euch da.« Sie nahm Biancas ausgestreckte Hand und hauchte ihr einen Kuss in die Handfläche.

Bianca war noch nicht ganz an der Tür, als diese sich wie von selbst öffnete, um Daphne einzulassen. »Seine Lordschaft ist da, Madame. Soll ich ihn hochschicken?«

Tullia nickte und sah Bianca stirnrunzelnd an. »Es wäre Eurem Ruf nicht gerade förderlich, wenn Ihr Euch auf den Stufen dieses Hauses von einem Adligen erwischen ließet, meine Liebe. Nein, das würde kein gutes Bild abgeben und die Dinge sehr verzerren.« Bianca war zur Salzsäule erstarrt, hätte dem aber sowieso nichts hinzuzufügen gehabt.

»Da, der Schrank dort«, sagte Tullia schnell und deutete in eine Ecke, in der ein großes Möbelstück mit breiter Glasfront stand. »Hinter der Tür befindet sich ein Gang, der direkt zum Kanal führt. Aber wenn Ihr es nicht eilig habt, könnt Ihr auch gerne bleiben und heimlich durch die Glaspaneele zusehen. Ich habe ihn speziell für einen meiner Kunden mit ziemlich ausgefallenem Geschmack anfertigen lassen. Und inzwischen finde ich, dass ich besser arbeite, wenn ich weiß, dass jemand zusieht. Insbesondere dann, wenn dieser Jemand so hinreißend ist wie Ihr, *bellissima*.«

Ihre Unterhaltung wurde durch das Geräusch sich nähernder Schritte jäh beendet. Bianca schlüpfte schnell in den Schrank und schloss seine Tür in demselben Augenblick, in dem die Zimmertür aufging. Sie befahl sich, sich sofort umzudrehen und zu verschwinden, schaffte es aber nicht, sich von der Szene, die sich vor ihren Augen abspielte, loszureißen. Sie beobachtete, wie Ian auf Tullia zuging, ihr die Hand küsste und ihr ein kleines Holzkästchen mit den Initialen eines der berühmtesten Goldschmiede Venedigs überreichte. Mit seinem vom Wind leicht zerzausten Haar und dem Wams, das seine blendende Figur noch betonte, sah er einfach umwerfend aus. Bianca konnte Tullia zwar nur von hinten sehen, aber ihr entzückter Aufschrei freudiger Überraschung war deutlich hinter der Glastür zu hören. Tullia nahm zwei riesige Smaragdohrringe aus dem Kästchen, ging zum Spiegel und hielt sie sich an. Ian trat hinter sie und beobachtete mit verbissenem Gesichtsausdruck, wie sie ihre Perlen gegen sein Geschenk austauschte. Sie lehnte sich an ihn, griff nach seiner Hand und führte sie unter ihren Spitzenmorgenmantel zu einer ihrer Brüste. Dann drehte sie den Hals nach hinten und gab ihm einen innigen Dankeskuss.

Als Ian seine Hand wieder von ihrem weichen Busen löste, atmete er tief ein. Er freute sich, dass sie sich noch an seinen Lieblingsduft erinnert hatte. Die exorbitante Summe, die er für die Ohrringe ausgegeben hatte, war durchaus gerechtfertigt gewesen. Er stubste sie sanft in Richtung Chaiselongue zurück und streifte ihr beim Gehen den Morgenmantel von den Schultern. Seine Hände wanderten über ihren Körper, massierten ihre weichen Pobacken, liebkosten ihre pfirsichfarbenen Oberschenkel, erkundeten jede Rundung und jeden Zentimeter ihrer Seidenhaut. Dann bedeutete er ihr, sich vor ihm hinzusetzen und führte ihre Hand zu seinem Schoß in ihrer Augenhöhe.

»Es ist lange her, Tullia, aber du siehst besser aus denn je.«

Als Antwort auf sein Kompliment hakte Tullia behände seine Hose auf, um sein Gemächt aus seinem engen Stoffgefängnis zu befreien. Er lächelte zwar, als sie danach griff, beugte sich dann aber nach vorne, um sie daran zu hindern, es in ihren Mund zu nehmen. Gewöhnlicherweise genoss er ihre intimen Berührungen, aber heute war etwas anders, war etwas falsch daran. Es fehlte irgendetwas.

Bianca konnte Tullia nur von hinten sehen, hatte aber freien Blick auf ihren Verlobten. Unfähig sich zu bewegen, oder auch nur zu atmen, sah sie, wie er seine Lippen zu einem schwachen Lächeln verzog, als Tullia ihre Hände über seinen Körper gleiten ließ, und obwohl sie nicht hören konnte, was sie miteinander sprachen, war sie sich sicher, ihn lustvoll aufstöhnen zu hören. Sie war noch nie Zeuge einer derartigen Szene gewesen, und sie verspürte angesichts dieses Treibens eine gewisse Ehrfurcht, vermischt mit Eifersucht. Doch diese Empfindungen wurden überlagert von einem abgrundtiefen Gefühl der Einsamkeit und Verlassenheit – und von Selbstzweifeln, wie sie sie bis dahin noch nie gekannt hatte. Warum war das dort nicht sie, warum war das nicht ihr Körper, den Ian gerade umarmte, ihr Mund, den er küsste, ihr heißer Atem, den er einsog? Sie hatte sich Ian angeboten – umsonst –, aber er hatte sie nur verhöhnt und sie beiseitegeschoben. War sie denn so abstoßend, so unansehnlich, dass er sie wie einen Sack Abfall von sich stieß? Würde sie nie seine Hände auf ihrem Körper spüren, seine Lippen auf ihrem Mund? Oder überhaupt die eines Mannes? Nur mit Mühe konnte sie die aufsteigenden Tränen zurückhalten. Sie drehte sich um und ging hinunter zum Kanal.

Während Bianca verschwand, bewegte sich das Paar auf das prunkvolle Himmelbett zu. Vielleicht bin ich ja nur nicht in Stimmung für ein Vorspiel, überlegte Ian, verzweifelt bemüht zu verstehen, was mit ihm geschah. Für den Preis von zwei großen Smaragden standen ihm mindestens vier Stunden sinnlicher Aufmerksamkeit zu –, und das war immer noch absurd viel Geld, aber hoffentlich gut angelegtes Geld. Es war eine medizinische Maßnahme, redete er sich ein, eine Heilkur für seine beunruhigenden Fantasien, die ihm bei Tag und bei Nacht, egal ob er wachte oder schlief, immer mehr zusetzten. Selbst in Tullias Gegenwart, hier, in ihrem verführerischen Boudoir, ertappte er sich dabei, pausenlos an Bianca zu denken. Er streckte die Hand aus, um Tullias Haar zu streicheln und wunderte sich, warum es nicht blond war. Ihr Körper, einst der Hauptanziehungspunkt für ihn, erschien ihm zu wollüstig, zu parfümiert, zu künstlich. Als er ihre Brust mit den Händen umspannte, war er enttäuscht, dass sie nicht klein und fest war, so klein und straff wie der Busen, den er die Nacht zuvor gesehen hatte. Er war sogar schon drauf und dran, ihr vorzuwerfen, dass sie kein kleeblattförmiges Muttermal oberhalb der linken Hüfte hatte. Aber ihm blieben ja noch dreieinhalb Stunden, und wer wusste schon, was für magische Reize Tullia in dieser Zeit noch entwickeln würde. Ian streckte sich lang aus, zog sie auf seinen Körper und beschloss, sie es versuchen zu lassen.

Einige Stunden später war ein enttäuschter Ian auf dem Weg nach Hause zurück. Tullia hatte alles gegeben, war geradezu über sich hinausgewachsen, hatte all die Erfahrung ihrer zehnjährigen Tätigkeit als Kurtisane eingesetzt, aber nichts hatte Ian von den Chimären, die ihn heimsuchten, befreien können. Später sollte Tullia einer Kollegin erzählen, dass keiner sie je mit solch göttlicher Mischung aus Hunger und Zartgefühl behandelt hatte wie Ian an jenem Tag. Er habe ihr nicht einmal beigeschlafen, verriet Tullia, sondern sie nur im Arm gehalten, wie ein Liebhaber seine Geliebte im Arm hält. Und einmal, gestand sie errötend, habe er sie sogar *carissima* genannt.

Aber Ians Psyche weigerte sich, sich von kindischen Als-ob-Spielen täuschen zu lassen. Er spürte, wie sein Verlangen nach Bianca im Laufe des Nachmittags eher zunahm denn abebbte. Sein Körper, der auf die Bemühungen der Königin der Kurtisanen erschreckend gleichgültig reagiert hatte, regte sich andererseits schon beim geringsten Gedanken an Bianca. Er würde einfach mit ihr schlafen, entschied er sich schließlich – halb freudig erregt, halb drohend. Denn er schaffte es nicht nur nicht, ihr Bild aus seinen Gedanken zu verbannen, er konnte auch nicht vergessen, wie ihr Kuss ihn heiß durchschauert hatte. Aber er hatte den Verdacht, dass sie ihn zu manipulieren versuchte, dass sie bewusst ihre körperlichen Reize einsetzte, um sein Urteilsvermögen zu trüben und ihn von ihrer Unschuld zu überzeugen. Das war ein Trick, den alle Frauen bei Männern einsetzten. Sie setzten ihre weiblichen Reize ein, um sie arglistig in ihren Bann zu ziehen und ihrem Willen zu unterwerfen. Doch nachdem er das erkannt hatte, so überlegte er nüchtern, konnte er sich dagegen auch schützen und verhindern, dass sie ihn wie ein Jojo auf und ab tanzen ließ.

Verdammt, er konnte sogar noch eins draufsetzen, er konnte den Spieß einfach umdrehen: Er konnte seinerseits die Intimität ausnutzen, um *sie* zu manipulieren. Auf diese Weise behielt er die Zügel in der Hand, ja er könnte sich sogar ihrer Unschuld vergewissern ... beziehungsweise ihrer Schuld. Er merkte, wie dieser Gedanke seine Miene aufhellte. Natürlich gab es dabei auch einen kleinen Haken. Es gab keinen Zweifel, dass er nach ihrer ersten gemeinsamen Nacht ihrer Reize überdrüssig sein würde. Dennoch würde er sie weiterhin verführen müssen, wenn er sie unter Kontrolle haben wollte und insbesondere wenn er dieser Mörderin auf die Schliche kommen wollte. Aber das war seine Pflicht als Mann und als Bürger von Venedig. Ja, für die Sache der Gerechtigkeit und für sein geliebtes Vaterland würde er sogar Langeweile in Kauf nehmen. Langsam kam er zu der Überzeugung, dass sein Nachbar, der französische Botschafter, mit seiner Theorie absolut richtig lag. Jetzt würde er erst einmal in seinen Klub gehen, zu Abend essen, ein bisschen Geld an den Spieltischen verlieren und dabei noch einmal alles genau überdenken. Und dann würde er nach Hause zurückkehren, um seine Mission zu erfüllen. Ian beglückwünschte sich zu seiner Selbstlosigkeit und seufzte. Es war ein tiefer, langer, zufriedener und sehr patriotischer Seufzer.

10. Kapitel

Duftender Dampf umwaberte die beiden Gestalten im Bad. Die Frau warf den Kopf zurück und schloss die Augen, um ihren Luxuskörper von den geschickten Händen ihrer Zofe mit einem Schwamm abseifen zu lassen. Die beiden Frauen waren so mit der Körperpflege beschäftigt, dass keine von beiden wahrnahm, wie sich die Tür ihnen gegenüber öffnete und jemand den Raum betrat.

Der junge Mann steuerte auf die Badewanne zu und blickte auf die beiden miteinander verwobenen Frauen hinunter. Zu sehr darin vertieft, ihre Herrin zu verwöhnen, hatte die Zofe nicht einmal seine Schritte gehört. Doch die andere Frau hob träge die Augen und blickte zu ihrem Gast hoch. Wie immer war er tadellos gekleidet. Der Schnitt seines Capes betonte seine breiten Schultern und seine schlanke Taille, seine Beinkleider spannten sich wie eine zweite Haut über seine muskulösen Oberschenkel, sein wuchtiges Suspendarium ließ vorteilhaft erahnen, welche Männlichkeit sich dahinter verbarg. Er lächelte auf sie herab, während sie nur widerwillig die Zofe wegschob.

»Ich bin sofort gekommen, als ich Eure Nachricht erhielt.«

Er versuchte seiner Stimme seine Unruhe nicht anmerken zu lassen. »Ich bin unterwegs Ian Foscari begegnet. Kam er von Euch?«

Die Frau lachte. Es war kein heiteres Lachen. »Ist mein Engel etwa eifersüchtig? Hat er Angst, dass ich mich nach seiner kläglichen Vorstellung gestern Nacht nach Ersatz umsehe? Vielleicht nach jemandem, der mich so sehr liebt, dass er mir wirkliche Beweise liefert und nicht irgendwelche Papierfetzen mit obszönen Zeichnungen? Nach jemandem, der seine Bequemlichkeit und sein Glück nicht über das meine stellt? Nach jemandem, dem es ein echtes Anliegen ist, mir zu Gefallen zu sein?« Die Frau ließ ihren Blick von seinem Gesicht zu dem Gesicht ihrer Zofe wandern, und wieder zurück.

Dem jungen Mann stieg das Blut ins Gesicht. Er hatte sein Leben riskiert, wäre beinahe von diesem verrückten Ian Foscari umgebracht worden, und sie sprach davon, er kümmere sich nicht genügend um sie. Verdammt nochmal, es war doch nicht seine Schuld, dass das Haus von oben bis unten geputzt und alle Spuren bis auf den letzten Blutspritzer beseitigt worden waren. Die Leiche war dort gewesen, dessen war er sich sicher, aber niemand würde das je beweisen können. Er hatte gedacht, die blutverschmierten Zeichnungen würden vielleicht eine Hilfe sein, aber alles, was sie ihm eingebracht hatten, war der Zorn seiner hitzigen Mätresse. Ja schlimmer noch, er war aus ihrem Bett verbannt worden. Als er an die Freuden dachte, die ihm entgangen waren, fühlte er sich innerlich hohl und beschloss, alles zu tun, um sich wieder lieb Kind zu machen.

»Ich weiß, Madonna, dass es keine Entschuldigung für mich gibt. Ich gebe zu, dass ich bei dem Versuch, Euch das gewünschte Beweismaterial zu bringen, kläglich versagt habe. Ich bitte Euch, gebt mir noch eine Chance, Eure Gunst wieder zurückzugewinnen.«

Er gefällt mir ganz gut, wenn er so auf dem Boden vor mir kriecht, dachte sie für sich. Außerdem passte das ausgezeichnet in ihr Konzept, wenn sie an den Plan dachte, den sie und ihr Bruder in den frühen Morgenstunden ausgetüftelt hatten. Ihr letzter Versuch war zu subtil gewesen; diesmal würden sie diesem Arboretti-Abschaum keine Chance geben, sich wieder herauszuwinden. Die Frau seufzte bei dem Gedanken an die Größe der Aufgabe, die vor ihr lag, und erhob sich aus der Badewanne. Die Zofe wollte sich auch schon erheben, wurde aber von ihrer Herrin wieder nach unten gedrückt.

»Mein Engel wird sich weiter um mich kümmern. Du verdienst eine Pause nach all deinen anstrengenden Bemühungen.« Die Frau schenkte ihr ein kurzes, bedeutsames Lächeln, und der junge Mann bedachte die fremde Zofe mit einem neidischen Blick, und das nicht zum ersten Mal.

Die Frau ließ sich in ihren seidigen Morgenmantel helfen und dirigierte den jungen Mann in ihr Schlafzimmer. Er fackelte nicht lange und war schon dabei, die Verschlüsse seiner Jacke zu lösen, als die Frau ihm mit einer Handbewegung Einhalt gebot.

»Dazu ist später noch Zeit, jetzt nicht«, sagte sie mit leiser, einschmeichelnder Stimme, genau wissend, welchen Ton sie anschlagen musste, um ihn in Wallung zu bringen. »Zuerst habe ich eine wichtige Aufgabe für Euch. Aber Ihr müsst genau zuhören, und Euch alles bis ins letzte Detail merken.«

Sie brauchte fast eine Stunde, bis sie ihm seinen Auftrag erklärt hatte. Um ihn auszuführen, würde er allerdings nicht mehr als zehn Minuten benötigen. Sie beobachtete ihn die ganze Zeit über mit verschleierten Augen, und als sie seinen wachsenden Widerstand bemerkte, begann sie, ihre Rede mit flüchtigen Küssen zu begleiten. Sie küsste ihn am Handgelenk, auf die Hüfte, auf seine Brust … Überall dorthin, wo sie wusste, ihn mit dem geringsten Aufwand am meisten erregen zu können. »Wenn Ihr das erfolgreich erledigt habt, irgendwann mal am frühen Morgen, dann kommt hierher zurück.« Sie ließ ihre Finger langsam an der Innenseite seiner Hose hochgleiten und unter seinem Suspendarium verweilen, wobei sie mit ihrem geübten Auge aufmerksam seine Reaktion verfolgte. Als sie merkte, dass sie ihn an der Angel hatte, neigte sie ihre roten Lippen an sein Ohr und flüsterte ihm atemlos zu: »Nichts auf der Welt könnte mich Euch gewogener machen. Solange Ihr fort seid, werde ich mir überlegen, wie ich Euch am besten belohnen kann.«

Der junge Mann erschauderte in Vorfreude auf ihren Dank. Dieses Mal, versprach ihm sein überreizter Körper, dieses Mal würde er nicht versagen.

11. Kapitel

Als Ian an diesem Abend heimkehrte, hatte er ein Gefühl, als müsste er wie ein Held mit Fanfarenklängen begrüßt werden. Stattdessen hörte er nur das Trommelfeuer der Regentropfen, die gegen die Fensterscheiben peitschten. Sonst nichts. Die Uhren hatten gerade erst neun geschlagen, aber es war so still, wie es dies normalerweise nur in den frühen Morgenstunden zu sein pflegte. Es war, als habe sich ein Leichentuch über das Haus gelegt, und Ian fragte sich kurz, ob womöglich jemand gestorben sei. Als er plötzlich doch Stimmen über seinem Kopf hörte, ging er die Treppe nach oben und landete vor Francescos und Robertos Gemächern.

Die Mienen seiner Onkel ließen nichts Gutes ahnen. Sie saßen, jeder in seinem Lieblingssessel, vor dem Kamin, zwischen sich eine Karaffe mit Grappa. Als Ian eintrat, brach Francesco mitten im Satz ab.

»Hallo d'Aosto«, sagte er kalt. Ian blieb wie angewurzelt stehen. Seit seiner Kindheit hatten Francesco und Roberto ihn nur mit seinem Titel angeredet, wenn sie ihm etwas sehr Ernstes oder sehr Schreckliches mitzuteilen hatten. Er wartete, vergaß fast zu atmen, während seine Onkel ihn schweigend anstarrten.

»Ist jemand gestorben?«, platzte er schließlich heraus, unfähig, seine Neugier noch länger in Zaum zu halten. »Es ist so verdammt still hier, gerade so als hätten wir einen Trauerfall. Aber wenn dem so wäre, würdet Ihr ja nicht hier sitzen und meinen besten Grappa trinken. Was ist hier los?«

Francesco und Roberto warfen sich einen Blick zu, jeder bereit, dem anderen das Wort zu überlassen. »Ian«, begann Roberto schließlich, »Ihr wisst, dass ich nicht Euer wirklicher Onkel bin, und deshalb steht es mir in der Tat nicht zu, Euch als Mitglied Eurer Familie abzustrafen.« Roberto und Francesco lebten schon so lange zusammen, dass sich nur wenige Leute, einschließlich Ian, daran erinnerten, dass er tatsächlich kein Verwandter war. Er wies auf diesen Umstand nur hin, wenn er über das Benehmen eines Familienmitglieds so entrüstet war, dass er den Wunsch hegte, sich von der Familie zu distanzieren. Ian war jetzt wirklich beunruhigt.

»Deshalb«, fuhr Roberto fort, »werde ich Euch jetzt schlichtweg als Mann die Meinung sagen. Ihr könnt Euch nicht einfach einen lebendigen Menschen schnappen, ihn einsperren, ihn dann auch noch des Mordes bezichtigen und mit seinen Gefühlen spielen und davon ausgehen, Ihr kämt damit durch, ohne dass man Euch zur Rechenschaft zieht. Ich weiß nicht, was Ihr unserem Schützling heute angetan habt, aber sie ist völlig verändert. Ihr habt ihr das Rückgrat gebrochen, Ihr alle Lebenskraft geraubt, die Kraft, die ihr nicht nur geholfen hat, den Tod ihres geliebten Vaters zu überleben, sondern die so unbezähmbar war, dass sie sogar eine medizinische Laufbahn einschlug, etwas, was schon für die meisten Männer undenkbar ist, geschweige denn für eine Frau. Das ist eine ziemliche Leistung. Ihr Unglück ist so augenfällig, dass das ganze Haus es mitbekommen hat. Ihr werdet unter Eurer Dienerschaft nur noch wenige finden, die gut auf Euch zu sprechen sind, und unter Euren Verwandten so gut wie gar niemanden mehr.«

Ian war wie vom Donner gerührt und starrte ihn entgeistert an. »Diese kleine Hexe. Diese kleine intrigante Lügnerin mit ihrer ständigen Heiligenbeschwörung, diese auf Unschuld machende Sirene hat Euch allen also irgend so ein Lügenmärchen von meiner Grausamkeit aufgetischt, und Ihr glaubt es auch noch! Das ist Verrat –«

»Schweigt!« Francesco war aschfahl geworden, nur seine Wangen glühten vor Zorn. »Ihr wagt es, uns des Verrats zu bezichtigen? Uns, die wir stets für Euch da waren, Euch beschützt haben, Euch unterstützt haben, nicht aufgehört haben, Euch zu lieben, auch nicht in den letzten zwei Jahren, in denen wir nichts von Euch zurückbekommen haben?

Nein, junger Mann, Euch steht es bei Gott nicht an, von Verrat zu sprechen. Oder Euch über dieses wunderbare Wesen zu erheben, das Ihr Euch auf so kaltblütige Weise anverlobt habt und das Ihr jetzt auch noch einsperrt. Kein Wort von Grausamkeit ist über ihre Lippen gekommen, kein Wörtchen ist über Euch gefallen.«

»Ihr braucht nicht weiterzureden, Dottore di Rimini. Ich kann es ihm selbst sagen. Aber trotzdem danke für Eure freundliche Unterstützung.« Alle drei Männer fuhren herum und blickten in die Richtung, aus der die leise Stimme gekommen war. In der Tür stand Bianca. Sie ging weiter in das Zimmer hinein und machte vor Ian einen tiefen Knicks. – »Auf ein Wort, mein Herr?«

Sie wirkte tatsächlich irgendwie gebrochen, sah kleiner und zerbrechlicher aus, als Ian sie von ihrer letzten Begegnung in Erinnerung hatte – aber nicht weniger schön. Ihre Schönheit wurde durch die Ausstrahlung tiefen Schmerzes, die sie umgab, allenfalls noch verstärkt. Als er sie so vor sich stehen sah, verstand er, warum sie die Mitglieder seines Haushaltes so in ihren Bann gezogen hatte. Ihre ungewöhnlichen Augen wirkten noch größer als sonst und auf Grund der Blässe ihrer Haut noch ausdrucksvoller; ihre Wangenknochen traten stärker hervor und ihr Haar umrahmte ihr schmales Gesicht wie Goldregen. Aber ihre Schönheit allein gibt ihnen noch lange nicht das Recht, mich als Schurken zu brandmarken, dachte er entrüstet. Und auch nicht das Recht, seinen patriotischen Plan, den er sich nach seinem Besuch bei Tullia so sorgsam zurecht gelegt hatte, zu durchkreuzen, zumal sein Körper allein schon bei ihrem Anblick wachsende Erregung signalisierte.

»Kommt mit«, sagte er und rauschte an ihr vorbei zur Tür. Francesco und Roberto wollten schon protestieren, doch Bianca bedeutete ihnen durch ein Zeichen, sich zurückzuhalten. Sie folgte Ian durchs Treppenhaus in seine Bibliothek. Unter anderen Umständen hätte sie der Anblick eines solchen Raums mit ungeheurem Entzücken erfüllt, aber in ihrer augenblicklichen Verfassung nahm sie die zig tausend Bücher an den Wänden kaum wahr. Sie stellte sich vor den brennenden Kamin und fragte sich, ob das Feuer das passende Gegenstück zu dem eisigen Blick war, mit dem Ian, der sich auf die Kante seines Schreibtisches gesetzt hatte, sie anstarrte. Sie rekapitulierte ein letztes Mal den Anfang der Rede, die sie sich zurechtgelegt hatte, und nahm dann den ganzen ihr noch verbliebenen Mut zusammen, um loszulegen.

»Ich möchte Euch etwas erzählen und dann möchte ich Euch eine Frage stellen. Wenn Ihr glaubt, dass das, was ich Euch jetzt mitteile, der Wahrheit entspricht, versprecht Ihr mir dann, die Frage auch wahrheitsgemäß zu beantworten?«

»Das hängt ganz von der Frage ab. Ich werde es mir überlegen.«

Die Antwort befriedigte Bianca zwar nicht, aber in Ermangelung einer Alternative fuhr sie fort: »Ich möchte Euch den zweiten Grund für meine Anwesenheit in Isabellas Wohnung nennen. Ich hatte mit ihr tatsächlich eine feste Übereinkunft, sie schreiben zu lehren, und sie half mir auch tatsächlich bei meinem Buch, aber es gab noch etwas anderes.«

Ian und Bianca schlug beiden das Herz bis zum Hals, Ian in der bittersüßen Erwartung eines Mordgeständnisses, Bianca vor Verlegenheit. Sie schluckte zwei Mal und fuhr dann fort.

»Als Gegenleistung für meinen Schreibunterricht lehrte Isabella mich etwas anderes.« Sie machte eine Pause und suchte in ihrem Gedächtnis nach den Worten, die sie sich zurechtgelegt hatte, wobei sie sich fragte, ob es wirklich notwendig sei, alles einzugestehen. »Sie lehrte mich, das heißt, sie beschrieb mir genau, wie es ist, mit einem Mann zusammen zu sein; mit einem Mann intim zu werden.« Bianca brach ab. Unfähig Ians Blick zu begegnen, starrte sie auf einen Fleck in der Nähe seines Kinns.

»Das ist alles? Und das wolltet Ihr mir nicht erzählen?«

Bianca wandte sich mit ernsthafter Miene an sein Kinn. »Mein Herr, versteht Ihr nicht, wie schwer es mir fällt und wie verlegen es mich macht, Euch das alles zu erzählen? Euch, dessen einziges Interesse sich auf Frauen mit Erfahrung richtet? Und dazu noch einem Mann, von dem ich mir nichts sehnlichster gewünscht hätte, als dass er mit mir schläft –«

»Was?« Ian richtete sich mit gespannter Aufmerksamkeit auf. Es sah auf einmal so aus, als könnte sein Plan nicht nur bloß funktionieren, sondern sogar noch besser funktionieren, als er erwartet hatte. Er hatte gedacht, er würde mindestens eine gute halbe Stunde um sie werben müssen, aber unter diesen Umständen konnte er sie so lange zappeln lassen, bis sie gewillt war, seinen Forderungen nachzukommen. Ja, wenn sie es sich sogar wünschte, verführt zu werden, dann würde es für ihn natürlich viel einfacher, die Situation zum Zwecke der Manipulation auszunutzen. Ian war mit seinem unverhofften Glück und seiner wachsenden Erregung so beschäftigt, dass er die Frage, die sie gerade stellte, nur mit halbem Ohr mitbekam.

»Und nun zu meiner Frage. Was stimmt mit mir nicht, mein Herr?«

Mit einer fast übermenschlichen Kraftanstrengung gelang es Bianca, ihren Blick von seinem Kinn zu seinen Augen zu lenken. Dabei bemerkte sie zu ihrer Beunruhigung wieder jenes gefährliche Zucken um Ians Mund, das bis jetzt noch nie etwas Gutes verheißen hatte. Sie wusste nicht, ob er gleich über sie lachen oder sie auffressen würde. Sie ließ Ian ein paar Minuten Zeit, um ihre Mängel zu bilanzieren, und stellte dann die Frage noch einmal.

Ian ging gar nicht darauf ein. »Ich habe mir gerade überlegt, ob es besser ist, Euch zuerst auf dem Teppich vor dem Feuer zu lieben oder im Bett. Was bevorzugt Ihr?«

Biancas Mund wurde trocken. »Ich weiß nicht … ah … hm … das Feuer ist sehr schön …?«

Ian nickte, ohne jedoch seine Schreibtischkante zu verlassen. »Zieht Euer Kleid aus«, forderte er sie sanft aus.

»Ihr lasst mich doch nicht wieder meine Kleider ablegen, um mich dann erneut zurückzustoßen, nicht wahr, mein Herr?« Bianca hatte schon die Hände am Mieder, wollte aber erst seine Antwort abwarten, bevor sie seiner Aufforderung nachkam.

»Das hängt davon ab, wie zufrieden stellend Ihr meine Fragen beantwortet und meinen Forderungen nachkommt.«

Irgendetwas an seiner Sprechweise ließ Bianca erschauern. Sie ließ die Arme sinken. »Ich möchte nicht noch einmal gedemütigt werden, mein Herr. Ich habe Euch nicht gebeten, mit mir zu schlafen, nur damit Ihr mir dann meine Mängel aufzählen könnt. Ich weiß, dass ich nicht so schön und sinnlich bin wie Tullia –«

»Wie wer?«

»Beim Kopf der Heiligen Katharina, Ihr wisst sehr wohl, wen ich meine. Ihr habt den Nachmittag mit ihr verbracht!«

Ian war einen Moment lang irritiert. »Seid Ihr mir etwa hinterhergeschlichen?« Er stand auf und ging auf sie zu. Seine Stimme war gefährlich leise. »Das würdet Ihr nicht wagen, oder?«

Bianca runzelte ärgerlich die Stirn, um ihm zu zeigen, was sie von dieser idiotischen Unterstellung hielt. Und um ihn und sich selbst daran zu erinnern, dass sie ihn hasste, schickte sie gleich einen noch finsteren Blick hinterher. »Aber sicher doch, ich habe dafür eigens ein paar Männer engagiert. Ich nehme an, es lohnt sich, den größten Teil meines Vermögens dafür auszugeben, Euren Spuren von einem Boudoir zum anderen zu folgen, bis Ihr Euch wieder bequemt, nach Hause zu kommen und Euch dann entschließt, mich zu demütigen.« Sie wandte sich zum Gehen, wurde aber von Ian am Arm zurückgehalten. Er wirbelte sie herum und zwang sie, ihn anzusehen.

»Euch demütigen? Woher soll ich wissen, dass nicht Ihr *mich* demütigen wollt? Als wir uns das letzte Mal unterhielten, sagtet Ihr mir noch, dass Ihr mich hasst. Und jetzt bittet Ihr mich, mit Euch zu schlafen.« Seine Augen verengten sich zu schmalen Schlitzen, sein Griff wurde fester. »Wenn Ihr mir nicht gefolgt seid, wie kommt Ihr dann auf die Idee, dass ich bei Tullia war, womit ich allerdings noch lange nicht zugebe, dass ich auch dort war. Ich habe niemandem erzählt, wohin ich gehe.«

Bianca verdrehte die Augen. »Eure Diskretion in Ehren, mein Herr, aber was Euer logisches Denkvermögen anbetrifft, da hapert es doch gewaltig. Tatsache ist, dass ich *vor* Euch bei Tullia war. Es war ein unglücklicher Zufall, dass wir beide zur gleichen Zeit dort waren. Ich war gerade dabei zu gehen, als Ihr ankamt. Und wenn Ihr jetzt bitte so freundlich wärt, meinen Arm loszulassen; auf blaue Flecken passend zu der Beule am Kopf, die Ihr mir letzte Nacht verpasst habt, kann ich nämlich liebend gern verzichten. Langsam verstehe ich auch, warum Ihr zwei Doktoren als Aufpasser für mich ausgewählt habt. Wenn ich allerdings noch ein paar Tage unter Eurer fürsorglichen Obhut stehe, werde ich wohl eher einen Einbalsamierer denn einen Doktor brauchen.«

Ian ignorierte zwar ihren beißenden Spott, lockerte aber seinen Griff um ihren Arm. »Wenn Ihr gerade bei Tullia wart, als ich – rein theoretisch natürlich – eintraf, warum habe ich Euch dann nicht weggehen sehen?«

Bianca sah ihn verschlagen an. »Wie kommt Ihr denn darauf, dass ich gegangen bin?«

»Ihr wart dort, in Tullias Haus, als ich auch da war?«

»Wolltet Ihr nicht eher sagen, falls Ihr dort wart?« Bianca erntete für ihre Nachhilfe einen undankbaren, bösen Blick.

»Was habt Ihr dort gemacht? Und mit wem wart Ihr dort?«

»Man könnte sagen, ich war alleine da. Man könnte aber durchaus auch sagen, ich war mit Euch dort. Ich habe Euch nämlich die ganze Zeit gesehen.«

»Ihr habt zugesehen? Ihr habt mich beobachtet?«

Auch wenn er es erst später zugeben sollte, er fand den Gedanken erregend. Er wollte in der Tat mehr darüber erfahren. Gleichzeitig betrachtete er seine wachsende Erregung jedoch als erfreulichen Ausdruck seines Patriotismus, und sie bestärkte ihn darin, seinen sorgsam ausgeklügelten Plan auf jeden Fall durchzuziehen. Sein Tonfall veränderte sich und hatte nichts Herausforderndes mehr an sich, als er fragte: »Was habt Ihr denn gesehen?«

Sofort herrschte eine ganz andere Atmosphäre in dem Raum. Ians Griff war plötzlich nicht mehr zwingend, sondern einladend. Der Schmerz, über den sich Bianca beklagt hatte, verwandelte sich in Wärme, eine erregende Wärme, die von dem einen Berührungspunkt aus ihren ganzen Körper durchströmte. Aus seinen Augen sprach nicht mehr Misstrauen und Gehässigkeit, sondern etwas anderes, etwas, was weitaus anziehender war. Bianca wollte sich auf keinen Fall die Gelegenheit – möglicherweise ihre einzige Gelegenheit überhaupt – entgehen lassen, die Freuden der Fleischeslust zu erleben. Und doch war es mehr als die bloße Begierde nach dieser neuen Erfahrung, die sie näher zu ihm hindrängte.

Sie war schon im Begriff zu antworten, zögerte und setzte dann noch einmal an. »Ich bin gegangen, bevor Ihr beide zum Bett gingt.« Sie machte eine Pause. »Ich glaube, ich könnte Euch nicht beschreiben, was ich gesehen habe. Aber ich könnte es Euch vielleicht zeigen?« Sie warf ihm einen fragenden Blick zu und streckte eine nicht allzu sichere Hand nach seiner Hose aus. Doch bevor sie noch anfangen konnte, die Schnürbänder zu lösen, bremste Ian ihre Hand.

Er hatte eine Entscheidung zu treffen. Er könnte ihr die Wahrheit sagen, könnte ihr sagen, dass sich an diesem Nachmittag zwischen ihm und Tullia nichts weiter abgespielt hatte. Doch er entschied sich dagegen. Ian hatte den ganzen kostspieligen Nachmittag lang neben der berühmtesten Kurtisane von Venedig gelegen und sich in Fantasien über Bianca verzehrt. Jetzt bot sich ihm wunderbarerweise die Gelegenheit, diese Fantasien genau so auszuleben, wie er es sich ausgemalt hatte. Er sah keinen Grund, sich diese wunderbare Chance zu verpatzen. Außerdem konnte er auf keinen Fall den Eindruck entstehen lassen, sie besitze irgendwelche Macht über seine Gedanken.

»Wenn wir das richtig durchspielen wollen, müsst Ihr Euch erst ausziehen. Tullia war nackt, wenn ich mich recht erinnere.« Ian merkte, dass er Schwierigkeiten hatte, seine Stimme unter Kontrolle zu behalten.

Diesmal entkleidete er Bianca selbst, wobei er mit äußerster Sorgfalt vorging. Er knüpfte die Schnürbänder ihres kremfarbenen Mieders auf, streifte es ihr von den Schultern und ließ es zu Boden fallen. Dann hakte er den schlichten Rock auf, wobei er die Gelegenheit nutzte, seine Finger über ihre seidenbestrumpften Oberschenkel spielen zu lassen. Bianca hörte, wie sich seiner Kehle irgendein Laut entrang, halb Stöhnen, halb Glucksen. Aber sie musste sich in erster Linie darauf konzentrieren, dass sich ihre Knie nicht in Pudding verwandelten. Seine Hände beim Ausziehen über ihren Körper gleiten zu spüren, löste bei ihr dieselben Hitzewallungen aus wie am Tag zuvor, Empfindungen, die sich noch verstärkten, als er sie bat, die Arme zu heben, um ihr leichtes Unterkleid über den Kopf zu ziehen, und er dabei wie zufällig ihre Brüste liebkoste. Zum Schluss streifte er ihr die Strümpfe ab, und zum zweiten Mal stand sie völlig nackt vor ihm.

Ian trat einen Schritt zurück, um Bianca aus der Distanz zu begutachten. Er war nahezu geblendet von der Schönheit, die sich ihm darbot, einer Schönheit, die seine zur Schau getragene kalte Reserviertheit allerdings auf eine harte Probe stellte. Doch in diesem Moment tauchte vor seinem geistigen Auge ein unwiderstehlich erregendes Bild auf. »Soweit ich mich erinnere, trug Tullia Schmuck. Perlen, glaube ich.«

»Und Smaragde«, ergänzte Bianca unvorsichtigerweise und fragte sich, wohin das führen sollte.

Ian räusperte sich, überrascht von der Woge der Schuldgefühle, die ihn bei der Erwähnung seiner extravaganten Bezahlung plötzlich überschwemmte. »Ja, gut. Wenn Ihr mir versprecht, ein paar Minuten hier zu warten, dann weiß ich schon, wo ich ein paar alberne Klunker für Euch auftreiben kann.«

Bevor Bianca noch protestieren konnte, war Ian schon aus der Tür. Ihr erster Gedanke war, dass sie – selbst wenn sie allein war – noch nie zuvor so lange nackt gewesen war wie mit diesem seltsamen Mann zusammen, mit dem sie verlobt war. Diese Erkenntnis lenkte ihre Gedanken wieder auf die vorangegangene Nacht, und sie fragte sich, ob er wirklich zurückkommen würde oder ob dies einfach nur eine noch subtilere Form der Zurückweisung war. Sie schob diese unschöne Möglichkeit beiseite und konzentrierte sich auf das, was sie an diesem Tag in Tullias Wohnung gesehen hatte. Die Aussicht auf das, was ihr bevorstand, beziehungsweise die Angst, etwas falsch zu machen oder sich dumm anzustellen, machte sie zwar nervös, steigerte vor allem aber ihre Erregung.

Sie legte sich auf das dicke Schaffell vor dem Feuer,

schloss die Augen und stellte sich Ians Adoniskörper vor, wie er sich ihr durch Tullias Schrank offenbart hatte. Sie rief sich ins Gedächtnis zurück, wie geschmeidig er gewirkt hatte, als Tullia ihn entkleidete, erinnerte sich an das intime Lächeln, das auf seinem Gesicht erschienen war, als Tullia ihn berührte, und die Aussicht nun ähnliche Reaktionen bei ihm zu bewirken, brachte sie zunehmend in Wallung. Einen Moment lang verfluchte sie sich, so früh gegangen zu sein, nicht weiter zugesehen zu haben, um zu erfahren, was danach geschah. Doch dann fand sie die Vorstellung, Neuland zu betreten, fast noch erregender. Dies war, redete sie sich hastig ein, eine rein wissenschaftliche Studie. Es hatte nichts, aber auch gar nichts mit Ian Foscari zu tun.

Nachdem sie sich in diesem Punkt beruhigt hatte, erinnerte sie sich plötzlich an etwas, was an diesem Tag ihre Neugier geweckt hatte. Sie streckte die Hand aus und berührte sich zwischen den Beinen. Viele Frauen, denen sie geholfen hatte, hatten ihr etwas von einem ›besonderen Punkt‹ erzählt, aber sie hatte ihn nie an ihrem Körper finden können. Sie bemühte sich, sich genau daran zu erinnern, was Daphne getan hatte, und versuchte es ihr gleich zu tun. Zunächst spürte sie gar nichts, doch als ihre Hand weiter nach oben glitt, fand sie einen Punkt, der so außerordentlich empfindlich war, dass sie sich nicht schlüssig war, ob seine Berührung einen angenehmen Schauer oder Schmerz auslöste. Sie strich noch einmal darüber und entschied sich für ersteres. Sie war so in die Erforschung ihres Körpers vertieft, dass sie nicht mitbekam, als sich die Tür öffnete und Ian wieder den Raum betrat.

Ian war in keiner Weise auf den Schauer der Erregung vorbereitet, der ihn durchzuckte, als er Bianca vor dem Feuer liegen und sich selbst berühren sah. Ihre Augen waren geschlossen, ihre Lippen halb geöffnet, ihr Rücken leicht gebeugt. Er näherte sich ihr so leise wie möglich, um sie nicht zu stören und kniete sich neben ihr nieder.

»Darf ich?«, fragte er und schob ihre Hand beiseite, um sie durch seine eigene zu ersetzen. Er hatte beabsichtigt, zurückzukommen und seine Fantasien des Nachmittags weiter durchzuspielen, doch die Aussicht, sie auf diese

Weise zu berühren … das konnte er sich nicht entgehen lassen. Sie schlug verwirrt die Augen auf. Während er weiter ihren empfindlichen Punkt in kreisenden Bewegungen zwischen Daumen und Zeigefinger stimulierte, begegneten sich ihre Blicke. Plötzlich wurden ihre Augen vor Überraschung ganz groß und ein lang gezogener leiser Seufzer entrang sich ihrer Brust. Ian bildete sich ein »Oh, Ian« herausgehört zu haben, als er sie zum Höhepunkt brachte. Er legte sich neben sie und zog sie an sich.

Bianca wurde von einer Freude überschwemmt, die alles übertraf, wovon sie je geträumt hatte. Ihr Körper zitterte noch von ihrem ersten Orgasmus, und sie wurde von dem Mann, der ihn ihr geschenkt hatte, fest in den Armen gehalten. Sie fühlte sich warm und frei und unendlich entspannt.

»Mein Herr?«, wagte sie sich zaghaft vor.

»Ja, *carissima*?« Zum ersten Mal sprach er das Kosewort ohne Sarkasmus aus.

»Ist das immer so?«

Ian war verwirrt. Sie konnte doch unmöglich so unschuldig sein?

»Ist es denn nicht immer so für Euch?«

Sie zögerte einen Moment, nicht sicher, ob sie ehrlich antworten oder lieber größere Erfahrung vortäuschen sollte. »Ich weiß nicht, ich habe keinen Vergleich.« Sie versuchte sich aufzusetzen, doch er hielt sie an seine Brust gedrückt. Ihre Augen suchten die seinen. »Werdet Ihr mich lehren, wie man sich liebt?«

Ian betrachtete sie eine Zeit lang. Ihre Frage kam zwar seinem Plan entgegen, aber aus irgendeinem Grund widerstrebte es ihm, allein aus diesem Grund ja zu sagen. Nachdem er sie bei ihrem ersten Orgasmus beobachtet hatte und sehr wahrscheinlich derjenige sein würde, der sie entjungferte, hatte er plötzlich das Gefühl, sie irgendwie beschützen zu müssen. Nicht, dass er nicht mit ihr schlafen wollte, das stand immer noch ganz oben auf seiner Wunschliste, aber irgendwie verloren seine patriotischen Beweggründe – von wegen Ehre und Pflichtgefühl – mehr und mehr an Reiz. Irgendein Teil von ihm stellte die Motive eines anderen Teils von ihm in Frage, und es sah ganz so aus, als würden sich diese beiden Seiten einen langen Kampf liefern. Also beschloss er, sich vorerst nicht darum zu kümmern.

»Ja«, antwortete Ian schließlich, stand auf und zog sie mit sich hoch. »Solange Ihr eine gute Schülerin seid. Ihr könnt schon mal damit anfangen, indem Ihr dies hier anlegt.«

Zuerst traute Bianca ihren Augen nicht. Doch was er ihr entgegenhielt, konnte nichts anderes sein als der berühmte Foscari-Topas. Es war ein riesiger, mit vierundzwanzig Diamanten eingefasster Stein, der an einer einfachen, gehämmerten Goldkette hing. Als Bianca protestierend näher trat, legte er sie ihr um und hakte sie zu. Der Stein hing perfekt in dem Tal zwischen ihren beiden Brüsten, verlockend, unwiderstehlich. Ian trat einen Schritt zurück und musterte sie eingehend, um zu dem Schluss zu gelangen, dass der Stein ihr noch besser stand, als er es sich vorgestellt hatte. Vielleicht sogar zu gut, dachte er, als er spürte, dass seine Selbstdisziplin durch seine sexuelle Erregung immer mehr ins Wanken geriet. Ohne sich dessen ganz bewusst zu sein, was er tat, streckte er die Hand aus und griff mit zwei Fingern nach einer ihrer Brustwarzen, tat das, was er die Nacht zuvor schon hatte tun wollen und worüber er den ganzen Tag lang fantasiert hatte. Er beugte den Mund zu ihrer Brust herab und saugte daran. Und es war nicht nur das sinnliche Gefühl in seinem Mund, das ihn ergötzte, sondern ebenso sehr auch die kleinen Laute, die Bianca von sich gab. Ihr unverfälschtes Entzücken über ihren körperlichen Kontakt brachte seine Erregung auf den Siedepunkt.

Er zog den Kopf zurück und fing an, sich zu entkleiden. Den Blick, aus Angst etwas zu verpassen, unverwandt auf sie gerichtet, schlüpfte er zuerst aus seinem Leinenhemd und entledigte sich dann seiner Wildlederhosen. Als er, wie Gott ihn schuf, vor ihr stand, kniete sie sich hin, nervös, aber auch begierig, das zu wiederholen, was sie für eine Nachstellung der beobachteten Szene hielt. Doch Ian drückte sie freundlich auf den Teppich.

»Der beste Teil kommt erst danach«, erklärte er ihr und streckte sich neben ihr aus. Sie lagen beide, einander zugewandt, auf der Seite und sein erigiertes Glied rieb provokativ an ihrem Oberschenkel. Er überlegte gerade, in welcher

Lage er sie nehmen sollte, als er plötzlich erneut von Schuldgefühlen übermannt wurde. Er hielt inne und hob den Kopf, um in ihren Augen zu lesen.

»Seid Ihr auch sicher, dass Ihr es tun wollt?«, fragte er ernst.

An Stelle einer Antwort griff sie nach unten und umschloss zaghaft sein erigiertes Glied mit der Hand. Bei der ersten schüchternen Berührung ihrer Finger merkte Ian, dass er dem Höhepunkt näher war, als er gedacht hatte. Dann wurde sie kühner, ließ ihre Finger an seinem samtenen Glied entlanggleiten, ertastete lustvoll jede Rundung und jede Einbuchtung. Ian stöhnte und biss die Zähne aufeinander, wollte einerseits nicht, dass sie mit ihrer zarten Erkundung aufhörte, andererseits wollte er aber auch nicht vorwegnehmen, was noch kommen sollte. Aber dann fing sie an zu sprechen, sagte mit leisen Worten und mit einem tiefen Blick in seine Augen: »Bitte, Ian, bitte liebe mich.« Da wusste er, dass er nicht mehr länger warten konnte.

Er ließ seine Hand wieder zurück zwischen ihre Schenkel gleiten und spürte, dass sie, so überhaupt möglich, noch heißer und feuchter war als zuvor. Er verweilte mit einem Finger an ihrer Klitoris, während er einen anderen in sie hineingleiten ließ. Sie war eng, unglaublich eng, und er betete um genügend Selbstbeherrschung, um sie nicht zu verletzen. Er drückte sie auf den Rücken und setzte sich mit gespreizten Beinen auf sie. Das war gar nicht so schlimm, dachte sie und machte sich gedanklich eine Notiz, um die neue Information in ihr Buch aufzunehmen. Doch plötzlich wurde dieses Etwas durch ein größeres Etwas ersetzt, das gegen sie und in sie hinein drückte. Sie sah zu Ian auf, um sich zu vergewissern, dass alles in Ordnung war, doch sein Gesicht war gezeichnet von seinem Kampf um Selbstbeherrschung. Instinktiv hob sie ihm ihre Hüfte entgegen und spürte, wie die Enge nachgab, wie ihr Körper sich öffnete, wie ein erregendes Gefühl der Vereinigung von ihr Besitz ergriff. Ian öffnete die Augen und sah auf sie herab, während sich ihre Körper im Gleichklang bewegten. Kurz bevor er seinen Höhepunkt erreichte, beugte er sich vor und umschloss ihre Lippen mit seinem Mund. Er spürte die sengende Hitze ihres Mundes und presste sich an sie, während sein Orgasmus in stürmischen Wellen über ihn hinwegrollte. Eine Welle nach der anderen, länger und intensiver, als er es je zuvor erlebt hatte. Und dann lag er keuchend und völlig verausgabt auf ihr, erfüllt von Ehrfurcht und Staunen.

Irgendeine Stimme in seinem Inneren lobte ihn für seinen Patriotismus und sein pflichtbewusstes Verhalten. Sie klang ziemlich zynisch.

»Das war, es war –«, begann Bianca.

»Zu kurz«, unterbrach Ian sie.

»Das tut mir Leid, das nächste Mal werde ich versuchen, es besser zu machen.«

»Wenn Ihr es das nächste Mal besser macht, wird es noch kürzer werden. Wir werden das üben müssen.« Ian zog sich trotz Biancas Protest langsam zurück und stützte sich auf einen Arm, um sie eingehend zu betrachten. Er wollte testen, ob sich bereits eine Immunität gegen ihre Reize eingestellt hatte. Er zwang sich, sich ihre magischen, lebhaften Augen anzusehen, ihre vollkommene Nase, den anmutig geschwungenen Bogen ihrer Augenbrauen, ihre langen seidigen Wimpern, ihre halb geöffneten Lippen, bereit den nächsten Kuss zu empfangen, die Art, wie der Edelstein sich vollkommen zwischen ihre beiden Brüste schmiegte ... Er konnte sich an ihr nicht sattsehen, konnte das Wunder nicht fassen. Ihre Hand war wieder zwischen seinen Schenkeln, liebkoste sein Glied, machte ihn wieder bereit. Nein, seine Immunität ließ noch entschieden zu wünschen übrig.

»Was macht Ihr da?«, fragte Ian schließlich, bemüht, sich in seiner Autorität wieder zu behaupten.

»Ich dachte, wir wollten üben.« Sie blickte ihn unschuldig an, doch das Lächeln, das um ihren Mund spielte, verriet Ian, dass sie bereits ein paar subtilere Lektionen in Bezug auf die Intimität zwischen Mann und Frau gelernt hatte. »Außerdem habe ich dieses Mal keine Schmetterlinge im Bauch gespürt, also möchte ich es noch einmal versuchen. Es gibt gewiss noch mehr, was Ihr mich lehren könnt. Ich möchte alles über Euren Körper erfahren. Was passiert, wenn ich das hier tue?« Sie ließ ihre Finger an der Innenseite seiner Schenkel zu dem kleinen weichen Sack unterhalb seines Glieds hochwandern.

Ian stöhnte vor Lust auf und nahm ihre Hand von seiner bedrängten Männlichkeit. Wenn er Zeit gewinnen wollte, um sich zu erholen, musste er sie irgendwie ablenken. Gewohnt, unter Druck kühlen Kopf zu bewahren, riss er seinen Blick von ihrem Gesicht los und machte sich ans Werk. Er begann sie zu küssen, zuerst ihre Halsbeuge, dann – mal sanft, mal stürmisch – ihre Brüste, ließ seine Lippen über ihren Bauch wandern, umkoste ihr liebenswertes Muttermal und erreichte schließlich ihren empfindlichen Punkt zwischen den Schenkeln.

»Was macht Ihr da … ohhhhh …« Zu mehr Worten war sie nicht fähig, als Ian die kleine Ausbuchtung mit seiner Zunge zu umschmeicheln begann. Sie bog sich, drängte sich ihm entgegen, wollte ihn zwingen, sie zu verschlingen, doch er ließ sich nicht beirren, berührte sie auch weiterhin nur hauchzart, ließ zärtlich seine Zunge spielen, bis es schließlich aus ihr herausbrach: »O bitte, bitte, Ian.« Er ging dazu über – aber immer noch unendlich zart und sanft –, an ihr herumzuknabbern. Und plötzlich fing er an zu saugen, behutsam zuerst, aber bald schon intensiver, kräftiger, härter … Mit behänder, zunehmend drängender Zunge wühlte er sich in sie hinein, und Bianca bog sich ihm entgegen, stachelte ihn an, wollte sich ihm ganz und gar hingeben. Dies waren völlig andere Empfindungen als das erste Mal, berauschende, atemberaubende Empfindungen, die Bianca bis in die Zehenspitzen erschauern ließen. Sie drängte sich in seinen Mund, ließ sich schwelgend hineinziehen in die feuchte Wärme seiner Mundhöhle, kostete jede Empfindung aus – den Druck seiner Zunge auf ihrem empfindlichen Punkt, das sanfte Knabbern seiner Zähne, die Weichheit seiner Lippen, die Seidigkeit seines Haars zwischen ihren Schenkeln, die Vorstellung seines Kopfes zwischen ihren Beinen, die Wärme seiner Hände auf ihren Pobacken, ließ sich höher und höher tragen, bis sie es nicht mehr aushalten konnte, und ihre Lust in einem sprühenden, überwältigenden, erbebenden Orgasmus explodierte.

Diesmal bestand kein Zweifel an den Worten, die sich

ihrer Kehle entrangen. »Oh, Ian«, keuchte sie, wieder und wieder, bis er sie fest an seine Brust zog.

Die Uhr schlug vier, als Ian Bianca nackt in ihr Gemach trug. Sie war erst eine halbe Stunde zuvor eingeschlafen, nachdem sie ihm Meisterleistungen der Potenz abverlangt hatte, von denen er am Tag zuvor nicht zu träumen gewagt hätte und zu denen er, ganz sicher nur durch sein patriotisches Pflichtgefühl beflügelt, im Stande gewesen war. Doch wie erklärte sich sein Bedürfnis, sie in ihrem Schlaf zu beobachten, gleichermaßen fasziniert von ihrer Schönheit und von der Art und Weise, wie sie ihren Körper instinktiv der Bewegung seines Körpers beim Gehen anpasste.

Sie war auf ihrer Jungfernfahrt nicht allein gewesen, denn der Liebesakt, den sie miteinander erlebt hatten, war für Ian eine genauso neue Erfahrung gewesen wie für sie. Sie war eindeutig die neugierigste, abenteuerlichste Geliebte, die er je in den Armen gehalten hatte. Doch da war noch mehr gewesen. Die Art, wie sie sich ihm hingegeben hatte – diese Großherzigkeit und dieses blinde Vertrauen – gab Ian das Gefühl, zum Wächter eines seltenen, kostbaren Schatzes erkoren worden zu sein. Er blickte auf seine süße Last herab, auf den großen Edelstein, der sich immer noch zwischen ihre Brüste schmiegte, und spürte in sich ein seltsames Gefühl des Stolzes, des Wohlbehagens und der Zufriedenheit aufsteigen, ungeachtet der inneren Stimme, die ihm zuflüsterte, was für ein Narr er sei; die ihn an die Doppelzüngigkeit von Frauen, insbesondere dieser Frau, und an seine eigenen bitteren Erfahrungen erinnerte. Er wollte einfach nur diesen eigenartig lustvollen Augenblick auskosten und ihn ungetrübt von Zweifeln bewahren.

Er stupste die Decke von ihrem Bett und ließ Bianca vorsichtig auf die weiche Matratze gleiten. Er versuchte ihre Finger von seinem Arm zu lösen, verlor sich aber in dem Anblick, der sich ihm darbot, als sich ihr Haar auf dem tiefblauen Kissen ergoss. Er beobachtete, wie sich ihre Brust bei jedem Atemzug hob und senkte und war verzaubert von ihrem Busen. Wenn sie meinen Arm nicht loslassen will, dachte er bei sich, auch gut, warum sollte er streiten? Und außerdem, überlegte er – entschlossen, einen kühlen Kopf zu bewahren – je abhängiger sie von ihm wurde, je näher sie ihm kam, desto leichter konnte er sie manipulieren. Wenn die Pflicht rief, würde er sich ihr nicht entziehen. Mit diesem vagen Gedanken kletterte er ins Bett und legte sich neben sie. Sofort kuschelte sie sich an ihn, und bevor er noch über patriotische oder nicht patriotische Gefühle nachdenken konnte, war er bereits in tiefen, wohl verdienten Schlaf gefallen.

Biancas erster Gedanke war, dass sich Ians Stimme über Nacht verändert hatte. Ihr zweiter Gedanke war, dass die kleine schwielige Hand, die an ihrer Schulter rüttelte, nicht dieselbe Hand sein konnte, die ihr vorher so wunderbare Stunden der Lust geschenkt hatte. Ihr dritter Gedanke war, dass sie sich alles nur eingebildet hatte. Bei diesem Punkt ihrer Überlegungen angekommen, riss sie verstört die Augen auf und sah mit freudiger Genugtuung Ians muskulöse Brust vor sich. Bevor sie jedoch ihre Augen erleichtert wieder schließen konnte, hörte sie erneut die dünne Stimme hinter ihrem Rücken. Sie drehte sich um und sah, diesmal weniger erfreut, einen angespannten Nilo neben ihrem Bett stehen.

Einen Moment lang war sie verlegen, nackt neben einem Mann im Bett ertappt worden zu sein, aber dann erinnerte sie sich daran, wo Nilo aufgewachsen war und an das Gewerbe seiner Tante, und sie war sich sicher, dass er in seinem Leben weitaus schlimmere Dinge gesehen hatte. Und als sie dann den Ausdruck in seinem Gesicht bemerkte, verflog ihre Verlegenheit ganz und wich aufmerksamem Interesse.

»Herrin, Herrin, Ihr müsst sofort mit mir kommen!«, flüsterte er und fuhr, ohne eine Antwort abzuwarten, fort: »Meine Tante Marina, sie blutet wieder, genauso wie das letzte Mal, als Ihr ihr das Leben gerettet habt. Aber diesmal ist es schlimmer, und das Kind will einfach nicht kommen. Oh, Herrin, bitte, Ihr müsst mir helfen.«

Bianca verlor keine Zeit mit Fragen. »Lauf rauf ins Labor und hol mir meinen schwarzen Koffer«, befahl sie. »Ich ziehe mich in der Zwischenzeit an.«

Sofort nachdem der Bursche den Raum verlassen hatte,

stand Bianca auf und zog sich das einfache Kleid an, das sie immer trug, wenn sie zu einem Notfall gerufen wurde. Sie drehte sich noch einmal um, um zu sehen, ob Nilos Auftauchen Ian geweckt hatte, doch er lag immer noch in tiefem Schlummer, friedlich und wunderschön. Plötzlich merkte sie, dass der Foscari-Topas unter ihrem Kleid immer noch zwischen ihren Brüsten hing. Sie spielte kurz mit dem Gedanken, ihn umzubehalten, dachte dann aber an das ziemlich große Risiko eines Raubüberfalls bei den Lagerhallen. So machte sie die Kette ab und legte sie zusammen mit einer eilig hingekritzelten Erklärung auf ihre Frisierkommode. Dann küsste sie Ian auf die Wange, flüsterte ihm ein *grazie* zu und hüllte sich in ihren wärmsten Umhang, um sich auf die Suche nach Nilo zu machen.

Er erwartete sie bereits ungeduldig am Wassertor des Palazzos und hatte auch schon Ians Nachtgondolieri geweckt. Sofort nachdem Bianca in der überdachten Kabine der Gondel Platz genommen hatte, legten sie ab. Nilo bellte die Gondolieri an, so schnell wie möglich zu rudern, woraufhin diese sich ihrerseits etwas über herrschsüchtige Wichtigtuer zuraunten und deutlich ihren Missmut über die Zumutung dieser nächtlichen Fahrt zum Ausdruck brachten.

Bevor es noch zu Handgreiflichkeiten kommen konnte, steuerte das Boot endlich durch das imposante Portal des Arsenals. Bianca, die von der letzten Nacht noch ganz erfüllt war und sich in einer Hochstimmung befand, die der Aufgabe, die vor ihr lag, keineswegs angemessen war, hatte die Fahrt dazu benutzt, ihren Kopf frei zu bekommen. Sie musste die Gedanken an den Duft seines Haares, an das sanfte Kratzen seiner morgendlichen Bartstoppeln an ihrer Brust, an den festen Druck seiner Schenkel, an das sichere Gefühl in seinen Armen aus ihrem Kopf verbannen, wenn sie in der Lage sein wollte, sich zu konzentrieren. Aber es war letztendlich der Anblick und der Geruch des Arsenals mit den gespenstischen Feuern, die zu jeder Tages- und Nachtzeit und bei jedem Wetter gen Himmel züngelten, der sie wieder zu klarem Verstand brachte.

Nilo gab dem Dienst habenden Wachmann ein Zeichen, der daraufhin das schwere Tor gerade so weit öffnete, dass die Gondel hindurchgleiten konnte. Bianca erinnerte sich, wie ihr bei ihrem ersten Besuch hier der Gedanke gekommen war, dass Dante mit Fug und Recht Venedigs Lagerhafen als Vorlage für eine Beschreibung der Hölle benutzt hatte, eine Beobachtung, die jetzt in dieser regnerischen Morgendämmerung noch weitaus mehr zutraf. Überall wimmelte es von Männern, die schwere Rollen neu geknüpfter Taue herumschleppten oder die großen stinkenden Pechfässer vor sich her rollten oder hoch oben auf Gerüsten letzte Hand an eine Verschalung oder einen Mast anlegten. Die Werft war der Schlüssel für Venedigs imperiale Macht, der Bau eines Kriegsschiffes pro Tag der Garant für die freie Fahrt venezianischer Kaufleute auf allen Gewässern der Erde. Biancas Vater hatte einmal von einem Festbankett auf der Werft zu Ehren eines Würdenträgers von außerhalb erzählt. Das Bankett hatte mit der Kiellegung eines Schiffs begonnen und, nachdem die dreitausend Gäste ihren Hunger gestillt hatten, mit dem Stapellauf der inzwischen fertig gestellten Galeone geendet. Inzwischen waren nach Biancas Wissen die Produktionskapazitäten durch das Anheuern von noch mehr Arbeitskräften und auf Grund des Betriebs rund um die Uhr sogar noch weiter gesteigert worden. Ein Feuer speiendes Monster, das sich nie Schlaf gönnte und sich durch nichts und niemanden an seinen Umtrieben hindern lassen wollte.

Während die Werft selbst zu blühen und zu gedeihen schien, wirkten die Behausungen der Prostituierten in der Mitte des Komplexes inzwischen noch verwahrloster und elender, als Bianca sie in Erinnerung hatte. Sie ließ sich von Nilo durch einen Eingang führen, dessen Tür weggefault war, und weiter einen stickigen Gang hinunter, auf dem stellenweise fingertiefe Wasserpfützen standen. Als sie am Ende des Ganges eine feuchte, baufällige Treppe hinunterstiegen, drang ein Mitleid erregendes Wehklagen an ihr Ohr, das mit jedem Schritt, den sie weiter gingen, immer lauter wurde. Nilo schob eine Tür aus grob zusammengezimmerten Abfallbrettern der Werft beiseite und ließ Bianca den Vortritt in den winzigen, nasskalten Raum, den er mit seiner Tante teilte.

Das einzige Licht in dem Raum kam durch ein kleines Fenster in der Wand neben Bianca. Aber da es weder durch eine Glasscheibe, ja nicht einmal durch Pergamentpapier gefiltert wurde, reichte es aus, um eine schwangere Frau – kaum älter als Bianca – auf einem morschen Sofa zu erkennen, die sich in Schmerzen wand. Nilo lief auf sie zu und zog Bianca hinter sich her.

»Ich habe sie hergebracht, Tante Marina, sieh doch. Ich hab dir ja gesagt, dass sie kommen wird.«

Bianca kniete sich neben sie und legte ihr eine Hand auf die Stirn, während sie mit der anderen das Handgelenk des Mädchens ergriff.

»Kannst du mich hören, *cara?*«, fragte Bianca mit sanfter Stimme. Das Mädchen nickte. Ihr Gesicht war von den Tränen, die ihr vor Schmerzen über die schmutzigen Wangen gelaufen waren, ganz verschmiert, und ihre Fingernägel, die sich in Biancas Hand bohrten, waren nicht viel mehr als verkrustete Stummel. Sie war mit einem Laken aus grobem Linnen bedeckt, das dereinst vielleicht einmal weiß gewesen sein mochte, jetzt aber nur noch grau war.

»Wann fingen die Schmerzen an?« Bianca wandte sich mit der Frage zwar an Nilo, hielt den Blick aber weiterhin auf Marina gerichtet.

»Gestern«, kam das Mädchen Nilo zuvor. Ihre Stimme war angespannt. »Und dann heute das Bluten.«

»Ich kam aus Eurem Palazzo zurück« – Nilo sprach schnell –, »und da fand ich sie hier in diesem Zustand, zusammen mit Donna Rossa.« Nilo deutete hinter sich, und Bianca bemerkte erst jetzt die zusammengekauerten Gestalten älterer Frauen, die an der gegenüberliegenden Wand saßen. »Ich wollte Euch schon früher holen, aber sie hat mich daran gehindert.«

»Wollte nicht, dass Ihr Euch völlig umsonst hierher bemüht, Kleines.« Es war die heisere, aber nicht unfreundliche Stimme Donna Rossas. Die Hebamme wandte sich Bianca zu und senkte ihre Stimme. »Es gibt niemanden, der jetzt noch was für dieses Mädchen tun kann. Ich habe mehr Schwangerschaften gesehen, als Ihr an Tagen auf der Erde weilt, und ich weiß, wann es hoffnungslos ist. Mit dem armen Ding geht es zu Ende, je schneller, desto besser, Gott steh uns bei.«

Die alte Frau bekreuzigte sich mit Inbrunst, während Bianca versuchte, deren Worte, die sie wie ein Schlag getroffen hatten, zu verdauen. Wenn das Kind nicht herausgeholt werden konnte, war es unmöglich, Marinas Blutungen zum Stillstand zu bringen und ebenso unmöglich, Mutter und Kind vor dem Tod zu retten. Wohl wissend wie erfahren die Werft-Hebammen waren, hegte Bianca keinerlei Zweifel an Donna Rossas Diagnose – so weit es eben ihren Erfahrungshorizont anbetraf. Die viel beschäftigten Hebammen, von denen die meisten nie eine Schule besucht hatten, hatten jedoch keine Möglichkeit, mit der medizinischen Entwicklung Schritt zu halten. Bianca bemühte sich krampfhaft, sich die Situation ins Gedächtnis zurückzurufen, als sie in dem Monat vor dem Ableben ihres Vaters heimlich einer Anatomievorlesung in Padua beigewohnt hatte. Ein berühmter spanischer Arzt hatte die Technik demonstriert, die seiner Meinung nach von den alten Römern bei schweren Niederkünften angewendet worden war, insbesondere bei Cäsars Mutter. Um nicht entdeckt zu werden, hatte Bianca sich in einer dunklen Ecke des Hörsaals versteckt, wo sie zwar akustisch alles mitbekam, ihr aber der Blick auf den Operationstisch versperrt war. Aber selbst wenn sie klare Sicht gehabt hätte, hätte ihr das in diesem Fall nur bedingt geholfen, da die Demonstration an einer Leiche und nicht an einer lebenden Frau vorgenommen worden war.

Doch trotz ihrer nur ziemlich vagen Vorstellung von der Operation wusste Bianca, dass sie keine andere Wahl hatte, als den Versuch zu wagen. Mit der Operation gab es für Marina und das Kind immerhin eine minimale Überlebenschance, ohne sie keine.

»Nilo, ich brauche sauberes Wasser, viel sauberes Wasser. Und etwas Grappa.« Sie drückte ihm die Börse, die sie in ihrem Mieder trug, in die Hand und bedeutete ihm, sich zu beeilen. Als der Junge aus der Tür war, hob Bianca ihren Rock hoch und löste ihre Strumpfbänder. Die dünnen Leinenbinden in ihrer Tasche waren nur für die Versorgung oberflächlicher Wunden zu gebrauchen, ein Blutsturz ließ sich damit nicht stoppen. Unter den erstaunten Blicken der Frauen an der Wand zog Bianca ihre dicken Wollstrümpfe aus und riss anschließend einen breiten Streifen aus dem schweren Stoff ihren Kleides. Als Nilo zurückkehrte, flößte sie dem gepeinigten Mädchen eine große Dosis Grappa ein, wobei sie ihm den Kopf hochhielt, damit es sich an der scharfen Flüssigkeit nicht verschluckte. Dann trat sie an das Fußende des Bettes, schob das Laken hoch, flehte Santa Lucia inbrünstig um Beistand an und machte sich an die Arbeit.

Nur etwas mehr als eine Stunde später überlegte eine völlig erschöpfte Bianca, ob ein Marmorgedenkstein mit einer schwangeren Frau oder einer mit einem Säugling als Zeichen der Dankbarkeit gegenüber den Schutzheiligen der Kindsgeburt angemessener wäre. Als Bianca den Faden des letzten Stichs abschnitt, drückte Marina bereits ihren schweren, gesunden kleinen Sohn an die Brust. Jahre später sollte Marina immer wieder voller Stolz die Narbe auf ihrem Bauch vorzeigen und damit prahlen, dass es schließlich kein Wunder sei, wenn ihr Sohn so ein Prachtkerl sei, war er doch genauso wie Julius Cäsar zur Welt gekommen. Doch in diesen ersten Augenblicken nach den Stunden der Pein, in denen Nilo ihr immer wieder Grappa eingeflößt hatte, war sie zu erschöpft, um etwas anderes zu tun, als ihr Kind fest an sich zu drücken und immer wieder die Worte vor sich hinzu murmeln: *»Grazie, Madonna, grazie.«*

Kurz vor dem Ende der Operation war Bianca plötzlich eine Idee gekommen, die immer zwingender zu werden schien, je mehr sie bei ihrer Arbeit darüber nachdachte. Für eine Adelige war es eigentlich nicht mehr als recht und billig, eine Zofe zu haben, sagte sie sich. Ian würde sicherlich nichts dagegen haben, wenn sie sich jemanden nahm, der ihr bei ihrer Toilette half, sich um ihre Garderobe kümmerte und all die tausend lebenswichtigen Dinge erledigte, die sicherlich zu den Aufgaben einer Zofe gehörten, auch wenn sie diese – da sie nie eine Zofe gehabt hatte – nicht benennen konnte. Natürlich würde Marina lange Zeit brauchen, bis sie sich wieder erholt hätte. Aber zweifellos würde ihre Genesung im Foscari-Palazzo schneller vonstatten gehen als in der ungesunden Atmosphäre der Werftunterkünfte. Auf diese Weise könnte sie ihre Fortschritte verfolgen und sicherstellen, dass Mutter und Kind gesund blieben. Ganz zu schweigen von dem Vorteil, Nilo immer greifbar zu haben. Das einzige Problem, das sie sah, war der Transport der Frau so kurz nach der Operation.

Das Letzte, womit sie gerechnet hätte, waren etwaige Einwände des Mädchens gegen den Vorschlag.

»Das kann ich unmöglich, Ma'am. Es gibt nur eine Sache, die ich kann, und die hat mit einer Zofe nichts zu tun. Ich habe nicht die geringste Ahnung von all den Dingen, die eine Zofe macht.«

»Und ich habe nicht die geringste Ahnung, was es bedeutet, eine Zofe zu haben. Das gleicht sich also aus. Wir können gemeinsam lernen.«

Es kostete Bianca noch fast eine weitere Stunde, um Marina von dem Angebot und ihren lauteren Beweggründen zu überzeugen. Eine der Sorgen Marinas galt dem Umstand, knicksen zu müssen – »Ich war noch nie sehr sicher auf den Beinen« –, eine andere der Aussicht, Zimt essen zu müssen, den sie im Grunde zwar mochte, den sie inzwischen aber strikt ablehnte, seit ein Schiffer ihr erzählt hatte, dass es das Lieblingsgewürz des Sultans sei. Nachdem Bianca ihr jedoch versichert hatte, dass weder Knicksen noch Zimtkonsum zu den regelmäßigen Pflichten einer Zofe gehörten, war Marina einigermaßen beruhigt und ließ sich von den beiden Gondolieri in das bequem ausgestattete Boot tragen, das unten wartete. Donna Rossa folgte ihnen, nicht ohne vorher noch einen Schwall von guten Ratschlägen und Ermahnungen loszulassen. Nilo, der sich während des ganzen Gesprächs der Frauen still verhalten hatte, hielt Bianca zurück, bevor sie den Raum verlassen konnten.

Er zog ihre Hand an die Lippen und verbeugte sich tief und mit all der Feierlichkeit, die einem Dreizehnjährigen zur Verfügung steht. »Danke, Herrin«, sagte er mit zitternder Stimme und wandte das Gesicht ab, um Bianca nicht seine Tränen sehen zu lassen. Ohne zu wissen, was er tat, nahm er den Ärmel an, den sie ihm hinhielt, um sein Gesicht abzuwischen. Verlegen trat er einen Schritt zurück.

»Komm schon.« Bianca lächelte auf ihn herab. »Wir wollen unser Boot nicht verpassen.«

Der Sturm war inzwischen stärker geworden und der Regen prasselte jetzt in Strömen hernieder. Bianca blieb stehen, um den schweren grauen Himmel nach irgendeinem Hoffnungsschimmer für eine Wetterbesserung abzusuchen. Während sie noch dastand und schaute, erbebte plötzlich der Boden unter ihren Füßen, und dann flammte der ganze Himmel auf, als habe Jupiter seinen ganzen Vorrat an Blitzen auf einmal auf die Erde geschleudert. Sie hörte noch einen gewaltigen, ohrenbetäubenden Knall, sah einen grellen Blitz – und dann wurde mit einem Mal alles schwarz.

12. Kapitel

Ian war so an seine Albträume gewöhnt, dass er einen Augenblick brauchte, bis er merkte, dass die Schreie und schnellen Schritte, die er hörte, irgendwoher von draußen kamen. Der ungewohnte Baldachin über seinem Bett machte es ihm zusätzlich schwer, sich zu orientieren. Doch langsam kehrte die Erinnerung an die Geschehnisse der vergangenen Nacht zurück, und er spürte, wie sich ein wunderbares Gefühl der Zufriedenheit in ihm ausbreitete. Er streckte seine Hand nach Bianca aus, um sie noch einmal zu streicheln, bevor er sich dann um den Grund des Tumults vor seiner Tür kümmerte. Aber der Platz in ihrem Bett war leer.

»Bianca«, fragte er in den leeren Raum hinein, und dann noch einmal, etwas schneidender. »Bianca?«

Zweifellos hatte sie wieder einmal ihre Hand bei dem Krawall da draußen im Spiel, der in diesem Moment sogar noch anschwoll. Das gehörte wahrscheinlich auch zu ihrem Plan, ihn in den Wahnsinn zu treiben – ihn erst in einen tiefen Schlaf lullen und dann Stunden später ein Chaos anzetteln, um ihn wieder hochzureißen. Bevor Ian noch Zeit hatte, sich eine Möglichkeit auszudenken, um sie zu stoppen, hörte er jemanden wie wild an die Tür klopfen, und dann stürzte auch schon Giorgio herein.

Obwohl Giorgio fünf Jahre älter war als Ian, waren sie zusammen – wenn auch in verschiedenen Teilen des Palazzos – aufgewachsen, was ihre Beziehung enger und entspannter machte, als es zwischen Herren und Dienern gemeinhin üblich war. Giorgio war der einzige Mensch, der Ian necken konnte, ohne um sein Wohl fürchten zu müssen. Und dieses Privileg nutzte er auch an diesem Morgen aus, als er belustigt den Kopf schüttelte und vor seinem Herren ein paar Kleidungsstücke hochhielt. »Ich schätze mal, Ihr braucht das. Wirklich sehr seltsam, aber ich habe die Sachen in der Bibliothek gefunden.«

Ian schnappte sich die Kleidungsstücke und begann sich anzukleiden. »Was, zum Teufel, geht da draußen vor?«

Giorgios Gesicht wurde sofort ernst. »Euer Lagerhaus beim Arsenal ist heute Früh um sechs in die Luft geflogen. Überall brennt es, Trümmer, wohin man schaut. Es ist nicht ganz so schlimm wie 1563, aber nur, weil die Hälfte des Platzes bereits von den Regenmassen überflutet war. Tristan hat vor etwa einer Viertelstunde einen Boten hergeschickt, und Euer Bruder ist bereits auf dem Weg dorthin. Ich hätte Euch schon früher geweckt, wenn ich gewusst hätte, wo Ihr seid. Aber ich habe leider nur Eure Kleidung gefunden.« Giorgios versteckter Vorwurf brachte ihm einen böse funkelnden Blick ein, den er jedoch ignorierte. »Eure Onkel warten auf Euch in der Gondel.«

»Und Bianca? Wo ist die?«

»Mir scheint, darüber müsstet Ihr besser Bescheid wissen als ich. Alles, was ich dazu sagen kann, ist, dass eines unserer Boote vermisst wird, samt Gondolieri.«

Ian spannte den Kiefer an, doch dann entspannte er sich wieder. Wenn sie zu fliehen versucht hätte, dann hätte sie mit Sicherheit nicht die beiden Bereitschaftsmänner mitgenommen. Falls das nicht wieder einer ihrer ausgeklügelten Tricks war. Die Frau war zu allem fähig, erinnerte er sich grimmig, glaubte aber nur halbherzig daran. Konnte es sein, dass sie ihm ihre Unschuld nur vorgegaukelt hatte? War sie etwa so gewieft? Seine Überlegungen wurden durch einen Aufschrei Giorgios jäh unterbrochen.

»Oha, schaut mal an. Könnte der Schlüssel zu dem Geheimnis sein.«

Giorgio ließ den Topas in Ians Hand gleiten, während Ian den Zettel vom Tisch nahm. Was auch immer sie sonst war, eine Juwelendiebin war sie jedenfalls nicht. Ian wunderte sich, dass seine Finger zu zittern anfingen, als er ins Licht ging, um die Notiz zu lesen, wunderte sich, dass ihre Abwesenheit ihn so mitnahm. Auf seinem Gesicht zeichnete sich zuerst Erleichterung, dann Zorn und dann Angst ab. Wie konnte sie es wagen, wegzugehen, fragte er sich, wie konnte sie es wagen, sich selbst in Gefahr zu bringen.

»Verdammt«, brüllte er, ärgerlich auf sich und seine verräterischen Gedanken. Und dann stürmte er auch schon an Giorgio vorbei zur Tür hinaus.

Roberto, Francesco und Ian verbrachten die erste Hälfte der Fahrt zum Arsenal schweigend. Die Auseinandersetzung vom Abend zuvor hatte keine Spuren hinterlassen, aber jeder war zu sehr mit seinen eigenen Gedanken beschäftigt, um den Versuch eines Gesprächs zu unternehmen. Als Giorgio Francesco und Roberto geweckt hatte, hatte er nicht nur die Nachricht von der Explosion mitgebracht, sondern die beiden auch mit der Neuigkeit überrascht, in der Bibliothek achtlos auf dem Boden verstreut, die Kleidung zweier Personen gefunden zu haben. Obwohl sie darauf brannten, Ian zu seiner wunderbaren Kehrtwendung zu beglückwünschen, wussten sie auch, dass er im Moment schwer wiegendere Probleme im Kopf hatte. Diese Explosion bedeutete nicht nur den Verlust von Handelsware, sondern möglicherweise auch einen entsetzlichen Geschäftseinbruch. Die Arboretti waren das eine von nur zwei Handelsunternehmen, die in Venedig quasi das Monopol für den Verkauf und die Lagerung von Waffenmunition besaßen. In einer groß angelegten Untersuchung würde geklärt werden müssen, ob ihr Privileg weiter Bestand haben sollte und vor allem, wie es zu der eigenartigen Explosion kommen konnte. Alle ihre laufenden und künftigen geschäftlichen Transaktionen würden von offizieller Seite genau unter die Lupe genommen werden. Wenn die Arboretti von derartigen Nachforschungen auch nichts zu befürchten hatten, so gab es unter ihren Geschäftspartnern doch einige, denen die Aussicht auf eine gesetzliche Prüfung ihrer Bücher alles andere als willkommen wäre, so dass sie, vor die Alternative gestellt, eher von einem profitablen Geschäft Abstand nehmen würden, als sich der Gefahr einer Anhörung auszusetzen. Die beiden Onkel hätten eigentlich schwören können, dass Ian – durch und durch Geschäftsmann, der er war – gerade dabei war, Kalkulationen darüber anzustellen, wie er die potenziellen Verluste auf Grund der Explosion auf ein Mindestmaß beschränken konnte. Doch dann hörten sie ihn plötzlich irgendetwas undeutlich vor sich hin murmeln.

»Hoffentlich lebt sie noch, damit ich ihr den Hals umdrehen kann.« Diesen Satz zumindest verstanden sie ganz klar.

»Sehr vernünftig, durchaus zweckmäßig«, pflichtete ihm Roberto bei und nickte entschieden.

»Ihr sprecht zweifellos von Bianca.« Francesco bemühte sich, seiner Stimme nicht seine Belustigung anmerken zu lassen. »Was für Teufeleien hat sie sich denn diesmal zu Schulden kommen lassen? Hat sie Euch letzte Nacht etwa ihre Dämonen-Legion auf den Hals gehetzt?«

Ian kam plötzlich etwas in den Sinn. Unvermittelt platzte er heraus: »Wie lange dauert eine Entbindung?«

Diese unerwartete Wendung des Gesprächs verschlug ihnen die Sprache, aber nur kurz. »So etwa zwischen zwei Stunden und zwei Tagen. Das hängt von den Umständen ab. Woher das plötzliche Interesse an Geburten?« Roberto sah ihn verwundert an.

Ians grimmiger Gesichtsausdruck wurde durch seinen unheilvollen Ton noch verstärkt, als er sagte: »Vor drei Stunden hat Eure kostbare Bianca den Palazzo wegen einer Entbindung verlassen. Eine Entbindung im Arsenal. Es besteht also die Möglichkeit, dass sie noch dort ist. Wie groß allerdings die Chancen sind, dass sie noch lebt – ich weiß es nicht.«

Das Geprassel des Regens gegen die Kabine der Gondel hatte aufgehört und nun lastete eine düstere Stille auf dem Boot. Kein Laut war zu hören, bis sie sich dem Arsenal näherten. Obwohl noch außer Sichtweite, hörten sie aus der Ferne schon Männer, die Befehle brüllten, schreiende Kinder, den Aufruhr herumhastender Leute, berstende Maschinen, zusammenbrechende Gebäude …

Gekonnt bahnten sich die Gondolieri einen Weg durch das dichte Gewühl von Booten am Eingang des Arsenals und legten vor der mit den Toren des Arsenals verbundenen Kirche Santa Maria an, wo in der Loggia ein notdürftiges Spital eingerichtet worden war. Francesco und Roberto beschlossen auszusteigen, weil sie sich hier in Anbetracht ihres medizinischen Wissens am besten nützlich machen konnten. Ian blieb in der Gondel und verschaffte sich einen Überblick über die Szene. Ein Teil der Nonnen, die hier lebten, versuchten verzweifelt, die Verwundeten zu versorgen, die zu Fuß, auf Lastkarren, auf Handwagen und sogar auf den Rücken anderer heranströmten. Die übrigen Ordensschwestern von Santa Maria hielten Verbindung mit einer kleinen Gestalt inmitten des Getümmels, die hastig Anordnungen erteilte. Ian schüttelte den Kopf, erstaunt darüber, wie diese kleine barfüßige Person dazu kam, so viel Verantwortung zu übernehmen. Doch dann schaute er ein zweites Mal hin. Die nackten Füße, das zerrissene Kleid, das schweißnasse Haar, der bandagierte Kopf, nichts davon erinnerte an Bianca, doch blitzartig wurde Ian klar, dass nur sie es sein konnte. Seine intuitive Erkenntnis wurde auch sogleich bestätigt, als sie plötzlich ihren Posten verließ und auf Francesco und Roberto zurannte, die sich gerade vom Boot her näherten.

»Gott sei Dank, dass Ihr hier seid!« Bianca war versucht, ihnen um den Hals zu fallen und sie abzuküssen, doch die Zeit war zu kostbar. »Der offizielle Arsenal-Arzt und sein Stab waren meine ersten Patienten, und es gibt nur eine Krankenschwester, die mit leichteren Blessuren davongekommen ist, so dass sie noch einigermaßen helfen kann. Die meisten Leute, die jetzt hereinkommen, haben Brandverletzungen, manche aber auch gebrochene Knochen. Bis jetzt gab es noch keine Todesfälle.«

Roberto berührte ihren Kopfverband und Bianca zuckte zusammen. »Solltet Ihr Euch nicht lieber hinlegen?«

»Nein.« Bianca schüttelte den Kopf, zuckte erneut zusammen und fuhr dann fort: »Das ist nicht so schlimm. Ich war nur kurz ohne Bewusstsein, nachdem mir, hm, irgendetwas von einem Gebäude auf den Kopf gefallen war.«

»Was genau?«

»Die Fassade ... aber Nilo hat mich nach ein paar Minuten wiederbelebt«, redete sie hastig weiter, »und wie Ihr seht, geht es mir gut. Außerdem haben wir keine Zeit, uns zu unterhalten.«

Die drei machten sich eilig auf den Rückweg zur Krankenstation, und Bianca stellte sie den anderen Helfern, die ihr assistierten, vor. Von seinem Beobachtungsposten aus konnte Ian Roberto und Francesco in dem Geschiebe auf dem Säulengang der Kirche bald nicht mehr ausmachen, nur Bianca sah er noch.

Die unerwartete Erleichterung darüber, sie lebend vorzufinden, wurde sehr schnell wieder von dem Gefühl der Entrüstung und des Ärgers darüber abgelöst, dass sie sich überhaupt in Gefahr gebracht hatte. Was hatte sie sich nur dabei gedacht? Wie konnte sie sich nur nachts aus freien Stücken in die berüchtigste Gegend von ganz Venedig begeben, und noch dazu, ohne ihn um die Erlaubnis zu bitten, das Haus zu verlassen? Begriff sie denn nicht, dass sie seine Gefangene war? Er war drauf und dran, zu ihr hinzumarschieren und sie zur Rede zu stellen, überlegte dann aber, dass es dort viel zu tun gab. Er konnte ja wohl davon ausgehen, dass sie sich in der Zwischenzeit nicht selbst umbringen würde. Seine Vorwürfe konnten also warten. Er machte sich auf den Weg zum Arsenal.

Dort musste er sich sein Hemd vor Mund und Nase halten, um den dicken schwarzen Rauch, der ihm von zahlreichen Feuerherden entgegenschlug, nicht einzuatmen. Ian hatte sich vorgenommen, sich zuerst einen Überblick über den Schaden im Arboretti-Lagerhaus zu verschaffen, aber das Chaos rings um ihn herum ließ ihn wieder davon abkommen. Es gab andere, wichtigere Dinge, um die man sich kümmern musste. Die Gebäudeteile, auf die das Feuer noch nicht übergeschlagen war, wurden in der Hoffnung, sie zu retten, mit riesigen Wassermengen aus großen Fässern überflutet. Zu seiner Linken sah er eine Gruppe von Männern, die das Feuer an einem unfertigen Schiffsrumpf einzudämmen versuchten. Rechter Hand baute eine andere Gruppe von Männern eine Wasserkette zu einem weit vom Kanal entfernt gelegenen brennenden Gebäude auf. Ein Junge – aller Wahrscheinlichkeit nach der Lehrjunge eines Schiffsbauers – strauchelte unter dem Gewicht eines der großen Wassereimer. Ian lief zu ihm hin, um ihm zu helfen, hievte den Zuber auf seine eigenen Schultern und wurde sofort in die Reihe miteinbezogen. Sie arbeiteten wie ein Uhrwerk, löschten erst ein Feuer, dann ein Zweites und dann noch eins und noch eins. Überall hatten sich inzwischen lange Reihen gleich gesinnter Männer gebildet, und mit vereinten Kräften gelang es schließlich, das Feuer einzudämmen.

Inzwischen schienen Stunden vergangen zu sein. Erst jetzt lösten sich die Gruppen langsam auf. Einige Männer suchten die Krankenstation auf, um kleinere Verletzungen versorgen zu lassen, andere schwärmten aus, um nach verloren gegangenen Angehörigen und Freunden zu suchen, und wieder andere sackten vor Erschöpfung an Ort und Stelle zusammen. Ian hatte sich gerade auf den Weg zum Arboretti-Lagerhaus gemacht, als er plötzlich hinter sich eine dünne Stimme kläglich weinen hörte. Als er sich umdrehte, sah er das, was einmal eine Schlafunterkunft gewesen war, jetzt aber eher wie der Querschnitt einer Bauzeichnung aussah. Die eine Hälfte des Gebäudes war völlig weggebrochen, aber auf der übrig gebliebenen Hälfte entdeckte er ganz oben die Gestalt eines kleinen Mädchens. Ein rascher Blick über die Ruine verriet Ian, dass bei einem Einsturz der anderen Hälfte die Treppe mitgerissen würde und das kleine Mädchen keine Überlebenschance hätte.

Er hob das Gesicht zu ihr hoch und schrie ihr zu: »Spring, Kleines, ich fange dich auf. Hab keine Angst, ich bin direkt unter dir.« Das Mädchen war im Augenblick viel zu sehr damit beschäftigt, um Hilfe zu rufen, als wahrzunehmen, dass sie einen Retter auf sich aufmerksam gemacht hatte. Schließlich drang er mit seinen Rufen doch zu ihr durch, aber sie schüttelte den Kopf.

Ian versuchte es noch zwei Mal. Warum mussten Frauen nur immer so querköpfig sein! Als er merkte, dass nichts zu machen war, ging er näher heran, um die Überreste des Gebäudes genauer unter die Lupe zu nehmen und um zu erkunden, ob es irgendeine Möglichkeit gab, zu ihr nach oben zu klettern. Die Wandbretter waren, wie in Venedig üblich, horizontal verlegt und ragten jetzt, nach dem Auseinanderbersten des Gebäudes, frei in die Luft. An ihnen könnte er mit den Händen und Füßen Halt finden, und tatsächlich schaffte er es, mit nur wenigen Fehltritten das Gebäude zu erklimmen, wenn auch seine Angst, ob das Gerüst halten würde, mit jeder Bewegung, die er machte, größer wurde. Die nicht abgestützten Bodenbretter ächzten bedenklich unter seinem Gewicht, als er sich dem kleinen Mädchen im obersten Stockwerk näherte.

Die Kleine hatte mit weit aufgerissenen Augen seinen Aufstieg und sein Näherkommen beobachtet und inzwischen aufgehört zu weinen. Als Ian nahe genug bei ihr war, stürzte sie sich in seine Arme und fing erneut an zu schluchzen.

»Nein, nein, hör doch auf zu weinen.« Ian war ein bisschen ungehalten und fühlte sich unwohl. Da versucht man das Leben einer Frau zu retten, und sie löst sich in Tränen auf, dachte er bitter, ohne auch nur einen Gedanken daran zu verschwenden, dass die besagte Frau nicht älter als sechs Jahre sein konnte. Verzweifelt schaute er sich nach jemandem um, der ihn von seiner tränennassen Last befreien konnte und sah plötzlich, wie Crispin unten aus einer Rauchwolke auftauchte und näher kam. »Hier oben«, rief Ian und ruderte mit den Armen, um seinen Bruder auf sich aufmerksam zu machen. »Du kannst doch gut mit Frauen umgehen. Mach was, damit sie endlich zu schreien aufhört.« Crispin blickte ratlos überall herum, bis er endlich den Hals nach hinten legte und sie oben auf dem Gebäude entdeckte.

Ein von einem heulenden kleinen Mädchen schachmatt gesetzter Ian – das war für Crispin der amüsanteste Anblick, den er je erlebt hatte. Doch der unglückliche Ausdruck auf Ians Gesicht erbarmte ihn. Er breitete die Arme aus und sagte so beruhigend wie er konnte: »Spring, *cara* ich fang dich auf. Hab keine Angst, ich verfehle dich auf keinen Fall.«

Es war, als habe Crispin irgendeine Zauberformel gesprochen. Ohne auch nur einen Moment zu zögern, hörte das Mädchen auf zu schreien und sprang vom Dach in seine Arme. Sie sah ihn kurz an, wand sich frei und rannte davon, direkt hinein in das Gewühl der Menschen, die sich vor dem Ausgang des Arsenals drängten. Ian schüttelte ungläubig den Kopf, einmal wegen der Überzeugungskraft seines Bruders und zum anderen über die Treulosigkeit von Frauen. Doch seine Betrachtungen wurden jäh beendet, als plötzlich die Bretter unter seinen Füßen nachgaben und er auf dem Hosenboden im Stockwerk darunter landete, dort durchbrach, ins nächste Stockwerk sauste und dann ins nächste und wieder ins nächste, bis er unten ankam.

Als Crispin zu ihm hinrannte, um ihm zu helfen, hörte er Ian etwas von ›nie wieder einer Frau helfen‹ murmeln. Nachdem Crispin ihm aufgeholfen und Ian sich vergewissert hatte, dass seine Körperteile alle noch funktionierten, wenn auch nicht schmerzlos, machten sie sich auf den Weg zum Arboretti-Lagerhaus.

»Giorgio hat mir gesagt, dass Bianca vermisst wird.« In Crispins Stimme schwang unverhohlen Besorgnis mit.

»Auch eine Frau«, brummte Ian, so als sei dies der Beweis in Bezug auf einen lange Zeit umstrittenen Punkt. Er blickte seinen Bruder höhnisch an. »Dich hat sie also auch um den Finger gewickelt? Spar dir deine Energie, du brauchst dir keine Sorgen um sie zu machen, sie ist voll und ganz in ihrem Element – überall Blut. Sie ist auf der Loggia von Santa Maria. Frauen lieben so etwas.«

Crispin war zwar verwundert darüber, wie seine zukünftige Schwägerin in dieses Inferno gekommen war, beschloss aber, seine Fragen eine Zeit lang zurückzustellen, bis Ians Laune durch kein kleines Mädchen mehr beeinträchtigt wäre. Der andauernde Tumult um sie herum erinnerte ihn wieder daran, dass dringlichere Dinge auf der Tagesordnung standen. »Ich war tatsächlich gerade auf der Suche nach dir. Irgendetwas stimmt nicht an der Stelle, wo die Explosion stattgefunden hat. Der Schaden im Lager ist übrigens geringer, als wir befürchtet haben. Aber wir brauchen auf jeden Fall erst einmal deine fachkundige Meinung dazu.«

Als junger Bursche hatte Ian aus irgendeinem Grund damit begonnen, ein reges Interesse an Handfeuerwaffen und insbesondere an Schießpulver zu entwickeln. Er hatte sich einmal einen ganzen Sommer lang in seinem Labor eingeschlossen. Als er schließlich wieder auftauchte, hatte er den seiner Meinung nach explosivsten Sprengstoff, den es je gegeben hatte, entwickelt. Die erste Vorführung war alles andere als spektakulär. Er schaffte es lediglich, ein paar Kaninchen aus ihrem Bau zu verscheuchen. Aber mit ein bisschen Bastelei gelang es ihm endlich, ein großes und bemerkenswert hässliches Monument, das von einem seiner Vorfahren in der Nähe seines Hauses in den Bergen errichtet worden war, in die Luft zu sprengen. Das Schießpulver beeindruckte vor allem – mehr noch als durch seine Explosionskraft – durch seine Wasserbeständigkeit, ein Umstand, der es ideal für den Einsatz bei Seeschlachten machte. Und aus Dankbarkeit für das Geheimrezept dieser neuen und äußerst effizienten Sorte von Schießpulver – der Grundstein für den Sieg in der Seeschlacht von Lepanto – war den Arboretti dann das Recht verliehen worden, in Venedig Sprengstoffe zu verkaufen und zu lagern. Aber genau dieser Sprengstoff war es nun auch, der die Verwüstungen, durch die sich die beiden Brüder ihren Weg zu den Überresten ihres Lagerhauses bahnten, verursacht hatte.

Als Ian die Ruine des Lagerhauses sah, musste er Crispin beipflichten. Wegen der Rückstellung der Munitionsverschiffung nach England, war das Lagerhaus bis oben hin mit hoch entzündlicher Munition voll gestopft gewesen. Diese Menge wäre eigentlich ausreichend gewesen, um das gesamte Arsenal in die Luft zu jagen, ganz abgesehen davon, dass auf jeden Fall die Mauern der Lagerhalle hätten weggefegt werden müssen. Doch die Vorderfront des Gebäudes war unversehrt geblieben und Teile der Südmauer standen ebenfalls noch.

Ian sah sich gerade die beiden übrig gebliebenen Wände von innen an, als Tristan, Miles und Sebastian sich zu ihm gesellten. Er beugte sich vor, um die schwarzen Muster, die die Hitze der Explosion hinterlassen hatte, zu untersuchen, in der Hoffnung, Hinweise auf die Ursache der Explosion und mehr noch auf deren teilweises Scheitern zu finden. Für letzteres gab es nur zwei plausible Erklärungen. Entweder die Munition hatte auf Grund der Einwirkung irgendwelcher neutralisierender Substanzen an Sprengkraft verloren, oder aber in der Lagerhalle war weniger Munition gewesen, als sie gedacht hatten. Da Ians Berufsehre sich nicht mit dem Gedanken vertrug, dass sein Produkt irgendwelche Mängel aufweisen sollte, gab er der zweiten Variante gegenüber der ersten den Vorzug. Diese Möglichkeit war auf jeden Fall weniger beunruhigend. Die Arboretti führten ihre Bücher peinlich genau, vor allem wenn es um Geschäfte mit besonders wertvollen oder besonders gefährlichen Gütern ging. Schießpulver war beides. Ian ging die Bücher selbst durch. Wenn die eingelagerte Lieferung kleiner gewesen war, als seine Zahlen belegten, dann gab es nur eine Erklärung: Jemand hatte mehr als die Hälfte davon, also um die siebenhundert Tonnen, gestohlen.

Als Ian seine finsteren Überlegungen den anderen Arboretti mitteilte, wurde er sogleich mit einer Reihe von Fragen bestürmt. Der Frage, die sich als erste aufdrängte – wer war dafür verantwortlich? –, folgte sogleich die zweite, die die meisten Rätsel aufgab: Warum wurde nur ein Teil der Lieferung gestohlen und der Rest in die Luft gejagt? Warum nicht alles? Da die Munition auf einem Gelände der Stadt Venedig lagerte, war es den Arboretti nicht gestattet, eigene Wachen für das Lagerhaus aufzustellen. Stattdessen mussten sie auf den Schutz des Militärs vertrauen. Tristan und Miles berichteten von ihren erfolglosen Versuchen, jemanden ausfindig zu machen, der vor der Explosion irgendetwas Ungewöhnliches rund um das Gebäude beobachtet hatte. Auch Sebastian konnte dem nur beipflichten. Sie waren zwar nur drei, aber selbst wenn eine ganze Armee von Männern ausgeschwärmt wäre, hätte kaum eine Chance bestanden, jemanden zu finden, der etwas gesehen hatte, der nicht vorher bestochen worden war, um den Mund zu halten.

»Wir haben auf jeden Fall einen Anhaltspunkt.« Miles legte den Kopf schief und strich sich das Haar aus dem Gesicht. »Die Tatsache nämlich, dass sie nicht das gesamte Schießpulver haben mitgehen lassen. Vielleicht hatten sie nur einen Absatzmarkt für kleinere Mengen und keinen Lagerplatz, so dass sie nur das mitgenommen haben, was sie verkaufen konnten.«

»Vielleicht wurden sie ja auch gestört«, schlug Sebastian vor. Seine blauen Augen funkelten vor Zorn über das, was man den Arboretti angetan hatte.

»Oder sie hatten nur ein kleines Boot.« Tristans Kommentar brachte ihm, wie gewöhnlich nur ein gezwungenes Lächeln ein.

Ian runzelte die Stirn und dachte nach. »Es gibt noch eine andere Erklärung, die gar nicht zum Lachen ist. Was ist, wenn jemand vorsätzlich eine Explosion herbeigeführt hat? Das würde erklären, warum Schießpulver zurückgelassen wurde und würde auch die Richtung vorgeben, in der wir ermitteln müssten. Dann müssten wir nämlich davon ausgehen, dass derjenige, der dafür verantwortlich ist, einen ziemlichen Groll gegen die Arboretti hegt.«

Tristan, den es wurmte, dass Ian ihn mit seiner Glanzidee einfach hatte abblitzen lassen, zeigte sich skeptisch. Er wurde für seine Verhältnisse ungewöhnlich ernst. »Wenn dem tatsächlich so wäre, warum haben sie dann überhaupt etwas von dem Schießpulver mitgenommen? Je größer die Explosion, desto größer doch auch der Schaden für uns.«

»Eine größere Explosion hätte zwar mehr Gebäude eingerissen, aber ich für meinen Teil bin mir nicht sicher, ob unser Ruf noch mehr hätte beschädigt werden können, als er es jetzt ohnehin schon ist.« In Crispins helle Augen trat ein melancholischer Ausdruck. »Was ist, wenn der Betreffende dies auch gewusst hat und der Meinung war, es könnte ja nicht schaden, ein bisschen von dem Schießpulver auf dem Schwarzmarkt zu verhökern, so wie Miles es bereits angedeutet hat. Auf diese Weise konnte er zwei Fliegen mit einer Klappe schlagen: uns ruinieren und gleichzeitig Profit machen.«

»Hoffen wir's«, sagte Ian ernst. »Denn andernfalls müssten wir damit rechnen, dass man eine weitere Explosion plant. Und ich wette, dass wir dann die Zielscheibe sind.«

Nur die Leute, die immer noch durch die schwelenden Gebäudetrümmer nebenan herumirrten, störten die Stille, die nun eintrat. Die Arboretti hingen schweigend ihren Gedanken nach. Die Vorstellung, dass jemand darauf aus war, sie zu zerstören, ließ sie frösteln, zumal ihr Umfeld ihnen anschaulich einen Eindruck davon vermittelte, wie weit diese Person gehen würde. Als sie sich nach einer Weile geschlossen umdrehten und dem Ausgang des Munitionslagers zusteuerten, wäre es selbst Tristan schwer gefallen, irgendeinem von ihnen ein Lächeln zu entlocken. Sebastian, der auf Grund seines kriminalistischen Instinkts und seiner Fähigkeit, aus allem und jedem Informationen zu ziehen, in stillschweigender Übereinkunft zum Leiter der Ermittlungen auserkoren worden war, blickte am grimmigsten drein.

Ian kam es so vor, als sei er schon Tage hier im Arsenal, aber als er seine Uhr konsultierte, sah er, dass es erst vier Stunden waren. So viel man sehen konnte, waren alle Feuer gelöscht. Zwei Mannschaften hatten sogar schon wieder ihre Arbeit an halb fertigen Schiffen aufgenommen. Nachdem die Arboretti völlig erschöpft das gemauerte Eingangstor passiert hatten, zerstreuten sie sich, um jeder für sich seine Gondel zu suchen und eventuell auch einen kleinen Happen zu sich zu nehmen. Alle außer Ian. Er lehnte Crispins Angebot, ihn nach Hause zu fahren, ab und lenkte seine Schritte zu den Stufen der Kirche Santa Maria. Es war jetzt an der Zeit, Bianca den Hals umzudrehen.

Es schien, als habe sich das Chaos, das vorher überall im Arsenal geherrscht hatte, auf den Säulengang der Kirche verlagert. Der Anblick, der sich Ian bot, war entsetzlich. Überall Blut, überall herumliegende Körper. Ian bahnte sich einen Weg durch das Labyrinth der Patienten und vermied nur mit Mühe einen Zusammenstoß mit einer finster dreinblickenden Nonne, die ein großes Tablett mit Verbandsmull vor sich her trug. Von Bianca keine Spur. Erst als er die eigentliche Kirche betrat, konnte er die Gestalt mit der geschmeidigen Figur und dem großen Kopfverband ausmachen. Der Anblick von ihr – verletzt und barfuß – dämpfte zwar die Vorfreude auf sein Vorhaben, ihr den Hals umzudrehen, ein wenig, aber nicht allzu sehr.

Er trat hinter sie und wartete, während sie einen Verband am Arm eines bulligen Seemanns wechselte. Als sie sich aufrichtete, packte er sie am Arm und wirbelte sie zu sich herum. Ihr dahinschmelzender Blick würde seinen harten, grauen Augen begegnen, und sie würde vor Angst erzittern. So jedenfalls hatte sich Ian das Drehbuch vorgestellt. Aber an Stelle eines dahinschmelzenden Blickes, oder wenigstens eines Ausdrucks der Erleichterung sprühten ihre Augen nur vor Zorn.

»Hände weg, d'Aosto.« Der Gebrauch seines Titels erschütterte Ian fast noch mehr als das Scheitern seines Plans. Er ließ die Hand fallen, und fragte sich, ob das der Grund für ihre eigenartige Reaktion gewesen war. Er wartete darauf, dass sie sich selbst erklärte.

Aber das tat sie nicht. Sie drehte sich einfach um und ging weg. Das war zu viel – selbst für einen so rational denkenden, kontrollierten Mann, als den Ian sich einschätzte. Dieses Mal griff er nicht nur nach ihr, sondern riss sie rüde an sich und hob sie hoch. Patienten, Nonnen und auch seine Onkel sahen ungläubig zu, wie er die strampelnde, schreiende, sich windende Gestalt aus der Kirche trug. Er ließ sie nicht los, bis er seine Gondel gefunden und sie in der geschlossenen Kabine verstaut hatte. Er gab hastig Anweisung abzulegen und umklammerte mit festem Griff Biancas Fesseln, um ihrem möglichen Versuch, durch die Tür ans Ufer zu springen, zuvorzukommen. Ein Blick nach draußen zeigte ihm, dass seine Onkel gerade mit besorgter Miene auf die Loggia herausgestürmt kamen.

»Könnt Ihr schwimmen?«, fragte Ian unterwegs. Er weigerte sich seinen Griff um ihre Fußgelenke zu lockern, bis sie eingestand, nicht schwimmen zu können, war aber versucht, wieder fester zuzupacken, als sie hinzufügte, sie würde lieber im Canal Grande ertrinken, als mit einem Amok laufenden Entführer wie ihm die Gondel zu teilen.

»Zumindest bin ich kein Mörder.« Ians Stimme war kalt, als er ihr das Wort verächtlich entgegenschleuderte.

»Wirklich nicht, mein Herr?« Ihre Stimme war sogar noch eisiger als seine. »Bei dieser Explosion ist niemand ums Leben gekommen, nein? Nach meiner letzten Kenntnis waren es fünfundzwanzig. Damit kommen genau vier Leute auf jeden von Euch Arboretti.«

Die Verachtung, die sie in das letzte Wort legte, ließ Ians Blut in den Adern gefrieren. Er erinnerte sich plötzlich an die Theorie, die er vor weniger als einer Stunde aufgestellt hatte, und sah sie fragend an. Gut, sie hatte sich in der Tat im Morgengrauen aus dem Haus gestohlen, doch wenn sie die Explosion im Auge gehabt hätte, hätte sie wahrscheinlich weder eine Nachricht mit ihrem Ziel hinterlassen, noch wäre sie am Ort des Verbrechens geblieben. Und dennoch, beides verschaffte ihr eine perfekte Tarnung. Bevor er etwas dagegen tun konnte, hatte sein Misstrauen wieder die Oberhand über seine Vernunft gewonnen. »Ihr hasst uns, nicht wahr? Ihr habt die Explosion ausgelöst, um uns zu ruinieren.«

Endlich hatte Ian seine Genugtuung: Bianca zitterte – jedoch nicht vor Angst. Unbändige Wut stieg in ihr hoch, eine Wut, die stärker war als alles, was sie bisher erlebt hatte. Und das Einzige, was sie davon abhielt, sich auf den Mann vor ihr zu stürzen, war die Tatsache, dass ihre Hände so sehr zitterten, dass sie nicht sicher war, ob sie ihn schlagen könnte. Sie holte drei Mal tief Luft und bedachte ihn mit dem eisigsten Blick, zu dem sie fähig war.

»Ich hätte nie gedacht, dass Ihr so gemein sein könnt. Ihr wollt Euch auf meine Kosten aus Eurer Verantwortung für dieses schreckliche Unglück winden? Wenn ich schon die gewissenlose Schurkin bin, als die Ihr mich offensichtlich unbedingt hinstellen wollt, warum sollte ich den Ruin der Arboretti im Sinn gehabt haben? Warum nicht die schiere Lust am Verbinden eingeschlagener Schädel und an den Todesschreien verbrannter Kinder über Stunden hinweg?«

Ian ignorierte ihren Sarkasmus. Es tat ihm bereits Leid, seinem Zorn freien Lauf gelassen zu haben. Aber er sollte verdammt sein, wenn er das zugeben würde. Stattdessen drehte er ihre Frage um. »Was meint Ihr mit ›meiner Verantwortung‹? Ihr glaubt doch wohl nicht im Ernst, dass ich mein eigenes Lagerhaus in Brand stecke?«

»Nein, mein Herr. Ich bin ja kein Trottel. Aber Ihr, der Ihr genau um das gefährliche Potenzial des Schießpulvers, das Ihr herstellt, wisst, Ihr habt Euch entschieden, es inmitten des am dichtesten bevölkerten Teils der Stadt zu lagern. Wie konntet Ihr nur so fahrlässig sein? Wie konntet Ihr nur so sorglos mit dem Leben anderer Menschen umgehen? Behauptet jetzt nicht, dass Ihr, der Ihr Euch so viel auf Euren Verstand einbildet, nie darüber nachgedacht habt. Erzählt mir nicht, dass die Annehmlichkeiten, Euer Lager so nah bei Euch zu haben, Euch blind für das mörderische Gefahrenpotenzial, das damit verbunden ist, gemacht hat. Selbst eine Frau kann sehen, dass eine Katastrophe wie diese unausweichlich war.«

Als Ian nicht reagierte, fuhr sie mit ihrer Predigt fort: »Würdet Ihr diese explosive Substanz vielleicht in Eurem eigenen Haus lagern? Würdet Ihr das?«

»Nein, natürlich nicht. Die Stadt würde das nicht erlauben. Ihr wisst, dass Sprengmaterial jeglicher Art in unserem Stadtteil verboten ist.«

»Warum ist das Leben einiger Bürger Venedigs mehr Wert als das Leben anderer? Warum verdient die Witwe Falentini Schutz, während man sich um die Witwen der Männer, die die Republik aufgebaut und für sie gekämpft haben, überhaupt nicht schert?«

Ian wusste nicht, was er antworten sollte. Sie hatte absolut Recht, er war durch reine Gedankenlosigkeit schuldig geworden. Doch die Schuldfrage war mitnichten das Thema, das er eigentlich diskutieren wollte, fiel ihm zu seiner Erleichterung wieder ein. Er lehnte sich in die goldfarbenen Samtkissen, die an den Wänden der Kabine aufgereiht waren, zurück, wobei er sich bemühte, eine hochmütige Haltung einzunehmen, und wechselte das Thema. »Ich fürchte, wenn man in einen Mord involviert ist, hat man sich das Recht verwirkt, sich als Richter über andere aufzuspielen. Weder mein Verhalten, noch das Verhalten der Stadt Venedig unterliegt Eurer Zensur, *carissima*.« Er hatte wieder zu seinem Sarkasmus zurückgefunden, ein effizientes Ablenkungsmanöver. »Euer Verhalten hingegen, das ist es wert, diskutiert zu werden. Wie seid Ihr nur auf die Idee gekommen, Ihr könntet heute Morgen einfach so davonhüpfen – ohne um Erlaubnis zu fragen und ohne eine geeignete Aufsichtsperson mitzunehmen? Sagt jetzt bloß nicht, es sei niemand greifbar gewesen, nachdem Ihr mich ja so hinterhältig gezwungen hattet, letzte Nacht das Bett mit Euch zu teilen.

Oder dachtet Ihr vielleicht, nach der letzten Nacht könntet Ihr mit mir machen, was Ihr wollt?«

Der klopfende Schmerz in ihrem Kopf, das Kratzen in ihrem Hals, die Erschöpfung, die sie bis in die letzte Faser ihres Körpers spürte, das alles war nichts im Vergleich zu der abgrundtiefen Verzweiflung, die sich ihrer jetzt bemächtigte. Ians Beschuldigungen in Bezug auf ihre gemeinsame Nacht schmerzten Bianca weit mehr, als all die anderen Vorhaltungen hinsichtlich ihres Charakters. Sie hegte zwar keinen Zweifel daran, dass die Nacht auch für Ian etwas Besonderes gewesen war, aber sie nun so in den Schmutz gezogen zu sehen, reduziert auf ein Niveau lächerlicher Manipulation, das war zu viel. Sie hatte es ehrlich gemeint, sie hatte sich ihm hingegeben, bedingungslos und mit ihrer ganzen Seele. Und er hatte sie genommen, ohne jedes Zeichen von Zwang, hatte ihr auf dem Höhepunkt seiner Lust glühende Worte zugeflüstert, Komplimente, Koseworte. Wie konnte er danach noch weiter an seinen Verdächtigungen festhalten?

Als sie sprach, war ihre Stimme ruhig und gefasst und verriet nichts von ihrer inneren Qual. »In einem Zeitraum von zehn Stunden, mein Herr, habe ich meine Jungfräulichkeit verloren, wie durch ein Wunder ein Kind entbunden, war unter einem zusammenstürzenden Gebäude verschüttet, habe ein Spital eingerichtet, zweihundert Verbrennungen verbunden, fünfzig gebrochene Knochen eingerichtet, einen Blinddarm operiert, an die Puppe eines kleinen Mädchen ein Bein wieder angenäht … Ich fühle mich zwar von Euren Vorstellungen bezüglich meiner Fähigkeit geschmeichelt, aber ich fürchte, ich kann für mich nicht in Anspruch nehmen, Euch heimtückisch verführt zu haben. Nicht nur, dass ich gar nicht weiß, wie das geht, mir blieb dazu auch gar keine Zeit.«

Sie seufzte und fuhr fort: »Was das Verlassen Eures Hauses ohne Erlaubnis beziehungsweise ohne Begleiter anbetrifft, so war ich mir in keiner Weise bewusst, dass das nötig war. Und selbst wenn ich es gewusst hätte, hätte ich es wahrscheinlich ignoriert, weil ich in aller Eile aufgebrochen bin. Wenn ich nur fünf Minuten später gekommen wäre, wären eine Mutter und ihr Kind gestorben. Wollt Ihr tatsächlich Eure Regeln über ihr Leben stellen? Wollt Ihr das wirklich?«

Biancas Stimme klang weder herausfordernd noch hämisch, als sie diese Frage stellte, nur neugierig. Auch in ihrem Blick, gerade und offen auf Ian gerichtet, lag nichts, was ihn in die Defensive trieb. Da ihren Worten jegliche Feindseligkeit fehlte, gestand er sich selbst ein, mit seiner Unterstellung einer inszenierten Verführung, einer Verführung, die er selbst immerhin Stunden im Voraus geplant hatte, zu weit gegangen zu sein. Was er noch Minuten zuvor als Zorn und Wut bezeichnet hatte, erkannte er nun als eine wirre Mischung aus Gefühlen, Gewissensbissen, Ungewissheit, Verzweiflung, Verwirrung und Schmerz. Natürlich war immer noch ein Hauch Ärger dabei, aber das vorherrschende Gefühl in seiner Brust war im Augenblick Erleichterung. Erleichterung darüber, dass sie gesund und in Sicherheit war, dass sie ihn nicht verlassen hatte. Oder vielmehr, korrigierte er sich hastig selbst, dass sie nicht geflohen war.

»Ihr werden nicht noch einmal auf diese Weise verschwinden«, konstatierte Ian. Bianca zog es allerdings vor, diese Feststellung als Frage zu interpretieren.

»Das kann ich nicht versprechen, mein Herr. Vielleicht könntet Ihr mir ja erklären, was Euch das Recht verleiht, von mir zu verlangen, über das, was ich tue, Buch zu führen?«

»Selbst wenn ich von Gesetz wegen das Recht nicht auf meiner Seite hätte, was ich als Euer Verlobter aber habe, so bleibt immer noch zu bemerken, dass Ihr schlichtweg nicht in der Lage seid, auf Euch selbst aufzupassen, eine Tatsache, die selbst dem ungeübtesten Beobachter nicht entgangen sein dürfte.« Ian ließ seine Augen gezielt von ihren nackten Füßen und Beinen zu ihrem abgerissenen Saum gleiten und seinen Blick schließlich auf ihrem Kopfverband ruhen.

»Das ist absolut unfair, mein Herr. Es handelt sich hierbei um außergewöhnliche Umstände. Schließlich passiert es nicht jeden Tag, dass reiche Wüstlinge das Arsenal in die Luft jagen.«

Ian sprach einfach weiter, so als habe sie nichts gesagt. »Ihr werdet in Zukunft jeden Gang nach draußen mit mir absprechen. Und Ihr werdet stets jemanden aus unserem

Haus als Leibwache mitnehmen, und zwar einen Erwachsenen und nicht etwa nur dieses kleine Bürschchen, das Ihr Euch da ausgesucht habt.«

»Eure Onkel haben ihn für mich ausgewählt. Ich kann nicht glauben, dass Ihr ihr Urteilsvermögen anzweifelt, nachdem Ihr sie mir selbst als kluge Anstandsherren angedient habt.«

»Es interessiert mich nicht, wo er herkommt, er ist kein adäquater Schutz.«

»Seid vernünftig, mein Herr. Ich ermittle in einem Mordfall. Das erfordert Diskretion und Schläue. Ich kann nicht mit einer Armee von Männern im Schlepptau durch die Gegend ziehen, und dann taucht Ihr auch noch zum ungünstigsten Zeitpunkt auf und verderbt alles. Wenn ich so intelligent wäre wie Ihr, würde ich den Verdacht hegen, dass Ihr mich vorsätzlich bei meiner Arbeit behindern wollt, dass Ihr es mir absichtlich unmöglich machen wollt, meine Unschuld zu beweisen.«

»Ihr werdet das tun, was ich sage.«

»Vielleicht.«

In der angespannten Stille, die nach ihrem Wortgefecht eintraf, musterte Ian sie eingehend.

Sie war von oben bis unten verschmutzt und zerzaust.

Sie war schön.

Plötzlich kam ihm blitzartig ein genialer Gedanke. Er hatte das perfekte Mittel für seine Überzeugungsarbeit die ganze Zeit über direkt vor seiner Nase gehabt. Wieso war er bloß nicht früher darauf gekommen? Sein schlauer Plan, den er am Tag zuvor ausgeheckt hatte, war genau auf Situationen wie diese zugeschnitten. Wenn er, wie es aussah, mit einem Appell an ihre Vernunft schon nichts erreichen konnte, dann würde er eben an ihren Körper appellieren. Ian steckte den Kopf aus der Kabine, um seinen Gondolieri etwas zuzumurmeln. Dann zog er die Vorhänge an den Fenstern zu, streckte die Arme nach ihr aus und zog sie an seine Brust.

Zuerst sträubte sie sich noch, setzte die ihr noch verbliebene Kraft ein, um sich auf dem Sitz festzuklammern. Aber die Kraft ließ bald nach und so musste sie nachgeben. Sie hatte sich so gut wie möglich gewehrt, tröstete sie sich, aber sie war einfach zu müde. Und das Gefühl, nach Stunden der Anstrengung seine Hände zu spüren, die Wärme seines Körpers, den Duft seiner Haut, war auch nicht ganz ohne Reiz. Aber sie würde nur daliegen, redete sie sich ein, würde nichts tun, ihm keinen Anlass geben, sie eines Versuchs, ihn zu verführen, zu bezichtigen. Ja, so würde sie es machen, sie würde sich nicht rühren, würde nicht einmal einen Laut von sich geben.

Ian war von ihrer Passivität überrascht, aber nicht unangenehm berührt. Er zog ihren Kopf an seine Brust und strich ihr behutsam das Haar aus dem Gesicht. Er massierte ihr leicht den Nacken, um die Verspannungen zu lösen, die sich dort gebildet hatten. Dann wanderten seine Hände über ihren Rücken. Es war ein himmlisches Gefühl.

Seine erfahrenen Finger glitten über ihre Schenkel und Kniekehlen hinunter bis zu ihren Füßen. Bianca hatte nie gewusst, dass von ihren Füßen so viele lustvolle Empfindungen ausgehen könnten, an diesem Tag aber erfuhr sie es. Er ließ seinen Daumen über ihren Spann wandern und dann mit leichtem Druck über ihre Fußballen kreisen. Seine Hände arbeiteten sich vom kleinen Zeh bis zur Ferse nach hinten und wirkten Wunder, lösten ihre ganze Anspannung auf und mit ihr ihre Zurückhaltung. Als seine Hände sich zurück zu ihren Schenkeln bewegten und den Rocksaum mit sich zogen, konnte sie nur mit Mühe ein Stöhnen unterdrücken. Sie spürte, wie seine Finger an ihr herumnestelten, um sie zu entblößen, und biss die Zähne zusammen, um nicht aufzuschreien. Und als er sie zu streicheln begann, sich mit den Fingern der einen Hand in die wartende feuchte Höhle zwischen ihren Schamlippen hineinschmeichelte und mit den Fingern der anderen Hand ihren empfindlichen Punkt erspürte, biss sie sich auf die Zunge, um sie im Zaum zu halten. Aber das funktionierte nur für eine bestimmte Zeit, und bevor sie sich dessen noch bewusst war, hörte sie eine Stimme, vermutlich die ihre, die ihn anbettelte, sie fester zu berühren.

»Mögt Ihr das?« Ians Stimme drang leise und lockend an ihr Ohr, während seine Finger ihre feuchte Hitze rhythmisch erforschten.

»Ja, ja. Hört nicht auf, bitte. Was immer Ihr tut, hört nur nicht auf.«

Ian lächelte in ihr Haar, wartete auf seinen Augenblick. Als er hörte, wie sich ihr Atem beschleunigte, hob er im gleichen Moment seine Hand an.

»Nein, nicht aufhören«, flehte sie und suchte mit ihren vor Erregung glänzenden Augen seinen Blick.

Ian zog die Hand von ihrer zarten Klitoris zurück und führte sie an seine Lippen. Unter ihrem unbewegten forschenden Blick steckte er seinen Zeigefinger in den Mund und lutschte daran. »Köstlich«, sagte er mit rauer Stimme und erspürte mit der anderen Hand, die immer noch zwischen ihren Beinen lag, eine neuerliche zuckende Welle der Erregung. Wie konnte er sie erregen, ohne sie überhaupt zu berühren, wunderte sich Bianca, aber nur kurz, denn Ian flüsterte ihr etwas ins Ohr.

Unfähig, sich zu bewegen, saß sie da, während er ihr all die Dinge beschrieb, die er mit ihr tun wollte – wie er sie streicheln wollte, immer fester und fester, bis kurz vor dem Höhepunkt. Dann würde er sie auf sich ziehen und sich zwischen ihre Schenkel wühlen, ihre Brüste wie reife Früchte über sich, so dass er sie mit seinen Händen umspannen oder an ihnen saugen könnte, wobei er ihre Brustwarzen mit der Zunge umspielen würde, so lange, bis er spürte, wie ihr ganzer Körper sich anspannte und in der Wollust eines Orgasmus erbebte.

»Würde Euch das gefallen?«, flüsterte er schließlich und zeichnete die Außenlinie ihres Ohrs mit der Zunge nach, um sie dann den Hals hinunter bis zur Schulter züngeln zu lassen.

Unfähig zu sprechen, konnte sie nur nicken.

»Versprecht Ihr mir, das Haus nie wieder ohne meine Erlaubnis zu verlassen?«

Bianca hätte in diesem Moment alles versprochen, um die Lust zu erleben, die er beschrieben hatte. »Das ist Erpressung … Bestechung«, hauchte sie mit schwacher, sehnsüchtiger Stimme.

»Betrachtet es wie einen Vertrag«, bot Ian hilfsbereit an. »Ihr bekommt etwas, was Ihr Euch wünscht, und ich bekomme, was ich mir wünsche.«

Für Bianca, mit deren Denkvermögen es seit der Minute, da Ian ihren Körper berührt hatte, nicht mehr weit her war, klang der Vorschlag auf den ersten Blick absolut vernünftig. Doch im Grunde ihres Herzens wusste sie, dass sie nicht kampflos nachgeben sollte. Sie spielte einen Augenblick mit der goldenen Haarlocke, die aus dem Kragen seines Hemdes hervorlugte und überlegte. Dann machte sie einen Gegenvorschlag. »Kann ich erst den einen Höhepunkt haben und dann noch einen zweiten, wenn Ihr in mir seid?«

Ian wusste, dass er gewonnen hatte. Sein Siegesrausch ähnelte seltsamerweise dem Gefühl einer Erregung. »Wir können nicht genug bekommen, nicht wahr?«, fragte er rein rhetorisch, als er mit der Hand wieder zwischen ihre Beine fuhr.

Ian war froh, dass Bianca fast sofort kam, denn er selbst konnte sich kaum noch zurückhalten. Er liebte es, wie Biancas Augen sich in ungläubigem Erstaunen weiteten und riesengroß wurden, als sich ihre Anspannung der Lust löste. Er lauschte den leisen gurrenden Geräuschen, die in ihrer Kehle begannen und dann als lustvolle Aufschreie der Beglückung aus ihrem Mund quirlten.

Während Bianca an den Schnürbändern seiner Hose herumnestelte, gestattete er sich, einen kurzen Gedanken daran zu verschwenden, dass seine wiederholten Techtelmechtel mit ihr keineswegs ihre Anziehungskraft schmälerten. Doch je mehr Zeit er mit ihr intim verbrachte, desto schneller würde sich seine Resistenz einstellen, beruhigte er sich sogleich. Und deshalb stürzte er sich, kaum war sein steifes Glied von der einzwängenden Enge seiner Breeches befreit, mit großer Heftigkeit auf sie.

Er zog Bianca rittlings auf seinen Schoß und lehnte sich schräg nach hinten gegen das Samtpolster des Gondelsitzes. Sie warf den Kopf nach hinten – die Augen geschlossen – und begann mit den Hüften zu kreisen. Ian warf sich gegen sie, und sie musste sich kurz an seine Schenkel klammern, um sich auf ihm halten zu können. Dann stützte sie sich mit einer Hand am Dach der Gondel ab und liebkoste mit der anderen Hand seine Hoden. Sie beugte sich vor, um sich noch näher an ihn zu drängen. Als seine Hand sich nach unten zwischen sie schob, umfing sie sie und zog sie an ihre Lippen, küsste ganz zart jede seiner Fingerspitzen und malte mit ihrer Zunge kleine Kreise auf seine Handfläche, den salzigen Geschmack seiner Haut voll auskostend. Ihn hungerte plötzlich danach, sie auf seiner Brust zu spüren, ihr ganz nah zu sein. Er zog sie zu sich herunter und drang mit all seiner Kraft in sie ein. Sie drängte sich ihm entgegen, bis ihre Körper miteinander verschmolzen … Und fast hätte sie vor Glück geweint, als sie ihn auf dem Höhepunkt ihrer schaudernden Lust zum ersten Mal ihren Namen aussprechen hörte.

Nach zwei Umrundungen der Insel von Venedig – während der zweiten hatte der Regen wieder eingesetzt – bekamen die Gondolieri zu ihrer Erleichterung das Signal zur Heimfahrt. Während der eine sich schon auf sein warmes, trockenes Bett im Dienstbotenquartier des Foscari-Palazzos freute, hatte der andere vor dem Schlafengehen noch etwas zu erledigen. Er fragte sich, wie viel er wohl für seine Information über Ians Zeitvertreib auf dem Boot bekommen würde. In der Vergangenheit waren die Beträge angemessen gewesen, aber er nahm an, dass seine Beschreibung von den Aktivitäten seines Herren und seiner Geliebten während dieser Gondelfahrt einen besonders hohen Marktwert hatten. Er hatte keine Ahnung, wie viele der anderen Diener sich auf das Angebot dieses seltsamen Mannes eingelassen hatten und sich Informationen über das Geschehen in diesem großen Haus bezahlen ließen. Er jedenfalls hatte inzwischen mit seinen harmlosen Lauschereien und Schnüffeleien sein ohnehin schon großzügiges Salär bereits ein Stück aufbessern können. Er dachte an die hübsche Kleine, die er an diesem Morgen im Palazzo abgesetzt hatte, die neue Zofe der Geliebten seines Herren, und überlegte, um wie viel mehr er noch herumspionieren müsste, um sich ihre Liebesdienste regelmäßig leisten zu können.

Das Fauchen eines Tigers oder das Schreien eines Esels hätte Ian nicht unerwarteter treffen können, als das Geräusch, das beim Aussteigen aus der Gondel an sein Ohr drang. Es war ihm so wenig vertraut, dass er es im ersten Augenblick gar nicht einordnen konnte.

Ian zuckte zusammen. »Was ist das für ein infernalischer Lärm?«

»Oh, ich habe ganz vergessen, Euch davon zu erzählen. Ich habe eine Zofe eingestellt«, erwiderte Bianca strahlend.

Jetzt erkannte Ian das Geräusch und war noch entsetzter. »Zieht Ihr Euch dafür einen Säugling groß?«

»Aber nein, das ist Marinas Kind. Ich habe sie heute davon entbunden. Ihr solltet das Knäblein sehen, ein hübscher Bursche. Sie haben ihm den Namen Cäsar gegeben. Sein zweiter Name ist aber Ian, Euch zu Ehren, mein Herr«, log Bianca, in der Hoffnung, ihn zu besänftigen.

»Ihr habt eine Zofe eingestellt, die gerade niedergekommen ist? Das ist doch idiotisch. Dann ist sie Euch doch mindestens zwei Monate lang keinerlei Hilfe.«

»Das macht nichts, ich brauche sowieso nicht wirklich eine Zofe. Ich wollte sie nur an einen Ort bringen, wo sie besser leben kann, beziehungsweise –«, fuhr Bianca unbeirrt fort, »an einen Ort, wo sie überhaupt leben kann, nachdem ihr Haus ja durch die Explosion zerstört worden ist.«

»Warum nur sie? Warum schleppt Ihr nicht gleich ein ganzes Heer von obdachlosen Frauen in mein Haus und bezahlt sie für sinnloses Herumsitzen?«

»Oh, das ist eine wunderbare Idee, mein Herr. Das machen wir. Bis morgen kann ich alles arrangiert haben.«

Das war zu viel für Ian. Die Arboretti unter Beschuss, verlobt mit der Hauptverdächtigen in einem Mordfall und ein Säugling unter seinem Dach … Dazu noch Biancas Scheinheiligkeit und das Geschrei von diesem Colpo oder Caruso oder wie auch immer das Balg hieß, das gab ihm endgültig den Rest. Er warf einen letzten unheilvollen Blick auf die schöne Frau, dessen offensichtliches Ziel es war, sein Leben zu zerstören, und stürmte zur Treppe. Die Uhren im Stockwerk über ihm schlugen zwölf.

13. Kapitel

Ian hatte sich in seinem Labor verbarrikadiert. Er versuchte sich ein Bild davon zu machen, wie viele Veränderungen nötig wären, um aus diesem Raum eine dauerhafte Bleibe zu machen. Die Mahlzeiten könnte er sich ohne weiteres hochbringen lassen, das wäre kein Problem. Aber angesichts der Tatsache, dass jede verfügbare Fläche mit irgendwelchen Dingen – Tiere, Pflanzen, Mineralien – belegt war, war es schon schwierig, ein Plätzchen zum Sitzen, geschweige denn zum Schlafen zu finden. Aber da er zurzeit sowieso kaum Zeit zum Schlafen fand, tröstete er sich verdrießlich, würde das ja auch nicht viel ausmachen.

Der Auslöser für seine Umzugspläne war das ständige Geschrei und Gegluckse, das ihn schon früh morgens beim Baden begleitete und seinen vorläufigen Höhepunkt erreichte, wenn er sich ankleidete. Er stürmte aus dem Zimmer, um dem Radau ein Ende zu setzen, und was sahen seine Augen? Die meisten Bewohner seines Hauses scharten sich in der Mitte der Empfangshalle um ein entsetzlich hässliches Bündel, das in ein weißes Tuch eingeschlagen war. Und jeder Schrei, der von dem Bündel ausging, schien Bianca, Francesco, Roberto, Crispin und, was am unglaublichsten war, auch Giorgio ein noch strahlenderes Lächeln zu entlocken. Als er ein Machtwort sprach, um in seinem Haus wieder Ruhe und Ordnung herzustellen, wandten sich alle abrupt zu ihm um und legten den Finger auf den Mund, verlangten von ihm, leise zu sprechen, um die schlafende Mutter nicht zu wecken. Das war der Augenblick gewesen, in dem er, Drohungen und Flüche ausstoßend, die Treppe hochgerannt war, hinauf in sein Labor, wo er sich erst, nachdem er die Tür hinter sich verschlossen hatte, wieder sicher fühlte.

Das war vor ungefähr zwei Stunden gewesen, und Ian merkte, dass er nicht nur schlechte Laune und Hunger hatte, sondern auch verschiedene Dinge aus seinem Zimmer brauchte. Er öffnete vorsichtig die Tür und blieb abwartend stehen. Er hörte eine Tür schlagen. Schritte. Die

Stimme eines Mannes. Andere Türen, andere Stimmen. Die normalen Geräusche seines Hauses. Das bedeutete, kein jämmerliches Geschrei, keine Schmatzgeräusche, überhaupt keine Säuglingsgeräusche. Vielleicht hatte man ja einen Käfig für den Burschen gefunden, brummte er, oder noch besser, man hatte ihn verkauft. Mutig wagte er sich auf die Galerie vor und schritt, nachdem er sich noch einmal kurz vergewissert hatte, hoch erhobenen Hauptes die Treppe hinunter – wie ein Mann, der gerade einen Sieg errungen hatte.

Auf halbem Weg ins zweite Stockwerk begegnete ihm Giorgio.

Ian blickte seinen vertrauenswürdigsten Diener mit bitterer Miene an. »Ich habe dich mit diesem kleinen Wurm gesehen. Guter Gott, Mann. Ich dachte immer, ich könnte auf dich zählen, und jetzt muss ich mitansehen, wie du auch bei dieser Schmierenkomödie mitmachst. Ich und dieser Knabe, Cholera, oder wie immer er heißt –«

»Cäsar«, kam Giorgio ihm zu Hilfe.

»Crétin«, fuhr Ian fort, »er und ich werden die unschuldigen Opfer sein. Beide zu einem Leben verdammt, das durch die Machenschaften von Frauen unerträglich gemacht wird.«

»Hmm«, murmelte Giorgio mitfühlend.

»Bist du hergekommen, um mir etwas vorzunuscheln?«, fragte Ian wütend. »Hast du etwa die Sprache der Erwachsenen verlernt? Ich nehme an, bevor der Tag noch zu Ende ist, stolzieren wir hier alle glucksend und rülpsend herum.«

»Und spuckend. Das könnt Ihr jetzt schon ganz gut, mein Herr.«

Giorgio war kurz davor, den Hals umgedreht zu bekommen, doch der Diener kannte seinen Herren gut und wich rasch zur Seite aus.

»Eigentlich bin ich gekommen, um Euch zu sagen, dass ein Besucher auf Euch wartet, und ich wollte fragen, ob ich ihn vorlassen soll. Es ist Signor Valdone. Er hat mir versichert, dass es nicht um das Feuer im Arsenal geht.«

»Verdammter Mist«, murmelte Ian und kratzte sich am Kinn. »Ich nehme doch an, dass diese schreckliche Kreatur

Clotin für den Nachmittag weggeschafft worden ist? Ist es sicher, nach unten zu gehen? Oder könntest du Valdone hier herauf schicken?«

»Ich würde die Bibliothek vorschlagen. Cäsar schläft hinter den Küchen, und ich stehe persönlich dafür gerade, dass Ihr heute nichts mehr von ihm hören werdet. Außerdem macht Euer Besucher nicht gerade den Eindruck, als würde er zu den Labors hochsteigen. Er ist etwas übergewichtig.«

Dass Giorgio mit seiner Beschreibung von Valdo Valdone eher untertrieben hatte, offenbarte sich Ian schon beim ersten Schritt durch die Tür der Bibliothek. Der Mann hatte sich in einen Sessel gequetscht, der für einen normalgewichtigen Menschen durchaus breit genug war, ihm aber nur mit Mühe Platz bot. Er versuchte sich zu erheben, doch Ian bedeutete ihm aus Sorge um sein Möbelstück sitzen zu bleiben.

Auch wenn sich die beiden noch nie persönlich begegnet waren, kannte Ian ihn vom Hörensagen. Als er zu seinem Schreibtischsessel hinüberging, dachte er darüber nach, was man ihm von diesem Mann erzählt hatte. Ursprünglich ein einfacher Bauer in der kleinen Stadt Thiene, hatte er inzwischen ein Vermögen damit gemacht, aus Pflanzen und Kräutern Duftwässerchen und Salben für Frauen herzustellen. Anstatt sich aber darauf zu beschränken, den Adel als Kundschaft zu gewinnen und einzigartige Parfums für Herzoginnen und Gräfinnen zu kreieren, hatte Valdo Valdone sich dafür entschieden, seine Produkte in großen Mengen herzustellen, das hieß, er konnte sie zu Preisen anbieten, die sich auch die Frauen und Töchter von einfachen Krämern leisten konnten. Nachdem Valdo mit einem behelfsmäßig zusammengezimmerten Stand mitten in einem der schäbigeren Viertel seiner Heimatstadt begonnen hatte, verlegte er sein Unternehmen bald nach Venedig, wo er so erfolgreich war, dass er jetzt in ganz Italien im Geschäft war. Mit jedem zusätzlichen Erfolg, so hieß es, nahm er auch an Leibesfülle zu, so dass die Größe seines Unternehmens direkt proportional zu seiner Korpulenz war.

Zumindest, dachte Ian mit einem Blick auf die massige Gestalt vor ihm, stimmen die Proportionen. Denn es war nicht nur der Körper, der solche Ausmaße hatte, auch Kopf, Augen, Nase und Mund waren gewaltig.

Und ebenso seine Stimme, wie Ian bald bemerken sollte. »Ich hätte mich nie erdreistet, Euch aufzusuchen, mein Herr, schon gar nicht an einem solchen Tag wie heute, wenn ich die Angelegenheit nicht für ziemlich dringend gehalten hätte.«

Ian nickte ihm zu und bedeutete ihm fortzufahren, wobei er sich fragte, ob dieses laute Gepolter möglicherweise schädliche Auswirkungen auf die Konstruktion seines Hauses haben würde.

Valdo räusperte sich mit einem Geräusch, das wie das Donnern eines Kanonenrohrs klang. »Ich habe über mehrere Kanäle erfahren, dass Ihr Ermittlungen über Isabella Bellocchio anstellt; Ihr wollt also etwas über ihre Person in Erfahrung bringen.«

Der wuchtige Mann beugte sich in seinem Sessel vor und warf Ian einen unfreundlichen Blick zu. »Ich möchte den Grund dafür wissen.«

Ian blickte ihn einen Moment lang schweigend an, um seine innere Erregung unter Kontrolle zu bekommen. Dann drehte er eine Handfläche nach oben und meinte: »Das kann ich Euch sagen, aber nur wenn Ihr mir zuvor erklärt, warum Ihr so darauf erpicht seid, das zu erfahren.«

Valdo drehte den Kopf herum und sah sich im Zimmer um. »Was ich Euch zu erzählen habe, ist sehr privat. Kann man hier ohne Bedenken sprechen? Ist man hier sicher?«

»Ich verbürge mich für die Sicherheit meines Hauses und für die Verschwiegenheit meiner Dienerschaft«, antwortete Ian von oben herab und tat so, als fühle er sich beleidigt. Sein vorherrschendes Gefühl aber war Hunger, und die Aussicht, diesen Riesen womöglich zum Essen einzuladen, war so wenig verlockend, dass er beschloss, stattdessen das Gespräch durch entsprechend kühles Verhalten zu einem schnellen Ende zu bringen.

»Selbstverständlich. Das bezweifle ich im Grunde auch nicht. Es ist nur, dass«, Valdo machte eine Pause, um sich erneut zu räuspern, »na ja, wenn es um das Mädchen geht, kann ich eben nicht klar denken. Ich frage Euch gerade heraus, mein Herr, macht Ihr ihr den Hof?«

Ian war überrascht. Als er nicht antwortete, fuhr Valdo fort.

»Ich soll Euch also sagen, warum ich mich dafür interessiere. Ich liebe Isabella. Ich liebe sie mehr, als ich je etwas beziehungsweise jemanden geliebt habe, sogar noch mehr als meine arme verschiedene Mutter.« Er hielt inne, um sich zu bekreuzigen. »Ich habe ihr ein Haus gekauft, ihr Kleider gekauft und Geschenke gemacht. Ich hatte sogar eigens für sie ein Parfum kreiert. Ich will nicht sagen, dass sie mich auch liebt, das wäre zu viel verlangt, aber ich kann doch sagen, dass sie mir eine gewisse Zuneigung entgegenbringt.«

Aus seiner Stimme klang Stolz, und Ian fragte sich zum millionsten Mal, wie Männer solche Narren sein konnten, sobald Frauen ins Spiel kamen.

»Wenn Ihr doch wisst, dass sie Zuneigung für Euch empfindet, warum macht Ihr Euch dann meinetwegen Sorgen?«

Ians Magen knurrte ungeduldig.

»Ah, dann hofiert Ihr sie also doch! Habt Ihr die Absicht, sie zu heiraten, sie aus meiner Reichweite zu bringen?«

Ian fiel zum ersten Mal auf, dass Valdos Ohren unverhältnismäßig klein für seinen sonstigen Körper waren. »Davon habe ich nichts gesagt.«

»Aber zwischen den Zeilen … Ihr habt es angedeutet …«

Ian entschied, er brauchte jetzt unbedingt sofort sein Mittagessen. Es würde im Grunde keinen Schaden anrichten, überlegte sein Magen, wenn er Valdos Abgang beschleunigte und ihm erzählte, was er wissen wollte. Falls Valdo Valdone der Mörder sein sollte, der sich Informationen erschleichen wollte, dann würde ihm Ians Erklärung, warum er sich für Isabella interessierte, sowieso nichts bringen. Und falls er nicht der Mörder war, konnte Ian im Gegenzug vielleicht sogar etwas Wichtiges von ihm erfahren. Und dazu bekam er noch sein Mittagessen.

»Ich bin Signorina Bellocchio nie begegnet und hege keinerlei amouröse Absichten in Bezug auf sie. Meine Nachforschungen habe ich nur meiner Verlobten zuliebe angestellt, die, na sagen wir mal, eine sehr *anspruchsvolle* Frau ist. Es hat den Anschein, als ob sie und Isabella Freundinnen beziehungsweise Brieffreundinnen geworden sind und –«

»Aber das ist unmöglich! Isa konnte kein Wort schreiben.«

Ian wischte seinen Einwand beiseite, merkte sich aber, dass Valdo über ihre fehlende Bildung Bescheid wusste. »Auf jeden Fall kamen sie sich im Laufe der Zeit irgendwie näher, und nachdem meine Verlobte längere Zeit nichts von ihr gehört hatte, wurde sie unruhig und machte sich Sorgen. Auf ihr Ersuchen hin habe ich dann verbreiten lassen, dass ich an Informationen über Isabella Bellocchio interessiert bin, was Euch dann vermutlich zu Ohren gekommen ist.«

»Dann wolltet Ihr sie nicht heiraten?«

»Himmel nochmal, muss ich mich denn wie ein Papagei ständig wiederholen?«

»Nein, nein, es tut mir Leid, mein Herr. Ich wollte es nur noch einmal ausdrücklich hören. Ich sagte Euch doch schon, wenn es um Isa geht, kann ich nicht mehr klar denken.«

Sein Magen sagte ihm, dass Valdo keine annähernd so wichtigen Informationen für ihn hatte, wie die Töpfe im Stockwerk unter ihnen. Er beschloss, die Unterredung zum Abschluss zu bringen.

Ian erhob sich aus seinem Sessel. »Ich hoffe, das beruhigt Eure Nerven. Wenn –«

»Alles andere als das«, brauste Valdo auf und schnellte in die Höhe. Der bloße Anblick seines Volumens genügte, um Ian wieder Platz nehmen zu lassen. »Wie können sich meine Nerven beruhigen, wenn sie verschwunden ist? Ich habe die letzten vier Nächte nicht geschlafen. Und da ist niemand, mit dem ich darüber sprechen kann, dem ich vertrauen kann. Wenn meine Frau dahinter käme ...« Der große Mann erschauderte. »Und dann habe ich von Euch gehört, und ich war richtig erleichtert. Aber erst musste ich sicher gehen. Ihr versteht, ich musste mich vergewissern, dass Ihr mir Isabella nicht wegnehmen wollt. Es sieht Isa gar nicht ähnlich, ohne ein Wort zu verschwinden. Gewöhnlich hat sie einen Boten geschickt oder jemandem in meinem Klub Bescheid gegeben oder mir durch Enzo mitgeteilt, wo sie hingeht und für wie lange. Aber diesmal nicht. Ich habe überall herumgehört. Ich bin außer mir vor Sorge. Ich kann nicht mal mehr essen.«

Bei diesen Worten zog Ian noch einmal in Erwägung, ihn zum Essen einzuladen, entschied sich dann aber doch dagegen. Stattdessen gab er einen Laut von sich, der, wie er hoffte, nach Mitgefühl klang, und sagte dann: »Gibt es irgendetwas, was ich für Euch tun kann?«

»Aber natürlich!« Valdo sah ihn entgeistert an, so als läge das doch auf der Hand. »Ihr könnt sie suchen. Mir selbst sind leider die Hände gebunden, ich kann nicht zulassen, dass meine Frau etwas erfährt, aber Ihr stellt ja schon Nachforschungen wegen Eurer Verlobten an. Also warum nicht auch für mich? Wisst Ihr, wo sie ist?«

»Um es offen heraus zu sagen«, log Ian, »ich habe keine Ahnung. Meine Nachforschungen sind ins Leere gelaufen. Ich hoffte, Ihr könntet mir helfen. Habt Ihr nicht irgendeine Idee?«

»Ich habe mir tausend Mal den Kopf darüber zerbrochen, ohne dass etwas dabei herausgekommen ist. Manchmal fährt sie in ein kleines Häuschen, das ich in der Nähe des Lago Maggiore besitze. Von dort aus hat man übrigens einen hübschen Blick auf Eure Villa, mein Herr.« Valdo hielt inne, um Ian Gelegenheit zu geben, ihm für dieses unverlangte Kompliment zu danken, merkte aber, dass er es ignorierte und fuhr hastig fort. »Aber ich habe einen Mann dorthin geschickt, um sich mal umzusehen. Es ist leer, nirgends ein Anzeichen von einem menschlichen Wesen.«

»Hat sie vielleicht irgendwelche Verwandte, die möglicherweise krank geworden sind? Irgendwelche Freunde, die ihren Beistand brauchen?«

»Nicht dass sie je davon gesprochen hätte.« Plötzlich leuchteten Valdos Augen auf. »Aber das ist vielleicht etwas! Sie hat mir einmal erzählt, wenn ihr Vater, ein armer, aber frommer Flickschuster, je herausfinden sollte, was sie aus ihrem Leben gemacht hatte, wäre er alles andere als erfreut. Vielleicht war er hier und hat sie gefunden und dann mitgenommen.«

Nach Ians Erfahrung hatten selbst die frömmsten Männer keine Probleme damit, ihre Moralvorstellungen zu revidieren, wenn Geld im Spiel war. Wenn Isabella in der Lage gewesen sein sollte, ihrem Vater ein bequemes Leben zu verschaffen, dann erschien es unwahrscheinlich, dass er irgendetwas getan haben sollte, was dem entgegenstand. Ian teilte Valdo seine Überlegungen mit und sah mit Genugtuung, dass die Begeisterung des Fettwanstes merklich gedämpft wurde, allerdings keineswegs ganz erlosch. Nach einem kurzen Augenblick des Nachdenkens stürzte er sich auf die nächste Vermutung. »Sie könnte auch mit einem ihrer anderen Kunden für kurze Zeit weggefahren sein, wäre das nicht auch möglich? In eine seiner Villen oder so, wisst Ihr?«

»Hat sie so etwas früher schon einmal gemacht?«

»Nein, nie.« Valdo schüttelte langsam seinen bulligen Kopf. »Aber was ist, wenn sie jemand dazu gezwungen hat wegzugehen? Was, wenn ihr Vater oder einer ihrer Liebhaber ihr keine andere Wahl ließ, als abzureisen und ihr nicht einmal mehr gestatteten, eine Nachricht zu hinterlassen? Versteht Ihr, irgendjemand, der eifersüchtig war oder gestört. Irgendjemand, der sie ganz allein für sich haben wollte.« Er machte eine Pause und fügte dann mit veränderter Stimme hinzu: »Oder jemand, der sie von mir fern halten wollte.«

Ian war schon im Begriff, etwas zu sagen, hielt seine Worte aber dann zurück und sagte stattdessen: »Wie, glaubt Ihr, hat Eure Frau von Eurem Arrangement mit Isabella erfahren?«

»W-w-w-w«, stotterte Valdo, bekam sich aber sofort wieder unter Kontrolle. »Ich habe nichts von meiner Frau gesagt, oder?«

»Das hier ist absolut lächerlich.« Ian schlug mit den Handflächen auf den Schreibtisch – eine Geste, die, wie er wusste, besonders Furcht einflößend war – und erhob sich zum zweiten Mal, um zu gehen. »Ihr könnt nicht einfach in mein Haus hereinspazieren, mich um einen Gefallen bitten und mich dann belügen. Haltet Ihr mich vielleicht für einen Dummkopf, Mann?«

»Wartet, wartet, geht nicht weg«, flehte der hünenhafte Mann kläglich. »Ich brauche einen Augenblick, um mich zu sammeln.« Valdo senkte den Kopf und schlug die Hände vor die Augen. Nach ein paar Minuten richtete er sich auf und begann heftig zu nicken.

»Ihr habt Recht, mein Herr. Ich verdächtige tatsächlich meine Frau. Unsere Ehe ist nicht besonders. Wisst Ihr, wir haben sehr jung geheiratet, als wir noch in Thiene wohnten. Sie war das begehrenswerteste Mädchen in der Stadt, ein hübscher Anblick und sehr umgänglich. Aber die Jahre vergingen, wir zogen nach Venedig … wisst Ihr, man lässt das Auge schweifen, man bekommt Appetit auf jüngeres Gemüse.«

Ian nickte, um überhaupt etwas zu tun, und fragte sich im Stillen, warum er sich von Valdo seine Mittagszeit stehlen ließ.

»Es wäre mir nie in den Sinn gekommen, Lukretia, das heißt, meine Frau, zu verdächtigen, wenn sie nicht vor zwei Wochen damit angefangen hätte, sich merkwürdig zu benehmen. Ich kann es nicht erklären, aber irgendetwas war anders. Sie wurde sehr hochnäsig und distanziert. Manchmal, wenn ich mit ihr schlief, lächelte sie in sich hinein, als kenne sie ein Geheimnis, ein Geheimnis über mich, und als hecke sie nun einen Plan aus, dieses Wissen zu benutzen. Sie ist eine sehr intelligente Frau, sehr viel schlauer als ich. Es war in erster Linie ihre Idee, die Parfums herzustellen, wisst Ihr, die Parfums, mit denen ich mein Vermögen gemacht habe. Wenn sie sich was in den Kopf setzt, schafft sie alles.«

»Alles? Glaubt Ihr, dass sie auch zu Gewalt fähig ist?«

Valdo blickte entgeistert auf. »Aber nein, wo denkt Ihr hin? Sie würde Isa kein Leid antun. Sie würde sie nur aus meiner Reichweite schaffen. Sie irgendwo hinschicken, wo ich sie nicht finden könnte.«

»Warum? Was sollte das bringen?«

»Ich weiß nicht.« In Valdos Stimme schlich sich wieder Verzweiflung ein. »Das ist es ja, was Ihr für mich herausfinden sollt. Und wo sie ist. Also wo sie Isabella hingeschickt hat.«

Das Ansinnen erfüllte Ian mit ungeheurem Abscheu. Nachdem kein – na ja, so gut wie kein – Zweifel an Biancas Schuld bestand, wäre ein Gespräch mit dieser Lukretia absolut vergeudete Zeit, überlegte er. Auf der anderen Seite könnte sie ihm vielleicht doch irgendetwas erzählen, was ihm dabei helfen könnte, Bianca ein Geständnis abzuringen.

Und außerdem, kam er zu dem Schluss, ließe sich ein Treffen mit ihr problemlos arrangieren.

»In Ordnung, ich werde mit Eurer Frau sprechen. Ihr habt zweifellos von dem Verlobungsball gehört, der hier in zwei Tagen stattfindet.«

Valdo nickte. Jedermann hatte von der vorübergehenden Aussetzung des Luxusgesetzes und den aufwändigen Vorbereitungen, die in Gang waren, gehört. Eine derartige Gala hatte es seit Jahren nicht mehr im Foscari-Palazzo gegeben, und dementsprechend herrschte überall fieberhafte Aufregung. Die ganze Stadt war in Hektik. Goldschmiede, Glasbläser, Köche und Bäcker arbeiteten Tag und Nacht, um für alle Fälle gerüstet zu sein. Seine eigene Frau war gezwungen gewesen, fünf verschiedene Schneider abzuklappern, bevor sie endlich einen fand, der noch nicht mit Aufträgen für die extravagante Garderobe, die an diesem Montagabend getragen werden sollte, zugedeckt war.

»Ich dachte, er würde vielleicht auf Grund des Feuers abgesagt.«

»Unsinn«, sagte Ian im Brustton der Überzeugung, obwohl er gerade erst in diesem Moment die Entscheidung getroffen hatte.

»Das Feuer war eine Tragödie, insbesondere für die, die im Arsenal leben, aber es hat mich beziehungsweise meine Interessen kaum berührt. Außerdem hat es nichts mit meiner Verlobung zu tun. Eure Frau wird Euch begleiten, nehme ich an?« Als Valdo nickte, fuhr Ian fort: »Sehr gut, dann werde ich mit ihr sprechen.«

Er erhob sich zum dritten Mal, in der Hoffnung, nun endlich zu seinem Essen zu kommen, doch Valdo ergriff erneut das Wort.

»Ich habe noch eine Idee.«

Ian gab die Hoffnung auf und sackte in seinen Sessel zurück. Den überbackenen Fenchel und den mit Wein verfeinerten Eintopf konnte er jetzt endgültig vergessen. Er wettete sein Vermögen darauf, dass Bianca seine Portion mit leuchtenden Augen an dieses Baby, diesen Cäsar oder wie auch immer er hieß, verfüttert hatte.

»Ich habe gerade überlegt, dass es vielleicht leichter ist,

an Informationen heranzukommen, ich meine, man bringt die Leute möglicherweise schneller zum Sprechen, wenn man ihnen irgendeine Belohnung in Aussicht stellt. Tausend Dukaten vielleicht oder so was. Natürlich werde ich das Geld vorstrecken, aber Ihr müsstet es anbieten. Meine Person darf damit auf keinen Fall in Verbindung gebracht werden.«

Als Ian sich gerade die Reihe von Bedürftigen vorstellte, die vor seiner Tür Schlange stehen würden, wenn es sich herumsprach, dass eine Belohnung ausgesetzt war, und überlegte, wie er sich am besten aus der Affäre zog, klopfte es an der Tür.

Bianca trat ein und ging geradewegs auf Ian zu, wobei sie so tat, als habe sie den korpulenten Mann in dem Sessel gar nicht bemerkt.

»Mein Herr, wir warten mit dem Mittagessen schon eine Ewigkeit auf Euch, und ich für meinen Teil sterbe gleich vor Hunger. Gedenkt Ihr überhaupt nochmal essen zu kommen?«

Welch ein lächerlicher, fadenscheiniger Vorwand! Das durchschaute Ian sofort. Nicht nur, dass sie unmöglich den ungeheuren Koloss vor seinem Schreibtisch übersehen haben konnte, den Herren des Hauses zu Tisch zu bitten, fiel darüber hinaus auch in den Aufgabenbereich eines seiner dreißig Diener. Zweifellos, vermutete er ganz richtig, hatte sie von der Ankunft Valdo Valdones gehört und wollte nun wissen, worum es ging. Er fragte sich kurz, woher sie Valdo wohl kannte. Den Gedanken, er könne ihr Komplize sein, verwarf er allerdings sofort wieder. Auf jeden Fall war er ihr für ihr Erscheinen in diesem Moment dankbar, und so beschloss er, ihr ein wenig Genugtuung zu verschaffen.

»Ah, meine reizende Verlobte. *Carissima*, darf ich Euch Signor Valdo Valdone vorstellen?«

Bianca drehte sich um und heuchelte Überraschung, eine weitere Person im Raum vorzufinden. Dann knickste sie anmutig und streckte ihm die Hand zum Handkuss entgegen.

»*Piacere*«, lächelte sie höflich und nahm mit einem Blick jedes Detail von Isabellas Geliebten in sich auf. Er sah gar nicht so schrecklich aus, versuchte sie sich selbst glauben zu machen, nur seine Ohren waren zu klein. »Es tut mir so Leid, Eure Besprechung gestört zu haben. Wenn ich das gewusst hätte, wäre ich hier bestimmt nicht so hereingeplatzt.«

»Aber sicher nicht.« Ian zog ein schiefes Gesicht, zumal sie keine Anstalten machte zu gehen. Er bedauerte es, nicht in der Lage gewesen zu sein, Biancas Gesicht bei dem Knicks zu beobachten, um festzustellen, ob es irgendwelche Anzeichen für ein Wiedererkennen gab. Valdo jedenfalls schien trotz des kleinen Verbandes an ihrer rechten Schläfe von ihrer Schönheit so überwältigt zu sein, dass man vermuten konnte, er sei ihr vorher noch nie begegnet. Ian war trotzdem neugierig, wie sie auf sein nächstes Informationshäppchen reagieren würde. »Signor Valdone hat gerade angeboten, eine Belohnung von tausend Dukaten für Informationen über den Verbleib Eurer Freundin Isabella Bellocchio auszusetzen.«

Valdo schnappte wie ein Fisch ein paar Mal nach Luft. »A-a-aber, das sollte doch niemand wissen. Ihr sagtet, das bliebe unter uns.«

»Mein lieber Herr, meine Verlobte ist absolut vertrauenswürdig. Mann und Frau sind eins, oder?«

Bianca verschluckte sich beinahe, während Valdo widerstrebend nickte. »Ich vermute ja, na gut, wenn Ihr ihr vertraut.«

»Vollkommen«, sagte Ian mit Nachdruck. Bianca entging allerdings nicht die Ironie in seiner Stimme.

Nachdem sie ihr Bedürfnis, laut herauszulachen, endlich gebändigt hatte, sagte sie: »Das ist eine gute Idee, Signor Valdo. Ich bin in dieser Richtung selbst schon aktiv geworden. Ich habe am Donnerstag bekannt gegeben, dass ich für jeden, der etwas über unsere liebe Isabella weiß, dreitausend Golddukaten aussetze, und ich habe auch schon brauchbare Ergebnisse.« Sie hoffte zumindest, bis zum Abend brauchbare Ergebnisse zu bekommen. »Warum haltet Ihr Euer Geld nicht noch so lange zurück, bis meins aufgebraucht ist? Auf diese Weise vergeuden wir nicht unnötig unser Geld, indem jemand doppelt abkassiert.«

Für beide, sowohl für Valdo als auch für Ian, war ihre Mitteilung eine handfeste Überraschung, doch Valdo erholte sich als Erster davon. Als er sich mit einigen Schwierigkeiten aus seinem kleinen Sessel erhob, strahlte er vor Dankbarkeit.

»Madame, nur Eure Güte kann es mit Eurer Schönheit aufnehmen. Ich bin froh zu wissen, dass Isa, äh, Signorina Bellocchio eine Freundin wie Euresgleichen hat.« Valdo wandte sich Ian zu, der immer noch stocksteif an seinem Schreibtisch stand. »Ihr seid ein Glückspilz, d'Aosto, und ich beneide Euch. Ich danke Euch für Eure Unterstützung. Ich freue mich, Euch am Montag wieder zu sehen.« Unter tiefen Verbeugungen ging er rückwärts zur Tür und wurde von einem Diener Ians hinausbegleitet.

»Glaubt Ihr, dass er das aus einem Buch hat?«, fragte Bianca, um das unangenehme Schweigen, das sich über den Raum gelegt hatte, zu brechen.

»Was?«

»›Nur Eure Güte kann es mit Eurer Schönheit aufnehmen.‹ Ich habe das Gefühl, den Satz schon irgendwo einmal gelesen zu haben. Oder er ist mir deshalb so vertraut, weil er zu den scharmanten Komplimenten gehört, die Euch ständig wie Honig von den Lippen tropfen.«

Nicht er war verrückt, sie war es, schoss es Ian durch den Kopf, so verrückt wie der Südwind aus Afrika. Aber wenn er nicht aufpasste, würde er sich bald an dieser Krankheit anstecken. Flucht ist die sicherste Lösung, beschloss er und machte sich auf den Weg zu Tisch.

»Mein Herr«, rief Bianca ihm hinterher und heftete sich ihm an die Fersen. »Ich kam eigentlich nicht, um Euch zu Tisch zu rufen, müsst Ihr wissen. Wir haben zwar gewartet, ja, aber der wahre Grund war, dass ich Euch etwas erzählen, äh, fragen wollte.«

Ian sah sie durchdringend an, während sie die Treppe hinunterstiegen. »Wo habt Ihr Valdo Valdone kennen gelernt?«

»Bei den Fingern der Santa Maria, mein Herr, Ihr wart doch dabei. Ist Euer Gedächtnis so schwach, dass Ihr Euch schon nicht mehr an Dinge von vor zwei Minuten erinnern könnt – vorhin in der Bibliothek?«

»Verschont mich mit Eurer Unverschämtheit. Meint Ihr, Ihr könnt mir weismachen, dass Ihr ihm nie zuvor begegnet seid? Wieso seid Ihr dann unter diesem lächerlichen Vorwand hereingestürmt?«

»Das wollte ich Euch doch gerade erzählen«, brauste Bianca auf. »Ich bin Valdo Valdone noch nie begegnet, aber ich hatte schon von ihm in seiner Eigenschaft als Isabellas Gönner gehört, und ich war einfach neugierig, ihn kennen zu lernen. Für mich kam er durchaus als Verdächtiger in Frage, für Euch natürlich nicht, da Ihr ja schon wisst, wer der Mörder ist.«

»Wenn er sie getötet hat, warum bietet er dann eine Belohnung für Informationen über ihren Verbleib an, Informationen, die mich direkt zu ihm führen könnten?«, konterte Ian.

»*Bravo*, mein Herr! Sollen wir die gleiche Logik jetzt auf mich anwenden? Warum also sollte ich, wenn ich sie denn getötet hätte, eine Belohnung aussetzen?«

Ian schien sich geschlagen zu geben, aber nur kurz. »Er hat mich gebeten, die Belohnung zu verwalten, während Ihr selbst darüber bestimmt. Jede Information, die Ihr bekommt, wertet Ihr ganz allein aus, und dann verwendet Ihr das Belohnungsgeld, um andere zum Schweigen zu bringen. Außerdem habe ich nicht einmal einen Beweis dafür, dass Ihr tatsächlich eine Belohnung ausgesetzt habt. Es wäre nicht das erste Mal, dass Ihr mich bezüglich Eurer Aktionen anlügt.« Er sah sie triumphierend an.

»Wie kommt es nur, dass in so einem großen Schädel, hinter einer so hohen Stirn nur Platz für einen einzigen Gedanken ist?«

»Ist das alles, was Ihr zu Eurer Verteidigung vorbringen könnt? Fällt Euch nichts Besseres ein, als meine intellektuellen Fähigkeiten zu beleidigen?«

»Das tut Ihr schon selbst, mein Herr, wenn Ihr es nicht schafft, sie einzusetzen.« Bianca erwiderte Ians Blick und funkelte ihn böse an.

Doch dann machte sie sich plötzlich Vorwürfe. Sie hätte sich ohrfeigen können. Warum konnte sie ihre Zunge nie im Zaum halten, wenn er in ihrer Nähe war? Sie hatte keine Zeit für diese Wortspiele. Sie sollte lieber jede Minute, die ihr noch blieb, dazu nutzen, Ian ihre Unschuld zu beweisen und sie nicht damit vergeuden, ihn zur Weißglut zu treiben.

Auf der Türschwelle zum Speisesaal berührte Bianca Ians Arm, um ihn zurückzuhalten. »Ich möchte mich für meine Bemerkungen entschuldigen, mein Herr. Sie waren ungehörig.«

Ian wirbelte herum und starrte sie an. Er hätte nie zu träumen gewagt, dass jemals solche Worte über ihre Lippen kommen würden. Er wusste genau, dass das nur ein taktischer Schachzug sein konnte und war neugierig, was sich dahinter verbarg. Aber er lehnte es ab, einzulenken. Anstatt etwas zu sagen, neigte er nur leicht den Kopf, um anzuzeigen, dass er ihre Entschuldigung vernommen hatte.

Bianca öffnete schon die Lippen, um weiterzureden, sah dann aber das gefährliche Zucken um seine Mundwinkel und hielt noch einmal inne, um Mut zu schöpfen, bevor sie schließlich sagte: »Wie ich Euch schon sagte, kam ich in die Bibliothek, um Euch etwas zu fragen. Heute Morgen habt Ihr mir das Versprechen abgerungen, das Haus nicht ohne Abmeldung und auch nicht ohne Begleiter zu verlassen. Ich bitte deshalb um Eure Einwilligung für einen Ausgang heute Nachmittag, nach dem Mittagessen. Ich werde einen Begleiter mitnehmen, wen auch immer Ihr empfehlt.«

»Wo wollt Ihr hin?«

»Das möchte ich lieber nicht sagen, mein Herr.«

»Dann möchte ich lieber, dass Ihr nicht geht.« Wer wusste schon, mit wie vielen Säuglingen und obdachlosen Frauen sie zurückkommen würde.

»Verdammt, Ian.« Sie sprach seinen Namen aus, ohne sich dessen bewusst zu sein. »Wie soll ich beweisen, dass ich mir nichts zu Schulden habe kommen lassen, wenn ich die vier Wände dieses Palazzos nicht verlassen darf?«

Ian überlegte einen Augenblick. »Müsst Ihr dazu das Haus verlassen? Ist das absolut notwendig? Was habt Ihr denn zu erledigen? Handelt es sich wieder einmal um einen Besuch im Hurenhaus?«

»Nein, mein Herr, das ist Euer Revier«, lag ihr auf der Zunge, sprach es aber nicht aus, weil ihr plötzlich ein Gedanke kam.

Sie zog nachdenklich die Augenbrauen zusammen und sagte stattdessen: »Ihr habt gewonnen, mein Herr. Vielleicht kann ich die Sache ja auch hier erledigen. Sagt mir nur eins, wenn ich in Eurer Gegenwart ein Gespräch mit einem meiner Informanten führe und Ihr das Geld selbst aushändigt, hättet Ihr dann immer noch das Gefühl, ich verwende die Belohnung zum Zwecke der Bestechung?«

»Würde sich das Gespräch mit meinem Mittagessen überschneiden?«

»Nein, natürlich nicht. Ich werde es für heute Nachmittag vier Uhr ansetzen. Aber da Ihr gerade von Mittagessen sprecht, warum lasst Ihr mich eigentlich hier draußen so lange vor dem Speisesalon stehen. Beabsichtigt Ihr denn gar nicht zu essen? Ich für meinen Teil bin schon halb verhungert.«

14. Kapitel

Das Gespräch beim Mittagessen hatte sich schnell vom Feuer, über das es inzwischen keine neuen Erkenntnisse gab, auf die beiden neuen Hausbewohner, Marina und Cäsar, verlagert. Genauer gesagt, die anwesenden Tischgäste wollten jede Einzelheit über Biancas wunderbare Entbindung erfahren. Ian, an sich nicht gerade zart besaitet und darüber hinaus ziemlich ausgehungert, verging immer mehr der Appetit, als die blutrünstigen Einzelheiten mit unangenehmer Präzision beschrieben wurden. Als er um Gnade bat, einigte man sich darauf, das Gespräch auf den Abend nach dem Essen zu verschieben, eine Mahlzeit, an der Ian, das schwor er sich, ganz bestimmt nicht teilnehmen würde. Auch wenn die Speisen auf seinem Tisch mit zu den besten in ganz Venedig zählten, würde er sogar freiwillig auf seine Lieblingsgerichte verzichten, wenn sie von Anatomievorlesungen begleitet wurden.

Er war gerade dabei, Bianca diesen heiklen Punkt zum vierten, vielleicht auch zum vierzehnten Mal zu erklären, als ihr erwarteter Gast angekündigt wurde. Bianca war so erleichtert, dass die Diskussion über ihre Tischmanieren auf einen späteren Zeitpunkt verschoben wurde, dass sie aufstand und die Tür der Bibliothek öffnete, um ihn selbst einzulassen, wobei sie beinahe mit Giorgio zusammengestoßen wäre, der von der anderen Seite der Tür gerade dasselbe tun wollte.

Seinem Aussehen nach hätte man in Enzo eher einen adeligen Müßiggänger vermutet, als den Butler und Haushälter von Isabella. Er war nach der neuesten Mode – vielleicht sogar noch etwas übertriebener – gekleidet. An seinem maßgeschneiderten Rock baumelten goldene Münzen, seine Hose war mit einer Reihe komplizierter Knoten verschlossen, von denen Bianca übrigens nur mit Mühe den Blick lassen konnte, seine langen Haare fielen ihm offen über die Schultern, sein Kinn zierte ein sorgfältig gestutzter Spitzbart … Er begrüßte sie halb auf Französisch, halb auf Italienisch mit leichtem französischen Akzent, eine Attitüde, die er sich von einem Armeesergeanten abgeschaut hatte, den er einst bei dem Versuch, sich als Mitglied eines vergessenen Zweiges der königlichen Valois-Linie auszugeben, kennen gelernt hatte. Alles in allem war sein Auftritt, wie Bianca es später beschrieb, einfach umwerfend.

In der Tat schafften weder sie noch Ian es, irgendein Wort herauszubringen. Der Mann machte vor jedem von ihnen eine formvollendete Verbeugung und nahm geziert in dem Sessel, den vorher Valdo Valdone belegt hatte, Platz. Während seine Gastgeber ihn offen anstarrten, ließ er seinen Blick nonchalant über die eleganten und teuren Möbel des Raums schweifen. Hier war Gold zu holen, überlegte er im Stillen und leckte sich ungeniert die Lippen.

In ihrem Bemühen, Ian von ihrer Unschuld zu überzeugen, hatte Bianca sich einverstanden erklärt, dass Ian die Befragung durchführte. Doch so wie sich die Dinge anließen, würde sie sich wohl einschalten müssen. Die Skepsis und der Unmut, die sich bei Enzos Eintreten auf seinem Gesicht widergespiegelt hatten, verstärkten sich noch, als er den Mann näher unter die Lupe nahm. Schließlich meinte er ungläubig: »Ihr seid Isabellas Hausbursche?«

Enzo lächelte. Es war ein eher verschlagenes, denn anziehendes Lächeln. »Ich ziehe die Bezeichnung *Capitaine* vor, *Monsieur.* Das ist weit ausdrucksvoller, *non?*«

»Gibt es irgendetwas Spezielles, was Ihr uns mitteilen möchtet?« Ian hoffte, die Unterredung würde schnell beendet sein, weil er die Schreie des kleinen Cronos noch fast erträglicher fand als den schrecklichen Akzent dieses Mannes.

»Nein, *mon Comte,* nichts Spezielles, aber ich habe das Gefühl, ich könnte Euch möglicherweise eine Hilfe sein. Ich kannte die reizende *Mademoiselle* Isabella sehr gut und mir ist zu Ohren gekommen, dass Ihr an Informationen über sie interessiert seid. Also bin ich hergekommen und biete Euch meine Dienste an. Vielleicht gibt es irgendwelche Fragen, die ich beantworten kann?«

»Wie lange habt Ihr für Isabella gearbeitet? Wie seid Ihr an die Stelle gekommen?«

»Ich bin Isabellas *Capitaine,* seit sie in das entzückende Haus gezogen ist, das sie jetzt bewohnt. Aber wir kannten uns schon vorher, noch aus den Tagen, als ihr Leben noch nicht so rosig war, *vous comprennez?*«

»Seid Ihr mit ihr zusammen aufgewachsen? Ich meine, es ist offensichtlich, dass Ihr viel Zeit in Frankreich verbracht habt« – Ian versuchte seine Lüge glatt über die Zunge zu bringen –, »aber wo seid Ihr geboren?«

Enzo war sichtlich erfreut über das, was er für ein Kompliment hielt. »Ihr seid offenkundig ein Mann mit Scharfblick, *mon Comte.* Deshalb werde ich es Euch erzählen. Es ist eine traurige Geschichte. Meine Familie war –«

Ian sollte augenscheinlich mehr für sein Geld bekommen, als ihm lieb war. »Ich würde nicht im Traum daran denken, meine Nase in Eure traurigen Familienangelegenheiten zu stecken. Sagt mir nur, kanntet Ihr Isabella schon aus ihrer Jugend?«

»Wir sind uns begegnet, *oui.*« Enzo – enttäuscht über die Unterbrechung seines Erzählflusses – lehnte sich schmollend in seinem Sessel zurück.

»Kennt Ihr ihren Vater? Seid Ihr ihm schon einmal begegnet? Habt Ihr ihn kürzlich gesehen?«

»*Son père?* Er ist seit zehn Jahren tot!«

Ian seufzte. Zumindest hatte er jetzt einen winzigen Informationsfetzen von diesem Mann bekommen. Er spürte Biancas neugierigen Blick auf sich, weigerte sich aber, sie anzusehen. Stattdessen fuhr er mit der Befragung fort.

»Wisst Ihr wo Isabella hingegangen ist oder bei wem sie ist?«

»Non. Ich habe von ihr nichts gehört, *rien.* Aber das ist nicht ungewöhnlich. Sie ist eine Frau«, sagte er in einem Ton, als sei das ein ausreichender Beweis.

»Sie ist also früher schon ab und an verschwunden, ohne eine Nachricht zu hinterlassen?«

»Mais oui. Sie ist sehr auf ihr Privatleben bedacht. Es gibt bei ihr vieles, wovon niemand eine Ahnung hat, nicht einmal ihr *cher ami* Enzo. Ihr wisst, dass sie eigentlich nie eine Zofe oder sonstige Diener haben wollte, weil sie ihre Privatsphäre wahren wollte. Sie ging meistens ihre eigenen Wege.«

»Hättet Ihr nicht mitbekommen müssen, dass sie wegging?«

»Non, nicht unbedingt. Wisst Ihr, dieses superbe Haus besteht eigentlich aus zwei getrennten Häusern, es hat also viele Eingänge. Zwei im Erdgeschoss, und zwar einen vom Kanal her und dann noch einen Seiteneingang, wie wir es nennen, von der Straße her, der aber fast nie benutzt wird. Von dort aus gelangt man über eine Treppe in die oberen Stockwerke. Aber es gibt von der Straße aus noch einen weiteren Eingang, die Vordertür, die direkt in den ersten Stock führt, direkt in Isabellas Gemächer.«

»Wollte sie seit ihrem Verschwinden irgendjemand besuchen?« Ian beobachtete ihn.

»Ihr, *mon Comte,* zum Beispiel«, Enzo lächelte wieder dieses seltsame Lächeln. »Und ihr Gönner und dann natürlich die Besucher mit stehenden Terminen.« Enzo gluckste ob seines saloppen Wortspiels in sich hinein, zumal nur wenige von Isabellas regelmäßigen Kunden ihre Zeit in Isabellas Haus im Stehen verbrachten.

»Könnt Ihr mir den Namen ihres Gönners und die Namen ihrer regelmäßigen Kunden nennen?«

Enzo schüttelte den Kopf in einer Weise, als täte es ihm

wirklich aufrichtig Leid. »Das würde gegen meinen Ehrenkodex verstoßen.«

Ian sah ihn verächtlich an und fragte sich im Stillen, was der Ehrenkodex eines Zuhälters wohl wert war. »Haben auch irgendwelche Frauen sie besucht?«, fragte er schließlich.

Diesmal richtete Enzo sein unangenehmes Lächeln auf Bianca. »Die reizende *Mademoiselle* Salva natürlich.«

»Und wer sonst? Was ist mit Signora Valdone? Habt Ihr sie irgendwann einmal in ihrem Haus gesehen?«

Enzo zögerte einen Augenblick, um zu überlegen, ob er sich dumm stellen oder die Wahrheit erzählen sollte. »Ich habe Signora Valdone nie im Haus gesehen, nein. Aber ich bin ihr woanders begegnet. Ihr wisst ja, dort wo reiche Frauen wie sie gerne hingehen.«

»Ich weiß das nicht. Wo gehen sie denn hin?«, mischte sich Bianca ein, weil plötzlich ihre Neugier geweckt wurde.

Enzo sah sie mitleidig an. »Es gibt Frauen mit – wollen wir es um der Frauen willen einmal so ausdrücken – mit ungewöhnlichen Bedürfnissen. Sie gehen dorthin, wo man ihnen in dieser Beziehung entgegenkommt.«

Ian fühlte sich abgestoßen, doch Bianca fesselte der Gedanke. Ohne nachzudenken, fragte sie: »Könntet Ihr Euch nicht genauer ausdrücken?«

»Hat das vielleicht irgendetwas mit Isabella zu tun?«, fragte Enzo zweifelnd. »Isabella gehört nicht zu denjenigen, die sich etwas daraus machen, es mit Tieren zu treiben oder Spaß an Peitschenschlägen und Beschimpfungen haben. Ihr versteht«, Enzo blickte Ian an, »sie ist rein.«

Wenn ihm jetzt noch jemand etwas erzählen wollte, was er bereits wusste, dann würde er sich wahrscheinlich mit gefletschten Zähnen auf ihn stürzen. Im Augenblick hatte Ian wirklich Mühe, seine wachsende Frustration in den Griff zu bekommen. Seine Fragen brachten ihn in keiner Weise weiter, und wenn er die herausgeputzte Gestalt vor sich betrachtete, bekam er Kopfschmerzen. Ganz zu schweigen von Bianca, die mehr an sexueller Perversion interessiert zu sein schien als an der Beschaffung von Informationen.

Sie hatte während Ians Befragung die ganze Zeit regungslos am Schreibtisch gestanden. Jetzt runzelte sie leicht die Stirn. Als Ian sie fragte, ob sie ihrem Gast noch irgendwelche Fragen stellen wollte – »legitime Fragen«, hatte er in kaltem Ton gesagt –, brauchte sie einen Augenblick, um aus ihrer Träumerei wieder aufzutauchen.

»Ja, ja natürlich.« Sie durfte nicht vergessen, Ian danach zu fragen, was man mit Peitschen machte, überlegte sie noch kurz, bevor sie ihre Gedanken wieder auf die vor ihr liegende Aufgabe richtete. Sie wandte sich von ihrem Verlobten ab und blickte Enzo an. »Ist es möglich, dass jemand ohne Euer Wissen das Haus betritt?«

»Aber sicherlich! Ich habe Euch doch gesagt, dass es drei Türen gibt. Jeder von Isabellas regelmäßigen Kunden hat seinen eigenen Schlüssel. Isabella wollte mich nicht damit belästigen, ständig Türen auf- und abzuschließen.« Enzo schüttelte es bei dem Gedanken, sein Leben womöglich mit derart profanen Dingen verbringen zu müssen.

»Ihr habt natürlich eine Menge weitaus wichtigerer Dinge zu tun, das ist mir klar.« Bianca nickte mitfühlend und begann zwischen dem Schreibtisch und seinem Sessel hin- und herzugehen. Ian, der zunehmend nervös wurde, wollte ihr schon befehlen, mit ihrem Spaziergang aufzuhören, als sie plötzlich stehen blieb und Enzo ansah. »Wenn die Leute in das Haus kommen, nehmen sie dann für gewöhnlich den Vordereingang oder die Tür, die direkt in Isabellas Wohnung führt, ich meine die Seitentür?«

Enzo schien einen Augenblick nachzudenken. »Die Leute, die *sie* besuchen kommen, benutzen die Vordertür.«

Bianca sprang sofort auf seine Worte an. »Gibt es denn Besucher, die nicht *ihretwegen* kommen?«

»*Oui*.« Enzo lächelte wieder, und Bianca hatte das ungute Gefühl, dass *er* wohl eher *sie* auf diese Fährte gelockt hatte als umgekehrt. »In letzter Zeit trifft sich öfter eine Gruppe von Männern – immer dieselben – im Empfangssalon, das ist der Raum direkt unter Isabellas Zimmer. Aber was ich jetzt sage, was ich Euch jetzt erzähle, muss unter uns bleiben, ja?« Er blickte erst Bianca an und dann Ian und wartete, bis jeder von ihnen zustimmend genickt hatte. »Ich sage es Euch ganz offen, ich konnte sie von Anfang an nicht leiden.

Sie machen mich misstrauisch, weil sie immer den Seiteneingang benutzen, versteht Ihr? Und jedes Mal muss Isabella sie mit einem Schleier vor dem Gesicht einlassen. Aber dann gehen sie schnurstracks in den Empfangssalon und schließen die Tür hinter sich. Meine Herrin darf nicht dabei sein. Nicht nur, dass ich misstrauisch bin, es tut mir auch für sie weh, versteht Ihr?«

Bianca warf ihm erneut einen mitfühlenden Blick zu. »Habt Ihr mit Isabella je darüber gesprochen? Habt Ihr ihr gegenüber Euer Misstrauen erwähnt?«

Noch bevor sie mit ihrem Satz zu Ende war, nickte er heftig. *»Bien sûr!* Ich habe sie gefragt, warum sie sich immer so einschleichen wie Ungeziefer und sich nicht wie Männer benehmen, und sie sagte mir, dass sie es für sie tun, weil sie nicht will, dass der alte Val-, ich meine ihr Gönner, etwas von diesen Zusammenkünften erfährt.«

»Hat Euch diese Antwort befriedigt?«, Bianca sah ihn ungläubig an.

»Anfangs nicht, nein. Aber dann … was jetzt kommt, ist sehr privat, ja? Ihr habt mir Euer Wort gegeben, nicht wahr? Ich werde die freudige Botschaft mit Euch teilen. Vor drei Wochen teilte mir meine teure Herrin Isabella mit, dass sie heiraten werde! Einen bedeutenden Lord, und dann würden wir in einem Palast leben. Etwa zum selben Zeitpunkt, als sie mir das erzählte, hörten die Besprechungen plötzlich auf. Ich dachte mir also, diese Besprechungen dienten dem Zweck, ihrem Lord die nötigen Mittel zu verschaffen, um sie heiraten zu können. Und das sollte ihr Gönner natürlich nicht wissen.«

»Und Ihr seid sicher, dass es sich um Besprechungen handelte, und nicht um Treffen, bei denen man einem verbotenen Glücksspiel frönt?« Bianca wollte sichergehen.

»Mademoiselle, ich weiß, wie es sich anhört, wenn man Karten spielt und ich weiß, wie sich eine Besprechung anhört. Einer wie ich kann das sehr wohl unterscheiden.« Enzo klang fast beleidigt. »Ich versichere Euch, das waren Besprechungen.«

»Habt Ihr irgendeine Ahnung, worum es bei diesen Besprechungen ging?« Ian forderte wieder sein Recht ein, selbst die Fragen zu stellen. Er beobachtete Enzo aufmerksam.

Enzo legte den Kopf schief. »Da erzähle ich Euch, dass sie meine Herrin ausgeschlossen haben, und Ihr glaubt im Ernst, sie hätten mich einbezogen? Nein«, schnaubte er verächtlich, »ich weiß über ihre Geschäfte nicht Bescheid. Und es interessiert mich auch nicht. Es reicht mir zu wissen, dass der Ehemann meiner Herrin davon profitieren wird.«

»Wollt Ihr uns nicht die Namen der Männer nennen, die an den Besprechungen teilgenommen haben?«, fragte Ian.

Enzo sagte nichts, er saß nur da und lächelte Ian an.

»Ich vermute aber doch«, sagte Ian, nachdem das Schweigen fast eine Minute angedauert hatte, »Ihr könntet mir wenigstens sagen, wann diese Treffen stattgefunden haben? Oder sogar, wann sie aufgehört haben.«

»Ihr behauptet, Ihr seid an Informationen über meine Herrin interessiert, aber Ihr fragt mich die ganze Zeit nur über diese Männer und diese Treffen aus. Ich finde das nicht in Ordnung, sich in die Angelegenheit anderer Leute einzumischen. Ich glaube, ich habe einen Fehler gemacht, Euch zu vertrauen.« Enzo ließ seinen Blick sorgenvoll von einem zum anderen schweifen und stand auf. »Ich kam her, um Euch zu helfen, aber ich sehe jetzt, dass das falsch war. Ich werde jetzt mein Geld einkassieren und gehen.«

Ian war schon im Begriff, sich auf einen Streit mit ihm einzulassen, doch Bianca ergriff als Erste das Wort. »Ohne Namen und ohne Daten sind Eure Informationen nur wenig hilfreich für uns. Wir geben Euch jetzt fünfhundert Dukaten. Wenn Ihr Eure Meinung ändern solltet, können wir etwas drauflegen, eine ganze Menge sogar. Sofern Euch nicht jemand mit den Informationen zuvorkommt.«

Einen Moment lang konnte Enzo sich nicht entscheiden. Mit fünfhundert Dukaten ließe es sich eine Weile ganz gut leben, besser und unabhängiger aber noch mit dreitausend Dukaten. Oder mit sechstausend Dukaten. Doch irgendeine Bemerkung in diesem Gespräch hatte ihn plötzlich an einen anderen ebenso solventen Käufer für seine Informationen denken lassen, und den wollte er erst aufsuchen, bevor er einen Exklusivvertrag abschloss. Da er allein über das Wissen verfügte, das er verkaufen wollte, wusste er auch, dass er kein Risiko einging, wenn er noch einen Tag abwartete.

»Ich behalte das im Kopf.« Er verbeugte sich steif und nahm das Geld an sich, das Ian ihm über den Schreibtisch zuschob. Auf Biancas Geheiß erschien Nilo und geleitete Enzo hinaus. Anschließend ließ Bianca sich in den Sessel fallen, den Enzo gerade geräumt hatte, und blickte Ian an.

»Also?«, war alles, was ihr zur Eröffnung des Gesprächs einfiel.

»Also?«, wiederholte Ian wie ein Echo.

»Also, habe ich ihn bestochen? Habe ich irgendwelche Informationen verschleiert?«

»Es gab nichts, was sich zu verschleiern lohnte.« Seine Stimmte klang verächtlich. »Bestimmt nichts, was fünfhundert Golddukaten wert wäre.«

»Der Meinung bin ich ganz und gar nicht, mein Herr. Ich denke, wir kennen jetzt das Mordmotiv. Oder zumindestens haben wir ein mögliches Mordmotiv.«

Ian wollte nicht zulassen, dass sie ihm sagte, was Sache war. »Ihr meint, Enzo hat es getan, weil seine Hosen ihn scheuerten.«

»Wie könnt Ihr Eure Witze darüber reißen, mein Herr, wenn mein Leben an einem seidenen Faden hängt?« Biancas Ton war ernster, als er es gewohnt war. »Ich weiß, ich bin für Euch eher eine Plage als eine Freude, aber Ihr könnt doch nicht so gefühllos sein, über mein Schicksal zu scherzen, ein Schicksal, das in Euren Händen liegt. Ich könnte das nicht.«

Bianca stand auf und fing an hin- und herzugehen. Die Uhr schlug gerade fünf. »Ihr habt mir klar zu verstehen gegeben, dass Ihr Euch durch nichts von meiner Unschuld überzeugen lasst, es sei denn, ich nenne Euch den Mörder beim Namen. Selbst die alten Barbaren hatten eine Rechtsprechung, die gerechter war als das! Aber das nur nebenbei. Ich habe Eure Herausforderung angenommen – ich hatte ja keine andere Wahl – und jetzt bleiben mir keine fünf Tage mehr, um dieser Aufgabe gerecht zu werden.«

Jetzt kam der schwierigere Teil. »Ich weiß, wenn ich Euch danach fragen würde, was in diesem Raum zwischen Euch und Signore Valdone gesprochen worden ist, würdet Ihr mir höhnisch ins Gesicht lachen. Nicht anders wäre es, wenn ich Euch darum bäte, mir irgendetwas davon zu verraten, was Ihr mit Sicherheit inzwischen herausgefunden habt. Aber was wäre, wenn ich Euch spezifische Fragen stellte, die allein auf meinen eigenen Mutmaßungen basieren? Fragen, auf die Ihr nur mit ja oder nein zu antworten bräuchtet. Würdet Ihr sie beantworten?«

Das selbstverständliche Vertrauen, das sie in seine Ermittlungsfähigkeiten setzte, rührte Ian, und er dachte gar nicht daran, es zu unterhöhlen. »Das hängt von der Frage ab.«

Ihre Blicke trafen sich. Es waren dieselben Worte, die er in der Nacht zuvor unter ganz anderen Umständen gesagt hatte. Einen winzigen Augenblick lang drohten die Erinnerungen an die vergangene Nacht und an jenen Morgen Bianca zu übermannen und ihr rationales Denken fortzuschwemmen. Bei den Ohren der Santa Felicia, wie konnte er ihr das antun? Sie schloss kurz die Augen, um sich wieder zu sammeln, atmete kräftig durch und setzte wieder an.

»Ich habe eine Theorie, aber bevor ich sie weiterverfolge, würde ich gern wissen, ob Ihr irgendwelche Informationen habt, die ihr entgegenstehen.«

»Fahrt bitte fort«, sagte Ian großzügig. Er fand langsam Gefallen daran, zu verfolgen, wie Biancas Verstand arbeitete. Wenn das alles hier zu Ende war, würde er vielleicht ein Buch über weibliche Unzurechnungsfähigkeit schreiben.

Bianca hörte auf, hin- und herzuwandern und setzte sich hin. »Habt Ihr irgendeinen Hinweis darauf, dass Isabellas Vater in Wahrheit gar nicht tot ist und seine Hände bei diesem Geschäft mit im Spiel hat?«

Ian schien verwirrt. »Nein«, antwortete er.

»Wisst Ihr irgendetwas, was Euch zu der Annahme führt, dass Signore Valdone darin verwickelt ist?«

Dieses Mal nahm Ian sich länger Zeit, um zu antworten. »Ja und nein. Nach dem, was ich jetzt gerade gehört habe, müsste ich Nein sagen.«

»Verdächtigt Ihr sonst noch jemanden?« Als Bianca sah, dass Ian auf seinem Sessel nach vorne rutschte und dieses gefährliche Zucken wieder auf seinem Gesicht erschien, beeilte sie sich rasch hinzuzufügen: »Außer mir natürlich.«

Er setzte sich wieder zurück und wirkte enttäuscht. »Nein.«

»Sehr gut, bleiben noch die Besprechungen, die Enzo erwähnt hat. Dass Isabella engstirnig, eifersüchtig und hochnäsig war, ist keine Erfindung von mir. Halb Venedig würde mir darin zustimmen, notfalls sogar Enzo. Ich habe selbst gehört, wie er sich bei anderen Gelegenheiten in dieser Richtung geäußert hat.«

Bianca hob eine Hand, um Ian daran zu hindern, sie zu unterbrechen. »Angesichts solcher prägnanten Charaktereigenschaften, für wie wahrscheinlich haltet Ihr es da, dass Isabella einfach so Leute in ihr Haus lassen würde, ohne sie zu beobachten beziehungsweise ohne zumindest ihre Gespräche zu belauschen.«

»Das ist keine Frage, die man mit ›ja‹ oder ›nein‹ beantworten kann.«

»Ich würde von Euch natürlich nie verlangen, mir entgegenzukommen. In Ordnung, ich werde es Euch sagen. Das erscheint höchst unwahrscheinlich. Und ebenso unwahrscheinlich ist es wohl, dass Enzo nicht gelauscht hat. In der Tat, sagte er auch etwas in der Richtung.«

»War das bei demselben Gespräch, als er sagte, Isabella sei engstirnig?« Aus Ians Tonfall war deutlich zu hören, dass er der Meinung war, sie hatte die ganze Sache nur erfunden.

Bianca blieb geduldig. »Nein. Es war hier, gerade eben, Ihr habt es auch gehört. Isch weiß, wie es sisch anhört, wenn man Karten spielt, und isch weiß, wie sisch eine Besprechung anhört«, äffte Bianca ihn nach. Es klang noch grässlicher als der Originalton. »Aber wenn Ihr genauer darüber nachdenkt, mein Herr, dann gibt es keinen Unterschied zwischen dem Geräusch von ausgespielten Karten – Männerstimmen, Münzen, Papiergeraschel – und den Geräuschen von geschäftlichen Transaktionen, es sei denn, man bekommt den Inhalt des Gesprächs mit.«

Warum verblüffte ihn ihre Intelligenz nur immer wieder aufs Neue, fragte sich Ian insgeheim. Alles deutete darauf hin, zumindest unter einem gewissen, begrenzten Blickwinkel, dass sie es wahrscheinlich geschafft hatte, einen Mord zu begehen, ohne jegliche verwertbare Spuren zu hinterlassen, ohne sich ihm gegenüber einen einzigen Flüchtigkeitsfehler zu leisten, und das trotz, na ja, trotz aller Intimität, die er aufgebaut hatte. In den fünf Tagen, die sie nun schon unter seinem Dach lebte, war es ihm bei aller Anstrengung nicht gelungen, sie in eine Falle zu locken. Sein Verstand hatte noch nie auf solchen Hochtouren gearbeitet wie in dieser letzten Zeit. Es war zu schade, dass sie übergeschnappt war, sonst wäre es ein Vergnügen gewesen, sich auf geistiger Ebene mit ihr zu messen. Ihre Schlussfolgerungen setzten ihn immer wieder in Erstaunen. Sie waren überzeugend einfach, entbehrten nicht der Logik und überraschten ihn dennoch immer wieder aufs Neue. Das nötigte ihm höchsten Respekt ab, was er aber auf keinen Fall zugeben wollte.

»Klingt weit hergeholt. Wollt Ihr damit behaupten, dass Isabella und Enzo beide an den Besprechungen teilgenommen haben?«

»Nein, keineswegs. Ich sehe keinen Grund, an dem zu zweifeln, was Enzo in Bezug auf Isabellas Ausschluss gesagt hat. Im Gegenteil, darauf baut sich der zweite Teil meiner Theorie auf.«

»Wie kommt Ihr dann darauf, dass sie wissen, was besprochen wurde? Ich wusste nicht, dass Kurtisanen allwissend sind.«

»Ian tat Bianca Leid. Mit seinem Denkvermögen ging es endgültig den Bach hinunter. Sie fragte sich nur, ob das das Alter war oder nur die Erschöpfung. Hoffentlich das Letztere. »Warum könnten Isabella und Enzo nicht heimlich gelauscht haben, durch eine Geheimtür oder ein Guckloch?«

»Habt Ihr Kenntnis davon?«

»Nein, mit Sicherheit nicht, aber es würde mich nicht überraschen, wenn es etwas Derartiges gäbe. Euer Haus ist nicht das Einzige mit Geheimtüren und versteckten Alkoven. Jedes alte Haus in Venedig verfügt wahrscheinlich über derlei Dinge.«

»Das ist kein Argument«, blaffte Ian. »Ich kann es wirklich kaum erwarten, zu erfahren, worauf Ihr Eure Theorie sonst noch stützt.«

»Euer Vertrauen hat mich so ermutigt, dass ich es mir anders überlegt habe. Ich sehe keinen Grund, warum ich Euch überhaupt noch irgendetwas erzählen sollte.« Biancas Augen funkelten vor Zorn. Sie stand auf, um zu gehen.

Ian war enttäuscht. Er hatte ihre fantasiereichen Ausführungen genossen. Ihm gefiel, wie sie ihre Nase beim Nachdenken krauste, und er war auch irgendwie daran interessiert, was sie zu sagen hatte. Er musste sich schnell etwas einfallen lassen, sich irgendeinen Trick ausdenken, mit dem er sie zwingen konnte zu bleiben. »Wenn Ihr mir den Rest Eurer Theorie erzählt, werde ich Euch sagen, ob ich irgendetwas weiß, was dem entgegenspricht.«

Sie wusste nicht recht, was sie tun sollte. Ians brüske Zurückweisung ihrer Überlegungen war unendlich deprimierend, und sie glaubte nicht, dass ihre Psyche das noch viel länger verkraften konnte. Auf der anderen Seite war das möglicherweise der einzige Weg für sie, an die Informationen heranzukommen, die Ian inzwischen zusammengetragen hatte.

»Meine Theorie geht davon aus, dass Isabella gelauscht hat. Wenn Ihr nicht willens seid, das zu akzeptieren, dann kann ich auch gleich aufhören.«

»Ich akzeptiere es um der Beweisführung willen.« Ian war sehr höflich.

»Was immer sie zu besprechen hatten, es war delikat genug, um ihre Gastgeberin auszuschließen und um einen Ort aufzusuchen, wo man sie nicht aufspüren konnte. Ich könnte mir denken, dass Isabella beschloss, aus dem, was sie mithörte, Kapital zu schlagen. Ich glaube, sie benutzte die Informationen, um einen der Gesprächsteilnehmer zu erpressen. Jedoch nicht auf die konventionelle Art, das heißt nicht für Geld. Wenn es nur das gewesen wäre, wäre sie wahrscheinlich nicht umgebracht worden.«

»Was gibt es denn sonst noch für Möglichkeiten einer Erpressung? Schmuck, Möbel, Luxusartikel, das kommt alles auf das Gleiche heraus. Und das wäre vermutlich nicht viel mehr gewesen, als er sowieso schon für ihre Dienste bezahlte.«

»Nicht alle Kunden sind so großzügig wie Ihr, mein Herr«, schoss Bianca, erbost über seine Unterbrechung, zurück und sah mit Genugtuung, wie er zurückzuckte.

»Und außerdem ist Eure Definition von Erpressung zu eng gefasst. Enzo sagte uns doch, dass die Treffen zur gleichen Zeit aufhörten, als seine Herrin ihre Hochzeitspläne bekannt gab. Die Hochzeit mit einem Adligen. Wie Ihr wisst, heiraten Adlige niemals Kurtisanen. Es erscheint wahrscheinlich, nein, fast sicher, dass Isabella ihre Informationen dazu benutzte, einen der Männer in ihrem Haus zu einem Eheversprechen zu zwingen.« Als Bianca am Ende ihrer Erklärungen angelangt war, spiegelte ihr Gesicht helle Begeisterung wider. Ian, der immer noch an ihrer Spitze zu knabbern hatte, befand, dass sie viel zu selbstzufrieden wirkte.

Er schüttelte den Kopf und sah sie mitleidig an, ähnlich wie ein älterer und klügerer Mann einen zwar viel versprechenden, aber fehlgeleiteten Schüler ansieht. »Das klingt ja alles ganz schön, aber man kann seine Schlussfolgerungen nicht von Zufällen ableiten.«

Wenn ihre Theorie auch nicht hieb- und stichfest war, noch nicht, so verdiente sie aber gewiss nicht Ians Spott. Doch schlimmer als das, *was* Ian sagte, war noch die Art und Weise, *wie* er es hervorbrachte. Für Bianca war es wie ein Schlag ins Gesicht. Deshalb beschloss sie, es ihm heimzuzahlen.

»Ich hätte wissen müssen, dass Ihr Crispin schützen würdet.«

»Crispin? Meinen Bruder?«

»Natürlich. Die Beschreibung, die Enzo uns von Isabellas Verlobten gegeben hat, passt perfekt auf Crispin. Er ist ein bedeutender Lord, und er lebt in einem großen Haus. So wie ich Crispin kenne, wäre er umsichtig genug, bei seiner Heirat Euch auch gleich noch einen Schlosshauptmann, einen *Capitaine*, mitzubesorgen. Ihr habt ja keinen.«

Ian gefiel ganz und gar nicht, was sie da sagte. Auch wenn er sicher wusste – zumindest fast sicher –, dass Crispin nicht in die Angelegenheit verwickelt war, hatte das Bild dieses Gecken Enzo, wie er in seinem Haus herumstolzierte, in seiner Vorstellung bereits unangenehm konkrete Formen angenommen und sich verfestigt. »Crispin hat mit Isabellas Ermordung nichts zu tun«, sagte er fest, allerdings nicht nur, um Bianca zu überzeugen, sondern mehr noch, um sich selbst zu beruhigen, dass Enzo mit ihm nicht unter einem Dach leben würde.

»Seid Ihr sicher, mein Herr? Wirklich ganz sicher, dass Crispin sich nicht mit Isabella verlobt hat?« Bianca schaute ihn mit großen Augen unschuldig an.

»Natürlich. Das hätte er mir erzählt.« Ian hoffte überzeugter zu klingen, als er sich fühlte.

Biancas Unschuldsmiene machte einem Ausdruck ungläubigen Erstaunens Platz. »Dass er mit einer Kurtisane verlobt war? Und wie hättet Ihr dann reagiert?«

»Das steht hier überhaupt nicht zur Diskussion. Crispin ist weder mit Isabella, noch mit irgendeiner anderen Frau verlobt.«

»Vielleicht jetzt nicht mehr, jetzt, wo Isabella tot ist. Aber vorher? Könnt Ihr das beweisen?«

»Signorina, Ihr geht entschieden zu weit.« Ians Stimme verströmte eine derartige Kälte, dass es für jeden Eisbären eine Freude gewesen wäre.

»Nicht weiter als Ihr, mein Herr.« Bianca passte sich seinem eisigen Ton an. »Es erscheint nur recht und billig, dass ich von Euch dasselbe verlange, was Ihr von mir verlangt, einen Beweis nämlich. Ruft ihn her und stellt ihm die Frage. Andernfalls muss man wohl davon ausgehen, dass Ihr Euch doch nicht so sicher seid.«

Er hätte sie in der Gondel, als er die Chance dazu hatte, doch erwürgen sollen. Jetzt hatte sie ihn in der Falle und er fühlte sich elend. Ihm war keineswegs danach, ihrem Wunsch nachzukommen, aber sein Gefühl für Gerechtigkeit sagte ihm, dass er klein beigeben musste. Er zog an dem Klingelzug neben seinem Schreibtisch und bat den sofort erscheinenden Diener, seinen Bruder in die Bibliothek zu holen.

Ian und Bianca hüllten sich in eisiges Schweigen, während sie auf Crispin warteten. Sie funkelten sich böse an, wie zwei Raubkatzen auf dem Sprung. Die gespannte Atmosphäre traf Crispin wie ein Schlag, als er das Zimmer betrat, sodass er versucht war, sich auf dem Absatz umzudrehen und wegzulaufen. Doch er verbeugte sich artig, lächelte Bianca an, nickte Ian zu und bot seine Dienste an.

»Bist zu verlobt und gedenkst zu heiraten?« Ian gab ihm nicht mal Zeit, seinen Satz zu beenden.

Crispin war ehrlich konsterniert. »Nicht dass ich wüsste. Weißt du vielleicht etwas, was ich nicht weiß? Hat Mutter etwa eine dieser entsetzlichen Verlobungen für mich arrangiert, als ich noch in der Wiege lag, so wie es Tante Renata mit Miles gemacht hat?«

»Zufrieden?« Ian sprach nicht zu Crispin, sondern zu Bianca, die jedoch den Kopf schüttelte.

Bianca hielt ihre Augen weiter auf Ian gerichtet. »Was Euer Bruder im Klartext wissen wollte: Seid Ihr jemals mit Isabella Bellocchio verlobt gewesen?«

»Sie ist eine Kurtisane! Ich könnte sie gar nicht heiraten, selbst wenn ich wollte ...« Crispin schüttelte ungläubig den Kopf. »Das würde einem Mann, weiß Gott, nur ein unglückliches Leben einbringen.«

»Jetzt bin ich zufrieden.« Bianca lehnte sich selbstgefällig in ihrem Sessel zurück. Ian tat es ihr gleich. Beide sahen sich an und versuchten sich in ihrer Selbstzufriedenheit zu übertrumpfen, bis Crispin sie unterbrach.

»Würde mir einer von euch vielleicht erklären, was hier vorgeht?«

Ian fertigte ihn schroff ab: »Nein. Und bitte erwähne dieses Gespräch niemandem gegenüber.«

»Was für ein Gespräch? Was könnte ich denn ausplaudern? Dass ihr beide euch das Wort ›zufrieden‹ zugezischt habt?« Crispin begann zu lachen, hielt aber sofort inne, als er den unfreundlichen Gesichtsausdruck bei beiden bemerkte. »Kann man euch zwei ohne Risiko allein lassen?«

Ian knurrte irgendetwas und Crispin ging zur Tür. Aber bevor er noch die Hand auf den Türknauf gelegt hatte, ging sie bereits von allein auf, und Francesco und Roberto standen vor ihm.

»Ich an Eurer Stelle würde dort nicht hineingehen.« Crispin hielt sie auf der Türschwelle zurück. »Nicht bevor Ihr Euren Harnisch angelegt habt.«

Francesco und Roberto sahen ihn verwundert an.

»Ich glaube, die beiden sind allergisch gegeneinander«,

vertraute Crispin ihnen flüsternd an. »Aber wenn ich's mir genau überlege, solltet Ihr vielleicht doch hineingehen. Ihr seid Ärzte, vielleicht könnt Ihr sie ja heilen. Ich für mein Teil verschwinde lieber von hier. Ich weiß nicht, wann ich wieder zurückkomme. Wahrscheinlich lasse ich in ein paar Tagen meine Sachen holen. Der Umzug mit den Pflanzen wird ein bisschen schwierig werden, aber …«

»Ich bin sicher, wir finden eine Lösung.« Ian wandte sich endlich seinem Bruder zu und sah ihn böse an. »Hinterlass deine neue Adresse bei Giorgio.«

»Die ist ganz einfach, ich kann sie dir auch sofort geben«, grinste Crispin. »Lass sie zum Haus von Isabella Bellocchio schicken. Sie schreibt sich B-E-L-L-O C-C-«

»Raus!«, brüllte Ian mit einer Stimme, die er von Valdo Valdone hätte ausgeliehen haben können. Lachend sagte Crispin seinen Onkeln Adieu und verschwand.

Ian stierte derart hasserfüllt auf die leere Stelle, die sein Bruder hinterlassen hatte, dass Bianca sich nur mit Mühe ein Lächeln verkneifen konnte. Als sie sich wieder unter Kontrolle hatte, begrüßte sie Roberto und Francesco.

»Es lag keineswegs in unserer Absicht, Euch bei einer wichtigen Besprechung zu stören«, begann Francesco, der immer noch ganz entgeistert dreinblickte.

»Mein Gespräch mit Signorina Salva hätte schon vor einer Stunde beendet werden müssen«, erwiderte Ian kühl.

»Gut, dann macht es Euch ja wohl nichts aus, wenn wir sie dir jetzt entführen.«

Ian schnaubte wütend: »Etwas ausmachen? Himmel, nein. Wenn Ihr mir etwas Gutes tun wollt, dann entführt sie auf immer und ewig. Verkauft sie am besten. Und macht Euch nichts draus, wenn Ihr keinen allzu guten Preis erzielt.«

Jetzt fiel es Bianca ganz und gar nicht schwer, ein Lächeln zurückzuhalten. »Wenn mich ein Verkauf in die Sklaverei von seiner Quälerei befreit … ich bin bereit.« Sie stand auf und streckte die Arme nach vorne, gewissermaßen als Zeichen ihrer Bereitschaft, zum Auktionsplatz abgeführt zu werden. »Ihr müsst mir nur versprechen, den Erlös für mich klug anzulegen und nicht dem ehrenwerten Graf d'Aosto in den Rachen zu schmeißen. Er würde das Geld nur dafür verwenden, irgendeine teure Kurtisane für ihre Dienste zu bezahlen.«

Ians Gesicht war aschfahl vor Wut, während Roberto und Francesco betreten vor sich hin starrten.

»Wir wollen Bianca eigentlich nur zur Näherin mitnehmen, damit sie für ihr Ballkleid Maß nehmen kann. Sofern Ihr in der letzten Stunde nicht Eure Meinung geändert habt und das Ganze abblasen wollt?« Roberto ließ die Frage in der Luft hängen.

»Ha, und mir die Gelegenheit dieser glücklichen Verlobung entgehen lassen? Niemals!« Ian stieß seinen Sessel vom Schreibtisch zurück und stand auf. Im Sitzen konnte er auf Bianca so schlecht seine giftigen Blicke abschießen.

Sie drehte ihm den Rücken zu und wandte sich an Roberto und Francesco: »Ich habe genügend Kleider. Ich kann eine der Roben anziehen, die ich schon habe. Ich bin sicher, dass ich kein neues Kleid brauche. Es wäre ein Jammer, all das schöne Geld für die Einkleidung einer Sklavin zu verschleudern.«

Roberto und Francesco tauschten einen Blick aus. Wie konnten sie ihr klar machen, dass ihre schlichten, grobgewebten Gewänder wohl für ihre medizinischen Hausbesuche taugen mochten, aber mitnichten die angemessene Garderobe für den Ball waren und auch ihrer neuen Position als Gräfin nicht gemäß waren. Francesco hatte als Erster die zündende Idee. »Ihr müsst unbedingt ein neues Kleid bekommen. Es ist Tradition, dass die Anstandsherren der neuen Braut ein Kleid zur Verlobung schenken.« Er hoffte, dass Bianca zu wenig über die Verlobungsbräuche Bescheid wusste, um die Lüge zu entlarven.

»In der Tat ist es heutzutage üblich«, fuhr Roberto fort, »dass die Anstandsherren die Braut vollständig neu einkleiden. Ich hoffe, es macht Euch nichts aus, dass wir uns diese Freiheit herausgenommen haben.«

»Neu einkleiden?« Bianca hatte sich nie darum gekümmert, wie sie aussah. Als ihre Mutter starb, steckte sie fast noch in den Windeln, und seither hatte sich nie jemand die Mühe gemacht, sie darauf hinzuweisen, dass sie das tun müsste. Ihre Tante Anatra hatte ihr gnädig bei der Besorgung verschiedener Gewänder für ihre Einführung in die Gesellschaft Venedigs geholfen und Farben und Schnitte herausgesucht, die vielleicht im letzten Jahrhundert der letzte Schrei gewesen sein mochten. Da sie Bianca samt Vermögen nicht einfach wegsperren konnte, war Anatra auf den Gedanken verfallen, das Mädchen so bieder wie möglich anzuziehen, damit ihr Sohn als Anwärter auf ihre Hand keine Konkurrenz zu befürchten brauchte. Doch ihr unmodisches Äußeres schmälerte keineswegs die Anziehungskraft ihrer Nichte; die Verehrer scharten sich trotzdem um sie.

»Ich gebe zu, ich könnte neue Arbeitskleidung gebrauchen, da mein Lieblingskleid durch das Feuer ruiniert worden ist, aber eine vollständig neue Garderobe?«

Ian war immer viel zu sehr damit beschäftigt gewesen, sich über Bianca aufzuregen oder sie sich nackt vorzustellen, um ihrer Kleidung allzu große Aufmerksamkeit zu schenken, aber jetzt stieß sie auch ihm unangenehm auf. Er stellte sie sich in samtblauem und goldenem Brokat vor, mit einem tiefen Halsausschnitt und einem mit Saphiren bestickten Halsband. Dann zog er sie in Gedanken bis auf das Saphirhalsband aus, und sofort ging sein aufgestauter Ärger in intensive Erregung über. Um diese zu vertuschen, setzte er sich wieder hinter seinen Schreibtisch.

»Francesco und Roberto sind nur höflich. Eure Garderobe ist ein Witz.« Ian wandte sich an seine Onkel: »Bestellt die Kleider bei Rinaldo Stucchi. Und erinnert ihn daran, dass ich blauen und goldfarbenen Brokat liebe. Ich werde natürlich für alle Kosten aufkommen.«

Als Bianca den Namen von Venedigs berühmtesten Couturier hörte, schnappte sie nach Luft, und dann gleich darauf ein zweites Mal, als Ian zusicherte, alles zu bezahlen. Es war eine Sache, ein traditionelles Geschenk von ihren Anstandsherren anzunehmen, auch wenn sie nie etwas von diesem Brauch gehört hatte, aber es war eine andere Sache, sich diesem nervtötenden Mann zu Dank zu verpflichten, einem Mann, der nicht einmal den Anstand besaß, wie alle anderen stehen zu bleiben, während sie diskutierten. Sie wollte gerade darauf hinweisen und auch verschiedenen anderen Gefühlen Luft machen, doch Francesco schnitt ihr das Wort ab.

»In der Tat wartet Signore Stucchi schon auf uns. Er ist mit zehn Kleidern zur Anprobe da.« Francesco machte eine Pause, um Atem zu holen, sah aber, dass Bianca schon wieder zum Sprechen ansetzte, und fuhr rasch fort: »Euer Angebot ist sehr großzügig, Ian, aber das dürfen wir natürlich nicht annehmen. Es ist unsere Pflicht und auch unser Privileg, Eure Verlobte mit Garderobe auszustatten. Ihr wisst, die Sitten.« Francesco sah seinen Neffen durchdringend an und blickte dann zu Bianca, die ihren Versuch dazwischenzufunken nun endgültig aufgegeben hatte.

Ian beschloss, seinen Onkeln die Ausrede durchgehen zu lassen. Er wusste, dass sie den Brauch mit der Verlobungsgarderobe gerade eben erfunden hatten, und er wusste auch, dass alles Geld, was sie ausgaben, letzten Endes von ihm kam. Aber der Gedanke an eine angemessen gekleidete Bianca, oder vielmehr der Gedanke, eine angemessen gekleidete Bianca auszuziehen, war zu verlockend, um sich einzumischen, und es war klar, dass sie von ihm nichts annehmen würde.

Bianca versuchte noch ein paar zusätzliche Argumente vorzubringen, warum sie keine neuen Kleider brauchte, aber gegen die geschlossene Front von Roberto, Francesco und Ian hatte sie keine Chance. Als die Uhr sechs schlug, gab sie schließlich nach und ließ sich aus der Bibliothek führen, wobei sie die Aussicht, sich stundenlang mit einem Damenschneider abzugeben, nicht viel glücklicher aussehen ließ als ihr vorheriges Angebot, in die Sklaverei zu gehen.

Acht Stunden später lag Bianca friedlich schlafend in ihrem Bett. Sie hatte drei, nicht unangenehme Stunden mit dem Schneider verbraucht, wobei sie zugeben musste, dass die wunderschönen neuen Gewänder, die man bestellt hatte, sie mit einer unerwarteten sinnlichen Freude erfüllt hatten. Aber die lange Sitzung mit Stoffen, Schnittmustern, Maßbändern und eingehenden Diskussionen über den Unterschied zwischen Applikationen und Stickereien, hatte sie völlig erschöpft. Während des Abendessens mit Roberto und Francesco war sie nicht mehr in der Lage gewesen, die Schilderung der wunderbaren Geburt Cäsars wie versprochen nachzureichen. Sie sprach kaum ein Wort, bis dann das Thema des Blumenschmucks für den Ball angeschnitten wurde. Zur Überraschung aller platzte sie plötzlich heraus: »Gardenien sind Ians Lieblingsblumen.« Dann entschuldigte sie sich hastig und schloss sich in ihren Gemächern ein, wo sie schließlich in Tränen ausbrach. Doch anstatt sich lange über ihre verzweifelte Lebenslage und ihre Gefühle zu grämen, befolgte sie die Instruktionen ihres Arztes – das war sie selbst – und begab sich geradewegs ins Bett.

Dort fand auch Ian sie vor, als er spät in der Nacht oder besser gesagt, früh am nächsten Morgen, lautlos ihr Zimmer betrat. Nachdem er von seinem Abendausgang zurückgekommen war, war er zu der Überzeugung gelangt, dass ein weiterer Test ihrer Anziehungskraft vor dem Schlafengehen angesagt war. Im Schein der Kerze, die er bei sich trug, musterte er zunächst ganz sachlich ihr Gesicht auf dem Kissen. Auf ihren Wangen bogen sich ihre langen Wimpern anmutig nach oben, und plötzlich verspürte er das dringende Bedürfnis, zu überprüfen, ob sie sich an seiner Hand wohl wie Schmetterlingsflügel anfühlen würden. Sie lag auf der einen Hälfte des Bettes mit dem Gesicht zur anderen Hälfte. Der eine Arm, bei dem das dünne Nachthemd über den Ellbogen hochgerutscht war, hatte sich auf die andere Bettseite verirrt; so ausgestreckt, wirkte er wie eine Einladung. Während er sie so beim Schlafen beobachtete, zusah, wie sich die Betttücher im Rhythmus ihrer regelmäßigen Atemzüge hoben und senkten, stieg in ihm plötzlich ein Gefühl hoch, das er nicht beschreiben konnte, das aber – da war er sich sicher – nichts mit sexueller Erregung zu tun hatte. Er beglückwünschte sich zu dem Erfolg seiner Kur und beschloss, nachdem für ihn keine Gefahr mehr bestand, von ihr verführt zu werden, das Angebot ihres ausgestreckten Arms anzunehmen und sich neben sie zu legen.

Aber kaum hatte er seine Kleidung abgestreift und war neben sie ins Bett geklettert, kaum hatte sie ihren warmen, weichen Körper an ihn geschmiegt, da merkte er, dass er einer Täuschung erlegen war. Was immer für ein Gefühl das gerade gewesen war, es machte ohne Umschweife einem Gefühl starken Verlangens Platz. Die Berührung des dünnen, weichen Stoffs ihres Nachthemds an seinen Schenkeln jagte ihm einen Schauer der Erregung durch den Körper. Und als sie sich enger an seine Brust kuschelte und mit ihrer kleinen Hand zuerst über seine Wange und dann über seinen Hals strich, glaubte er gleich wahnsinnig zu werden. Sich von einer so winzigen erotischen Berührung dermaßen erregen zu lassen, das war absolut abartig, redete er sich ein. Von der Berührung eines Stücks Stoff! Ganz klar, es brauchte mehr Zeit, bis seine Kur wirkte, und die einzig Erfolg versprechende Behandlung bestand darin, mit ihr zu schlafen. Resigniert streckte er seine Hand aus und liebkoste ihr Gesicht, damit sie die Augen öffnete und ihn bat, sie zu nehmen.

In Biancas Traum liebte Ian sie. Sie spürte seine Hand zuerst auf ihrer Wange, dann auf ihrem Hals und dann auf ihrer Brust. Sie seufzte kurz auf und ließ ihre Finger von seinem Hals zu seiner Brust hinunterwandern, um sie anschließend über die Seite und den Rücken wieder hochgleiten zu lassen. Langsam, sehr langsam schob Ian ihr Nachthemd über die Taille hoch. Sie spürte die wunderbare Wärme seiner Hände durch den Stoff. Sein Körper drängte sich näher an sie und Ian begann sein hartes Glied an ihrem Schenkel zu reiben.

Ihre Hände glitten seinen Rücken hinunter, ertasteten mit einem Gefühl der Wonne sein warmes, muskulöses Fleisch, seine weiche Haut und umfingen schließlich seine wunderbaren Pobacken. So konnte sie ihn noch fester an sich herandrücken, während sie sich gleichzeitig leicht drehte, sodass sein Glied ihre empfindliche kleine Knospe massieren konnte. Sie spreizte die Beine ein wenig, nicht so weit, dass Ian in sie eindringen konnte, aber weit genug, dass er sich zwischen ihren Schenkeln auf und ab bewegen konnte, liebkost von ihren feuchten, heißen Schamlippen.

In ihrem Traum war Bianca fordernd in ihrer Lust. Sie drückte Ian auf den Rücken und kletterte auf ihn, um sich besser an seinem Glied reiben zu können. Sie presste sich in wilder Lust dagegen, bis sie das Nahen ihres Höhepunkts spürte. Dann umfasste sie sein Glied mit der Hand und lenkte es tiefer. Während sie es mit den Fingern massierte und ihn in ihrem Körper aufnahm, hörte sie ihn leise stöhnen. Sie flüsterte ihm heiße Worte ins Ohr, erzählte ihm von dem Wonneschauer, der durch ihren Körper bebte, beschrieb ihm, wie er mit jedem Stoß immer mehr anschwoll, verhieß ihm höchste Lust, wenn sich ihre Höhle im Orgasmus eng um sein gespanntes Glied schließen würde ... Sie spürte ihn kommen und zog die Hand weg, befahl Ian, sie zu nehmen, sie zu berühren, sie zu beißen, Worte, die sich bald mit lauten Lustschreien vermischten, Lustschreie, die nicht enden wollten, bis Ian in ihre Ekstase mit einfiel.

In ihrem Traum sagte Bianca Ian, dass sie ihn liebe.

15. Kapitel

Der Raum war pechschwarz, und es stank fürchterlich. In der Mitte des Zimmers saß ein Mann gefesselt auf einem Stuhl und kam langsam wieder zu sich. Sein ganzer Körper schmerzte von den Schlägen, die auf ihn niedergeprasselt waren, und als er sich mit der Zunge über die Lippen fuhr, schmeckte er Blut. Als er versuchte, seinen rechten Arm zu bewegen, war der Schmerz so stark, dass er beinahe wieder das Bewusstsein verlor. Er atmete ein paar Mal tief durch, um wach zu werden, und musste wegen des fauligen Geruchs, der in der Luft hing, würgen. Er war sich nicht sicher, ob es nicht irgendwie besser war, bewusstlos zu sein.

Stimmen drangen von irgendwo draußen herein. Er spitzte die Ohren, um etwas zu verstehen, aber die Unterhaltung wurde durch die dicken Wände zu stark gedämpft. Dennoch glaubte er ihre Stimme, wenn auch schwach, ausmachen zu können.

Er hatte sie sofort wieder erkannt, als er, begleitet von dem jungen Mann, das Zimmer betreten hatte. Sie saß in einem durchsichtigen Morgenmantel, dessen Falten ihre wohl geformten Beine kaum verhüllten, wie hingegossen auf einem Diwan, und ließ sich von ihrer Zofe mit lasziven

Bewegungen die dicken Flechten ihres Haars auskämmen, das in glänzenden Ranken über ihre Brüste fiel und ihre Schultern wie goldener Schaum umspielte. Die Frau tat so, als habe sie die beiden gar nicht bemerkt – sie wusste um die Wirkung, die die Vorstellung, die sie mit ihrer Zofe inszenierte, auf einen Voyeur hatte, wusste um die Sinnlichkeit auch der leisesten Bewegungen.

Die Szene war erregend, und beide, sowohl er als auch sein Begleiter, merkten, wie sie zunehmend von sinnlichem Verlangen erfüllt wurden, je länger das Schauspiel andauerte. Erst als es beendet war, nahm die Frau endlich Notiz von ihnen und winkte sie heran. Die Zofe schickte sie weg.

Sein Begleiter stellte ihn vor und unterrichtete sie über den Zweck seines Besuchs. Die Frau sah ihren Gast scharf an. Ein halb einladendes, halb fragendes Lächeln spielte um ihren Mund. Er hatte das Gefühl, als lese sie in seiner Seele, als versuche sie seine Vorlieben und seine Schwächen herauszubekommen. Er hatte sich vorgenommen, sich nicht über den Tisch ziehen zu lassen, und deshalb weigerte er sich auch, ihre Fragen zu beantworten, bevor sie sich nicht auf eine bestimmte Summe geeinigt hatten.

Sie lobte seine Umsicht und komplimentierte ihn, nachdem sie seinen Begleiter fortgeschickt hatte, auf den Diwan vor sich, meinte, dass sie sich sicher gegenseitig helfen könnten. Eine Stunde lang hörte sie aufmerksam seinen Berichten über seinen familiären Hintergrund zu. Sie seufzte mitfühlend, als er ihr von dem Pech und den Missgeschicken seiner Familie erzählte und ihr mit zorngerötetem Gesicht von den Lügen berichtete, die über sie in Umlauf gebracht worden waren. Als er auf all das verbrecherische Unrecht zu sprechen kam, das ihre Feinde ihnen zugefügt hatten, füllten sich ihre Augen sogar mit Tränen. Und dann streckte sie zum Zeichen ihrer Anteilnahme die Hand aus und legte sie wie zufällig mit einem tiefen Blick in seine Augen auf seinen Schenkel.

Er wusste, noch während er redete, dass sie dabei war, sich in ihn zu verlieben. Er konnte es fühlen, ihre Reaktionen ließen keinen Zweifel daran. Bei keiner Frau war ihm je so warm ums Herz geworden, keine Frau hatte ihm je solch ungeteilte Aufmerksamkeit geschenkt. Als sie ihn fragte, ob er ihr helfen wolle, ob er ihr Beschützer werden wolle, konnte er nur noch Ja sagen. Sie beugte sich vor und küsste ihn. Der Geschmack ihrer Lippen und der Duft ihrer Haut machten ihn ganz schwindelig. Sie würde die Seine werden, flüsterte sie ihm zu, und die Aussicht darauf ließ sein Herz erbeben. Er musste ihr nur sagen, was bei seinem Treffen am Nachmittag abgelaufen war.

Es sei so eine Geringfügigkeit, geradezu eine Bagatelle, redete sie ihm ein. Sie wollte einfach nicht, dass irgendwelche Geheimnisse zwischen ihnen standen, zwischen ihnen etwas unausgesprochen blieb – und er willigte ein. Er erzählte ihr alles, beschrieb das Treffen in allen Einzelheiten. Er hatte ihnen keine Namen preisgegeben, hatte ihnen nichts erzählt. Das schwor er.

Aber sie glaubte ihm nicht. Sie wandte den Blick von ihm ab und bedeutete dem jungen Mann, ihn wieder hinauszubegleiten.

»Er ist unfreundlich zu mir«, sagte sie zu ihm. »Ich war ihm gegenüber so aufrichtig, habe ihm mein Herz geöffnet, und was ist der Dank dafür? Er lügt mich trotz all meiner Zuwendung einfach an. Er hat mich verraten.«

Ihr derart gescholtener Gast setzte zu einer Erwiderung an, doch sie schnitt ihm das Wort ab. »Schweigt! Eure Lügen, Euer Verrat an mir bereiten mir zu viel Pein. Ihr seid mein Feind.« Sie warf einen letzten beleidigten Blick auf ihren Gast und wandte sich dann an seinen Geleitschutz. »Schafft ihn fort, nehmt ihn mit und verhört ihn. Ich kann seinen Anblick nicht mehr ertragen, kann mir seine Lügen nicht länger anhören.« Sie verzog ihren Schmollmund kaum merklich zu einem suggestiven Lächeln und fuhr dann fort: »Ihr wisst, wie zufrieden ich mit meinem Engel sein werde, wenn er herausbekommt, was ich wissen will. Ich bin bald bei Euch, versprochen.«

In den darauf folgenden Stunden war er gnadenlos geschlagen worden. Sein Begleiter hatte entdeckt, dass ein Verhör nicht nur ermüdend war, sondern durchaus auch erregend. Zu sehen, wie dieser gut gekleidete Mann vor ihm auf dem Boden kroch und winselte, war etwas, was ihm richtig

Spaß machte. Er hatte ganze Arbeit geleistet, und er wusste, dass der Eifer, mit dem er seiner Aufgabe, Informationen zu sammeln, nachgekommen war, seiner Mätresse sehr gefallen würde. Und als die Frau dann kam, war er vor Vorfreude auf seine Belohnung ganz außer sich.

Nachdem sie seine fleischlichen Begierden auf einer der Bänke, die in dem dunklen Raum entlang der Wände aufgestellt waren, befriedigt hatte, erstattete der junge Mann Bericht über die Ergebnisse seines Verhörs.

»Selbst unter meiner äußerst erfinderischen Folter hat er geschworen, keine Namen preisgegeben zu haben. Er hat zwar gesagt, dass sie ihn danach gefragt hätten, er ihnen aber in keiner Weise entgegengekommen sei.«

»Aber trotzdem behauptet er« – der junge Mann erschauderte kurz, da sie ihre Finger über seinen Bauch gleiten ließ –, »dass sie oder vielmehr die Frau ihm fünfhundert Golddukaten gezahlt hätten. Ist sie denn so dumm, einfach so Geld zu verschleudern?«

Der junge Mann schien einen Moment nachzudenken, bevor er, trotz einer gewissen inneren Unsicherheit forsch verkündete: »Ja, ich würde sagen, das ist sie.«

Die Frau stützte sich auf die Ellbogen. Ihr ging plötzlich ein Gedanke durch den Kopf. »Seid Ihr sicher, dass sie ihm überhaupt etwas gegeben haben? Hatte er das Geld bei sich?«

»Als ich auf ihn stieß, hatte er bereits geraume Zeit am Spieltisch verbracht, und es sah so aus, als habe er schon eine Menge Geld verloren. Aber er hatte noch über dreihundert Dukaten in der Tasche. Selbst wenn sie ihm nicht die behaupteten fünfhundert Dukaten bezahlt haben sollten, eine Menge Geld war es schon.«

Sie zog kleine Kringel durch seine Brusthaare – seine gründlichen Nachforschungen verdienten eine Belohnung. »Ich verstehe es trotzdem nicht, aber ich vermute, wenn sie nur halb so gewitzt ist, wie Ihr behauptet, dann wird das wohl stimmen. Glaubt Ihr, wir bekommen noch irgendetwas aus ihm heraus?«

Als der junge Mann den Kopf schüttelte, resümierte sie noch einmal mit leiser Stimme ganz nah an seinem Ohr: »Dann sorgt Ihr also dafür, dass er seine gerechte Belohnung bekommt? So wie ich es gesagt habe?« Der junge Mann grunzte zustimmend und drückte ihren Kopf zu seinem erigierten Geschlecht nach unten.

Auf der anderen Seite der Tür hörte Enzo voller Neid ihren Lustschreien zu.

16. Kapitel

Ihr Herz klopfte wie wild. Bianca fuhr im Bett hoch und sah sich um – nirgends ein Zeichen von Ian. Sie schnupperte in der Luft, es roch nicht nach ihm. Es war nur ein Traum gewesen. Nichts war wirklich passiert. Vor allem nicht der letzte Teil. Sie seufzte erleichtert auf und kletterte aus dem Bett.

Das Gefühl der Erleichterung wurde allerdings kurzfristig durch das klebrige Gefühl zwischen ihren Beinen gedämpft. Doch dann kam sie zu dem Schluss, dass es die natürliche Folge ihres Traums war. Dennoch hatte sie irgendwie ein ungutes Gefühl, während sie sich ankleidete. Sie hätte es an diesem Morgen lieber mit einer Herde wilder Eber aufgenommen, als Ian zu begegnen. In Gedanken ging sie noch einmal die Liste der Aufgaben durch, die sie an diesem Tag erledigen wollte, und verzog das Gesicht, als sie an die Kleideranprobe um sechs dachte. Dann machte sie sich auf den Weg zum Dienstbotentrakt.

Sie stieg die zweieinhalb Stockwerke zu dem neuen Quartier von Marina und Cäsar hinunter. Beide, Mutter und Sohn, waren wohlauf. Doch es wurde zwölf, bis sie sich wieder verabschiedete. Aus Angst, womöglich Ians Weg zum Speisesalon zu kreuzen, stieg sie die fünfeinhalb Stockwerke zu den Labors über die Hintertreppe hinauf.

Ihr Ziel war allerdings nicht ihr eigenes Labor, sondern Crispins Treibhäuser, oder genauer gesagt, Crispin selbst. Eigentlich wollte Bianca Crispin nur ein paar Fragen über die Arboretti und über Isabella stellen, wollte ihn nur ein bisschen besser kennen lernen, aber falls er ihr irgendwelche erhellenden Informationen über seinen mysteriösen, nervtötenden Bruder geben wollte, dann wäre das auch nicht schlecht. Sie klopfte an die Tür zum Gewächshaus, erhielt keine Antwort, entdeckte aber, dass sie nicht verschlossen war, und ging hinein.

Ohne es zu merken, hatte sie eine andere Tür benutzt als bei ihrem letzten Besuch, und so fand sie sich plötzlich in einem märchenhaften, aber auf sie fremdartig wirkenden Raum wieder, einem Raum voller Obstbäume, so weit das Auge reichte. Da gab es Orangenbäume, Pfirsichbäume, Pflaumenbäume, Apfelbäume und zig andere Bäume, die sie nicht benennen konnte. Staunend sah sie sich um, als sie plötzlich eine Stimme hinter sich hörte.

»Dacht ich's mir doch, dass ich jemanden gehört habe, der hier eigentlich nichts zu suchen hat, Gottverdammmich, wenn ich das nicht gedacht habe«, wurde sie von Luca begrüßt, als sie ihn hinter einer pelzigen braunen Frucht ausmachte.

»Guten Tag, Luca.« Bianca knickste höflich vor ihm, in der Hoffnung, den Mann zu besänftigen. Doch als sie dabei mit ihrem Rock beinahe einen Zuber mit Zitronen umkippte, wurde er stattdessen noch gereizter.

»Diese Weiber mit ihren Klamotten, überall sind sie einem im Wege«, murmelte er sich in den Bart und verschwand durch eine andere Tür, noch ehe Bianca sich entschuldigen oder ihm hätte sagen können, um wie viel lieber sie auch Männerhosen tragen würde.

Sie raffte ihre unbequemen Röcke zusammen und folgte ihm in den Raum, den sie zwei Tage zuvor schon gesehen hatte. Sie hatte den Eindruck, als seien inzwischen noch mehr Blumen hinzugekommen. An der gegenüberliegenden Wand standen darüber hinaus Dutzende von Wassereimern mit Schnittblumen. Luca stolzierte mit einem großen Messer durch die Reihen, blieb hie und da stehen und schnitt fachmännisch Blumen ab. Bianca beobachtete sein Tun fast eine Minute lang, für Luca lange genug, um einen großen Strauß zusammenzustellen. Anschließend versuchte Bianca noch einmal ihr Glück.

»Es tut mir Leid, wenn ich Euch störe«, begann sie, »aber ich bin auf der Suche nach Crispin.«

»Wozu? Ist Euch denn einer von den Foscari-Brüdern nicht genug?«

Bianca war verwirrt. »Ich wollte ihm« – sie nieste – »doch nur ein paar Fragen stellen.«

»So fängt's immer an, Gottverdammmich, wenn's nicht so ist. Was ist dies, was ist das, was mögt Ihr am liebsten, gefällt Euch dieses Kleid? Und ehe man sich's versieht, klimpert Ihr ihn mit Euren Wimpern an und dann – wo bleiben dann Eure Fragen? Nee, das macht Ihr nicht mit meinem *ragazzo*, das lass ich nicht zu. Ihr könnt Ian haben, aber Crispin halte ich von solchen wie Euch fern, da könnt Ihr Gift drauf nehmen. Und außerdem habt Ihr ihn um Stunden verpasst. Er war gestern Abend da, aber jetzt ist er nicht mehr hier, Ihr braucht hier also auch nicht weiter rumzulungern.«

Als Antwort nieste Bianca nur dreimal.

Als ihr Niesen begann, hatte sie sich noch nichts dabei gedacht, doch jetzt schoss ihr plötzlich ein Gedanke durch den Kopf. Sie ging schnell die Blumenreihen rauf und runter, ohne sich um die Verwünschungen zu kümmern, die ihr ein erstarrter Luca hinterherschickte. Sie war gerade bei der fünften und letzten Reihe angekommen, als sie fündig wurde.

Aus einer einzigen Zwiebel, die tief in einem Schmuckblumentopf vergraben war, wuchsen zwei Stiele mit roten Blüten. So weit sie sehen konnte, gab es in den Treibhäusern kein zweites Mal einen solchen Topf oder eine derartige Pflanze. Mit tränenden Augen blieb sie vor dem Topf stehen und fragte sich, wie sie das vergessen haben konnte. Natürlich! Das war es, was sie in Isabellas Zimmer vermisst hatte, als sie hinterher auf Spurensuche dort war. Sie hob die Hand, um den Topf an sich zu nehmen, doch Luca kam ihr zuvor.

»Schlimm genug, dass Ihr hier eindringt, hier rumrennt und mit Euren Weiberklamotten meinen Pflanzen Gewalt antut, aber untersteht Euch, sie jetzt auch noch anzurühren. Diese Pflanzen mögen nicht, dass Frauen sie anfassen, vor allem diese hier nicht, schon gar nicht, wenn Ihr sie so anniest.«

Bianca musste einräumen, dass sie und die Pflanze nicht gut miteinander auskamen. Sie wich ein Stückchen zurück und versuchte ihre Nase unter Kontrolle zu bekommen, um etwas zu sagen.

»Ist diese Pflanze« – sie nieste – »schon lange hier?«

Luca sah erst sie und dann die Pflanze finster an. »Diese Pflanze hat entschieden etwas gegen Euch, Gottverdammmich, wenn sie das nicht hat. Ich bezweifle, dass es ihr gefiele, wenn ich Euch ihre Biografie erzählte.«

Bianca erkannte, dass sie sich aufs Betteln verlegen musste. Sie unterbrach eine Reihe von Niesanfällen, um ihn mit erstickter Stimme anzuflehen: »Bitte, Luca« – noch ein Niesen –, »es ist sehr wichtig.«

Luca nahm die Pflanze näher in Augenschein, schnupperte daran und nieste auf einmal selbst. Das gab den Ausschlag.

»Also, wenn Ihr mich fragt, kein sehr nettes Geschenk. Die Pflanze kam heute Früh an, und zwar richtig kunstvoll in Papier eingepackt, und ich denk noch so bei mir, das ist aber was Tolles, Gottverdammmich, wenn ich das nicht dachte.« Er warf einen enttäuschten Blick auf die Pflanze und schüttelte den Kopf. »Nun ja, ich habe so etwas noch nie zuvor gesehen, da bin ich mir sicher, und mein Crispin auch nicht, aber das heißt noch lange nicht, dass hier jeder einfach so rumlaufen und gaffen darf oder die Leute mit Fragen traktieren kann, schon gar nicht Leute, die auch noch was zu arbeiten haben.«

Bianca fühlte sich äußerst elend. Nicht nur, dass ihr die Nase lief und die Augen tränten, sie bemerkte dazu noch, dass sich auf ihren Händen juckende, rote Pusteln bildeten. Sie musste sofort den Raum verlassen. Doch vorher musste sie dem unfreundlichen Gärtner unbedingt noch eine Frage stellen.

»Wisst Ihr zufällig« – sie nieste einmal und gleich darauf schon wieder –, »wer sie heute Morgen gebracht hat? Und von wem sie kommt? Könnt Ihr mir irgendetwas darüber sagen?«

Luca sah sie fast mitleidig an. »Habe ich Euch nicht gesagt, dass Ihr hier nichts zu suchen habt, Gottverdammmich, wenn ich das nicht gesagt habe. Und jetzt schaut Euch doch bloß mal an, schlimmer als entsetzlich seht Ihr aus, selbst für eine Frau. Ich weiß nicht, wo die Pflanze herkommt, und ich verstehe auch nicht, warum Ihr Euch so dafür interessiert. Ihr wollt denen doch keine Dankeskarte schicken, oder?« Er legte ihr die Hand auf die Schulter, um sie zum Gehen zu bewegen, wobei es ihm fast gelang, seinen Ekel vor der Berührung einer Frau zu verbergen. »Ihr müsst jetzt gehen, das ist mein Ernst.«

Bianca musste ihm notgedrungen Recht geben. Als sie wieder in der Halle war, ließ ihr Niesen sofort nach und auch ihre Augen erholten sich allmählich wieder. Sie fühlte sich zwar immer noch etwas seltsam und ein bisschen matt, doch es half nichts. Sie schob diese Gefühle beiseite und machte sich auf die Suche nach Crispin. Ihr dringender Wunsch, etwas über die Pflanze zu erfahren, verdrängte sogar ihr Unbehagen in Bezug auf die Aussicht, Ian zu begegnen. Entschlossen marschierte sie in den Speisesalon. Nur Roberto und Francesco saßen noch in ein Gespräch vertieft am Tisch. Als sie eintrat, blickten sie zuerst nur kurz auf, sahen dann aber ein zweites Mal hin und erstarrten.

»Du lieber Himmel, Kindchen, was ist denn mit Euch passiert?« Roberto ging, noch während er sprach, auf sie zu und legte die Hand auf ihre Stirn. Francesco eilte ebenfalls herbei und wollte ihr gerade schon den Mund öffnen, um ihn zu inspizieren. Doch da nieste sie schon wieder und ergriff gleich das Wort.

»Nichts« – sie nieste und bemühte sich unbekümmert zu wirken. »Das kommt bloß« – sie nieste – »von einer von Crispins Pflanzen.« Sie holte tief Luft und versuchte, ohne Niesen zu sprechen, um ihre Worte überzeugender klingen zu lassen. »Aber jetzt geht es mir schon wieder gut, und ich bin auf der Suche nach Crispin.«

Francesco führte sie zu dem großen Spiegel am anderen Ende des Salons. »Seht selbst. Es geht Euch ganz und gar nicht gut.«

Bianca verstand jetzt, warum die beiden sie so angestarrt hatten. Die roten Flecken waren nicht nur auf ihren Händen, sondern auch in ihrem Gesicht und auf ihrem Hals zu sehen.

»Aber ich fühle mich« – sie nieste einmal, zweimal, dreimal – »gut.« Sie wandte sich vom Spiegel ab, um die Diskrepanz zwischen ihrem Aussehen und ihrem Wohlbefinden zu betonen.

Roberto und Francesco wollten sich jedoch nicht darauf einlassen. Sie beratschlagten untereinander, ignorierten alle Versuche Biancas, sie abzulenken, und kamen schließlich überein, ihr ein großes Glas Wein zu verabreichen und sie ins Bett zu schicken.

Bianca sträubte sich, machte geltend, dass sie viele Dinge zu erledigen hatte und erinnerte sie in ihrer Verzweiflung schließlich an ihre Anprobe.

»Glaubt Ihr etwa, Ihr könnt mit diesem Aussehen am Ball teilnehmen?«, fragte Francesco ohne jedes Feingefühl und drehte Bianca rücksichtslos wieder zum Spiegel herum. Sie musste klein beigeben und ließ sich die Treppe hoch ins Bett scheuchen. Es war nur ein schwacher Trost, dass der Chianti, den sie schlucken musste, wahrscheinlich zu den besten Tropfen in Ians Weinkeller zählte. Francesco und Roberto hingegen genossen es durchaus, zur Beruhigung ihrer Nerven den Rest der Flasche miteinander zu teilen.

Der Stadtklatsch erreichte den Palazzo Foscari etwa zur gleichen Zeit, als Ian von seinem Treffen in Sebastians Haus zurückkehrte. Das Durchgehen aller möglichen Feinde der Arboretti und die Diskussion über die beste Vorgehensweise bei der Aufklärung der Explosion waren ihm an die Nerven gegangen. Die furchtbare Möglichkeit, dass der Verräter womöglich einer der Arboretti war, musste leider auf den Tisch gebracht und durchdiskutiert werden, was eine derart ungute Atmosphäre schuf, dass Ian und Crispin sich zum Schluss der Besprechung beinahe noch in die Wolle bekommen hätten, auch wenn man entschieden hatte, dass keiner von ihnen die Explosion geplant hatte. Ian war so erleichtert, wieder nach Hause zu kommen und sich für ein paar Stunden ungestört in seine Bibliothek zurückziehen zu können, dass er nicht einmal Notiz von Cäsars Geschrei nahm, als er das Haus betrat.

Aber die Erleichterung währte nicht lange. Weniger als eine halbe Stunde, nachdem er sich in seine Bibliothek zurückgezogen hatte, tauchte plötzlich Giorgio mit grimmiger Miene auf.

»Ihr habt gesagt, Ihr wollt sofort informiert werden, wenn ich irgendetwas über die Herkunft dieses Dings herausbekomme.« Giorgio legte den juwelenbesetzten Dolch auf den Schreibtisch. »Aber das solltet Ihr Euch vielleicht noch mal überlegen.«

Ian kannte Giorgio und wusste, dass er bei aller Vorliebe für Scherze und Ironie niemals vorsätzlich mit ihm sein Spiel treiben würde, vor allem nicht in seiner gegenwärtigen Stimmung. »Was willst du damit sagen?«

»Nur, dass die Information Euch möglicherweise nicht behagen könnte.«

»Verdammt, Giorgio, rede endlich Klartext. Wer hat den Dolch gefertigt?«

»Diese Frage ist einfach zu beantworten – Frederico Rossi war es. Ich sage Euch, als ich mich das erste Mal danach erkundigte, wollte keiner der Goldschmiede in der Stadt mit der Sprache herausrücken. Erst als ich die Taktik angeschlagen habe, die Ihr vorgeschlagen habt, das heißt, als ich vorgab, es handele sich um ein Verlobungsgeschenk, und wir wüssten jetzt nicht, bei wem wir uns bedanken sollten, machten sie den Mund auf. Kein Wunder, denn Eure Idee kam der Sache näher, als Ihr ahnt.« Giorgio machte eine Pause und überlegte, ob er fortfahren oder lieber das Thema wechseln sollte. »Der Dolch wurde nämlich von Giovanni Salva in Auftrag gegeben.«

»Biancas Bruder!«, wiederholte Ian laut und starrte grimmig die Waffe auf seinem Schreibtisch an. Zum Teufel mit dieser Frau, zum Teufel mit ihren Unschuldsbeteuerungen, mit ihrem Liebesgeflüster, mit ihren Versprechungen. Zum Teufel mit ihr und den Spielchen, die sie mit ihm trieb. Ihr Bruder! Wie konnte sie nur so idiotisch sein? Beziehungsweise wie konnte er es bloß sein? Er ertappte sich dabei, dass er sich so sehr mit der Vorstellung ihrer wahrscheinlichen Unschuld angefreundet hatte, dass er kaum an ihre Täterschaft glauben konnte, nicht daran glauben wollte. Aber wie erklärte sich das hier dann sonst? Sein ungläubiges Erstaunen verwandelte sich in kalte Wut. Er würde sie zur Rede stellen und sie würde zusammenbrechen. Jetzt war endgültig Schluss mit ihren fantastischen Lügen. Von nun an gab es keine Ausreden mehr.

»Hol mir Bianca her.« Ian presste seine Lippen so fest zusammen, dass sie nur noch als dünner Strich zu erkennen waren.

Giorgio zögerte. »Bevor ich das tue, sollte ich Euch noch etwas anderes erzählen, etwas, was Euch mitnichten besser gefallen wird. Es kann sein, dass es nicht stimmt – ich habe es selbst erst vor kurzem in den Küchen gehört – aber ich finde, Ihr solltet es besser wissen. Dieser Enzo, den ich gestern angebracht habe, damit Ihr und Bianca Euch mit ihm unterhalten könnt, Ihr erinnert Euch?« Ian nickte. »Seine Leiche wurde nicht weit von hier aus dem Kanal gefischt.«

Herr und Diener sahen sich an, als hätten beide den gleichen unangenehmen Gedanken.

»Ich habe mich ein bisschen umgehört, aber es ist nicht viel dabei herausgekommen«, kam Giorgio Ians Frage zuvor. »Marina, das heißt ihre neue Zofe, sagt aus, dass sie von ungefähr halb zehn bis zwölf Uhr bei ihr war, doch danach hat sie keiner der Bediensteten mehr gesehen. Eure Onkel behaupten, sie sei zu ihnen in den Speisesalon gekommen, als sie gerade mit dem Mittagsmahl fertig waren. Sie habe ständig geniest und sei über und über mit Pusteln bedeckt gewesen, woraufhin sie sie ins Bett verfrachtet hätten. Da ist sie auch jetzt noch – ich habe gerade nachgeschaut –, aber keiner hat das zwischen, sagen wir mal, zwei und fünf Uhr nachgeprüft. Doch selbst wenn sie in dieser Zeit wirklich krank im Bett gelegen hat, bleibt immer noch die eine Stunde von Mittag bis ein Uhr, während der sie auch niemand sah. Einer der Diener meinte sie auf dem Weg in Richtung Hintertreppe gesehen zu haben, was ihn verwunderte, aber er hat sie nicht aufgehalten. Ich habe mit ihr noch nicht darüber gesprochen, weil ich mir dachte, dass Ihr das lieber selbst tun wollt.«

Ian nickte. »Bring sie her.«

Als Bianca die Bibliothek betrat, war Ian wieder in seine alte Versteinerung zurückverfallen, aus der er sich im Laufe dieser Woche bereits gelöst zu haben schien. Wie er so dasaß, sah er eher wie ein Felsklotz denn wie ein Mann aus. Er betrachtete sie schweigend. Alles, was von ihrer Allergie zurückgeblieben war, waren ihre rot geränderten Augen und eine hellrosa Färbung um ihre Nase. Sie sieht nicht krank aus, stellte er für sich fest, während ihm gleichzeitig eine andere Stimme in seinem Inneren zuflüsterte, sie sieht auch nicht wie eine Mörderin aus. Nicht genug, dass sie sich in seinem Haushalt eingenistet hatte, sie schien auch einen Teil seiner Gedanken fest im Griff zu haben. Er hörte ihre traumverhangenen Worte der vergangenen Nacht in seinem Kopf widerhallen, und ein Zittern ging durch seinen Körper. Sie hatte versucht, ihn zu manipulieren, und das mit dem ältesten Trick der Welt. Es hätte beinahe funktioniert. Die Vorstellung, dass eine Frau ihm das antun konnte, steigerte Ians Wut erheblich und verfinsterte sein Gesicht noch mehr. Er war entschlossen, sich nicht von den Momenten, die sie miteinander geteilt hatten, blenden zu lassen – nein, sie würden ihm nicht den Blick auf die Wahrheit verstellen. Seine frühere Weichheit und die seltsamen Gefühle, die langsam Besitz von ihm ergriffen hatten, mutierten zu einem Gefühl verbissener Entschlossenheit, der Entschlossenheit, Bianca zu einem Eingeständnis der Tat zu zwingen. Als er zu reden anfing, sprach die Stimme des erkalteten, versteinerten Teils seines Ichs.

»Es ist jetzt an der Zeit, mir endlich die Wahrheit zu sagen, und zwar alles.«

Ging das schon wieder los? Waren sie wieder an demselben Punkt angelangt? Bianca war zu müde, um zu streiten. Sie spürte nur noch Verzweiflung. »Ich habe Euch doch bereits die Wahrheit gesagt, die ganze Wahrheit. Ihr wisst doch schon alles.«

Ian schlug mit der Faust auf den Tisch und sah sie mit wutverzerrtem Gesicht an. »Lügen, nichts als Lügen!«

»Wieso? Wieso sollen das Lügen sein? Es gibt nichts, was das Gegenteil beweist. Rein gar nichts.« Als sei sie von Ians Zorn angesteckt worden, spürte Bianca plötzlich, wie ihre Wut zurückkam und mit ihr ihre Kraft.

Ian hielt den Dolch hoch. »Nehmen wir zum Beispiel das hier. Ich weiß, wer ihn in Auftrag gegeben hat.«

»Wer?« Ian hätte schwören können, dass Bianca aufrichtig interessiert daran war. Doch verdammt, sie war eben schlau.

»Eure Neugier wirkt so überzeugend«, höhnte er, »dass ich glaube, ich sollte sie belohnen. Er wurde von Giovanni in Auftrag gegeben. Von Giovanni Salva, Eurem Bruder.«

Und wieder zog sie eine überzeugende Schau ab. Ihr überraschter Gesichtsausdruck wirkte echt, und dass sie nach Luft schnappte, gab dem Ganzen noch eine besondere Note. Wie sie die Hände vors Gesicht schlug, war vielleicht ein bisschen zu viel, aber er vermutete, dass sie Zeit gewinnen wollte, um sich ihre nächste subtile Lüge zurechtzulegen.

Doch offensichtlich fiel ihr nichts Passendes ein. Völlig entgeistert fragte sie nur: »Seid Ihr sicher?«

»Ihr meint, Ihr seht jetzt keine Möglichkeit mehr, Euch da rauszuwinden? Nein, das könnt Ihr nicht mehr, davon bin ich überzeugt. Ihr habt Euren Bruder diesen Dolch in Auftrag geben lassen und ihn dann in ihren Körper gestoßen. Ich bin mir allerdings noch nicht ganz sicher, ob Ihr oder ob Euer Bruder den eigentlichen Mord begangen hat, aber das werdet Ihr mir bald sagen, da *bin* ich mir sicher. Ist er es, den Ihr die ganze Zeit schützen wolltet?«

Die Vorstellung, dass Giovanni ein Mörder sein sollte, deprimierte Bianca zutiefst. Sie und ihr Bruder standen sich zwar nicht sehr nahe, aber sie kannte ihn gut genug, um zu wissen, dass er kein schlechter Kerl war. Zumindest dachte sie das bis jetzt.

»Ich fürchte, ich weiß nicht, was ich dazu sagen soll. Ich wünschte, ich hätte irgendeine Erklärung für Giovannis Handeln, aber die habe ich wirklich nicht. Wir sind nicht so vertraut miteinander.«

»Ha, ha! Typisch Frau, sich herauszuwinden und die Schuld jemand anderem in die Schuhe zu schieben. Ich werde Euch sagen, was ich glaube: Ihr habt die ganze Sache selbst durchgezogen und Euren Bruder nur für diese kleine Sache benutzt. Und ich sage Euch auch, warum ich das glaube. Weil ich nämlich von Eurem anderen Mord erfahren habe.«

Jetzt wäre genau der richtige Moment gewesen, die Hände vors Gesicht zu schlagen, dachte Ian völlig unbeeindruckt von dem leeren, entgeisterten Gesichtsausdruck Biancas. Er hätte es wissen müssen, sie war zu glatt, um zu gestehen. Also fuhr er fort: »Enzos Leiche ist bereits gefunden worden. Es überrascht mich, dass Ihr Euch nicht mehr Mühe gegeben habt, sie verschwinden zu lassen. Mit ein paar Steinen um den Hals wäre das Problem sicherlich zu lösen gewesen. Wir wissen ja inzwischen, dass es Euch nichts ausmacht, Leichen anzufassen.«

»Enzo? Isabellas Enzo?«

»Wenig originell, jetzt die Unwissende zu spielen. Ja, Enzo, der Mann, den Ihr gestern angeblich nicht so großzügig bestochen habt. Jetzt verstehe ich auch, warum Ihr ihn so bereitwillig mit meinem Geld davonspazieren habt lassen.«

»Es war mein Geld«, warf Bianca ein.

»Ja, jetzt gehört es Euch wahrscheinlich, nachdem Ihr es ihm nach seiner Ermordung sicherlich wieder abgenommen habt.«

»Die Leiche war nackt, als sie gefunden wurde«, ließ Giorgio sich hinter Bianca vernehmen. Da er seinen Herrn nicht mit einer Mörderin allein hatte lassen wollen, hatte er beschlossen, während des Gesprächs dazubleiben.

»Einfacher, als seine Taschen zu durchwühlen.« Ian nickte. »Ich wette, Ihr habt die Kleidung dafür aufbewahrt, wenn Ihr das nächste Mal als Mann verkleidet herumziehen wollt. Und ich bin überzeugt, dass Ihr kein Problem damit hattet, ihn aus seinen Kleidern zu locken. Wahrscheinlich habt Ihr ihn dazu eingeladen, mit Euch eine Eurer perversen Fantasien auszuleben. Was war es denn? Peitschen? Tiere? Oh, ich weiß, Ihr seht gerne zu.«

Bianca stieß einen gurgelnden Schrei aus. Bis jetzt war sie in einer Art Schockzustand gewesen, aber bei Ians letzten Worten hatte sie das Gefühl, einen Schlag in die Magengegend zu bekommen. Zitternd und am Rande der Tränen, versuchte sie etwas zu sagen, doch sie brachte kein Wort heraus.

»Ihr könnt Euch Eure Worte sparen, es sei denn, Ihr wollt gestehen. Ich werde mir von Euch keine weiteren Lügen mehr bieten lassen.«

»Wie könnt Ihr es wagen? Wie könnt Ihr es wagen? Wie könnt Ihr es bloß wagen?« Bianca war aufgesprungen und steuerte mit geballten Fäusten auf den Schreibtisch zu, hinter dem Ian saß. Bevor sie ihm zu nahe kommen und ihn zu ihrem nächsten Opfer machen konnte, packte Giorgio sie von hinten und hielt sie gegen ihren erbitterten Widerstand fest. In diesem Augenblick, da Bianca halb in der Luft schwebte, ging die Tür auf und Francesco und Roberto tauchten plötzlich auf, die auf der Suche nach ihrem Schützling waren.

»Bravo, eine perfekte Vorstellung«, sagte Ian bei ihrem Eintreten gerade mit beißendem Spott. »Euer Wutanfall ist viel besser als Eure ›Überraschungs‹-Nummer. Sie hat sogar mich fast überzeugt.«

Völlig überzeugt hingegen waren Roberto und Francesco beim Anblick der Gift und Galle spuckenden Gestalt, die immer noch von Giorgio umklammert wurde.

»Lass sie sofort runter!« befahl Roberto Giorgio, der der Aufforderung zwar widerstrebend nachkam, dennoch aber für den Notfall hinter Biancas Ellbogen stehen blieb.

»Was, zum Teufel, geht hier vor?«, verlangte Francesco mit hochrotem Kopf zu wissen.

»Ich habe versucht, ihn umzubringen«, erwiderte Bianca und deutete auf Ian.

»Ich verstehe.« Francesco nickte. »Ihr seid sicherlich nicht die Erste, die das tun wollte; er kann sehr provozierend sein. Was genau hat er Euch angetan?«

»Ich habe sie in ihrem eigenen Lügennetz gefangen, aus dem sie jetzt nicht mehr herauskommt«, kam Ian ihrer Antwort zuvor und klang sehr zufrieden. »Ich habe jetzt den Beweis dafür, dass sie die Täterin ist.«

»Ihr habt überhaupt nichts dergleichen!« Bianca musste sich anstrengen, um den erneut aufflammenden Zorn unter Kontrolle zu bekommen. »Ihr habt einen Dolch, den jemand, der mir nahe steht, bestellt hat, und Ihr habt eine Leiche, die jemand hier in Eurem Umfeld abgeladen hat. Nichts davon deutet in irgendeiner Weise auf mich hin.«

»Quatsch! Ich kenne Euch, und ich kenne Eure Schläue und Hinterlist. Eure Handschrift auf diesen Verbrechen könnte nicht deutlicher sein.«

Bianca schüttelte ungläubig den Kopf. Das war also der Mann, vor dem sie ihre Seele entblößt hatte. Das war der

Mann, dem sie, wie sie befürchtete, ihr tiefstes Herzensgeheimnis offenbart hatte. Aber er hatte alles missverstanden. Absichtlich. Was hatte ihn nur so blind und unnachgiebig gemacht? Was war ihm zugestoßen? Und warum musste ausgerechnet sie sein unschuldiges Opfer sein?

Ein Teil von ihr wollte in den Kanal springen und Enzos Leiche Gesellschaft leisten, aber der andere Teil von ihr flüsterte ihr ein, durchzuhalten – und sei es auch nur um des Vergnügens willen, sich zu rehabilitieren und zu beweisen, dass dieser schreckliche, abscheuliche, rigide, versteinerte, unbeugsame, liebensunwerte, unwiderstehliche Mann Unrecht hatte. Wenn sie mit kalter Vernunft und klarem Verstand an die Sache heranging, erkannte sie, dass die erste Möglichkeit zwar die zweite, die zweite aber nicht die erste ausschloss. Es war also am ratsamsten, zuerst den zweiten Plan zu verfolgen, bis die Sache eindeutig geklärt war, und dann den zweiten Schritt ins Auge zu fassen. Und so beschloss sie, ihre Suche nach dem Mörder fortzusetzen und erst in den Kanal zu springen, wenn alle Hoffnung verloren war. Erleichtert darüber, eine so vernünftige Lösung gefunden zu haben, blickte sie Ian mit neu erwachtem Mut fest an.

Francesco und Roberto stritten sich gerade mit Ian, und Bianca fuhr dazwischen. »Mein Herr, Ihr habt mir einhundertachtundsechzig Stunden gegeben, um meine Unschuld zu beweisen. Mir bleiben also noch einundneunzig Stunden. Ist Euch Euer Gefühl für Ehre so sehr abhanden gekommen, dass Ihr Euch nicht mal mehr an unsere Abmachung halten wollt?«

Ian starrte sie böse an. »Angesichts der Tatsache, dass ich jetzt den Beweis für Eure Schuld in den Händen habe, angesichts der Tatsache, dass daran nicht mehr der Hauch eines Zweifels besteht, sehe ich keinen Grund mehr, Euch Eure Nachforschungen fortsetzen zu lassen.« Bianca versuchte Ian zu unterbrechen, doch er ließ es nicht zu. »Solange Ihr allerdings das Haus nicht verlasst, sehe ich auch keinen Grund, es Euch nicht weiter versuchen zu lassen. Es könnte ganz amüsant werden, dabei zuzusehen. Ich warne Euch aber, ich werde die Bediensteten in Alarmbereitschaft versetzen. Und glaubt ja nicht, Ihr könntet sie verführen, um sie auf diese Weise um den Finger zu wickeln und sie zu Euren Komplizen zu machen, so wie Ihr es mit dem armen Enzo getan habt. Meine Männer unterliegen nicht dem Diktat ihres Körpers.«

Bianca beruhigte ihn: »Keine Angst, wenn ich etwas von Euch gelernt habe, dann eins, nämlich dass Verführung weitaus langweiliger ist, als dass sie sich lohnen würde.« Damit machte sie auf dem Absatz kehrt und marschierte unter den erstaunten Blicken von sechs Augenpaaren davon.

17. Kapitel

Ian verbrachte den Rest des Tages in sehr schlechter Stimmung. Er hatte das Gefühl, als sei die Welt irgendwie aus den Fugen geraten: Die Arboretti verdächtigten sich untereinander, und sein Haus war in hellem Aufruhr. Bei der erstbesten Gelegenheit suchte er Crispin in den Gewächshäusern auf und entschuldigte sich bei ihm – eine derart ungewohnte Situation, dass Crispin beinahe in Ohnmacht fiel. Während er noch dort war, erwähnte Luca beiläufig Biancas morgendlichen Besuch. Damit war zumindest die eine Zeitlücke in Biancas Tagesablauf gefüllt. Ian war über sich selbst überrascht. Er merkte, dass er froh darüber war, dass Bianca ein Alibi für den Vormittag hatte, aber wahrscheinlich nur deshalb, überlegte er, weil dieser Umstand das Feld für seine Nachforschungen einengte und ihm seine Arbeit erleichterte. Gewiss war es das.

Immer noch ruhelos, beschloss er trotz des Regens einen Spaziergang zu machen. Das würde ihm gut tun. Ohne ein bestimmtes Ziel machte er sich auf den Weg. Er war überrascht – vielmehr versuchte er überrascht zu sein –, als er sich plötzlich vor den beiden zur Straße führenden Türen von Isabellas Haus wieder fand. Schockiert ertappte er sich dabei, wie er an dem Schloss der Seitentür zerrte, das zu seiner Verwunderung sogar nachgab, sodass er plötzlich einigermaßen erstaunt in dem Haus stand.

Er bewegte sich leise und schnell, einerseits um sein Gewissen zu beruhigen, andererseits aber auch, um niemanden – falls jemand da sein sollte – unnötig auf den Plan zu rufen. Er entschied sich, zuerst in Isabellas Zimmer, den seiner Meinung nach lohnendsten Raum, zu gehen. Ein kleines Fenster spendete ihm etwas Licht. Wunderbarerweise hatte er aber auch daran gedacht, für alle Fälle – man weiß ja nie – Kerzen und einen Feuerstein auf seinen Spaziergang mitzunehmen. Doch er wollte sie jetzt noch nicht benutzen. Auf dem Treppenabsatz blieb er stehen, um zu lauschen. Er hörte nichts, nur das Klopfen seines eigenen Herzens. Er näherte sich Isabellas Tür, öffnete sie lautlos und trat ins Zimmer.

Dann brach ihm jemand das Kreuz, zumindest schien das die Absicht des Mannes zu sein, der Ian plötzlich angesprungen hatte und ihn jetzt mit seinem ganzen Gewicht auf dem Boden festnagelte. Der Teppich müsste mal ausgeklopft werden, war Ians erster Gedanke, als er dankbar feststellte, dass sein Rücken nur schwer malträtiert, aber nicht gebrochen wurde. Trotzdem hielt er still, den Mund auf den dreckigen Teppich gedrückt, während sein Gegner das Knie, mit dem er Ian niedergedrückt hatte, durch einen Pistolenlauf ersetzte.

»Was tut Ihr hier?«, verlangte der Angreifer zu wissen. Ian hatte seiner Gewohnheit gemäß, alle und jeden zu provozieren, schon eine bissige Bemerkung auf der Zunge, schluckte sie aber wieder runter, als er die unverkennbare Stimme erkannte.

»Valdone! Mann, verdammt noch mal, Ihr hättet mich beinahe umgebracht.«

Der Mann glaubte ebenfalls die Stimme von irgendwoher zu kennen, war sich aber nicht sicher. Er rappelte sich so schnell es ihm seine stattliche Größe erlaubte, auf die Beine und hielt Ian eine Kerze vors Gesicht.

»D'Aosto! Was macht Ihr denn hier?«

»Ich stelle Nachforschungen an – auf Euren ausdrücklichen Wunsch hin«, erwiderte Ian trocken. Er bewegte den Kopf ein paar Mal hin und her, um sich zu vergewissern, dass er noch fest auf seinem Körper saß und voll funktionsfähig war. »Habt Ihr mich erwartet, oder was hat Euch sonst hierher geführt?«

Valdo schüttelte den Kopf und ließ sich aufs Bett plumpsen. Die Kerze stellte er neben sich ab. Dann strich er mit einer Hand über die pfirsichfarbene Seidenbettdecke.

»Sie mag diese Farbe sehr. Es ist ihre Lieblingsfarbe. Ich habe sie extra in England für sie einfärben lassen, und als sie sie zum ersten Mal sah …« Es hatte den Anschein, als wolle der korpulente Mann gleich zu weinen anfangen. Aber wenn Ian etwas noch weniger ausstehen konnte als heulende Frauen und heulende Kinder, dann war es ein heulender Fleischberg.

»Sie ist sehr hübsch. Aber Ihr habt mir immer noch nicht gesagt, was Ihr hier tut.«

»Ich warte. Sonntagabend ist der Abend, den sie und ich immer miteinander verbringen. Wir essen dann gemeinsam zu Abend, wisst Ihr. Ich dachte, vielleicht kommt sie ja dazu zurück.« Seine Stimme verlor plötzlich seinen jammervollen Ton. »Habt ihr das von Enzo gehört?«

»Ja, sehr beunruhigend. Das ist übrigens mit ein Grund, warum ich hier bin. Ich wollte eine Theorie überprüfen, die, ähm, die ich gerade verfolge. Ihr könntet mir dabei zur Hand gehen. Dann vergeht die Zeit schneller.« Ian hasste sich dafür, Valdos Hoffnungen weiter zu schüren.

»Warum nicht.« Valdo zuckte die Achseln und hievte sich trübsinnig vom Bett hoch. »Wonach sucht Ihr?«

»Nach Gucklöchern und Geheimgängen.«

Im Licht von zwei Kerzen suchten die beiden Männer jeden Zentimeter des Bodens ab, fanden aber nichts. Keine losen Bretter, keine Sehschlitze, keinen einzigen Hinweis auf eine geheime Möglichkeit, die Gespräche im Stockwerk darunter zu belauschen oder zu beobachten. Dann durchforsteten beide den nächsten Raum und auch noch einen dritten. Ians Rücken schmerzte, nicht nur von Valdos Attacke, sondern auch von der vorgebeugten Haltung beim Absuchen des Bodens. Er sah mitgenommen aus. Er richtete sich auf und streckte sich. Was tat er hier eigentlich? Warum ließ er sich auf die hirnverbrannte Idee einer Frau ein? fluchte er innerlich. Doch da kam ihm plötzlich eine eigene Idee. Frauen waren so empfindliche Wesen, dass ihre Toleranzgrenze für Unbequemlichkeit sehr niedrig war. Und stundenlang in gebückter Haltung, mit dem Ohr am Boden, eine Unterhaltung zu belauschen, das wäre in der Tat äußerst unbequem. Ganz klar, sie hatten am falschen Platz gesucht. Das Guckloch beziehungsweise die Abhörvorrichtung musste sich irgendwo anders befinden, wo es bequemer war.

Als Ian zurück in Isabellas Zimmer rauschte, wäre er beinahe auf Valdo getreten, der mitten im Zimmer herumkroch und den Boden auf lose Dielen hin abklopfte. Er stellte sich in die Mitte des Raums und sah sich langsam, jede Einzelheit registrierend, um. Zuerst legte er sich auf das Bett, um mit den Händen die Wand hinter sich abzutasten. Obwohl er nicht genau wusste, was er suchte, war er sich doch sicher, es sofort zu erkennen, wenn er es gefunden hätte.

Was immer es auch war, es war jedenfalls nicht hinter dem Bett. Nicht bereit aufzugeben, setzte er sich anschließend an Isabellas Schminktisch. Er öffnete nacheinander jede einzelne Schublade und dann die verschiedenen Schatullen. Nichts. Er entkorkte alle Parfums, schraubte Salbentöpfe auf. Wieder nichts. Der Spiegel bestand aus einzelnen, beweglichen Segmenten, die mit Hilfe von Scharnieren in verschiedenen Richtungen ausgerichtet werden konnte. Ian justierte ihn und faltete dabei jedes Teil längs der Scharnierleiste zusammen. Und da sah er es.

Hinter dem dritten und vierten Spiegelsegment befand sich ein breites, mit einem Korken verstopftes Rohr. Ian zog den Korken heraus und schaute hinein. Alles, was er sah, war Dunkelheit, doch ein Kribbeln in seinem Körper sagte ihm, dass er auf der richtigen Spur war.

»Valdone!«, rief er und wartete, bis der beleibte Mann zu ihm herübergeschlurft war. »Ihr setzt Euch jetzt hierher, und ich gehe derweil in das Empfangszimmer. Behaltet Eure Augen auf dem Rohr, und wenn Ihr etwas hört oder seht, ruft Ihr einfach.«

Bevor Valdo noch Fragen stellen konnte, hatte Ian bereits seine Kerze gepackt und rannte damit die Treppe hinunter. Anhand der Lage von Isabellas Zimmer erkannte er nach kurzer Überlegung, welche der drei Türen zum Empfangszimmer gehörte. Er fand sie unverschlossen vor und trat ein. Die Kerze stellte er mitten auf den großen Tisch, und dann begann er ein Gedicht zu rezitieren.

»Nel mezzo del camin' della nostra vita …« Noch ehe er die erste Zeile des Verses beendet hatte, hörte er Valdo schon schreien.

»Ich höre Euch. Ich sehe euch. Ganz deutlich. Das ist erstaunlich.«

Dem konnte Ian nur zustimmen, als er sich seinerseits vor das Rohr setzte. Er untersuchte das geniale System und versuchte sich die Details zu merken, um es in seinem eigenen Haus nachbauen zu können.

»Was ich nicht verstehe, ist, wie Ihr darauf gekommen seid. Ich habe hier so viel Zeit verbracht, aber ich hatte nie den leisesten Verdacht, dass es hier so ein Ding gibt.« Valdo sprach vom Empfangszimmer aus zu Ian im Schlafzimmer.

»Das ist eine lange Geschichte, und ich möchte sie lieber nicht erzählen, bevor ich nicht alles herausgefunden habe.«

Valdo war im Moment zu sehr von Ians intellektuellen Fähigkeiten beeindruckt, als dass er ihn unter Druck setzen wollte. Bereitwillig beherzigte er die Weisheit, ›Große Geister darf man in ihrem Wirken nicht einengen‹. Auch wenn Valdo nicht richtig verstand, was das alles mit seinem Wunsch, Isa wieder in seine Arme schließen zu können, zu tun hatte, war er sich doch sicher, dass das Rohr ein wichtiges Indiz war. Als sie wenig später gemeinsam das Haus verließen, überhäufte er den Grafen immer noch mit Glückwünschen zu seinem Fund. Für diesen Abend hatte er seine Hoffnung auf Isabella zwar wohl oder übel aufgeben müssen, aber sein Abenteuer mit Ian hatte ihn doch ein bisschen weniger niedergeschlagen als sonst weggehen lassen.

Ian lehnte das Angebot Valdos ab, ihn mit seiner Gondel nach Hause zu bringen. Er hoffte, der leichte Nieselregen und der Spaziergang würden seine Rückenschmerzen dämpfen und ihm dabei helfen, einen klaren Kopf zu bekommen. Die Existenz des Hörrohrs untermauerte zumindest teilweise Biancas Theorie über den Mord. Das war zwar kaum eine Überraschung, wenn sie selbst die Mörderin war, aber warum sie freiwillig ihr Motiv herausposaunte, das war keineswegs klar. Vielleicht dachte sie sich, Ian würde ihr das sowieso nie abnehmen, nachdem er sie ständig der Lüge bezichtigte. So musste es sein. Sie vertraute darauf, dass Ian das Ganze als Lüge abtat. Offensichtlich musste Enzo sterben, weil er den Wahrheitsgehalt hätte bestätigen können.

Und dennoch konnte er das nagende Gefühl des Zweifels nicht loswerden. Er musste, wenn auch widerwillig, zugeben, dass ein Teil von ihm, ein großer Teil von ihm, immer noch nicht glauben konnte, dass Bianca zu so schrecklichen Taten fähig war. Er verfluchte sich erneut, dieses Mal für seine Weichheit, verfluchte sich, weil er sich in ihren weiblichen Fallstricken verfangen hatte, weil er zuließ, dass sein Herz schneller schlug, wenn sie seinen Namen aussprach, und sogar noch schneller, wenn sie sagte ... ja, wenn sie sagte, sie liebe ihn. Und selbst wenn hinter all dem nicht die Absicht stehen sollte, ihn zu schwächen, so war ihm doch auch bewusst, dass Worte, die in der Hitze der Leidenschaft gesprochen wurden, wenig Gewicht hatten. Es war also idiotisch, immer wieder daran zu denken, ja, überhaupt an sie zu denken. Der Verstand sagte ihm, dass die These, es mit einer heimtückischen Mörderin zu tun zu haben, jetzt wahrscheinlicher war denn je. Sie hatte an diesem Tag sogar vor Zeugen zugegeben, dass sie ihn am liebsten umbringen würde.

Nun komm aber, sagte die Stimme in seinem Kopf, dass hat sie doch nicht ernst gemeint, und außerdem hast du sie ja auch ganz schön provoziert. Ian schüttelte den Kopf, wie ein Löwe, der eine lästige Fliege verscheuchen wollte. Er wollte die aufdringliche Stimme, die ihm zunehmend vertrauter wurde, endlich zum Schweigen bringen. Zum ersten Mal bemerkte er, dass diese neue Stimme an die Stelle von Moras Schmähungen gerückt zu sein schien, und er fragte sich, ob er vor diesem Wechsel nicht glücklicher oder zumindest weniger verwirrt gewesen war. Mora hatte ihm nie eingeflüstert, einer Mörderin zu vertrauen, einer mutmaßlichen Mörderin, sagte die Stimme. Ian wies sie wütend zurück.

Bis zu Hause hatte die Stimme ihn davon überzeugt, dass

er Bianca eine Entschuldigung schuldete. Nicht dafür, dass er sie ständig des Mordes bezichtigte, dazu stand er, aber für einige persönlichere Angriffe. Sein Ehrgefühl sagte ihm, dass er sie unnötigerweise provoziert hatte. Außerdem wäre es einfacher für sie, sich ihm zu offenbaren, wenn sie wieder miteinander sprachen. Ganz nebenbei war er aber auch gespannt darauf, zu erfahren, ob ihre Anziehungskraft inzwischen vielleicht doch nachgelassen hatte. An jenem Tag in der Bibliothek hatte er in ihrer Gegenwart nichts empfunden, ein Umstand, den er für viel versprechend hielt.

Ohne viel Zeit zu verlieren, machte er sich sofort auf den Weg zu Biancas Zimmer. Er stellte sich bereits vor, wie sie genauso daliegen würde wie am Abend zuvor, friedlich und einladend auf dem Bett ausgestreckt. Er würde sich schnell entschuldigen, sie würde seine Entschuldigung annehmen, und dann würde er in ihr Bett klettern und den Test machen. Er seufzte tief auf, weil er sich im Klaren war, dass ihm selbst auch einiges an Einsatz abverlangt werden würde, wenn er ihr Vertrauen wieder gewinnen wollte. Aber er musste schließlich an seine patriotischen Pflichten denken.

Doch er hatte sich umsonst Gedanken gemacht, Bianca war nicht da. Sie war auch nicht im angrenzenden Wohnsalon und auch nicht in der Bibliothek. Nicht im Speisesalon, nicht im kleinen Speisezimmer, weder im blauen Empfangssalon, noch im grünen, noch im goldenen, noch im holzgetäfelten Empfangssalon, nicht im Besprechungszimmer, nicht im Nähzimmer, nicht in Ians Zimmer, nicht in Francescos und Robertos Gemächern, in keinem der Ballsäle, nicht in den Dienstbotenquartieren und auch nicht in den Vorratsräumen oder in einer der Küchen. Ian war verzweifelt, voller Panik, sie könnte ihn verlassen haben, das heißt besser gesagt, sie könnte geflohen sein. Falls sie fliehen wollte, überlegte er, würde sie mit dem Boot fliehen, weil man sie zu leicht aufspüren könnte, wenn sie die verlassenen Straßen Venedigs zu Fuß durchquerte. Bevor er jedoch Alarm auslöste oder das Haus aufschreckte, musste er erst die Gondeln zählen. Sie waren alle da.

Sie zu finden wurde plötzlich zur vordringlichsten Sache, ja zur einzigen Sache überhaupt, die zählte. Er rannte die

Treppen hinauf, nahm immer vier Stufen auf einmal, und preschte den Gang entlang zu ihrem Labor. Ian öffnete die Türe mit solcher Wucht, dass sie aus den Angeln riss. Für den Anblick, der sich ihm beim Eintreten bot, hätte er aber frohen Herzens auch hundert Türangeln ersetzt.

Sie war da. Sie saß auf einem Stuhl vor dem leeren Loch, das einmal ein Fenster gewesen war. Zum Schutz gegen die Kälte hatte sie sich einen der großen Wollteppiche, die den Boden bedeckten, umgelegt. Als Ian hereinstürmte, drehte sie sich um, schien aber keineswegs überrascht. Sie konnte nichts mehr überraschen.

Der Regen hatte aufgehört, und der Himmel begann aufzuklaren. Im silbernen Mondlicht wirkte ihr Gesicht durchscheinend, sie sah aus wie eine Bergnymphe oder wie eine besonders sinnliche Madonna. Ian versuchte diese romantischen Gedanken zu verdrängen und ermahnte sich, an seine zweiteilige Mission zu denken. Er ging auf sie zu.

Bianca hatte sich wieder der Betrachtung des Himmels zugewandt. Sie hatte Ian nichts zu sagen, beziehungsweise nichts, was es wert war, gesagt zu werden. Sie saß schon an die zwei Stunden auf dem Stuhl und versuchte, die komplizierten Gefühle, die sie bedrängten, zu sortieren. Anfangs hatte sie zwar versucht, sich auf ihre nutzlosen Nachforschungen zu konzentrieren, war in Gedanken noch einmal alles, was sie wusste, durchgegangen, in der Hoffnung eine zündende Idee zu haben, aber ihr Gehirn hatte andere Pläne und hatte sie immer wieder zu Ian zurückgeführt.

»Ich bin gekommen, um mich zu entschuldigen.« Die Stimme an ihrem Ohr brach in ihre Gedanken ein, und Bianca merkte, dass sie doch noch in der Lage war, sich überraschen zu lassen. »Ich habe heute ein paar Dinge gesagt, die, weiß Gott, nicht nötig waren.«

Bianca vermied es ihn anzusehen, weil sie nicht wollte, dass er die Tränen sah, die sich in ihren Augenwinkeln sammelten. »Danke, mein Herr.« Ihre Stimme klang dünn, wurde aber fester, als ihr Mund wie von selbst fragte: »Warum habt Ihr sie dann gesagt?«

Ian schüttelte den Kopf und antwortete ihrem Profil: »Ich weiß es nicht. Wenn ich mit Euch zusammen bin, lasse ich mich manchmal«, er räusperte sich und suchte nach dem richtigen Wort, »fortreißen.«

Bianca hatte plötzlich das Bedürfnis zu lachen, unterdrückte es aber. Sie wandte ihm ihr Gesicht zu. »Ich glaube, Ihr seid einmal von jemandem tief verletzt worden, und jetzt wollt *Ihr* jemanden verletzen.«

Ians Blick wurde hart. »Eine interessante Theorie, *Carissima.*«

»Ich glaube, es war eine Frau.«

Ians ganzer Körper spannte sich an. Das Richtigste wäre, wutentbrannt aus dem Zimmer zu stürmen, die Tür zuzuknallen und sie dafür zu bestrafen, daran gerührt zu haben. Aber die Tür war zu Bruch gegangen. Und seltsamerweise wollte Ian gar nicht gehen.

Er wechselte das Thema. »Was tut Ihr hier oben in dieser Eiseskälte?«

Bianca musterte ihn immer noch. »Ich sehe mir die Sterne an, oder richtiger gesagt, den Stern meines Vaters.«

Ian sah sie skeptisch an. »Was meint Ihr damit? Ist er anders als andere Sterne?«

»Er sieht aus wie alle anderen Sterne, außer wenn er mir ein Zeichen gibt. Er merkt, dass ich ihn beobachte, und dann passiert irgendetwas, er blinkt oder wird größer oder sonst etwas.«

»Habt Ihr dieses Phänomen schon früher beobachtet?«

»Nein, das ist es ja gerade. Ich betrachte die Sterne, seit er gestorben ist, aber ich habe ihn nie gefunden.« Ian bemerkte ein kleines Zittern in ihrer Stimme. »Ich weiß, dass er mich nicht vergessen und verlassen würde, aber dennoch wäre es schön, ihn zu sehen. Es würde es einfacher machen, weiter an ihn zu glauben. Und ich würde mich nicht allein fühlen.«

Ian erwog, sie in seine Arme zu ziehen und ihr zu sagen, dass sie nicht allein sei. Er dachte daran, sie sanft zu küssen und sie zu wärmen, hatte den Gedanken, ihr das Versprechen zu geben, sie zu schützen und für sie zu sorgen, überlegte, ihr zu sagen, wie unauslöschlich sie sich in seine Gedanken eingebrannt hatte.

Er öffnete den Mund – und sagte: »Nach allem, was ich

darüber gelesen habe, erscheint es unwahrscheinlich, dass die Sterne tatsächlich die Seelen der Toten sind.«

Höchst beunruhigt sah Ian, dass Biancas Unterlippe zu zittern begann. Er wusste, was das bedeutete. Er zermarterte sich das Gehirn, versuchte sich vorzustellen, was Crispin in einer solchen Situation tun würde, wusste aber sogleich, dass Crispin nie in eine solche Situation käme, und fuhr hastig fort, sprudelte heraus, was ihm gerade in den Sinn kam: »Was ich meine, ist, dass Ihr vielleicht am falschen Ort sucht. Vielleicht hat Euch Euer Vater tagtäglich Zeichen gegeben, viele Zeichen, aber da Ihr andere erwartet habt, habt Ihr sie nicht bemerkt.«

Ihre Lippe hatte fast aufgehört zu zittern, und sie sah ihn mit einem Ausdruck an, der ihm nicht vertraut war und ihn verunsicherte.

»Ich kann natürlich falsch liegen. Übrigens, wenn Ihr Euch wirklich für Sterne interessiert, ich habe da in meinem Labor ein Gerät, mit dem man die Sterne näher heranholen kann. Vielleicht hilft Euch das, Euren Vater zu sehen.«

Bei dem Versuch, Ians verdrehten Gedankengängen zu folgen, war Bianca ganz schwindelig geworden, aber die Einladung, Ian in seinem Labor zu besuchen, bedurfte keiner weiteren Überlegung. Seit ihrem ersten Tag im Palazzo brannte sie vor Neugier, das Labor zu sehen, hatte aber immer zu viel Respekt vor der Heiligkeit des Ortes gehabt, um es ohne Einladung zu betreten. Außerdem hatte sie Geschichten über unglückliche Diener gehört, die sich in dem Labyrinth der Korridore des Hauses verirrt und sich bisweilen in Ians Labor wiedergefunden hatten, wo sie sich mit allerlei Furcht erregenden Dingen konfrontiert sahen, angefangen von einer Maschine, die Steine auf sie warf, bis hin zu einer Giftschlange. Ein Mann war kurz mit einem neuartigen Öl in Berührung gekommen, das er zunächst für zu harmlos hielt, um auf die Idee zu kommen, es wieder abzuwaschen. Als er jedoch später in der Küche Feuer machte, stellte es sich als höchst entflammbar heraus. Seine Augenbrauen waren nie wieder nachgewachsen.

Bianca nahm die Einladung mit einem Nicken an. Immer noch in den Teppich gewickelt, folgte sie Ian zu der großen

Türe am Ende des Ganges. Er benutzte einen Schlüssel, um sie zu öffnen – eine Vorsichtsmaßnahme nach der Geschichte mit den Augenbrauen – und winkte sie stolz in den größten Raum, in dem Bianca je gewesen war. Zumindest war das die Illusion, die die vollständige Verspiegelung aller vier Wände vermittelte. Bianca drehte sich und sah eine Schwindel erregende Anzahl von Biancas, die ihr von jeder Wand aus jedem Winkel entgegenstarrten. Sie war so desorientiert, dass sie gegen einen der beiden großen Arbeitstische stieß, die die Mitte des Raums ausfüllten. Einer von ihnen war leer, aber auf dem anderen standen verschiedene seltsam aussehende Geräte, oder besser gesagt, ein seltsam aussehendes Gerät in verschiedenen Größen. Während Bianca das alles mit großen Augen in sich aufnahm, zündete Ian ein paar Wachskerzen an und verteilte sie im Raum.

»Wozu sind die gut?« Bianca deutete auf die Geräte auf dem Arbeitstisch.

»Sie machen Dinge größer, als sie in Wirklichkeit sind. Wenn man beispielsweise ein Stück Gestein darunter legt, kann man nicht nur dessen Oberflächenstruktur sehen, sondern mehr oder weniger auch die Teilchen, die diese Struktur ausmachen.«

»Das könnte mir bei meiner Arbeit äußerst hilfreich sein.« Biancas Augen glänzten vor Aufregung, und Ian widerstrebte es eigentlich, ihre Begeisterung zu dämpfen.

»Das hier sind alles nur Prototypen und zwar keine besonders guten. Das ist alles noch in der Versuchsphase. Dennoch hoffe ich, irgendwann ein Gerät zu entwickeln, mit dem ich durch die Dinge hindurchsehen kann und dass ich dann erfahre, was unter der Oberfläche von jedem Ding ist.«

Bianca sah Ian forschend an. Was würde sie nicht darum geben, ein solches Gerät auf Ian zu richten, um unter seine Oberfläche zu blicken und seine Geheimnisse zu erkunden.

Sie sah ihn in einer Weise an, die ihn erneut sowohl entzückte, aber auch nervös machte. Deshalb versuchte Ian sie abzulenken. »Aber wir sind nicht hierher gekommen, um über *diese* Geräte zu sprechen. Wir sind hier, um durch *den* Apparat da zu schauen.« Ian deutete auf ein großes Gerät, das zu ihrer Enttäuschung nur wie ein Rohr aussah.

»Das ist das Instrument, das die Sterne heranholt?« Bianca musterte es ungläubig. »Wie kann es die Sterne sehen? Es gibt hier doch nirgendwo Fenster.«

Ian begann an einem schweren Seil zu ziehen, das an einer Wand angebracht war. Zunächst bemerkte Bianca gar nichts, aber ganz allmählich veränderten sich die Lichtverhältnisse in dem Raum. Sie verstand das gar nicht, bis sie nach oben blickte und sah, dass dort, wo normalerweise die Decke war, auf einmal Tausende und Abertausende von Sternen blinkten. Biancas erster Gedanke war, dass Ian irgendwie das Dach habe verschwinden lassen, aber dann begriff sie, was wirklich geschehen war. Das Seil, an dem Ian gezogen hatte, war mit einer riesigen Plane verbunden, die über die richtige Decke – eine Decke ganz aus Glas – gezogen gewesen war. Die Wirkung war fantastisch, und Bianca starrte staunend und mit aufgerissenem Mund auf das Wunder.

Sie wechselten kein Wort, während Ian sich voll darauf konzentrierte, das Teleskop aufzustellen. Er befestigte das lange Rohr zur Standsicherung in einem komplizierten Gestell und richtete es auf den Himmel. Mit einem Stock schob er eines der Dachpaneele wie ein Fenster auf, damit der Blick durch das Gerät klar war und nicht durch das Glas beeinträchtigt wurde. Dann sah er durch das Okular, schob einige Knöpfe hin und her, drehte an ein paar Schrauben, rückte einen Hocker heran, um Bianca einen erhöhten Stand zu ermöglichen und winkte sie schließlich zu sich.

Es dauerte einen Augenblick, bis sie begriff, was sie sah, aber dann stieß sie einen Begeisterungsschrei aus.

»Das ist ein Wundergerät! Ich kann alles sehen. Es ist so nah, dass ich das Gefühl habe, es berühren zu können! Habt Ihr das gemacht? Wie funktioniert das?«

Sie konnte es nicht sehen, aber Ian strahlte. »Ich werde es Euch irgendwann einmal erklären, aber nicht heute Abend, das würde zu lange dauern. Es funktioniert nach demselben Prinzip wie das Rohr in Isabellas Haus.«

Bianca drehte abrupt den Kopf herum, und er ließ sein Lächeln schnell verschwinden. »Was? Was in Isabellas Haus?«

»Das Lauschrohr, das ich für Euch dort suchen sollte; das, mit dem sie die Gespräche belauschte.«

»Es gab tatsächlich eins? Ihr habt es gefunden?« Bianca war ganz aufgeregt, ihre Hypothese bestätigt zu hören, aber noch aufgeregter war sie darüber, dass er sie trotz seiner geäußerten Skepsis ernst genommen hatte.

»O ja, ich war heute Abend da. Es war genauso, wie Ihr es vorausgesagt habt.«

»Dann müsst Ihr doch endlich einsehen, dass ich unschuldig bin! Das ist also der Grund, warum Ihr Euch entschuldigt habt!«

»Ich habe mich entschuldigt, weil ich überreagiert habe. Das Rohr beweist Eure Unschuld in keiner Weise. Im Gegenteil, Eure Kenntnis davon könnte ein schwer wiegender Beweis für Eure Täterschaft sein.« Ians Stimme war sachlich, aber er haderte mit sich, das Thema überhaupt angeschnitten zu haben.

»Aber ich wusste nichts davon. Es war nur eine Vermutung von mir. Wie sollte ich wissen, dass im Fußboden oder hinter dem Schminktisch ein Abhörgerät versteckt war?«

»Ha! Ihr wusstet es. Ihr habt gerade genau gesagt, wo es war.«

»Bei den Fingerknöcheln der Santa Regina, ich habe eben nur die Stellen genannt, die klar auf der Hand liegen. Ich bin sicher, Ihr habt dort auch zuerst nachgeschaut. Und außerdem, wenn ich die Mörderin wäre, warum sollte ich Euch dann davon erzählen? Warum sollte ich ein mögliches Motiv ausposaunen?«

Ian nickte und teilte ihr seine Überlegungen mit, wobei es sich eher so anhörte, als spräche er mit einer Verbündeten und nicht mit seiner Hauptverdächtigen. »Das habe ich zunächst auch gedacht, aber dann habe ich eine mögliche Erklärung dafür gefunden. Ihr habt darauf gebaut, dass ich das für eine Lüge halte, weil ich fast immer davon ausgehe, dass Ihr die Unwahrheit sprecht. Doch diesmal habe ich Euch ausgetrickst.«

»Ihr habt Euch selbst ausgetrickst« – in ihrer Stimme schwang keinerlei Boshaftigkeit mit, nur so etwas wie Enttäuschung –, »denn das ist das Absurdeste, was ich je gehört habe. Welchen Grund sollte ich haben, das zu tun? Warum sollte ich die Sache überhaupt erwähnt haben? Welchen

Grund sollte ich gehabt haben, völlig unnötig ein so hohes Risiko einzugehen?«

»Der Grund ist klar: Ihr wolltet mich zwingen, die Liste meiner Verdächtigen auszudehnen. Das hätte vielleicht sogar funktioniert, wenn Enzo nicht auch umgebracht worden wäre, aber dadurch wurde es off–«

Ian konnte nicht weiterreden, weil Biancas Lippen plötzlich seinen Mund verschlossen. Sie hatte aus einem Impuls heraus gehandelt und war entzückt von dem Ergebnis. Zumindest hatte sie damit erreicht, dass er mit seinen unerträglichen Anschuldigungen aufhörte.

»Können wir das nicht auf morgen verschieben?«, flüsterte sie ihm zu, als ihre Lippen sich trennten. »Ich habe mich so gefreut, bei Euch zu sein. Können wir das alles nicht bis morgen vergessen?« Auf dem hohen Hocker war sie mit Ian in gleicher Höhe und konnte ihm direkt in die Augen sehen.

Ian war sich nicht sicher, wann er die Kontrolle über die Situation verloren hatte, aber es war mehr als offensichtlich, dass er keine endlosen Tests mehr brauchte, um herauszufinden, dass er sich immer noch von ihr angezogen fühlte. Er hatte das Gefühl, als würde jede Faser seines Körpers auf ihre unerwartete Berührung reagieren. Irgendetwas in seinem Innern sagte ihm, dass es unklug wäre, ihr Gespräch zurückzustellen, aber andererseits hatte Bianca zumindestens in einem Punkt Recht. Für eine Konfrontation wäre am nächsten Tag noch jede Menge Zeit, und deshalb war es im Augenblick wichtiger, mit ihr zu schlafen. Sein Körper stimmte freudig zu.

Sie näherten sich einander zu einem weiteren behutsamen, innigen, sinnlichen Kuss. Bianca berührte seine Wange, fuhr mit der Hand durch sein Haar, malte mit dem Finger zarte kleine Muster auf seinen Nacken. Lange Zeit verharrten sie so, berührten sich zärtlich und küssten sich nur, doch Ians wachsende Erregung gewann bald die Oberhand über seine Willensstärke. Er hob sie vom Hocker und trug sie hinüber zu dem leeren Arbeitstisch. Behutsam setzte er sie auf dem Teppich ab, den sie immer noch gegen die Kälte trug. Er löste ihre Schnürbänder am Ausschnitt ihres Nachtgewands und streifte ihr das Kleidungsstück über die Schultern ab.

Einen Moment lang schien er durch ihren Anblick, wie sie mitten in seinem Labor vor ihm saß – nackt, erwartungsvoll, erregt – wie gelähmt. Er war unfähig, sich zu bewegen. Aber ihre ungeduldigen Finger, die sich fieberhaft an seinen Hosen zu schaffen machten, ließen ihn bald wieder zu sich kommen, und er kam ihr entgegen, indem er sich selbst seines Hemdes entledigte. Durch die Spiegel hinter ihm sah sie, wie ihre Hände über seinen Rücken strichen, und war fasziniert von der neuen Möglichkeit, zu berühren und gleichzeitig zu sehen. Es war ein neuartiges Gefühl der Erregung, das sie erschauern ließ, als sie Ian dabei beobachtete, wie er ihre Brustwarze in den Mund nahm, wie er sie mit seiner Zunge sanft umspielte. In einem plötzlichen Anfall von Unsicherheit entzog sie sich ihm völlig unvermittelt.

Als sie sprach, war ihre Stimme voller Selbstzweifel. »Heute in der Bibliothek, habt Ihr gesagt, ich sei pervers. Bin ich das?«

Ian merkte auf einmal, dass seine Entschuldigung völlig unzureichend gewesen war. »Nein, *Carissima,* das seid Ihr nicht, Ihr seid einfach sehr offen.« Der unsichere, gepeinigte Ausdruck, der Biancas Gesicht zeichnete, bohrte sich wie ein Dolch in sein Herz. Wie hatte er bloß so abscheulich sein können, fragte er sich. Was für ein grausamer Impuls hatte ihn nur dazu getrieben, ihre wunderbare, ansteckende Sinnlichkeit in den Schmutz zu ziehen? Obwohl er es sich nicht offen eingestehen wollte, hatte er an diesem Nachmittag Angst gehabt, dass sie wirklich schuldig war; Angst davor, sie aufgeben zu müssen. Und er hatte ihr diese Angst wie eine Waffe entgegengeschleudert, hatte wie ein verletztes Tier um sich geschlagen und sie dafür bestraft, dass sie ihn wieder fühlen lehrte. Wie konnte er diese, seine Worte je wieder gut machen? Die Vorstellung, diese Frau zerstört zu haben, die aufregendste Gefährtin, die er je kennen gelernt hatte – auch wenn sie möglicherweise so etwas wie eine gefährliche Verbrecherin war – diese Vorstellung war entsetzlich, vor allem angesichts seiner wachsenden Erregung. Schnelles Handeln war angesagt.

Bianca war verwirrt, als er sie vom Tisch zog, sich selbst auf einem anderen Hocker, der näher an der Wand stand, niederließ und sie mit dem Rücken zu ihm zwischen seine Beine setzte, sodass sie beide in den gegenüberliegenden Spiegel blicken konnten.

»Ich möchte Euch ein Geschenk machen. Ich möchte, dass Ihr seht, wie wunderschön Ihr in Eurem Orgasmus seid, *Carissima«*, flüsterte er ihr ins Ohr mit einer Stimme, die eigentlich all ihre Zweifel hätte zerstreuen müssen.

Mit einer Hand zupfte er an der Brustwarze ihrer linken Brust, während er mit der anderen tiefer und tiefer zu den feuchten Locken unterhalb ihres Bauchs glitt. Anfangs spielte er nur mit ihnen, entwirrte sie, verzwirbelte sie, strich sanft mit der Handfläche über sie. Dann glitt sein Zeigefinger tiefer auf der Suche nach der kleinen Perle, deren Berührung sie als so lustvoll empfinden würde. Sie beobachtete seine Finger, wie sie sich vortasteten und langsam kleine Kreise zogen. Ians andere Hand gesellte sich zur ersten und spreizte behutsam ihre Schamlippen, sodass sie seine langsamen sinnlichen Bewegungen beobachten konnte. Zuerst strichen seine Finger, dann seine ganze Handfläche ihre heißen, feuchten Schamlippen entlang. Jetzt massierte er mit beiden Händen ihren empfindlichen Punkt, drückte und zog an ihm mit allen Fingern, ein sinnliches Schauspiel, das ihr den Atem nahm. Es war offensichtlich, dass sie ihrem Höhepunkt entgegensteuerte, doch Ian war noch nicht bereit, sie loszulassen.

Er wollte, dass sie sich selbst im Zenith ihrer Erregung sah, wollte sicher sein, dass sie erfuhr, wie liebreizend sie aussah, wenn sie sich auf die höchste Welle sinnlicher Lust emporschwang. Ohne seine Hände wegzunehmen, glitt er vom Hocker und stellte sich für einen Augenblick hinter sie. Sie lehnte sich gerade an seinen warmen Körper zurück, genoss es, sein hartes Geschlecht an ihrem Rücken zu spüren, als er plötzlich die Knie beugte und ihren Blicken entschwand.

Er zog kurz seine Hände weg und tauchte kniend vor ihr wieder auf, spreizte ihre Beine, um sich dazwischen zu drängen. Im Spiegel konnte Bianca nur Ians blonden Hinterkopf sehen, aber sie fühlte seine Lippen und seine Zunge zwischen ihren Schenkeln. Sie hatte schon vorher geglaubt, dem Höhepunkt nahe zu sein, aber die Empfindungen, die sie jetzt hatte, waren um so viel intensiver, dass sie meinte, es kaum noch ertragen zu können. Sich selbst im Spiegel zu sehen, den goldgelockten Kopf zwischen ihren Beinen, zu spüren, wie er knabberte, leckte, saugte, während ein Finger in ihrer wartenden Höhle auf- und abglitt, war in höchstem Maße erregend. Sie empfand sich als erfahrene, begehrte, schöne, selbstbewusste Frau. Sie sah im Spiegel, wie ihre Hände in neu erwachter Kühnheit und Selbstsicherheit Ians Kopf umfassten und ihn noch fester zwischen ihre Beine drückten. Ihr Stöhnen wurde lauter, als sein Finger sich immer schneller bewegte, während seine Zunge unaufhörlich ihren sinnlichen Tanz tanzte. Und dann saugte er sie ganz ein, schlang seine Zunge um sie, und sie erreichte ihren Höhepunkt.

Schon als sie seinen Kopf umklammerte und wie von Sinnen in einem unbeschreiblichen Taumel der Gefühle immer wieder seinen Namen rief, wusste Ian, dass sein Geschenk angenommen worden war. Er zog sie zu sich hoch und küsste sie mit Lippen, die von ihr noch feucht waren. Sie drängte sich an ihn, wollte ihm nahe sein, wollte seine Arme fest um sich spüren, wollte den Duft seiner Haut einatmen. Sie sah in den Spiegel, sah, wie sie eng umschlungen dastanden und wünschte sich, dass dieser Augenblick nie vergehen möge.

Sie merkte, wie Ians Glied immer härter an ihre Schenkel drückte, und erinnerte sich daran, dass sie nicht die Einzige war, die es verdiente, auf den Wogen der Lust zu reiten. Sie fing Ians Blick im Spiegel auf und suchte mit der Hand Ians Geschlecht.

Als sie es mit den Fingern liebkoste, spannte sich sein Kiefer an, und sie wusste, er musste bald sein Ziel finden. Er fragte sich, ob er es wagen sollte, ihren neuen zerbrechlichen Waffenstillstand mit der Fantasie zu testen, die ihm gerade eben durch den Kopf gegangen war. In dem Bewusstsein ihrer Bereitwilligkeit und ihrer Offenheit sowie seiner Unfähigkeit, das Diktat seines harten Glieds noch länger zu ignorieren, trat er einen kleinen Schritt zurück, drehte sie um, sodass sie mit dem Rücken zu ihm stand, und lenkte sie zu dem Hocker.

So als könne sie seine Gedanken lesen, beugte sie sich vor und legte sich mit dem Bauch auf die kühle, weiche Sitzfläche. Dann griff sie hinter sich, um ihn näher an sich heranzuziehen. Als sein langes hartes Glied in sie eindrang, ging ein Wonneschauer durch ihren Körper, und Ian spürte, wie gefährlich nah er seinem Höhepunkt war. Er beugte sich über sie, umfasste ihre Brüste und stieß immer wieder zu. Er genoss es, ihre Schenkel an seinem Körper zu spüren, das Erbeben ihres Körpers, wenn sie sich ihm entgegendrängte. Er ließ ihre Brüste los, stellte sich aufrecht hin und presste sich in sie hinein, so fest er konnte, in dem erregenden Gefühl, dass ihr Blick im Spiegel auf ihm ruhte.

Als Ian seinen Höhepunkt erreichte, spürte er, wie die Wellen der Lust auch sie durchzuckten, ein perfektes Zusammenspiel, das ihrer Ekstase ungeahnte Dimensionen verlieh. Ihre Lustschreie verschmolzen miteinander, schwangen sich empor zum Dach des Labors und stiegen hinauf in die Unendlichkeit des Himmels.

Zu erschöpft, um in ihre Gemächer zurückzukehren, legten sie sich später gemeinsam auf den Tisch in der Mitte des Labors. Bianca war bald in den Schlaf hinübergedämmert, doch Ian war so von seinen Gefühlen erfüllt, von Gefühlen, die er, auch wenn sie ihm nicht vertraut waren, nur als Glücksgefühle beschreiben konnte, dass er keinen Schlaf fand. Eine Zeit lang hatte er nur die schlafende Gestalt neben sich beobachtet, erstaunt, wie vertraut und angenehm es ihm war, sie bei sich zu haben. Dann waren seine Augen zum Himmel empor gewandert. Er betrachtete die Sterne und fragte sich gerade, was mit ihm geschehen war, was aus ihnen beiden werden sollte, als plötzlich etwas Unglaubliches passierte.

Ian war zu gefangen, um sich zu bewegen, aber sein erstaunter Aufschrei weckte Bianca. Sie folgte seinem Blick zur Decke und stieß dann selbst einen Schrei aus. Es war, als habe sich der Himmel in festlichem Glanz geöffnet. Ein Stern und noch ein Stern und noch ein Stern und wieder einer flogen quer über den Himmel und malten mit ihrem Schweif eine leuchtende Spur ans Firmament.

18. Kapitel

Bianca lief ans Fenster, um zu sehen, woher das Geschrei kam, das sie aus dem Schlaf gerissen hatte. Sie schob die schweren Vorhänge zur Seite und sah sich plötzlich einem Pfau gegenüber, einem großen, gemein aussehenden Pfau mit einem Schrei, der selbst die friedlichste Hausmutter zu Gewalttätigkeiten hätte verleiten können. Während sie noch so dastand, wurde plötzlich die Tür von ihrem Zimmer aufgerissen und Nilo stürmte herein, gefolgt von Francesco, der sich etwas mehr Zeit ließ, aber auch außer Atem war.

»Nicht berühren, nicht berühren«, schrie Nilo und stürzte zum Fenster.

»Er ist nur verängstigt. Er erholt sich gleich wieder«, schnaubte Francesco und blieb bei Bianca stehen, um wieder zu Atem zu kommen. »Das war ein ziemlicher Schock, wir wussten nicht, dass sie fliegen können.«

Bianca nickte ernst. »Kann man noch mit anderen Tieren rechnen? Mit Tigern vielleicht? Müssen wir den zweiten Ballsaal womöglich zum Zoo umfunktionieren?«

»Signorina Salva«, sagte Francesco förmlich und blähte sich auf, als sei er beleidigt, »Ihr habt nicht die geringste Ahnung von Galas. Pfaue gehören nun einmal immer dazu.«

Er wandte sich von ihr ab und näherte sich dem verschreckten und immer noch schreienden Vogel auf dem Balkon. Als Bianca wenig später ihr Zimmer verließ, blieben er und Nilo zurück und beratschlagten mit ernster Miene, wie man das Tier wieder nach unten bekam und es dort auch halten konnte.

Die Schreie waren außerhalb ihres Schlafzimmers nur noch leise zu hören, aber das Haus war keineswegs ruhig. Das Dienstpersonal schien sich verdreifacht zu haben, und überall wuselten Bedienstete herum, die Treppengeländer dekorierten, in jedem Winkel Staub wischten, neue Teppiche auf den Böden auslegten … Bianca musste auf ihrem Weg zum Speisesalon immer wieder ausweichen: einem Schrank, der Beine bekommen zu haben schien, einem Tablett mit extra für diese Gelegenheit geblasenen Gläsern und einem großen Orangenbaum, der offensichtlich das ganze Treppenhaus ausfüllen sollte.

Als sie endlich ankam, stellte sie erleichtert fest, dass sich offensichtlich keines der Möbelstücke in dem Raum aus eigenem Antrieb bewegte und auch alles andere noch an seinem angestammten Platz stand. Doch es gab noch einen zweiten Grund zur Freude: Am Tisch saß Crispin, alleine. Gerade ihn hatte sie unbedingt sprechen wollen, aber sie hatte nicht das Risiko eingehen wollen, durch einen erneuten Besuch in den Treibhäusern Luca und die neue Pflanze zu verärgern.

Crispin begrüßte sie herzlich, als sie sich neben ihm auf einen Stuhl fallen ließ.

»Sagt, mein Herr, ist es absolut notwendig, dass man auf einer Gala Pfaue hat?«

Crispin setzte ein feierliches Gesicht auf. »Aber sicher, je mehr Vögel, desto beeindruckender die Gala. Unter zehn Pfauen läuft bei Ian gar nichts, da geht er erst gar nicht hin. Ich bin da weniger konservativ.« Er beugte sich vertraulich zu ihr vor. »Ich war einmal auf einem Zwei-Pfauen-Ball, aber ich gebe es zu, nur gezwungenermaßen.«

»Ich verspreche, das Geheimnis tief in meinem Herzen zu bewahren.« Bianca neigte leicht den Kopf.

»Natürlich, etwas anderes habe ich auch nicht erwartet. War es das, was Ihr mich gestern fragen wolltet, als Ihr mich in den Treibhäusern gesucht habt? Oder war Euer Anliegen belangloser?«

»Es tut mir so Leid, ich muss Lucas Nerven über Gebühr strapaziert haben.«

Crispin lächelte und wischte ihre Entschuldigung beiseite. »Macht Euch deswegen keine Gedanken. Das tut ihm gut.«

Bianca hatte herzhaft in ein Stück Pastete, das vor ihr lag, gebissen und kaute langsam, um sich die Zeit zum Nachdenken zu geben. Als sie aufgegessen hatte, wandte sie sich wieder an Crispin.

»Ich nehme an, Ihr habt auch von meiner Begegnung mit Eurer neuen Pflanze gehört. Ich habe Luca gefragt, wo sie herkommt, aber er wusste es nicht.«

»Das ist eine seltsame Geschichte.« Crispin sah nachdenklich vor sich hin. »Sie kam gestern hübsch verpackt hier an und war an mich adressiert. Aber es gab keine Unterschrift. Ich bin jetzt ein bisschen in Verlegenheit, weil ich weder weiß, wem ich zu Dank verpflichtet bin, noch woher die Pflanze kommt.«

»Kommt so etwas häufig vor?«

Crispin lachte. »Wenn Leute einem teure Geschenke machen, wollen sie gewöhnlich, dass man erfährt, wer der edle Spender ist, damit man genau weiß, an wen man seinen Dank zu richten hat.«

Bianca wollte sich so vorsichtig wie möglich an ihre nächste Frage heranarbeiten. »Hat man Euch eigentlich auch schon mal etwas Gefährliches geschickt?«

»Mir? Eine gefährliche Pflanze? Warum sollte jemand so etwas tun?«

Sie versuchte die Sache herunterzuspielen und gleichgültig zu klingen. »Vielleicht, weil jemand neidisch auf Eure Treibhäuser ist? Oder weil jemand die Arboretti nicht mag.«

Crispin horchte plötzlich auf. War Ian vielleicht immer noch misstrauisch und hatte sie vorgeschickt, um ihn nach ihrer erhitzten Debatte am Vortag auszufragen? Er hatte Ian sowieso im Verdacht gehabt, dass hinter seiner Entschuldigung irgendein finsteres Motiv stand. »Wir Arboretti haben sicherlich ein paar Feinde, aber ich –«

»Wen denn zum Beispiel?« Bianca ließ alle Vorsicht sausen.

Crispin ebenfalls. Wenn Ian sie schon hergeschickt hatte, um ihn auszufragen, dann sollte er auch etwas zu hören bekommen. »Jeden, dessen Preise wir unterboten haben beziehungsweise dem wir die Ladung weggeschnappt haben; Leuten wie den Bartolis zum Beispiel, die es uns nie verzeihen werden, dass wir den Kardamommarkt aufgekauft haben. Neid ist auch ein schwer wiegendes Motiv. Außerdem gibt es Dutzende von Leuten wie Oswaldo Cresci oder Fillipo Nonte, mit denen wir zwar nie Geschäfte gemacht haben, aber die uns unsere Größe und unseren Erfolg neiden und die sich, wenn sie könnten, nicht scheuen würden, unserem Ruf zu schaden. Das nur, was die Firma im Allgemeinen betrifft. Es gibt aber auch noch Animositäten persönlicher Art, wie zum Beispiel Morgana da Gigios Groll gegen Ian oder L. N.s Dauerfehde mit dem Fürsten von Navarra.«

Crispin setzte sich zurück, zufrieden mit der Wirkung, die seine Worte auf Bianca hatten. Ihre Überraschung legte sich aber rasch und er konnte förmlich zusehen, wie plötzlich eine Erkenntnis in ihr reifte.

»Bei der Kehle der Santa Dorotea, *sie* ist die Frau! Die Frau von vor zwei Jahren!« Bianca stotterte fast. Wenn Ian und die junge reiche Witwe eine Liebesbeziehung miteinander gehabt hatten, dann war es ja kein Wunder, dass Bianca ihm unattraktiv erschienen war. Wenn Morgana da Gigio in einem Raum war, dann existierte keine andere Frau mehr und zwar nicht nur wegen ihrer überwältigenden Schönheit, es war mehr als das. Von ihr schien etwas auszugehen, was die Leute wie ein Bannstrahl traf. Bianca hatte sie nur aus der Ferne gesehen, bei irgendwelchen Bällen und Versammlungen, aber sie war von ihr stets fasziniert gewesen.

»Mora wohnte einige Jahre hier im Palazzo. Sie und Ian waren sehr gute Freunde. Ja, sie hatte Ian eindeutig verhext.« Crispin nickte heftig und verkniff es sich, in Vorfreude auf das Gesicht, das Ian machen würde, wenn Bianca ihn damit konfrontieren würde, die Lippen zu lecken.

»Was ist passiert? Warum hegt sie Groll gegen Ian?«, fragte Bianca mit beinahe fester Stimme.

Crispin zuckte die Achseln und schob seinen Stuhl vom Tisch zurück. »Das müsst Ihr schon Ian fragen, wenn Ihr ihm nachher Bericht erstattet. Und vergesst auf keinen Fall, ihm zu sagen, dass ich davon Abstand genommen habe, den mutmaßlichen Foscari-Erben zu erwähnen.«

Crispin verließ den Raum, und für Bianca brach eine Welt zusammen. Sie war zu konsterniert, um nachzufragen, was er mit ›nachher Bericht erstatten‹ gemeint hatte, und auch zu erschüttert von der Nachricht, dass Ian und Morgana da Gigio liiert gewesen, vielleicht sogar Eltern eines Kindes waren. Sie stellte sich sich neben Morgana da Gigio vor – bieder, schrecklich naiv und furchtbar langweilig … Der Vergleich ließ sie zusammenzucken und noch mehr der Gedanke, welche Überwindung es Ian gekostet haben musste, nach der Ekstase, die er mit Morgana erlebt hatte, mit jemandem zu schlafen, der so unerfahren war wie sie. Sie brauchte sich doch nur anzuschauen … was hatte sie einer Nacht mit der vermögenden Witwe denn entgegenzusetzen – nichts. Eine solche Nacht würde man nicht so schnell vergessen.

Wenn Crispin gewusst hätte, was seine Worte bei Bianca ausgelöst hatten, hätte er sie nie ausgesprochen. Bianca würde sie gewiss nicht vor Ian wiederholen, vor allem schon deshalb nicht, weil sie wusste, dass sie ihm nie wieder ins Gesicht sehen konnte. Was hatte sie ihm schon anzubieten im Vergleich zu den Freuden, die er mit der anderen geteilt hatte? Sie hätte es besser wissen müssen, hätte es von Anfang an sehen müssen, spätestens aber nach dem Tag bei Tullia. Sie verfluchte sich selbst und ihren heißen Wunsch nach Erfahrung – oder auch einfach nur ihre schiere Begierde – diesen Wunsch, der sie kopfüber in einen Sumpf von Fragen und Gefühlen gestürzt hatte.

Die Uhren des Hauses schlugen zehn Uhr und erinnerten sie brutal an die harte Arbeit, die vor ihr lag, wenn sie noch eine Chance haben wollte, ihre Unschuld zu beweisen. Ihr blieben nur noch vierundsiebzig Stunden, um den Mörder zu fangen, und sie hatte noch nicht die leiseste Ahnung, wo sie beginnen sollte.

Als die Uhren achtmal schlugen stellten sich die ersten Gäste ein, zuerst nur vereinzelt, aber dann kamen sie scharenweise in einer langen Prozession von Gondeln den Canal Grande herauf. An alle prominenten Familien waren Einladungen ergangen, und es hatte den Anschein, als hätten sich alle entschieden, sie anzunehmen. Einige kamen aus Freundschaft oder Loyalität, doch die meisten trieb die Neugier, um mitzuerleben, wie Ian sich zu guter Letzt doch noch verlobte. Aber wie groß das Interesse an dem unnahbaren Graf auch sein mochte, es galt in gleichem Maße auch seiner Verlobten. Bei den wenigen Bällen, die Bianca besucht hatte, hatte sie genügend Männern den Kopf verdreht, um die Missbilligung der meisten adeligen Mammas auf sich zu ziehen, nicht nur weil sie, jung, schön und reich, eine Konkurrenz für deren Töchter war, sondern vielmehr weil sie sich – wie eine der Mütter es ausdrückte »so wenig um Anstand und Sitte scherte«. Als die Gäste sich überall im Palazzo verteilten, an ihrem Perlwein nippten und die exquisiten Dekorationen bewunderten, war denn auch die Frage, welcher Art die Entgleisungen Biancas an diesem Abend sein würden, Gesprächsthema Nummer eins.

Der Brauch verlangte es, dass das Verlobungspaar sich auf keinen Fall zeigte, bevor sich nicht alle Gäste eingefunden hatten. Dafür ließen sich aber die anderen Arboretti umso mehr sehen, plauderten galant mit den heiratsfähigen weiblichen Geschöpfen, während Francesco und Roberto dafür sorgten, dass sich die älteren Mitglieder des Adels nicht vernachlässigt fühlten. Jongleure und Akrobaten bewegten sich durch die Menge, stahlen hier einen Schluck aus einem Glas, erzählten dort Witze und zauberten ab und an Golddukaten hinter irgendwelchen Ohren hervor. Die Pfaue waren ebenfalls dort, stolzierten in ihrer vergoldeten Pracht zwischen den Gästen herum und wirkten im Schein der Kerzen wie Geschöpfe aus einem Märchen.

Die Roben der Frauen in allen Farben des Regenbogens – mal mit Goldfäden durchwirkt, mal mit Perlen eingefasst – sorgten für einen Farbenrausch, der fast genauso beeindruckend war wie das Farbenmeer in Crispins Gewächshäusern. Ihre Trägerinnen begutachteten sich gegenseitig und fanden sich zu kleinen Grüppchen zusammen, um sich über zu tief ausgeschnittene Dekolletés auszulassen (»sie sieht wie eine Amme aus, der man gleich einen Säugling anlegt«), allzu dicke Schulterpolster ins Visier zu nehmen (»wenn man jahrelang mit seinem Gondoliero geschlafen hat, geht einem vermutlich die Perspektive verloren«), um bissige Kommentare über die Rocklänge abzugeben (»wenn ich die Knöchel eines Esels hätte sehen wollen, wäre ich auf mein Landgut gefahren«) oder um darüber zu spekulieren, ob Signora Ricco es wohl geschafft hatte, nach ihren Spielverlusten ihre Diamanten wieder auszulösen oder ob sie immer noch Talmi trug ... Noch bevor die Feier richtig losging und der Tanz eröffnet war, war jedermann bereit zuzugeben, dass das Fest ein voller Erfolg war.

Als die Uhr neun schlug, verstummten plötzlich die Gespräche, und ein erwartungsvolles Schweigen legte sich über die versammelten Gäste. Die Leute drängten sich auf allen drei Ebenen im Hauptballsaal zusammen, in der Hoffnung einen Blick auf das Paar zu erhaschen, wenn es gleich – wie es das Protokoll verlangte – die Treppe nach unten schreiten und in die Menge eintauchen würde. Ein Quartett begann eine langsame, aber beschwingte Melodie zu spielen, die ihren Einzug begleiten sollte.

Dann spielte es sie ein zweites Mal.

Als die Musiker die Melodie gerade ein drittes Mal anstimmen wollten, bereit, die Wiederholung durch das Einstreuen improvisierter Soli zu kaschieren, tauchte plötzlich ein Diener auf, mit der Order abzubrechen. Es würde keinen Einzug des Paars geben. Die zukünftige Verlobte sei nirgends zu finden. Die Gäste nickten sich viel sagend zu und machten sich nicht einmal die Mühe, ihre Stimmen zu senken, als sie ihre Kommentare zu dem neuesten Beispiel von Biancas unziemlichem Verhalten abgaben.

Ian war weit weniger nachsichtig. Er rannte in Crispins Suite, von wo aus es losgehen sollte, aufgebracht auf und ab, als wolle er die Versprechungen der Händler in Bezug auf die außergewöhnlich hohe Strapazierfähigkeit der Teppiche testen. Aber noch eiliger als seine Füße hatten es seine Gedanken, die alphabetisch geordnete Liste der Foltermöglichkeiten für Bianca durchzugehen, die er bereits zwei Tage zuvor aufzustellen begonnen hatte. Er war gerade erst mit dem Buchstaben »A« fertig – Aufhängen über kochendem Öl –, als Giorgio die Frau, um die es ging, vor sich her ins Zimmer schob.

»Ich habe sie in den Dienstbotenquartieren bei ihrer Zofe Marina gefunden«, kam Giorgio Ians Frage in der ihm eigenen Manier zuvor.

Alle Gedanken an kochendes Öl, sarkastische Vorwürfe, schneidende Bemerkungen und beißende Kritik verflüchtigten sich wie Rauch, als Ian sie sah.

Ihr Kleid aus edlem Samt war von der gleichen Farbe wie der Topas, der um ihren schlanken Hals hing, und war mit reiner weißer Seide gefüttert und abgepaspelt. Der Ausschnitt brachte perfekt ihre kleinen vollkommenen Brüste zur Geltung, zwischen die sich der Topas schmiegte. Sowohl das Kleid als auch das Futter waren mit goldenen Blumen aller erdenklichen Formen und Größen getreu den von Luca gelieferten Vorbildern bestickt. Ihr Haar fiel, wie es für unverheiratete Frauen Sitte war, offen über ihre nackten Schultern und wurde durch einen eleganten, mit Diamanten besetzten, goldenen Haarreif aus dem Gesicht gehalten. Ihre bemerkenswerten Augen wirkten noch größer, ihre Lippen noch verführerischer als sonst. Ian spürte, wie sich in seinem Hals ein Kloß bildete, als er daran dachte, dass diese Schönheit möglicherweise eines Tages ihm gehören würde.

»Ihr seht zauberhaft aus«, wollte Ian eigentlich sagen, doch heraus kam: »Hattet Ihr etwa die Absicht, in einem unbeaufsichtigten Augenblick durch die Küche zu entfliehen?« Der Gedanke, sie könnte ihn verlassen, ließ seine Worte barscher klingen, als er es beabsichtigt hatte.

Bianca sah bekümmert aus. Es war nicht ihre Absicht gewesen, sein Missfallen zu erregen oder ihn aufzubringen, ganz im Gegenteil. »Ich brauchte jemanden, der mir bei meinem Haar half«, sagte sie mit dünner Stimme. »Ich wollte Euch nicht in Verlegenheit bringen.«

Der Kloß in Ians Hals wurde größer.

»Ihr könnt mich nie in Verlegenheit bringen«, lag ihm auf der Zunge, er sagte aber: »Als wenn diese Verspätung nicht peinlich genug ist. Kommt, wir haben keine Zeit, uns noch weiter mit Euren törichten Entschuldigungen zu befassen.« Er nahm ihre Hand und zog sie rabiat zur Tür. »Sag Ihnen, dass wir endlich fertig sind, Giorgio; dass meine reizende Verlobte geruht hat, aus der Spülküche zurückzukehren.«

Ian wollte ihr einen kalten Blick zuwerfen, um sie das volle Ausmaß seines Zorns spüren zu lassen, doch als er in ihre Richtung blickte, verflüchtigte sich sein Ärger. Ohne zu wissen, wie es dazu gekommen war, merkte er plötzlich, dass er sie küsste und sie mit der ganzen Kraft seines Körpers an sich presste.

»Bianca«, flüsterte er heiser, als sie sich trennten, und nichts erinnerte mehr an seinen rüden Ton von zuvor. »Bianca«, wiederholte er sanft, ja fast ehrfürchtig. Doch alles, was Ian vielleicht sonst noch hätte sagen wollen, wurde jäh unterbunden, als die Anfangsklänge für ihren Einzug einsetzten und das Verlobungspaar aus ihrer Intimität in die Öffentlichkeit zwangen, um die Gäste zu begrüßen.

Eben noch hatte Giorgio zufrieden in sich hineingelächelt, als er die Stufen hinabgestiegen war, um den Musikern das Zeichen zum Beginn zu geben. Doch dieses Lächeln währte nicht lange. Gerade als das Quartett zu seinem inzwischen vertrauten Refrain ansetzte, ging unten ein gewaltiges Raunen durch den Saal und erstickte jeden Ton. Der Grund für diese Unruhe blieb nur kurz ein Geheimnis, denn es war nicht zu übersehen, wie Morgana da Gigio höchstpersönlich in einer prächtigen, leuchtend roten Robe die Treppe hinaufschritt. Sie hatte ihre Ankunft absichtlich so geplant, dass sie mit dem Erscheinen des Verlobungspaars auf der Treppe zusammenfiel, in der Hoffnung, Ian in Verlegenheit zu bringen und die Diskrepanz zwischen sich und dieser langweiligen Göre, die er im Begriff war zu heiraten, möglichst krass hervorzuheben. Sie wollte Ian plastisch vor Augen führen, was er durch seinen Egoismus verloren hatte. Idealerweise würde das Mädchen in Tränen ausbrechen und Ians Unwillen auf sich ziehen. Doch das war nicht unbedingt erforderlich, um ihr das Gefühl zu geben, dass ihr Plan funktioniert hatte.

Es ließ sich alles wunderbar an: Ihr Auftritt löste die erhoffte Unruhe aus, und ihre Bewunderer scharten sich dazu sofort um sie. Doch als sie Ian mit dem kleinen Ding auf der Treppe begegnete, war irgendetwas verkehrt. Das Mädchen sah keineswegs so aus wie eine dieser biederen, langweiligen Frauen, die typisch für ihre Gesellschaftsschicht waren. Sie war schlichtweg nicht hässlich genug. Und Ian schien den Tränen näher zu sein als sie. Mora versank in einen tiefen Knicks – ein Knicks, der tief genug war, um ihre Brustwarzen über der Spitze ihres Mieders ein paar glücklich postierten Männern zu offenbaren – und begrüßte das Verlobungspaar.

Bianca streckte die Hand aus, während Ian sie unter den Augen von zig hundert prominenten Bürgern Venedigs bekannt machte. »*Carissima*, das ist Morgana da Gigio, meine frühere Geliebte.«

Was auch immer Mora sich hätte einfallen lassen, nichts hätte für einen solchen Aufruhr gesorgt wie Ians Vorstellung. Noch Wochen später sprachen die Leute darüber, mit welcher Wärme er sich Bianca zugewandt hatte und in welch scharfem Kontrast dazu die nüchterne Beschreibung von Mora gestanden habe. Auch wenn ihm das den Hass einiger Verehrer Moras eingebracht hatte, so hatte es auf der anderen Seite jedoch auch dazu geführt, dass sein Ruf als Eisblock einem neuen Bild von ihm als romantischem Helden gewichen war. Am Ende des Abends war Ian jedoch so weit, sich verzweifelt seinen alten Ruf zurückzuwünschen, der ihn niemals einer Belagerung von ganzen Heerscharen junger Frauen ausgesetzt hatte, die ihn plötzlich unglaublich galant fanden. Bianca hätte sich am liebsten vorgebeugt und ihn geküsst, aber sie wusste, dass das unweigerlich ein Stirnrunzeln nach sich gezogen hätte.

Ian hatte den Schlagabtausch gewonnen, und Mora wusste es. Im Bewusstsein ihrer Niederlage trat sie einen Schritt beiseite, jedoch nicht, ohne vorher Ian ihr berühmtes betörendes Lächeln geschenkt zu haben, das allerdings mehr dafür bestimmt war, die Kleine und nicht unbedingt Ian zu verwirren.

Es funktionierte. Keine Begegnung hätte den Unterschied zwischen der unkomplizierten Bianca mit ihrem schwachen Selbstwertgefühl und Ians schillernder früherer Geliebten deutlicher machen können. All die Stärke, die sie nach Ians Kuss in sich gespürt hatte, wich plötzlich aus ihr. Mit ihren schlammgrauen Augen und ihrem kurvenlosen Körper hatte Bianca in der Tat das Gefühl, mit jedem Atemzug kleiner und hässlicher zu werden. Aber die versammelten Gäste gaben vor, nichts davon zu merken, und behandelten sie nicht nur mit Höflichkeit, sondern ließen sie auch ihre Zuneigung spüren, als sie ihren Weg nach unten fortsetzten. Sie wusste zwar, dass hinter ihrer Freundlichkeit nur Mitleid stand, war aber nichtsdestoweniger dankbar dafür. Nachdem sie den ersten Tanz erfolgreich hinter sich gebracht hatten, ohne dass jemand hörbar irgendwelche Kommentare über ihre Ähnlichkeit mit einem abstoßenden Monster von sich gegeben hatte, fühlte sie sich fast wieder wie ein

Mensch und stark genug, sich an die erste Aufgabe, die sie sich selbst gestellt hatte, zu machen.

Nachdem Ian ihre Bewegungsfreiheit auf das Haus beschränkt hatte, wollte Bianca die Gelegenheit des Balls wahrnehmen und mit allen Männern, die Tullia als mögliche Heiratskandidaten von Isabella in Betracht gezogen hatte, ein Gespräch führen. Sie entdeckte Brunaldo Bartolini zusammen mit seiner Zwillingsschwester in der Nähe eines Springbrunnens und überlegte gerade, auf das fantastisch aussehende Paar zuzugehen, als sie bemerkte, wie vertraut sie sich miteinander unterhielten. Es gab Gerüchte, nach denen die beiden sich näher standen, als es bei Geschwistern sein sollte, was nicht weiter überraschte, da es nicht viele Leute gab, die so blendend aussahen wie die beiden. Obwohl Bianca dem Gerede keinen Glauben schenkte, widerstrebte es ihr dennoch, ein allzu persönliches Gespräch zu unterbrechen. Als sie sich weiter umsah, fiel ihr Blick auf Lodivicio Terreno. Sie wollte gerade auf ihn zugehen, als sich eine Hand auf ihre Schulter legte und sie veranlasste, sich umzudrehen.

Mit seinen kleinen, tief liegenden, schwarzen Augen, seinem glatten schwarzen Haar und seiner winselnden Stimme war Giulio Cresci von seiner unwiderstehlichen Wirkung auf Frauen überzeugt und vergeudete deshalb keine Zeit mit charmantem Geplänkel, um sie für sich zu gewinnen. »Tanzt mit mir, Signorina.« Seine Aufforderung war mehr ein Befehl denn eine Bitte, und ehe Bianca sich's versah, fand sie sich auf dem Tanzparkett wieder und wurde mit plumpem Eifer hin- und hergeschoben. Unter anderen Umständen wäre sie hoch erhobenen Hauptes einfach davonmarschiert, aber da er einer der Männer war, die auf ihrer Liste standen, hielt sie tapfer durch. Bei dem ständigen Wechsel mit den anderen Tänzern tauschten sie nur bruchstückhafte Sätze aus, und Bianca erkannte bald, dass sie ein Gespräch unter vier Augen organisieren musste, um Antwort auf ihre Fragen zu bekommen.

Unter dem Vorwand, erschöpft zu sein, gestattete sie ihm, sie zu einer Bank zu bringen, was sie jedoch kurz darauf bereute, da er offensichtlich falsche Vorstellungen von ihren

Absichten hatte. Sie konnte ihm zwar ihre Fragen stellen, doch seine Antworten waren alles andere als hilfreich. Er erging sich nur in leicht anzüglichen Fehlinterpretationen und Wortspielen, was an sich schon schlimm genug war. Doch dazu kam noch seine seltsame Angewohnheit, die Pointe für sich noch einmal zu wiederholen, sodass Bianca keine Möglichkeit hatte, höfliches Nichtverstehen vorzutäuschen.

Als sie ihn fragte, ob er ein Domizil auf dem Lande habe, lächelte er sie wissend an und erwiderte: »Schon Pläne, sich aus Ians Obhut davonzustehlen? Sich davonzustehlen? Aus der Obhut zu stehlen?«

Auf ihre Frage hin, wie er zu den Arboretti stehe, hob er die Augenbrauen und meinte, er sei mehr an seinem eigenen kleinen Baum interessiert und bot ihr an, die Gelegenheit wahrzunehmen, ihm dabei zu helfen, ihn wachsen zu lassen, den Baum wachsen zu lassen, ihn groß und stark werden zu lassen.

Als sie ihn fragte, ob er an Blumen interessiert sei, fragte er, ob sie sich von ihm gern ihre Blütenblätter pressen lassen wollte, ob er sie zum Erblühen bringen sollte, pressen und erblühen lassen, pressen und erblühen lassen. Und als er ihr dann noch anbot, diese Technik zu demonstrieren, da reichte es Bianca endgültig, und sie suchte das Weite.

Auch wenn keiner ihrer anderen Gesprächspartner derart anzüglich war, waren sie doch alle gleichermaßen locker. Sie erfuhr, dass die Franceschinis ihre Güter am Comer See verkauft hatten, dass Lodivicio Terreno eine interessante Sammlung medizinischer Pflanzen hatte, dass Brunaldo Bartolini Bienen züchtete und dass sie alle die Arboretti bewunderten und liebten. Etwas an der Art, wie Brunaldo Ians Namen aussprach, ließ in ihr allerdings den Verdacht aufkommen, dass es zwischen den beiden Männern gewisse Animositäten gab. Doch alle Versuche, ihn zu einem derartigen Eingeständnis zu bewegen, blockte er ab. Am Ende hatte sie außer der Erfahrung, wie anstrengend es war, während eines Balls Leute zu befragen, nichts weiter vorzuweisen und war genauso schlau wie vorher.

Ians Anstrengungen bei Signora Valdone waren zwar auch nicht ergiebiger, ließen dafür aber nichts an Eindeutigkeit zu wünschen übrig. Lucretia – sie bestand darauf, dass er sie so nannte – war nicht ganz so korpulent wie ihr Mann und auch nicht ganz so proportional gebaut. Sie hatte Ians Aufforderung zum Tanz mit derart verdrehten Augen und lautem Geplärr angenommen, dass Ian schon dachte, sie würde gleich einen Anfall bekommen und in Ohnmacht fallen. Aber ihm wurde schnell klar, dass dieses Verhalten normal für sie war. Klar wurde ihm aber auch, dass sie keinerlei Interesse an den amourösen Ausschweifungen ihres Mannes hatte, weil sie selbst viel zu sehr damit beschäftigt war, ihrerseits zum Zuge zu kommen. Bei ihrem ersten Vorstoß war Ian noch leicht überrascht, doch nach ihrem dritten plumpen Anlauf, den sie mit großen Gesten begleitete, hatte er sich damit abgefunden und sich ein dickes Fell zugelegt. Er konnte sich aus ihren Klauen allerdings nur dank eines jungen Dieners befreien, der plötzlich ihre Aufmerksamkeit erregte und ihn als Objekt ihrer Begierde ablöste. Er durfte nicht vergessen, dem jungen Mann einen zusätzlichen Obulus zukommen zu lassen, falls er ihn jemals lebend wieder sehen sollte.

Der Abend schritt in festlichem Glanze voran, es wurde bis zum Umfallen gegessen, getrunken, getanzt ... Zwischendurch war Bianca ungewollt über Ians Cousin Sebastian gestolpert, der gerade in einem abgeschiedenen Alkoven Cecilia Priuli eine ausgiebige Lehrstunde im Handlesen erteilte. Sie trat schnell zurück und wurde von ihrer Cousine Analinda abgefangen. Beflügelt durch zwei Komplimente von Crispin und die mögliche Aussicht, bald wieder mit Bianca unter einem Dach zu leben, umarmte sie sie herzlich. Tristan schien gleichermaßen gute Fortschritte bei Catarina Nonte zu machen, und das trotz der verdrießlichen Blicke ihres überbeschützenden Bruders Aemilio. Bianca beobachtete die drei, und dabei fiel ihr plötzlich ihr eigener Bruder ein. Sie überlegte, wo er wohl war, was er gerade tat und stellte sich die bange Frage, ob er tatsächlich ein Mörder war.

Dieser letzte Gedanke wurde von einer Welle von Gefühlen begleitet, die sie in ihrem erschöpften Zustand nur mit Mühe in den Griff bekam. Sie entschuldigte sich bei der

Gruppe junger Frauen, die sich um sie gesammelt hatte, um ihr zu ihrer glücklichen Wahl zu gratulieren, und stahl sich heimlich davon, um in ihren Gemächern einen Moment allein zu sein und zu entspannen. Sie durchquerte gerade den Wohnsalon, um sich ins Schlafzimmer zu begeben, als sie hinter sich eine Tür gehen hörte und eine weibliche Stimme ihren Namen rief.

»Ich dachte mir schon, dass ich Euch hier finden würde, *Carissima.*« Auf Moras Lippen hatte das Wort einen fremden Klang, der Bianca sowohl anzog als auch abstieß. Sie bekam es plötzlich mit der Angst zu tun. Doch dann schimpfte sie sich eine Närrin, drehte sich um und machte vor der anderen Frau einen Knicks.

Mora ging auf sie zu und musterte sie. »Ihr seht erschöpft aus. Kommt, setzt Euch, ruhen wir uns zusammen etwas aus.« Sie führte Bianca zu einem Diwan an der Seite und setzte sich dicht neben sie. »Ihr wisst ja, das hier war einmal meine Suite. Ian hat Paolo Veronese beauftragt, sie für mich auszumalen.«

Bianca nickte, nicht weil sie das gewusst hatte, sondern weil das Sinn machte. Es war eine prachtvolle Suite, die einer prachtvollen Frau würdig war. Was keinen Sinn ergab, was sie nicht verstand, war, warum Mora sie hier aufgespürt hatte.

Als habe Mora ihre Gedanken gelesen, lächelte sie sie an: »Ihr fragt Euch, warum ich hier bin. Warum ich meine Zeit mit Euch verbringe und nicht lieber inmitten meiner zahlreichen Verehrer. Das ist tatsächlich ganz einfach.« Sie streckte die Hand aus und nahm Biancas Hand, wobei sie sie mit offenen und aufrichtigen Augen anblickte. »Ian hat mich gebeten, Euch aufzusuchen und Euch darin zu unterweisen, was er gern hat. Er meint, er habe zwar bereits versucht, Euch seine Vorlieben zu lehren, aber ihr seid, nun ja, ein bisschen halsstarrig.«

Bianca war zu geschockt, um von ihr abzurücken. Es klang falsch, völlig aus der Luft gegriffen, doch Mora begegnete ihrem Blick mit absoluter Aufrichtigkeit, und sie konnte sich nicht vorstellen, dass jemand so überzeugend lügen konnte. Nachdem sie sich an diesem Nachmittag selbst schon ihre Mängel vor Augen geführt hatte, argwöhnte sie ja bereits, dass sie für Ian eine Enttäuschung auf der ganzen Linie war, und deshalb durfte es für sie eigentlich keine Überraschung sein, dass er für sie fachmännische Nachhilfe organisiert hatte. Es war wirklich nett von ihm, ihr erst noch die Chance zu lernen zu geben, bevor er sie völlig fallen ließ.

So zumindest drehte Mora es hin. Stundenlang hatte sie seit ihrem ersten Blick auf Bianca vor sich hingebrütet, um irgendeinen Plan auszuhecken, wie sie sich die Kleine gefügig machen konnte. Ihr Hass auf Ian war allerdings nur ein Teilmotiv, denn während sie das Mädchen beobachtet hatte, wie es sich bewegte, sich unterhielt, wie es tanzte, hatte sie gemerkt, wie sie anfing, die Kleine zu begehren. Mora war sich nicht sicher, ob ein Zwischenspiel in ihren erfahrenen Armen die Sehnsucht des Mädchens nach Ian vollständig würde auslöschen können, aber sie kannte ihre Fähigkeiten und wusste, dass sie realistischerweise durchaus damit rechnen konnte, sie zumindest zu dämpfen. Und gerade, als sie sich noch Gedanken darüber gemacht hatte, wie sie sich ihr am besten nähern könnte, hatte sich das Mädchen wie durch ein Wunder aus der Umklammerung ihrer faden Gesellschaft gelöst und war in ihre Suite gehastet. Moras Suite. Das war zu schön, um wahr zu sein.

Sie zog Biancas Hand an ihre Lippen und küsste sacht ihre Finger, wobei sie ihren Blick tief in Biancas Augen tauchte. Wie zufällig senkte sich ihre Schulter mit dem Effekt, dass eine ihrer korallenroten Brustwarzen aus ihrem tief ausgeschnittenen roten Kleid hervorlugte. Sie lächelte entschuldigend und führte gleichzeitig Biancas Hand abwärts, um sie zu berühren. Sie drückte ihre Finger dagegen, bis sie eine harte kleine Spitze bildete, um anschließend Biancas Hand um ihre ganze schwere Brust zu legen. »Das mag Ian gern«, gurrte Mora und ließ die Hand des Mädchens über ihre sinnlichen Formen gleiten.

Bianca hatte das Gefühl, unter irgendeinem Bann zu stehen, der es ihr unmöglich machte, sich zu bewegen oder zu atmen, sich zu fügen oder zu protestieren, ein Bann, der ihr irgendwie das Gefühl gab, außerhalb ihres Körpers zu stehen. Ihre Fingerspitzen kribbelten bei jeder Berührung von

Moras unglaublich weicher Haut, und ihr wurde klar, wie sehr Ian es vermissen musste, seinen Kopf auf die weichen Rundungen zu betten, über die ihre Hand gerade strich. Sie dachte traurig an ihren eigenen kleinen Busen und daran, wie dürftig auch er ihn empfinden musste. Er war offenkundig auch eine Enttäuschung für Mora, die sie mit einem äußerst mitleidigen Blick betrachtete.

Mora musste sich in eiserner Zurückhaltung üben, um nicht die Hand nach den wunderbar jugendlich frischen Brüsten des Mädchens auszustrecken. Sie gestattete sich lediglich, die Haarspitzen von Biancas welligem Haar über ihrer milchweißen Haut zu liebkosen und mit den Fingerspitzen über das seidenweiche Dekolleté zu streichen. Sie überlegte sich, dort oben anzufangen, sie zuerst in der Halsbeuge zu küssen, dann tiefer und noch tiefer, bis sie das Mieder erreicht hatte, wurde sich dann aber bewusst, dass sie sich diesen Luxus aus Zeitgründen nicht leisten konnte, weil sie jeden Moment gestört werden konnten. Sie zog Bianca näher an sich heran und drückte die Lippen auf Biancas Mund.

Der Kuss war warm und weich, sinnlich und sehr real, und Bianca merkte, noch ehe sie sich bewusst wurde, was geschah, dass sie ihn erwiderte. Doch plötzlich traf es sie wie ein Blitzschlag. Ihr Verstand fing wieder an zu arbeiten. Ian konnte Mora unmöglich zu ihr geschickt haben, das war absolut unvorstellbar, und wenn sie es zuließ, sich von dieser bemerkenswerten Frau verführen zu lassen, würde sie schlichtweg ein Teil des Schmerzes werden, den Ian mit sich herumtrug, ein weiteres Faustpfand in einem Rachespiel, das sie nicht verstand und das schon zu lange währte. Sie riss sich von Moras Lippen los, nahm ihre Hand von Moras Brust.

»Ich fürchte, ich muss zu meinen Gästen zurück. Danke für die Lektion.« Bianca lächelte ohne Arg und verließ den Raum.

Zum Teufel mit ihrer Dankbarkeit. Sie konnte keineswegs die Tatsache aufwiegen, dass Bianca Mora zurückgewiesen hatte. Sie, Morgana da Gigio, hatte ihre Zeit geopfert – Zeit, in der sie sich in der Bewunderung ihrer Verehrer hätte sonnen können – und sich dieser selbstsüchtigen, unerfahrenen Kleinen als Lehrmeisterin angeboten, und als Gegenleistung hatte sie nichts weiter als ein paar schäbige Dankesworte bekommen. Bianca hatte sie ausgetrickst, stellte Mora wütend fest, hatte sie ihre kleinen Hände auf ihrem Körper spüren lassen, hatte ihr eine Vorstellung von der geschmeidigen Zartheit ihrer Berührung gegeben, hatte Fantasien geweckt, und war dann, ohne die Ehre von Moras Zärtlichkeiten zu würdigen, einfach auf und davon. Moras einziger Trost war die Vorstellung, welche Überraschung und welches Entsetzen sich auf Ians Gesicht widerspiegeln würde, wenn er erfuhr, was sie getan hatte. Vielleicht würde das ja sogar schon reichen, um das Mädchen zu verstoßen. Niemand missbrauchte Morgana da Gigio ohne Folgen. Das Mädchen würde bekommen, was es verdiente.

Im Augenblick brauchte Mora erst einmal etwas, um Biancas Geschmack von ihren Lippen wegzubekommen, um das Bild dieses undankbaren, selbstsüchtigen Mädchens aus ihren Gedanken zu verbannen. Sie erwog, einen ihrer Verehrer hochkommen zu lassen und mit ihm in eben diesem Zimmer, das Ian ursprünglich für sie hatte gestalten lassen, zu schlafen, eine Vorstellung, die fast ebenso respektlos war wie die vorher versuchte Verführung. Der Gedanke war verlockend, aber nicht recht befriedigend. Dagegen war ihre nächste Idee äußerst reizvoll, und sie machte sich hastig daran, sie in die Tat umzusetzen.

Es dämmerte schon fast, als Bianca, Tristan und Miles die letzten Gäste ihre Gondeln besteigen sahen. Sebastian war unter einem mysteriösen Vorwand – er müsse noch zu einer Verabredung – bereits früher gegangen, und Ian und Crispin waren seit Stunden schon von niemandem mehr gesehen worden. Miles, der ganz vernarrt in Bianca war, stimmte Lobeshymnen darüber an, welch gute Figur sie an diesem Abend abgegeben habe, und betete die ganze Litanei von schmeichelhaften Kommentaren herunter, die die Leute über sie geäußert hatten. Aber sie war zu sehr mit ihren eigenen Gedanken beschäftigt, um mitzubekommen, was er sagte, und lächelte auch nicht, als Tristan sie mit ihrer neuen

Eroberung Miles aufzog. Sie musste unbedingt Ian finden, musste von ihm hören, dass sie ihn auf dem Ball nicht in Verlegenheit gebracht hatte. Als Roberto und Francesco zu ihnen traten, um weitere Galanterien beizusteuern, entschuldigte Bianca sich und wünschte ihnen allen eine gute Nacht.

Sie begab sich geradewegs in ihre Suite beziehungsweise die Suite, die sie ehedem für die ihre gehalten hatte, jedoch nur zum Schein. Ohne sich mit Umziehen aufzuhalten, wandte sie sich sofort dem gegenüberliegenden Geheimgang zu, der in Ians Schlafzimmer führte, und stieg die Treppe hinab. Sie hatte schon den Türknauf in der Hand und wollte gerade ins Zimmer stürzen, als sie plötzlich Stimmen hörte.

Es waren nicht wirklich Stimmen, mehr ein Stöhnen, ein Stöhnen, das immer heftiger und schneller wurde, während Bianca starr vor Schreck auf der Türschwelle stand. Unfähig sich zu bewegen, hörte sie, wie das Geräusch immer mehr anschwoll, bis sie plötzlich eindeutige Worte ausmachen konnte.

»Ja, ja, Morgana, o ja Mora, Mora, Mora«, schrie eine tiefe männliche Stimme ein ums andere Mal im Fieber höchster Ekstase.

19. Kapitel

Jetzt war schließlich doch der Zeitpunkt gekommen, sich in den Kanal zu stürzen, das war Bianca klar. Die einzige Entscheidung, die es noch zu treffen galt, war, ob sie sich von ihrem, vielmehr von Moras Balkon stürzen sollte oder, weil dieser vielleicht nicht hoch genug war, vom Dach des Palazzos. Auch wenn das Dach schwerer zu erklimmen sein dürfte, so hatte es immerhin den Vorteil, den Erfolg zu garantieren. Noch während sie die Treppe wieder hinauflief, entschied sie sich für das Dach. Ohne noch einen letzten Blick auf die wunderbaren Fresken zu werfen, durchquerte sie ihr prachtvolles Zimmer und machte sich, so schnell ihre Füße sie trugen, auf den Weg zum Treppenhaus. Sie hatte die erste Treppe schon genommen und war die zweite gerade halb oben, als sie direkt in eine Wand rannte.

Es war keine gewöhnliche Wand, was in diesem Palazzo kaum verwunderlich war. Während Bianca stehen blieb, um ihr Gleichgewicht wieder zu finden, bekam die Wand plötzlich Arme, dann eine Stimme und dann noch eine zweite Stimme.

Es war die zweite Stimme, die sagte: »Ist das bei Euch immer so, d'Aosto, kaum sprecht Ihr den Namen einer Frau aus, da kommt sie schon in Eure Arme geflogen?«

»Eines der wenigen Talente, die mir die Natur mitgegeben hat.« Ian versuchte seine Stimme dem lockeren Ton seines Gesprächspartners anzupassen, doch ein Blick in Biancas Gesicht sagte ihm sofort, dass etwas ganz und gar nicht stimmte. Er schlang seine Arme fester um ihre steife Gestalt und stellte ihr sein Gegenüber vor. »*Carissima*, ich glaube, Ihr kennt Duca d'Aquila bereits. Er hat mich gerade über Eure anatomischen Studien ausgefragt.«

Bianca hatte Alessandro Cornaro, Duca d'Aquila, auf einem ihrer ersten Bälle kennen gelernt und hatte ihn als außergewöhnlich unterhaltsam empfunden. Aber im Augenblick war sie zu perplex, um seinem Konversationstalent etwas abgewinnen zu können. Ihr Körper sagte ihr, dass sie im sicheren Kreis von Ians Armen stand, aber ihr Verstand wusste, dass das nicht sein konnte. Wie konnte er hier bei ihr sein, wenn er doch drei Stockwerke weiter unten mit seiner Nicht-mehr-Ex-Geliebten im Bett lag?

»Vielen Dank, dass Ihr mich durch Euer Labor geführt habt, d'Aosto«, sagte Alessandro gerade, als Bianca aus ihrer Geistesabwesenheit auftauchte. »Es ist ein fantastischer Raum. Wenn ich von meiner nächsten Reise zurückkomme, müsst Ihr mich auf meinem Anwesen besuchen und Euch die Ruinen des römischen Observatoriums anschauen. Ich würde gern Eure Meinung darüber hören. Und natürlich auch die Ihre, Signorina.«

»Ihr wart in den Labors?«, warf Bianca nicht allzu höflich ein.

»Ja, d'Aquila teilt mein beziehungsweise unser Interesse für die Sternguckerei.« Ian merkte, wie sich ihr Körper bei seinen Worten entspannte. Er blickte auf sie hinunter und versuchte die Verwirrung in ihren Augen zu entschlüsseln. Sie erwiderte seinen Blick mit einem Ausdruck, der, wie er vermutete, wohl ein Lächeln sein sollte. Es war jedoch kein Lächeln.

Alessandro spürte einen Stich. Neidisch beobachtete er den verständnisinnigen Blickwechsel des Paares. Sie sahen aus, als lebten sie in einer eigenen Welt, in einem magischen Raum, der ihnen ganz allein gehörte, und in den sie sich so schnell wie möglich wieder zurückziehen wollten. Er war zu sehr Kavalier, um noch länger zu bleiben, zumal ihr Wunsch allein zu sein, schmerzlich offenkundig war. Deshalb verabschiedete er sich höflich und verzichtete darauf, hinausbegleitet zu werden. Während er die Treppe hinabstieg, haderte er mit sich, sich während Biancas ersten Monaten in Venedig nicht intensiver um sie bemüht zu haben, beruhigte sich dann aber mit der Überlegung, dass er gegen den Graf d'Aosto sowieso nicht die geringste Chance gehabt hätte.

Erst als sie beide endlich allein waren, lockerte Ian seinen Griff um Bianca.

»Ihr wart mit dem Duca d'Aquila in den Labors?«, wiederholte Bianca ihre Frage.

»Warum fragt Ihr mich das dauernd?« In Ians verwunderter Frage schien Ärger mitzuschwingen, und Bianca löste sich von ihm. Sie wollte ihm ins Gesicht sehen können, wenn sie ihre nächste Frage stellte.

»Ihr wart nicht mit Mora zusammen? In Eurem Zimmer? In Eurem Bett?«

Jetzt wurde Ian wirklich ärgerlich. »Hat sie Euch das erzählt?«

Er hatte es nicht verneint. Bianca bemühte sich, ihre Stimme nicht schwanken zu lassen. »Nein. Ich habe Euch gehört. Durch die Tür.«

Sie hatte die Worte kaum ausgesprochen, da war Ian schon unterwegs. Mit finsterer Entschlossenheit stürmte er die Treppe hinunter. Bianca war hin und her gerissen. Sie war sich unschlüssig, ob sie ihren Weg zu den Labors fortsetzen und sich wie geplant in den Kanal stürzen sollte, oder ob sie Ian folgen sollte. Ihre Füße nahmen ihr die Entscheidung ab und waren schon nach unten unterwegs, als ihr Verstand ihr zu der Überlegung verhalf, dass der Kanal auch noch in einer Stunde da sein würde.

Der Geruch traf ihn, noch bevor er sie sah – der verführerische, einzigartige Duft von Mora. Er konnte sie spüren, konnte spüren, wie sie mit ihrer Gegenwart den Raum ausfüllte. Ein schwarzer Seidenstrumpf lag verlassen auf dem Samtsofa, die seidenen Decken auf dem Bett waren achtlos beiseite geschoben, und die Laken zeigten noch den Abdruck von zwei Körpern, die sich einen leidenschaftlichen Kampf geliefert hatten. Aber der Raum war leer, die beiden waren weg. Sie hatte sein Zimmer geschändet, vorsätzlich, unverhohlen, den Raum mit den Gerüchen ihres Körpers und mit ihren Erkennungssymbolen gefüllt und war dann verschwunden. Ian wurde von tödlicher Wut gepackt.

Die Hinweise waren unmissverständlich, aber Bianca spürte plötzlich, wie ihr kühler Verstand zurückkehrte. »Ihr braucht nichts zu erklären, mein Herr, und auch nichts abzuleugnen. Ich verstehe, warum Ihr Euch zu ihr hingezogen fühlt. Ich habe ihre Anziehungskraft selbst gespürt. Ich gehe jetzt aufs Dach –«

Bianca hielt inne, weil Ian sie gepackt hatte und sie mit tief bewegten Augen ansah. »Hört auf!«, befahl er mit einer Stimme, die keinen Widerspruch duldete. »Das war ich nicht, nicht mit ihr, nie wieder. Das müsst Ihr mir glauben.«

Bianca hatte sich in ihrem ganzen Leben noch nie etwas mehr gewünscht, als ihm zu glauben, jedenfalls nicht viel. »Ich glaube Euch, mein Herr«, versicherte sie ihm, in der Hoffnung, den gehetzten Blick aus seinem Antlitz zu vertreiben. Als Ian seinen Griff um ihren Arm lockerte, schluckte sie ein paar Mal kräftig und stellte ihm dann die Frage, vor deren Antwort sie sich fast noch mehr fürchtete. »Habt Ihr sie zu mir geschickt, um mir Nachhilfe zu erteilen? Um mich zu lehren, wie ich Euch lieben soll? So wie Ihr es gern mögt?«

Ian war wie vom Donner gerührt. Der Gedanke, dass Bianca von irgendjemandem etwas über die Liebe lernen musste, war so absurd, dass er beinahe laut losgelacht hätte. Aber die Art, wie sie den Atem in Erwartung der Antwort anhielt, sagte ihm, dass ihr ganz und gar nicht zum Scherzen zu Mute war. »Aber natürlich nicht! Wer hat Euch denn das erzählt? Das ist wirklich nicht nötig. Mora – klar doch! Sie war es.« Ian blickte beiseite, damit sie nicht den gewaltigen Zorn in seinen Augen sah und falsch verstand, gegen wen er sich richtete. Doch ein plötzliches Geräusch lenkte seine Aufmerksamkeit wieder auf sie zurück. »Was tut ihr da?« Bianca war in Tränen ausgebrochen.

»Oh, Madonna, sie hat Euch wehgetan. Ich bringe sie um. Was hat sie Euch getan? Sagt es mir, Bianca, verdammt noch mal, was hat sie getan?« Ians Stimme durchschnitt die Luft wie ein Messer. Er glühte vor Zorn.

Bianca schüttelte den Kopf und versuchte ihre Tränen der Erleichterung zurückzudrängen. Immer wieder von kleinen Schluchzern unterbrochen, sagte sie schließlich: »Nein –, nein –, nichts. Sie hat nichts weiter getan, als mich geküsst. Aber ich hatte solche Angst –, ich hatte solche Angst, dass Ihr sie mir geschickt habt, dass ich Euch missfalle, dass Ihr mich ver-, Ihr mich verab-, verabscheut –«

Bianca wurde abermals durch Ians Griff zum Schweigen gebracht, aber diesmal packte er sie, um sie an seine Brust zu ziehen. Er wollte sie beschützen, schwor er sich, er wollte ihr zeigen, wie ganz und gar nicht verabscheuungswürdig er sie fand. Er drückte sie an sich und hielt sie fest umschlungen. Sie glaubte ihn zittern zu spüren, aber es konnte auch nur das Zittern ihres eigenen Körpers sein.

Ohne ein Wort zu sprechen, gingen sie zum Bett. Ian half ihr beim Entkleiden, wobei sie sich allerdings weigerte, den großen Stein, der immer noch zwischen ihren Brüsten hing, abzulegen. Als sie beide entblößt waren, stiegen sie in das rostbraune Bett und machten es durch einen innigen, leidenschaftlichen Liebesakt zu dem Ihrigen. Anschließend sprachen sie über ihre Erlebnisse auf dem Ball, wobei sie sich wie ein glückseliges, sich sehr vertrautes Paar aneinanderkuschelten. Die Stimmung wurde nur getrübt, als Bianca ihr Gespräch mit Giulio Cresci beschrieb und Ian darauf bestand, den Mann zu einem Duell herauszufordern. Doch mit ein paar gezielten Küssen überzeugte ihn Bianca schnell, sein erhitztes Gemüt lieber ihr zuzuwenden. Als die Glut im Kamin langsam erlosch, schliefen sie eng aneinandergeschmiegt ein, eingewiegt von dem leisen Geräusch des Regens, der an die Fensterscheiben klopfte.

Irgendetwas Schweres fiel auf Biancas Nase und weckte sie auf. Aber Bianca wäre einen Augenblick später ohnehin aufgewacht, als nämlich plötzlich jemand anfing, immer wieder laut aufzuschreien. Es waren keine verständlichen Worte, mehr ein Geräusch, ein Geräusch, das aber ohne jede Frage von dem Mann neben ihr kam, dem Mann, dessen Arm sie gerade am Atmen hinderte.

»Ian«, sagte sie sanft, und noch mal »Ian«, diesmal schon drängender, aber immer noch nicht laut genug, um ihn über seine Schreie hinweg zu erreichen. Sie wand sich unter seinem Arm hindurch und wollte ihn schütteln. Aber als sie ihn berührte, stieß er sie beiseite und aus dem Bett.

»Ian!«, schrie sie und richtete sich auf. Sie packte ihn an den Schultern und schüttelte ihn so fest sie konnte. »Bei den Wundmalen der Santa Beatrice, Ian, wach auf!«

Ian setzte sich keuchend auf und sah sich verwirrt um. Er blickte zuerst auf die Hände, die ihn immer noch an seinen Schultern hielten, und dann zu der Frau hoch, die sich über ihn beugte. Da erst erinnerte er sich, wo er war und verstand, was geschehen war. Der Albtraum war diesmal anders gewesen, realistischer und intensiver als je zuvor. Daran war allein Mora Schuld, die sein Zimmer mit ihrem Geruch und ihrer Anwesenheit verpestet und damit die Erinnerungen und den Schmerz aus jener Zeit mit überdeutlicher Klarheit zurückgebracht hatte. Er schauderte. Bianca legte sich wieder neben ihn und bettete seinen Kopf an ihre Brust.

Es war ein schönes Gefühl, so da zu liegen, und Ian entspannte sich so weit, dass er wieder zu Atem kam. Sie strich ihm beruhigend über das Haar und massierte mit den Fingern sanft seine Kopfhaut. Als er wieder ruhig atmete, sagte sie: »Warum erzählt Ihr mir nicht von Eurem Albtraum?«

Sofort versteifte er sich wieder und versuchte sich von ihr

zurückzuziehen. Aber sie hielt ihn fest. Sie sehnte sich so verzweifelt danach, ihn zu verstehen, zu erfahren, was ihn so unglaublich hart gemacht hatte, wünschte sich, in sein Herz mit all seinen Geheimnissen zu blicken und ihm zu helfen, seine Wunden zu heilen. Nach den quälenden Augenblicken des Selbstzweifels, die sie in dieser Nacht durchlebt hatte, würde sie es nicht zulassen, dass er sich wieder von ihr zurückzog. »Ihr müsst es jemandem erzählen. Wenn Ihr es für Euch behaltet, kommt Ihr nie darüber hinweg.«

Regen strömte gegen die Fenster und Schweigen legte sich über den Raum. Bianca hielt Ian, seinen Kopf an ihre Brust gebettet, auch weiter fest umschlungen, schützend und warm. Ihr weicher Busen war so wunderbar verlockend, und als er seine Wange an ihm rieb, merkte er, dass er erregt wurde. Er würde sie lieben, entschied er, und dann würden sie schlafen, und dann würde sie aufhören, ihn mit ihren Fragen zu drangsalieren. Er war sich zwar vage bewusst, dass er etwas Falsches machte, aber er beschloss, das Gefühl zu ignorieren, um sich in der betörenden Frau neben ihm zu verlieren. Er nahm ihre Hand von seiner Schulter und führte sie über seinen Körper zu seinem bereits schwellenden Glied hinunter. Gleichzeitig machte er eine Drehung mit dem Körper, sodass er auf ihr lag.

»Liebe mich, *Carissima*. Nimm mich«, flüsterte er mit einer Stimme, die Lust versprach, einer Stimme, der sie, wie sie wusste, kaum widerstehen konnte.

»Nein!« Sie schüttelte den Kopf und begegnete seinem verschleierten Blick. »Nicht, bevor Ihr mir von Eurem Albtraum erzählt habt. Ich möchte wissen, was Euch solche Pein bereitet. Ich möchte Euch helfen, sie zu vergessen.«

Sie war nicht auf Ians dämonisches Lachen vorbereitet. Immer noch über ihr, stützte er sich auf seine Ellbogen und lachte sie an. Das Lachen war alles andere als fröhlich, und der Ausdruck auf seinem Gesicht ließ Bianca frösteln. Ian lachte und lachte. Sie würde ihn nicht lieben, bevor er ihr nicht seinen Albtraum erzählt hatte, behauptete sie, aber er wusste, sie würde ihn auch hinterher nicht lieben. Sie würde ihn nicht mehr berühren wollen, würde ihn verlassen wollen, so schnell sie konnte. Und genau das war es, was Ian so zum Lachen brachte. Denn natürlich saß sie in der Falle: sie war seine Gefangene, ob Verbrecherin oder Verlobte, sie konnte in keinem Fall gehen. Sie müsste bleiben, und er würde mit ihr schlafen, zusehen, wie sie sich wand, spüren, wie sie vor seiner Ekel erregenden Berührung zurückzuckte und wissen, dass sie ihn gemein, entsetzlich und abstoßend fand. Alle Voraussagen Moras würden sich erfüllen. Bianca hatte einmal gesagt, dass sie ihn hasse, aber das war nichts im Vergleich zu dem allumfassenden Ekel, den sie empfinden würde.

Ian lachte immer weiter, selbst als Bianca seinen Namen rief, selbst als sie versuchte, ihn wegzudrücken. Er würde ihr einen Grund liefern, ihn zu hassen, und dann bedurfte es keiner Erklärungen mehr. Sie wollte ihn besser kennen lernen, ihm näher sein. Gut, er würde ihr helfen, ihn so zu sehen, wie er sich selbst sah.

»Ihr werdet mit mir schlafen, jetzt sofort.« Es war ein Befehl, ausgesprochen mit einer Stimme, die Bianca nicht wiedererkannte. »Es ist besser so, es macht es Euch leichter, mich zu hassen. Glaubt mir, *carissima,* es ist besser so.«

Während Ian noch sprach, versuchte er bereits, ihre Beine, die sie krampfhaft zusammengepresst hielt, auseinander zu ziehen. Ihre Anstrengungen, ihn wegzuschieben, schienen Erfolg zu haben, doch nur so lange, bis er seine Arme auf die Ihren bekam und ihre Hände über ihrem Kopf fest hielt. Dieses Mal schob er sein Knie zwischen ihre Beine und schaffte es, sie zu spreizen, so sehr Bianca sich unter ihm auch krümmte und wand. Er hielt ihre beiden Hände mit der einen Hand nieder und knetete mit der freien Hand zuerst brutal ihre Brüste, um sie dann dazu zu benutzen, sein Glied zu führen. Er sah, wie sich ihr Gesicht vor Angst verdunkelte und schloss schnell die Augen, bevor er den Ausdruck des Abscheus sehen konnte, der unweigerlich folgen würde. Sie stieß nach ihm, schrie, wehrte sich, während das volle Entsetzen über seinen plötzlichen Wahnsinn über sie hereinbrach.

»Nein! Nein, Ian, nein!« Er behielt die Augen geschlossen, während er wie ein Wilder kämpfte, um sie gefügig zu machen und in sie einzudringen. »Das funktioniert nicht, Ian, es funktioniert auf keinen Fall. Ihr könnt mich nicht dazu bringen, Euch zu verachten!«

Ihre Worte brachten ein böses Lächeln auf seine Lippen und er öffnete die Augen. »Euch dazu bringen? Ich dachte, Ihr verachtet mich bereits. Das habt Ihr mir selbst gesagt, in diesem Zimmer, erst vor wenigen Tagen.«

»Es stimmt nicht. Meine Gefühle waren verletzt worden und meine Worte waren unüberlegt«, entschuldigte sich Bianca.

Ian, beziehungsweise der Mann, der einmal Ian gewesen war, knurrte böse. »Diesmal werde ich mehr als bloß Eure Gefühle verletzen, *carissima.*«

In seinem fieberhaften Wahn, in sie einzudringen, verdoppelte er seine Anstrengungen, um ihren Widerstand zu brechen und pflügte sich in sie hinein. Aber sie wehrte sich, stemmte sich mit all ihrer Kraft gegen ihn.

»Nennt mich einen Bastard«, flüsterte Ian ihr ins Ohr, und quetschte ihre Handgelenke immer fester zusammen, da sie den Mund nicht aufmachte. »Sagt mir, dass ich ein Feigling bin, nennt mich einen Vergewaltiger, na los, sagt es schon!«

»Nein«, wiederholte sie ein ums andere Mal. »Nein, nein, nein«, schrie sie gegen den Schmerz in ihren Handgelenken an.

»Sagt mir, dass Ihr mich hasst.« Ians Gesicht war nur noch um Haaresbreite von ihrem Gesicht entfernt. »Sagt es, verdammt noch mal, sagt es endlich!«

Bianca schüttelte den Kopf und plötzlich veränderte sich ihre Stimme, wurde ruhig und besonnen. »Es hat keinen Zweck, mein Herr. Ich werde es nicht sagen. Wegzulaufen und sich zu verstecken, die Leute, die sich um Euch sorgen, wegzustoßen – das ist nicht der richtige Weg. Ihr mögt mir wehtun, Ihr mögt meinen Körper schinden, Ihr mögt meinen Schoß schänden – obwohl ich nicht glaube, dass Ihr das wollt –, aber Ihr könnt meinen Geist beziehungsweise meinen Mund nicht zu Aussagen zwingen, die nicht wahr sind. Ich lasse mich nicht so leicht besiegen.«

Es waren nicht nur ihre Worte, sondern auch ihre Stimme, die Ians Wahn durchbrachen. Sein Gesicht verzerrte sich in bitterem Schmerz und er ließ sich kraftlos auf sie niederfallen. Sie hatte beide vor einer Verletzung bewahrt, die bei keinem von ihnen je vernarbt wäre. Sie hatte Ians Abwehrmauern durchbrochen und sich einen Weg in die steinerne Festung, die er rund um seine Gefühle aufgebaut hatte, erkämpft. Nichts konnte jetzt mehr wie früher zwischen ihnen sein, aber sie wagte zu hoffen, es würde vielleicht besser werden.

Sofort, als er ihre Handgelenke frei gab, schlang Bianca die Arme um Ian und hielt ihn fest. Diesmal gab es keinen Zweifel daran, dass er zitterte. Er war wie betäubt und voller Entsetzen, erschüttert über die Tatsache, dass er Bianca beinahe Gewalt angetan hätte. Er wusste nicht, was mit ihm geschehen war, welcher Dämon von ihm Besitz ergriffen hatte. Vielmehr, er wusste es nur allzu genau. Er hatte das Gefühl, als habe er den Albtraum wahr gemacht und all die abstoßenden Eigenschaften, die Mora ihm angehängt hatte, ausgelebt. Der Gedanke an seine Unbeherrschtheit und an die entsetzliche Grausamkeit des Verbrechens, das er beinahe an Bianca begangen hätte, überschwemmte ihn mit einer Welle von Abscheu und Selbstekel, die so gewaltig war, dass er es kaum ertragen konnte, in seinem Körper zu sein.

Aber dann spürte er Biancas Arme um sich, Arme die ihn ohne Arg umfangen hielten. Wenn sie ihm vergeben konnte nach allem, was er ihr gerade angetan hatte, dann konnte er sich gewiss auch selbst vergeben. Er schuldete ihr eine Entschuldigung. Und eine Erklärung. Er würde es ihr erzählen müssen. Er würde ihr die Geschichte erzählen müssen, die hinter seinem Albtraum stand, die Geschichte, für die es keine Vergebung geben konnte. Aber er wollte es so lange wie möglich hinauszögern, um ein letztes Mal den warmen, stillen Glanz ihres Körpers zu genießen, bevor er für immer für ihn verloren war.

»Es tut mir Leid«, murmelte er endlich, ohne sich zu rühren, in eine Brust.

»Und nun sagt es der anderen«, sagte sie ruhig und ernst.

Er drehte den Kopf zur anderen Seite und sprach deutlich zu ihrer anderen Brust. »Es tut mir Leid.«

Sie hob sein Gesicht zu sich hoch. Ihre Augen schimmerten golden. »Und jetzt küsst mich.«

»Seid Ihr sicher?« Ian fühlte sich plötzlich wie ein kleiner Junge, war unsicher; doch als er in ihre Augen blickte, diese ungewöhnlichen, tiefen Augen, verflüchtigten sich seine Bedenken. Er streifte mit seinen Lippen ganz sacht über ihren Mund und flüsterte ihr dann ins Ohr: »Es tut mir Leid, Bianca. Es tut mir so Leid.«

Sie schmiegte ihren Kopf an ihn, drückte ihn fester an sich. »Ich weiß. Ich möchte nicht, dass das noch einmal passiert. Ihr habt mir Angst eingejagt.«

Die Schlichtheit und Aufrichtigkeit, mit der sie sprach, drang tief in Ians Inneres. Er schuldete ihr die gleiche Aufrichtigkeit. Aber er hatte zu große Angst, Angst, dass sie ihn, wenn sie erst einmal die Wahrheit erfuhr, verachten würde, so wie er es verdiente und so wie er sich selbst verachtete. Selbst eine mutmaßliche Mörderin hatte ein Recht darauf, sich über einen Feigling zu erheben.

Er wagte sich nicht die Frage zu stellen, was es bedeutete, dass er solche Angst vor ihrer Zurückweisung hatte. Noch fragte er sich, warum er plötzlich das Bedürfnis hatte, dass sie alles erfuhr. Er fing einfach an zu sprechen.

»Ich habe diese Geschichte bis jetzt nur einem Menschen erzählt, und ich hoffe, sie nie wieder erzählen zu müssen. Niemand sonst, weder Crispin noch die anderen Arboretti, weiß darüber Bescheid. Sie würde große Schmach über alle bringen. Ich bitte Euch – nicht in meinem Interesse, sondern in ihrem – nie von Eurem Wissen Gebrauch zu machen und sie nicht weiterzuerzählen.« Ian wartete kurz, bis Bianca genickt hatte und drehte sich dann herum, damit er ihr nicht ins Gesicht schauen musste. Den Rücken an ihre Brust gelehnt, ihre Arme um sich geschlungen, begann er mit geschäftsmäßiger Stimme zu reden.

»Christian ist nur zwei Tage nach mir geboren und wir wuchsen zusammen wie Zwillinge auf. Tatsächlich scherzte auch jeder, dass wir uns in unserem Aussehen und in unserem Benehmen ähnlicher waren als alle anderen Mitglieder unserer Verwandtschaft. Unsere Familien hielten eng zusammen. Wir hatten dieselben Lehrer, machten denselben Sport, fuhren gemeinsam in die Ferien, besuchten dieselbe Universität und verreisten dann später auch gemeinsam.

Unsere Freundschaft war tief und umfassend. Er würde alles für mich tun, und ich würde alles für ihn tun, so dachte ich jedenfalls. Aber ich greife vor.

Eines Tages musste ich geschäftlich nach Sizilien, und Christian entschloss sich im letzten Augenblick, mich zu begleiten. Er hatte gerade mit einer Erbin aus Florenz Schluss gemacht und wollte dem Gerede entgehen, das unweigerlich immer folgte. Ich war begeistert, Gesellschaft zu haben und freute mich darauf, endlich wieder einmal mit ihm reden zu können. Er hatte das ganze Jahr über viel Zeit in Florenz verbracht, um seine Verlobung vorzubereiten, und wir hatten nicht viel Zeit für uns gehabt. Außerdem war auch ich ... beschäftigt gewesen. Versteht sich, dass mich die Aussicht auf eine Reise mit ihm hoch beglückte.

Wir segelten nach Messina und ritten von dort nach Syracus weiter. Meine Geschäftsverhandlungen waren kurz aber äußerst erfolgreich, und so war ich ganz begierig darauf, schnell wieder nach Hause zu kommen, um die frohe Kunde den anderen Arboretti mitzuteilen.« Ian hielt inne, schauderte einmal kurz zusammen und fuhr fort:

»Es war Sommer, die Tage waren lang, und ich bestand darauf, so schnell wie möglich abzureisen. Aber am zweiten Tag unserer Rückreise brütete Christian plötzlich irgendeine Krankheit aus. Er bat mich, mich schon mal auf den Weg zu machen, er würde mich schon irgendwo wieder einholen, spätestens in Messina, wo wir Giorgio mit unserem Schiff zurückgelassen hatten. Wir reisten nur mit einem Minimum an Dienerschaft, und es behagte mir überhaupt nicht, ihn zurückzulassen. Die Reise würde mit ihm mehr Spaß machen als alleine, und außerdem wollte ich ihn nicht gern im Stich lassen, wenn er krank war. Trotz seines Drängens blieb ich also in unserem Zeltlager, in der Hoffnung, er würde sich schnell erholen. Das tat er auch, und bei Einbruch der Dunkelheit ritten wir los, mit der Absicht, wenigstens noch ein kleines Stück des Wegs zu schaffen, bevor es ganz dunkel wurde.«

Ian schüttelte den Kopf. »Ich hätte es besser wissen müssen. Bei Tag ist Sizilien sicher, aber bei Nacht sind Handelskarawanen ein beliebtes Angriffsziel von Banditen. Törichterweise ging ich davon aus, dass wir, da wir ja keine Ware mitführten, nur Papiere, und außerdem verhältnismäßig wenige waren, für niemanden von Interesse seien. Aber die Sonne war gerade ins Meer getaucht, da wurden wir auch schon überfallen. Sie waren fünf, wir eigentlich acht, aber unsere Diener, die wir in Messina nur für unseren Ritt angeheuert hatten, suchten sofort das Weite und ließen Christian und mich, nur mit unseren Degen bewaffnet, allein zurück. Die Banditen drängten sich zwischen uns und umkreisten jeden von uns getrennt, drängten ihre Pferde gegen unsere.« Ians Stimme veränderte sich und klang gepresster, als läge ein schweres Gewicht auf seiner Brust.

»Drei von ihnen tänzelten um mich herum, und ich erinnere mich noch, wie ich erst einen und dann einen zweiten von ihnen aufschlitzte und dabei dachte, dass sie nicht sehr geschickt seien. Ich wusste, dass Christian noch besser mit dem Degen umzugehen wusste als ich, und glaubte, wir kämen mit heiler Haut davon. Ich irrte mich. Im selben Augenblick, als ich mit meinem dritten Angreifer kurzen Prozess machen wollte, hörte ich Christian aufschreien.

Ich drehte mich gerade rechtzeitig, um zu sehen, wie sie ihn vom Pferd zogen und ihm die Kehle durchschnitten. Ich sah, wie das Messer eindrang, wie sie ihm den Kopf abtrennten. Ich muss einfach nur dagestanden und zugesehen haben, ohne etwas zu unternehmen. Als ich vier Tage später auf einer Allee in Messina gefunden wurde, hatte ich nur ein paar blaue Flecken. Keine Degenverletzungen, keine gebrochenen Knochen, keinerlei Hinweis darauf, dass ich versucht hätte, ihm überhaupt zu Hilfe zu kommen. Ich stand da und sah zu, wie ein Mann getötet wurde, mein bester Freund.« Ians Stimme schwankte und Bianca merkte, wie sich sein Brustkorb schwer hob und senkte. Als er noch einmal zusammenfasste, war seine Stimme fest, emotionslos, gefasst. »Sie töteten den einzigen Menschen auf der Welt, dem ich wirklich nahe stand, und dem Anschein nach habe ich keinen Finger krumm gemacht, um das zu verhindern.«

Biancas Arme blieben um ihn geschlungen, aber er konnte sich nicht überwinden, ihr ins Gesicht zu sehen. Er spannte sich an, in Erwartung ihrer harschen Worte. »Wie seid Ihr zurück nach Messina gekommen?«

Ian stieß hörbar die Luft aus. Sie hatte zugehört und eine Frage gestellt, hatte keine Zurechtweisung parat. »Ich erinnere mich nicht. Von dem Zeitpunkt an, da ich den zweiten Angreifer niedergemetzelt und gesehen habe, wie Christian starb, erinnere ich mich an gar nichts mehr. Vermutlich habe ich es verdrängt. Aber Ihr wisst ja, was man über Feiglinge sagt – dass wir immer für alles eine Erklärung haben. Auf jeden Fall, als ich die Augen öffnete, stand Giorgio vor mir, und wir waren bereits auf See. Er erzählte mir lediglich, dass man mich in einer kleinen Straße hinter einer Schänke gefunden hatte. Er hatte zwar Nachforschungen angestellt, aber niemand wusste, wie ich dorthin gekommen war.«

»Was ist mit Morgana?« Ian ahnte nicht, welche Anstrengung es Bianca kostete, von ihr zu sprechen. »Ihr habt gesagt, Christian sei der einzige Mensch gewesen, dem ihr nahe gestanden habt, aber *ihr* habt Ihr damals auch nahe gestanden. Sie wohnte hier.«

Ian holte tief Luft. »Als ich heimkehrte, hatte sie bereits davon gehört, das heißt, sie wusste bereits, dass Christian tot war. Sie blieb bei mir und bat mich ihr alles zu erzählen, jede Einzelheit. Ich erzählte ihr die Geschichte so, wie ich sie Euch erzählt habe, und dann verließ sie mich«, *so wie Ihr mich verlassen werdet,* fügte Ian im Stillen hinzu.

Endlich wandte er sich doch zu Bianca um. »Aber nicht, ohne mir vorher gesagt zu haben, was sie von mir hielt. Sie sagte, ich sei ein Feigling, den man unmöglich lieben könne. Sie meinte, sie habe das schon immer geahnt, aber jetzt sei der Beweis erbracht. Es würde mir nichts ausmachen, einfach dazustehen und zuzusehen, wie Banditen einen Menschen, um den ich mich angeblich sorgte, schlichtweg abschlachteten. Sie machte mir klar, dass kein Mensch, von dem ich behauptete, ich würde ihn lieben, irgendetwas von mir erwarten könne. Ich hätte nicht die geringste Ahnung von Liebe, von Gefühlen oder davon, wie man jemanden glücklich macht. Sie klärte mich darüber auf, dass das Kind, das sie unter dem Herzen trug, nicht von mir sei, dass ich sie eine Zeit lang nicht befriedigt hätte, dass ich ein selbstsüchtiger, erbärmlicher Liebhaber sei, mehr ein Kind, denn ein

Mann. Schließlich erklärte sie mir noch, dass ich ein verabscheuungswürdiger, selbstgerechter Feigling sei. Ich sage Euch das alles, damit Ihr Euch nicht bemüßigt fühlt, das Ganze noch einmal zu wiederholen.«

Ian drehte seinen Kopf weg und gab ihr damit zu verstehen, dass sie nichts sagen sollte. Doch sie konnte natürlich nicht widerstehen: »Keine Angst, mein Herr. Ich würde Euch nie als feige bezeichnen. Aufreizend stur vielleicht, verbohrt, ja, dickköpfig, aber niemals feige.«

Sie machte sich über ihn lustig. Ärgerlich drehte er sich um, um sie zurechtzuweisen. Aber die Worte blieben ihm im Hals stecken, als er ihr in die Augen sah. Sie schwammen in Tränen.

»Provokant, das wäre sicher das richtige Etikett für Euch, und nervtötend.« Eine Träne rollte ihr über die Wange, und eine zweite gleich hinterdrein, doch sie sprach weiter. »Aber auch faszinierend, begabt, großartig und bewundernswert. Soll ich weitermachen?«

Ian traute seiner Stimme nicht und schüttelte deshalb nur den Kopf, überlegte es sich dann aber doch anders. »Gibt es denn noch weitere Attribute?«

Bianca schaute ihm tief in die Augen und lachte. »Ein oder zwei. Klug, unerschrocken, sehr unerschrocken und mutig, sympathisch – jemand, den man … durchaus mögen kann.« Es war nicht das Wort, das sie eigentlich verwenden wollte, aber es war sicherer.

»Sympathisch.« Ian runzelte die Stirn. »Das alles ist nicht gerade sehr aufregend. Könnte es nicht ›feurig‹ oder ›heißblütig‹ oder ›leidenschaftlich‹ sein?« *Oder jemand, den man lieben kann.* Die Stimme in seinem Kopf schien wieder da zu sein, erpicht darauf, seinen Verstand zu trüben. Sie erinnerte ihn an die Worte, die sie zwei Nächte zuvor ausgesprochen hatte, aber er wagte nicht, darauf zu hoffen, sie noch einmal zu hören.

»Wessen Liste ist das eigentlich?«, fragte Bianca mit gespieltem Ärger. »Außerdem möchte ich nicht, dass Euch das zu Kopf steigt.«

Ian hing einen Augenblick schweigend seinen Gedanken nach, wobei er mit dem Finger die Spur einer Träne auf ihrer

Wange nachzeichnete. Dann beugte er sich vor und küsste sie von ihrem Schlüsselbein weg, um anschließend seinen Kopf wieder an ihre Brust zu betten. »Haltet Ihr mich wirklich für faszinierend?«

»Beim Zeh der Santa Aemilia! Es war schon unangenehm genug, all diese netten Attribute für Euch überhaupt aussprechen zu müssen. Ihr könnt jetzt nicht auch noch verlangen, dass ich jedes einzelne kommentiere.«

»Ich mache keine Scherze, Bianca.« Sie sah, wie seine Hand sich zur Faust ballte und merkte, dass es ihm wirklich ernst war.

»Ja, mein Herr, ich finde wirklich, dass Ihr faszinierend seid.«

»Auch attraktiv?«

»Ich glaube nicht, dass ›attraktiv‹ auf meiner Liste stand«, sagte Bianca leichthin.

»Dann also nicht.« Ian klang verdrießlich.

»Mein Herr, ich bezweifle, dass es in ganz Europa irgendwo eine Frau gibt, die Euch nicht attraktiv findet. Zufrieden?«

Ian nickte, obwohl ihre Antwort ihn nicht vollständig befriedigte. Was kümmerten ihn die Frauen in Europa? Er wollte es von ihr hören, wollte, dass *sie* ihn attraktiv fand. Aber er wollte nicht zu sehr darauf herumreiten, und deshalb fuhr er fort: »Ihr habt ›mutig‹ gesagt. Habt Ihr wirklich mutig gemeint?«

»Wie viele Männer kennt Ihr, die sich mit einer Mörderin verloben würden, mein Herr?«

Sie hatte Recht, musste Ian zugestehen, obwohl sie im Augenblick nicht gerade schrecklich gefährlich schien. Außer vielleicht, für sein künftiges Glück, sagte die Stimme. Verdammte Stimme. Er ignorierte sie und wappnete sich für seine letzte Frage, die Frage, auf die alle anderen Fragen hinausliefen.

»Und … jemand, den man *mögen* kann?« Das Wort klang enttäuschend allgemein, aber er fürchtete sich, irgendein anderes Wort dafür zu verwenden. Sein Kopf lag immer noch auf ihrer Brust, und er konnte hören, wie Ihr Herz bei diesem Wort schneller schlug. Was bedeutete das?

»Immer noch, auch nachdem ich Euch von Christian erzählt habe?«, preschte er vor und wartete ängstlich auf ihre Antwort.

»Um ehrlich zu sein, mein Herr, es besteht jetzt sogar noch mehr Grund, Euch zu mögen.«

Ian brauchte einen Moment, um das zu verdauen. »Ihr seid nicht wie andere Frauen«, sagte er schließlich.

Bianca stieß die Luft aus. »Ich habe mich schon die ganze Zeit gefragt, wann Ihr das endlich merkt, mein Herr.«

»Ian«, bot er ihr an.

»Ian«, erwiderte sie.

»Küss mich«, drängte er.

»Küss mich«, kam ihr Echo.

Er küsste sie.

20. Kapitel

Giorgios Aufforderung, sich leise zu verhalten, folgend, näherten sie sich auf Zehenspitzen der Tür. Einer nach dem anderen der Arboretti legte sein Auge an das Schlüsselloch.

»Ich glaube es einfach nicht.« Tristan schüttelte den Kopf. »Er pfeift wirklich vor sich hin, ja?«

»Ja.« Crispin erschauderte. »Bei seiner Musikalität wäre es besser, er ließe es.«

»Dio mio, ich glaube, er hat gerade vor sich hin gelacht!« Sebastian war entsetzt.

Giorgio mischte sich kopfnickend ein: »Das tut er schon den ganzen Morgen. Ich dachte, Ihr solltet das sehen. Es ist sehr beunruhigend.«

»Sehr«, stimmten die anderen einhellig zu.

»Es kann nur ihretwegen sein, nicht wahr?«, fragte Miles, dessen zunehmende Venarrtheit in Bianca den Cousins nicht verborgen geblieben war.

»Nein, auf keinen Fall«, sagte Sebastian mit Nachdruck. »Ian hat schon Tausende von Frauen gehabt, aber keine von ihnen hatte eine derartige Wirkung auf ihn.«

»Sie ist ungewöhnlich«, gab Miles, ihr Bewunderer, zu bedenken.

»Das war Morgana auch, und sie hat ihn nie dazu gebracht, so vor sich hinzuträllern. Zumindest nicht, wenn er allein war.« Tristans Hinweis wurde von den anderen nur mit halbem Ohr aufgenommen, weil alle viel zu sehr mit der wundersamen Verwandlung Ians beschäftigt waren.

»Gestern Abend schien er noch völlig normal, oder?«, erkundigte sich Giorgio bei den Cousins.

Crispin nickte. »Wenn du damit schroff, kühl, förmlich und stets bereit, Frauen und kleine Tiere zu erschrecken, meinst, dann ja, dann war er gut in Form.«

»Es ist ernster, als wir denken. Guckt mal.« Sebastians blaue Augen blitzten in heiterer Verwunderung auf, als er die Aufmerksamkeit der anderen wieder auf das Schlüsselloch lenkte.

Ian hatte inzwischen zu pfeifen aufgehört und saß an seinem Schreibtisch in einer Haltung, wie er sie zwar schon tausendmal eingenommen hatte, doch mit einem kleinen Unterschied: Er lächelte. »Und er lächelt nicht so, wie er es sonst immer tut. Es ist nicht dieses typische Ian-Lächeln, das mehr auf Unheil hindeutet. Wisst Ihr, es ist, na ja, hmm, ein echtes Lächeln.« Miles, der Poet unter den Arboretti, hatte sichtlich Mühe, die richtigen Worte zu finden.

»Ihr müsst etwas unternehmen«, wandte Giorgio sich mit einem gespielt strengen Unterton in der Stimme an die Cousins. »Das ist weder normal, noch gesund. Das letzte Mal, als er so aussah, war unmittelbar, bevor er Lord Roche-Bernards Anwesen in die Luft jagte. Ich bin sicher, Ihr habt noch nicht vergessen, was für ein Schlamassel das damals war.«

Keiner der Arboretti hatte ihre überstürzte Flucht über die französische Grenze vergessen, nachdem Ian beschlossen hatte, seinen neuesten Sprengstoff an dem Landgut von Roche-Bernard zu testen, um dem Mann eine beleidigende Äußerung über eine Dame bei Hofe heimzuzahlen. Sehr zum Missfallen der anderen Arboretti, war der Test ein voller Erfolg gewesen, und es hatte Jahre gedauert, bis sie sich wieder nach Frankreich wagen konnten.

Ian dagegen fühlte sich alles andere als unnormal oder

gar krank. Er war mit sich zufrieden. Sein frühmorgendlicher Ausflug zur Rialto-Brücke war überaus erfolgreich gewesen. Er hatte genau das gefunden, was er gesucht hatte. Obwohl er es nur ungern zugab, aber hinter seinem Wohlbefinden stand mehr als nur sein Einkaufsbummel: Hunderte von Malen hatte er Bianca an diesem Morgen wiederholen lassen, dass er jemand war, den man mögen konnte. Auch nach allem, was sie über ihn erfahren hatte, hatte sie es jedes Mal, wenn er sie danach fragte, erneut bestätigt. Man konnte ihn gern haben.

Aber das durfte nichts an seinem Verhalten ihr gegenüber ändern, denn sie konnte ja auch gelogen haben, und dann stände er wie ein Narr da. Sie war nun einmal eine schlaue potenzielle Mörderin – nun ja, auf jeden Fall war sie schlau. Deshalb gab er sich, als es an der Tür klopfte, einen inneren Ruck, um sicherzugehen, dass seine Stimme beim ›herein‹ den gewohnt schroffen Klang hatte. Als die Tür aufging, hatte er schon wieder seine übliche Miene finsterer Entschlossenheit aufgesetzt. Zumindest hoffte er das. Es kostete ihn Mühe, Giorgio und die Arboretti nicht herzlich zu begrüßen und ihnen nicht gleich sein Geheimnis anzuvertrauen, wobei er sich fragte, ob sie sich überhaupt noch daran erinnerten beziehungsweise ob sie überhaupt je gewusst hatten, dass er ein Mensch war, den man durchaus gern haben konnte. Er hielt es jedoch für das Beste, sich so zu verhalten, als habe sich nichts geändert.

Er spielte seine alte Rolle als Griesgram so überzeugend, dass die Arboretti und Giorgio das Gefühl hatten, das Schlüsselloch müsse irgendwie präpariert gewesen sein und ihnen eine Fata Morgana vorgespiegelt haben. Sein Gesicht deutete nicht die Spur eines Lächelns an, und sein Mund war so verkniffen, dass man sich unmöglich vorstellen konnte, man könne ihm ein Pfeifen entlocken. Hatte dieser notorische Bärbeißer noch wenige Augenblicke zuvor wirklich vor sich hin gelacht? Crispin ging sogar so weit, mit den Fingern über das Schloss zu streichen, um irgendeinen Beweis für eine Manipulation zu finden, durch die ihr Blick womöglich verzerrt worden war. Während er noch damit beschäftigt war, fing Sebastian schon zu sprechen an.

»Wir wussten nicht, ob wir uns wie üblich unten zusammensetzen sollen, oder ob es dir hier oben lieber wäre. Ich fürchte, deine Verlobte wird einen ganzen Schwanz von Leuten zum zweiten Frühstück anziehen, und es ist vielleicht angenehmer, wenn wir dem entgehen. Ich wäre zwar nicht abgeneigt, Cecilia Priuli wiederzusehen, aber ich kann gut auf die öden Witzeleien und die alles andere als schmeichelhaften Kommentare über meine gemischten Vorfahren verzichten, an denen ihre Mutter solchen Spaß zu haben scheint.«

Ian hatte die traditionelle *pranza* am Tag nach dem Verlobungsball total vergessen, und er war sich sicher, Bianca auch. Er fragte sich, welche Heiligen sie wohl diesmal beschworen hatte, als sie es gemerkt hatte. Wenn er sich vorstellte, was für ein Gesicht sie gemacht haben musste, als Francesco und Roberto sie abholen kommen wollten, dann hätte er am liebsten laut losgelacht. Glücklicherweise erinnerte er sich rechtzeitig daran, dass Lachen verboten war. Und so nickte er mit ernster Miene, stimmte Sebastian zu und bat Giorgio, noch Stühle in die Bibliothek zu bringen.

Während Dienstboten nach und nach Stühle und Erfrischungen hereinbrachten, musterten die anderen Arboretti Ian weiterhin neugierig. Erst als alle Platz genommen hatten, richteten sie ihre Aufmerksamkeit auf Sebastian.

»Ich habe euch alle hierher gebeten, weil ich mit dem, was ich zu sagen habe, nicht bis zu unserer routinemäßigen Sitzung morgen warten will. Denn ich glaube, hierbei könnte Zeit eine Rolle spielen, und außerdem brauche ich euren Rat. Wie ihr wisst, habe ich den Ball gestern früher verlassen, weil ich eine Verabredung hatte.« Sebastian hob die Hand, bevor Tristan einen Einwurf machen konnte. »Und zwar nicht etwa mit Cecilia Priuli auf ihrer *terrazza. Magari!* Ich wollte, dem wäre so. Nein, mit jemandem, der entschieden weniger attraktiv ist, nämlich mit meinem Cousin Saliym.«

Sebastians Vater, der einzige männliche Nachkomme von Benton Walsingham und dessen venezianischer Ehefrau, erbte von seiner Mutter den illustren Familiennamen und von seinem Vater die Wanderlust. Sebastians Vater, Spross der vornehmen Dolfin-Familie, hatte Venedig viele Jahre lang als Botschafter und Abgesandter im Osmanenreich vertreten. Während seiner Amtszeit dort hatte er sich in eine Türkin verliebt und sie auch geheiratet. Sie war nicht etwa irgendeine Türkin, sondern eine der Töchter des damaligen Sultans. Sebastian wurde im Sultanspalast geboren und verbrachte dort auch seine frühe Kindheit. Doch nach dem Tod des Sultans – Sebastians Großvater – entbrannte in der Türkei ein Machtkampf, der der Entstehung einer starken Anti-Venedig-Fraktion Vorschub leistete. Als sich die Beziehungen zwischen Venedig und der Türkei immer mehr verschlechterten und zur offenen Feindschaft führten, musste die Familie nach Venedig umsiedeln. Erst vor ein paar Jahren war es unter dem neu eingesetzten Sultanat von Sebastians Onkel Saliym wieder zu einem, allerdings unsicheren, Frieden gekommen. Saliym, der jüngste Sohn des Sultans, war gelegentlich Gast im Palazzo Foscari gewesen und bei allen Arboretti sehr beliebt.

»Saliym ist hier? Warum hast du ihn gestern Abend nicht eingeladen, anstatt auf diese romantische Weise abzurauschen?« An Crispins Ton war unschwer zu erkennen, dass er überzeugt davon war, Sebastian flunkere ihnen etwas vor.

»Das ist genau der Punkt. Er ist nicht hier. Auf jeden Fall nicht offiziell, oder vielleicht sollte ich sagen, nicht offiziell so weit es die Venezianer angeht. Ihr hättet ihn gestern Abend sehen sollen – er reist als hochheiliger Mann des Sultans.«

Tristan, Miles, Crispin und Ian fragten wie aus einem Mund: »Saliym? Ein heiliger Mann?« Das passte irgendwie nicht zu den Erinnerungen, die sie von seinem letzten Besuch in Venedig hatten. Tristan hatte noch klar vor Augen, wie er heißblütig die Dienste von vier Prostituierten gleichzeitig genoss, und Miles ging der Atem immer noch schneller, wenn er an den ›speziellen Nachtisch‹ dachte, den Saliym bei einem Banquett zu Ehren der Arboretti serviert hatte.

Sebastian nickte. Seine Augen strahlten belustigt. »Kein Wein, keine Frauen, keine Geselligkeit. Er hat mir die halbe Nacht von seinen Entbehrungen vorgejammert. Er kann einen wirklich dauern. Er war so verzweifelt, dass er selbst auf die Gefahr hin, mit seiner Verkleidung aufzufliegen, Kontakt mit mir aufnahm, nur um sich zu erkundigen, ob ich nicht irgendwelche absolut verschwiegenen Kurtisanen kennen würde. Aber ganz nebenbei erwähnte er etwas, was meiner Meinung nach für uns von Bedeutung sein könnte.«

Auf die interessante Zwischenfrage, welche Frauen er denn empfohlen habe, ging er überhaupt nicht ein, sondern fuhr mit ernster Miene in seiner Erzählung fort: »Das Osmanenreich zusammenzuhalten ist offensichtlich weitaus schwieriger, als es sich mein Onkel vorgestellt hatte, und er braucht dringend Munition. Wie ihr wisst, sind England und Portugal die einzigen Mächte, denen es in den Sinn käme, den Türken Schießpulver zu verkaufen, da sie die einzigen Staaten sind, die die Türkei niemals direkt bedroht haben. Angesichts ihrer Monopolstellung haben sie ihre Preise um ein Tausendfaches erhöht. Saliym behauptet, dass es nach den sorgfältigen Berechnungen der Schatzmeister des Sultans billiger wäre, ganz Konstantinopel in die Neue Welt zu verlegen, als eine Ladung Munition bei Königin Elisabeth zu kaufen. Im Endeffekt ist es tatsächlich preiswerter, das Zeug auf dem schwarzen Markt zu kaufen, und das ist genau das, wozu sich der Sultan entschieden hat. Das Schiff, mit dem Saliym und sein türkischer Gefährte ankamen, sollte sich mit einem Schiff einer venezianischen Handelsgesellschaft treffen, die versprochen hat – sie mit zwölfhundert Tonnen Schießpulver zu beliefern.«

Sebastian machte eine Pause, um seine Worte wirken zu lassen. Auch wenn zur Zeit mehr oder weniger Frieden herrschte, waren die Venezianer den Türken nicht gut gesonnen. Sie waren ihre historischen Feinde. Deshalb war es nicht nur ein einfacher Übergriff, sondern ein verräterischer Akt, dem Osmanenreich irgendeine Art von Waffenmaterial zu verkaufen. Bei guter Planung reichten an sich schon tausend Tonnen Schießpulver aus, um ganz Venedig aus dem Wasser zu sprengen, aber notfalls blieben ja immer noch zweihundert Tonnen übrig, um sich um diejenigen zu kümmern, die vielleicht überlebt hatten. Das Geschäft, von dem Saliym Sebastian erzählt hatte, war Verrat auf höchster Ebene.

»Du sagtest, sie ›*sollten* sich treffen‹. Haben sie sich denn inzwischen getroffen?« Selbst jetzt hatte Ian Mühe, angemessen finster zu klingen. Er fragte sich, wie er das sonst immer schaffte.

»Nein. Das Boot ist nie angekommen, nur ein Beauftragter der Gruppe, der ihnen eine geringere Ladung versprach, es aber ablehnte, den Preis auch entsprechend zu senken.«

»Lass mich raten, sie sagten, sie könnten nur siebenhundert Tonnen liefern?« Tristans gewohntes Lächeln war bei der Nennung der Schießpulvermenge, die vor der Explosion aus dem Lagerhaus der Arboretti verschwunden war, einer ernsten Miene gewichen.

Sebastian schüttelte den Kopf. »Nein, nicht einmal fünfhundert Tonnen. Aber die Türken weigerten sich, für die Ware, die sie nicht bekamen, zu zahlen, und die Venezianer weigerten sich, von ihrem Preis abzurücken, lamentierten über die Schwierigkeiten, die sie hatten, um an das Zeug überhaupt heranzukommen.«

Ian schnaubte verächtlich. »Schwierigkeiten! In ein unbewachtes Lagerhaus einbrechen und ein paar Leute bestechen, damit sie den Mund halten. Das nennen sie Schwierigkeiten?«

»Woher willst du wissen, dass es unser Schießpulver war?«, wollte Miles wissen und strich sich das Haar aus der Stirn. »Nach dem, was Sebastian gesagt hat, stimmt die Menge doch nicht mit der Menge überein, die sie geklaut haben.«

Ian drehte seine Handflächen nach oben. »Der Zeitpunkt passt zu genau. Und dann ist da noch die ursprüngliche Menge. Überlegt doch mal, das Boot, das die Ladung aufnehmen sollte, das Schiff, das wir nach Anweisung von L. N. nicht auslaufen lassen sollten, war für genau zwölfhundert Tonnen ausgelegt.«

»Aber diese Menge ist doch nichts Besonderes.« Miles sah zwar Ian an, doch es war Tristan, der antwortete.

»Genau. Das macht den Zufall ja auch so eigenartig. Warum keine gerade Zahl wie tausend Tonnen, wie es an sich handelsüblich ist?«

Crispin war skeptisch. »Wenn dem so ist, warum verkaufen sie dann nur einen Teil der gestohlenen Menge? Wofür haben sie die restlichen zweihundert Tonnen zurückbehalten? Um irgendeine Jagdhütte in die Luft zu jagen?«

»Nein, dafür reicht eine halbe Tonne«, witzelte Ian, bevor ihm einfiel, dass er niemals Witze machte. Er räusperte sich schnell, in der Hoffnung, niemand habe es bemerkt. »Ich habe den Verdacht schon am Sonnabend gehabt, und ich glaube immer noch, dass es irgendjemand auf uns, die Arboretti, abgesehen hat. Ich wette, dass sie zweihundert Tonnen Sprengstoff mit der Absicht zurückbehalten haben, uns etwas anzutun.«

»Ich weiß nicht, ob ich dem zustimmen kann.« Sebastian schüttelte bedächtig den Kopf. »Es sieht ja wirklich so aus, als hätten diese Venezianer beabsichtigt, mit unserem Schießpulver Geschäfte mit den Türken zu machen. Aber nach den Informationen von Saliym erscheint es unwahrscheinlich, dass ihr Interesse an uns darüber hinausgeht. Ich vermute, sie haben als Opfer einfach irgendjemanden mit einem Munitionskontrakt ausgespäht. Das hätten nicht unbedingt wir sein müssen.«

Miles, Tristan und Crispin stimmten alle zu, nur Ian konnte sich auch weiterhin nicht des instinktiven Gefühls erwehren, dass jemand die Arboretti aufs Korn nahm. Vielleicht, ging es ihm durch den Kopf, leiteten ihn seine Instinkte ja auch nur deshalb in diese Richtung, weil er selbst so lange das Gefühl gehabt hatte, unter Beschuss zu stehen, belagert von den Stimmen des Selbstzweifels und des Ekels, die sein Selbstbewusstsein aushöhlten. Der neue sympathische Ian würde sich nicht von solchen Zweifeln regieren lassen, beschloss er, noch würde er an einer Verfolgungstheorie fest halten, die durch nichts bewiesen war.

»In Ordnung«, lenkte Ian ein. »Aber es bleibt immer noch die Tatsache, dass unser Schießpulver illegal von Verrätern verschoben wird. Auch wenn sie es nicht gezielt auf uns abgesehen haben sollten, so können sie uns doch jede Menge Schaden zufügen, falls beispielsweise ein feindliches Boot gekapert werden sollte, und man entdeckt, dass die Fässer mit dem Schießpulver an Bord das Siegel Arboretti tragen. Es versteht sich von selbst, dass es nicht nur in unserem Interesse liegt, unser Eigentum wieder zu beschaffen, sondern dass wir auch die Pflicht haben, dafür zu sorgen, dass die Verräter bestraft werden. Wir müssen herausfinden, wer sie sind.«

»Ich habe Saliym in die Sache eingeweiht. Er glaubt nicht, dass es allzu schwierig sein wird, die Schiffsmannschaft dazu zu bringen, die Venezianer zu identifizieren, zumal sie so ehrlos gehandelt haben.« Sebastian blickte in die Runde und ließ seinen Blick auf Tristan ruhen. »Ich hatte auch gehofft, du könntest vielleicht ein paar Nachforschungen unter deinen, hm, alten Freunden anstellen.«

Obwohl Tristans alles andere als glorreiche Vergangenheit allgemein bekannt war, war sie für ihn im Allgemeinen doch ein heikles Thema, und seine Cousins kamen nur ungern darauf zu sprechen. Aber sie waren sich bewusst, dass es Augenblicke gab – zum Beispiel in der Gesellschaft von abenteuerlustigen jungen Damen oder wie in diesem Fall – in denen seine Jahre in der Unterwelt eher nützlich als peinlich waren. Und unter solchen Umständen hatte er auch nichts dagegen, wenn man ihn darauf ansprach. »Ich hatte auch schon daran gedacht«, sagte Tristan und fügte strahlend hinzu: »Bis morgen Früh müsste ich eigentlich etwas herausfinden können.«

Ihr Gespräch hatte sich inzwischen allgemeineren Themen zugewandt, insbesondere dem Ball vom Abend zuvor, als sie Stimmen von unten heraufdringen hörten. Crispin schlich sich über eine weitere Geheimtreppe nach unten, um unbemerkt einen Blick auf die Szene in der goldenen Empfangshalle zu werfen. Wenn die Scharen von Frauen, die zur *pranza* hereinströmten, irgendetwas zu bedeuten hatten, dann steuerte Bianca mit Sicherheit einem großen Erfolg entgegen.

»Ich würde sagen hundertfünfzig, aber die Witwe Faltini zählt doppelt, weil sie für zwei isst«, gab Crispin seine Schätzung ab, als er wieder oben war. »Doch noch interessanter als der Auflauf der Frauen war Biancas Gesichtsausdruck. Nicht nur dass man ihr ansah, wie sehr sie in ihrem Element war, es war noch etwas anderes, was ich nicht beschreiben kann.«

Bei Tristan und Miles war sofort die Neugier geweckt, und so gingen sie nach unten, um ebenfalls einen Blick zu riskieren.

»Ich finde, sie sieht aus, als denke sie an irgendeinen Spaß, den sie aber mit niemandem teilen will. An irgendetwas, was sie vielleicht dazu bringt, vor sich hin zu pfeifen oder vor sich hin zu lachen, wenn sie alleine ist«, schlug Tristan vor und sah Ian dabei durchdringend an.

Miles schüttelte den Kopf, sodass ihm das Haar wieder über die Augen fiel. »Ich verstehe zwar, wie du auf so etwas kommst, aber das ist es nicht ganz.« Er hielt inne, um nach einem Wort zu suchen. »Erwartungsfroh. Das ist es. Es ist ein Blick hoffnungsvoller Erwartung. Ich glaube, sie wartet sehnsüchtig darauf, dass etwas geschieht.«

»Oder dass sie selbst etwas unternehmen kann.« Ian kannte sie nur zu gut. Er schüttelte den Kopf und murmelte sich scherzhaft ein Gebet in den Bart. »Santa Agatha, Lucia und Felicia, bei all euren verschiedenen Gliedmaßen und Körperteilen, ich bitte euch, verschont uns mit den Plänen und Ränken meiner reizenden Verlobten.« Achtundvierzig Stunden später hätte er diesen leichten Ton nicht mehr angeschlagen.

»Ich wusste gar nicht, dass man heutzutage überhaupt noch grün trägt.« Biancas Tante Anatra senkte weder die Stimme, noch bemühte sie sich, ihre Blickrichtung zu verschleiern, als sie Biancas Kleid kritisierte. Sie seufzte und fächelte sich mit gespielter Resignation Luft zu. »Aber ich vermute, ich kann gar nicht mehr mitreden, ich bin eben noch von der alten Schulte.«

»Nein, Ana, Liebes, wir sind es, die die Maßstäbe aufrecht erhalten müssen. Ich kann mich gar nicht daran erinnern, wann ich das letzte Mal jemanden in grün gesehen habe.« Serafina Terreno saß neben ihrer Busenfreundin Anatra an der der Tür gegenüberliegenden Wand der vollen Empfangshalle. Die beiden Frauen, deren Freundschaft seltsamerweise seit ihrer Kindheit andauerte, verband in erster Linie ihr Bewusstsein, dass sie einst schöner als all die anderen Frauen des Adels gewesen waren und dass diese ihre (frühere) Schönheit ihnen das Privileg einräumte, sich als

Schiedsrichter in Fragen des Geschmacks und der Mode aufzuspielen.

»Trotzdem sieht es nicht schlecht an ihr aus.« Anatra und Serafina runzelten in gemeinsamer Missbilligung die Stirn und warfen der Sprecherin, die neben ihnen saß, einen bösen Blick zu. Carlotta Nonte war ebenfalls mit ihnen aufgewachsen oder, wie sie unter sich zu sagen pflegten, aus den Kleidern herausgewachsen. Sie hatten sie als pummeliges Mädchen neben sich geduldet, weil sie einen reizvollen Kontrast zu ihrer eigenen schlanken Figur bildete, doch als ausgewachsene, rundliche Matrone war sie schwerer zu ertragen. Es war nicht etwa so, dass sie die beste Partie der drei gemacht hatte, oder dass ihre Tochter eine gefeierte Schönheit war, aber sie war immer so entsetzlich gut gelaunt, und das war manchmal mehr, als ein Einzelner ertragen konnte.

Anatra seufzte noch einmal tief auf und tätschelte ihr den Arm. »Nun ja, du weißt ja, Lotte, wie schwer du dich mit Farben tust. Ich wollte dich gestern Abend schon beiseite nehmen und dir sagen, um wie viel besser deine Catarina in Brauntönen als in Blautönen aussähe. So wie das Blau das Blau ihrer Augen hervorhebt«, ein neuer tiefer Seufzer, »tja, das ist wirklich ein bisschen zu krass.«

»Geradezu vulgär«, fügte Serafina in einem Ton hinzu, als käme ihr das Wort nur schwer über die Lippen. »Ich denke, Lehm müsste etwas für sie sein.«

Carlotta sah ihre Freundinnen dankbar an. Wie fürsorglich die beiden doch immer zu ihr waren, da konnte ihre Tochter sagen, was sie wollte. »Ich glaube nicht, dass ich Lehm kenne. Ist das ein neuer Damenschneider?«

Serafina und Anatra tauschten einen mitleidigen Blick aus, mit dem sie sich gegenseitig die Aufgabe zuschoben, ihre bedauernswerte Freundin doch aufzuklären. Schließlich nahm Serafina die Bürde auf ihre Schultern. »Nein, Lotte, das ist eine Farbe. Lehmfarben. Eine Art grünliches Braun.«

»Wie Schmutz. Lehm ist schmutzfarben.« Alle drei Frauen blickten auf, um zu sehen, wem die neue Stimme gehörte und Anatra erschauderte leicht, als ihr das Grün von Biancas Kleid ins Auge sprang. Ihre Gastgeberin sprach weiter. »Ich kann mir nichts Hässlicheres vorstellen als eine lehmfarbene Robe.«

»In der Tat sprechen wir gerade über deinen einzigartigen Farbensinn«, sagte Anatra in einem Ton, der deutlich machte, dass Biancas Sachverstand in Bezug auf Farben vielleicht gerade mal groß genug war, um ein Grappa-Glas oder einen Fingerhut zu füllen.

Biancas Gedanken waren jedoch so mit der Ausführung des Plans, den sie am Morgen ausgeheckt hatte, beschäftigt, dass sie nicht einmal den Versuch machte, gegenzuhalten. Das heißt, es juckte sie schon etwas, da sie den Stoff für ihr Kleid selbst ausgesucht hatte und sehr zufrieden mit ihrer Wahl war. Doch sie hielt sich zurück. Stattdessen lächelte sie die drei Kindheitsfreundinnen strahlend an, wobei ihr Herz vor Aufregung fast so schnell klopfte wie in Ians Nähe. Sie hätte sich kein besseres Publikum vorstellen können, um ihr Vorhaben in Angriff zu nehmen.

»Vielen Dank für dein Kompliment, Tante Anatra, aber ich bin nicht hier herüber gekommen, um über Kleider zu reden. Ich habe gerade ein äußerst interessantes Gerücht gehört.« Bianca sprach zwar lauter als gewöhnlich, bemühte sich aber ihre Stimme natürlich klingen zu lassen, als ob die Verbreitung von Gerüchten zu ihrem Alltag gehörte. »Irgendein Adliger plant, Isabella Bellocchio zu heiraten – die Kurtisane. Stellt Euch nur vor, wir werden eine richtige Kurtisane auf unseren Bällen und Veranstaltungen in unserer Mitte haben. Ist das nicht aufregend?«

»Entsetzlich würde ich eher sagen«, wies Serafina sie zurecht. Bianca brauchte dringend eine Lektion in Anstand und Moral. Als das erledigt war, hakte sie nach: »Hast du irgendeine Ahnung, wer der Lümmel ist? Zweifellos irgend so ein alter Junggeselle, der nicht mehr weiß, was sich gehört und keinerlei Klassenbewusstsein mehr hat.«

»Nein, keineswegs.« Bianca schaute sie mit großen Augen an, bemüht, vertrauenswürdig und unschuldig zu erscheinen. »Allem Anschein nach ist es ein junger Mann, irgendjemand, der ihren Reizen so verfallen ist, dass er seine Zusage sogar schriftlich gegeben hat. Ein Bekannter von mir hat das gesehen, aber man will den Namen nicht preisgeben. Das

Einzige, was man mir sagen wollte, ist, dass er blond ist. Wie amüsant!«

Die Mienen der Frauen vor ihr waren alles andere als amüsiert. Alle drei hatten Söhne, die, abgesehen davon, dass sie unverheiratet waren, auch noch blond waren. Tatsächlich zeigte sich auf der Hälfte der Gesichter der anwesenden Frauen plötzlich ein Ausdruck großer Bestürzung, als die Neuigkeit die Runde machte.

Biancas Plan wirkte wie ein Zaubertrank. Die Neuigkeit verbreitete sich wie ein Lauffeuer mit dem angenehmen Nebeneffekt, das lästige Frühstück zu einem raschen Abschluss zu bringen. Es dauerte nicht lange, bis man sich mit höflichen Floskeln – andere Verabredungen und soziale Verpflichtungen, die man einfach nicht absagen konnte – verabschiedete. Die meisten rauschten nach Hause, um sich zu vergewissern, dass das Liebesleben ihrer Sprösslinge nicht in falsche Bahnen geraten war und keine Gefahr bestand, in Bälde mit irgendeiner Dirne verwandt zu sein. Die Frauen mit schwarzhaarigen Söhnen eilten davon, um Anweisung zu geben, ihre Garderobe auf grün umzustellen.

Nachdem Bianca die Letzte der erregten Frauen zu ihrer Gondel geleitet hatte, und zwar ohne die Quelle ihres Gerüchts oder den Namen ihres Schneiders preiszugeben, gab sie Anweisung, die Reste des abrupt abgebrochenen Frühstücks wegzuräumen. Dann machte sie sich auf die Suche nach geeigneten Zuhörern, weil sie fand, dass es ziemlich Spaß machte, Gerüchte in die Welt zu setzen und zu verbreiten. Die fünf Arboretti, die immer noch in der Bibliothek zusammensaßen, würden ein perfektes Publikum abgeben, um ihre Neuigkeiten an den Mann zu bringen.

Ians Begrüßung fiel alles andere als herzlich aus. »Was wollt Ihr hier oben? Habt Ihr nicht Gäste zum Frühstück, um die Ihr Euch kümmern müsst?«

Bianca schüttelte unwirsch den Kopf. »Sie sind weg. Sie sind auf einmal alle aufgestanden und gegangen.«

»Was habt Ihr mit ihnen gemacht? Habt Ihr sie mit Eurem Benehmen vor den Kopf gestoßen?« Er dachte an Miles' Beschreibung ihres Gesichtsausdrucks und ihn beschlich ein ungutes Gefühl.

»Nein, nein, ganz bestimmt nicht, mein Herr. Ich habe mich an Eurem Vorbild orientiert.«

Die Arboretti versuchten vergeblich, ein Lachen zu unterdrücken. Ian sah erst sie und dann seine Verlobte böse an.

Bianca lächelte ihn nur kurz an und wandte sich dann an die anderen. »Ich wollte Euch in keiner Weise stören, ich bin nur schnell hochgekommen, um Euch mitzuteilen, dass die Luft unten wieder rein ist, nachdem das Frauengeschwader weg ist. Aber Ihr seht alle so mürrisch aus. Erzählt mir jetzt bloß nicht, dass sich noch einer von Euch verlobt hat.«

Sebastian blitzte sie mit seinem berühmten Lächeln an. »Nein, nichts annähernd so schwer Wiegendes. Wir haben nur von Verrat gesprochen –«

»Was Euch nichts angeht«, unterbrach Ian ihn mürrisch.

»Wir haben aber auch darüber spekuliert«, mischte sich Crispin ein, »wer von uns gestern Abend mehr Verehrerinnen hatte.«

Bianca runzelte die Stirn, als mühe sie sich mit einer komplizierten Rechenaufgabe ab. »Ich sage es ja nicht gerne, um Euret- und um meinetwillen, aber ich glaube, es war mein Lord d'Aosto, der gestern Abend die meisten Herzen gewonnen hat.«

Tristan nickte, er schien nicht überrascht zu sein. »Vielleicht solltet Ihr in Erwägung ziehen, Fechtstunden zu nehmen, um Euer Heim gegen heiratsfähige junge Damen zu verteidigen. Ich würde mich auch gern als Lehrer zur Verfügung stellen.«

»Komm Tristan, du hast doch sicher nicht vergessen, dass ich der bessere Fechtmeister bin«, warf Miles ein und spielte damit auf ein Gefecht zwischen den beiden an, als sie vier Jahre alt waren.

»Nicht nötig«, mischte sich Ian in das Geplänkel ein und versuchte ob des jüngsten Beweises für seine Beliebtheit nicht allzu zufrieden dreinzublicken. »Bei ihrer messerscharfen Zunge ist ein Degen überflüssig.«

Bianca schaute ihm gerade ins Gesicht. Ein schelmisches Lächeln spielte um ihren Mund. »Das mag für die Mädchen reichen, aber wie soll ich Euch disziplinieren, mein Herr?«

»Mit Eurer gewinnenden Art, wird es Euch kaum schwer fallen, mich Euch gefügig zu machen«, gab Ian zurück.

Sebastian ergriff das Wort: »Ich möchte ja nicht als schlechter Verlierer dastehen, aber ich würde doch gerne erfahren, ob irgendjemand auch über die anderen von uns ein Wort verloren hat?«

Biancas Miene ließ erkennen, dass sie sie nicht gerne enttäuschte, aber die Gelegenheit war zu gut, um sie vorübergehen zu lassen. »Leider drehten sich die meisten Gespräche nicht um Männer, sondern um Frauen, das heißt genau genommen um eine Frau, um Isabella Bellocchio, die Kurtisane. Es sieht so aus, als sei sie mit einem Adligen verlobt. Ich finde das ja wunderbar aufregend, aber einige der anderen Frauen waren über diese Neuigkeit weniger erfreut.«

Crispin hatte schon den Mund geöffnet, um etwas zu sagen, aber ein Blick von Ian brachte ihn zum Schweigen. Stattdessen sprach Miles. »Wer ist es? Wer von uns hat sich von dem Zwang befreit, eine blutleere adelige Frau zu heiraten?«

Bianca zog die Augenbrauen hoch. »Du meine Güte! Blutleer? Was für eine interessante Vorstellung. Dann muss in unseren Adern Galle fließen. Miles, das ist die zwingendste Erklärung für weibliches Verhalten, die ich je gehört habe.«

Miles schüttelte heftig den Kopf. »Euch meinte ich nicht, ganz gewiss nicht. Ihr seid nicht so etepete wie die anderen, die immer so steif und höflich und zu schön zum Anfassen sind.« Als er merkte, dass er mit seiner Erklärung die Sache nur noch verschlimmert hatte, lief er rot an und stammelte, während er sich das Haar aus dem Gesicht strich: »Was ich sagen wollte, was ich meine, ich wollte eigentlich sagen –«

Tristan, in dessen jadegrünen Augen ein amüsiertes Lächeln aufblitzte, kam ihm zu Hilfe: »Ihr müsst Miles entschuldigen. Er ist in Eurer Gegenwart nicht ganz er selbst, und das Thema Ehe in Adelskreisen bringt ihn immer ein bisschen auf, weil er schon im Alter von sieben verlobt worden ist. Aber die Frage ist trotzdem gut. Wer ist denn der Glückliche, der die reizende Isabella Bellocchio heiratet?«

Bianca, die immer noch von der Idee, Frauen könnten tatsächlich kein Blut in ihren Adern haben, fasziniert war, überging die Entschuldigung. »Ich hoffte eigentlich, Ihr könntet mir diese Frage beantworten. Den einzigen Hinweis, den ich bekommen habe, ist der, dass ihr zukünftiger Ehemann ein regelmäßiger Kunde bei ihr war.« Sie machte eine Pause und fügte dann lässig hinzu: »Oh, und dass er blond ist.«

Bianca hatte Ian den Rücken zugekehrt, als sie mit ihrem Gerücht herausplatzte, und sie drehte sich auch jetzt, als er sie mit Namen ansprach, nur unwillig um.

Er wartete, bis sie ihm in die Augen sah, und sagte erst dann: »Von wem habt Ihr diese Information?«

Bianca hielt seinem Blick stand. Sie durfte nicht den Verdacht aufkommen lassen, dass sie das Gerücht selbst in Umlauf gesetzt hatte. »Von einer der Frauen beim Frühstück. Kann sein, dass es Carlotta Nonte war.«

Ian versuchte in ihrem Gesicht zu lesen, um einen Hinweis darauf zu finden, dass sie log. »Und sie erzählte nicht, wer der Glückliche ist?«

»Nein.« Bianca wiegte bedächtig den Kopf. »Sie erzählte genau das, was ich berichtet habe, und zwar nicht nur mir. Jede hat es gehört.«

»Da fällt mir im Übrigen eine Person ein, auf die die Beschreibung wunderbar passt«, grinste Tristan. »Crispin, warum hast du uns nicht erzählt, dass du heiraten wirst?«

»Frag jemand anderen – ich bin nicht der Typ, der heiratet. Außerdem hast du Isabella öfter besucht als ich«, gab Crispin zurück. »Bei entsprechendem Licht könnte dein Haar durchaus blond sein.«

Sebastian richtete seinen forschenden Blick auf Tristans langes braunes Haar. »Und welches Licht sollte das sein – Sternenlicht?«

»Vielleicht das Licht aus den leuchtenden Augen seiner Geliebten?«, schlug Miles, der ewige Poet, vor.

»Hatte Isabella noch andere blonde Kunden außer Euch beiden?«, fragte Bianca, die selbst für die winzigste Information dankbar gewesen wäre.

»Wahrscheinlich ja, aber man sieht sich nicht gern als einer unter vielen, wenn es um Frauen geht«, witzelte Tristan.

»Was Tristan meint« – diesmal betätigte Sebastian sich als

Dolmetscher – »ist, wenn ein Mann eine Kurtisane bezahlt, denkt er nicht so gerne an die anderen Liebhaber.«

Bianca nickte, wie sie hoffte, mit einem wissenden Lächeln.

»Obwohl es bei Isabella manchmal schwer war, die anderen zu ignorieren. Sie ließ ihre Verabredungen so dicht aufeinander folgen, dass man sich oft auf der Treppe begegnete.« Crispin schüttelte den Kopf. »Ich erinnere mich, dass ich einmal fast von Aemilio Nonte umgerannt worden wäre, als er die Treppe hinaufhastete.«

»*Er* könnte es sein«, ereiferte sich Miles. »Er ist blond, und seine Mutter war diejenige, die es Euch erzählt hat. Vielleicht wollte sie testen, wie die Leute reagieren.«

»Ich weiß nicht recht.« Bianca blickte nachdenklich vor sich hin und setzte im Stillen auch Aemilios Namen auf die Liste der Verdächtigen.

Tristan, der inzwischen nachgedacht hatte, wandte sich an Bianca. »Mir fällt gerade etwas ein. Das letzte Mal, als ich Isabella besuchte, stieß ich mit Eurem Bruder zusammen. Er ist auch blond.«

»Ja, das ist er.« Ian klang leicht amüsiert. Sein Tonfall verriet Bianca, dass er sie treffen wollte. »Ihr habt nicht zufällig eine Ahnung, ob Euer Bruder vielleicht ihr Verlobter ist?«

»Mein Bruder sieht sich nicht veranlasst, mich über sein Privatleben aufzuklären, mein Herr«, sagte sie mit fester Stimme, obwohl sie wusste, was Ian damit ausdrücken wollte. »Ich glaube, es wäre sehr aufregend, mit einer Kurtisane liiert zu sein. Ich hoffe fast, dass er es ist.«

»Ich hingegen«, fuhr Ian fort, »finde die Aussicht, mit einer Kurtisane nahe verwandt zu sein, keineswegs verlockend.«

Bianca sah ihn mitleidig an. »Ihr habt keine Fantasie, mein Herr.«

»Sie hat Recht, Ian.« Es war Crispin, der sprach. »Wenn du den gestrigen Abend für ein gelungenes Fest gehalten hast, dann stell dir doch mal vor, wie populär wir erst sein werden, wenn sich auf unseren Galas mehr und mehr Mitglieder der Halbwelt tummeln. Meiner Meinung nach könnte sich das sogar günstig auf unsere Geschäfte auswirken.«

Bevor das Gespräch noch weiter abgleiten konnte, stürzte Giorgio ganz außer Atem herein. Als er sah, dass noch alle Arboretti beisammen waren, schien er erleichtert, und noch erleichterter, als sein Blick auf Sebastian fiel.

»Mein Herr«, wandte er sich förmlich an Sebastian. »Ich habe eine sehr ungewöhnliche Frage an Euch. Wisst Ihr, ob Euer Onkel eine besondere Vorliebe für Zimt hat?«

»Mein Onkel, der Sultan? Zimt?«, wiederholte Sebastian. Das Erstaunen in seiner Stimme spiegelte sich auch auf den Gesichtern der anderen Arboretti wieder. »Nicht, dass ich wüsste. Warum, wollt Ihr ihm ein Geschenk machen?«

»Nein, nein. Ich wollte es nur wissen. Ich meine, jemand, den ich kenne, wollte es wissen.« Sehr zu Ians Überraschung und Entsetzen wurde Giorgio plötzlich rot. »Jemand in der Taverne«, log er hastig, als Bianca sich ein Kichern nicht verkneifen konnte.

Ian sah erst sie und dann seinen Kammerdiener böse an. Rot zu werden! Ihn packte schon wieder dieses ungute, ihm inzwischen immer vertrauter werdende Gefühl, dass er die Kontrolle über seinen Haushalt und dessen Treiben verloren hatte. Er würde heute Abend bei einem Abendessen zu zweit mal mit Bianca darüber reden. Er hatte das sichere Gefühl, sie würde sehr entgegenkommend sein, wenn sie die Überraschung sah, die er für sie vorbereitet hatte. Er konnte sich den Ausdruck auf ihrem Gesicht schon richtig vorstellen …

Als er wieder aus seinen Träumereien auftauchte, sagte Crispin gerade zu Bianca: »Das erinnert mich übrigens daran, dass ich Neuigkeiten für Euch habe. Wir haben die mysteriöse Herkunft der Pflanze geklärt, nach der Ihr Euch gestern erkundigt habt, obwohl ich fürchte, die Antwort ist nicht sehr aufregend.« Bianca spitzte gespannt die Ohren. »Sebastian meint, in Konstantinopel wächst sie wie Unkraut. Bei einem Geschäftsabschluss ist es unter Geschäftspartnern allgemein üblich, sie als Zeichen des ›guten Glaubens‹ zu verschenken, sozusagen als Unterpfand für Freundschaft und gute Zusammenarbeit. Eines unserer Schiffe ist gerade von den Gewürzmärkten in der Türkei zurückgekehrt, und ich bin sicher, unsere Männer haben sie dort für mich aufgelesen.«

»Ich verstehe.« Die Falten auf Biancas Stirn und ihr abwesender Augenausdruck sprachen eine andere Sprache. So schnell gab sie sich mit der Erklärung des Rätsels nicht zufrieden. Ian wusste, diesen Blick bekam sie immer, wenn sie irgendetwas ausheckte, und es machte ihn nervös, dass er etwas mit einer so banalen Sache wie einer Pflanze zu tun hatte. Und als sie sich wenig später auch noch entschuldigte, um zu verschwinden, verhärtete sich seine Nervosität zum Verdacht.

»Wo wollt Ihr hin?«, fragte Ian barsch.

Bianca legte den Kopf zur Seite. Der abwesende Blick verwandelte sich in ein, wie Ian es nur bezeichnen konnte, spitzbübisches Lächeln. »Ich dachte, ich schnappe mal ein bisschen Luft in einer Eurer Gondeln und dann gehe ich vielleicht irgendwohin, wo Frauen wie ich ihre speziellen Bedürfnisse befriedigen lassen können. Ihr wisst schon, Tiere, Peitschen und so.«

Den Arboretti, einschließlich Ian, blieb die Spucke weg. Sie glotzten nur dumm.

»Bei den Händen der Santa Barbara, ich scherze nur, mein Herr. Ich fürchte, wenn ich Euch meinen Tagesplan mitteile, sterbt Ihr womöglich vor Langeweile, und was wird dann aus mir? Eine alte Jungfer ohne Ehemann.« Bianca verdrehte die Augen bei dem Gedanken.

Sie merkte, dass Ian im Begriff war, die Sprache wieder zu finden, und fuhr deshalb hastig fort: »Wenn Ihr unbedingt die Wahrheit wissen wollt, ich werde nach Marina und dem Kind schauen. Und den restlichen Tag gedenke ich damit zu verbringen, in letzter Minute noch ein paar dringende Briefe zu schreiben.« Sie hielt inne, um zu sehen, ob ihre Anspielung auf die kurze Zeit, die ihr noch blieb, von ihm verstanden worden war. »Im Übrigen, mein Herr, wenn Ihr absolut sicher sein wollt, wo ich mich immer aufhalte, wäre es das Beste, Ihr weicht nicht von meiner Seite.«

Ian war jetzt wieder hellwach. »Aber was ist, wenn mich jemand fälschlicherweise für einen katzbuckelnden Freier hält? Das würde sicher meiner aufblühenden Popularität bei anderen Frauen schaden. Ganz zu schweigen davon, wie viel mir das von der Zeit stehlen würde, die ich mit ihnen verbringen könnte.«

»Ganz recht«, erwiderte Bianca, der plötzlich alles andere als heiter zu Mute war. »Ich würde nie wollen, dass Ihr durch mich Einbußen an Eurer Lebensfreude hinnehmen müsst.«

»Keine Angst«, krähte Crispin fröhlich. »Ian hat sich seit Jahren nicht mehr des Lebens gefreut.«

Zu Crispins Verblüffung, stimmte Ian ihm zu. »Wie wahr! Das ist nur allzu wahr.« Bemüht, seine Stimme verdrießlich klingen und sich seine innere Erregung nicht anmerken zu lassen, wandte er sich anschließend an Bianca. »Und um sicherzustellen, dass ich auch weiterhin unglücklich bin, erwarte ich, dass Ihr heute Abend um neun mit mir zu Abend speist. Es scheint, wir haben viele Dinge zu besprechen, die man besser unter vier Augen abhandelt.« Und als sei ihm der Gedanke gerade erst gekommen, fügte er hinzu: »Und denkt daran, Euch angemessen zu kleiden. Grün ist heutzutage absolut keine Farbe.«

Die Wucht, mit der Bianca die Tür hinter sich zuknallte, ließ die Wände beben, doch das war nichts im Vergleich zu dem Gelächter, das später den Raum erschütterte, als Ian sich noch einmal ihren Gesichtsausdruck ins Gedächtnis rief.

21. Kapitel

Als Nilo mit der Nachricht zurückkam, war Bianca im Dienstbotenflügel und ließ sich von Marina frisieren. Die drei Stunden seit dem Weggehen des Knaben hatte sie in fiebriger Erwartung verbracht. Denn der Erfolg oder Misserfolg ihres Plans hing vollständig von der Antwort ab, die er ihr brachte. Sie hätte die Wände hochgehen können. Unruhig hatte sie immer wieder kreuz und quer den Raum durchmessen, bis sich nach ungefähr fünf Minuten der Unterhaltungswert dieser Aktivität erschöpft hatte. Sie hatte sich ein Buch geholt, eine Seite gelesen, es wieder weggelegt, gedankenverloren ein zweites Buch zur Hand genommen, wieder eine Seite gelesen, es wieder weggelegt und so fort. Innerhalb von vier Minuten war sie beim fünften Buch angelangt. Dann füllte sie zehn Minuten damit, ihre erstellten Listen zu überprüfen und die Depeschen noch einmal durchzugehen, die sie für den Fall, dass sie sich für eine weitere Verfolgung ihres Plans entschied, geschrieben hatte, versuchte sich anschließend fünf Minuten lang vom Erfolg ihres Plans zu überzeugen, redete sich die nächsten dreizehn Minuten sein wahrscheinliches Scheitern ein, beschäftigte sich fünf Minuten lang mit der Frage, was Ian mit ihr besprechen wollte, malte sich vierzehn Minuten lang aus, was sie lieber mit ihm tun würde als zu diskutieren, brachte zwölf Minuten damit zu, die Frauen, die auf ihren Wänden abgebildet waren, zu identifizieren, dachte sich elf Minuten lang neue Namen für sie aus, starrte fünfzehn Minuten lang ins Leere, versuchte acht Minuten lang, eine Entscheidung zu treffen, welches ihrer vier Kleider sie anziehen sollte, um während weiterer acht Minuten wieder ihre Meinung zu ändern und verbrachte schließlich zehn Minuten damit, sich in das Kleid zu zwängen, das sie letztendlich ausgesucht hatte.

Nachdem sie damit fertig war – inzwischen waren zwei Stunden vergangen – war ihr klar geworden, dass weder ihr Verstand, noch das Zimmer ihr weitere Zerstreuung bieten konnte, so sie nicht damit beginnen wollte, die Möbel umzustellen. Als sie gerade überlegte, dass ihr die Einrichtung eigentlich so, wie sie war, gefiel, kam ihr plötzlich die Idee, Marina einen Besuch abzustatten. Froh über die Aussicht, jemanden zu haben, der ihr dabei half, die sich entsetzlich lang hinziehenden Minuten zu überstehen, griff sie sich zwei Perlennadeln vom Frisiertisch und flog die Treppe zu den Gesindezimmern hinunter.

In ihrer Aufregung vergaß sie anzuklopfen und sah sich deshalb einer Szene gegenüber, die nicht für ihre Augen bestimmt war. Marina saß aufrecht im Bett und hatte Cäsar an einer Brust angelegt, während Giorgio ihr liebevoll die Füße massierte. Der Säugling war die einzige Person, die nicht zusammenzuckte, als Bianca hereinstürmte. Giorgio sprang wie von einer Tarantel gestochen von dem Stuhl auf, auf dem er gesessen hatte, während Marina sich mitsamt dem

Säugling unter der Bettdecke versteckte. Bianca, die wie angewurzelt stehen geblieben war, begann zu lachen.

Sie rang immer noch nach Atem, während sie sprach. »Ent- Entschuldigung, dass ich hier einfach so hereingeplatzt bin. Ich wollte nicht stören. Bin schon wieder weg.«

Giorgio packte sie am Arm, bevor sie verschwinden konnte. »Ihr erzählt seiner Lordschaft doch nichts davon, nicht wahr?« Sein Gesichtsausdruck war so ernst, dass sie beinahe wieder zu lachen angefangen hätte.

»Erzählen? Was? Dass du einem Mitmenschen einen Freundschaftsdienst erwiesen hast?«

»Nun, einen Freundschaftsdienst, wenn Ihr das so darstellt, dann geht das in Ordnung.« Giorgios Stimme verwandelte sich in ein Flüstern: »Aber Ihr erzählt ihm nicht, dass er einer Frau galt, nicht wahr?«

Bianca erwog kurz, ihn herauszufordern, entschied dann aber, dass sie kein Recht dazu hatte. Es war eine Angelegenheit, die am besten zwischen Herrn und Diener ausgehandelt wurde. »In Ordnung. Ich werde ihm nicht erzählen, dass du einer Frau gegenüber aufmerksam warst. Ich kann mir vorstellen, wie sehr das deinem Ruf schaden würde.«

Giorgio schüttelte ihr dankbar die Hand und entschied für sich, dass sie die netteste mutmaßliche Mörderin war, der er je begegnet war. Als er merkte, dass sie sich umdrehte, um zu gehen, hielt er sie zurück. »Ich wollte sowieso gerade gehen, ich muss beim Abendessen zugegen sein, aber Ihr könnt bleiben. Marina hat ganz bestimmt nichts gegen Eure Gesellschaft einzuwenden.«

Bianca wartete, bis sich die Tür hinter ihm geschlossen hatte, und wandte sich dann an die Bettdecken: »Ob du mir wohl bei meiner Frisur helfen könntest?«

»Ihr wollt mich immer noch haben?« Marina lugte unter einem Bettzipfel hervor. »Ihr werdet mich nicht verstoßen?«

»Warum denn? Weil du Giorgios Herz gewonnen zu haben scheinst?«

Marina tauchte weiter aus dem Bett auf und strahlte. »Glaubt Ihr das wirklich?« Sie kicherte vor sich hin. »Ich sag Euch, Madame, noch nie war ein Mann so nett zu mir wie dieser Giorgio. Und das für so wenig.«

»Du hast dich seinetwegen doch hoffentlich nicht allzu sehr verausgabt?« Biancas Stimme hatte einen schelmischen Unterton. »Es braucht seine Zeit, bis alles verheilt ist.«

»Madame! Ich habe mich mit ihm überhaupt nicht verausgabt, wie Ihr es nennt. Das ist es ja eben. Und trotzdem kommt er immer wieder her, wie ein echter Kavalier, mal mit einer Süßigkeit, mal mit einem Schluck Wein oder mit einer Kleinigkeit für den Kleinen. Nicht wie der andere, dieser Gondoliero. Kommt nur her, um mich mit seinem Pferdegebiss anzugrinsen und mit dem Gold in seinen Taschen anzugeben. Es gab einmal eine Zeit, da wäre er der Mann für mich gewesen, aber ich glaube, meine Ziele sind jetzt andere.«

Marina hielt das Gespräch weiter in Gang, während sie Bianca frisierte. Sie bürstete das Haar aus dem Gesicht und flocht von den Schläfen weg zwei dünne Zöpfe, in die sie Perlen einarbeitete, während sie das übrige Haar in Wellen auf ihren Rücken fallen ließ. Sie hatte Bianca gerade einen Spiegel zur Begutachtung gereicht, als Nilo – genau wie seine Herrin eine Stunde zuvor – ins Zimmer stürzte.

»Verflucht noch mal«, rief er aus, als er Biancas ansichtig wurde. Die beiden Frauen erstarrten.

Bianca erholte sich als Erste wieder. »Nilo, solche Ausdrucksweise ist absolut unziemlich.«

»Seine Lordschaft benutzt sie die ganze Zeit«, merkte er nicht ganz zu Unrecht an.

»Ja, aber seine Lordschaft ist größer als du«, gab Bianca auch nicht ganz zu Unrecht zu bedenken und hoffte gleichzeitig, dass Nilo ihre Logik weder hinterfragen, noch durch einen Wachstumsschub in allernächster Zeit unterlaufen würde.

Der Bursche sah sie einen Augenblick nachdenklich an. Dann nickte er. »Ihr habt Recht, ich werde so etwas nicht mehr sagen, bis ich so groß bin wie er.«

»Sehr gut. Nachdem wir das jetzt geregelt haben, was hat sie gesagt?« Bianca versuchte erst gar nicht ihre Aufregung zu verbergen.

»Nichts«, erwiderte Nilo mit Unschuldsmiene. »Oh, das stimmt nicht ganz. Sie sagte: ›Warte hier, Kleiner‹.« Der Knabe beobachtete seine Herrin, gespannt darauf, ob ihr gleich der Geduldsfaden riss.

»Und?«, wollte Bianca wissen.

»Ich habe gewartet«, antwortete er schlicht. Sein Magen grummelte.

»Und?« Biancas Ton machte klar, wenn er diesmal keine Antwort von mehr als zwei Worten herausbrachte, konnte er sich wohl von seinem Abendessen verabschieden, und vielleicht vom Essen überhaupt, für alle Zeiten.

»Und dann kam sie zurück und gab mir dies hier.« Nilo zog einen Brief aus der Innentasche seines Mantels.

Bianca griff danach, brach hastig das Wachssiegel auf und hatte Mühe, den Brief ruhig genug zu halten, um ihn lesen zu können. Es waren nur zwei Zeilen. Das Papier war parfümiert und die sinnliche Handschrift ließ sofort vor ihrem geistigen Auge das Bild der Frau entstehen, die den Brief geschickt hatte. »*Cara*, alles was ich habe, steht zu Eurer Verfügung. Es wird mir ein Vergnügen sein, Euch, so weit es in meinen Kräften steht, zu helfen.«

Sie hatte zugestimmt. Der Ausführung des Plans stand nichts mehr im Wege. Bianca wusste nicht, ob sie glücklich oder entsetzt sein sollte, aber sie hatte keine Zeit, sich darüber Gedanken zu machen. Die Uhr schlug gerade Acht, als sie sich von ihrer Aufregung so weit erholt hatte, dass sie aufstehen konnte. Sie verabschiedete sich schnell von Marina und Cäsar und forderte Nilo auf, in die Küche zu gehen, um etwas zu essen und sich ein bisschen aufzuwärmen, bevor sie sich dann wieder in ihrer Suite trafen.

Während sie auf ihn wartete, nahm sie die sechs cremefarbenen Umschläge von ihrem Sekretär und inspizierte sie ein letztes Mal. Wenn sie erst weggeschickt waren, gab es für sie kein Zurück mehr, keine Chance mehr, den Kurs zu ändern. Der Plan war riskant, sehr riskant, aber er war ihre einzige Möglichkeit. Die Nachrichten würden rausgehen. Die Falle würde zuschnappen.

Ihre größte Sorge galt Nilo. Kurz darauf war er da. Seine Wangen waren vom Essen vor dem Küchenherd gerötet, und auf seinem Gesicht lag ein zufriedenes Lächeln, das jedoch sofort erlosch, als er den Ausdruck auf dem Gesicht seiner Herrin sah.

Sofort nachdem Nilo sich verbeugt hatte, händigte Bianca ihm die sechs Depeschen aus.

Ihre Stimme klang fremd, während sie sprach, kühl und distanziert. »Du musst jede Depesche noch heute Abend abgeben. Das dürfte für dich kein großes Problem sein. Das Problem ist vielmehr, dass du dabei darauf achten musst, dass dir niemand folgt, dich erwischt oder erkennt, weder heute Abend noch irgendwann später. Du musst äußerst geschickt vorgehen. Alle Männer, denen du diesen Brief zustellst, werden sehr aufgebracht sein, aber einer von ihnen wird mehr als nur aufgebracht sein. Er wird gefährlich werden.«

Nilo nickte ernst. Von seiner vorherigen Munterkeit war nichts mehr zu spüren, als er sich die Briefe genau ansah. Auf der einen Seite waren sie mit einem schweren Wachssiegel verschlossen, das ein unbekanntes Wappen zierte, und auf der anderen Seite stand die Adresse in einer Handschrift, die Bianca so weit wie möglich zu verstellen versucht hatte. Nilo studierte die einzelnen Adressen und stutzte plötzlich. Er sah abrupt hoch und hielt die eine Adresse Bianca hin. »Seid Ihr sicher, Herrin, dass Ihr Euch hierbei nicht geirrt habt? Da steht –«

»Ja, ich weiß«, fiel sie ihm ins Wort. »Dieser Brief wird am schwierigsten zuzustellen sein. Er ist aber auch der wichtigste. Du musst sicherstellen, dass er ihn erhält, aber noch wichtiger ist, dass du nicht erkannt wirst.«

Nilo verstaute die Briefe sorgfältig in seinen Manteltaschen, um sie vor dem Regen zu schützen und machte dann feierlich eine tiefe Verbeugung vor ihr.

»Sei vorsichtig, Kleiner«, sagte sie, und ihre Stimme hatte wieder ihren vertrauten Klang. »Ich möchte nicht, dass dir irgendetwas zustößt.«

»Und ich nicht, dass Euch etwas zustößt«, sagte er im Ton eines Kavaliers, der auch dreimal so alt hätte sein können.

In ihrer Besorgtheit umeinander hatten sie gar nicht gemerkt, dass sich inzwischen eine dritte Person zu ihnen gesellt hatte. Ian stand am anderen Ende der Suite und beobachtete, wie Bianca mit eindringlichen Gesten auf den kleinen Diener einredete. Schließlich war er es Leid, noch länger ignoriert zu werden. Er räusperte sich und ging auf die beiden zu.

»Ich hoffe, mein Herr, Ihr haltet nicht ebenfalls um die Hand meiner Dame an«, sagte er ernst zu Nilo.

Der junge Bursche wurde rot und blickte verlegen zu Boden. »Nein, mein Herr. Nicht bevor ich groß genug bin, um ›verflucht noch mal‹ zu sagen.«

Ian ließ sich durch diesen neuerlichen Beweis für die ungewöhnliche Fähigkeit seiner Verlobten, sich mit Irren zu umgeben, nicht weiter aus der Ruhe bringen. »Welch ein Glück für mich, dass es bis dahin noch eine Weile hin ist. Dann hoffe ich doch, dass es dir nichts ausmacht, wenn ich sie jetzt zum Abendessen mitnehme.«

Den Blick immer noch gesenkt, schüttelte Nilo immer wieder den Kopf, während Ian Bianca seinen Arm bot.

Sie musterte ihn und versuchte sich zu erinnern, warum sie am Nachmittag ärgerlich auf ihn gewesen war, ja sie war erstaunt, wie sie überhaupt jemals auf ihn böse sein konnte. Er war einfach wunderbar. Die Manschetten und der Kragen seines silbrig blauen Hemds, die aus seinem gefütterten schwarzen Samtwams hervorlugten, hatten genau die gleiche Farbe wie seine Augen. Das Wams wurde mit zwei Diamantschließen zusammengehalten und reichte genau bis zur Taille, sodass es den Blick auf seine muskulösen Schenkel, die in silber-schwarz-gestreiften Samtgamaschen steckten, freigab. Bianca merkte, wie ihr Atem schneller ging, als sie seinen Arm nahm und sich aus dem Zimmer führen ließ.

Sie gingen die erste Treppe hinunter, doch anstatt ihren Weg weiter nach unten zum Speisesalon fortzusetzen oder zu seiner Suite abzubiegen, steuerte Ian mit ihr auf eine kleine Tür zu, die sie vorher nie bemerkt hatte. Sie führte zu einer durch unzählige Kerzen hell erleuchteten Treppe, die breit genug war, um Arm in Arm hinaufzusteigen. Das Treppenhaus erinnerte an den Stil des antiken Roms, wie er Anfang des Jahrhunderts beliebt war: die Wände purpurrot, mit einem Fries von frohlockenden Satyren und Jungfrauen, die so plastisch gemalt waren, dass sie wie gemeißelte Statuen wirkten. Bianca war von der Ausschmückung so fasziniert, dass Ian sie zur Tür nach oben fast ziehen musste, mit dem Versprechen, dass das Beste erst noch kommen sollte.

Als Ian die Tür öffnete und Bianca hineinkomplimentierte, sah sie, dass er nicht übertrieben hatte. Ihr Verstand versicherte ihr, dass es immer noch ein regnerischer Abend im November war und sie sich immer noch im Palazzo Foscari befand, aber ihre Augen gaukelten ihr einen wunderschönen Frühlingstag in einem römischen Garten vor. Alle vier Wände lösten sich in eine Gartenszene auf, die so geschickt gestaltet war, dass Bianca den Duft von frischem Jasmin zu riechen und das leise Rascheln der Blätter in den Baumwipfeln zu hören meinte.

»Wo sind wir?«, fragte sie schließlich überwältigt von dem Wunder. »Das war der private Speisesalon meiner Großeltern.« Ian breitete stolz die Arme aus. »Meine Großmutter hasste den Winter, und deshalb ließ mein Großvater Raphael aus Rom kommen, um einen Raum zu gestalten, in dem es immer Frühling war.«

»Aber wir sind doch noch im Palazzo?« Bianca konnte es immer noch nicht fassen.

»Ja, wir sind zwischen deinem Stockwerk und meinem, irgendwo unter Robertos und Francescos Suite«, lachte er.

»Was ist das?« Bianca wirbelte herum und sah sich nach der Quelle der Musik um, die den Raum zu erfüllen begann.

»Ein magischer Zauber«, sagte Ian, aber nicht um ihre Frage zu beantworten. Er war gefesselt von der Gestalt, die vor ihm herumwirbelte, mit offenen, wehenden Haaren, in denen sich das Kerzenlicht fing. Das Kleid stand ihr perfekt: Das dunkle Gold des Brokats nahm die Farbe ihrer Augen auf, und das Blau bildete einen sensationellen Kontrast zu ihrer cremefarbenen Haut. In diesem Augenblick wusste er, dass er nie aufhören würde, sie zu begehren, nie aufhören, sich zu ihr hingezogen zu fühlen. Aber er wusste auch, dass er niemals so für eine Mörderin empfinden könnte. Ian hatte schon Tage zuvor mehr und mehr an ihre Unschuld geglaubt, hatte daran glauben wollen, aber erst jetzt, in diesem Augenblick, wurde sie für ihn zur unumstößlichen Gewissheit.

Er hätte ihr von seinem Bewusstseinswandel an diesem

Abend erzählen können, doch er wollte nicht Gefahr laufen, ihren gemeinsamen Abend durch ein Gespräch über Mord zu verderben. Für Bekenntnisse und Entschuldigungen war immer noch Zeit genug, sagte er sich, denn sie würden viele Jahre für sich haben. Der Gedanke daran durchströmte ihn wie ein wärmendes Feuer, brachte ihn in Versuchung, das Abendessen Abendessen sein zu lassen und sofort in das Schlafzimmer nebenan zu gehen. Doch sein Verstand riet ihm dringend, jeden Moment des Abends, den er so akribisch geplant hatte, voll auszukosten und in die Länge zu ziehen, und er gewann schließlich die Oberhand über seinen willigen Körper.

Bianca bemerkte den gedeckten Tisch erst, als Ian sie an der Hand nahm und hinführte. Er stand auf einem erhöhten Podest in einer Ecke des Raums, eingerahmt von einer Laube, die über und über mit Jasminblüten bedeckt war. Sie sahen so echt aus, dass Bianca versucht war, nach ihnen zu greifen, zuckte aber rechtzeitig zurück, um sich nicht zum Narren zu machen.

»Nur zu«, sagte Ian und griff selbst nach ihnen. »Diese hier sind echt. Meine Großmutter liebte Jasmin und ich halte die Pflanzen hier im Gedenken an sie.«

Noch zwei Wochen zuvor hätte Bianca nie geglaubt, dass dieser Granitblock von Ian Foscari, dieser kalte Graf d'Aosto, zu solch einer romantischen Geste fähig war. Aber jetzt schien sie ein Bestandteil seiner komplexen Persönlichkeit zu sein. Sie sah gespannt zu, wie er von einem nahen Ast einen duftenden Zweig pflückte und ihn ihr an das Mieder ihres Kleids steckte. Seine Berührung hinterließ ein warmes Gefühl auf ihrer Haut, und sie fragte sich, ob er wohl zu großen Hunger hatte, um das Abendessen ausfallen zu lassen. Bevor sie jedoch einen entsprechenden Vorstoß machen konnte, führte er sie schon zu einer Bank an der einen Seite des elegant gedeckten Tischs.

Auf dem weißen Damast-Tischtuch glitzerte und funkelte das feinste Foscari-Silber im Schein der nahezu fünfzig Kerzen, die über den ganzen Raum, in Nischen versteckt, verteilt waren. Wie durch einen telepathischen Befehl herbeizitiert, traten plötzlich drei Diener ein, der eine mit einer

Karaffe mit Wein und die beiden anderen mit dampfenden Silberterrinen. Sie stellten wortlos ihre Lasten ab und waren auch schon wieder leise und unauffällig, wie sie gekommen waren, verschwunden. Ian schenkte den moussierenden goldenen Perlwein in zwei Kelche ein, nahm dann etwas von einem Säulenfuß neben sich und legte es vor Bianca auf den Tisch.

Es war ein Holzkästchen mit den Initialen von Venedigs berühmtestem Goldschmied. Sie hatte schon einmal ein ähnliches, wenn auch nicht das gleiche Kästchen – denn dieses hier war viel größer – gesehen, und zwar an dem Tag, als sie beobachtet hatte, wie Ian Tullia mit den riesigen Smaragd-Ohrringen für ihre Dienste bezahlt hatte. Als sie auf die Schachtel blickte, kämpften Abscheu und Zorn miteinander, bevor eine große Traurigkeit über sie kam. Sie schob das Kästchen weg und sagte bitter: »Das kann ich nicht annehmen, mein Herr.«

Ian hatte das Gefühl, als habe ihm jemand den Lebensnerv geraubt. Sie wies seine Überraschung zurück, ja, schlimmer noch, sie schien sie zu verabscheuen. »Was meinst du damit, du kannst das nicht annehmen? Warum nicht?«

»Sagte ich, ›ich kann nicht‹? Ich meinte, ich will nicht. Ich will es nicht annehmen. Herrgott, Ian, ich habe mich in dich verliebt, und im Gegenzug behandelst du mich wie eine deiner Huren.«

Ian sah aus, als mutmaßte er, mit seinen Ohren sei irgendetwas nicht in Ordnung. Ihm war sofort klar, den ersten Teil ihrer Erklärung hatte er missverstanden – mögen, nicht lieben –, aber der zweite Teil machte auch nur wenig mehr Sinn. »Wenn man dir etwas schenkt, behandelt man dich wie eine Hure?«

»Ja.« Bianca nickte heftig. »Du schenkst mir das hier und brauchst mir dann nichts anderes mehr zu schenken, etwas, was unendlich viel wertvoller ist, und auch viel schwieriger. Du schenkst mir das hier« – sie streckte die Hand aus, um das Kästchen vom Tisch zu fegen, doch Ian fing es noch rechtzeitig auf – »damit du mir nicht dein Vertrauen, deine Zuneigung oder deine Liebe schenken musst.«

Jetzt wäre der perfekte Zeitpunkt gewesen, um ihr zu sagen, dass er sie für unschuldig hielt, ihr zu sagen, dass er ihr gleichermaßen vertraute und dass er Zuneigung zu ihr empfand, tiefe Zuneigung. Aber das Misslingen seiner Überraschung hatte ihn zu sehr durcheinander gebracht. Dazu kam, dass sie im Begriff war, zu gehen.

Ian packte sie am Arm und zwang sie auf die Bank zurück. Er nahm das Kästchen und forderte sie auf, es zu öffnen.

Bianca saß da und starrte unbewegt vor sich hin.

»Mach es auf«, sagte Ian noch einmal, diesmal bestimmter.

Bianca schüttelte den Kopf.

Ian nahm Biancas Gesicht zwischen die Hände und drehte ihren Kopf zu sich. Als er sprach, war seine Stimme weicher: »Bitte, Bianca, mach es auf.«

Es waren nicht die Worte, sondern der Ausdruck in seinen Augen, der hungrige Blick eines Spielers, der alles auf eine Karte setzte, der sie schließlich umstimmte. Immer noch widerstrebend, nahm sie das Kästchen und hob den mit Scharnieren befestigten Deckel an.

Was sie innen sah, raubte ihr den Atem und machte ihr sofort ein schlechtes Gewissen. »Sie ist wunderschön! Sie ist einfach vollkommen«, rief sie aus und nahm die kostbare – inzwischen reparierte – Schere ihres Vaters von ihrem grünen Samtkissen. »Oh, Ian, wie kann ich dir je dafür danken?«

Die Bewunderung in ihren Augen war ihm Dank genug. Das war alles an Dank, was er wollte, jedenfalls fast alles. Er räusperte sich, begegnete Biancas Blick, räusperte sich noch einmal und öffnete den Mund, um etwas zu sagen. Es gab noch eine kleine Frage, die an ihm nagte.

»Möchtest du Suppe?«, hörte er aus seinem Mund kommen.

»Du bist unwiderstehlich«, hörte er Bianca antworten.

»Es ist Kürbissuppe«, fuhr Ian fort, so als habe sie nichts gesagt.

»Mein Herz schlägt jedes Mal schneller, wenn du mich berührst«, fuhr Bianca fort, so als habe *er* nichts gesagt.

»Sie schmeckt heiß am besten«, sagte Ian ungerührt.

»Du verkörperst alles, wovon ich je geträumt habe«, sagte Bianca ungerührt.

»Es ist nur ein Hauch Zimt drin.« Ian drehte sich weg, sodass sie sein Gesicht nicht sehen konnte und auch nicht die eigenartige Feuchtigkeit, die sich in seinen Augenwinkeln sammelte.

»Du könntest sie mit ein paar Mandeln versuchen.« Er reichte ihr eine kleine Schale.

»Ian Foscari, ich liebe dich.« Sie zog seine Hand an ihre Lippen.

Dieses Mal gab es nichts misszuverstehen. Sie hatte es gesagt. Sie liebte ihn. Die Mandelschale fiel mit einem Klirren zu Boden, aber keiner der Tischgäste hörte es, Bianca nicht, weil ihr Herz zu schnell klopfte, Ian nicht, weil ihre Worte noch in seinen Ohren nachhallten. Er drückte die Lippen auf ihren Mund und hätte sich das wunderbare Gefühl am liebsten in seine Seele eingebrannt. Er konnte sich nicht erinnern, sich in seinem Leben je besser gefühlt zu haben.

Der Tisch wurde plötzlich zum störenden Hindernis zwischen ihnen. Die Stimme in seinem Inneren, die nach Essen verlangte, schlichtweg ignorierend, nahm Ian die Silberkaraffe in die eine und die beiden Kelche in die andere Hand und winkte Bianca zu einer Tür auf der Rückseite des Alkovens.

Der Jasminduft wurde beim Betreten des Raums schwächer und von einem Moschusduft abgelöst, der wunderbar zu der Innenausstattung passte. Auf jeder Wand des achteckigen Raums waren Paare abgebildet, die sich in verschiedenen Positionen dem Anschein nach äußerst lustvoll dem Liebesakt hingaben. Bianca war kurz versucht, stehen zu bleiben und sie genauer zu betrachten, insbesondere ein Paar, das mit einem großen Federkopfschmuck dargestellt war, aber Ians Finger auf ihrer Schulter erfüllten sie mit einer unmittelbareren Sehnsucht. Er führte sie zu der Hauptattraktion des Raums, einem riesigen quadratischen Bett. Die Seidendecke glänzte wie flüssiges Silber und war mit einer Goldbordüre mit riesigen Goldquasten an jeder Ecke eingefasst. Von den Bettpfosten hingen Silberschalen, die sowohl Licht als auch einen exotischen Wohlgeruch verströmten. Der ganze Raum atmete bis in den letzten Winkel Sinnlichkeit und Verführung.

Bianca war immer noch ganz gefangen von der Atmosphäre dieses zauberhaften Raums, als sie plötzlich Ians Hände spürte, die ihr etwas um den Hals legten.

»Wenn ich dir sage, dass ich sie mehr für mich als für dich gekauft habe, wirst du sie dann tragen? Mir zu Gefallen?« Ian war es noch nie zuvor so leicht gefallen, für eine Frau ein Vermögen für Saphire auszugeben.

Bianca fühlte mit der Hand an ihrem Hals und sah sich nach einem Spiegel um. Als Ian merkte, was sie suchte, deutete er an die Decke. Sie war mit einem wunderbaren Spiegel verblendet, dazu bestimmt, den im Bett Liegenden die Möglichkeit zu geben, ihre eigenen Aktivitäten mit den Abbildungen an den Wänden rund herum zu vergleichen. Als Bianca die mit Diamanten verflochtenen Saphire um ihren Hals sah, ging ihr plötzlich die Frage durch den Kopf, ob es wohl in irgendeinem Gebäude in Venedig mehr Spiegel gab als hier im Foscari-Palazzo. Sie vergaß darüber ganz, Ian dafür zurechtzuweisen, dass er ihr Schmuck schenkte. Aber warum sollte sie auch – schließlich hatte er die Kette ja, wie er sagte, für sich gekauft, überlegte sie logisch. Schwieriger war schon, ihm oder sich selbst gegenüber zuzugeben, dass sie von dem Geschenk gerührt war und ihr das Gefühl der kalten Steine auf ihrer Haut ziemlich gut gefiel.

»Dir zum Gefallen werde ich sie tragen«, antwortete sie edelmütig. »Aber nur, wenn ich dich dafür auch um einen Gefallen bitten darf.«

»Natürlich, um jeden.« Nachdem er den gefährlichen Sturm überstanden hatte, war er bereit, großzügig zu sein.

»Zieh dich aus.« Es klang mehr wie ein Befehl, denn wie eine Bitte um einen Gefallen, aber Ian stieß sich nicht daran.

Bianca setzte sich auf das Bett und sah ihm zu. Unter ihrem offenen Blick hakte er die Diamantschnallen an seiner Jacke auf und schüttelte sie ab. Sie hielt seinen Blick fest, während er die Verschlüsse an seinem Seidenhemd öffnete, um es dann zu Boden fallen zu lassen. Als er sich anschließend daran machte, die Schnürbänder über seinem eingezwängten Glied aufzuknüpfen, spürte er, wie ihre Augen seinen Händen folgten. Unter ihrem durchdringenden Blick wurde sein Hals immer trockener, und er merkte, wie er seltsam nervös wurde. Seine Finger zitterten vor Aufregung und kamen nur langsam voran. Er konnte sich nicht erinnern, sich jemals so trunken, so verletzlich, so erhaben gefühlt zu haben. Bei jeder Schnur dauerte es länger als bei der vorangegangenen. Er bemerkte, dass sie genau wie er immer schneller atmete. Dann war es geschafft. Er drehte sich um und stieg aus seinen Beinkleidern, stellte dabei erst sein wunderbar muskulöses Gesäß zur Schau und zeigte dann seine ganze makellose Rückenansicht.

Tausend Fantasien schossen Bianca in diesem Augenblick durch den Kopf, tausend Möglichkeiten, Ians Körper zu berühren – sie wollte ihn beißen, ablecken, küssen, halten, drücken, kneten und liebkosen, aber keine verdrängte die Fantasie, die vorher von ihr Besitz ergriffen hatte. Sie stand vom Bett auf und forderte Ian auf, sich darauf zu legen.

Sie bewunderte seine Geschmeidigkeit, als er sich umdrehte, die sinnliche Bewegung seiner Hüften, als er näher kam, sein vorgerecktes Glied, die Anspannung seiner Schenkel und Kniekehlen, als er auf das Bett kletterte … Er legte sich ausgestreckt auf die Seite, stützte den Kopf auf einen Ellbogen und blickte sie mit einem Ausdruck tiefen Verlangens an. Als er sah, dass Bianca einen großen Schluck aus ihrem Weinkelch nahm, vergaß er fast zu atmen. Er war versucht, die Hand auszustrecken, um ihr die Tropfen von den Lippen zu wischen, doch noch ehe er dazu kam, beugte sie sich schon über ihn und nahm sein strammes Glied in ihren Mund.

Das Prickeln der kühlen Flüssigkeit, ihre schmeichelnde Zunge und ihre liebkosenden warmen Lippen raubten ihm den Atem. Als sie den Perlwein hinunterschluckte und an ihm zu saugen begann, mit eingestülpten Wangen den Druck verstärkte, da entrang sich ein Stöhnen seiner Kehle. Ermutigt umspannte sie sein Glied mit Daumen und Zeigefinger und schob es so in ihrem Mund vor und zurück. Ian öffnete die Augen, um im Spiegel über sich einen Blick auf Bianca zu erhaschen. Und er fragte sich, wie sie hatte wissen können, was er selbst nie vermutet hätte: dass ihre Liebkosung mit dem Mund ihn noch mehr erregen würde, wenn sie angezogen wäre.

Er strich ihr über den Kopf. Sie begann jetzt auch noch gleichzeitig die Unterseite seines Glieds mit der Zunge zu kitzeln. Ein Lustschrei stieg in die Luft empor und nur der Blick in den Spiegel machte Ian bewusst, dass er sich aus seinem offenen Mund gelöst haben musste. Mit der freien Hand spielte Bianca an dem festen kleinen Sack unterhalb seines Geschlechts herum, und auf einmal konnte er es nicht länger aushalten. Er bäumte sich auf, presste sich gegen ihre Lippen und ergoss sich in ihren wartenden Mund, immer wieder aufs Neue von wollüstigen Schaudern durchpulst, während sie ihn gierig leer trank.

Das Experiment hatte Bianca sehr gefallen. Immer noch angekleidet, schlängelte sie sich über seinen Körper nach oben und kuschelte sich in seinen Arm.

»Wir brauchen das nie wieder zu tun«, sagte Ian außer Atem.

Beunruhigt, sie habe womöglich Schreie des Schmerzes fälschlicherweise für Schreie der Lust gehalten, blickte Bianca ihn mit weit offenen Augen an. Augen, die eine bange Frage stellten, ohne dass sie ausgesprochen werden musste.

»Wenn ich das sage, sage ich das nur in deinem Interesse«, sagte Ian, der immer noch nach Luft rang, ernst. »Wenn du meine Kräfte zu sehr erschöpfst, bin ich nicht in der Lage, deinen Bedürfnissen nachzukommen.«

Er lächelte. Bianca hätte in gleicher Weise zurücklächeln und ihm sagen können, dass es kaum mehr als der Berührung seiner Finger bedurfte, um ihren Bedürfnissen nachzukommen, beschloss aber, nicht allzu schnell nachzugeben.

»Das ist sehr aufmerksam von Euch, mein Herr«, sagte sie schließlich. »Aber Ihr braucht keine Angst zu haben, was ich im Augenblick am meisten brauche, ist etwas zu essen.«

»Hm.« Ian nickte und schien zu überlegen. »Ahhh«, sagte er langsam, bevor er endlich einräumte: »Ich verstehe« – um dann plötzlich abrupt »nein« zu sagen.

»Nein?« Bianca zog die Augenbrauen hoch.

»Nein.« Ian schüttelte entschieden den Kopf.

»Nein was?« Ihre Augenbrauen waren immer noch hochgezogen.

»Kein Essen. Kein Essen, bevor du nicht dein hübsches Kleid abgelegt hast. Du könntest es beschmutzen.« Sagte es und fing sofort an, die Seidenbänder, mit denen es am Rücken zusammengeschnürt war, zu lösen.

»Deine Sorge um meine Garderobe ist wirklich rührend«, sagte sie über die Schulter nach hinten, während er sie weiter aus ihrem Kleid schälte. Nur die Saphirkette ließ er um ihren Hals.

»Einer muss schließlich darauf achten«, sagte Ian in einem Ton, der das ganze Ausmaß der schweren Verantwortung, die er sich aufgehalst hatte, deutlich machte.

»Hmm« sagte Bianca jetzt ihrerseits, während Ians Finger sachte über ihren nackten Rücken kraulten. »Ahhh«, fügte sie hinzu, als er ihre Pobacken mit seinen großen Händen umschloss, und dann »Nein!«, als er sie aus dem Bett stieß.

»Du hast gesagt, du brauchst etwas zu essen«, erklärte Ian und zauberte zwei Seiden-Morgenröcke aus seinem Schrank, den sie vorher nicht bemerkt hatte. »Wenn du brav bist, können wir vielleicht beide Bedürfnisse gleichzeitig befriedigen.«

Angesichts dieser verlockenden Aussicht schlüpfte Bianca sofort in den Seidenmantel und folgte Ian in das andere Gemach. Der Tisch war inzwischen völlig neu eingedeckt – diesmal mit einem dunkelroten Damast-Tischtuch. Nur wenige Augenblicke nach ihrem Eintreten, erschienen drei Diener – jeder mit einer abgedeckten Servierplatte –, gefolgt von einem vierten Diener mit einer Silber-Karaffe. Ian lehnte ihre Servierdienste ab, und sie verließen eilig den Raum.

Diesmal gab es drei dicke Filetsteaks nach Florentiner Art und dazu einen fruchtigen Chianti aus der Toskana. Es war weder ein besonders romantisches, noch ein besonders raffiniertes Gericht, doch es war Ians Lieblingsessen, und da er ein seltsames Verlangen hatte, Bianca mit all den Dingen vertraut zu machen, die er am liebsten mochte, hatte er den Koch extra gebeten, dieses zuzubereiten. Ian nippte an seinem Wein und beobachtete sie. Sie sprach nicht nur aus, dass es ihr schmeckte, sie zeigte es auch, indem sie mit dem frischen Brot auch noch den letzten Tropfen des Fleischsaftes vom Teller tunkte. Nachdem sie alles bis auf den letzten Krümel aufgegessen hatte, blickte sie auf und grinste. Ian, der nie gedacht hätte, dass jemand mit einer Saphir-Kette um den Hals es fertig brachte, einfach so zu grinsen, konnte nicht umhin, zurückzugrinsen.

»Ich habe jetzt genug gegessen«, verkündete sie und ließ sich den Chianti auf der Zunge zergehen. »Ist es nicht an der Zeit, meine anderen Bedürfnisse zu befriedigen?«

Ian nickte nachdenklich. »Diese Frage habe ich mir auch gerade gestellt. Sehen wir mal nach, ob das Zimmer fertig ist.«

Ohne auf Biancas erstaunten, fragenden Blick einzugehen, führte er sie zurück ins Schlafzimmer. Von der Türschwelle aus sah sie zwar bereits, dass die silberfarbene Bettdecke vom Bett gezogen und die Leinenlaken umgeschlagen waren, doch erst als sie ins Zimmer trat, bemerkte sie die große Platte mit dem Eisblock, in dessen Mitte eine Schale ausgestanzt war, in der bunte Kugeln lagen. Sie wunderte sich zwar sehr, wie die Diener gewusst hatten, was sie wohin zu bringen hatten, aber noch neugieriger war sie, zu erfahren, was es mit den Kugeln auf sich hatte.

»Speiseeis«, erklärte Ian ihr ungefragt und hielt ihr einen Löffel mit etwas Rosafarbenem darauf hin. »Probier mal«, forderte er sie auf, als er ihren skeptischen Blick sah.

Als der Geschmack von Himbeeren auf ihrer Zunge zerging, schloss sie die Augen und legte den Kopf in den Nacken. Noch bevor sie die Augen wieder öffnen konnte, hielt Ian ihr schon einen zweiten Löffel an die Lippen, diesmal mit Pfirsicheis. Er forderte sie auf, sich auf dem Bett zurückzulegen und wiederholte dann das Spiel mit allen übrigen Geschmacksrichtungen. Und bei jedem Eis meinte sie mit Bestimmtheit: »Das mag ich am liebsten.«

Nachdem er ihren Mund mit einer großen Portion ihrer letzten Lieblingssorte Blutorange gefüllt hatte, legte er den Löffel ab und streifte sowohl sich als auch ihr den Seidenmantel ab, um ihren Körper mit zärtlicher Hand zu liebkosen. Als sie ›Zitrone‹ verlangte, gab er zuerst ihr einen großen Löffel voll, nahm sich dann selbst einen und beugte sich über sie, um an ihren Brustwarzen zu saugen.

Der Kontrast zwischen dem kalten Eis und seinen warmen Lippen schürte Biancas Verlangen und entfachte in ihr ein heißes Feuer. Sie rieb ihr Becken an Ians Schenkeln, um ihn sacht an ihre Bedürfnisse zu erinnern. Es schien zu funktionieren, denn er ließ kurz von ihr ab und begann dann, mit dem Mund eine Spur eiskalter Flüssigkeit über ihren Körper nach unten zu ziehen.

Doch anstatt ihrer unausgesprochenen Richtungsangabe weiter zu folgen, und ihren erogenen Punkt sofort mit den Lippen zu umschließen, ließ er sich Zeit und leckte das Eisrinnsal wieder auf, um den kalten Saft anschließend langsam, zum Verrücktwerden langsam, zwischen ihre Beine tropfen zu lassen. Und Bianca spürte, wie sich mit jedem Tropfen ihre Erregung immer mehr steigerte.

Ian nahm sich einen neuen Löffel Eis – diesmal Mandeleis – und biss die Hälfte ab. Mit dem Eis im Mund ließ er seine Lippen über Biancas sensibelsten Punkt streichen. Plötzlich schnellte seine Zunge heraus und schlang sich mit ihrer ganzen Kühle um die feste kleine Knospe, wanderte hin und her und trieb Bianca dazu, sich ihm in höchster Erregung entgegenzudrängen. Schließlich saugte er sie ganz in seinen Mund ein und drückte die verbliebene kleine Eiskugel mit der Zunge gegen sie.

Der Kontrast zwischen heiß und kalt, den sie schon bei ihren Brustwarzen als so erregend empfunden hatte, sorgte zwischen ihren Beinen für Lustgefühle, die in ihrer Intensität weit darüber hinausgingen und mit nichts zu vergleichen waren. In rasender Begierde presste, drängte sie sich mit aller Gewalt gegen das kalte körnige Eis in seinem warmen, weichen Mund. Als das Eis geschmolzen war und er die andere Hälfte des Eises nicht etwa in seinen Mund, sondern in ihre enge Höhle gleiten ließ, keuchte Bianca vor Lust. Er öffnete seinen Mund noch weiter, um sich auch dieser Stelle zu bemächtigen und presste seine Zunge flach dagegen, bevor er anfing, sie vor und zurück wandern zu lassen, wobei er jedes Mal, wenn er wieder bei ihrer zarten Knospe angelangt war, ein bisschen fester gegen sie schlug.

Bianca erinnerte sich wieder an den Spiegel an der Decke und legte den Kopf zurück, um einen Blick hineinzuwerfen. Mit weit aufgerissenen Augen beobachtete sie, wie sein Kopf sich auf und ab bewegte und er sie dann plötzlich ganz in sich einsaugte. Sie sah, wie sie sich aufbäumte und die Beine um seine Schultern schwang, sah, wie seine Hände sich unter sie schoben und sich um ihre Pobacken legten, wie sein Mund sich von ihr löste, beobachtete, wie zwei Finger vorglitten und ihre heißen Schamlippen auseinanderdrückten, während er zwischen Daumen und Zeigefinger der anderen Hand ihren sensiblen Punkt weiter stimulierte, um plötzlich, als ihr Höhepunkt nahte, seinen Mund wieder dagegenzupressen. Sie spürte, wie die raue Oberfläche seiner Zunge an ihr rieb, wie er mit den Zähnen an ihr nagte ... und explodierte mit wildem Stöhnen in einem Orgasmus.

Als sie Ian Minuten später freigab, legte er sich neben sie. Die Saphire schmiegten sich wunderschön um ihren Hals.

»War das in Ordnung so?«, fragte er hinterlistig.

Bianca blinzelte mit einem Auge. »Es hat mir ganz gut gefallen.«

»Mehr gefallen als ich?« Ian klang beunruhigt.

Bianca schlug die Augen ganz auf. »Ungefähr gleich.«

Plötzlich setzte Ian sich auf. »Hast du das ernst gemeint, was du vorhin gesagt hast?«

»Vorhin?« Bianca sah ihn verwirrt an, lächelte dann aber amüsiert, als sie begriff. »Bei der Suppe, meinst du?« Als Ian nickte, zog sie ihn zu sich herunter und drückte ihn an sich.

Er war sich nicht sicher, ob er auf seine Frage eine Antwort bekommen hatte, aber als sich ihr Körper ganz eng an ihn schmiegte, da schien die Frage mit einem Mal unwichtig. Sie zum Höhepunkt zu bringen hatte ihn bereits stark erregt, doch als sie nun ihre Arme um ihn schlang, ihre Fußgelenke mit den seinen verschränkte und anfing, mit den Hüften unter ihm zu kreisen, hielt er es kaum noch aus.

»Sollen wir uns noch einmal lieben, Ian«, fragte sie mit einer Stimme, die deutlich machte, dass ihr sexueller Hunger alles andere als gestillt war.

»Wenn du darauf bestehst«, antwortete Ian galant und

drängte sein Glied zwischen ihre Schenkel, um in sie einzudringen.

Es war ein Liebesakt, der wie immer begonnen hatte, und doch war noch etwas anderes dabei; beide spürten es. Zu begierig, sich in das Gesicht des anderen zu versenken, nahm keiner von beiden jetzt mehr Notiz von dem Deckenspiegel. Ian tauchte mit seinem Blick in die Tiefe ihrer faszinierenden Augen, hoffte dort einen Hinweis zu finden, der ihm half, das Wunder ihrer Zuneigung zu ihm zu begreifen. Bianca erwiderte seinen Blick und hoffte ihn zu überzeugen, dass er bei ihr sicher war, hoffte die letzten Bastionen seiner Festung zu durchdringen. Sie gaben sich einander ohne jeden Vorbehalt hin, ohne Angst, ohne Schranken, ohne Fragen.

Doch bald schon sollten sie auf diesen Augenblick zurückblicken und sich fragen, wie sie solche Narren gewesen sein konnten.

22. Kapitel

Der junge Mann fuhr mit seinem Finger über seine nackte Brust und sagte: »Ich könnte hier den Schnitt ansetzen, die Haut zurückziehen und dann ihr Herz herausreißen.«

Die Frau deutete ein Lächeln an, um ihn bei Laune zu halten, denn sie brauchte ihn noch.

»Dann gibt es immer noch die Möglichkeit des Auspeitschens«, fuhr der junge Mann fort und glühte vor Eifer. »Es wäre viel erregender, zuzusehen, wie sie sich in den Ketten windet.«

Die Frau schüttelte den Kopf und schürzte die Lippen. »Habt Ihr keinen originelleren Vorschlag? Oder beeinträchtigt Eure verwandtschaftliche Beziehung zu ihr Eure Zuneigung zu mir und trübt Euren Verstand?«

Eine gefährliche Herausforderung! »Es ging mir nur um Euer Vergnügen, auf Originalität war ich wirklich nicht bedacht, nur darauf, was Euch am meisten Spaß machen könnte«, rechtfertigte er sich.

Sie musterte ihn unter ihren halb geschlossenen Augenlidern hervor, entschied, dass er die Wahrheit gesagt hatte, und begann, zärtlich seine Brust zu streicheln. »In diesem Fall habe ich eine Idee. Bringt sie her, ich werde mich um sie kümmern.«

»Wollt Ihr mir nicht verraten, was Ihr zu tun gedenkt?« Sich das Mädchen als Gefangene seiner Maitresse vorzustellen, war erregender als alle Gedanken, die er an diesem Tag gehabt hatte.

Als die Frau antwortete, war ihr Ton so sachlich, als bespreche sie eine ihrer geschäftlichen Transaktionen. »Aber natürlich, zuerst möchte ich sie eine Zeit lang für mich allein haben, um herauszufinden, was sie so weit getrieben hat, mich zu verletzen, und dann sollt Ihr zum Zuge kommen. Was danach geschehen soll, das werde ich dann entscheiden. Vielleicht verfahren wir ähnlich wie bei diesem Crètin von Enzo«, sagte die Frau und bewegte ihre Hände auf dem Körper des jungen Mannes langsam nach unten. »Aber da gibt es ja immer noch diese Riesen.«

»Die Riesen?«, fragte der junge Mann nach, allerdings nur halbherzig, da die Aktionen ihrer Hände seine Sinne vollständig in Anspruch nahmen.

»O ja«, sagte sie und passte sich in ihrem Tonfall seinem Stöhnen an. »Sie muss es mit der Angst zu tun bekommen, sie muss spüren, wie es ist, missbraucht und ausgenutzt zu werden. Sie muss bekommen, was sie verdient. Aber das ist nur ein Teil davon.« Ihre Hände wanderten immer noch über den Körper des jungen Mannes, aber jetzt sprach sie mehr zu sich selbst als zu ihm. »Es muss Male geben und Narben, viele davon. Der echte Triumph wird sich in dem Gesicht des Bastards widerspiegeln, wenn er den Körper sieht, wenn er ihn sieht und weiß, dass der Gerechtigkeit Genüge getan worden ist.« Sie lächelte und ließ sich von dem jungen Mann besteigen, während sie sich in das *finale furioso* ihrer Rache hineinsteigerte. »Es wird sogar noch besser werden, als ich es mir vorgestellt habe. Sein absolutes Versagen, seine Erkenntnis, sie nicht beschützt zu haben, wird ihn als gebrochenen Mann zurücklassen, am Boden zerstört und endgültig ruiniert.«

Das Paar lag ausgepumpt und außer Atem beieinander – er wegen seiner körperlichen Anstrengungen und sie wegen der Grandiosität ihres Rachefeldzugs. Als die Frau sich wieder so weit erholt hatte, dass sie sprechen konnte, zog sie den jungen Mann näher zu sich heran und gab ihm ihre Anweisungen: »Bringt sie mir morgen her. Ihr wisst, wo Ihr sie findet. Bringt sie her und wir werden unseren Spaß haben.«

23. Kapitel

Crispin war an diesem Morgen so sehr in Aufruhr, dass er ohne vorher groß zu überlegen, einfach in Ians Suite hineinmarschierte und hinterher dementsprechend verlegen war. Sicher, er wusste, dass sein Bruder sein Privileg ausnutzte, das er sich mit der Verlobung in Bezug auf die reizende Bianca gesichert hatte, aber er hatte nicht damit gerechnet, die beiden hier so eng umschlungen vorzufinden. Sie schliefen zwar beide noch, als er hereinplatzte, doch als er sich das Schienbein am Diwan stieß und leise in sich hineinfluchte, wachten sie auf.

Crispin sah sie zerknirscht an. »*Mi scusa,* Ian. Wenn ich gewusst hätte, dass du nicht allein bist, wäre ich hier nicht so einfach hereinspaziert.«

»Nur keine Aufregung«, erwiderte Bianca und gähnte herzhaft. »Ich gehe sofort. Wenn Ihr Euch bitte kurz umdrehen würdet, bin ich gleich weg.«

Ian, der noch zu schlaftrunken war, um dem Gespräch richtig folgen zu können, versuchte die entsprechenden Worte zu finden, um zu protestieren. Doch Bianca war schon aus dem Bett gesprungen und in den Seiden-Morgenmantel geschlüpft, den sie am Abend zuvor getragen hatte. Sie küsste ihn zärtlich auf die Stirn und war schon aus der Tür, bevor er noch den Mund aufmachen konnte. Sie wollte auf keinen Fall dabei sein, wenn Crispin Ian das enthüllte, weswegen er mit ziemlicher Sicherheit gekommen war.

»Würdest du vielleicht so freundlich sein und mir erklären, warum du mir einen rundum schönen Bummelmorgen verdorben hast«, begrüßte Ian seinen Bruder herzlich. Er betrachtete ihn näher. »Du siehst so aus, als habest du nicht geschlafen. Was hast du letzte Nacht getrieben?«

Crispin sah ihn belustigt an. Er konnte sich nicht erinnern, wann sich das letzte Mal ein Mensch für sein Kommen und Gehen in irgendeiner Weise interessiert hätte, geschweige denn für sein nächtliches Treiben. »Ich versichere dir, dass ich inzwischen aus den Kinderschuhen herausgewachsen bin und dich nicht mehr als Aufpasser brauche. So interessant meine nächtlichen Abenteuer auch sein mögen, ich bin keineswegs hergekommen, um dir davon zu erzählen. Ich wollte dir dies hier zeigen.« Er wedelte mit einem cremefarbenen Stück Papier in der Luft herum. »Das wurde mir heute Früh gebracht, als ich mich gerade anzog.«

Ian brauchte nur ein paar Sekunden, um den Inhalt zu begreifen, denn die Nachricht war kurz und prägnant. »Isabella Bellocchio hat mir erzählt, wie nahe Ihr ihr steht. Sollten die Details in falsche Hände geraten, könnte das Leben sehr ungemütlich für Euch werden. Um das zu verhindern, kommt heute Abend um Punkt neun maskiert in den kleinen Empfangssalon der Ca'Dona.«

»Wie reizend.« Ian sah seinen Bruder seelenruhig an. »Du wirst erpresst. Wie viel, glaubst du, wird man wohl für die Geheimhaltung deiner Verlobung verlangen?«

»Ich habe dir diesbezüglich bereits mein Ehrenwort gegeben.« Crispin ging zum Diwan und setzte sich hin. »Ich bin weder jetzt mit Isabella verlobt, noch war ich es je.«

»Hast du irgendeine andere Erklärung für diesen Wisch auf Lager?« Ian hielt das Blatt gegen das Licht, um zu sehen, ob es irgendwelche markanten Merkmale aufwies, die auf dessen Absender hindeuteten.

Crispin schlug die Beine übereinander und lehnte sich zurück. »Ich habe keine Ahnung. Deshalb bin ich ja hier. Du schienst dich in letzter Zeit irgendwie für sie zu interessieren, und da dachte ich, du wüsstest vielleicht etwas.«

»Hast du Isabella jemals etwas erzählt, womit sie dich erpressen könnte?«

»*Ich* vertraue Frauen grundsätzlich keine Geschäftsgeheimnisse an, wenn es das ist, was du meinst.« Crispin spielte auf eine frühere Indiskretion Ians an, eine Indiskretion, die Mora zu ihrem finanziellen Erfolg verholfen hatte. Er hoffte, seinem Bruder damit einen empfindlichen Schlag zu versetzen. Aber das Ergebnis war enttäuschend.

Ian fuhr fort, als habe sein Bruder nichts gesagt, was der Aufregung wert sei. »Ich werde dir mal sagen, wie ich die Dinge sehe. Nach deinen eigenen Worten gibt es nichts, womit dich Isabella erpressen könnte. Es handelt sich also allem Anschein nach um eine leere Drohung und deshalb hast du auch nichts zu befürchten.«

Crispin sprang sichtlich erleichtert auf, als Ian noch etwas nachschob: »Aber andererseits ist nicht auszuschließen, dass jemand etwas Diskriminierendes über dich in die Welt gesetzt hat. Wir beide wissen nur allzu gut, dass Gerüchte nicht unbedingt der Wahrheit entsprechen müssen, um gefährlich zu sein.«

»Oh, *capisco!*« Der Diwan krachte, weil Crispin sich plötzlich wieder zurückplumpsen ließ, als ihm die volle Bedeutung von Ians Worten langsam dämmerte. »Du willst damit sagen, dass durch das Gerücht von Isabellas Verlobung mit einem Adligen keiner von uns mehr sicher ist – zumindest niemand mit blonden Haaren. Es wäre ein Leichtes, durch die alleinige Behauptung, dass ich Isabellas Verlobter bin, meinen Namen in den Schmutz zu ziehen, vor allem weil es für mich keinerlei Möglichkeit gibt, das Gegenteil zu beweisen, solange sie nicht zurück ist. Wenn ich mir vorstelle, welche Auswirkungen schon der geringste Verdacht auf das Bestehen einer solchen Verbindung auf unseren guten Ruf hätte, läuft es mir kalt den Rücken runter.«

Ian schien überrascht. »Wie kommt es dann, dass erst gestern jemand meinte, das könnte von Nutzen sein?«

Crispin, dem es gar nicht gefiel, dass man ihn mit seinen eigenen Worten schlug, blickte finster drein. »Ich bezweifle, dass Königin Elisabeth oder auch nur Lord Chamberlain mich noch empfangen werden, wenn sie von meiner Verbindung mit einer Kurtisane hören. Wir müssten uns eventuell sogar noch darauf gefasst machen, dass unsere Handelsbeziehungen mit England den Bach runter gehen.«

»L. N. könnte möglicherweise etwas tun. Oder Miles.« Ian versuchte ihm Mut zu machen. »Und dann gibt es immer noch den schwarzen Markt. Wir könnten ja Renegaten werden.«

Crispins finstere Miene ging in einen Ausdruck ungläubigen Erstaunens über. War das wirklich sein Bruder Ian, der da mit ihm seine Scherze in Bezug auf den möglichen Untergang der Arboretti trieb? Ob ihn der Erpressungsversuch womöglich so um den Verstand brachte? Oder war es vielleicht diese Frau? Er hätte gern nachgehakt, aber in diesem Augenblick klopfte es, und Giorgio trat ein.

»Der Koloss ist wieder da«, berichtete Giorgio Ian, unsicher, inwieweit Crispin über Ians persönliche Aktivitäten Bescheid wissen durfte. »Er besteht darauf, Euch zu sehen. Er sagt, es sei dringend.«

»Hast du ihn nach oben in die Bibliothek gebracht?«

Giorgio nickte. »Mit einigen Problemen.«

Ian grinste über den Scherz, erinnerte sich dann aber, dass er ja nie grinste und ließ das Grinsen in eine Grimasse übergehen. Crispin, der sich immer noch Sorgen über Ians Geisteszustand machte, betrachtete diese Mimik als weiteres Indiz dafür, dass sein Bruder allmählich der geistigen Umnachtung anheim fiel.

»Bist du sicher, dass du dich im Stande fühlst, dich anzukleiden?«

»Aber natürlich.« Ian sah seinen Bruder verwundert an. Ob ihm der Erpressungsversuch derart zusetzte, dass er langsam durchdrehte? Auf jeden Fall konnte man nicht zulassen, dass Crispin heute Abend zu diesem Treffen bei Isabella ging. Das wäre unverantwortlich. »Im Übrigen muss ich ja wohl angezogen sein, wenn ich an diesem Treffen heute Abend teilnehmen soll.« Ian war bereits dabei, Giorgio Anweisung zu geben, seine Maske und seinen guten Umhang herauszusuchen, als er von Crispin unterbrochen wurde.

»Das kann ich nicht von dir verlangen. Ich werde hingehen.«

»Nein, das wirst du ganz bestimmt nicht«, sagte Ian mit Nachdruck. Er war wieder in seinen alten Ton verfallen und setzte auf die durchschlagende Wirkung seiner kalten, einschüchternden Fassade. »Da ich nicht so tief drinstecke, wird es für mich einfacher sein, sachlich zu bleiben. Außerdem stehe ich als nominelles Oberhaupt der Arboretti in der Verantwortung, jedes Unheil von der Gesellschaft abzuwenden. Ich gehe für dich und werde keinen Widerspruch dulden.«

Crispin ignorierte den letzten Satz. »Und wenn deine Anwesenheit an meiner statt von ihnen nicht akzeptiert wird? Was ist, wenn man das als ein Zeichen von Unbotmäßigkeit ansieht?«

Ian hielt seinem Bruder das Papier hin. »Da steht schwarz auf weiß, dass man mit Maske kommen soll. Ich hoffe, du empfindest es nicht als Angriff auf dein gutes Aussehen, aber mit Maske und Umhang werden wir nicht voneinander zu unterscheiden sein.«

Es stimmte, mit einer Maske glichen sich die beiden Brüder wie ein Ei dem anderen, und es stimmte auch, dass Ian mit seiner Kaltblütigkeit eine weitaus bessere Figur bei diesem diffizilen Treffen abgeben würde als der sensiblere Crispin. Und dennoch konnte Crispin das Gefühl nicht loswerden, dass er selbst die Verantwortung für diese Situation übernehmen müsste. Er zermarterte sich das Gehirn, um ein anderes Gegenargument zu finden.

»Und wenn sie gefährlich sind?«, machte er einen letzten lahmen Versuch.

»Willst du damit sagen, meine Fechtkunst ließe etwas zu wünschen übrig?« Ians kühler Ton gab keinerlei Hinweis darauf, wie sehr ihn Crispins kläglicher Versuch, ihn von seinem Vorhaben abzubringen, amüsierte.

Crispin beeilte sich, sich zu rechtfertigen: »Nein, nein, natürlich nicht. Es ist nur, dass ich mich nicht sehr wohl dabei fühle –«

»Du siehst auch nicht gut aus. Warum machst du nicht ein kleines Nickerchen?« Ian stand vom Bett auf und steuerte auf die abgeschirmte Ecke seines Zimmers zu, um sich zu erleichtern.

Das war ein Rausschmiss, wie ihn Crispin noch nie erlebt hatte. Er überlegte einen Moment, ob er Ian das heimzahlen sollte, entschied sich dann aber dagegen, wurde anschließend doch wieder schwankend und suchte nach einer passenden Erwiderung, nur um den Gedanken gleich darauf erneut zu verwerfen und sich letztendlich einzugestehen, dass er doch erleichtert war, von der Teilnahme an diesem delikaten Treffen entbunden zu sein. Er wandte seine Gedanken anderen Dingen zu und fragte sich unter anderem, wie seine künftige Schwägerin ihren Nachmittag wohl zu verbringen gedachte. Crispin verabschiedete sich zwar von Giorgio, nicht aber von seinem ungehobelten Bruder und ging.

Giorgio, der die beiden Brüder zusammen beobachtet hatte, hatte das Gefühl, Bianca jetzt noch mehr zu Dank verpflichtet zu sein. Nicht nur, dass sie offensichtlich Stillschweigen über seine Minnedienste für Marina bewahrt hatte, es hatte auch den Anschein, dass sie den alten Ian wieder zurückgebracht hatte, den Ian, der eher schelmisch als bitter war, und für den zu arbeiten eher ein Vergnügen denn eine Last war.

Valdo Valdone wäre überrascht gewesen, wenn er von Giorgio gehört hätte, Ian sei ein anderer Mann geworden. Er hätte ihn vielleicht nicht als Last bezeichnet, aber Wörter wie ›schelmisch‹ und ›Vergnügen‹ wären ihm an diesem späten Vormittag, als er den tadellos gekleideten, formvollendeten, unnahbaren und durch nichts aus der Ruhe zu bringenden Graf d'Aosto musterte, mit Sicherheit nicht sofort in den Sinn gekommen. Falls Ian beim Anblick der Einladung – die Gleiche wie Crispin sie bekommen hatte – geschockt war oder falls seine Neugier in Bezug auf die Absichten des Absenders geweckt war, so zeigte er es jedenfalls nicht. In der Tat war seine Reaktion auf die Nachricht, die Valdo ihm mit seinen schwitzenden Pranken hinhielt, absolut enttäuschend. Valdo hatte sich, wenn schon keinen Tobsuchtsanfall, so doch wenigstens so etwas wie Überraschung erhofft, aber der kühle d'Aosto saß einfach nur da und nickte.

»Habt Ihr irgendeine Ahnung, woher sie kommt?«, fragte Ian und gab das Stück cremefarbene Briefpapier dem

Mann zurück, als handele es sich um eine ganz normale Nachricht.

»Natürlich von dem, der meine kostbare Isabella festhält, wer auch immer das sein mag!« Valdo weigerte sich, den Brief zurückzunehmen, wobei sein Gesichtsausdruck seine Befürchtung deutlich machte, er könne seine Form verändern und sich jeden Augenblick in eine groteske, giftige Schlange verwandeln.

Ian ließ das Papier fallen und fuhr fort, als habe Valdo nichts gesagt beziehungsweise, als helfe das, was er gesagt hatte, in keiner Weise weiter. »Er beweist zumindest eins. Selbst wenn mich das Gespräch mit Eurer Frau neulich noch nicht überzeugt hat, so können wir jetzt immerhin mit hundertprozentiger Sicherheit sagen, dass sie Isabella nicht festhält.« Ian blickte hoch, sah, dass Valdo völlig verdutzt war und erklärte seine Behauptung: »Euer Weib würde gewiss nicht damit drohen, sich selbst brisante Informationen zu liefern, in deren Besitz sie bereits ist.«

»Mein Weib.« Valdo wiederholte das Wort in einem Ton, als habe er es nie zuvor gehört und müsse es sich jetzt auf der Zunge zergehen lassen. »Mein Weib.«

Ian beobachtete fasziniert, wie Valdo sich mit dem Ärmel seiner viel zu engen Samtjacke die kleinen Schweißperlen, die sich auf seiner Stirn gebildet hatten, wegwischte, ein Unterfangen, bei dem sich der Fettkloß in seinem Sessel gefährlich verdrehen musste. Ian wollte ihm aus Sorge um seine Möbel gerade schon seinen eigenen Ärmel anbieten, als Valdo seine Sprache wieder fand.

»Ich habe meinem Weib versprochen, sie heute Abend um fünf zur Piazza San Tristan mitzunehmen, wisst Ihr. Wir wollen uns ansehen, wie die Mauren die Stunde schlagen. Aber wie kann ich das, wenn ich zu diesem Ca'Dona-Haus gehen muss. Welche Ausrede kann ich verwenden? Sie wird alles durchschauen.« Plötzlich hellte sich sein unglücklicher Gesichtsausdruck auf und spiegelte einen Gemütszustand wieder, der, wie Ian sofort erkannte, Freude signalisierte. »Aber da kommt mir gerade eine Idee! Warum geht *Ihr* nicht mit ihr dorthin? Ich weiß, das ist viel verlangt, aber wenn Ihr ihr Euer Geleit anbietet, könnte sie wohl kaum ablehnen, und ich bin sicher, es würde ihr meine Abwesenheit leichter machen. Ihr könntet ihr sogar sagen, Ihr möchtet gern mit ihr allein sein.«

Ian musste sein Gehirn schon schwer anstrengen, um etwas zu finden, was weniger verlockend war, als die Aussicht, alleine mit Lukretia Valdone seine Zeit zu verbringen, und als ihm endlich etwas einfiel – ein Flug durch die Lüfte in den Fängen eines blutrünstigen Adlers, der seinen Körper über zerklüfteten Felsen abwarf, ihn dann umkreiste und ihn schließlich bei lebendigem Leib ausweidete – da war er immer noch nicht ganz überzeugt, dass das wirklich schlimmer wäre, als sie zu begleiten. Es musste eine bessere Lösung geben.

»Ich fühle mich zwar geschmeichelt, wenn Ihr meint, Eure Frau würde notfalls auch mit meiner Gesellschaft vorlieb nehmen, aber ich wäre ganz bestimmt nur ein kümmerlicher Ersatz für Euch.« Die Kostprobe von Ians ironischem Talent kam bei Valdo nicht an. Er blickte finster.

»Was soll ich denn tun? Was soll ich ihr bloß sagen?«

Ian war bereit. Jetzt würde er ihm sein großzügiges Angebot unterbreiten. Um jedoch nicht übereifrig zu wirken, bemühte er sich um eine gleichmütige Stimme: »Warum gehe *ich* nicht an Eurer Stelle zu dem Treffen in der Ca'Dona?«

»Das würdet Ihr für mich tun, d'Aosto?« Der Mann sah aus, als würden ihm gleich Tränen der Rührung in die Augen schießen.

»Aber sicher doch. Auf diese Weise ließe sich am ehesten herausfinden, wer Isabella festhält«, erwiderte Ian schroff, in der Hoffnung, jede Dankesbezeugung im Keim zu ersticken.

Valdo saß da und starrte Ian mit einem Ausdruck an, der an Anbetung grenzte. Dann stand er abrupt auf und machte eine tiefe Verbeugung. In dieser Haltung verharrte er so lange, dass der Eindruck entstand, er sei womöglich außer Stande, sich wieder aufzurichten. Aber mit einem nur minimalen Schnaufen schaffte er es am Ende doch.

Nicht bereit, seine perfekte Vorstellung in irgendeiner Weise zu gefährden, wartete Valdo, bis er wieder normal atmen konnte, um sich erst dann an Ian zu richten. Er plusterte sich zu seiner vollen Größe auf und strahlte. »Möge das

Einzige, was härter als Euer Herz ist, Euer Wort sein.« Er machte eine Pause, um seine Worte wirken zu lassen, und fuhr dann mit etwas weniger bombastischer Stimme fort: »Was haltet Ihr davon? Ich habe mir den Satz extra für Euch ausgedacht und habe darauf gebrannt, ihn zu verwenden. Ich bin dabei, ein Buch mit Sätzen für jede Gelegenheit zusammenzustellen, Sätze, die ich selbst erfunden habe. Damit wird niemand jemals mehr um die passenden Worte verlegen sein.«

Ian klammerte sich angesichts des Schwalls äußerst unangenehmer Töne, den das Wesen vor ihm absonderte, Halt suchend seitlich an der Schreibtischkante fest und sagte ruhig: »Eine außergewöhnliche Idee. Ich bin sicher, Ihr seid genau der richtige Mann für so ein Unterfangen.«

Valdo grinste von einem Ohr zum anderen, als die Tür der Bibliothek sich endlich hinter seinem massigen Rücken schloss, und auch Ian lächelte erleichtert angesichts der Aussicht auf eine kurze Zeitspanne ungestörter Ruhe. Aber schon nach ein paar Minuten wurde diese Ruhe wieder gestört, als Bianca klopfte und eintrat.

Nachdem sie zufällig gesehen hatte, wie die unverwechselbare Gestalt von Valdo Valdone das Haus verließ, hatte sie beschlossen, auf der Stelle Ian aufzusuchen. Sie hatte Valdo, obwohl er nicht auf der Liste ihrer Verdächtigen stand, die Nachricht zukommen lassen, um sicherzustellen, dass Ian von ihrem geplanten Treffen auch dann erfuhr, wenn Crispin es ihm gegenüber womöglich nicht erwähnte. Aber wenn sie seinen Besuch bei Ian richtig interpretiert hatte, dann lief alles so, wie sie es sich erhofft hatte. Beflügelt von dem bisherigen Erfolg ihrer Strategie, fühlte sie sich mutig genug, um ein Risiko einzugehen. Ians Erlaubnis, das Haus zu verlassen, war für ihren Plan zwar nicht unbedingt erforderlich, aber sie würde dessen Ausführung doch wesentlich erleichtern. Im Übrigen fand sie, dass die Aussicht, von ihrem Balkon zu springen, in den Stunden nach dem Ball viel von ihrem Reiz eingebüßt hatte.

»Es tut mir Leid, wenn ich dich störe, Ian«, begrüßte sie ihn hinter seinem Schreibtisch, »aber ich möchte dich um eine Erlaubnis bitten.«

Die Saphire lagen immer noch um ihren Hals und harmonierten reizvoll mit dem goldfarbenen, mit kleinen blauen Blumen bestickten Gewand, das sie trug. Ian war so in ihren Anblick versunken und mit dem Gedanken beschäftigt, ob er sie nicht auf der Stelle auf seinen Schoß ziehen sollte, dass er gar nicht richtig mitbekam, was sie sagte.

»Meine Erlaubnis?«, fragte er ungläubig, als ihm klar wurde, dass sie ihre Lippen mit einer bestimmten Absicht bewegte und nicht nur, um ihn daran zu erinnern, dass sie zum Küssen da waren.

»Wofür? Gedenkst du eine Flotte vom Stapel zu lassen oder eine Burg zu erstürmen? Oder ist es weniger spektakulär? Aber in diesem Fall würdest du, wie ich genau weiß, einfach auf eigene Faust losmarschieren.«

Bianca lächelte ihr gewinnendstes Lächeln und beugte sich weiter über den Schreibtisch nach vorn. »Ach komm, Ian, so schlimm bin ich doch gar nicht. Ich würde nie einem souveränen Staat zu Leibe rücken. Ich kenne meine Grenzen.«

Ian brummte missmutig.

»Also, ich wollte fragen, ob ich vielleicht zu meinem Haus kann, dem Haus, in dem ich vor meinem zwangsweisen Umzug zu meiner Tante Anatra mit meinem Bruder zusammen gewohnt habe. Ich will mir ein anderes Arbeitskleid holen und meine wenigen restlichen Habseligkeiten zusammensuchen. Ist das so abartig?« Es stimmte sogar teilweise, versicherte sie sich selbst.

Ian brummte erneut. »Nein.«

»Nein?« Bianca hielt den Atem an. Sie hätte niemals fragen dürfen.

»Nein, es ist nicht abartig. Du kannst gehen. Aber nimm jemanden mit.«

Sie atmete wieder weiter. »Reicht ein Gondoliero, oder soll ich ein dienstfreies Mitglied der Palastwache mitnehmen?«

»Raus!«, befahl Ian, allerdings eher halbherzig. »Ich habe zu arbeiten.«

Bianca beugte sich seinem Befehl, aber erst nachdem sie um den Schreibtisch herumgewirbelt war und Ian einen dicken Kuss auf die Lippen gedrückt hatte. Die nächste halbe Stunde verbrachte Ian im Kampf mit sich selbst. Ein Teil von ihm argumentierte, dass er später produktiver sein würde, wenn er ihr nachginge und sie ins Bett schleppte, ein anderer flüsterte ihm ein, er solle sich das Bett schenken und sie einfach in die Bibliothek zurückholen, ein dritter lenkte seine Gedanken auf die Zweckdienlichkeit und Geräumigkeit des Speisesalons, ein vierter fragte sich, ob die Gardenien-Abteilung des Gewächshauses möglicherweise leer war … Aber letztendlich entschied sich sein logischer Verstand für die fünfte Alternative: Wenn er sich jetzt auf seine Arbeit konzentrierte, wäre für all das auch später noch Zeit. Erst einmal musste er sich um das Problem der doppelten Einladung in das Ca'Dona kümmern.

Es war zwar nicht undenkbar, dass ein Erpresser mehr als eine Person hereinzulegen versuchte, aber es erschien unklug, zuzulassen, dass sich die verschiedenen Zielpersonen trafen beziehungsweise von der Existenz der anderen erfuhren. Und genau das würde passieren, wenn sie am Abend alle bei dem Treffen erschienen. Ein einzelner verzweifelter Mann ließe sich vielleicht noch überzeugen, Gold auszuspucken, aber eine Gruppe verzweifelter Männer könnte vereint zurückschlagen und würde es wahrscheinlich auch tun. Unversehens war er in eine Situation geraten, die nicht nur brenzlig, sondern geradezu hochexplosiv zu werden versprach.

»Gute Arbeit«, sprach er laut in den leeren Raum hinein und verdrängte damit endgültig alle Gedanken an Biancas liebreizende Gestalt aus seinem Kopf. Seit Christians Tod hatte er keine Waffe mehr angerührt, hatte nicht einmal mehr mit Sprengstoff experimentiert, so verunsichert war er in Bezug auf seine Fähigkeiten und so sehr fürchtete er sich vor den Erinnerungen, die möglicherweise wieder hochkommen könnten. Genauso wie seine Gefühle hatte er all seine Waffen in einem kleinen Raum weggeschlossen und sich geschworen, diesen Raum nie wieder zu betreten. Doch jetzt schien es, als bliebe ihm keine andere Wahl.

»Ian hat also die Wahrheit gesagt«, sagte Crispin zu Bianca, die einzige Person, die außer ihm noch an der Mittagstafel saß. »Ihr findet mich tatsächlich schrecklich unproportioniert und plump.« Er hob die Hand, um ihren Protest abzuwehren. »Versucht jetzt nicht, mich durch Komplimente über mein glänzendes Haar oder meine schlanken Fesseln zu beruhigen. Das würde ich sofort durchschauen.«

»Wie wär's mit Eurer Kaisernase oder mit Eurer imposanten Kinnpartie?« Sie hoffte spielerisch zu klingen.

Crispin schüttelte den Kopf. »Es hat keinen Zweck. Es kann einfach keinen anderen Grund geben, warum Ihr Euch weigert, den Nachmittag mit mir zu verbringen.«

Bianca fühlte sich geschmeichelt, gleichzeitig aber auch in der Klemme. Crispins Bereitschaft, sich für sie Zeit zu nehmen, bedeutete, dass *Ian* die Einladung auf dem cremefarbenen Briefpapier wahrnehmen würde, genau so, wie sie es sich erhofft hatte. Aber Crispins fehlende Bereitschaft, auf ihre Gesellschaft zu verzichten, komplizierte die Dinge doch erheblich. Unter anderen Umständen hätte sie sich die Gelegenheit, mit Crispin ihre Zeit zu verbringen, auf keinen Fall entgehen lassen, aber nicht gerade an diesem Tag. Das war schlichtweg unmöglich. Sie hatte schon Schwierigkeiten, sich auf das Essen zu konzentrieren, wie sollte sie es dann fertig bringen, mit jemandem stundenlang Konversation zu treiben, ganz abgesehen davon, dass sie unbedingt schon vor dem Eintreffen ihrer geladenen Gäste ins Ca'Dona kommen musste.

»Nicht Ihr seid der Grund, mein Herr, es geht um mich.« Bianca hoffte mit Schmeichelei seine Hartnäckigkeit aufzuweichen. »Ich fürchte, ich bin heute geistig überhaupt nicht auf der Höhe. Ich würde außer Stande sein, Euch die Aufmerksamkeit zu schenken, die Ihr verdient.«

Crispin ließ sich nicht abbringen. »Unsinn! Ich verlange von Euch doch gar kein geistiges Feuerwerk. Notfalls riskiere ich es sogar, das ganze Gespräch alleine zu führen.«

»Ich habe auch ein bisschen Kopfschmerzen.« Es brauchte tatsächlich nicht mehr viel, und dies wäre keine Lüge mehr.

Crispin senkte die Stimme zu einem Flüstern. »In diesem Fall würde ich kein Wort sprechen. Wir können uns in absolutem Schweigen gegenseitig an unserer Gesellschaft erfreuen, wie die Dichter.«

Bianca war verzweifelt. »Ich muss noch einige Sachen erledigen, die mich wahrscheinlich zu Tode langweilen werden.«

»*Miracoli!* Ich ja auch. Wir können uns doch gemeinsam langweilen.«

Crispin lächelte sie breit an, und sie wusste, dass sie geschlagen war. Gerade als alles so gut zu laufen schien, sah sie sich plötzlich einem unüberwindbaren Hindernis gegenüber. Sie wunderte sich, warum ihr nicht schon früher aufgefallen war, dass er mit denselben an Granit erinnernden Eigenschaften wie Ian gesegnet war.

Es stellte sich bald heraus, dass er nicht nur stur war, sondern darüber hinaus auch noch Stimmen hörte, Stimmen, die ohne Biancas Wissen deren Zustimmung signalisierten. Das war für sie jedenfalls die einzige Erklärung dafür, dass er plötzlich den Stuhl vom Tisch zurückschob und sagte: »Gut, dann ist ja alles geklärt. Lasst uns um halb vier, also in knapp einer Stunde aufbrechen. Wir könnten auch schon früher gehen, aber ich möchte mich noch ausgehfein machen, damit ich auch eine gute Figur abgebe, wenn ich mich mit Euch in der Öffentlichkeit zeige.«

Und damit war er auch schon weg, noch bevor sie zu einem ohnehin zwecklosen Protest ansetzen konnte. Allein zurückgelassen, überdachte Bianca die Möglichkeiten, die sie hatte. Sie könnte sich, wie ursprünglich geplant, heimlich aus dem Haus stehlen. Aber angesichts der Tatsache, dass Crispin sie in weniger als einer Stunde erwartete, würde ihre Abwesenheit schnell entdeckt werden, und ohne einen entsprechenden Vorsprung wäre es schwierig, ihren Verfolgern zu entkommen. Sie könnte sich irgendetwas einfallen lassen, um Crispin ans Haus zu fesseln, aber außer der Möglichkeit, ihm etwas unters Essen zu mischen, eine Chance, die sie leider verpasst hatte, fiel ihr kein gangbarer Weg ein. Es blieb ihr nur noch ein Ausweg: Sie musste ihm irgendwie entwischen, wenn sie zusammen ausgingen. Es gefiel ihr zwar ganz und gar nicht, den Erfolg ihres sorgfältig eingefädelten Plans dem Schicksal zu überlassen, aber sie sah keine andere Möglichkeit.

Um halb vier half ein aufgekratzter Crispin einer deprimierten Bianca in die Gondel. Doch selbst in ihrem angeschlagenen Zustand musste Bianca zugeben, dass es eine außergewöhnlich hübsche Gondel war, mit einer Kabine, die mit brennenden Kerzen und kleinen Kristallvasen mit Blumen fantastisch geschmückt war. Nachdem sie abgelegt hatten und Crispin sich davon überzeugt hatte, dass Bianca zwischen den Gobelinkissen bequem saß, erklärte er ihr, wohin der Weg sie führen würde.

»Ich muss noch kurz bei einem Freund anhalten, um etwas abzuliefern und dann dachte ich, Eurer reizenden Cousine Analinda einen Besuch abzustatten.«

Bianca nickte und hoffte erfreuter auszusehen, als sie sich fühlte. »Ich bin überzeugt, dass sie außer sich vor Freude sein wird, Euch zu empfangen. Aber würde es Euch etwas ausmachen, wenn wir erst bei meinem früheren Haus in San Polo anhielten? Wisst Ihr, ich würde dort gern noch vor Einbruch der Dunkelheit sein, dann müssen wir keine Zeit mit dem Anzünden von Kerzen vergeuden.« Es war eine schwache Rechtfertigung, zumal die dunklen Regenwolken, die seit Tagen über der Stadt hingen, sowieso nur wenig Licht durchließen. Glücklicherweise war Crispin nicht in der Stimmung, weiter nachzubohren.

»Wenn Euch das so am Herzen liegt, warum fahren wir nicht gleich jetzt dorthin?« Es machte für ihn keinen Unterschied; was er abzuliefern hatte, würde man in jedem Fall freudig entgegennehmen, ganz gleich, wann es eintraf.

»Der Gedanke, dass ich Euch so viele Umstände bereiten soll, ist mir schrecklich. Warum setzt Ihr mich nicht bei meinem Haus ab, während Ihr in der Zwischenzeit Eure Angelegenheit erledigt, und holt mich dann auf dem Weg zu Analinda dort wieder ab?« Bianca versuchte so zu klingen, als sei ihr diese wunderbare Idee gerade erst gekommen.

Crispin beugte sich mit ernster Miene vor. »Das geht auf gar keinen Fall. Wenn es um Euch geht, gibt es keine Umstände. Außerdem sind wir, wie Ihr Euch selbst überzeugen könnt, schon fast da.«

Bianca lugte durch die Scheibe der Kabine und sah, dass sie sich tatsächlich bereits dem Schleusentor ihres alten Hauses näherten. Nach einer Woche im Palazzo Foscari erschien es ihr unglaublich klein und schäbig. Der Gondoliero machte das Boot fest und Crispin und Bianca gingen von Bord.

Obwohl das Haus erst die wenigen Wochen seit dem letzten Verschwinden ihres Bruders leer stand, wirkte es ausgesprochen verlassen. Als sie vom Erdgeschoss in das Hauptstockwerk darüber stiegen, hallten ihre Schritte auf dem Steinboden wieder.

»Macht es Euch so bequem, wie Ihr könnt, mein Herr«, sagte Bianca, während sie die Staubüberzüge von den Möbeln zog und die Vorhänge öffnete, wobei sie darauf bedacht war, Crispin möglichst den Rücken zuzukehren, damit er nicht sah, wie sie rot wurde. »Ich muss nur schnell aus meinem alten Zimmer ein paar Dinge holen, bin aber gleich zurück.«

Als sie sich umwandte, um den Raum zu verlassen, kam Crispin der Gedanke, dass die Situation wie geschaffen war, um sie auszunutzen. Doch dann wurde er von einer fremdartigen Topfpflanze abgelenkt, die er in einer Zimmerecke entdeckte. Er zog den Topf heraus, um das Gewächs näher in Augenschein zu nehmen und erkannte, dass es eigentlich gar nicht fremdartig, sondern nur verwelkt war. Alles, was es brauchte, waren ein paar Tage unter Lucas Obhut und eine kräftige Dosis Dünger. Er war von seinem Fund und der Möglichkeit, seine neueste Mixtur zu testen, so angetan, dass er weder das Knacken der Hintertreppe, noch das Quietschen der rostigen Türangeln in der Küche hörte, als Bianca heimlich aus dem Haus schlüpfte.

Sie zog ihren alten Regenumhang fest um ihren Körper, allerdings mehr, um ihre teure Robe und ihren kostbaren Schmuck zu verstecken, als um sich vor dem Regen, der inzwischen eingesetzt hatte, zu schützen. Eigentlich hatte sie sich umziehen wollen, um weniger aufzufallen, aber dazu war ihr angesichts Crispins Anwesenheit keine Zeit geblieben. Sie hatte sofort fliehen müssen. Mit gesenktem Blick hastete sie zu Fuß durch die Hintergassen von San Polo und betete, dass sie niemand erkennen würde. Zwischendurch drehte sie sich immer wieder um, um zu sehen, ob ihr jemand folgte.

Ihr Herz klopfte wie wild, als sie in die bevölkerten

Straßen rund um die Rialtobrücke eintauchte. Hier schlug das Finanzherz der Stadt, hierhin zog es die Händler und Kaufleute aus aller Herren Länder. Sie sah Männer mit Turbanen, die arabisch sprachen; Franzosen mit ihren kleinen Mützen und ihren noch kleineren Oberlippenbärten; Engländer, die für ihre wattierten Schultern bekannt waren; Mönche, die um Almosen baten und sogar einen türkischen heiligen Mann. Was sie nicht sah, weil das dort nämlich nicht üblich war, war jemand wie sie, eine Adelige, die ohne Geleit zu Fuß unterwegs war. Obwohl die Menschenmenge immer dichter wurde, merkte sie, wie sie mehr und mehr Blicke auf sich zog.

Sie eilte die Brücke hoch, ohne auch nur einen Blick auf die Auslagen der Goldschmiede zu werfen, schaute sich nur immer wieder um, um sicherzugehen, dass sie nicht verfolgt wurde. Sie konnte niemanden sehen. Doch plötzlich erfasste ihr Auge am Fuße der Brücke eine hastige Bewegung, und über dem wogenden Meer von Turbanen und Baskenmützen schob sich der unverwechselbare blonde Schopf von Crispin in ihr Blickfeld. Im selben Augenblick, da sie ihn entdeckte, entdeckte er auch sie und fing sofort an, sich wie wild einen Weg durch die Menge in ihre Richtung zu bahnen. Er hatte keine Ahnung, warum Bianca ihm davongelaufen war, aber er wusste, er würde keine Lorbeeren ernten, wenn Bianca irgendetwas zustieß, geschweige denn, wenn sie ganz verschwand.

Biancas Herz raste, als sie die Treppe auf der anderen Seite der Brücke nach unten flog. Sie achtete nicht auf die Schmähungen und Verwünschungen der Leute und stieß die Arme, die sich ihr in der Bereitschaft, sie aufzufangen, entgegenstreckten, einfach beiseite. Ein Blick über die Schulter zeigte ihr, dass Crispin immer mehr aufholte, und sie fragte sich kurz, ob Ian ihn wohl mit der Aufgabe betraut hatte, ihr an diesem Tag zu folgen. Was auch immer sein Antrieb war, er war ihr gegenüber sowohl wegen seiner Größe als auch wegen seiner Breeches im Vorteil und nutzte ihn auch. Bianca war ihm nur noch ein paar Schritte voraus, als sie unten an der Brücke ankam. Bald war er ihr so dicht auf den Fersen, dass er sie beinahe schon packen konnte.

Ohne stehen zu bleiben, griff sie nach der kleinen Börse, die sie unter ihrem Mantel an der Taille trug. Sie hakte sie von ihrem Kleid, riss sie hoch über ihren Kopf und schüttelte sie aus. Der unerwartete Gold- und Silbermünzenregen ließ die Leute von allen Seiten des Platzes zusammenlaufen. Im Handumdrehen hatte sich direkt vor Crispin ein Knäuel von Menschen gebildet, die gierig danach grapschten. Er versuchte sich durch die Menge hindurchzuzwängen, sah sich aber plötzlich einem Obsthändler gegenüber, der sich ihm in den Weg stellte. Als Crispin sich schließlich doch durchgekämpft hatte, war Bianca verschwunden.

Die Obdachlosen, die entlang dem Sottoportego della Bissa, der gefährlichsten Straße von Venedig, herumlungerten, stritten vehement ab, eine Frau in Schwarz vorbeigehen gesehen zu haben und waren selbst dann nicht zu einer Auskunft bereit, als Crispin ihnen Goldmünzen aus seiner Börse anbot. Wenn die Dame so dringend von ihm loskommen wollte, dass sie sogar ihr ganzes Gold dafür opferte, wie kamen sie dann dazu, sich einzumischen. Bianca war die Calle del Paradiso hinunter gelaufen, hatte den Campo Maria Formosa überquert und sah bereits die Vordertür des Ca'Dona vor sich, bevor Crispin noch irgendjemanden gefunden hatte, der wenigstens zugegeben hätte, die Frau in Schwarz gesehen zu haben.

Es war kein Diener, sondern Tullia selbst, die die Tür öffnete, um eine atemlose, völlig aufgelöste Bianca einzulassen. Die Kurtisane führte ihre Freundin zu einer der Küchenbänke, während Daphne ihr einen Krug Wasser einschenkte, und gleich darauf einen zweiten, nachdem Bianca den ersten in einem Zug ausgetrunken hatte. Mit verhältnismäßig ruhigen Händen hakte sie sich ihren durchnässten Regenumhang auf und ließ ihn auf die Bank fallen.

Tullia stieß einen leisen bewundernden Pfiff aus. »Waren sie hinter diesen Saphiren her? Für diese Kette könnte sich jeder meiner Kunden einen lebenslangen Platz in meinem Bett sichern.«

Bianca berührte die Steine an ihrem Hals. Sie hatte sie völlig vergessen. »Nein. Zumindestens glaube ich das nicht. Es war Crispin. Crispin Foscari hat mich verfolgt, Ians Bruder.«

»Aber warum?« Tullia ließ die Frage in der Luft hängen, weil sie sich plötzlich daran erinnerte, was sie am Tag zuvor erfahren hatte. »*Bellissima,* ich glaube, ich muss mich bei Euch entschuldigen. Als Ihr letzte Woche hier wart, hatte ich ja keine Ahnung, dass Ihr mit Ian verlobt seid. Als ich es herausfand, habe ich mich schrecklich gefühlt. Ihr wisst aber doch, dass nichts passiert ist, oder? Er war ...«, Tullia machte eine Pause, um das richtige Wort für das seltsame Verhalten des Grafen an jenem Tag zu finden, »er wollte nicht ... war aber sehr charmant. Wirklich völlig untypisch für ihn. Auf jeden Fall tut es mir schrecklich Leid.«

Bianca wischte die Entschuldigung mit einer Handbewegung weg. Was Tullia ihr da erzählte, überraschte sie und erfüllte sie seltsamerweise mit Freude. »Es braucht dir nicht Leid zu tun. Im Gegenteil, in gewisser Weise bin ich dir sogar sehr zu Dank verpflichtet.« Sie lächelte in sich hinein und dachte an die Nacht, als sie die Szene nachgespielt hatten. »Aber das kommt später. Es ist schon nach vier, nicht wahr?«

Tullia nickte und Bianca stand auf. »Könntest du wohl jemanden nach draußen schicken, um nachzusehen, ob Crispin noch hinter mir her ist? Vielleicht könnte man ihn sogar in die falsche Richtung locken. Wenn er merkt, wie nah er deinem Haus ist, könnte er womöglich darauf kommen, wo ich mich versteckt halte.«

Tullia kam ihrer Bitte sofort nach und gab einem ihrer Diener eine ausführliche Beschreibung von Crispin und genaue Anweisungen, was er sagen sollte. Als das erledigt war, stiegen die beiden Frauen eine Treppe hoch und begaben sich in den kleinen Besuchersalon.

»Ich habe Daphne beauftragt, alles zu verdunkeln und nur einen Kandelaber hinzustellen.« Tullia deutete auf die Kerzen, die auf dem Tisch brannten. »Seid Ihr sicher, dass Euch das Licht ausreicht, um ihre Gesichter zu erkennen?«

»Gute Lichtverhältnisse sind genau das, was ich vermeiden will, zumindest bis zum Ende der Veranstaltung.« Bianca sprach schnell, plötzlich wieder sehr aufgeregt. »Abgesehen davon, dass ich die Unschuldigen nicht in falschen Verdacht bringen möchte, möchte ich auch nicht, dass mich jemand erkennen kann.«

Tullia machte eine anmutige Handbewegung. »Aber natürlich. Daphne und ich haben uns die halbe Nacht den Kopf zerbrochen, warum Ihr mich um eine Maske und um ein Kleid gebeten habt, aber jetzt ist alles klar. Ich fürchte, die Robe wird Euch ein bisschen zu lang sein, *bella*. Soll ich Euch vielleicht ein Paar *Zoccoli* leihen, damit Ihr größer seid?«

Die Vorstellung, in den unmöglich hochhackigen Sandaletten, wie die Kurtisanen sie trugen, herumzustolzieren, entlockte Bianca ein unerwartetes Lächeln. »Ich glaube, es würde meine Glaubwürdigkeit eher untergraben, wenn ich womöglich plötzlich schwanke und mitten in meiner Drohrede vornüber kippe, meinst du nicht auch?«

»Im Gegenteil.« Tullia legte entschlossen eine Hand auf den Arm ihrer Freundin und dirigierte sie aus dem Zimmer. »Je größer Ihr seid, desto mehr werdet Ihr die anderen einschüchtern. Und außerdem wird es dann noch schwieriger sein, Euch zu erkennen.«

Bianca ließ sich in den angrenzenden Raum führen, wo Kleid, Maske und *Zoccoli* schon für sie bereit lagen. Als sie fertig verkleidet war und es mit Hilfe von Daphnes Anweisungen geschafft hatte, auf den hohen Absätzen zumindest einmal, ohne zu stolpern, im Zimmer auf und ab zu gehen, schlug es gerade fünf. Tullia und ihre Zofe setzten sich zu Bianca, um sie ein wenig abzulenken, während sie auf die Ankunft der eingeladenen Männer wartete. Doch da die beiden fast genauso aufgeregt waren wie sie, waren sie keine große Hilfe. Als endlich ein Diener erschien, um ihnen mitzuteilen, dass alle versammelt waren, klopfte Biancas Herz so laut, dass man es eigentlich noch am anderen Ende von Venedig hätte hören müssen. Sie holte einmal tief Luft, küsste Tullia und Daphne auf die Wange, erhob sich und begab sich in tadelloser Haltung in den kleinen Besuchersalon.

Mit einem schnellen Blick erfasste sie die fünf Männer, die schweigend vor ihr standen. »Ich verlange auf der Stelle zu erfahren –«, begann einer von ihnen, doch sie schnitt ihm sofort das Wort ab.

»Es müssten eigentlich sechs sein. Wenn einer von Euch fehlt, werde ich Euch bitten müssen, die Maske abzunehmen, damit ich feststellen kann, wer es ist.«

»Das wird nicht nötig sein«, ließ sich eine Stimme aus der Ecke vernehmen. »Ich vertrete zwei der Vorgeladenen und bin auf ihren ausdrücklichen Wunsch hier.«

Bianca war froh, dass sie die Maske hatte. So konnte wenigstens niemand sehen, wie ihr als Reaktion auf Ians unverwechselbare Stimme das Blut in die Wangen schoss. Es hatte funktioniert. Er war gekommen. Ihre Nervosität wurde jetzt, da der Erfolg greifbar nahe zu sein schien, von einem Gefühl der Erregung abgelöst. Alles, was noch zu tun übrig blieb, war, den Mörder in seiner Gegenwart zu entlarven.

Bianca neigte zum Zeichen, dass sie ihn gehört hatte, leicht den Kopf. Es war diese Geste, die Ian von ihrer Identität überzeugte. Als sie den Raum betreten hatte, war sie ihm bereits irgendwie vertraut vorgekommen, aber er hatte dieses Gefühl lediglich der Tatsache zugeschrieben, dass er lange genug ein regelmäßiger Gast in Tullias Etablissement gewesen war, um die meisten Mädchen, die für sie arbeiteten, zu kennen. Dennoch hatte ihn diese Logik nicht richtig befriedigt. Irgendetwas war an dem Mädchen, das ihn an Bianca erinnerte. Doch er hatte sich einen Narren geschimpft. Schließlich sah er keinen Grund, warum Bianca eine solch absurde Charade abziehen sollte. Und außerdem war sie beträchtlich kleiner als das Mädchen vor ihm. Er war sich sicher, dass sie es nicht war – bis zu dieser winzigen Verbeugung.

Er versuchte gerade, eine Entscheidung zu treffen – ob er sich am besten gleich auf sie stürzen oder lieber aus dem Zimmer stürmen oder aber an Ort und Stelle einen Tobsuchtsanfall bekommen sollte –, als sie wieder zu sprechen begann: »Sehr gut, dann können wir fortfahren. Ihr alle habt gleich lautende Botschaften erhalten, in denen man Euch droht, bei Nichterscheinen Eure Beziehung zu Isabella Bellocchio öffentlich zu machen.«

»Dann gebt Ihr also zu, dass Ihr kein belastendes Material gegen uns in der Hand habt? Dass dies hier eine Art Ulk ist?«, fragte einer der Männer mit einer näselnden, winselnden Stimme.

Bianca schüttelte den Kopf. »Das hier ist mitnichten ein

Ulk. Ich gebe zwar zu, dass ich gegen keinen von Euch etwas in der Hand habe, aber bevor dieses Treffen zu Ende ist, werde ich den Beweis erbracht haben, dass einer von Euch ein Mörder, ein Dieb und ein Landesverräter ist.«

Das letzte Wort schlug wie ein Blitz ein und veranlasste alle fünf Männer zu lautstarken Reaktionen. Einer von ihnen schien kurz vor dem Zusammenbruch zu sein. Er schwankte, stieß gegen den Tisch in der Mitte des Raums und ließ den Kandelaber zu Boden segeln. Noch im Fallen verlöschten die Kerzen und tauchten den Raum in absolute Dunkelheit. Bianca hatte sich gerade nach unten gebeugt, um eine der Kerzen wieder aufzuheben, als sie plötzlich einen Blitz sah und unmittelbar darauf einen entsetzlichen Schmerz an ihrer rechten Schulter spürte. Sie riss reflexartig die Hand hoch und wusste, dass das warme Rinnsal nur ihr eigenes Blut sein konnte. Die Hand an die Schulter gepresst, hatte sie sich gerade wieder hochgerappelt, als ein zweiter Lichtblitz die Dunkelheit durchschnitt. Sie hielt den Atem an und wartete, dass sich der Schmerz erneut einstellte, aber dem war nicht so. Stattdessen spürte sie grobe Hände auf ihrem Körper und bevor sie sich noch wehren konnte oder ihr überhaupt klar wurde, was geschah, wurde sie um die Taille gepackt, von irgendjemandem über dessen Schulter geworfen und aus Tullias Haus getragen. Ihr letzter tröstlicher Gedanke, bevor sie in eine Ohnmacht hinüberglitt, war die Erkenntnis, dass all ihre Pein mit dem Tod ein Ende haben würde.

24. Kapitel

Es war nicht der Tod, zumindest noch nicht, der sie erwartete, als sie wieder zu Bewusstsein kam. Das Erste, was sie empfand, war Schmerz, dann Hunger und dann ein starkes Gefühl der Orientierungslosigkeit. Der Raum war pechschwarz und das Bett ungewohnt. Als sie den Kopf zur Seite drehte, sah sie einen schmalen Lichtstreifen unter der Tür durchschimmern, hinter der sie undeutliche Stimmen hörte.

Sie drehte den Kopf nach links und schrie laut auf, weil sie ein unerträglicher Schmerz durchzuckte.

Sie hörte, wie sich von der sich rechter Hand befindlichen Tür her Schritte näherten. Aber sie hatte zu große Angst, den Kopf zu wenden oder die Augen aufzuschlagen – nicht wegen der Schmerzen, sondern weil sie sich davor fürchtete, was sie möglicherweise zu Gesicht bekommen würde. Sie hatte Nilo gebeten, vorsichtig zu sein, ihm gesagt, dass einer der Männer gefährlich werden könnte, aber sie hatte nicht vorausgesehen, wie gefährlich. Entführung war erst der Anfang seines Plans, mutmaßte sie. Wer weiß, was er noch alles auf Lager hatte, dachte sie mit bangem Herzen und schickte ein stilles Stoßgebet gen Himmel.

»Bianca, könnt Ihr mich hören?« Bianca hörte die Stimme und lag einen Augenblick lang wie betäubt da, bemüht, ihre Freudentränen zurückzuhalten. Dann drehte sie sich langsam um und nickte Francesco zu.

»Nein, nicht aufsetzen!« Roberto drückte sie aufs Kissen zurück. »Ihr müsst noch ein Weilchen liegen bleiben. Die Kugel hat Eure Schulter zwar nur gestreift, aber ihr habt eine Menge Blut verloren.«

»Wo bin ich?«, waren die ersten Worte, die Bianca einfielen.

»Ihr seid in unserem Gästezimmer. Wir wollten Euch in unserer Nähe haben, damit wir ein Auge auf Euch haben können«, erklärte Francesco allzu schnell.

»Aber meine Suite ist doch direkt gegenüber dem Ballsaal.« Langsam fing Biancas Verstand wieder an zu funktionieren.

»Ja, so ist es.« Francesco sah Roberto eindringlich an.

Es dauerte eine ganze Weile, bevor er sich dazu durchrang, etwas zu sagen: Ian war der Meinung, Ihr solltet in einem Raum untergebracht werden, der nicht ganz so viele Türen und Fenster hat.«

Wenn Bianca nicht so viel Blut verloren hätte, wäre sie jetzt sicher errötet. »Ist Ian verletzt?«

Francesco schüttelte den Kopf. »Nein. Dem Anschein nach wart Ihr heute die einzige Zielscheibe.«

Es klopfte an der offenen Tür und alle wandten sich um, um Crispin eintreten zu sehen.

»Ich wollte Euch nur sagen, wenn Euch das nächste Mal der Stoff meines Wamses nicht gefällt, dann braucht ihr es mir nur zu sagen. Es besteht keinerlei Notwendigkeit, deshalb durch die ganze Innenstadt zu rauschen und mit Eurem Geld um Euch zu schmeißen«, sagte Crispin und lächelte sie fröhlich an.

Bianca streckte ihm die Hand hin und er ergriff sie mit beiden Händen. »Es war nicht Euer Wams, wirklich nicht, es war die Zusammenstellung mit Eurem Rock.« Sie sah zu ihm hoch. »Könnt Ihr mir wirklich verzeihen, was ich heute gemacht habe?«

Er nickte, ohne ihre Hand loszulassen. »Ich muss zugeben, ich war ganz schön verdutzt, aber Ian hat mir alles erklärt, und ich denke, ich verstehe es jetzt.«

»Wirklich? Also ich muss ehrlich zugeben, dass *ich* es nicht verstehe.« Niemand hatte Ian eintreten gehört, aber seine Worte kühlten die Atmosphäre auf weit unter Null ab. »Und dabei habe ich gehofft, Ihr könntet es mir erklären. Ich bin sicher, wir alle haben dann etwas zu lachen.«

Der dünne Strich seiner Lippen strafte seine Behauptung Lügen. Bianca sah ihn forschend an. Der Mann, den sie noch vor kurzem gesehen hatte, der Mann, zu dem sie in Liebe entbrannt war, für den sie sich abstrampelte, um ihm ihre Unschuld zu beweisen, war verschwunden. Sie schauderte, als sie in seine Augen sah, in schiefergraue, eiskalte Augen.

»Mein Herr«, Bianca hatte keine Mühe, ihn förmlich anzureden, »ich hatte die Absicht, den Mörder so zu erschrecken und in die Enge zu treiben, dass er sich selbst entlarvt.«

»Den Mörder?«, fragte Crispin überrascht.

Ian ignorierte seinen Bruder. »Was für eine reizende Idee. Aber der Gedanke, dass eine solche Enthüllung das Leben eines anderen in Gefahr bringen könnte, der ist Euch nicht gekommen? Zum Beispiel Euer Leben!«

»Mörder?« Crispin versuchte es noch einmal, genau so erfolglos.

»Ich muss zugeben«, Bianca sprach nur zu Ian, »nein. Ich erkenne jetzt, dass das ein Denkfehler war.«

»*Ein Denkfehler*?, brüllte Ian sie in einem Ton an, der Valdo

Valdone alle Ehre gemacht hätte. »Euer Leben aufs Spiel zu setzen, nennt Ihr einen Denkfehler?«

»Hatte ich denn eine andere Wahl?«, schoss Bianca zurück. »Hatte ich irgendeine andere Möglichkeit, Euch meine Unschuld zu beweisen? Ihr habt mir ganz klar gesagt, dass Ihr mich für eine Mörderin haltet, solange ich Euch keinen Kandidaten serviere, der der Tat dringender verdächtig scheint. Ihr habt mir keine Alternative gelassen.«

Crispin, der nun völlig durcheinander war, wirbelte zu Ian herum. »Eine Mörderin? Sie?«

Ian ignorierte ihn auch diesmal. Seine Kiefer spannten sich noch mehr an. »Ihr wagt es, mir für das, was heute geschehen ist, die Schuld in die Schuhe zu schieben?«

»Das ist nichts im Vergleich zu dem, was Ihr mir vorwerft.« Biancas Gesicht war weiß wie die Wand, und nicht etwa wegen ihres Blutverlustes, sondern vor Wut. »Ich nehme an, Ihr habt schon wieder irgendeinen Dreh gefunden, um diesen Vorfall als zusätzlichen Beweis meiner Schuld gegen mich zu verwenden. Wahrscheinlich habe ich das alles arrangiert, um erschossen zu werden.«

»Euch ist alles zuzutrauen, Madame.« Mit diesen Worten drehte Ian sich um und verließ den Raum.

Er ging direkt in die Bibliothek, weil er dringend etwas zu trinken brauchte und das Bedürfnis hatte, allein zu sein. Er war wütend auf sie, weil sie diesen idiotischen Plan ausgeheckt hatte, und wütend auf sich, weil er sie dazu getrieben hatte. Er nahm einen ordentlichen Schluck Grappa und merkte, dass er in seinen Grundfesten erschüttert und völlig verstört war. Tausend unbeantwortete und unbeantwortbare Fragen quälten ihn. Aber die Frage, die ihn am meisten beschäftigte, war die schmerzvollste: Wenn er ihr früher gesagt hätte, dass er von ihrer Unschuld überzeugt war, hätte er dann verhindern können, dass sie ihr Leben in Gefahr brachte? Das zweite Glas Grappa spülte einen Gedanken hoch, der fast genauso bitter war wie der Schnaps selbst, nämlich dass ihr Leben vielleicht gar nicht wirklich in Gefahr gewesen war. War das alles womöglich nur ein weiterer Mosaikstein in einem perfekt ausgeklügelten Plan, darauf angelegt, ihn fälschlicherweise von ihrer Unschuld zu überzeugen? Könnte sie wirklich eine Mörderin sein? Er glaubte schon lange nicht mehr an diese Möglichkeit, aber er konnte sich nicht mehr daran erinnern, warum nicht. Die Indizien deuteten alle auf sie hin. Immerhin hatte sie diese Möglichkeit selbst ins Spiel gebracht. Auch der vierte Grappa brachte Ian nicht darauf, was ihn so sicher gemacht hatte, dass sie nicht die Täterin war, und so entschied er, dass sie der Tat schuldig war. Nur sein Herz weigerte sich mitzumachen. Er schnitt sich selbst eine Grimasse, weil er sich von ihrem schüchternen Lächeln, ihren falschen Äußerungen, ihrem leidenschaftlichem Stöhnen, ihren Liebesschwüren einwickeln hatte lassen. Und damit war die Flasche leer. Ian saß, ohne etwas zu denken, da und starrte ins Leere. Und so fand ihn auch noch der Wachposten vor, als er die Nachricht überbrachte.

Die unverheiratete Edeldame Bianca Salva war anonym des Mordes an der Kurtisane Isabella Bellocchio bezichtigt worden. Besagte Signorina Salva wurde aufgefordert, am nächsten Morgen, also Donnerstag, um Punkt neun vor der Kammer der Zivilrichter zu erscheinen, um sich anzuhören, was gegen sie vorlag und ihre Verteidigung vorzubringen, falls sie überhaupt irgendetwas zu ihrer Entlastung sagen konnte. Nur ihre Verwandten und ihr Verlobter hätten das Recht, zu ihren Gunsten auszusagen. Das es sich um ein Kapitelverbrechen handele, führte der Wachposten unnötigerweise aus, würde es zwangsweise mit einem Todesurteil geahndet werden.

Isabella Bellocchio stieg buchstäblich über Nacht von einer bekannten Hure zu einem Opfer weiblicher Eifersucht auf. Als die Turmglocke von San Tristan am nächsten Morgen neun Uhr schlug, war der Korridor vor der Zivilkammer im zweiten Stock trotz der knöcheltiefen Schlammpfützen, die man durchwaten musste, um hierher zu gelangen, voller Menschen. Der Dogenpalast, in dem alle Regierungsorgane, die Venedig zu einer blühenden und sicheren Stadt machten, untergebracht waren, war auf dem tiefsten Punkt der Stadt erbaut worden. Dieser Umstand machte ihn schon in milden Wintern für eine Überflutung anfällig, und die andauernden Regenfälle dieses Winters hatten dafür gesorgt, dass das Erdgeschoss zuerst voller Pfützen stand und dann in einen See verwandelt worden war. Das tat jedoch dem Besucherstrom keinen Abbruch. Keine Mühsal war zu groß, kein Wasserloch zu tief, um sich das Privileg entgehen zu lassen, dabei zu sein, wenn eine junge, schöne, reiche, intelligente Edeldame vor Gericht stand.

Die Anzeige war Bianca im Bett vorgelesen worden, und dann hatte man in dem Zimmer einen Wachposten bei ihr aufgestellt, um sicherzugehen, dass sie während der Nacht nicht floh. Es sah so aus, als sei er auch instruiert worden, dafür Sorge zu tragen, dass sie nicht schlief, denn er summte die ganze Zeit ein Lied vor sich hin, das seltsam an einen Trauermarsch erinnerte. Doch trotz dieser alles andere als erquickenden Nacht sah Bianca am frühen Morgen eine junge Frau im Spiegel, die besser aussah, als einer von ihnen erwartet hatte.

Sie kleidete sich sorgfältig an, wobei sie jedes Mal, wenn sie die Schulter bewegte, vor Schmerzen zusammenzuckte. Ihr Erscheinungsbild an diesem Tag war von immenser Bedeutung, das wusste sie, denn ihr Schicksal lag ausschließlich in den Händen der drei Richter, die für die Anhörung ihres Falls bestellt worden waren. Wichtiger als jeder Beweis für oder gegen sie war ihre Wirkung auf sie. Ein Nicken, eine Geste, ein Lächeln oder ein Stirnrunzeln, das wie das Nicken, die Geste, das Lächeln oder das Stirnrunzeln einer Mörderin aussah, würde ausreichen, um ihr Schicksal zu besiegeln.

Nicht dass es überhaupt noch einen großen Unterschied machte. Nachdem sie von der Mordanklage gehört hatte, hatte sie aufgehört, sich Sorgen darüber zu machen, was mit ihr geschah. Es gab nur einen Menschen, der genug wusste, um sie überzeugend zu denunzieren, und nur seine Meinung interessierte sie. Wenn Ian sie für schuldig genug hielt, um sie anzuzeigen, dann hielt die Zukunft nichts mehr für sie bereit. Ob unschuldig oder schuldig, beides würde ein Leben ohne ihn bedeuten, und das schien kaum lebenswert zu sein.

Als sie Roberto und Francesco verkündete, dass sie nicht

einmal den Versuch einer Verteidigung unternehmen würde, waren sie außer sich. Sie setzten alles daran, sie zu einem Sinneswandel zu bewegen und hätten sich notfalls sogar mit ihr angelegt, aber sie beantwortete ihre Fragen nur mit demselben Schweigen, das sie auch vor den Richtern aufrecht zu erhalten gedachte. Obwohl sie sich weigerte, sich ihren Argumenten zu beugen, stimmte sie doch zu, das zu tragen, was immer sie für sie aussuchten. In der Erkenntnis, dass ihre Garderobe die ganze Last der Verteidigung trug, waren Francesco und Roberto bis tief in die Nacht hinein aufgeblieben, um hin und her zu überlegen, was sie anziehen sollte. Das Kleid, das sie schließlich für sie auswählten, war ein Seidenkleid in gedecktem Burgunderrot mit cremefarbener Paspelierung passend zu den beiden großen Perlen, mit denen die Ärmel zurückgesteckt waren. Es war eine perfekte Mischung aus Eleganz und Raffinement, ideal für einen Tag, an dem ein Höflichkeitsbesuch anstand – oder ein Gerichtshofbesuch.

Die Art, wie das Kleid ihrem Teint schmeichelte, war eines der beiden Hauptgesprächsthemen, als Bianca unter Bewachung beim Dogenpalast ankam. Das andere Thema waren die vielen Kurtisanen und Prostituierten, die sich etwas abseits von den übrigen Zuschauern aufhielten. Alle hielten den Atem an, als Bianca an ihnen vorbeiging, insgeheim darauf wartend, dass die Frauen ihr die Gliedmaßen einzeln herausreißen würden, weil sie eine der Ihren getötet hatte. Was aber tatsächlich geschah, war noch außergewöhnlicher, und etwas, was man in diesen Hallen noch nie zuvor erlebt hatte. Die Frauen der Halbwelt streckten tatsächlich die Hände aus, um sie zu berühren, aber eher aus Zuneigung denn mit bösen Hintergedanken. Eine Frau in einem sündhaft teuren Gobelinkleid – man munkelte, es habe siebenhundert Dukaten gekostet – trat einen Schritt vor und küsste sie auf beide Wangen.

»Wir sind mit unseren Gebeten bei euch, *bellissima*«, sagte Tullia mit bewegter Stimme. »Wir wissen, dass Ihr diese schreckliche Tat nicht begangen habt. Wir werden alles tun, was in unserer Macht steht.«

Alle Rückschläge, alles Ungemach, alle körperlichen

Schmerzen, die Bianca erlitten hatte, gingen ihr nicht so nah, wie diese einfache Geste der Solidarität seitens der Frauen, die den meisten Grund hatten, sie zu hassen. Das Mitgefühl und die Bereitschaft zu helfen, die aus den Gesichtern von Tullia, Daphne und den anderen, die sich um sie drängten, sprach, beschämte sie. Ja, sie schämte sich wegen der Entscheidung, die sie getroffen hatte. Wie konnte sie nur gedacht haben, ein Leben ohne Ian sei nicht lebenswert? Wie konnte sie einem Mann erlauben, den Wert ihres Daseins zu bestimmen? Zumal einem Mann, der entgegen allen äußeren Anzeichen weiterhin darauf beharrte, schlecht von ihr zu denken. Sie würde sich nicht von der Tatsache, dass er sie nicht liebte und sich weigerte, sie zu verstehen, zerstören lassen. So leicht würde sie nicht aufgeben.

Ihre Augen waren feucht, als sie sich an Tullia wandte: »Ich danke dir. Du hast keine Ahnung, was mir das bedeutet. Eines Tages – so ich hier herauskomme – werde ich es dir erzählen.« Sie hätte gern noch mehr gesagt, hatte aber keine Gelegenheit mehr dazu. Die Richter standen bereit, um sich in den Gerichtssaal zu begeben. Ihre Verhandlung konnte beginnen.

Als sie den Saal betrat, standen die drei großen Richterstühle auf der gegenüberliegenden Seite unter den Fenstern schon bereit. Bianca wandte den Kopf von links nach rechts und nahm den düsteren, trostlosen Raum in sich auf. An den Wänden reihten sich geschnitzte Mahagoni-Sitzbänke, die alle von Leuten mit vertrauten Gesichtern belegt waren. Die einzige weibliche Person außer ihr war Tante Anatra, die von ihrem Sohn Angelo auf der einen und ihrem Ehemann Guiellmo auf der anderen Seite flankiert wurde. Anatra starrte sie böse an, entsetzt darüber, dass der Familienname Grifalconi mit jeder Minute zu immer traurigerer Berühmtheit gelangte. Angelo, der erschöpft und leicht grünlich aussah, schien von denselben starken Emotionen wie seine Mutter gebeutelt zu werden, Gefühlen, die bei Guiellmo, dem direkten Abkömmling der Familie, so tief gingen, dass er weggedämmert war.

Neben ihren Angehörigen saßen die Arboretti, begleitet von Francesco und Roberto. Alle, außer Ian. Als Bianca in ihre Richtung schaute, nickten sie ihr freundlich zu. Miles versuchte sogar ein Lächeln. Aber keine noch so gut gemeinte Aufmunterung konnte eine Entschädigung für Ians schamlose Abwesenheit sein. Es war schlichtweg ein weiterer Beweis dafür – so es überhaupt noch eines Beweises bedurfte –, dass er hinter der Anzeige steckte. Ihre neu erwachte Zielbewusstheit war alles andere als gebrochen, als plötzlich die Tür zum Gerichtssaal aufsprang und Ian hereinstolzierte. Francesco und Robertos fragende Blicke ignorierend, nahm er neben den anderen Arboretti Platz und starrte mit gerunzelter Stirn und verkniffenen Augen geradeaus, wirkte, als leide er unter rasenden Kopfschmerzen.

Was tatsächlich auch der Fall war. Während ihm am Abend zuvor eine Flasche Grappa zur Entspannung noch als gute Idee und die Flasche Amaretto zum Nachspülen sogar als noch bessere Idee erschienen war, musste er beim Aufwachen feststellen, dass das kalte Morgenlicht ihm alles andere als gut tat. Und als sei das nicht schon genug, hatte er gerade noch zwei grässliche Stunden in geheimer Besprechung mit dem Senat und den Mitgliedern des Dogenrats durchstehen müssen, dem einzigen Organ, das das Todesurteil, das über Bianca schwebte, aufheben konnte. Er hatte für Bianca das ganze Gewicht des Namens Foscari in die Waagschale geworfen; es hatte nichts genützt. Sie hatten sich seine wohl überlegten Argumente, warum sie unmöglich schuldig sein konnte, höflich angehört, mitfühlend genickt, als er ihnen erklärte, dass es selbst im Falle einer Schuld, äußerst respektlos sei, gegen die Verlobte einer der ältesten Patrizierfamilien in Venedig einen Mordprozess zu führen, und hatten sogar zustimmend geseufzt, als er ihnen die vielen Dienste auflistete, die er und seine Vorfahren der Republik erwiesen hätten, ein Umstand, der die Freilassung der Gefangenen, die so gut wie eine Foscari war, zu einer Frage des Anstands – nicht zu einem Gnadenakt – machte ... doch sie hatten sich geweigert, die Anklage fallen zu lassen. Er konnte Bianca nicht gegenübertreten, konnte es nicht ertragen, sie anzusehen, wollte nicht, dass sie sein Scheitern aus seinem Gesicht ablas. Er hatte sein Bestes versucht, hatte seinen Titel und seine politische Funktion voll ausgereizt, hatte sogar angeboten, mit Bianca aus Venedig zu verschwinden und mit ihr ins freiwillige Exil zu gehen, alles vergeblich. Jetzt konnte er nichts mehr tun, war dazu verdammt, untätig auf dieser unbequemen Bank zu sitzen und zuzusehen, wie die Frau, von der er gedacht hatte, er könnte sie eines Tages vielleicht lieben, des Mordes für schuldig befunden wurde.

Es besserte nicht gerade seine Kopfschmerzen, als die Wachen sich plötzlich Aufmerksamkeit verschafften und mit ihren Lanzen auf den Boden klopften. Die Stirn immer noch gerunzelt, hievte er sich zusammen mit den anderen Anwesenden im Raum für den Einzug der Richter von seinem Sitz hoch. Bis zu diesem Augenblick wusste niemand, wer sie sein würden, ein antiker Brauch, der eine Bestechung der Richter ausschließen sollte. Er konnte jedoch nicht verhindern, dass jemand allen möglichen Kandidaten ein großzügiges Angebot machte. Und genau das war auch an diesem Morgen geschehen. Zumindest einer der eintretenden Richter war mehr mit der Frage beschäftigt, ob er die zwölfhundert Dukaten besser für eine neue Gondel oder eher für eine neue Mätresse ausgeben sollte, als mit der Frage, ob Bianca schuldig oder unschuldig war.

Die Richter marschierten an den Zuschauern vorbei und nahmen auf ihren imposanten Stühlen Platz. Die Menge draußen protestierte lautstark, als der Türsteher mit Gewalt die riesige Tür vor ihrer Nase schließen wollte. Wenn sie schon nicht eingelassen würden, argumentierten die Menschen, könnte er für sie wenigstens die Türe auflassen, damit sie mithören konnten. Er blickte Hilfe suchend zu den Richtern hinüber, die einer solchen Maßnahme oftmals zustimmten, doch diesmal war ihre Antwort ein einstimmiges »Nein«. Sie wussten aus Erfahrung, dass Mordprozesse die Emotionen der Massen hochkochen konnten, und dies war dazu noch kein gewöhnlicher Mordprozess. Als die Tür sich gegen einigen Widerstand doch endlich schloss, legte sich eine unheilvolle Stille über den Gerichtssaal.

Bianca stand allein in der Mitte. Das Licht vom Fenster traf sie voll ins Gesicht, aber sie zuckte nicht mit der Wimper. Ihre frühere Entschlusskraft war wieder da und sie war fest entschlossen zu kämpfen. Sie wollte Ian, der offensichtlich nicht einmal in der Lage war, ihrem Blick zu begegnen, nicht das Vergnügen gönnen, sie so leicht loszuwerden. Einer der Richter, ein großer dünner Mann, in dem Bianca Alvise da Ponto erkannte, erhob sich. Der einzige Unterschied zwischen ihm und einer Leiche ist der, dass bei Leichen der Bart nicht wächst, ging es Bianca durch den Kopf, als Selbiger das Verfahren eröffnete. Weder sein Äußeres, noch seine hohle, geisterhafte Stimme trugen dazu bei, die düstere, unheilschwangere Atmosphäre, die über der Kammer lag, zu verbessern. Nachdem er das übliche Eröffnungsgebet für einen weisen Urteilsspruch heruntergeleiert hatte, wandte er sein langes, Totenmasken ähnliches Gesicht Bianca zu.

»Signorina, wie Ihr wisst, geht das Gericht anonymen Anzeigen nicht nach, es sei denn, man bringt zwingende Beweise bei. Die Anschuldigungen gegen Euch sind schwer wiegend und gut dokumentiert. Ihr werdet des Mordes an Isabella Bellocchio, einer Kurtisane dieser Stadt, beschuldigt. Wenn Ihr das Verbrechen nicht eingesteht, wird man Euch das Beweismaterial vorlegen und Euch die Gelegenheit geben, Euch zu verteidigen. Der Prozess wird sich wahrscheinlich in die Länge ziehen. Das kostet Zeit und wird am Ende doch nichts bringen, da die Beweise gegen Euch mannigfaltig sind. Ich rate Euch also, gleich zu gestehen. Das erspart uns allen viel Ärger und Gott wird in seiner Gnade Milde walten lassen. Gesteht Ihr?«

Roberto und Francesco hielten den Atem an.

Bianca blickte dem Richter gerade ins Gesicht und sagte mit fester Stimme: »Ich habe Isabella Bellocchio nicht umgebracht.«

Sire Alvise seufzte enttäuscht auf. Er hatte gehofft, ein paar Tage in seinem Haus in den Bergen zu verbringen, um dem Regen zu entfliehen, aber nun sah es ganz danach aus, als würde er in Venedig festsitzen. »In Ordnung. Die Anklage behauptet folgendes: Am Nachmittag des 11. November dieses Jahres brachtet Ihr die Kurtisane Isabella Bellocchio in ihrem eigenen Bett ums Leben. Nachdem Ihr Signorina Bellocchio lange Zeit erfolglos nachgestellt habt, heißt es, habt

Ihr sie schließlich in einem Anfall von Eifersucht erdolcht. Immer noch nicht zufrieden, habt Ihr Euch den Leichnam angeeignet und ihn in tagelanger Arbeit zerstückelt und, was noch schlimmer ist, abgezeichnet.

Ian erhob sich plötzlich von seinem Sitz und gab laut seinem Missfallen Ausdruck: »Ha, ha!«

Sire Alvise wandte sein mumienhaftes Gesicht in die Richtung, aus der die Störung kam. »Ich muss Euch bitten, sitzen zu bleiben, d'Aosto, oder den Saal zu verlassen. Noch so ein Ausbruch, und ich werde Euch hinausführen lassen.«

Ian, der sich bereits von selbst gesetzt hatte, brütete über seinen Schoß gebeugt vor sich hin und schenkte sich jede Antwort.

Bianca kochte schon vor der Unterbrechung des Verfahrens vor Wut. Sie als Mörderin zu denunzieren war schon schlimm genug, aber dann auch noch über ihre anatomische Arbeit und ihre kostbaren Zeichnungen herzuziehen, als seien sie ein Ausdruck der Perversion und der geistigen Verwirrung, das war unnötig und absolut grausam. Sie wollte ihm einen bösen Blick zuwerfen, einen tödlichen Blick, in dem sich ihre ganze Wut konzentrierte, aber ein Wachposten hielt ihr gerade etwas hin und versperrte ihr die Sicht.

»Euer wütender Gesichtsausdruck lässt vermuten, dass Ihr das Blatt Papier wieder erkennt, Signorina.« Es war keine Frage, und das war gut so, denn Bianca hätte kaum erklären können, dass der Blick ihrem Verlobten gegolten hatte.

»Ja, das stimmt, Eure Exzellenz. Es ist das dritte Sonett von Petrarca.«

Archimede Seguso, der zweite Richter, sah sie mit seinen Schlitzaugen durchdringend an. »Wir sind nicht hier um uns Kostproben Eurer Bildung anzuhören, Signorina. Erkennt Ihr die Handschrift, in der das Gedicht geschrieben ist?«

Bianca nickte langsam. Sie fing an zu begreifen. »Ja. Es ist meine Handschrift.«

»Wie viele solcher Gedichte habt Ihr Isabella Bellocchio geschickt?« Diesmal war es mehr eine Anklage als eine Frage.

»Keines.«

Sire Archimede riss die Augen weit auf. Sie fielen ihm fast aus dem Kopf. »Dann seid doch so freundlich und erklärt dem Gericht, wie dieses Liebessonett in Eurer Handschrift in Isabella Bellocchios Wohnung gefunden werden konnte.«

»Ich habe es dort geschrieben.« Bianca war ganz ruhig. Selbst jemand mit so kleinen Augen, wie Sire Archimede sie hatte, musste sehen können, dass sie die Wahrheit sprach. »Isabella war Analphabetin und ich habe sie schreiben gelehrt. Sie bat mich, ein Liebesgedicht dazulassen, um es zur Übung selbst abzuschreiben.«

Sie hatte sich in ihrem Gegenüber getäuscht. Seine Augen verengten sich wieder zu Schlitzen. »Signorina, ich rate Euch, Euch nicht zu viel auf Eure Glaubwürdigkeit einzubilden. Wie lange wart Ihr in Isabella Bellocchio verliebt?«

»Ich war nie in Isabella Bellocchio verliebt.« Bianca wechselte das Standbein, um zu verhindern, dass ihre feuchten Füße einschliefen.

»Natürlich. Vielleicht nennen Leute wie Ihr es nicht Liebe. Wann habt Ihr damit angefangen, ihr Avancen zu machen?«

»Ich habe ihr nie Avancen gemacht.« Es war hoffnungslos. Die Taubheit ihrer Zehen kroch die Beine hoch.

»Signorina Salva, überlegt gut. Wir haben hinreichende Beweise dafür, dass Eure Interessen nicht Männern gelten.«

»Tatsächlich.« Alle Wärme schien aus ihrem Körper zu weichen und mit ihr ihre Selbstbeherrschung. »Ich hoffe, Ihr werdet sie mir vorlegen. Ich bin sicher, ich werde mich dabei gut amüsieren.«

Der dritte Richter hielt sich ein großes Vergrößerungsglas vor ein Auge. Cornelio Grimani war für seine kryptischen Auslassungen und seine unbeschreibliche Fähigkeit, Verbrecher zu überführen, bekannt, eine Fähigkeit, die viele ausschließlich seinem Vergrößerungsglas zuschrieben, weil man mit ihm angeblich die Gedanken der Menschen lesen und in ihre Seele hineinschauen konnte.

Weniger intelligente Menschen als Bianca hatten die Erfahrung gemacht, dass unter dem forschenden Blick durch das Glas alle Kraft aus ihnen wich, doch sie zuckte nicht einmal. Sie war zu sehr mit der Frage beschäftigt, was Ian damit bezweckt hatte, diesen Punkt in seine Anzeige aufzunehmen. Denn so schwer begreiflich es schon war, dass er ihre anatomischen Zeichnungen trotz seines wissenschaftlichen Interesses für pervers hielt, so war es einfach absolut unvorstellbar, dass er glaubte, sie möge keine Männer. Wozu sollte solch eine Lüge gut sein. Sie fand keine Erklärung dafür, so sehr sie sich auch den Kopf zermarterte. Und sie konnte auch nicht glauben, dass Ian seine Anzeige absichtlich mit Falschaussagen spickte. Konnte es sein, dass er sie wirklich so falsch verstanden hatte – nach allem, was sie miteinander erlebt hatten?

»Ihr mögt Recht haben«, sagte Sire Cornelio, nachdem er sie lange gemustert hatte, und katapultierte Bianca damit wieder zurück zum Geschehen. »Ich glaube, es wird Euch tatsächlich amüsieren«, fügte er nach einer Pause hinzu und bedeutete den Wachen, die Zeugen hereinzuholen.

Zu Biancas großer Überraschung und ihrem späteren Entsetzen betrat Guilio Cresci den Saal. Er sah in die Runde, verneigte sich leicht in Richtung der Zuschauer und wandte sich dann den Richtern zu.

»Signore Cresci, wiederholt bitte, was Ihr uns zu einem früheren Zeitpunkt erzählt habt«, forderte Sire Alvise ihn auf, wobei Bianca sich trotz genauen Hinsehens nicht sicher war, ob seine Lippen sich überhaupt bewegten.

Cresci machte ein Gesicht, das wohl angestrengtes Nachdenken signalisieren sollte, von Biancas Platz aus jedoch eher auf akute Verstopfung schließen ließ. Nachdem er diese Miene einen Augenblick hatte wirken lassen, verkündete er mit winselnder Stimme, aber laut genug, dass jeder es auch noch hinter der Tür mitbekam: »Ich glaube, ich habe mit dem Satz begonnen, ›Jedermann ist der Ansicht, das Bianca Salva so kalt wie sonst was ist.‹«

»Ja, das stimmt.« Sire Cornelio verzog das Gesicht. »Was wir gern hören möchten, ist nicht, was jedermann denkt, sondern, wie Eure persönlichen Erfahrungen aussehen.«

Cresci warf Bianca blitzschnell einen verschlagenen Blick zu. Seine Geschichte hätte sich leichter erzählen lassen, wenn nur Männer anwesend gewesen wären, genauer gesagt, wenn sie nicht da gewesen wäre, um ihn herauszufordern. »Es war Montagabend, beim Verlobungsball. Ich bin zu ihr hingegangen, um ihr zu ihrer Ehe zu gratulieren, ihr vielleicht ein paar Fingerzeige zu geben, und was macht sie? Ihr werdet es nicht glauben, sie steht auf und marschiert einfach davon.«

Bianca war hin und her gerissen. Sollte sie versuchen, ihn dazu zu bringen, den genauen Wortlaut zu wiederholen, der ihren Abgang provoziert hatte? Oder sollte sie ihm lieber zu seiner bewundernswerten Selbstdarstellung gratulieren?

»Welchen Schluss habt Ihr daraus gezogen, Signore Cresci?«, hakte Sire Alvise nach.

»Natürlich den einzig nahe liegenden.« Cresci tänzelte herum, um die Zuschauer einen Blick auf seine dick ausgepolsterten Beine werfen zu lassen, eine Vorstellung, die Biancas offensichtlich fehlenden Sinn für männliche Schönheit unterstreichen sollte. »Ich zog daraus den Schluss, dass sie Männer hasst.«

»Wäre der Schluss nicht nahe liegender gewesen, dass sie Euch hasst?«, fragte Cornelio ernst.

Einen Moment lang sah es so aus, als ob Cresci drauf und dran wäre, den Richter zu einem Duell herauszufordern, aber da Duelle in Venedig verboten waren und Cornelio vor einigen Jahren seinen fünfundsiebzigsten Geburtstag gefeiert hatte, entschied Cresci, es lieber sein zu lassen. Es ist ja allgemein bekannt, dass der alte Mann ein bisschen wirr im Kopf ist, fiel ihm ein. Das musste ein Scherz gewesen sein.

»Ein lustiger Gedanke, wirklich lustig. Aber wie ich Euch bereits erzählt habe, es gibt außer mir noch eine ganze Reihe anderer Männer, die von der Signorina genauso behandelt worden sind. Und Ihr habt ja auch diesen Burschen gehört, ich meine das mit der Kleidergeschichte.«

Bianca legte den Kopf schief und sah die Richter an. Sire Archimede ergriff jetzt das Wort. »Ein Diener vom Foscari-Palazzo hat bezeugt, dass Ihr ihm eine ziemlich hohe Summe im Austausch für seine Kleidung gegeben habt. Möchtet Ihr ihn sehen?«

»Nein, das stimmt.« Bianca sah keinen Grund, die Sache zu vertuschen, und es gab auch keinen Grund, das Martyrium zu verlängern. Die Taubheit in ihren Beinen kroch ihr langsam in den Bauch hoch und bald würde ihr das Blut in den Adern gefrieren. »Aber was hat das alles mit dem Mord an Isabella Bellocchio zu tun?«

»Man kann davon ausgehen, dass Frauen, die gern in Männerkleidung schlüpfen, auch gern in anderer Beziehung an die Stelle von Männern schlüpfen. Zum Beispiel im Schlafzimmer.« Sire Cornelios Tonfall legte die Vermutung nahe, dass diese Theorie von jemandem entwickelt worden war, der erheblich weniger Urteilsvermögen besaß als er selbst.

»Beim Schlüsselbein der Santa Teresa, das ergibt doch keinen Sinn!« Die Absurdität dieser Idee brachte Biancas Blut wieder in Wallung. »Zum einen, wenn ich Männer hasste, warum sollte ich dann so handeln oder mich so kleiden wollen wie sie? Und zum anderen gibt es eine Fülle von guten Gründen, warum eine Frau möglicherweise Männerkleidung tragen möchte, die nichts mit dem Wunsch zu tun haben, einen Mann zu verkörpern.«

»Vielleicht klärt Ihr uns auf.« Sire Cornelio hatte wieder sein Vergrößerungsglas vor sich. »Ich kann mir zwar verschiedene Gründe vorstellen, aber keiner davon ist gut. Was war denn Euer *guter* Grund dafür, Männerkleidung zu tragen?«

Bianca merkte, dass sie einen Fehler gemacht hatte. Wenn sie ihnen erklärte, warum sie sich Männerkleidung beschafft hatte, nämlich um in Isabellas Haus einzubrechen und nach Beweisen herumzuschnüffeln, war ihre Schuld so gut wie besiegelt. Aber wenn sie log, würde Cornelio das sofort durchschauen, davon war sie überzeugt.

»Sie verschaffen einem größere Bewegungsfreiheit«, fand sie einen Kompromiss und beeilte sich, selbst eine Frage zu stellen. »Warum würde es mich als Mörderin abstempeln, wenn ich Männer nicht mögen würde, was ich jedoch entschieden bestreite.«

Es war Sire Alvise, der antwortete: »Es würde Euch nicht als Mörderin abstempeln, aber es würde die Wahrscheinlichkeit, dass Ihr in Isabella Bellocchio verliebt wart, mit Sicherheit erhöhen.«

Bianca verstand das alles nicht. »Aus der simplen Tatsache, dass ich nicht in Guilio Cresci verliebt bin, zieht Ihr allem Anschein nach also den Schluss, dass ich in Isabella Bellocchio verliebt war. Ist das korrekt?«

Der Vergleich zwischen der wohlgestalteten, anmutigen Kurtisane und der selbstgefälligen Ratte mit seinen spindeldürren Beinen war entschieden lächerlich. Jeder, der noch recht bei Verstand war, hätte selbst noch eine tote Isabella einem lebenden Guilio vorgezogen.

»Wir haben überhaupt keine Schlüsse gezogen. Wir gehen lediglich den Informationen nach, die in der Anzeige aufgeführt sind«, warf Sire Archimede hastig ein. »Wollt Ihr abstreiten, dass Ihr mit Signore Cresci ein Gespräch hattet, das in der Weise endete, wie er es beschrieben hat?«

Bianca erkannte urplötzlich, wie sehr sie betrogen worden war. Ian hatte sich bei ihr eingeschmeichelt und ihr Vertrauen erschlichen, um das, was sie ihm erzählte, anschließend gegen sie verwenden zu können. Wie ein blutrünstiger Tiger hatte er sich auf die kleinste Kleinigkeit gestürzt, und war es auch nur so eine Lappalie wie ihr kurzes Gespräch mit Guilio Cresci. Er hatte bei seinen verbissenen Anstrengungen, sie des Mordes zu überführen, nichts, aber auch gar nichts ausgelassen, hatte sich trotz all ihrer Bemühungen beharrlich geweigert, an ihre Unschuld zu glauben. Sein Hass auf sie ging offensichtlich so weit, dass er vor nichts zurückschreckte, um zu beweisen, dass sie die Täterin war.

Nicht einmal vor einem fingierten Einbruch.

Ohne nachzudenken, fragte sie mit leiser Stimme: »Zu Anfang erwähntet Ihr ein paar Zeichnungen. Sind sie in Eurem Besitz?«

»Ich sehe nicht, inwiefern das für die Frage hinsichtlich Eurer Zuneigung zu Isabella Bellocchio von Bedeutung sein soll.« Sire Alvise rückte die Stulpen seiner Robe zurecht, ein sicheres Zeichen für eine momentane Gereiztheit.

»Ich schließe mich Euch an, Eure Exzellenz. Ich habe mich nur gerade gefragt, ob sie Euch vorliegen?« Sie merkte gar nicht, dass sie in Erwartung der Antwort den Atem anhielt.

»Nein. Das heißt, ich sollte besser sagen, wir haben sie nicht hier. Aber wir haben sie gesehen. Sie wurden der Anzeige beigefügt und wir sind tatsächlich in deren Besitz. Wir waren aber der Meinung, dass sie zu, hm, zu detailliert sind für diesen Rahmen.«

Das war die Antwort, die sie zwar gefürchtet, aber auch vorausgesehen hatte. Plötzlich das ganze Ausmaß von Ians Verrat erkennend, wich Bianca mit zitternden Knien einen Schritt zurück. Er selbst musste den Diebstahl ihrer Zeichnungen veranlasst haben, um sie für die Anzeige sicherzustellen. Mit wachsendem Zorn erinnerte sie sich daran, wie er sie an jenem Abend fertig gemacht hatte, wie er sie beschuldigt hatte, die Komplizin des Mannes zu sein, der in ihrem Auftrag ihre Aufzeichnungen gestohlen und ihre Instrumente durchwühlt hatte. Und dabei war er es selbst gewesen. Er hatte die ganze Zeit über gewusst, dass sie die Wahrheit sagte, dass sie zu Recht die Anschuldigungen zurückwies, da er schließlich selbst hinter dem Diebstahl steckte. Er hatte sie zielbewusst als Mörderin aufgebaut, hatte sie zielbewusst in die Falle gelockt.

Plötzlich war alles so sonnenklar. *Er* hatte einen Komplizen. *Er* schützte jemanden. Jemanden, um den er sich mehr sorgte, als um alles andere. Jemanden, dessen Ansehen er so hoch bewertete, dass er alles tun würde, um es zu schützen. Jemanden wie Morgana da Giglio.

Ian hatte ihren Körper ausgebeutet, hatte mit ihr gespielt, mit ihr geschlafen, und alles nur, um die Frau, die er wirklich liebte und die er immer lieben würde, zu schützen. Bianca verfluchte sich innerlich, als sie merkte, wie die Verzweiflung über die sinnlose, unerfüllte Liebe zu ihm die Oberhand über das entsetzliche Gefühl des Verratenseins zu gewinnen versuchte. Sie wollte ihn nicht weiterlieben. Sie wollte nicht darum trauern, dass sie sein Herz nie besitzen konnte. Sie wollte ihn hassen, weil er sie getäuscht hatte, weil er sie immer wieder belogen und betrogen hatte, weil er absichtlich einen Narren aus ihr gemacht hatte.

Das Blut schoss ihr in die Wangen, als sie sich vorstellte, welch ungeheure Anstrengung es Ian gekostet haben musste, ihr vorzuspielen, dass er sie gerne liebte, und wie er hinterher zu Mora gelaufen war, um sie mit seinen Erzählungen über Biancas Naivität, ihre rührenden Versuche, sein Herz oder zumindestens sein Interesse zu gewinnen, beglückt hatte. Und was die Sache noch schlimmer machte, war der Umstand, dass er sich nicht einmal zu schade gewesen war, ihr diese albtraumartige Geschichte über die sizilianischen Banditen und seine Feigheit aufzutischen, auf Grund derer er angeblich von Mora verlassen worden war. Ihr wachsender Zorn trieb ihr immer mehr Blut ins Gesicht. Er war zu weit gegangen. Sie würde es nicht zulassen, als Sündenbock missbraucht zu werden. Sie würde nicht länger den Idioten spielen. Sie würde nicht zulassen, dass er seelenruhig dasaß und zusah, wie sie zum Tode verurteilt wurde für ein Verbrechen, das seine Geliebte begangen hatte.

»Ich finde es schade, dass Ihr meine Zeichnungen zu abstoßend findet, um sie der Öffentlichkeit zugänglich zu machen«, beantwortete Bianca schließlich Sire Alvises Frage. Ihre Stimme war schneidend. »Ich hatte die Absicht, sie zu veröffentlichen. Bevor sie gestohlen wurden, versteht sich.«

»Gestohlen?«

Bianca sah mit Genugtuung, dass sie Sire Archimede dazu gebracht hatte, die Augen aufzureißen, und zwar noch weiter als vorher.

»Ja, aus meinem Labor im Palazzo Foscari.«

»Gestohlen?«, wiederholte Sire Archimede. »Von wem?«

Sie war das Risiko eingegangen, Fragen über den Körper auf den Zeichnungen zu provozieren, aber sie kamen nicht. Stattdessen hatte Sire Archimede die perfekte Frage gestellt. »Offensichtlich von dem, der die Absicht hatte, mir den Mord an Isabella Bellocchio in die Schuhe zu schieben, wer immer das auch ist. Entweder *die Mörderin* selbst, oder *ihr* Komplize.«

»Ihr behauptet, dass jemand Euch mit Vorbedacht eines Mordes bezichtigt, den er selbst begangen hat?« Zum ersten Mal seit zehn Jahren kam so etwas wie Leben in Sire Alvises Gesicht.

»Ja.« Bianca stand da und funkelte mit den Augen, die sie geradeaus nach vorne gerichtet hatte. Es kostete sie einige Selbstbeherrschung, nicht zu Ian hinüber zu schauen, um die Wirkung ihrer Enthüllung zu überprüfen.

Sire Archimedes Augen hatten sich wieder zu zwei Schlitzen verengt, durch die er Bianca eindringlich musterte, um herauszufinden, ob sie es ernst meinte oder ein gefährliches Spiel spielte. Er beugte sich auf seinem Stuhl nach vorne und fragte sie. »Wenn das wirklich der Fall sein sollte, wie erklärt Ihr Euch dann all die Indizien, die eindeutig auf Euch hinweisen, Signorina Salva?«

Sie hätte ihn gerne gefragt, auf welche Indizien er sich genau bezog, und wenn auch nur, um seine Augen wieder aufspringen zu sehen, aber es stand zu viel auf dem Spiel. »Ich habe bereits für alles Erklärungen geliefert. Es ist wirklich nicht sehr schwer, Beweise einzuschmuggeln und die Saat angehen zu lassen.

»Saat – die Pflanze!«, rief Sire Cornelio plötzlich aus, und zwar in einer Lautstärke, dass es selbst Sire Alvise in seinem Stuhl hochriss. Bianca hatte plötzlich Sorge, den scharfsinnigen Mann gegen sich aufgebracht zu haben, aber er widmete ihr keine Aufmerksamkeit und gestikulierte nur wild in Richtung der Wachen. »Die Pflanze, die Pflanze, die Pflanze«, erklärte er. Und nur wenige Augenblicke später betrat wie durch ein Wunder Luca den Saal, die bösartige Pflanze mit den roten und weißen Blüten im Arm.

Ian sprang von seinem Sitz auf und stürzte auf Luca zu, um ihn zur Rede zu stellen. »Warum hast du mir nichts davon gesagt –« Ians Angriff auf den Zeugen wurde durch zwei Wachposten, die ihn mit festem Griff zwischen sich nahmen, ein schnelles Ende gesetzt.

»Wir haben Euch gewarnt«, sagte Sire Alvise mit unheilvollem Unterton. »Angesichts Eurer Stellung sind wir jedoch gewillt, Euch noch eine Chance zu geben, wenn Ihr versprecht, mit diesen Ausfällen aufzuhören.«

»Keine Angst.« Ian schüttelte die beiden Wachen ab. »Ich gehe sowieso. Ich habe hier nichts mehr verloren.« Blind vor Wut, ging er ohne Eskorte und ohne dass sich ihm jemand in den Weg stellte, zur Tür.

»Wenn Ihr den Gerichtssaal verlasst, werdet Ihr hier unter Garantie nicht wieder eingelassen«, schickte Sire Archimede ihm noch den gut gemeinten Rat hinterher, aber Ian wischte die Bemerkung mit einer abfälligen Handbewegung weg und schloss die Tür hinter sich.

Die Menge auf der anderen Seite der Tür, die sich bis dato

nur mit einzelnen Wortfetzen hatte begnügen müssen, konnte ihr Glück kaum fassen, als der Verlobte der angeblichen Mörderin mit eiskaltem Gesichtsausdruck aus dem Gerichtssaal spazierte. Auch wenn er nicht den Ruf gehabt hätte, unnahbar zu sein, hätte seine Miene gereicht, eine Gasse für ihn zu bilden, ohne eine einzige Frage an ihn zu richten oder sonst irgendetwas zu sagen. Nur Tullia war mutig genug, ihn anzusprechen, als er mit langen Schritten an ihr vorbeiging. Aber er hörte gar nicht zu, sondern setzte mit versteinerter Miene in eiskaltem Schweigen seinen Weg durch den Korridor fort und marschierte die Treppe zum Landesteg hinunter, wo seine Gondel auf ihn wartete.

Bianca hatte die Szene mit weit aufgerissenen Augen verfolgt, zuerst das überraschende Auftauchen eines Bediensteten von Ian und dann das noch überraschendere Verhalten von Ian selbst. Sie hätte sich ohrfeigen können. Was für ein Dummkopf war sie doch! Ihre Anspielung auf den Part, den er bei der Intrige gegen sie gespielt hatte, hatte ihn nicht etwa dazu gezwungen, zuzugeben, was sich abgespielt hatte, sondern ihn vielmehr in die Flucht geschlagen. Er hatte gemerkt, dass sie bald die Aufmerksamkeit auf ihn lenken würde und die erstbeste Gelegenheit genutzt, den Saal zu verlassen. Anstatt ihn dorthin zu bekommen, wo sie ihn haben wollte, hatte sie ihn aufgeschreckt und vertrieben, mit verheerenden Folgen. Nichts, was er hätte tun oder hätte sagen können, hätte die Richter mehr von ihrer Schuld überzeugen können als sein früher Rückzug aus dem Verfahren. Sie konnte an nichts anderes mehr denken, als dass mit seinem überstürzten Abgang auch der letzte Schatten eines Zweifels daran, dass er in das Verbrechen involviert war, verschwunden war.

Ich bin so ein Vollidiot gewesen, ging Bianca mit sich ins Gericht. Zuerst habe ich ihm vertraut und ihn dann provoziert. Ihr freier Geist, ihr rationaler Verstand, ihr umfassendes Bücherwissen, all das hatte ihr nichts gebracht, das heißt, es hatte ihr ein paar Nächte in der Zelle und ein Todesurteil eingebracht. Ians früher Rückzeug machte es fast überflüssig, die Verkündung des Urteilsspruch abzuwarten.

Die Traurigkeit, die sie überfiel, als sie so in der Mitte des feuchten Gerichtssaals stand, war so übermächtig, dass sie glaubte, darin ertrinken zu müssen. Dann nieste sie.

Luca hatte die Pflanze so weit wie möglich von ihr entfernt auf einen Tisch gestellt, aber ihre Wirkung auf sie schien sich nicht unterbinden zu lassen. Sie nieste erneut, als Sire Archimede das Wort wieder an sie richtete.

»Erkennt Ihr diese Pflanze, Signorina Salva?«

Bianca nieste, versuchte zu antworten, nieste wieder und begnügte sich mit einem Nicken.

Sire Archimede nahm etwas aus dem Topf und hielt es hoch. Es war ein langer, dünner Dolch von genau der gleichen Größe und Form wie der, mit dem Isabella erstochen worden war.

»Könnt Ihr mir erklären, wie dieser Dolch, vermutlich die Mordwaffe, in die Erde dieser Pflanze gekommen ist?«

Bianca war einen Augenblick verblüfft. »Nein«, nieste sie. »Ich habe« – sie nieste noch einmal – »ihn nie zuvor gesehen.«

»Ihr habt ihn nicht in diesem Topf vergraben?«, fragte Sire Archimede ungläubig.

»Nein. Ich kann ja nicht einmal in die Nähe der Pflanze kommen, ohne« – ein Niesen – »furchtbaren Ausschlag zu bekommen.«

»Das kann ich kaum als Argument dafür gelten lassen, dass Ihr den Dolch dort nicht versteckt habt.« Sire Archimede wandte sich Luca zu: »Wiederholt doch bitte, was Ihr uns schon einmal erzählt habt.«

Luca räusperte sich, blickte nervös zu Crispin, musterte kurz die Wand hinter Biancas Kopf und wandte sich dann den Richtern zu. »Es war Sonntag, der Tag vor dem großen Ball, als ich Signorina Salva in den Gewächshäusern neugierig herumschleichen sah. Sie wollte wissen, wo mein *ragazzo* war – also wo Crispin Foscari war, und ich sagte ihr, dass er nicht da ist. Aber sie lungerte weiter rum, Gottver-, also ich fress' 'nen Besen, wenn das nicht stimmt. Und dann ist sie zwischen den Blumen rumspaziert und hat sie mit ihren Weiberklamotten umgefegt und ist dann direkt vor der hier stehen geblieben. Und dann hat sie mich darüber ausgefragt. Ich seh', wie die Pflanze und sie aufeinander reagieren und weiß sofort, dass die Pflanze keine guten Gefühle für sie hegt, und ich will gar nicht mit ihr sprechen. Aber ich hab mir so meine Gedanken gemacht, und dann gestern Abend, da seid Ihr dann gekommen und habt nach der Pflanze gefragt, und was findet Ihr – einen Dolch, und das ist ein mächtig guter Grund für eine Pflanze, einem Weibsbild übel zu wollen; ich fress' 'nen Besen, wenn das nicht so ist.«

»Das wird nicht notwendig sein.« Sire Cornelio hatte Lucas ganze Rede durch sein Vergrößerungsglas verfolgt. »Könnte Signorina Salva eine Gelegenheit gehabt haben, den Dolch in den Topf zu schmuggeln?«

Luca schnaubte verächtlich und blickte den Richter empört an. »Ihr sprecht von einem Weibsbild und fragt ob sie die Gelegenheit dazu hatte? Gelegenheiten sind die besten Freunde der Weiber.«

Die Antwort war so kryptisch, dass sie selbst Sire Cornelio Ehre gemacht hätte. Er entschied sich, nicht weiter nachzubohren. Er hatte das Gefühl, genug gehört, auf jeden Fall aber genug gesehen zu haben, und die anderen beiden Richter, die inzwischen Hunger hatten und froren, waren der gleichen Ansicht. Als Sire Alvise sich gemäß dem üblichen Procedere an die Zuschauer wandte, um zu fragen, ob die Grifalconis irgendetwas zur Entlastung ihrer Verwandten sagen wollten, erntete er nur zwei böse Blicke und ein verächtliches Schnauben. Da Ian und Bianca nicht offiziell verheiratet waren, und nach geltendem Gesetz nur Verwandte das Recht zu einem Plädoyer hatten, wurde keiner der Arboretti befragt. Nur Ian als ihr gesetzmäßiger Verlobter hätte zu ihren Gunsten aussagen können, aber er hatte seinen Standpunkt bereits mehr als deutlich gemacht. Die fehlende Unterstützung von irgendjemanden aus Biancas vormaliger oder künftiger Verwandtschaft war für alle drei Richter eine ziemlich einmalige Erfahrung. Ihr Schweigen war beredter als jede Verurteilung, die sie hätten aussprechen können.

Bianca blieb die zwanzig Minuten, während der die Richter sich zurückgezogen hatten, wie angewurzelt mitten im Raum stehen. Die einzigen Geräusche, die man hörte, waren der Regen, der an die Fensterscheiben schlug, das Geschlurfe der Menge vor der Tür und das regelmäßige Schnarchen von

Guilliemo Grifalconi. Die Taubheit hatte sich bei Bianca wieder eingestellt, aber sie erstreckte sich nicht nur auf ihre Glieder, auch ihr Kopf war wie betäubt. Sie hatte versucht, die neue Information irgendwie einzuordnen, hatte versucht, darüber nachzudenken, ob die Mordwaffe noch in Isabellas Wohnung in den Blumentopf gesteckt worden war oder ob Ian sie erst später dort untergebracht hatte, doch sie konnte keinen klaren Gedanken fassen. Aber es schien sowieso nicht furchtbar wichtig zu sein. Als die Richter das Urteil verlasen, brach sie weder in Tränen aus, noch schwankte sie.

»Wir befinden Euch des Mordes an Isabella Bellocchio im Sinne der Anzeige für schuldig.« Sire Cornelio sprach mit leiser Stimme – sehr zum Missfallen der Leute draußen. »Ihr werdet zum Tode verurteilt. Das Urteil wird in zwei Tagen vom Staat vollstreckt.«

Bianca ließ ihren Blick über die Gesichter der Richter und dann über die grimmigen Mienen der Zuschauer gleiten. Ihre Augen verweilten nur kurz auf ihrer Tante und ihrem Cousin, die sie ansahen, als habe sich ihr Kopf plötzlich in eine riesige Eiterbeule verwandelt, bevor sie weiter zu den Arboretti wanderten. Crispin, Tristan, Miles und Sebastian, jeder von ihnen nickte ihr zu oder bedeutete ihr durch ein Augenzwinkern seine Verbundenheit. Francesco und Roberto signalisierten ihr ihren Beistand mit erhobenen, wie zum Gebet gefalteten Händen. Sie würden zu ihr halten, schienen sie alle sagen zu wollen, sie, die so wenig Anlass dazu hatten. Doch leider war es zu spät.

Bevor sie noch Zeit hatte, ihre freundlichen Gesten gebührend zu würdigen, waren bereits die beiden Wachen zurück und packten sie bei den Armen. Sie machte eine unbeholfene Verbeugung zu den Arboretti hin und ließ sich dann durch eine Seitentür hinausführen. Von dort ging es über drei Treppen in die teilweise unter Wasser stehenden Zellen im Keller. Als der Wachposten den schweren Eisenriegel vor die Tür schob und sie in ihrer dumpfen, nasskalten Zelle einsperrte, schlug die Turmuhr auf der Piazza Tristan gerade zwölf. Die Zeit, ihre Unschuld zu beweisen, war um. Ihre einhundertachtundsechzig Stunden waren tatsächlich abgelaufen.

25. Kapitel

Ian wechselte zu dieser Stunde mindestens zweihundert Mal seine Position. Zuerst saß er aufrecht im Sessel, die Beine gerade vor sich hingestellt. Dann schlug er ein Bein über das andere, stützte den Ellbogen auf das Knie und legte den Kopf in die Handfläche. Gleich darauf machte er das Gleiche mit dem anderen Bein, nur dass er diesmal die stützende Hand zur Faust geballt hatte. Er wiederholte die ganze Prozedur auf zwei weiteren Sesseln und noch ein weiteres Mal auf einem Hocker. Schließlich stand er auf und durchmaß den ziemlich großen Raum der Länge nach. Aber keine dieser Übungen brachte seine Gedanken zur Ruhe: Giorgio schien wie vom Erdboden verschluckt zu sein.

Als sein Diener fünf Minuten nach seinem Klingeln immer noch nicht aufgetaucht war, hatte er noch gedacht, er sei mit dem Mittagessen beschäftigt. Zehn Minuten später war Ian überzeugt, dass er unterwegs war, um etwas zu erledigen. Eine Viertelstunde danach machte Ian sich langsam Sorgen, dass ihm irgendetwas zugestoßen sei, wovon niemand wusste. Diese Erklärung brachte ihn schließlich dazu, ohne anzuklopfen in Giorgios Zimmer zu stürzen. Mit gemischten Gefühlen sah Ian, dass Giorgio doch nicht verletzt auf dem Boden lag. Tatsache war lediglich, dass er nirgends zu sehen war.

Das war der Zeitpunkt für Ian gewesen, mit seinen akrobatischen Übungen zu beginnen. Er redete sich ein, damit nur die Zeit bis zu Giorgios Rückkehr zu überbrücken, aber in Wirklichkeit versuchte er sich nur abzulenken, um nicht nachdenken zu müssen. Denn wenn er damit anfing, dann müsste er der Tatsache ins Auge blicken, dass Giorgio nicht zurückkommen würde, dass sein Verschwinden ein deutlicheres Eingeständnis dessen, was er getan hatte, war, als alle Worte es je hätten sein können. Der einzige Grund, warum er nicht darüber nachdenken wollte, versicherte sich Ian ein ums andere Mal, war der Umstand, das es so äußerst schwierig war, einen vertrauenswürdigen Diener zu finden.

Mit den Auswirkungen auf Biancas Prozess hatte das nichts, aber auch absolut gar nichts zu tun.

Zu Beginn des Verfahrens hatte Ian den Schilderungen nicht viel Aufmerksamkeit geschenkt – er kannte die Details schließlich in- und auswendig –, aber gegen Ende hatten seine Kopfschmerzen langsam nachgelassen und seine Neugier war plötzlich geweckt worden. Wenn die Zeichnungen als Beweis gegen Bianca verwendet werden sollten, dann konnte der Dieb, wer auch immer es war, auf keinen Fall Biancas Komplize sein. Aber wenn er nicht ihr Komplize war, woher wusste er dann, dass die Leiche sich in seinem Labor befand? Ja, woher wusste er überhaupt, dass Isabella erdolcht worden war? Seines Wissens hatten nur drei Leute – er selbst, Giorgio und Bianca – die Leiche gesehen. *Er* hatte nicht Anzeige erstattet, und was Bianca anbetraf, so traute er es ihr zwar zu, sich aus irgendeinem Hirngespinst heraus selbst anzuzeigen, aber er wusste auch, dass sie keine Gelegenheit dazu gehabt hatte. Damit blieben nur zwei Möglichkeiten: Entweder hatte Giorgio sie angezeigt oder aber irgendjemand anders hatte den Mord begangen.

Als dann Luca, der immerhin zu seiner Dienerschaft gehörte, in den Gerichtssaal gerufen worden war, hatte sich sein Verdacht gegen Giorgio zur Gewissheit erhärtet – zumindest beinahe. Und wenn Giorgio hinter der Anzeige steckte, dann gab es keinen anderen Mörder, dann gab es niemanden, der versuchte, Bianca den Mord in die Schuhe zu schieben, das heißt, *sie* war die Täterin. Zorn und Verzweiflung hatten ihn übermannt und seinen Blick getrübt, Zorn bei dem Gedanken daran, das Bianca ihm entrissen würde und Verzweiflung bei der Vorstellung, was zwischen ihnen hätte sein können, hätte sein müssen. Unter dem Druck dieser starken Gefühle war sein Bedürfnis, sich Klarheit zu verschaffen, seinem Verdacht nachzugehen so überwältigend geworden, dass er den Gerichtssaal einfach verlassen hatte, ohne auch nur einen Gedanken daran zu verschwenden, welchen Eindruck so ein Verhalten bei den Richtern hinterlassen musste, ganz zu schweigen davon, wie Bianca das aufnehmen würde.

Ian war so damit beschäftigt, nicht zu denken, dass er

nicht einmal auf den Gedanken kam, sich zu fragen, warum Giorgio all seine Habseligkeiten zurückgelassen hatte, wenn er tatsächlich geflohen war. Dafür fragte er sich, warum Giorgio sich zu der Anzeige entschlossen hatte, ohne ihm etwas davon zu sagen. Und er kam zu dem Schluss, dass er ein persönliches Opfer gebracht hatte, um seinen, von den Reizen einer Frau verblendeten Herren zu retten. Was ihm jetzt das Herz so schwer machte, da war er sich sicher, war nicht etwa der Verlust von Bianca und der seltsam prickelnden Momente der Lebensfreude, die sie in sein Leben gebracht hatte, sondern einzig und allein die Rührung über Giorgios selbstlose Geste. Er musste ihn finden und zurückholen. Diener wie ihn sollte man belohnen und ermutigen, nicht einfach ziehen lassen. Eigenartigerweise fühlte sich Ian aber um keinen Deut besser, als er sich nach dieser momentanen Einsicht von Giorgios Stuhl erhob und das Zimmer verließ. Im Gegenteil, seine Niedergeschlagenheit verfolgte ihn hartnäckig die zweieinhalb Treppen hoch zu seiner Bibliothek und verließ ihn auch nicht, als er sich in seinen Sessel setzte. Er wollte sich schon einen Grappa bringen lassen, was ihm wieder einmal als eine gute Idee erschien, als ein Diener auftauchte und einen Besucher meldete, der seinen Namen nicht genannt hatte.

Ian schaute auf seine Taschenuhr. Zwanzig Minuten nach zwölf. Es erschien ihm unwahrscheinlich, dass das Urteil schon verkündet worden war, deshalb war es auch unwahrscheinlich, dass sein Besucher gekommen war, um ihm zu seiner nahen Erlösung von Bianca zu gratulieren. Das bedeutete, dass der Besucher wegen einer anderen Sache hier war. Ian hatte zwar keine Idee, was das sein könnte, wollte den Besucher aber sicherheitshalber doch empfangen.

»Führ ihn herein«, ordnete er an, zögerte einen Moment, um eine Entscheidung zu treffen, und fügte dann hinzu: »Und bring mir einen Grappa.« Dann setzte er sich zurück und wartete.

Als Angelo auf der Türschwelle erschien, beschlichen ihn sofort zwei widerstreitende Gefühle: Zum einen war er ärgerlich auf sich, weil er den Zeitplan des Prozesses falsch berechnet hatte und zum anderen freute er sich über seine gute

Entscheidung, sich Grappa bestellt zu haben. Zu sehr mit dem Einschenken des scheußlich schmeckenden Schnapses beschäftigt, stand er nicht auf, als Biancas Cousin eintrat und zu ihm herüberkam.

Angela nahm das Glas Grappa an und setzte sich auf den angebotenen Sessel, aber nun war es an ihm, ein Angebot zu machen. Er vergeudete auch keinerlei Zeit mit irgendwelchem Vorgeplänkel, sondern kam sofort zur Sache.

»Ich bin hier, um Euch zu sagen, wie sehr wir es bedauern, dass Ihr in so eine finstere Angelegenheit hineingezogen worden seid.« Angelo schlug die Beine übereinander und nippte an seinem Schnaps. Er wirkte eher zufrieden, als von Gewissensbissen geplagt.

Ian war plötzlich nicht mehr so ganz in der Stimmung für einen Grappa und setzte sein Glas ab. »Ich sehe wirklich keinen Grund, warum Ihr Euch in irgendeiner Weise entschuldigen müsstet. Die Verlobung war einzig und allein meine Idee.«

»Ihr mögt ja Recht haben, d'Aosto«, Angelo neigte leicht den Kopf zum Zeichen seiner Zustimmung, »aber wenn ich so gehandelt hätte, wie ich eigentlich hätte handeln müssen« – er seufzte und schien diesmal wirklich von Gewissensbissen geplagt« –, nun ja, dann wäre dieser Schatten nicht auf Euren Namen gefallen und hätte nicht Euren guten Ruf beschädigt.«

»Um meinen guten Ruf braucht Ihr Euch wirklich keine Gedanken zu machen.« Ian schob das Glas Grappa von sich weg ans andere Ende des Schreibtisches. »Und auch nicht um meine Entscheidungen. Ich versichere Euch, es gibt nichts, was Ihr hättet tun können, um mich hinsichtlich meiner Verlobung umzustimmen.«

Angelo wechselte seine Position und setzte eine leidende Miene auf. »Ich hoffe, dass ich nie wieder in diese Lage komme, d'Aosto, aber ich muss Euch sagen, Ihr seid auf dem Holzweg. Bianca und ich waren nämlich vor über einem Jahr miteinander verlobt. Wir sind zusammen aufgewachsen, nun ja, bei dieser Nähe ist das nur natürlich. Wie dem auch sei, vor ein paar Wochen hatten wir eine kleine Auseinandersetzung im Bett, nichts Weltbewegendes, ein ganz normaler Streit, aber das Nächste, was ich von ihr hörte, war, dass sie ausgezogen ist und sich offiziell mit Euch verlobt hat.«

Vieles von dem, was aus Angelos Mund strömte, war Ian zwar absolut neu – wenn Bianca von Angelo gesprochen hatte, hatte das nie nach großer Sympathie geklungen –, aber es gab eine Sache, die ihm fast den Atem nahm. »Im Bett?«, platzte er heraus, bevor er sich noch bremsen konnte.

Das Lächeln auf Angelos Gesicht zeigte alle Anzeichen der Zerknirschung. »Natürlich haben wir unsere Verlobung gleich nach der Unterzeichnung der Papiere noch am selben Tag vollzogen. Das war in der Tat der einzige Grund, warum sie zugestimmt hat – ihre unersättliche Begierde eben. Sie nahm mir sogar das Versprechen ab, dass sie, wenn wir erst einmal verlobt wären, so viele Männer haben könnte, wie sie wollte. Zuerst habe ich mich ja noch gesträubt, aber bei ihrem Appetit … Ja nun, es ist gewiss keine Schande, wenn ich Euch erzähle, dass ich ihre Gier einfach nicht befriedigen konnte. Ich musste mich ja auch noch um meine Geschäfte kümmern. Ich bin sicher, Ihr habt die gleichen Erfahrungen gemacht.«

Ian nahm sich vor, nachzuforschen, welcher Art Angelos Geschäfte waren, und dafür zu sorgen, dass es sie bald nicht mehr gäbe – und einen heilen Angelo vielleicht auch nicht mehr. Am liebsten würde er ihm jeden Knochen einzeln brechen. Der Anblick dieses lächelnden, entspannten, selbstgefälligen Schönlings war plötzlich mehr, als Ian ertragen konnte. »Meine Erfahrungen mit Bianca oder mit irgendeiner anderen Frau gehen Euch in keiner Weise etwas an.« Nur mit Mühe gelang es ihm, diese Worte zwischen den zusammengebissenen Zähnen hervorzupressen. »Ihr verlasst jetzt auf der Stelle mein Haus. Ihr werdet verstehen, wenn ich Euch keinen Guten Tag wünsche.«

Angelo sah zwar, wie angespannt Ians Kinnpartie war, sah auch, wie sich das Gesicht seines Gastgebers verdunkelte, erhob sich aber mitnichten aus seinem Sessel. Er beglückwünschte sich vielmehr. Er hatte den großen Mann in die Knie gezwungen.

Das Spiel machte ihm Spaß und so beschloss er, ein bisschen härter zuzuschlagen. »Ich glaube nicht, dass etwas sinnlicher sein könnte als dieses entzückende kleine Kleeblatt-Muttermal direkt über Biancas rechtem Oberschenkel.«

Ians Reaktion war enttäuschend. Sein Gesicht zeigte keinerlei Veränderung, aber er zog das Glas Grappa wieder zu sich heran, packte es und stürzte es in einem Schluck hinunter. Am liebsten wäre er Angelo an die Kehle gesprungen. »Wenn Ihr Eurer Cousine so zugetan wart, warum habt Ihr dann nicht protestiert, als Ihr von ihrer Verlobung hörtet?«

»Bei der Macht, die Ihr innehabt?«, fragte er und zuckte die Achseln. »Außerdem wurde ich ihr wohl ein bisschen überdrüssig. Nicht nur, dass mir ihre Forderungen keine Zeit mehr für meine Mätresse ließen, sie schien auch nicht fähig zu sein, Kinder zu bekommen.«

Als damit jetzt auch noch seine ungestellte Frage, wieso sie eigentlich nicht schwanger geworden sei, beantwortet war, blieb Ian wirklich nichts mehr zu sagen. Er konnte Angelos Anwesenheit in seiner Bibliothek keinen Augenblick länger ertragen. Dieser Mann musste verschwinden, sowohl aus dem Foscari-Palazzo als auch wenn möglich aus Venedig. Die Stadt war entschieden zu klein für sie beide. Mit diesem Gedanken erhob sich Ian und machte damit klar, dass das Gespräch endgültig beendet war. Doch Angelo blieb stur sitzen. Seine Mission war noch nicht erfüllt.

»Wie ich schon sagte, ich fühle mich für den ganzen Schlamassel zwar verantwortlich, aber ich habe keine Ahnung, wie ich das wieder gutmachen kann.«

Ian, der jetzt wusste, dass selbst Europa noch zu klein war, um beiden eine friedliche Koexistenz zu ermöglichen, nahm widerstrebend wieder auf seinem Sessel Platz. Man sollte ihm nicht nur die Knochen brechen, sondern gleich Hackfleisch aus ihm machen, baute er in Gedanken seinen früheren Plan noch weiter aus – und ihn den Eseln zum Fraß vorwerfen.

»Da Bianca ja nun zum Tode verurteilt ist – oh, Ihr kennt die Neuigkeit doch schon, oder? Nun ja, da sie also sterben wird, wird ihr Vermögen auf meine Schwester Analinda übergehen, sozusagen als Aussteuer. Wenn Ihr Euch herablassen würdet, sie an Biancas Stelle zu nehmen, ließe sich das sicherlich schnell arrangieren. Falls Ihr es unbedingt wünscht, könnten wir sie sogar nach hierher umziehen lassen, so wie Ihr das ja auch bei Bianca gemacht habt.«

Und wenn Angelo sich in den dunklen Eingeweiden eines an Verstopfung leidenden Wals irgendwo weit draußen auf den sieben Meeren verirrt hätte, es wäre für Ian immer noch nicht weit weg genug gewesen, selbst wenn ihm dann das Vergnügen entgangen wäre, den Mann eigenhändig umzubringen. Er hätte Angelo am liebsten gefragt, ob er die Fähigkeiten seiner Schwester im Bett genauso hoch einschätzte wie die seiner Cousine, merkte aber, dass sein Kiefer zu verspannt war, um überhaupt ein Wort herauszubringen. Der Kraftakt, seinen Mund aufzumachen, um seinen Besucher rauszuschmeißen blieb ihm indessen erspart, weil seine Onkel und die anderen Arboretti plötzlich wie auf ein Stichwort das Zimmer betraten. Sie hatten im Haus von Tristan und Sebastian Zwischenstation gemacht, um zu beraten, wie man sich Ian gegenüber verhalten sollte. Crispin war für Strangulieren, Miles plädierte hitzköpfig für den Degen, Tristan dachte sofort an Ians Folterbank und Sebastian fand die Verwendung von Schießpulver nicht schlecht. Selbst Francesco schloss sich ihnen an und empfahl irgendetwas wie eine Behandlung mit Juckreiz auslösenden Salben, was außer ihm niemand verstand. Nur Robertos Hinweis darauf, dass ein toter Ian ihre Erfolgsaussichten, Bianca zu retten, erheblich reduzieren würde, überzeugte die übrigen schließlich davon, dass man es vor dem Einsatz von Waffen erst mit einem Gespräch versuchen sollte. Trotzdem vergewisserte sich Miles erst einmal von der Schärfe seines Dolches – nur für den Fall …

Ihre Kampfeslust entging Angelo keineswegs. Bei ihrem Eintreten erhob er sich sofort und verabschiedete sich hastig.

»Pass auf, dass er wirklich das Haus verlässt«, wies Ian einen Lakai an und wandte sich erst dann seinen Verwandten zu. »Ich entnehme Euren Gesichtern, dass Ihr die Nachricht schon gehört habt.«

Man war übereingekommen, dass Roberto der Gesprächsführer sein sollte, aber Crispin kam ihm zuvor. »Wir brauchten sie nicht zu hören, wir waren dabei. Wir waren Zeugen.«

»Es muss bewegend gewesen sein.« Ian nippte an seinem Grappa. »Fiel sie auf die Knie und flehte ihre Heiligen an?«

Crispins übliche Leichtigkeit verwandelte sich in kalten Sarkasmus. »Nein, sie schrie drei Mal deinen Namen und bat um deine immerwährende Gnade.«

Ian zog eine Augenbraue hoch. »Dann hat sie sich ja selbst übertroffen. Mich auch noch um Gnade zu bitten.« Er schüttelte den Kopf. »Das war sicher ein Fehler. Sie hätte Gott um Gnade bitten müssen.«

»Oh, ich weiß nicht. Seit du herumrennst und dich wie ein Gott aufführst, der mit dem Leben und den Gefühlen von nur normal Sterblichen wie Bianca Salva spielt, überrascht es nicht weiter, wenn sie euch beide durcheinanderbringt.

»Es wird Zeit, dass ihm mal jemand sagt, was für ein Bastard er ist.«

Ian unterbrach ihn gleichgültig. »Das alles weiß ich bereits. Du kannst dir deinen Atem sparen.«

»Nein. Weißt du nicht.« Crispin schüttelte heftig den Kopf. »Du denkst, ich meine die Art von Selbstsucht, die Mora dir vorgeworfen hat, weshalb auch immer, aber du irrst dich. Ich meine die Art von Selbstsucht, die die Menschen, die dich lieben, wegstößt und es ihnen unmöglich macht, dir nahe zu sein, die Art von Selbstsucht, die gefährliche, schmerzhafte Geheimnisse für sich behält, ohne Rücksicht darauf, dass dadurch andere Menschen verletzt werden. Ich meine die Selbstsucht, die dich dazu treibt, die einzige Frau, die dich je wirklich geliebt hat, und die du vermutlich auch lieben würdest, wenn du dazu fähig wärst, im Stich zu lassen. Und auch die Selbstsucht, die deinen Bruder tagaus tagein dazu zwingt, hilflos zuzusehen, wie du dich selbst zerstörst. Das genau wollte ich dir sagen.«

Niemand rührte sich.

Dann führte Ian sein Glas an die Lippen und leerte es. »Sonst noch was?«

Crispin brach auf einem Stuhl gegenüber von Ian zusammen und barg den Kopf in seinen Händen.

»Das war wirklich eine bewegende Rede, aber ich verstehe dich nicht. Du scheinst zu glauben, dass Bianca mich liebt und ich mich selbst zerstöre, wenn ich an ihr nicht fest halte. Einer Heirat mit einer lügenden, intriganten Mörderin aus dem Weg zu gehen, soll Selbstzerstörung sein? Ich fürchte, das geht über meinen Horizont. Ich finde auch keinerlei Beweis für deine Behauptung, dass Bianca mich liebt. Im Gegenteil, ihr Cousin war gerade hier und hat mir eindeutig klar gemacht, dass das nicht der Fall ist.«

Crispin barg den Kopf immer noch in seinen Händen, aber er schien zuzuhören. Die anderen Arboretti stellten sich hinter ihn, als Ian fortfuhr: »Er behauptet nicht nur, dass er lange vor mir mit ihr verlobt war, sondern dass sie die Verlobung auch viele Male vollzogen haben.«

»Es wäre nicht das erste Mal, dass ein Mitbewerber um eine Frau lügt, Ian«, versuchte Miles sich hinter Bianca zu stellen.

»Vielleicht«, redete Ian im gleichen Tonfall weiter, »aber er hatte Beweise. Er konnte die intimsten Details ihres Körpers beschreiben, bis zu dem Muttermal oberhalb ihres rechten Oberschenk-« Ian brach ab, weil er einen Schlag in die Magengrube bekam, das heißt, so empfand er zumindest den Gedanken, der ihm plötzlich kam. Er wurde buchstäblich in seinem Sessel zurückgeschleudert. Er durchforstete sein Gedächtnis, ließ das Gespräch mit Angelo im Schnelldurchgang noch einmal Revue passieren, um sicher zu sein. Es gab kein Vertun, Angelo hatte gesagt, dass sich das Muttermal über dem rechten Oberschenkel befand. Aber dort war es nicht. Jeder, der sie irgendwann einmal mit seinen Lippen berührt hatte, der seine Hände über ihre seidenweiche Haut hatte streichen lassen, hätte nie vergessen, dass es sich oberhalb ihres linken Oberschenkels befand. Ihr rechter Oberschenkel war völlig anders, in ganz anderer Weise seidig und weich. Der Fehler war unverzeihlich, entrüstete sich die Stimme in Ians Innerem. Aber nicht unmöglich, schob sie ausgesprochen spitzfindig sogleich hinterher. Vielleicht war Angelos Empfindsamkeit nur nicht ausgeprägt genug, um den Unterschied zu bemerken. Als Beweis dafür, dass sie nie mit Angelo geschlafen hatte, sie Ian nicht getäuscht hatte, dass sie ihn nicht mit vorgespiegelter Unschuld und falschen Liebesbeteuerungen hinterhältig umgarnt hatte, als Beweis dafür, räumte die Stimme niedergeschlagen ein, war das Ganze untauglich.

Sein Magen beruhigte sich wieder und Ian beugte sich auf seinem Sessel wieder nach vorne. Er fühlte sich plötzlich völlig ausgelaugt. Er wollte nach der Grappaflasche greifen, doch Francesco schob sie schnell aus seiner Reichweite, wobei er ihm einen so drohenden Blick zuwarf, dass Ian es nicht wagte, die Hand nach ihr auszustrecken. Er seufzte und sein Blick wanderte zu Crispin.

»Du beschuldigst mich, Geheimnisse zurückzuhalten, schmerzliche Geheimnisse, und du behauptest, dass dadurch andere Menschen zu Schaden kommen. Ich kann nur vermuten, dass du Geheimnisse in Bezug auf Bianca meinst. In Ordnung, ich werde sie alle preisgeben und dann kannst du deine Schlüsse daraus ziehen.« Crispin wollte protestieren, dass er auf ältere schwerer wiegende Geheimnisse anspielte, aber Ian sprach schon weiter, wie in Trance.

»Ich habe mich mit Bianca Salva verlobt, weil ich sie für eine Mörderin hielt.« Ian wusste, dass er mit dieser Einleitung alle Blicke auf sich gelenkt hatte. »Ich erhielt eine Depesche mit der dringenden Bitte, mich sofort in Isabella Bellocchios Wohnung einzufinden. Ich ging hin, betrat das Haus und stieg die Treppe zu ihrer Wohnung hoch. Dort fand ich Bianca mit einem Dolch in der Hand vor der Leiche von Isabella stehend vor.« Er kramte einen Augenblick in seiner Schreibtischschublade und brachte den protzigen Dolch zum Vorschein. »Mit diesem hier. Wie ihr seht, trägt er das Wappen der Foscaris. So wie jeder andere auch, der sich mit einer Frau, einer Leiche und einer Waffe konfrontiert sieht, nahm ich an, dass sie Isabella umgebracht hat und beschuldigte sie der Tat. Sie aber, stur und verbohrt wie sie nun einmal ist, stritt alles ab.«

Sein Blick glitt zu Francesco und Roberto, die nebeneinander standen. »Ihr habt mich mit dem Argument, eine solide Partnerschaft wäre hilfreich, um die Dämonen zu vertreiben, die mich heimsuchen, und ähnlichem Quatsch ständig unter Druck gesetzt. Ich sollte endlich heiraten, meintet ihr.

Als mir dann die blutbefleckte Frau gegenüberstand, sah ich die Gelegenheit, ihr und euch gleichzeitig eine Lektion zu erteilen. Sich mit ihr offiziell und unwiderruflich zu verloben, barg keinerlei Risiko in sich, so überlegte ich, weil sie sowieso bald zum Tode verurteilt werden würde, aber Eure Vorträge über die Notwendigkeit, mir eine Frau zu nehmen, würden endlich aufhören, wenn ich mit ihr unter einem Dach lebte.«

Ians Blick wanderte von seinen Onkeln zu seinen Cousins. »Da sie irgendetwas tun musste, während sie auf ihr Todesurteil wartete, erlaubte ich ihr zum Schein, Nachforschungen über den Mord an Isabella Bellocchio anzustellen. Ich gab ihr bis heute Mittag Zeit«, er sah auf seine Uhr, »also bis vor gut einer Stunde, um den wirklichen Mörder ausfindig zu machen. Wenn ich mich nicht irre, war das fast genau der Zeitpunkt, als das Urteil verkündet wurde. Es sieht ganz so aus, als hätte sie sich an die Zeit gehalten.

Francesco war entsetzt. »Willst du damit sagen, dass du sie benutzt hast, um uns heimzuzahlen, dass wir uns um dich sorgen? Du hast ihr wehgetan, weil du ärgerlich auf uns warst? Lieber Gott, ich kann den Gedanken nicht ertragen.« Roberto griff nach seinem Arm, um ihn zu stützen und wollte einen Stuhl heranziehen, aber Francesco sträubte sich. »Ich will nichts mehr hören. Bitte, lass uns gehen.« Roberto fügte sich, warf Ian aber noch einen bitterbösen Blick zu, bevor er mit Francesco zur Tür ging.

Alle schwiegen, bis sich die Tür hinter den beiden geschlossen hatte. »Das ist einfach widerlich«, platzte Miles sofort danach heraus, bevor Ian etwas sagen konnte. »Da sie ja angeblich eine Mörderin war, hast du vermutlich geglaubt, dass sie auf so lächerliche Dinge wie Ehrlichkeit oder schlimmer noch wie Glück keinen Anspruch hatte, ja?«

Ians einzige Reaktion darauf war, die Hand nach der jetzt unbewachten Flasche Grappa auszustrecken. Er war froh, dass sie jetzt anscheinend endlich begriffen, was er für ein Monster war.

»Was für Beweise hast du eigentlich dafür, dass sie den Mord begangen hat?«, forderte Tristan ihn heraus.

»Mehr als dafür, dass sie es nicht getan hat.« Ians erneuter

Griff nach der Flasche Grappa war erfolgreich gewesen, und so setzte er sich jetzt zurück und nippte an seinem Glas, ohne seinen Besuchern etwas anzubieten.

Sebastian zog einen Stuhl zu Crispin heran und setzte sich. Er wollte zur Stelle sein, falls Crispins Drang, Ian zu strangulieren, plötzlich wieder erwachte. »Du warst ja noch da, als von einigen Zeichnungen die Rede war. Was hat es damit auf sich? Wurden sie wirklich gestohlen?«

Ian musterte den Boden seines Glases. »Ja, sie wurden wirklich gestohlen.« Er seufzte und sah zu seinen Cousins hoch. »Ich hatte Giorgio beauftragt, Isabellas Leiche in einen der leeren Räume im Dachgeschoss zu bringen, und sagte Bianca, sie könne sie sezieren oder sonst was mit ihr machen, wenn sie an so perversen Dingen Spaß habe. Allem Anschein nach entschied sie sich fürs Zeichnen. Sie schnitt das Mädchen auf und zog ihre Organe, ihre Knochen und was weiß ich heraus. Die Zeichnungen blieben in dem Labor liegen, auch nachdem die Leiche fortgeschafft worden war. Und in der Nacht wurden sie dann von einem Einbrecher entwendet.«

»Wenn das Gericht die Zeichnungen hatte, dann hatte Bianca also Recht, wenn sie sagte, wer auch immer die Zeichnungen stahl, hat sie auch angezeigt. Oder meinst du etwa, sie hat das Ganze selbst organisiert?«, fragte Tristan ungläubig.

Ian schob den Sessel zurück und stand auf. Er hatte ihnen alles erzählt, aber er konnte den rationalen Argumenten nicht länger zuhören. Er hatte auch keinen Bedarf daran, sich seine geheimen Zweifel von anderen vorbeten zu lassen.

»Es sei denn, du hast sie aus Angst, sie könnte Beweise für ihre Unschuld beibringen und du müsstest sie dann heiraten und glücklich sein, selbst denunziert.« Crispin stand auf und begegnete Ians Augen, die von dem gleichen Schiefergrau waren wie seine eigenen. »Ja, so muss es gewesen sein, ganz sicherlich. Sie drohte dir unbequem zu werden und du hast dich ihrer entledigt. *Bastard!*«

Na, endlich. Endlich war es passiert. Endlich hatte sogar Crispin ihn aufgegeben. Ian hatte sich oft gewundert, warum Crispin so lange zu ihm gehalten hatte. Ein seltsames Gefühl der Ruhe durchströmte seinen Körper. Ohne einen Gedanken daran zu verschwenden, die Anschuldigung zu bestätigen oder zu leugnen, ging Ian an ihm vorbei zur Tür und schloss sie leise hinter sich.

Als Giorgio nach fünf Stunden wieder kam, wurde er von jedem Mitglied der Dienerschaft darüber informiert, dass Ian verzweifelt nach ihm suchte. Wenn Ian noch länger warten müsste, würde er die Nerven verlieren, das wusste Giorgio, und so machte er sich sofort auf die Suche nach ihm; er wechselte vorher nicht einmal mehr seine nassen Stiefel. Nachdem er alle möglichen Orte abgesucht hatte, fand er seinen Herren schließlich in seinem Labor. Ian saß auf einem Hocker vor einem Spiegel, den er mit leeren Augen anstarrte. Als Giorgio eintrat, drehte er sich zwar nicht um, machte ihm aber ein Zeichen im Spiegel und winkte ihn heran.

»Ich bin froh, dass du wieder da bist«, sagte er zu Giorgios Spiegelbild. Seine Stimme war völlig gefühllos, sodass sogar das Wort ›froh‹ wie eine Übertreibung klang.

Ian sprach weiter in den Spiegel. »Du hättest das nicht tun sollen, aber ich verstehe, warum du es getan hast. Es macht absolut Sinn.«

»Ja?« Giorgio forschte im Spiegel auf Ians Gesicht nach irgendeinem Hinweis auf Sarkasmus oder Ironie – oder wenigstens auf irgendein Gefühl, aber er fand nichts.

»Ja. Absolut. Du hast richtig gehandelt.«

»Wirklich?« Giorgio war zu verblüfft, um Ians Tonfall zu hinterfragen. »Das meint Ihr wirklich? Ich dachte, Ihr würdet wütend auf mich sein.«

»Wie sollte ich? Es kommt immer wieder mal vor, dass sich ein Mann von einer Frau verhexen lässt …« Er winkte ab.

»Ja wirklich? Ich meine ja, natürlich. Aber ich dachte nicht, dass Ihr das so einfach verstehen würdet.« Giorgio beugte sich zum Spiegel vor, um genauer sehen zu können, gerade so, als habe er den Verdacht, das Gespräch würde durch den Spiegel womöglich verzerrt, oder zumindest Ians Verstand.

»Ich muss zugeben, am Anfang verstand ich es nicht. Ich

war tatsächlich sehr ärgerlich. Aber dann dachte ich darüber nach und erkannte, wie richtig du gehandelt hast. Und wie selbstlos.«

Giorgio war sich nicht sicher, ob er wirklich so ganz uneigennützig gehandelt hatte, aber sollte er sich deswegen mit seinem Herren streiten?«

»Danke.«

»Du weißt, dass du ein großes Risiko eingegangen bist.« Ian deutete im Spiegel mit dem Finger auf ihn. »Ich hätte wütend auf dich sein können. Du hättest deine Stelle hier verlieren können. Ich hatte überlegt, dich rauszuwerfen.«

»Ich weiß, aber das Risiko musste ich eingehen. So wie ich die Dinge sah, blieb mir nichts anderes übrig. Die Situation verlangte nach drastischen Maßnahmen. Ihr scheint Euch immer mehr mit dem Gedanken an eine Ehe anzufreunden, und ich hatte den Eindruck, Ihr würdet Euch daran gewöhnen und sogar glücklich darüber sein, sie um Euch zu haben.«

Ian sah sich finster an, verfluchte sich wegen seiner Schwäche, die allen außer ihm so klar war. »Ich bin ein Dummkopf, Giorgio. Ich habe Glück, dass ich dich habe. Manchmal denke ich, du kennst mich besser als ich mich selbst.«

»Nur, wenn es um Frauen geht«, entgegnete Giorgio, ohne zu zögern.

Ian seufzte tief auf und musste seinem Diener Recht geben. Aber er glaubte nicht, dass ihn alle Schuld traf. »Du musst aber doch zugeben, dass sie eine sehr bemerkenswerte Frau ist.« Es war eher eine Behauptung, denn eine Frage.

Die Freude, die Giorgio angesichts dieser Beschreibung empfand, war weitaus größer als seine Überraschung. »Ich stimme dem voll und ganz zu. Bemerkenswert ist genau das richtige Wort für sie – wenn ich mir die Freiheit herausnehmen darf, das zu sagen.«

»Natürlich darfst du das. Immerhin warst du es ja, der sie am Ende gekriegt hat.« Ian wandte sich vom Spiegel ab und griff nach einer halb leeren Flasche Grappa, die auf einem der Arbeitstische stand. »Ich denke, du verdienst einen Schluck.« Er füllte das einzige vorhandene Glas, nahm einen kleinen Schluck und hielt es dann Giorgio hin.

Giorgio war so überwältigt davon, dass Ian sein Tun so schnell akzeptiert hatte, dass er sich zunächst nicht einmal die Frage gestellt hatte, woher sein Herr überhaupt davon wusste, nachdem er es doch absichtlich niemandem erzählt hatte. Als der Schnaps ihm nun die Kehle hinunterbrannte, hielt er den Zeitpunkt für gekommen, Ian danach zu fragen.

»Darf ich fragen, wie Ihr es herausbekommen habt?« Er stellte sein noch halb volles Glas ab.

Ian führte es sich an die Lippen und trank den Rest in einem Schluck aus. »Das war ganz einfach. Ich habe es mehr oder weniger erraten. Es lag plötzlich so klar auf der Hand, nachdem ich erst einmal aufgehört hatte, mir den Kopf darüber zu zerbrechen.«

»Dann hat sie es Euch also nicht erzählt?« Giorgio nahm einen kleinen Schluck von dem neu gefüllten Glas.

»Sie?« Ian sah seinen Diener mit gerunzelter Stirn an.

»Eure Verlobte, Signorina Salva.« Giorgio hielt Ian das Glas hin, weil er plötzlich so aussah, als brauche er einen Schluck.

Ian fragte sich, ob einer von ihnen oder vielleicht auch beide zu viel Grappa intus hatten. »Bianca? Mir erzählen? Woher sollte sie davon wissen?«

»Ich denke, sie ahnte es.« Giorgio grinste leicht vor sich hin beim Gedanken an die Szene, als Bianca ins Zimmer hereingeplatzt war. »Sie sah uns beide einmal zusammen, und ich denke, das war ziemlich offensichtlich für sie.«

»Sie wusste, dass du sie angezeigt hast?« Ian konnte es nicht glauben.

»Sie angezeigt?«, Warum sollte ich Signorina Salva anzeigen?« Giorgio griff nach der Grappaflasche und hielt sie hoch. »Wieviel von dem Zeug habt Ihr schon getrunken?«

»Allem Anschein nach noch nicht genug.« Ian runzelte kurz die Stirn, streckte die Hand nach der Flasche aus, zog sie wieder zurück, legte die Stirn in noch tiefere Falten und blickte dann Giorgio an. »Dann hast du Bianca nicht denunziert?«

»Nein, warum sollte ich, ich denke, sie ist unschuldig.«

»Würdest du das beschwören?« Ians Stimme klang plötzlich todernst.

»Verdammt, mein Herr, Ihr habt mein Ehrenwort.« Giorgio legte die Hand auf sein Herz. »Ich schwöre, dass ich Signorina Salva nicht angezeigt habe.«

Anstatt dass sich seine Stirn daraufhin glättete, blickte Ian nun noch finsterer drein. »Wovon, zum Teufel, haben wir dann gerade gesprochen?«

Giorgio sorgte dafür, dass die Flasche aus Ians Reichweite kam. Denn plötzlich war die alte Angst vor Ians Reaktion auf seine Beichte wieder da. »Von meiner Eheschließung.«

»Eheschließung?«

»Eheschließung.«

»Eheschließung?«

Giorgio vergewisserte sich kurz, dass Ians Ohren noch an Ort und Stelle waren. »Ja, E-H-E-S-C-H-L-I-E-S-S-U-N-G. Ich habe geheiratet. Ich habe Marina, Signorina Salvas Zofe, geheiratet. Als Signorina Salva die Anzeige bekam, hatte ich Angst, dass Ihr Marina entlassen würdet. Deshalb habe ich sie heute Nachmittag mitgenommen und sie gebeten, mich zu heiraten.«

Ians Reaktion war ganz und gar nicht so, wie Giorgio es erwartet hatte. »Und das ist alles? Du hast geheiratet? Über nichts anderes haben wir die ganze Zeit gesprochen?«

Giorgio war fast ein wenig verletzt, wie gleichgültig Ian diese einschneidende Veränderung in seinem Dienerleben aufnahm. »Über nichts anderes habe *ich* gesprochen«, sagte er pikiert. »Was *Euch* im Kopf herumging, möchte ich mir lieber erst gar nicht vorstellen.«

Ian schüttelte langsam denselben. »Ich auch nicht, Giorgio, ich auch nicht. Der rechte Oberschenkel, ja! Ich glaube mein Verstand hat zwischenzeitlich ausgesetzt. Aber jetzt arbeitet er wieder und wir haben keine Sekunde zu verlieren. Wir müssen einen Weg finden, Bianca aus dem Gefängnis des Dogenpalastes zu holen.«

Giorgio sah seinen Herren mit großer Skepsis an. »Oh, gewiss. Das ist ein toller Beweis dafür, dass Ihr wieder bei Verstand seid. Ihr wisst genau, dass das Gefängnis berühmt oder besser gesagt berühmt berüchtigt dafür ist, dass es absolut ausbruchsicher ist. Es heißt, es sei das sicherste Gefängnis des ganzen christlichen Abendlandes.«

»Dann werden wir uns eben etwas einfallen lassen müssen, nicht wahr?« In Ians Augen schwelte eine Glut, die Giorgio erschaudern ließ.

In der Tat verwandelte sich seine Skepsis in höchste Alarmbereitschaft, als er sah, wie sich Ians Gesichtsausdruck veränderte und er sich vor seinen eigenen Augen dem Anschein nach in einen Mann verwandelte, der vor sich hin pfeifen, in sich hineinlachen und Jagdhütten in die Luft sprengen hätte können. »Was für eine wunderbare Idee, mein Herr.« Giorgio sondierte die Lage und erkannte, dass er Verstärkung brauchen würde. »Warum beziehen wir nicht die anderen Arboretti in unseren Plan mit ein. Wir könnten sicher ihre Hilfe gebrauchen.«

Ians beängstigender Eifer wurde zwar nicht gebrochen, aber er erhielt einen leichten Dämpfer. »Du hast wahrscheinlich Recht. Tristans Geschick mit Schlössern wird unbedingt vonnöten sein. Ich nehme an, wir kommen nicht darum herum, den Ruhm mit ihnen zu teilen.«

»Den Ruhm?«, wiederholte Giorgio mechanisch. »Den Ruhm, aus Venedig verbannt zu werden, wenn die Senatoren davon erfahren, dass wir einer Verbrecherin zur Flucht verholfen haben?«

»Komm schon, Giorgio. Sei nicht so starrköpfig. Man könnte dich fälschlicherweise für einen Granitblock halten.« Ian schob sich an seinem tief gekränkten Diener vorbei und rauschte zur Tür hinaus.

»*Mich* für einen Granitblock halten?«, fragte Giorgio in den leeren Raum hinein, bevor er sich umdrehte, um seinem Herren zu folgen. Er wollte seinen eigenen Anteil an dem Ruhm auf keinen Fall verpassen.

26. Kapitel

In dem weiträumigen Empfangssalon unterhalb der Bibliothek saß Tristan und starrte finster auf den edelsteinbesetzten Dolch, froh darüber, dass seine Familienwaffen nicht das Opfer einer derartigen Geschmacksverirrung geworden waren.

»Denkst du gerade darüber nach, ihn deiner Sammlung einzuverleiben?«, fragte Crispin, der sah, wie eingehend er den Gegenstand studierte. »Wenn du mir einen fairen Preis anbietest, will ich gern mit Ian verhandeln.«

»Tristan, ich finde, du solltest dir Crispins Angebot überlegen«, mischte sich Sebastian ein. »Ich finde, er würde sich hervorragend unter deinem Michelangelo machen.«

Tristan schob den Dolch beiseite. »Vielen Dank für eure Ratschläge hinsichtlich meiner Sammlung, aber ich habe nicht die Absicht, sie von der zeitgenössischen Malerei auf andere, hm, Objekte auszudehnen. Außerdem ist diese Augenweide der einzige Anhaltspunkt, den wir haben, um weiterzukommen.«

»Das und die Tatsache, dass Ian zum Tatort beordert wurde«, warf Sebastian ein. »Offensichtlich hatte es jemand darauf angelegt, dass er die Leiche findet oder vielmehr, dass er mit der Leiche und diesem augenscheinlich auf ihn hindeutenden Dolch gefunden wird. Jemand, der sich die Zeit nahm, die tatsächliche Tatwaffe mit diesem Spielzeug zu vertauschen, um den Verdacht auf Ian zu lenken. Wir müssen also der Frage nachgehen, wer ein Interesse daran haben könnte, Ian einen Mord in die Schuhe zu schieben.«

»Die Liste wäre viel kürzer, wenn wir stattdessen fragten, wer *kein* Interesse daran haben könnte, ihm einen Mord in die Schuhe zu schieben.« Alle wussten, das Crispin nur zum Teil scherzte. »Ich zum Beispiel habe es x-mal in Erwägung gezogen.«

Miles, der die ganze Zeit tief in Gedanken versunken war, strich sich eine Locke aus der Stirn und ergriff plötzlich das Wort: »Vielleicht gehen wir die ganze Sache falsch an. Wie Crispin schon ganz richtig sagte, würde Ian keinen Beliebtheitswettbewerb gewinnen. Wir könnten also Tage damit verbringen, all die Leute zu durchleuchten, die möglicherweise einen Groll gegen ihn hegen.«

Sebastian unterbrach ihn. »Willst du damit sagen, dass man Ian den Mord nur aus Boshaftigkeit in die Schuhe schieben wollte und nicht etwa, um persönliche Rachegelüste zu befriedigen?«

»Genau«, stimmte Miles zu. »Was im Klartext heiß, dass wir unsere Energien besser auf die Frage konzentrieren sollten, warum jemand Isabella Bellocchio töten wollte. Ihr beide kanntet sie am besten.« Er wandte sich Tristan und Crispin zu: »Habt Ihr irgendeine Idee?«

Crispin schüttelte den Kopf. Tristan sah einen Augenblick nachdenklich vor sich hin. Dann sagte er: »Das Einzige, was mir einfällt, ist das Gerücht, von dem uns Bianca erzählt hat. Erinnert ihr euch? Dass Isabella angeblich einen Adligen heiraten wollte.«

»Wenn das, was Ian Crispin gesagt hat, stimmt, dann hat Bianca dieses Gerücht doch nur in die Welt gesetzt, um all diese Männer dazu zu bewegen, sich bei Tullia einzufinden«, wandte Sebastian ein.

»Nein.« Crispin sprang plötzlich auf, als ihm wieder etwas einfiel. »Nein, das kann nicht sein. Ein paar Tage bevor Bianca uns davon erzählt hat, rief Ian mich in seine Bibliothek, um mich in ihrer Gegenwart zu fragen, ob ich plane, Isabella Bellocchio zu heiraten. Das bedeutet, dass beide dem Gerücht Glauben schenkten, zumindest so weit, dass sie mich damit belästigten. Ihr hättet sie sehen sollen –« Er machte eine Pause und schüttelte den Kopf bei dem Gedanken an die alles andere als freundliche Atmosphäre in dem Raum. »Wie dem auch sei, ich glaube, wir können mit Fug und Recht davon ausgehen, dass sie das Gerücht nicht erfunden hat.«

Miles wandte sich an Tristan: »Glaubst du etwa, dass Isabellas Verlobter sie getötet hat? Warum sollte jemand, der sie genügend liebt, um das Risiko einzugehen, von seiner Gesellschaftsschicht geächtet zu werden, beschließen, sie zu töten?«

»Vielleicht war er seelisch labil. Sieh Ian an«, bot Tristan in seiner gewohnt trockenen Art als Erklärung an. »In einem Moment behängt er Bianca mit Familienschmuck und im nächsten bezichtigt er sie des Mordes.«

»Was wir also suchen«, brachte Sebastian es auf den Punkt, »ist jemand, der Ian ähnlich ist –«

Tristan deutete auf den Dolch, »aber ihn auf hässliche Art nicht mag.«

»Das ist es!« Miles schlug mit der flachen Hand auf den Tisch. »Der Dolch. Wenn wir herausfinden, wer den Dolch in Auftrag gegeben hat, dann wette ich, finden wir auch heraus, wer der Mörder ist.«

Tristan deutete auf die Uhr hinter seinem Cousin, die Uhr, die Miles selbst angefertigt hatte. »Falls du in deiner Uhrmacherlaufbahn nicht gelernt haben solltest, wie man die Zeit anhält, dann ist diese Methode zu langsam. Wir haben jetzt fast fünf Uhr. Wenn wir irgendwelche brauchbaren Beweise haben wollen, brauchen wir sie bis morgen um diese Zeit, und es gibt wahrscheinlich allein schon in Venedig an die fünfhundert Goldschmiede. Abgesehen von den Goldschmieden in Mestre, Florenz, Pisa, Mailand oder Neapel.« Er machte eine ausholende Handbewegung, um die Vielzahl von möglichen Orten anzuzeigen.

»Was schlägst du also vor? Was können wir tun?«, fragte Miles und ließ sich in den Sessel zurückplumpsen.

»Ich würde sagen, das ist doch offenkundig.« Ians Stimme von der Türschwelle her ließ alle überrascht herumfahren. Aber die Überraschung war noch viel größer, als sie sein Gesicht sahen. »Wir müssen in das Gefängnis einbrechen und sie dort herausholen.«

»Offenkundig«, wiederholte Sebastian zaghaft, und man sah seinen blauen Augen die Verwirrung an. »Ich bin mir nur nicht so ganz sicher, ob mir der Gebrauch dieses Wortes richtig vertraut ist.«

»Lass deine sprachlichen Spitzfindigkeiten«, sagte Ian überraschend gutwillig. »Du weißt verdammt genau, was ich meine. Crispin und Miles werden ein Ablenkungsmanöver starten, während Tristan die Schlösser knackt und du und ich die Wachen ausschalten. So wie ich das sehe, werden wir in weniger als einer halben Stunde drin und wieder draußen sein.«

»Hast du jemals die Zellen im Keller des Dogenpalastes von nahem gesehen?« Tristan, der Jahre zuvor einige Zeit in einer Zelle verbracht hatte, sah Ian skeptisch an. Er sprach ganz langsam, so als habe er es mit jemandem zu tun, der nicht ganz bei Verstand war.

»Nein, aber du kennst dich dort aus, nicht wahr?«

Tristan sah Giorgio Hilfe suchend an, der seinen Blick mit einem Achselzucken quittierte. Glücklicherweise ersparte Crispin es ihm, zu erklären, dass die Gefängnisse ein Labyrinth von unüberwindbaren, fest verriegelten Türen waren.

»Wäre es nicht einfacher, Bianca durch die Rückziehung deiner Anzeige zu befreien?« Crispins Stimme war kalt, aber seine Wangen röteten sich zunehmend. »Oder bist du zu stolz dazu, zu stur, um einzugestehen, dass du einen Fehler gemacht hast?«

Ian schüttelte mitleidig den Kopf. »Komm, Crispin. Ich habe Bianca nicht denunziert. Für was für ein Monster hältst du mich eigentlich?«

Crispin öffnete schon den Mund, um die Frage zu beantworten, aber Sebastian brachte ihn mit einem scharfen Blick zum Schweigen und sagte an seiner Stelle: »Selbst wenn du Bianca nicht angezeigt hast, so denkst du doch immer noch, dass sie die Täterin ist.«

»Dachte ich«, verbesserte Ian ihn. »So dachte ich bis vor ein paar Minuten. Aber das ist jetzt vorbei.«

»Woher sollen wir wissen, ob sich deine augenblickliche Überzeugung von ihrer Unschuld in ein paar Minuten nicht schon wieder geändert hat?«, meinte Miles herausfordernd.

»Ihre Unschuld steht außer Frage. Ich habe den Beweis dafür.«

»Den Beweis?«, fragten die anderen wie aus einem Munde.

Ian nickte. »Keinen Beweis, der dem Gericht ausreichen würde, aber mir genügt er. Und deshalb müssen wir sie aus dem Gefängnis holen. Wir haben wirklich keine Zeit mehr zu verlieren.«

Nun war es an Giorgio, Tristan Hilfe suchend anzusehen. Tristan seufzte, wandte sich Ian zu und sagte schlicht: »Das ist ein Ding der Unmöglichkeit.«

Ian warf ihm nur einen kurzen schnellen Blick zu. Dann ging er zu einem Sessel und setzte sich hin. »Ist das wirklich unmöglich? Du sagst das jetzt nicht nur, um es mir heimzuzahlen?«

»Wie immer meine augenblicklichen Gefühle dir gegenüber sein mögen« – Tristan sah Ian scharf an –, »es geht mir vordringlich darum, das Leben einer unschuldigen und arg gebeutelten Frau zu retten. Wenn ich nur die geringste Chance sähe, sie aus der Zelle im Kellergewölbe herauszuholen, hätte ich es schon längst versucht.«

»Dann müssen wir unseren Kopf gebrauchen und uns etwas einfallen lassen, damit die Anzeige zurückgezogen wird.« Ian schnitt eine Grimasse. »Und wenn ich das richtig sehe, dann gibt es nur einen Weg. Wir müssen den Mörder finden.«

Dumpfes Schweigen legte sich über den Raum, bis Miles beschloss, seinen anfänglichen Ansatz wieder aufs Tapet zu bringen. »Hast du irgendeine Idee, wer diesen Dolch in Auftrag gegeben haben könnte?«

Ian nickte. »Ja. Giorgio hat den Mann ausfindig gemacht, der ihn angefertigt hat. Aber das hilft uns überhaupt nicht weiter. Biancas Bruder war der Auftraggeber.«

Miles sank in seinem Sessel wieder in sich zusammen, als seine Hoffnungen wie eine Seifenblase zerplatzten. »Nein! Es könnte nicht schlimmer kommen.«

»Ich kann es mir zwar nicht vorstellen, aber wäre es möglich, dass Giovanni Salva der Mörder ist?« Sebastian und Tristan schüttelten langsam den Kopf. Sicherlich, Giovanni Salva war mit seinem eitlen, eingebildeten Gehabe nicht gerade ihr Busenfreund, aber als Mörder konnten sie ihn sich trotzdem nicht vorstellen.

»Ich glaube, ob jemand ein Mörder ist, das erkennt man nicht unbedingt an seinem Äußeren«, gab Tristan nach langem Schweigen zu bedenken. »Denkt doch beispielsweise mal an Bianca.«

Er wurde von einem lauten Knurren am anderen Ende des Tisches unterbrochen. Ians Protest hätte ihn eigentlich nicht daran gehindert fortzufahren, aber gegen seine aufgebrachte Stimme hatte er keine Chance. »Giovanni war es nicht. Er kann es nicht gewesen sein.« Ian stand auf und begann, aufgeregt im Zimmer hin und her zu laufen. Wer auch immer Isabella getötet hat, hat auch Enzo, ihren Leibdiener, umgebracht.« Obwohl er die fragenden Blicke seiner Cousins auf sich spürte, fuhr er unbeirrt fort: »Aber Giovanni kann es mit Sicherheit nicht gewesen sein, weil er nämlich zum fraglichen Zeitpunkt gar nicht in Venedig war. Das haben mir unsere Mittelsmänner in Triest bestätigt.«

Unter anderen Umständen hätten die anderen ihn jetzt mit Fragen traktiert und seine Behauptung, Giovanni sei unschuldig, ausgelotet, aber dazu fehlte ihnen die Zeit. Als Miles wieder das Wort ergriff, klang seine Stimme schwer bedrückt. Seine Machtlosigkeit, einer Dame in Not zu helfen, hatte sich wie ein Stachel tief in seine Dichterseele gebohrt. »Dann sind wir wieder da, wo wir angefangen haben, mit der ganzen Palette von blonden Edelmännern als Verdächtigen, ein Kreis, der nur durch die beiden Kriterien, dass die fragliche Person ein Freund von Giovanni Salva und ein Feind von Ian sein muss, eingeengt wird.

Die anderen nickten grimmig, jeder damit beschäftigt, nachzurechnen, um wie viel das die Zahl der Verdächtigen reduzierte. »Da Giovanni Salva nur wenige Freunde hatte, vermindert das die Zahl von etwa dreihundert auf nur noch hundert Männer.« Crispin versuchte erleichtert zu klingen. Die unausgesprochene, aber im Raum stehende Tatsache, dass so viele Groll gegen ihn hegen könnten, schien für den herumtigernden Ian völlig unerheblich.

Er marschierte weiter hin und her, seufzte nur ab und zu einmal auf oder schnaubte verächtlich vor sich hin, und stieß gelegentlich einen Grunzlaut aus. Keiner von ihnen wusste genau, ob er ihrem Gespräch überhaupt zuhörte, bis er plötzlich abrupt stehen blieb und erklärte: »Wir sind alle Idioten.« Er zog einen anderen Sessel an den Tisch und setzte sich hin.

»Von wegen hundert Möglichkeiten«, verkündete er finster, wütend auf sich, dass er nicht früher darauf gekommen war. »In Wirklichkeit sind es nur vier.«

»Wer?«, wollte Miles wissen und nahm den anderen die Frage aus dem Mund.

»Das ist das Problem. Ich habe keine Ahnung.« Alle Augen waren gespannt auf Ian gerichtet, als er fortfuhr: »Bianca hatte zu ihrem reizenden Treffen bei Tullia sechs Männer eingeladen und erklärt, dass einer von ihnen der

Mörder sei. Das allein würde an sich noch nichts bedeuten, wenn nicht einer von ihnen auf sie geschossen hätte. Und wenn einer das Risiko auf sich nimmt, im Beisein von anderen auf sie zu schießen, dann doch nur deshalb, weil er sich in die Enge getrieben fühlt. Gott allein weiß wie, aber irgendwie hat sie es geschafft, die Liste der fraglichen Personen zu verkürzen. Zwei von ihnen, nämlich Crispin und Valdo Valdone können wir vergessen, und zwar nicht nur, weil ich bezweifle, dass einer von ihnen zu einem Mord fähig wäre, sondern auch weil sie wegen ihrer Abwesenheit als Schützen nicht in Frage kommen. Obwohl ich nicht dazu gekommen bin, sie danach zu fragen, bin ich mir ziemlich sicher, dass sie die beiden nur auf ihre Liste genommen hat, um sicherzugehen, dass ich dabei bin oder zumindest erfahre, was sich dort abspielt. Damit bleiben nur noch vier übrig.«

»Vier, die eine Maske trugen«, sagte Crispin bitter.

»Hast du irgendeine Ahnung, wer sie waren?«, wandte sich Miles an Ian, der aber nur den Kopf schüttelte.

»Was ist mit Tullia? Die Versammlung fand in ihrem Haus statt.« Sebastians hoffnungsvoller Vorstoß ließ alle aufmerken.

»Sie könnte es zwar wissen«, räumte Ian ein, »aber sie würde es mir mit Sicherheit nicht sagen. Mein mangelnder Einsatz für Bianca scheint mir eine Palette ganz neuer Feinde eingebracht zu haben.«

»O gut«, sagte Crispin in einem Ton, der seine Bemerkung Lügen strafte. »Wir können nur hoffen, dass nicht mehr als die Hälfte davon Mordgelüste verspüren.«

»Einer von uns könnte doch hingehen«, sagte Sebastian über Crispin hinweg. »Wir sind vielleicht keine Kunden von ihr, aber wenn die Besorgtheit um Bianca, die sie heute vor dem Prozess gezeigt hat, irgendein Gradmesser ist, dann ist sie sicher bereit, alles in ihrer Macht Stehende zu tun, um ihr zu helfen.«

Giorgio, der die ganze Zeit über im Hintergrund an der Wand gelehnt hatte, räusperte sich plötzlich. »Es gibt vielleicht noch einen schnelleren Weg, auch wenn ich bezweifle, dass er leichter sein wird. Bianca vertraute fast ihre ganze

Korrespondenz Marinas Neffen Nilo an. Vielleicht hat sie ihm –«

»Ja!«, die Erinnerung an Dienstagabend durchzuckte Ian wie ein Blitz. »Du hast vollkommen Recht, Giorgio. Sie hat Nilo tatsächlich beauftragt, die Briefe auszutragen. Ich bin davon überzeugt, dass er sich noch an die Namen erinnert. Bring ihn sofort her.«

Giorgio schüttelte den Kopf. »Ich will es versuchen, aber ich kann nichts versprechen. Ihr werdet ihn wohl zusätzlich auf die Liste Eurer Feinde setzen müssen. Er ist davon überzeugt, dass Ihr Bianca verraten habt.«

»Verdammt nochmal, Giorgio, jetzt ist nicht die Zeit, sich mit den Fantasien eines jungen Burschen zu befassen. Nutze deinen Einfluss auf ihn. Immerhin bist du ja jetzt sein Onkel.«

»Sein Onkel?«, wiederholte Crispin, und Giorgio wurde flammend rot.

»Ja, Giorgio hat sich entschlossen, sich unter das Joch dieser Frau mit dem Kind, das auf den Namen Ian hört, zu begeben«, erklärte Ian, der Ältere.

»Ich denke, es heißt Cäsar«, wagte Crispin einzuwenden, doch Ian hörte gar nicht zu. Er war zu sehr damit beschäftigt, Giorgio mit entsprechenden Blicken zum Gehen zu bewegen.

Als Giorgio endlich weg war, sagte Sebastian: »Ich stimme zwar zu, dass die Reduzierung des Kreises der Verdächtigen eine gute Sache ist, aber realistisch gesehen, sind wir nicht viel weiter als vorher. Wir wissen immer noch nicht, wer der Mörder ist, ja nicht einmal, was ihn zu dem Mord getrieben hat.«

Ian runzelte kurz die Stirn und murrte auf. »Doch, wir kennen das Motiv, das heißt, ich kenne es zumindestens. Bianca ist vor Tagen darauf gekommen, aber damals habe ich es verworfen. Sie meinte, dass Isabella irgendein kompromittierendes Gespräch belauscht und mit dieser Information jemanden erpresst habe, sie zu heiraten. Ich sagte ihr damals, dass sie ihre Theorie nur auf Zufällen aufbaue«, gab Ian zähneknirschend zu und schnitt sich bei der Erinnerung an seinen hochmütigen Ton selbst ein Gesicht. »Aber jetzt scheint es so, als habe sie Recht gehabt.«

»Was für eine Art von Information war das nach Biancas Meinung?«, wollte Miles wissen.

»Sie wusste es nicht genau. Sie hat nur vermutet, dass Isabella irgendwelche Geheimtreffen, die nach dem, was Enzo uns erzählte, regelmäßig in ihrem Haus stattgefunden haben, belauscht hat.«

Tristan schüttelte den Kopf. »Ich kann mir Isabella einfach nicht dabei vorstellen, wie sie herumschleicht und an Türen lauscht. Das war nicht ihr Stil.«

»Nein, in Wirklichkeit war es viel raffinierter«, beeilte Ian sich zu erklären. »Es gibt in ihrem Zimmer eine Abhörvorrichtung, ein Rohr, das direkt in den Raum darunter führt, wo diese Treffen stattfanden. Es ist so konzipiert, dass man sowohl hören als auch sehen kann, was sich abspielt. Auf diese Weise konnten ihr weder ein Wort noch ein Gesichtsausdruck entgehen.«

»Damit wissen wir aber immer noch nicht, was sie gehört hat«, meinte Miles.

»Nein, aber mit den Namen können wir vielleicht –« Sebastian wurde von dem Geräusch einer Rangelei vor der Tür unterbrochen. Als die Arboretti aufstanden, um nachzusehen, was das bedeutete, sahen sie sich mit einer Szene konfrontiert, die sie zu jeder anderen Zeit als komisch empfunden hätten. Giorgio hatte seine Arme nach hinten ausgestreckt und versuchte mit aller Kraft Nilo hinter sich herzuziehen, der sich mitten auf dem Gang wie eine hundert Jahre alte Zypresse aufgepflanzt hatte und sich nicht vom Fleck rührte. Als die Arboretti auf dem Gang auftauchten, hörten sie, wie er heftige Einwände gegen Giorgios Ansinnen erhob.

»Ich habe gehört, dass er nicht einmal die Urteilsverkündung abgewartet und sie nicht eines einzigen Blickes gewürdigt hat. Ich habe gehört, dass er bei einer ihrer Aussagen gelacht hat und dann wegen seiner Kopfschmerzen gegangen ist. Und dass er sich heute heimlich mit dem Senat getroffen hat, um sicherzustellen, dass man seine Herrin verurteilt. Und dann hat er für den Fall, dass das nicht klappt, auch noch den Richtern zwölfhundert Dukaten bezahlt, damit sie sie schuldig sprechen. Ich will nicht mit ihm sprechen. Er ist ein Verräter. Ich hasse ihn, und es ist mir völlig egal, ob das jemand hört oder nicht.« Und dabei funkelte er die Arboretti trotzig an.

Miles starrte Ian böse an. »Ist das wahr? Hast du zwölfhundert Dukaten dafür bezahlt, damit man sie verurteilt?«

»Nein, nur fünfhundert. Die anderen siebenhundert müssen von jemand anderem gekommen sein«, erwiderte Ian trocken.

»Verdammt nochmal, Ian, das ist jetzt nicht der richtige Zeitpunkt, um Witze zu reißen.« Crispin blieb hartnäckig. »Hast du die Richter bestochen?«

»Nein!« Ian wurde jetzt auch heftig. »Ich mag ja ein Monster sein, und ich mag auch mitten im Verfahren abgehauen sein, aber ich habe keinen einzigen Richter bestochen.«

»Und den Senat?« Sebastian sah Ian durchdringend an.

»Nein, verflucht nochmal. Ich habe versucht, sie dazu zu bringen, sie freizulassen und nicht zu verurteilen.«

»Und das, obwohl du sie für schuldig hieltest?« Miles wirkte skeptisch.

»Ich hielt sie eigentlich gar nicht für schuldig. Ich ... ich konnte es nicht. Aber das alles ist jetzt völlig ohne Belang. Denn schuldig oder nicht schuldig, sie wird sterben, wenn wir nicht endlich etwas unternehmen.«

Giorgio hatte Nilo inzwischen losgelassen, dessen traurige Augen bei dem Schlagabtausch zwischen den Cousins immer größer geworden waren. Als sie nicht weiter redeten, trat er einen Schritt vor und wandte sich an Ian.

»Schwört Ihr, dass Ihr die Richter nicht bestochen habt?« Er klang so feierlich und wirkte so unglücklich, dass Ian fast lachen musste.

Doch er antwortete in dem gleichen feierlichen Ton: »Ich schwöre es. Und ich habe auch nicht bei ihrer Aussage gelacht.«

»Du hast vor dich hin gegrunzt«, schaltete sich Crispin ein. »Sei ehrlich.«

Ian verdrehte die Augen und entgegnete: »Das hatte nichts mit dem, was Bianca sagte, zu tun. Das war, als mir der Gedanke kam, dass Giorgio sie angezeigt haben könnte.«

Nilo wirbelte zu Giorgio herum, bereit ihm die Augen

auszukratzen. Deshalb fuhr Ian schnell fort: »Er hat sie natürlich nicht angezeigt – ich dachte nur, er habe es. Ich versuchte Luca danach zu fragen, als er in den Zeugenstand gerufen wurde, aber ihr habt ja alle gesehen, wie erfolgreich ich war. Also habe ich die Verhandlung verlassen, um es auf andere Weise herauszubekommen. Und dabei habe ich entdeckt, dass Bianca unschuldig ist.« Ian sah Nilo gerade ins Gesicht. »Jetzt brauche ich deine Hilfe, um das zu beweisen.«

Die Arboretti standen regungslos da, während Nilo Ian intensiv musterte. Ian könnte ihn natürlich zwingen, die Information preiszugeben, aber wie genau sie dann wäre, dafür gab es keine Garantie.

»Was kann ich tun?«, fragte der Knabe schließlich, so als erkläre er sich bereit, einen schwierigen militärischen Auftrag für den Staat zu übernehmen.

Mit dem Ausdruck tiefer Erleichterung kehrten die Arboretti mit Nilo und Giorgio im Schlepptau in den Besuchersalon zurück. Ian lud Nilo ein, auf einem Sessel neben ihm Platz zu nehmen und wandte sich dann an ihn:

»Wir brauchen die Namen auf den Einladungen, die du letzten Donnerstagabend verteilt hast. Zwei von ihnen kenne ich schon, Valdo Valdone und den meines Bruders Crispin, aber uns fehlen noch die anderen vier.«

»Damit kann ich nicht dienen, es standen keine Namen drauf«, antwortete Nilo schlicht, um dann hinzuzufügen: »Sie waren nur mit den Initialen adressiert.«

»Dann nenn uns die«, drängte Ian ungeduldig, fing sich aber sogleich wieder. »Die helfen uns auch schon.«

Nilo zögerte einen Moment und rasselte dann die vier Initialen samt der Adressen, die auf den cremefarbenen Umschlägen gestanden hatten, herunter, während Miles sie auf einem Stück Papier notierte. Als Ian ihm dankte und ihn verabschieden wollte, sträubte er sich zunächst zu gehen, ließ sich dann aber doch von Crispin überreden, der ihm versprach, ihn sofort zu benachrichtigen, wenn sie weitere Hilfe von ihm bräuchten.

Wieder allein, gingen die Arboretti gemeinsam die Liste der Adressen durch. Sie brauchten nur ein paar Minuten, um die Namen der Männer anhand der Initialen zu identifizieren. Aber schon standen sie wieder vor einem Problem.

»Wir könnten als Gruppe auftreten und sie uns einzeln vornehmen. Auf diese Weise wäre es weniger wahrscheinlich, erschossen zu werden«, schlug Tristan nur halb im Scherz vor.

»Ja, und genauso unwahrscheinlich, auch nur von einem von ihnen ein Geständnis zu bekommen – zumindest nicht auf Anhieb. Und für weitere Anläufe fehlt uns die Zeit.« Ian schob die Liste von sich weg in die Mitte des Tisches. »Wir haben einfach nicht genügend Informationen, um ihnen mit einer Enthüllung zu drohen.«

Sebastian dachte kurz nach. »Das stimmt vielleicht gar nicht. Wir haben all das an Informationen, was Bianca auch hatte, vielleicht sogar noch mehr, und das war immerhin bedrohlich genug, um ihr nach dem Leben zu trachten. Wir müssen irgendetwas übersehen haben, irgendetwas Entscheidendes.«

»Ich habe mir gerade noch einmal alles durch den Kopf gehen lassen«, ließ Crispin sich vom anderen Ende des Tisches her vernehmen, »aber ich kann nichts finden. Wir kennen das Motiv, wir wissen, wer den Dolch in Auftrag gegeben hat, wir –«

Miles schlug mit der flachen Hand auf den Tisch. Er war ungewöhnlich erregt. »Wie viele von den Männern, die Bianca eingeladen hatte, waren am Montagabend auch auf dem Ball?«

»Alle«, antwortete Ian und merkte auf. »Warum?«

Miles strich sein Haar zurück und schüttelte resigniert den Kopf. »Wenn sie alle da waren, dann ist es ohne Belang. Ich hatte gehofft, zumindest einen von ihnen ausschließen zu können, weil ich dachte, dass der Dolch, der, der wirklich als Mordwaffe benutzt wurde, während des Balls in den Blumentopf gesteckt wurde. Aber wenn sie alle da waren, ist meine Theorie sowieso hinfällig.«

»Außerdem«, fügte Crispin hinzu, »haben wir keinen Beweis dafür, dass die Mordwaffe nicht schon in dem Topf war, als er hier ankam.«

Crispins Überlegung machte Ian plötzlich nachdenklich.

Er versank in ein abwesendes Schweigen. Keiner sprach ein Wort, während er vor sich hin ins Leere starrte. Er nahm niemanden mehr um sich wahr, sondern tauchte wieder in die Szene des Verbrechens ein. Seine Gedanken führten ihn zurück in das Mordzimmer und riefen die Details ab, die er auf die Schnelle wahrgenommen hatte. Was ihm ins Gedächtnis kam, war jedoch weniger das visuelle Bild, als vielmehr das Geräusch.

Er war gedanklich noch nicht wieder ganz in das Besprechungszimmer zurückgekehrt, als er langsam zu sprechen anfing. »Diese Pflanze stand in Isabellas Zimmer. Ich habe sie zwar nicht vor Augen, aber sie muss da gewesen sein. Ich erinnere mich ganz genau, wie Bianca die ganze Zeit über nieste.

Wenn die Pflanze dort war, dann ist es wahrscheinlicher, dass der Dolch gleich nach der Tat im Blumentopf versteckt worden ist, damit der Juwelendolch auf der Leiche gefunden werden und für die Tatwaffe gehalten werden konnte. Das würde auch erklären, warum der Denunziant nicht nur wusste, wo der Dolch war, sondern auch wo die Pflanze war. Wer auch immer die Pflanze geschickt hat, muss selbst der Mörder sein.« Miles Aufregung wurde von Crispin gleich wieder gedämpft.

»Ich weiß nicht, wer die Pflanze geschickt hat«, erklärte Crispin unglücklich. »Sie kam erst am Tag vor dem Ball an, völlig neutral verpackt, ohne Karte, ohne nichts. Ich dachte, sie käme vielleicht von einem unserer Schiffe, die gerade aus dem Osten zurückgekommen waren, aber als ich mich umhörte, schien sie niemandem aufgefallen zu sein.«

»Was ist mit den anderen Schiffen aus dem Osten? Es laufen doch jeden Tag Schiffe aus Konstantinopel ein«, bemerkte Miles.

»Wie zum Beispiel das Schiff von Saliym«, sagte Sebastian ruhig. »Das Schiff, das die Schießpulverladung aufnehmen sollte.«

»Zwölfhundert Tonnen Schießpulver«, sinnierte Tristan zunehmend alarmiert. »Zwölfhundert Tonnen Schießpulver und zwölfhundert Dukaten Bestechungsgeld. Was für ein Zufall.«

»Wie hoch ist denn die Wahrscheinlichkeit«, fragte Crispin, »dass die Konferenzen, die Isabella belauscht hat, in Wirklichkeit Verhandlungen über diese Schießpulverladung waren? Dass die Pflanze ein Geschenk von den Türken war, als Geste des gegenseitigen Vertrauens unter Geschäftspartnern?«

»Sehr, sehr hoch«, sagte Ian, aber ohne allzu große Begeisterung, weil er viel zu wütend auf sich war, nicht früher darauf gekommen zu sein. »In der Tat, das muss es gewesen sein, worauf Bianca gekommen war.« Die Augen der Arboretti hingen gebannt an Ians Lippen, als er erklärte: »Sie eröffnete das Treffen mit der Ankündigung, dass einer der versammelten Gäste, ein Mörder sei, ein Dieb und ein Verräter. Sie muss die Bedeutung der Pflanze erkannt haben. Sie muss die Tatsache erkannt haben, dass sie ein Bindeglied zwischen den Treffen bei Isabella und dem Schießpulvergeschäft mit den Türken gewesen ist. Damals hielt ich Bianca für übereifrig, aber jetzt liegt alles so klar auf der Hand. Es war dieses letzte Attribut – Verräter – das sie fast das Leben gekostet hätte. Ich bin mir völlig sicher.«

»Dann haben wir unsren Mann gefunden«, sagte Tristan und versuchte seine Stimme im Zaum zu halten. Er wollte sich nicht zu sehr erregen, denn womöglich landeten sie ja wieder in einer Sackgasse. Die anderen blickten ihn verwundert an, mit der stummen Frage im Gesicht, ob dies ein neuer Scherz sei. Aber er schüttelte nur den Kopf und fuhr fort: »Sebastian, hast du noch diesen Zettel, auf dem wir alle für das Munitionsgeschäft in Frage kommenden Personen aufgelistet haben?«

Sebastian nickte langsam. Er zog ein Blatt Papier aus seinem Umhang, überflog es kurz und legte es dann mit einem grimmigen Lächeln in die Mitte des Tisches neben die andere Liste. Die anderen, einschließlich Giorgio, steckten die Köpfe über den beiden Listen zusammen, aber nur für einen kurzen Augenblick. Als sie wieder auseinander gingen, zeigte ihr Gesicht den gleichen Ausdruck wie Sebastians. Es gab nur einen Namen, der sowohl auf Biancas Liste der mutmaßlichen Mörder als auch auf ihrer Liste der möglichen Verräter auftauchte. Es gab keinen Zweifel. Sie hatten ihren Mörder gefunden.

27. Kapitel

Während die Dunkelheit mit dem Wasser wetteiferte, wer schneller die Wände ihrer unbeleuchteten Zelle emporkroch, saß Bianca da und starrte in die Leere über dem aus Holzbrettern zusammengezimmerten Bett, das in der Mitte des Raums stand und eine halbtrockene Insel inmitten der steigenden Flut um sie herum bildete. Was beim Betreten der Zelle noch eine Finger breit tiefe Lache gewesen war, reichte ihr jetzt schon bis über die Fesseln, und der Pegel stieg immer noch weiter an.

Doch schlimmer noch als die Nässe empfand sie das Gefühl der Kälte. Es war keine gewöhnliche Kälte, die sie inmitten des steigenden Wassers schlottern ließ, sondern eine tief ins Mark dringende innere Kälte. Sie war so entsetzlich allein, so entsetzlich hoffnungslos. Und so ohne jede Selbstachtung. Sie hatte sich von Ian hereinlegen lassen, ja sich sogar in ihn verliebt! Sie hatte ihm direkt in die Hände gespielt, blind für die Wahrheit, die so klar vor ihren Augen lag. Warum hatte sie unbedingt an seine Unschuld glauben wollen, damals in dem Mordzimmer; warum hatte sie so schnell seine fadenscheinigen Erklärungen akzeptiert; warum hatte sie seine Abscheu ihr gegenüber, die von ihrer ersten Begegnung an so offen zu Tage lag, nicht sehen wollen? Sie zwang sich mit aller Kraft, sich die Nacht noch einmal ins Gedächtnis zu rufen, als er sie aufforderte, sich vor seinen Augen zu entkleiden, um sich daran zu erinnern, wie er sie zurückgewiesen hatte, wie er sie voller Ekel von sich weggestoßen hatte, als sei sie ein stinkendes Monster, irgendeine abscheuliche Kreatur, die die Männer anbettelte, sie trotz ihres offensichtlichen Widerwillens in den Arm zu nehmen.

Sie fragte sich, wie viel Überwindung es ihn gekostet haben musste, seinen Ekel zu verbergen, als sie neben ihm lag, wie viel Selbstdisziplin ihm abverlangt worden war, ihr vorzugaukeln, dass er ihre Vereinigung genoss, wie schwer es für ihn gewesen sein musste, im richtigen Augenblick aufzuschreien, sie zu küssen, sie zu liebkosen, sie zum

Höhepunkt zu bringen. Unter dem steifen Stoff ihres Mieders spürte sie, wie sich ihre Brustwarzen aufrichteten bei der Erinnerung an seine zärtlichen Berührungen, an sein schmeichelndes, weiches Haar zwischen ihren Schenkeln, an die Empfindungen beim Eindringen seines Glieds, an sein Erschauern bei seinem Erguss ... Hatte er ihr das alles nur vorgespielt? Gehörte selbst das zu seinem Täuschungsmanöver?

Der Gedanke ließ ihr Blut ein bisschen schneller zirkulieren. Ja, sie war eine Närrin gewesen, aber das ging nicht alles allein auf ihre Kappe. Er hatte alles daran gesetzt, ihre Aufmerksamkeit zu gewinnen, hatte gelogen, hatte sich eingeschmeichelt und sie mehr oder weniger gezwungen, ihm zu glauben, sogar jene Horrorgeschichte über den Tod seines Freundes vor seinen Augen. Er hatte sich ihr Mitgefühl, ihr Mitleid erschlichen – und ihre Liebe.

Sie erinnerte sich daran, wie froh er gewirkt hatte, als sie ihm sagte, was sie für ihn empfand. Aber jetzt sah sie durch diesen freudigen Gesichtsausdruck hindurch den Triumph, der sich heimlich dahinter verborgen haben musste. *Dieser Bastard!* dachte sie, von plötzlicher Verachtung erfüllt. Was für ein Recht hatte er, mit ihrem Leben zu spielen? Warum hatte er ausgerechnet sie als Opfer ausgewählt? Warum musste sie für das Verbrechen eines anderen sterben? Vor allem, wenn dieser andere Ian war?

Sie musste nicht, ging es ihr blitzartig durch den Kopf. Sie musste nicht und sie würde nicht sterben. Sie mochte von Ian kurzfristig belogen und betrogen worden sein, aber das war jetzt vorbei. Sie würde dafür sorgen, dass der Gerechtigkeit Genüge geleistet würde, selbst wenn das bedeutete, dass sie den Mann, den sie liebte, eines Verbrechens beschuldigen musste. Den Mann, den sie geliebt hatte, verbesserte sie sich selbst.

Sie wurde von ihrem neuen Ziel so beflügelt, dass sie vom Bett aufstand und anfing, in der Zelle hin und her zu wandern, wobei sie dem Wasser, das ihr inzwischen bis zur halben Wade ging, genauso wenig Beachtung schenkte wie den Hindernissen, die sich ihr für eine Anzeige gegen Ian in den Weg stellten – beispielsweise die Tatsache, dass sie nicht gerade als glaubwürdige Zeugin gelten würde, nachdem sie für genau das Verbrechen verurteilt worden war, das sie nun ihm anhängen wollte.

Er würde für das bezahlen, was er ihr angetan hatte, versicherte sie sich. Sie würde ihn nicht einfach so davonkommen lassen.

Erst als sie gegen die Wand ihrer Zelle lief, wurde ihr auf einmal bewusst, wie sehr sie in ihrer Handlungsfreiheit eingeschränkt war.

»Au-uuuh«, jammerte eine Stimme, von der sie wusste, dass es die ihre sein musste, auch wenn sie sie weder wiedererkannte, noch sich bewusst war, überhaupt gesprochen zu haben. Immerhin war sie die einzige Person in der Zelle.

Oder vielleicht doch nicht? Sie wandte vorsichtig den Kopf von einer Seite zur anderen und spähte auf der Suche nach irgendeinem Lebenszeichen angestrengt in die Dunkelheit. Sie war gerade zu dem Schluss gekommen, dass sie tatsächlich ganz allein war, als sich die Stimme wieder meldete.

»Au-uuuh«, winselte es, und Bianca sprang erschrocken von der Wand weg. Dieses Mal war sie sich sicher, nicht gesprochen zu haben. Eine Gänsehaut kroch ihr über den Rücken. Das ist sicher die Folge davon, dass ich hier in dem wadentiefen kalten Wasser stehe, beeilte sie sich selbst zu versichern. Das hat nichts mit der Gegenwart eines Geistes zu tun. Ich habe keine Angst, beruhigte sie ihr Verstand, und ich bin auch nicht dabei durchzudrehen. Es war absolut normal und gefahrlos, mit den Seelen der Toten zu sprechen. Auch mit den Seelen von toten Mördern, die in ihren ehemaligen Todeszellen herumgeisterten und darauf warteten, sich an der grausamen Gerechtigkeit zu weiden, die den Körpern ihrer Nachfolger widerfuhr. Ja, es war absolut gefahrlos.

Sie räusperte sich und ging auf die Wand los. Sie fragte sich gerade, wie man den Geist eines toten Mörders wohl angemessen begrüßte, als ihre Überlegungen plötzlich unterbrochen wurden.

»Nich hierher zurückkomm'n, nich wieder gegen die Wand knall'n. Bei so 'nem Wasser soll keiner hier runterkomm'n; ich sterb' garantiert an 'nem Schock. Ich bin 'ne arme, empfindliche Seele. Jawoll, das bin ich.«

Bianca blieb wie angewurzelt stehen, ihr Herz klopfte hart gegen ihren Brustkorb. Die Stimme kam eindeutig aus irgendeiner Ecke vor ihr, aber alles, was sie sehen konnte, war dunkle Leere und die Zellenwand. Ihr Wunsch nach Rache wurde augenblicklich von dem Wunsch verdrängt, herauszufinden, welche arme Seele sich hinter der Stimme wohl versteckte. Sie atmete tief durch und wandte sich langsam der Stimme zu.

»Es tut mir Leid, aber ich habe nicht gemerkt, dass jemand hier in der Nähe ist«, sagte sie höflich in die Dunkelheit hinein. »Wo genau seid Ihr?«

»Wenn Ihr Eure Aug'n in die Richtung lenk'n würdet, in die Ihr Eure Füße gelenkt habt, dann würdet Ihr mich schon seh'n. Ich bin hier drüben, wo ich immer bin.«

Natürlich, erinnerte sich Bianca, arme Seelen verdrücken sich immer in dunkle Ecken. Sie kniff die Augen zusammen und spähte in die linke Ecke, aus der die Stimme zu kommen schien, und glaubte die Silhouette eines Kopfes zu erkennen, der körperlos etwas unterhalb ihrer Augenhöhe zu schweben schien. Sie wich leicht zurück, nicht sicher, ob sie innerlich tatsächlich auf ihre erste Begegnung mit einem Geist vorbereitet war. Er lächelte sie mit großen Augen an, und dann tauchte plötzlich eine körperlose Hand neben seinem Gesicht auf und winkte sie heran.

»Warum zaudert Ihr so? Was für 'ne Art Mörderin seid Ihr eigentlich, wenn Ihr nich mal genügend Mumm habt herzukomm'n, um den alt'n Cecco zu begrüß'n?«

»Ich bin keine Mörderin«, sagte Bianca mit Nachdruck. »Aber ich weiß, wer es ist. Ich muss unbedingt … jemanden erreichen.« Sie hielt abrupt inne, als sie merkte, dass sie noch nicht einmal wusste, an wen sie sich wenden sollte. Ihre Familie hatte sie vollkommen abgeschrieben, und auch wenn die Arboretti von ihrer Unschuld überzeugt waren, so konnte sie schwerlich auf sie zählen, wenn es darum ging, Ian anzuzeigen.

Cecco legte den Kopf schief und beobachtete sie. »Wenn Ihr keine Mörderin seid, was tut Ihr dann hier unt'n, hä?

Das is ein verzwickteres Rätsel, als das von dem alt'n Sphinx.«

»Jemand hat es so hingedreht, als hätte ich einen Mord begangen, aber das habe ich nicht.« Plötzlich fiel ihr Tullias Versprechen, ihr zu helfen, ein. »Bitte, Ihr müsst mir helfen, meiner Freundin eine Nachricht zukommen zu lassen, damit man mich freilässt.«

Cecco schüttelte den Kopf. »Ihr Amateure seid doch alle gleich. Erst ein hübsches kleines Verbrech'n begeh'n, und dann wollt ihr nich mal dazu steh'n. Pah! Zu meiner Zeit war 'n Mörder noch 'n Mörder, und das war's. Ich würd' mit Freud'n zu all den Morden stehen, die ich angezettelt hab'. Mit Freud'n, sag' ich Euch. Diese Generation hat kein'n Mumm mehr in den Knoch'n.«

»Ich sage Euch doch, ich bin keine Mörderin!« Verzweifelt näherte sich Bianca dem schwebenden Kopf. »Ich muss mit einer Freundin Kontakt aufnehmen, um ihr zu sagen, was ich weiß. Habt Ihr nicht irgendwelche speziellen Fähigkeiten? Könnt Ihr mir nicht helfen?«

»Ha! Ha! Ha!« Das kleine Gesicht sah sie wild an und Bianca wich unwillkürlich zurück. »Ihr wollt, dass ich Euch helfe? Euch, 'ner Frau? Ich war mal frei und hatte 'nen Partner, aber ich hab' sowohl ihn als auch meine Freiheit verlor'n, und wollt Ihr wiss'n warum? Wegen 'ner Frau!« Er machte eine Pause und musterte Bianca. »Natürlich seht Ihr ihr überhaupt nicht ähnlich, dieser Hexe. Verglich'n mit ihr, seid Ihr nur ein Stock mit zwei Bein'n, das seid Ihr. Aber trotzdem, Ihr seid 'ne Frau.«

Bianca war zu sehr mit der Frage befasst, ob alle armen Seelen so schlechte Manieren hatten, ober ob ausgerechnet sie das Glück gehabt hatte, in einer Zelle zu landen, die von einem besonders weiberfeindlichen Exemplar heimgesucht wurde, um Anstoß an seinen unschmeichelhaften Äußerungen über ihre Figur zu nehmen. »Wenn ich so wenig mit ihr gemeinsam habe, dann könnt Ihr mir doch helfen?«

»Ha!« Cecco sah sie stirnrunzelnd ab. »Ich war der Beste weit und breit, der Allerbeste. Wenn man 'nen zuverlässigen Kerl brauchte, der ganze Arbeit leist'n sollte, dann war ich da. Verstand'n? Ein *zuverlässiger* Kerl. Ich war'n Meister, der wusste, was Sache is, und machte nur mit Leut'n Geschäfte, die auch wusst'n, was Sache is, das heißt also mit Männern. Aber dann hat diese Frau nach mir geschickt. Sie kam mir ganz weiblich, girrte und gurrte und schmeichelte rum, von weg'n meine schön'n Aug'n und meine entzückend'n, klein'n Ohr'n.« Er verzog angewidert das Gesicht. »Ja, ich würde diese entzückenden Exemplare gern geg'n ein Paar eintausch'n, das nich so toll is, weilse mich nämlich in die Bredouille gebracht ham. Hamse wirklich, ham dafür gesorgt, dasse mich rumgekriegt hat, dass ich ihr'n Auftrag angenomm'n hab', und wohin hat mich das gebracht?«

Bianca, die unsicher war, ob sie etwas sagen sollte, die arme Seele aber auf gar keinen Fall noch mehr gegen sich aufbringen wollte, zuckte nur leicht mit den Achseln.

»Nirgendwohin! Und jetzt muss ich mich in Eck'n rumdrück'n und wart'n, bisses dunkel wird. Ich, der alte Cecco, der mal der Beste von all'n gewes'n is!« Er schnaubte entrüstet.

»Hat sie Euch selbst umgebracht?«, fragte Bianca neugierig nach, obwohl sie eigentlich ganz andere Sorgen hatte.

»Hätte sie liebend gern, wenn sie gewusst hätte wie. Sie wollt' es, aber ich habse ausgetrickst und bin verschwund'n. Jetzt findetse mich nie.«

Durch die halb vernünftigen Antworten der armen Seele ermutigt, beschloss Bianca, seine Fähigkeiten abzuklopfen. »Könnt Ihr Euch nicht frei herumbewegen? Warum sucht Ihr *sie* dann nicht heim, anstatt *hier* herumzuhängen?«

»Was? Soll ich vielleicht in ihr Schlafzimmer schleich'n und ›buh‹ schrei'n?« Cecco warf ihr einen argwöhnischen Blick zu.

Bianca zuckte die Achseln. »Warum nicht?«

»Ich möcht' nich, dass die Hexe mir nochmal unter die Aug'n kommt. Außerdem, ich weiß ja nich, was Ihr Euch so vorstellt, aber ich hab' leider nich die Gabe, durch Mauern durchzugeh'n.«

»Aber jetzt tut Ihr es ja auch«, wies Bianca ihn darauf hin.

»Tu ich, tu ich, ja?« Cecco lachte. »Ihr haltet mich wohl für irgend so 'nen Geist, der durch die Wände schwebt? Habt Ihr denn noch nie 'n Fenster geseh'n?«

Verblüfft über sein Gelächter, watete Bianca ein paar

Schritte auf den Kopf zu, und beim Näherkommen wurde ihr plötzlich klar, dass sie sich schon wieder einmal zum Narren hatte machen lassen. Das vor ihr war kein Geist, sondern vielmehr ein Mann, der seinen Kopf durch eine ziemlich große quadratische Öffnung in der Wand steckte. »Seid Ihr denn keine arme Seele?«, fragte sie schließlich.

»Eine arme Seele?«, wiederholte Cecco verdutzt. »Ich hab' Euch gesagt, dass ich empfindlich bin, von schwacher Konstitution. Ihr hört wohl nicht allzu gut, oder, Fräuleinchen?«

»Dann seid Ihr also genau so ein Gefangener wie ich?« In ihren Worten schwang große Enttäuschung mit. Ein Geist wäre vielleicht in der Lage gewesen, ihr beizustehen, hätte kraft seiner Fähigkeiten durch Wände fliegen und die Botschaften, die sie sich überlegt hatte, an die richtigen Adressen weiterleiten können. Aber ein Kerl wie er war völlig machtlos.

»Ich bin mitnichten Euresgleichen!« Cecco krauste die Lippen, als habe er gerade in eine saure Zitrone gebissen. »Zum einen hab' ich entzückende Ohr'n und zum anderen seid Ihr eine Frau. Und wenn Euch das noch nich reich'n sollte – ich bin auch kein Gefang'ner.«

»Wenn Ihr kein Gefangener seid, was tut Ihr dann in einer Gefängniszelle?«, konterte Bianca.

»Hab' ich Euch das nich gerade erklärt? Eure Ohr'n brauch'n wirklich mal'n Großreinemachen. Ich wohn' und leb' hier.«

»Ihr lebt in einem Gefängnis, ohne ein Gefangener zu sein?« Bianca fiel es sichtlich schwer, das zu glauben.

»Dann sagt mir doch mal, wo Ihr leb'n würdet, wenn Ihr Euch vor 'ner Hexe verstecken müsstet? Könnt Ihr Euch 'nen besseren Platz vorstell'n?«, verlangte Cecco zu wissen.

»Ihr versteckt Euch? Ihr wohnt hier unten freiwillig, um nicht von jemandem gesehen zu werden? Vor wem versteckt Ihr Euch? Und warum? Was treibt Euch dazu, hier zu hausen?«

Bianca umschrieb mit einer Handbewegung die modrige Zelle, in der das Wasser ihr jetzt bis zu den Knien stand.

Schweigen trat ein, währenddessen Cecco sie zweifelnd

beäugte. »Ich kann mir beileibe nich vorstell'n, dass Ihr ein Geheimnis bewahr'n könnt. Ihr seid immerhin 'ne Frau und überhaupt. Aber bei Euern Ohr'n und in Anbetracht der Tatsache, dass Ihr bis morgen längst ertrunk'n seid, könnt' ich's Euch ja erzähl'n.«

Bianca, die nicht recht verstand, was er mit ertrinken meinte, wollte ihn unterbrechen und nachfragen, wollte ihm auch sagen, dass er sich keine Sorgen zu machen brauchte, aber er hob die Hand und bedeutete ihr zu schweigen. »Ich werd's Euch erzähl'n, um die Zeit freundschaftlich rumzubring'n, aber Ihr dürft mich nich mit Weiberfrag'n unterbrech'n.« Cecco erschauderte, so als seien die Fragen von Frauen irgendeine besonders schmerzhafte Version von inquisitorischer Folter. »Aber ich hab' nich die Absicht, die ganze Zeit zu steh'n.« Er streckte seine Hände durch das Loch. »Kommt, ich zieh Euch rüber.«

Bianca zögerte einen Augenblick. Wenn dieser Mann tatsächlich kein Häftling war, vielleicht könnte er ihr dann doch dabei behilflich sein, Tullia eine Nachricht zukommen zu lassen. Aber vorher musste sie zuerst seine Antipathie gegenüber Frauen aufweichen. Das konnte sie aber nur erreichen, wenn sie ihre eigenen Belange für den Augenblick zurückstellte und sich ihm gegenüber zuvorkommend verhielt. Also ergriff sie seine ausgestreckten Hände und ließ sich durch das Loch ziehen, wobei sie kopfüber ins Wasser fiel. Prustend und hustend rappelte sie sich wieder hoch und öffnete die Augen. Sie war in einer Zelle, die von der Größe her ihrer eigenen entsprach und ebenfalls unter Wasser stand. Aber das war auch schon alles an Gemeinsamkeit. Sie wurde von einer Öllampe erhellt, die an einem Ständer über einem antiken Gobelinsofa hing, das seinerseits auf einem Podest über dem steigenden Wasserpegel stand. Das Holzbett war ebenfalls höher gestellt und mit einer Stoffdecke abgedeckt, auf dem sie eine Reihe von verschiedenen Speisen und Tellern erblickte. Ein ganze Wand war mit Regalen vollgestellt. Sie waren mit allen möglichen Dingen – von zerbrochenen Tonscherben bis zu Tierzähnen und einer geschmacklosen Skulptur der Mutter Gottes – voll gestopft. Die andere Wand war mit einem ausgeblichenen Gobelin zugehängt. Er zeigte einen Ritter, der in einem Fluss badete, und wirkte durch das reale Wasser, das die Ufer des dargestellten Flusses umspülte, lebensechter denn je.

Bianca wandte sich nach links und stieß einen Schrei aus. All die Geschichten, die sie jemals über den Schabernack gehört hatte, den die verdammten Seelen der Toten trieben, drängten sich ihr auf einmal wieder auf, als sie den körperlosen Kopf neben sich erblickte. Mit einem Lächeln auf dem Gesicht, hüpfte er auf und ab und fing plötzlich an zu sprechen.

»Warum schreit Ihr denn so?«, fragte er und spuckte Wasser. »Hab' ich Euch nich gesagt, dass solche überraschend'n Ausbrüche meiner Gesundheit abträglich sind?«

»Tut mir nicht weh. Bitte, lasst mich einfach nur gehen!« Während sie sprach, drückte sie sich ganz fest an die Wand hinter sich.

»Euch weh tun? Bin ich jetzt der, der was an den Ohr'n hat?« Der Kopf hüpfte in Richtung Diwan und murmelte noch einmal entrüstet vor sich hin: »Euch wehtun! Ha!«

Unter Biancas angstvollem Blick machte der Kopf vor dem Sofa halt. Dann tauchte aus dem Wasser zuerst ein Ärmchen, anschließend ein zweites und schließlich ein Körper mit zwei kurzen Beinen auf. Fünf Jahre früher wären der lockige Pferdeschwanz des Mannes, seine wattierten Schultern, die ausgepolsterten Hosen und seine spitzen Schuhe hochmodisch gewesen. Das war aber auch das Einzige, was an dem Mann hoch war. Er war ein Zwerg.

Als Cecco sich in die trockene Sicherheit des Diwans hochgezogen hatte, wandte er sich wieder seinem Gast zu.

»Wollt Ihr jetzt die Antwort'n auf Eure Frag'n hör'n oder nich?«, fragte er grimmig. Bianca nickte nur, weil sie immer noch kein Wort herausbrachte. Sie watete vorsichtig zu einem Hocker, der über der Wasseroberfläche herausragte und setzte sich. Cecco räusperte sich und begann.

»Ich war in mei'm Metier der Beste, ja, das war ich, bis diese Hexe kam und mich einseifte.«

»Was war das denn für eine Art von Arbeit?«, unterbrach Bianca ihn so höflich wie möglich.

Cecco warf ihr einen bösen Blick zu. »Was für 'ne Art von Arbeit? Habt Ihr denn noch nie von Cecco, dem Meuchelmörder, gehört? Dem bestbezahlt'n Mörder im ganz'n Land? Ihr könnt mir doch nich erzähl'n, dass Ihr von mir noch nie etwas gehört habt. Pah! Ihr macht wohl Scherze.«

Bianca entschied blitzschnell, dass es wohl am besten sei, einem Zwerg, der möglicherweise doch ein Dämon war, nicht zu widersprechen. Also lächelte sie schnell einvernehmlich.

»Keine solch'n Frag'n mehr, verstand'n?«, grollte Cecco. »Ich bekomme alles durcheinander, wenn ich dauernd unterbroch'n werd'. Also wie ich schon sagte, ich war 'n Meister meines Fachs, und mein Gehilfe Carlo war auch nicht ohne. Die Hexe ließ mich komm'n und bot mir 'nen Auftrag an, ein Kinderspiel, wie es schien. Einer von ihr'n Verehrern war ihr langweilig oder sonst was geword'n, was die Weiber eb'n so für Probleme ham, und sie wollt' ihn loswerd'n. ›Nich unterhaltsam genug‹, das war's, wasse gesagt hat, und 'ne Frau wie sie muss eb'n ständig unterhalt'n werd'n.

Der Mann tat mir 'n bissch'n Leid, und ich fragte sie, ob Töt'n nich vielleicht 'n bisschen zu übertrieb'n is, aber se meinte, das is die einzige Möglichkeit. Und dann botse mir dies'n Hauf'n Gold an, genug Gold, um mir eine von dies'n Inseln der Neuen Welt zu kauf'n, wenn ich so'n Inseltyp wär. Und dann sagtese, sie würd' mir ihr'n neu'n Liebhaber vorbeischicken. Der sollte dafür sorg'n, dass auch nichts schief ging. Ich war immer noch unsicher, aber Carlo, der brauchte nur Gold von Ferne zu seh'n, und schon war er bereit, Kopf und Krag'n zu riskier'n. Er bequatschte mich unentwegt, sie faselte ständig was von mein'n entzückend'n Ohr'n und ich mitt'n drin. Ich konnt' nichts mach'n. Ich nahm den Auftrag an.«

»Das klingt wirklich übel«, sagte Bianca mitfühlend. »Ich selbst habe auch schon Pech gehabt. Ich würde gerne wissen, ob –«

»Jetzt geht das schon wieder los mit dies'm Gefrage. Und dabei hat die Geschichte noch nich mal richtig angefang'n.« Cecco stemmte die Hände in die Hüften und sah seine unkooperative Zuhörerin böse an. »Ich versteh' nich, warum

Ihr es so eilig habt, Fräulein, es is doch nicht so, als ob Ihr demnächst von hier verschwind'n werdet. Vor allem nich, wenn das Wasser weiter so steigt wie bisher. Nein, Ihr habt 'ne Menge Zeit, um Eure Sorg'n hier zu ertränk'n, das versprech' ich Euch.« Der Zwerg lachte ob seines gelungenen Wortspiels meckernd auf, was Bianca jedoch ganz und gar nicht lustig fand.

»Meint Ihr damit etwa, dass das Wasser in der Zelle so weit steigen wird, dass ich nicht mehr atmen kann?« Biancas Augen waren schreckgeweitet.

Cecco nickte. »Was soll ich denn sonst meinen? Ich hab' gehört, wie die Wach'n sich heute Mittag drüber unterhalt'n ham. Das hat's in der Geschichte der Gefängnisse zwar noch nie gegeb'n, aber bei all dem Reg'n wird's wohl jetzt passier'n.«

»Wenn das Gefängnis wirklich überflutet wird, warum kommt dann niemand, um uns zu verlegen?«, fragte sie herausfordernd.

»Wozu? Wenn Ihr ertrinkt, spart Ihr dem Staat all das viele Geld für die Exekution. Verdammt teuer all das Zeugs, die Seile und das Messerschärfen und überhaupt. Einen Mensch'n zu töt'n, is nich so leicht, wie Ihr vielleicht denkt. Das kann sich einer nur schwer vorstell'n, vor allem wenn er unschuldig ist – was Ihr ja von Euch behauptet – und er mit so was noch nie zu tun gehabt hat. Die Henker sind im Grunde ein faules Pack. Die sind doch heilfroh, wenn die Natur an Euch ganze Arbeit leistet, und morgen, wenn die Flut zurückgeht, alles für sie erledigt hat.«

»Warum versuchen wir nicht zu fliehen?« Bianca rutschte auf ihrem Hocker nach vorne. »Ich muss meinen Freunden eine Nachricht zukommen lassen! Warum sitzen wir hier noch und tun nichts?«

»Pah!« Cecco sah sie verächtlich an. »Nichts tun? Ich versuch' g'rade, einer Frau die Geschichte meines Leb'ns zu erzähl'n. Und das is der Dank dafür.«

»Wie könnt Ihr nur hier herumsitzen und darauf warten zu sterben?«, Bianca konnte es nicht fassen.

»Von *meinem* Tod war überhaupt nicht die Rede, oder hab' ich etwa was davon gesagt, dass ich sterb'n werde? Ich schwöre es, falls Ihr bis morgen Früh noch nich tot sein solltet, dann lass ich Eure Ohren untersuch'n. Ich bin kein Gefang'ner wie Ihr.« Cecco deutete mit dem Finger auf sie. »Ich kann geh'n, wann ich will und wohin ich will.«

»Ihr kennt einen Weg nach draußen? Ihr könnt fliehen?« Bianca war verzweifelt. »Bitte, bitte, bitte, lasst uns sofort gehen. Ich werde Euch fürstlich belohnen, das verspreche ich.«

Cecco strafte sie mit einem Blick, in dem tödliche Verachtung lag.

»Hab' ich das nich schon mal gehört? ›Ich werde Euch fürstlich belohnen‹. Das war'n die Worte dieser Hexe, bevorse mein Leb'n ruinierte. Als Nächstes werdet Ihr Euch über meine entzückend'n Ohr'n auslass'n. Das war es nämlich, womitse mich letzt'n Endes rumgekriegt hat. Sie sprach von mein'n Ohr'n, und ehe ich mich's versah, war ich schon mit dem Messer in der Hand auf'm Boot nach Sizilien, um mich um ihr'n Mann zu kümmern.« Um seinen Worten Nachdruck zu verleihen, riss er einen Dolch aus seinem Hosenbund und fuchtelte damit in der Luft herum.

Bianca war so überrascht, dass sie ihre Verzweiflung fast vergaß. Ob alle Männer Schauergeschichten über Sizilien erfanden, fragte sie sich und sah ihn verblüfft an. Cecco, der ihren Gesichtsausdruck als Zeichen des Interesses interpretierte, fuhr mit seiner Geschichte fort, wobei er den Dolch dazu benutzte, seinen Worten den entsprechenden Nachdruck zu verleihen. »Brauchte zwei Tage, um Männer anzuheuern, und dann nochmal drei, um die Beute zu find'n, die irgendwo in der Gegend herumstravanzte, und dann musst'n wir noch wart'n, bis sie aufs offene Land rauskam'n. Glaubt ja nich, es war leicht, sie auf den sonnenverbrannten Ebenen aufzuspüren, nicht für ein'n, der eine so zarte Konstitution hat wie ich. Carlo und ich und unsere drei angeheuerten Handlanger sucht'n kreuz und quer, bevor wir sie hatt'n, und dann verhielt'nse sich noch nicht mal so, wiese eigentlich sollt'n. Es stimmte schon, dass die beid'n – der alte Liebhaber der Hexe, dense loswerden wollte, und ihre neue Eroberung – zusamm'n reist'n. Aber sie hatte mir versproch'n, dass der eine, der, dense lebend haben wollte, zurückbleib'n würde, und der andere, der, dense abmurksen wollte, allein bei Tage vorausreit'n würde, nur von ein paar sizilianisch'n Wach'n begleitet, die bei unserm Anblick Reißaus nehm'n würden. Doch es kam alles ganz anders.

Es wurde schon langsam dunkel, und zuerst dachte ich, Cecco, dachte ich, deine Aug'n, die machen's nich mehr lange, nicht nur weil ich zwei auf mich zu galoppieren sah, sondern auch noch zwei, die absolut wie Zwillinge aussah'n. ›Carlo‹, sag' ich, ›wie viele siehst du da ranrreit'n‹, und Carlo sagt wahrheitsgemäß, ›zwei, Herr, zwei, die genau gleich aussehn'n.‹ So, jetzt saß'n wir also in der Patsche. Denn wir sollt'n ja nur ein'n von denen töt'n, hatt'n auch nur ein'n abgemacht, und ich steh' immer zu mein'm Wort. Und außerdem wollte die Hexe den ein'n ja lebend ham. Also musst'n wir uns ein'n aussuch'n. Ich sag' Carlo, dass *er* besser die Wahl trifft, da es ja schließlich seine glorreiche Idee war, die uns den Schlamassel beschert hat, und so nimmt er ein'n von unsern Spießgesellen, und ich nehm' die andern zwei. Carlo reitet auf den ein'n, den er ausgewählt hat, zu, um ihn sich vorzuknöpf'n, und ich reite' zum andern hin, um ihn daran zu hindern, sich einzumisch'n, aber, Gottverdammich, der fängt einfach an, wie ein Besessener auszuteil'n. Ich denk' gerade, vielleicht hat Carlo ja den Falsch'n erwischt, denn der vor mir, der ist mit Sicherheit nicht sehr unterhaltsam, aber als ich rüberguck', seh' ich, dass es schon zu spät ist. Carlo haut bereits ab, alles finito.« Cecco zog den Dolch zur Demonstration quer über seinen Hals. »Aber meine Beute wirft sich ihm einfach in den Weg. Verabschiedet sich nich mal, stürzt rüber und holt aus, um ihm den Kopf abzuschlag'n. Doch das kann ich nich haben, kann ihn doch nich einfach ein'n gut'n Kumpel töt'n lass'n. Ich von hint'n an ihn ran und knall ihn vom Pferd. Und das war's dann auch.« Das Heft des Dolches sauste mit einem dumpfen Knall auf Ceccos Handfläche.

Was anfangs nur vage Neugier bei Bianca gewesen war, hatte sich im Laufe von Ceccos Bericht allmählich in brennendes Interesse verwandelt, und als er endete, war sie so gebannt, dass sie nicht einmal bemerkte, dass das Wasser inzwischen die Höhe ihres Hockers erreicht hatte. Die Parallelen zwischen dem Bericht des Zwerges und der Geschichte, die Ian ihr an jenem Abend im Bett erzählt hatte, waren verblüffend. Wenn das, was Cecco sagte, wahr war, dann konnte Ian seine Geschichte nicht erfunden haben. Alles, angefangen bei der unglückseligen Reise bis hin zu Moras Trennung, konnte sich wirklich ereignet haben. Vielleicht hatte Ian sie doch nicht betrogen. Vielleicht hatte er sie tatsächlich nicht in eine Falle gelockt, um ihr den Mord anzuhängen. Und vielleicht liebte er Mora doch nicht mehr.

Aber sie würde sich nicht noch einmal täuschen lassen, wenn sie es vermeiden konnte. Die ganze Sache konnte auch Zufall sein. Wahrscheinlich gab es viele Banditen in den Ebenen von Sizilien. Sie musste mehr wissen, um sicherzugehen. Sie konnte die Geschichte nicht einfach so hinnehmen, ohne weitere Fragen zu stellen. Dafür hing zu viel von ihrem Wahrheitsgehalt ab. »Was passierte dann?«, fragte sie mit solchem Interesse, dass Cecco Herzklopfen bekam.

»Da die Hexe nun mal ein'n von ihn'n lebend ham wollte, flickt'n wir den Überlebend'n so gut es ging, zusamm'n, schleppt'n ihn nach Messina und lud'n ihn dort ab, in der Hoffnung, dass ihn einer find'n würde. Er wachte unterwegs immer wieder auf und schrie irgendwelches Zeugs. So ham wir ihm ein paar Mal eins auf die Rübe gegeben. Aber das war auch alles, wir wollt'n ihn ja in nem gut'n Zustand lass'n, für die Hexe.« Ceccos Gesicht überzog sich mit Trauer. »Inzwischen sah Carlo auch nicht allzu gut aus, und als wir in Venedig ankam'n, starb er mir unter den Händ'n weg. Er war ein ganz Großer, dieser Carlo, und seit er mich verlass'n hat, bin ich nich mehr derselbe.« Er machte eine Pause, schniefte ein bisschen und wischte sich mit seiner ausgefransten Manschette eine Träne aus den Augen. »Aber es war sowieso egal, weil rauskam, dass wir den Falsch'n getötet ham. Und die Hexe, die wollte zur Rache um jeden Preis unsre Köpfe roll'n seh'n. Das war vor zwei Jahr'n, und ich hab' immer noch Angst, bei Tageslicht mein'n Kopf aus dieser Zelle zu steck'n. Entweder hetzt mir diese Hexe von Weib ihre Höllenhunde auf den Leib, oder der andere, den ich meuch'ln sollte, erkennt mich und macht mir eigenhändig den Garaus.« Um die Erbarmungswürdigkeit seiner Geschichte zu unterstreichen, nahm Cecco den Dolch und zielte damit auf sein Herz.

Ein Lichtstrahl fing sich in dem mit vier protzigen Rubinen besetzten Dolchgriff und blitzte Bianca an – und erleuchtete plötzlich ihren Geist. »Bei der Zunge von Santa Graziella«, keuchte sie, »was bin ich doch für ein Dummkopf gewesen!« Der edelsteinbesetzte Dolch war der Schlüssel zu dem ganzen Geheimnis um Isabellas Tod. Zuerst verfluchte sie sich im Namen verschiedener Heiliger, nicht früher daran gedacht zu haben, doch bald schon fand sie eine Entschuldigung für ihr Versäumnis. Immerhin war der Dolch während ihrer Verhandlung nicht einmal erwähnt worden und außerdem hatte alles so ausgesehen, als ob Ian der Übeltäter war. Dennoch war sie von ihren Verstandeskräften alles andere als begeistert, denn auf einmal schien alles so klar. Wer auch immer den Edelstein-Dolch benutzt hatte, um Ian reinzulegen, musste mit ihrem Bruder Giovanni auf so vertrautem Fuß stehen, dass er ihn mit der Beschaffung dieses hässlichen Objekts betraute. Giovanni war zwar mit Sicherheit mit all den Männern, die sie zu Tullia eingeladen hatte, bekannt, aber es gab einen Mann, dessen Name ganz oben stand. Dieser spezielle Mann war zwar kein enger Freund von ihrem Bruder, aber er war ihm genau genommen sogar enger verbunden als ein Freund – denn er war sein Cousin Angelo. Und auch ihr Cousin.

Biancas Gedanken rasten. Nicht nur, dass Ceccos Geschichte Ians Bericht bestätigte, sie war inzwischen auch davon überzeugt, dass er nicht in das Komplott gegen sie verwickelt war. Sie erkannte, dass Ian ihr nicht übel mitgespielt hatte, im Gegenteil, ihm selbst war übel mitgespielt worden. So wie Cecco den Charakter der Frau und ihre finanziellen Möglichkeiten beschrieben hatte, kam nur eine Frau in Frage – Mora. Selbst wenn Ian Mora noch lieben sollte, die Geschichte des Zwerges würde ihm seine Verblendung vor Augen führen.

Bianca musste ihren ganzen Verstand aufbieten, um die Gefühle, die in ihrem Herzen plötzlich wieder hochschlugen, zurückzudrängen, und um die aufs Neue lodernden

Flammen der Leidenschaft zu ersticken. Auch wenn Ian sie nicht getäuscht hatte, ermahnte sie ihr Verstand, so hatte er sich doch geweigert, an ihre Unschuld zu glauben. Er hatte hartnäckig wie ein Esel daran festgehalten, dass sie die Täterin war. Was für einen klareren Beweis wollte sie denn noch dafür, dass er nichts für sie empfand und auch nie etwas für sie empfinden würde.

Ians Bild tauchte plötzlich vor ihrem geistigen Auge auf, und sie hatte Mühe, ein Schluchzen zu unterdrücken. Mochte er auch bockbeinig und stur wie ein Esel sein, er war und blieb ihr Ideal von männlicher Schönheit, ihr Traummann. Besser gesagt, er hätte ihr Traummann sein können, verbesserte sie sich, wenn er sie nur zurücklieben hätte können. Für einen kurzen Augenblick gewannen ihre Gefühle die Oberhand über ihren Verstand, und ihr Herz begann wie wild zu schlagen bei dem Gedanken, dass einer Hochzeit eigentlich nichts mehr im Wege stand, wenn ihre Unschuld erst einmal bewiesen war.

Aber mit ihm in dem Wissen zu leben, dass er sie nicht liebte, wäre noch schlimmer, als ihn überhaupt nicht mehr zu sehen. Sie liebte ihn zu sehr, um ihn zu einem Leben mit einer Frau zu verdammen, für die er nichts empfinden konnte. Zuerst würde es wahrscheinlich gehen, aber mit den Jahren, das wusste sie, würde er es ihr übel nehmen, um sie letztendlich sogar zu verachten. Auch wenn es schwer werden würde – es wäre besser, ihn eine Frau heiraten zu lassen, die er lieben konnte, als ihn an eine Verlobung zu binden, die nur dazu führen würde, dass er sie später hasste. Der Gedanke, Ian könnte sie verachten, ließ sie erschauern und bestärkte sie in ihrem Entschluss.

Sie würde ihn nicht sehen, würde nicht um seine Zuneigung buhlen, würde nichts von ihm erwarten. Sie würde einfach aus Venedig verschwinden und ihn von ihrer Verlobung entbinden, damit er das Leben führen konnte, das er wollte – mit einer Gefährtin seiner Wahl. Aber sie musste sicherstellen, dass er von ihrer Unschuld erfuhr. Sie könnte den Gedanken nicht ertragen, er könne mit der Vorstellung durchs Leben gehen, sie habe ihn getäuscht, belogen und betrogen. Sie wusste, was es bedeutete, solche Gefühle in seinem Herzen zu bewegen, und sie war entschlossen, ihm das zu ersparen. Sie wollte keine zweite Mora sein.

Es war keine Zeit zu verlieren, erkannte sie mit Schrecken. Das Wasser stieg immer schneller, drängte sich mit ungebremstem Eifer durch den Boden. Sie musste hier raus und Ian eine Nachricht zukommen lassen, damit er Bescheid wusste, über sie und über Mora …

Ein Plan nahm in ihrem Kopf Gestalt an, und sie sprudelte heraus: »Wenn ich Euch verspreche, das zu verhindern, Euch zusichere, dass man Euch von diesem Verbrechen freispricht und Ihr Eurem, ehm, illustren Beruf wieder nachgehen könnt, werdet Ihr mir dann helfen?«

»Nach allem, was ich erzählt hab', kommt Ihr mir immer noch mit weiblich'n Versprechung'n?« Cecco schnitt ein Gesicht.

Verdammte Mora und ihr Gift, dachte Bianca im Stillen und bemühte sich ruhig zu bleiben. »Ihr müsst mir glauben. Ich sage die Wahrheit. Ich kenne den Mann, den ihr töten solltet, und ich kenne die Frau, die den Auftrag dazu gab. Der Mann ist Ian Foscari. Er ist groß, sieht gut aus, hat blondes Haar und graublaue Augen. Die Frau« – Bianca schauderte, ob aus Erleichterung, Eifersucht oder wegen der Kälte des Wassers, das ihr jetzt schon um die Taille spülte, ließ sich nicht sagen – »ist dunkel und sehr sehr schön. Ihr Name ist Morgana da Gigio.«

Cecco beäugte sie kritisch. »Und wenn schon. Was hab' ich davon?«

»Ich kann Euch helfen. Ich kann für Euch eintreten. Wenn Ian Foscari diese Geschichte hört, so wie sie sich wirklich zugetragen hat, wird er Euch belohnen und nicht attackieren, das verspreche ich Euch. Und ich kann Euch auch sagen, wie Ihr sie ihm am besten beibringt.«

Cecco knurrte ungläubig. »Ich versuch' ihn zu töt'n und knall' ihm dies'n Dolch hier auf den Kopf, und Ihr wollt mir weismach'n, dass er mir dafür auch noch dank'n wird? Ihr seid eine ganz Schlaue, was? Nein danke. Ich hab' geseh'n, wie dieser Mann kämpft, und ich hab' keine Lust, ihm über den Weg zu lauf'n.«

Bianca verdrängte all ihre Belange in den hintersten Winkel ihres Kopfes und bot ihren ganzen Verstand für ihre Überzeugungsarbeit auf: »Für einen Mann von Euren Fähigkeiten und Eurem Geschmack ist es doch sicher fürchterlich, die ganze Zeit an dieses Loch hier gefesselt zu sein, oder? Auch wenn es Euch vorher nichts ausgemacht haben sollte, was macht Ihr jetzt, wo hier alles voller Wasser ist und all Eure Habseligkeiten ruiniert sind? Es kann Wochen, ja Monate dauern, bis Ihr hier wieder zurückkommen könnt. Wo wollt Ihr hin? Was wollt Ihr tun?«

Sie machte eine Pause, um ihre Worte in Ceccos Verstand einsickern zu lassen, so wie das Wasser sich unerbittlich in ihr Kleid sog. Für einige Augenblicke starrten sich die beiden – ein durchnässter Zwerg und eine durchweichte Bianca – in einem stillen Machtkampf der Augen gegenseitig an. Schließlich fing Cecco an zu sprechen.

»Ich wette, Ihr könnt nich mal schwimmen, oder?« Als Bianca nicht widersprach, schüttelte Cecco den Kopf. »Ich riskier' doch nich nochmal mein Leben für eine Dame, und schon gar nich für eine, die nich schwimmen kann. Nein, danke. Versprechung'n. Pah.«

»Ihr wollt mich nicht mitnehmen? Ihr wollt mir nicht zur Flucht verhelfen?« Biancas Stimme zitterte. Sie konnte ihre Enttäuschung und Verzweiflung nicht länger unter Kontrolle halten.

»Wie kann ich das? Selbst wenn ich mich darauf einlass'n würde, was ich nich tu', da könnt Ihr Gift drauf nehm'n, wie kann ich das, wenn Ihr nich mal so'n Kinderkram wie schwimmen könnt? Außerdem seid Ihr zu groß. Die Kanäle sind für mich schon fast zu eng.«

»Ihr schwimmt durch die Kanäle? Könntet Ihr mich nicht wenigstens dorthin führen, und dann lass ich Euch Eurer Wege gehen? Könntet Ihr mir nicht einfach nur die richtige Richtung zeigen?«

Cecco verzog wieder das Gesicht. »Das wäre wirklich ganz toll, ich komm' in ein paar Woch'n zurück und find' Eure stinkende Leiche vor meiner Eingangstür vor.«

»Bitte, bitte, Ihr müsst mir helfen. Ich muss hier raus. Ich bin keine Mörderin. Ich will nicht sterben.«

»Warum habt Ihr das nich den Richtern erzählt, als Ihr die

Möglichkeit dazu gehabt habt?« Cecco rutschte auf die Sofakante vor. Sein Ton wurde ein bisschen weicher. »Schaut, Fräulein, ich glaub ja, dass Ihr keine Mörderin seid, Ihr habt nich das Zeug dazu, aber ich kann Euch trotzdem nich mitnehm'n. Vielleicht, wenn Ihr bei diesem Irrwisch von Foscari ein gutes Wort für mich einlegt, kann sein, dass ich Euren Freund'n dann eine Nachricht überbringe.«

Während er noch sprach, stellte er sich auf die Plattform, auf dem das Sofa stand, und traf Anstalten, sich zu verabschieden. Bianca sah, dass dies ihre letzte Chance war, und auch ihre einzige. Sie konnte und wollte versuchen, ihm zu folgen, auch wenn es so aussah, als wende sich die Schicksalsgöttin gegen sie. Zumindestens konnte sie dafür sorgen, dass Ian die Wahrheit über die Geschehnisse in Sizilien erfuhr und darüber Bescheid wusste, dass sie unschuldig war. Es könnte ihr Geschenk an ihn sein, dachte sie, immer noch von der geheimen Hoffnung beseelt, in ihm ein starkes Gefühl für sie zu entfachen. Noch geheimer war die Hoffnung, dass das Gefühl stark genug wäre, sie aus dem Gefängnis zu befreien. Bis sie ertrank, würde sie stundenlang Zeit haben, diesen idiotischen Fantasien nachzugehen. Die Zeit rief nach Taten, je schneller Cecco ging und sie ihm folgte, desto besser waren ihre Überlebenschancen.

Mit einem tiefen Seufzer machte sie sich klar, dass sie keine andere Wahl hatte, als ihr Schicksal in die Hände des widerspenstigen Zwerges zu legen. Es war wahrscheinlich sowieso das Beste, zurückzubleiben und zu ertrinken, denn andernfalls wäre sie wohl doch nicht stark genug, sich von Ian fern zu halten. »Ich wäre Euch überaus dankbar, wenn Ihr zum Palazzo Foscari gehen könntet«, instruierte sie den wartenden Cecco, »und Ian Foscari alles erzählen würdet, was Ihr mir erzählt habt. Erzählt ihm, wie wir uns kennen gelernt haben und dass ich Euch geschickt habe. Dann sagt ihm, dass ich unschuldig bin und dass Angelo, mein Cousin, der Mörder ist, den ich gesucht habe.« Sie hielt inne, um zu überlegen, ob ihre nächsten Worte zu unschicklich waren, entschied aber, dass es sowieso nicht mehr darauf ankäme, da sie ja bald tot wäre. »Und sagt ihm, dass ich ihn liebe.«

Cecco zog eine Grimasse. »Ich hätt' wiss'n müss'n, dass

'ne Frau in so was auch immer ihr'n sentimental'n Weiberkram reinbringt. Ich werd' sag'n, was ich eben sag', und dann seh'n wir mal, wie viel Eure Versprechung'n wert sind.« Damit sprang er ins Wasser und schwamm zur äußersten Ecke seiner Zelle, tauchte unter und verschwand.

»Signore! Signore Cecco!«, rief Bianca, glitt von ihrem Hocker ins Wasser, das ihr schon bis unter die Brust reichte, und bewegte sich zu der Stelle, wo sie ihn zuletzt gesehen hatte. Sie tastete die Wände und den Boden mit den Händen und Füßen ab, fand aber nichts. Er war einfach weg, hatte sie mit den schaurigen Geräuschen des immer schneller durch die Risse der Wände gurgelnden Wassers allein gelassen.

28. Kapitel

Der junge Mann beobachtete mit einer gewissen sexuellen Erregung, wie die Frau über seinen Schoß hinweg nach einer weiteren gezuckerten Traube griff. Sie sah, wie ihm das endlose Warten immer mehr auf die Nerven ging, und gab sich deshalb nicht die Mühe, ihre milchweiße Brust zu verhüllen, die ihr aus dem tief ausgeschnittenen Mieder ihres dunkelburgunderroten Kleids herausgerutscht war. Im Gegenteil, sie rückte neben ihren Gefährten und ließ die Traube über ihre hervortretende Brustwarze gleiten, sodass sie mit Zucker bestäubt wurde. Dann legte sie die Hand auf seinen Hinterkopf und drückte seinen Mund auf die erregende Süße. Unter lustvollem Stöhnen ließ sie sich den Zucker von ihm ablutschten.

»Das ist erst der Anfang Eurer Belohnung für Eure gute Arbeit, *angelo mio*«, raunte sie ihm zu, als ihre Augen sich begegneten. »Ihr werdet alles bekommen, was Ihr Euch je gewünscht habt.«

»Jetzt im Augenblick wünsche ich mir nur, dass Ihr mir meinen Schwanz streichelt«, drängte der junge Mann mit neu erwachter Kühnheit.

Sie warf den Kopf nach hinten und lachte, ein kehliges,

perlendes Lachen, das die Adern an ihrem cremeweißen Hals in reizvoller Weise erzittern ließ. Dann wandte sie sich ihm mit einem angedeuteten Lächeln wieder zu. »Ich merke, wir haben schon zu kommandieren gelernt. Aber das –«

Es klopfte an der Tür und zwei in den Farben ihres Bruders gekleidete Männer traten ein. Die Frau erkannte in ihnen sofort die Leibwachen ihres Bruders, Jeno und Roric, ein persönliches Geschenk des Papstes. Es waren zwei blonde Riesen mit dem hellblonden Haar und den stechenden, blauen Augen der Nordlandvölker. Sie waren so groß, dass sie den Kopf einziehen mußten, um sich nicht am Oberbalken der Tür zu stoßen, und ihre breiten Schultern paßten kaum durch die Türfüllung. Auf ein Zeichen der Frau näherten sich die beiden dem Paar auf dem Sofa und machten eine tiefe Verbeugung.

»Und?« Die Frau rutschte auf dem Sofa nach vorne und blickte sie mit glänzenden Augen gespannt an.

»Euer Bruder lässt sich Euch empfehlen und bittet uns, Euch auszurichten, dass alles genau nach Euren Wünschen vorbereitet ist, Madonna.« Der Ältere der beiden sprach mit einem leicht nordischen Akzent.

Die Augen der Frau erglühten in einem neuen Feuer. Das war die Nachricht, der sie entgegengefiebert hatte, die Nachricht, dass ihr Sieg zum Greifen nah war. Sie musste nur noch auf ihren Triumph warten.

»Das Boot liegt bereit und wartet darauf, abzulegen«, fuhr der blonde Riese nach einer Pause fort. »Euer Bruder wird in drei Tagen zu Euch stoßen. Er bietet Euch an seiner Statt unsere Begleitung an, um sicherzustellen, dass es Euch an nichts fehlt.«

Die Frau ließ ihren Blick über die muskelbepackten Körper der beiden Männer vor ihr wandern und lächelte anerkennend. Ihr Bruder hatte eine gute Wahl getroffen. Sie nahm mit Genugtuung zur Kenntnis, dass er sich ihres Wertes bewußt war und ihr zu ihrem Schutz und zu ihrer Annehmlichkeit die Wachen auf die Reise mitgab, die er am meisten schätzte.

»Ihr seid ein guter Ersatz«, sagte sie schließlich und

wandte sich wieder ihrem Gefährten zu. Der junge Mann war inzwischen aufgestanden und ging bereits auf einen Geheimgang zu, der direkt zum Kanal und ihrem wartenden Boot führte, blieb aber abrupt stehen, als sie ihm zurief: »Gleich, mein Engel, gleich gehen wir, aber jetzt noch nicht.«

»Dieser Aufschub ist dumm«, jammerte der junge Mann, die eine Hand auf seinem Suspendarium. »Wir wären in der Gondel viel sicherer und hätten es viel bequemer.«

Sie wusste nicht warum, aber sie hatte inzwischen immer größeren Gefallen an dem jungen Mann gefunden und bemühte sich deshalb, ihr Missfallen aus ihrer Stimme herauszuhalten. »Mein Liebster wird mich doch nicht um den krönenden Abschluss meines Triumphes bringen wollen, oder?«, schmeichelte sie und winkte ihn zu sich zurück. Doch während sie noch säuselte, drangen von draußen Geräusche heftiger Bewegung herein. Die Frau hörte auf zu sprechen und lauschte angestrengt. Dann lächelte sie zufrieden.

»Endlich. Das verspricht sehr amüsant zu werden.« Der junge Mann hatte sich gerade wieder neben sie auf den Diwan gesetzt, als die Tür des Salons aufsprang und ihr maurischer Diener mit verrutschtem Turban und offensichtlich sehr angeschlagen von zwei großen Männern hereingeschleppt wurde. Der Diener versuchte zu sprechen, faselte etwas von Dolchen und Befehlen aus dem Senat, aber die Frau brachte ihn mit einem Nicken zum Schweigen und schickte ihn wieder fort. Er war so durcheinander, dass er sogar vergaß, die Tür hinter sich zu schließen. Die Frau richtete nun ihre ganze Aufmerksamkeit auf ihre beiden unerwarteten, aber nicht unwillkommenen Gäste und bedachte jeden von ihnen mit einem fantastischen Lächeln.

»Ich kann dir gar nicht sagen, wie entzückt ich bin, dich zu sehen, Ian«, sagte sie mit einer Stimme, in der tiefe Befriedigung mitschwang. »Obwohl ich nicht überrascht bin; schließlich hatte ich es so geplant. Dennoch, die Zeit rückte immer weiter vor, sodass ich schon befürchtete, ich müßte mich womöglich mit einem Bericht aus zweiter Hand über dein Leiden begnügen. Es ist viel besser, dein Hinscheiden höchstpersönlich mitzuerleben. Wie nett von dir, mir den

Gefallen zu tun, mich genau im rechten Augenblick aufzusuchen.«

»Ich fürchte, ich muss dich enttäuschen, Morgana, denn ich habe keinerlei Absicht, jetzt schon zu sterben. Und ich bin auch nicht hier, um dich zu besuchen.« Ians Stimme war voller Verachtung. »Es tröstet mich, dass du inzwischen immerhin schon so weit bist, solch ungebührliches Verhalten von mir zu erwarten.«

»Er hat mich sonst immer ›Mora‹ genannt« – sie sprach nicht zu ihm, sondern zu den Anwesenden im Allgemeinen –, »und hing stets wie gebannt an meinen Lippen. Sicher, er war schon immer ein Tollpatsch mit schlechten Manieren, aus Mitleid habe ich ihn trotzdem behalten. Doch seht ihn Euch jetzt an. Dringt in mein Haus ein und fordert schamlos meine Autorität heraus.« Sie schüttelte vorwurfsvoll den Kopf und wandte sich direkt an Ian. »Du begreifst schon wieder nicht. Du stattest mir in der Tat einen Besuch ab, und du siehst tatsächlich deinem baldigen Ende entgegen. In einer Hinsicht hast du allerdings Recht, du wirst nicht sofort sterben, denn ich habe beschlossen, dich erst zu zerstören, bevor ich dich töte. Was ich mir für dich ausgedacht habe, ist viel schrecklicher als der bloße Tod. Und lässt sich auch nicht mehr aufhalten.«

»Du machst es wirklich spannend. Ich würde liebend gern mehr darüber hören« – Ian ging gefolgt von Crispin auf den jungen Mann zu –, »aber wir sind in Wirklichkeit hier, um deinen neuen Günstling wegen des Mordes an Isabella Bellocchio festzusetzen.«

»Nein« – Mora schüttelte den Kopf –, »so funktioniert das nicht. Wieder so eine deiner kleinen Geschichten, die du dir ausgedacht hast, um dich über deine Inkompetenz hinwegzutrösten, Ian. Seine Verhaftung käme höchst ungelegen. Angelo und ich stehen nämlich kurz vor der Abreise nach Zante.« Noch während sie sprach, gab sie Jeno und Roric, die zu beiden Seiten des Diwans standen, ein kleines Zeichen. »Wie ich höre, ist das Klima dort viel besser. Nicht immer dieser trostlose Regen, der meiner Gemütsverfassung überhaupt nicht zuträglich ist, wie ich finde.«

Ian sah sie ernst an. »Ich würde ungern einer Verbesserung deines Gemütszustandes im Wege stehen. Du kannst gerne sofort abreisen. Wir wollen nur Angelo Grifalconi. Es steht dir frei zu gehen.«

Ian wollte schon nach Angelos Arm greifen, wurde aber von einer übernatürlichen Kraft, die ihn völlig bewegungsunfähig machte, gebremst. Sein erster irrationaler Gedanke war, dass Mora letztendlich also doch mit dem Teufel im Bunde stand und sie ihn mit irgendeinem schrecklichen Fluch belegt hatte. Aber er merkte sehr schnell, dass es nichts weiter als einer der Riesen war, der seine Arme von hinten gepackt hatte. Unter Aufbietung all seiner Kraft rammte Ian seinen Ellbogen rückwärts in Jenos Bauch, um für seine Mühe nichts weiter als ein Grunzen und einen lädierten Ellbogen zu ernten. Der Mann musste irgendwie aus Stahl sein, dachte er erschrocken. Als er den Kopf wandte, sah er, dass der andere Hüne Crispins rechten Arm in ähnlich unangenehmer Art festhielt. Der linke Arm hing allerdings frei herunter. Ian schickte ein stilles Dankgebet zu welcher Gottheit auch immer, die seinen Bruder zum Linkshänder gemacht hatte.

Es war der einzige Vorteil, den sie hatten, und er würde ihn bestmöglich nutzen müssen. Gegen rohe Gewalt hatten die Arboretti schlechte Karten. Sie würden sich auf ihre Intelligenz und Gewitztheit verlassen müssen, wenn sie hier herauskommen und womöglich auch noch Angelo mitnehmen wollten. Und sie müssten schnell handeln, bevor Morgana sich entschied, sich am Geräusch ihrer krachenden Knochen weiden zu wollen.

»Schick deine kleinen Spielzeuge weg, und überlass mir Angelo.« Ians Stimme war fordernd. »Ich habe für solche Spielchen wirklich keine Zeit.«

Mora blickte ihn fröhlich an. Ihr Mund verzog sich zu einem breiten Lächeln. »Ich hatte ganz vergessen, wie amüsant du sein kannst, Ian. Jeno und Roric als ›klein‹ zu bezeichnen, nein, wirklich!« Sie lachte still in sich hinein. »Du mußt wissen, wie sehr es mich schmerzt, dir irgendetwas abzuschlagen, nach allem, was wir einander bedeutet haben, aber Angelo geht mit dir nirgendwohin.«

Crispin hatte seinen Bruder die ganze Zeit über mit Verwunderung beobachtet. Was dachte er sich bloß? Niemand wusste besser als Ian, wie hinterhältig und gerissen Mora war, und dennoch benahm er sich so, als habe er ein Kind vor sich. Ausgerechnet jetzt, wo es mehr denn je in seinem Leben darauf ankam, feinfühlig und zurückhaltend zu sein, kam Ian mit direkten Befehlen und Erklärungen. Womöglich hatten seine Nerven unter der Anspannung gelitten, dachte Crispin in heller Panik, ein Gefühl, das sich noch verstärkte, als er beobachtete, wie Ians Kopf und sein linker Arm leicht zuckten. Bekam sein Bruder womöglich gleich einen nervösen Anfall, ausgerechnet jetzt, wo so viele Leben an einem seidenen Faden hingen? Instinktiv wollte Crispin schon seinen freien Arm nach Ian ausstrecken, um ihn zu beruhigen, als er plötzlich begriff.

»Morgana, du überraschst mich.« Ian hatte Mühe, seiner Stimme nicht die Erleichterung anmerken zu lassen, die er empfand, als er sah, dass Crispin sein Signal verstanden hatte. Er konzentrierte sich darauf, Moras Aufmerksamkeit nicht abschweifen zu lassen. »Was hat Grifalconi, was tausend andere Männer und mindestens hundert Hunde nicht in gleicher Weise zu bieten haben?«

»Du bist eifersüchtig!« Mora schloss die Augen, um sich das Wort auf der Zunge zergehen zu lassen, und zwar gerade lange genug, um nicht die leichte Bewegung von Crispins linker Hand mitzubekommen. »Zumindest weißt du endlich meinen Wert richtig einzuordnen, ja, endlich ist dir klar geworden, was du an mir hättest haben können, wenn du nur mutig genug gewesen wärst.«

»Du hast wirklich die Gabe, den Nagel auf den Kopf zu treffen. Findest du nicht auch, Crispin?«, fragte Ian, um seinen Bruder zu zwingen, mit ihm Blickkontakt aufzunehmen. Als sich ihre Augen begegneten, zwinkerte Crispin kurz und rammte im selben Augenblick den Dolch, den er heimlich aus seinem Hosenbund gezogen hatte, in Roric linken Oberschenkel. Roric hob zu einem derart lauten Gebrüll an, dass alle zusammenfuhren, und zwar einschließlich Jeno, der vor Schreck für den Bruchteil einer Sekunde seinen Griff lockerte. Das reichte für Ian, um sich loszuwinden und seinen langen Degen aus der Scheide zu reißen. Er stürzte mit gezogenem Degen zum Diwan und zielte auf Angelos Herz.

»Wenn du noch einen Schritt näher kommst, wird dein Bruder sterben müssen, fürchte ich«, sagte Mora im Plauderton, so als handele es sich lediglich um eine höfliche Bemerkung bei einem Fest.

Ian blieb stehen, wo er stand – nur eine Armspanne von Angelo entfernt, der sich lässig auf dem Diwan räkelte – und drehte sich zu seinem Bruder um. Roric hatte Crispins Arme nach hinten gedreht und drückte einen Dolch an dessen Kehle, wobei er ihm mit einem Ritz demonstrierte, dass das nicht nur eine leere Drohgebärde war. Ein Blutrinnsal bahnte sich seinen Weg nach unten.

Und dann verschwamm alles vor Ians Augen. Beim Anblick der Szene verwandelte sich der prunkvolle Raum in die Ebenen von Sizilien. Crispins Gesicht nahm Christians Züge an, sein auf den Umhang tropfendes Blut wurde Christians Blut. Der Albtraum wiederholte sich ganz real und er war mitten drin. Aber dieses Mal würde er Christian nicht sterben lassen. Dieses Mal würde er mit dem Mörder abrechnen. Dieses Mal würde er seinen Degen geradewegs in ihn hineinstoßen. Immer noch in seiner Erinnerung gefangen, riss er seinen Degen vor sich hoch und ging langsam auf Roric und Crispin zu. Crispin beobachtete, zuerst überrascht und dann voller Schrecken, wie Ian näher kam, mit leeren Augen, total emotionslos, sich selbst völlig entrückt. Rorics Dolch grub sich mit jedem Schritt Ians tiefer in Crispins Kehle.

»Ian!«, schrie Crispin seinen Bruder an, verzweifelt bemüht, dessen entsetzlichen Trancezustand zu durchbrechen und ihn zurückzuholen. »Ian!«, keuchte er noch einmal, und der Dolch drang weiter vor.

Ian blieb weder stehen, noch verlangsamte er seinen Schritt. Er wirkte wie aufgezogen, näherte sich mit eisiger Miene unbeirrbar seinem Ziel. Crispin, den nahen Tod vor Augen, hatte gerade gebetet, Gott möge seiner Seele gnädig sein – da blieb Ian stehen.

Er war jetzt fast nah genug, um seinen Degen in Christians Mörder hineinzustoßen, als sich plötzlich der Vorhang vor seinem inneren Auge hob und er sich vor Crispin und Roric wiederfand. Ian blickte verwundert auf seinen gezogenen Degen, bereit zum Todesstoß, und dann zu seinem Bruder. Crispin, dessen Mantel schon über und über mit Blut besudelt war, sah ihn voller Angst und Schrecken an. Obwohl sich der Nebel vor seinen Augen verzogen hatte, brauchte Ian noch einen Augenblick, um zu realisieren, wo er war, und um zu begreifen, was vor sich ging.

Ian ließ den Arm sinken. Eine Welle des Entsetzens schwappte über ihn, Entsetzen über das, was beinahe geschehen wäre.

»Ian«, flüsterte Crispin, zwischen Erleichterung und Besorgnis hin und her gerissen, mit erstickter Stimme, als er sah, wie der leere Ausdruck in Ians Augen einem Ausdruck tiefster Verzweiflung Platz machte. »Du darfst nicht … aufgeben … denk an … Bianca.«

Irgendwo im Haus schlug eine Uhr neun Mal und durchbrach Ians Erstarrung. Sizilien und die damit verbundenen Schrecken wichen zurück, und damit kehrte auch sein Verstand und seine Entschlossenheit wieder zurück. Er mochte bei Christian versagt haben, aber er würde nicht bei Bianca versagen. Oder bei Crispin. Verflucht noch mal, er würde nicht wieder tatenlos zusehen, wie einem weiteren, ihm teuren Menschen die Kehle durchgeschnitten wurde. Ihm wurde eine zweite Chance gegeben und die würde er auch nutzen.

Ians Verstand arbeitete fieberhaft, prüfte jede mögliche Vorgehensweise, um sie anschließend wieder zu verwerfen. Er kannte Mora gut genug, um zu wissen, dass sie es ernst meinte, und dass sie nicht zögern würde, Crispin töten zu lassen, falls Ian ihrem Günstling nur einen Schritt näher käme. Er wusste aber auch, dass ein Verzicht auf seinen Degen sie nicht davon abhalten würde, Crispin von Roric töten zu lassen, einfach nur um des Vergnügens willen. Und wenn sie Crispin umgebracht hätte, dann würde sie ohne jede Frage auch ihn töten.

Als Ian hörte, wie Mora sich hinter ihm auf dem Diwan bewegte, spannte er sein Rückgrat an, um sich in Erwartung ihrer Schmähungen dagegen zu wappnen. Doch ihre Stimme klang ruhig, so als sei seit ihrem Ultimatum überhaupt nichts vorgefallen, als sei er nie in diesen seltsamen Trance-Zustand verfallen.

»Ich finde es erregend, wenn in meinem Hause die Degen gezogen werden«, sagte Mora mit einem lustvollen Schaudern, das Angelo zu einem Lächeln verleitete. »Falls dir überhaupt irgendetwas an deinem Bruder liegt, dann schlage ich vor, du steckst deinen Degen zurück. Sofort.«

Blitzartig wurde Ian klar, dass sie und Angelo in Anbetracht der Tatsache, dass sie in seinem Rücken saßen, nichts von seiner mörderischen Benommenheit mitbekommen haben konnten, nicht gesehen haben konnten, was gerade vorgefallen war. Das brachte ihn auf eine Idee.

Es war ein gefährlicher Plan, aber angesichts seiner Position gab es keinen besseren Ausweg. In der Hoffnung, sie noch gut genug zu kennen, um ihre Reaktion richtig abzuschätzen, holte er tief Luft und drehte sich wieder zu Mora um, wobei er versuchte, ihrem Blick mit steinerner Miene zu begegnen. »Du solltest es besser wissen, Mora, und mir nicht mit solchen Drohungen kommen. Du weißt doch, dass ich zu keinerlei Gefühlen für irgendeinen Menschen mehr fähig gewesen bin, seit du mich verlassen hast.«

»Daran bist ganz allein du selbst Schuld, das weißt du. Ich habe mich abgemüht, um dir beizubringen, wie man liebt, wie man sich für andere aufopfert. Aber du warst so selbstsüchtig. Du hast erst begriffen, als es zu spät war, als du mich verloren hattest.« Mora seufzte bei der Erinnerung an die vergeudeten Anstrengungen tief auf. »Aber dennoch konnte ich mich nie des Gefühls erwehren, dass du, auch nachdem du deine Gefühle für andere auf Eis gelegt hattest, immer noch ein gewisses Interesse an deinem Bruder hattest.«

Ian klopfte das Herz bis zum Hals. »Nein, du hast bei der Zerstörung meiner Gefühle ganze Arbeit geleistet. Crispin interessiert mich nicht mehr als die Hure, mit der ich verlobt war oder irgendein Fremder, dem ich auf einer einsamen Straße begegne.« Ian schlug einen vertraulichen Ton an. »Um ehrlich zu sein, er ödet mich an. Du kannst dir kaum vorstellen, was für eine Tortur es war, ihn diese zwei Jahre zu ertragen.«

Mora musterte ihren früheren Liebhaber aufmerksam. Auch wenn die Tatsache, dass sie ihn verlassen hatte, ihn verändert hatte, so konnte sie sich einfach nicht vorstellen, dass er inzwischen tatsächlich so herzlos war, wie er zu sein vorgab. Es war unmöglich, dass er für seinen freundlichen und loyalen Bruder nichts empfand. Er musste bluffen. Aber er war ein Narr, wenn er dachte, sie würde ihn nicht beim Wort nehmen.

Sie spreizte ihre Hände und sagte: »Wenn das so ist, warum zögerst du dann noch? Warum lassen wir Roric ihn dann nicht töten?«

»Das Vergnügen würde ich mir lieber selbst gönnen«, gab Ian kühl zurück.

»Wirklich?« Mora war einen Augenblick verunsichert. Sie rutschte auf dem Diwan nach vorne und fragte: »Und wie würdest du es tun?«

Ians Augen glühten vor ruchloser Erregung und jagten Mora einen Schauer über den Rücken. »Darüber habe ich gerade nachgedacht. Also so etwas Banales wie ein einfacher Stoß ins Herz schwebt mir nicht vor. Das ginge zu schnell und wäre unbefriedigend.« Ian schüttelte den Kopf. »Nein, ich dachte an eine langsame, persönliche Methode. Ich würde beispielsweise damit beginnen, seinen rechten Arm abzutrennen. Das wäre schmerzhaft, aber nicht tödlich, sodass er dem Grauen ins Auge sehen kann, wenn ich den Rest erledige. Ich würde diesen Dolch nehmen«, Ian zog das kleine Messer aus seinem Hosenbund und hielt es hoch, »und ihm damit die Brust aufschlitzen, um ihn anschließend auszuweiden. Und danach – da muss ich mal sehen.« Ian schob den Dolch wieder lässig in seinen Hosenbund zurück und ließ das Heft einsatzbereit herausschauen. »Ich könnte es gleich hier tun; doch angesichts der damit verbundenen Schweinerei, wäre es wohl besser, nach draußen zu gehen.«

Mora verzog ihren Mund langsam zu einem Lächeln. Glaubte er wirklich, sie ließe sich so leicht täuschen? Dass er sie nur davon zu überzeugen brauchte, Crispins Exekution auf ihr am Landesteg wartendes Boot zu verlegen, um dann die Gelegenheit zur Flucht zu ergreifen? Sehr amüsant, aber auch beleidigend. Sie hatte gehofft, er kenne sie besser. Und das würde sie ihm mit Gewissheit nicht durchgehen lassen. »Nein, ich möchte nicht gerne draußen im Regen stehen und ich möchte auf keinen Fall etwas verpassen. Geh hier ans Werk, die Diener werden sich hinterher um die Unordnung kümmern.«

Sehr zu Moras Missfallen zeigte Ian sich weder überrascht, noch entmutigt, sondern eher erfreut. Er verbeugte sich tief vor ihr, kehrte dem Diwan den Rücken und ging auf seinen Bruder zu.

»Hast du gehört, was ich gerade vorgeschlagen habe, *fratello mio?*«, fragte er Crispin mit frostiger Stimme.

Roric hielt Crispins Arme immer noch auf dessen Rücken gedreht. Doch immerhin hatte er auf eine Anweisung von Mora hin das Messer von Crispins Hals genommen. Crispin nickte nur und suchte im Gesicht seines Bruders nach einem Hinweis darauf, dass dies alles nur ein Scherz war, dass er nicht die Absicht hatte, ihn auf die beschriebene grausame Art und Weise hinzurichten. Aber so sehr er auch forschte, Ians Gesicht blieb eine undurchdringliche, steinerne Maske.

Doch nicht so seine Augen. Sie hielten seinen Blick ohne ein Wimpernzucken fest, auch dann noch, als er den Degen hob, um ihm den rechten Arm abzutrennen. Crispin hielt den Atem an und wartete stoisch auf den Schmerz, der dem Schlag folgen würde, versuchte sich innerlich dagegen zu wappnen.

Er kam nicht. Alles, was er spürte, war etwas Warmes, was ihm den Nacken hinunterlief. Einen kurzen Augenblick lang wunderte er sich, dass der Schmerz ausblieb, bis er realisierte, dass das Blut nicht sein, sondern Rorics Blut war. Ian hatte Roric in einem Moment der Unachtsamkeit überrumpelt und die Klinge auf dessen Schulter herabsausen lassen. Roric lockerte den Griff um Crispins linken Arm, mit dem er nun nach dem von Ian kurz zuvor griffbereit verstauten Dolch greifen konnte. Er holte tief Luft und packte zu.

Crispin war nicht nur maßlos erleichtert, sondern vor allem auch von tiefer Freude beseelt. »Du haßt mich also nicht?«, flüsterte er atemlos seinem älteren Bruder zu und klang eher wie ein unsicherer Schüler, denn wie ein erwachsener Mann von neunundzwanzig Jahren. Ian nahm sich vor, ihm bald zu erzählen, wie er in zehn Sekunden um zehn Jahre gealtert war, als er Rorics Messer an seiner Kehle sah, aber im Augenblick blieb ihm nur die Zeit, entrüstet die Augen zu verdrehen. Eile war geboten, denn auch wenn Ians Rücken Mora die Sicht versperrte, war es nur eine Frage von Sekunden, bis Mora bemerkte, was geschehen war.

»Du nimmst Angelo, und ich –«, war alles, was Ian noch herausbrachte, bevor Rorics Gebrüll den Beobachtern auf dem Sofa die Situation klar machte. Crispin schaffte es gerade noch, sich aus den Fängen des blutüberströmten Hünen zu befreien, bevor dieser auf dem Boden zusammenbrach. Er stürzte sofort auf Angelo zu. Ian war an Roric vorbei auf Jeno zugestürmt, der zu überrascht war, um Ians Dolchstoß in seinen Bauch abzuwehren. Er sackte mit einem Stöhnen nach vorne über, und Ian benutzte den Griff seines Dolchs, um ihm damit noch einen Schlag auf den Kopf zu versetzen. Jeno taumelte kurz und kippte schließlich bewusstlos zur Seite.

Ian blickte gerade rechtzeitig hoch, um zu sehen, wie Crispin Angelo die Dolchspitze auf die Brust setzte. Moras Günstling war unbewaffnet und leistete wenig Widerstand, als Crispin ihn zur Tür drängte. Ian folgte ihnen und sah sich nur noch einmal kurz um, um sich zu vergewissern, dass Roric wirklich bewußtlos war und nicht plötzlich hinter ihnen auftauchen würde. Noch bevor er die Tür erreicht hatte, hörte er, wie seine frühere Mätresse hinter ihm in die Hände klatschte, zweifellos als spöttischer Beifall für seine tolle Vorstellung gedacht, was ihm aber im Prinzip egal war – der Tag heute gehörte ihm.

Wie falsch er damit lag, sah Ian erst, als Crispin die Tür aufstieß, und Hünen, ein jeder so groß wie Jeno und Roric – alle in Rüstungen – ihnen den Weg versperrten.

»Du hast doch nicht wirklich geglaubt, ich würde Angelo so einfach gehen lassen, nicht wahr?«, rief Mora von dem Sofa hinter ihm her. »Ich glaube, ich bin ziemlich vernarrt in ihn. Und er weiß die Ehre meiner Zuneigung zu schätzen. Ich bin dir wirklich für die unterhaltsame Vorstellung, die du mir geliefert hast, dankbar. Es lief alles so, wie ich es geplant habe, aber jetzt kann ich es kaum noch erwarten, dass es zur Sache geht.«

Ian und Crispin waren nicht nur zahlenmäßig unterlegen, sie hatten auch sonst keine Chance. Ihnen blieb nichts anderes übrig, als ihren Gefangenen und ihre Waffen den neuen Giganten zu übergeben. Angelo schlenderte lässig zum Sofa zurück, so als habe er genau diesen Ausgang erwartet, und schmiegte sich wieder in die offenen Arme seiner Mätresse. Er nahm ihre Hand und führte sie zu seinem erigierten Glied.

»Legt sie dort an der Wand in Eisen, damit sie nicht entkommen können«, befahl sie dem Anführer der Truppe. »Aber verletzt sie nicht, ich möchte, dass sie meine Worte genau mitbekommen.«

»Da du uns ganz offensichtlich zu töten gedenkst«, wandte sich Ian fast ungeduldig an Mora, während einer der neuen Wachen ihm Handschellen anlegte, »warum schreitest du dann nicht zur Tat, anstatt uns erst noch zu langweilen?«

»Hast du denn nicht zugehört? Natürlich nicht, der große Ian Foscari ist zu sehr mit seinen eigenen Gedanken beschäftigt, zu selbstsüchtig, um den Bedürfnissen anderer Menschen Aufmerksamkeit zu schenken.« Moras Tonfall war geradezu mütterlich. »Wenn ich dich einfach nur töten wollte, hätte ich das bereits vor Stunden getan, ja, vor Jahren schon, anstatt jetzt meine Reise zu verschieben. Nein, ich habe noch eine ganze Reihe Foltermöglichkeiten für dich auf Lager, bevor du stirbst. Dich nur umzubringen, passt nicht ins Konzept meines Plans.«

»Schade«, sagte Ian frei heraus. Er wusste, dass er nichts zu verlieren hatte. »Alles wäre besser, als deinem kranken Gefasel zuhören zu müssen. Jede Minute, um die du deine Abreise verschiebst, erhöht nur deine Gefahr.«

»Deine Sorge um mein Wohlergehen rührt mich, aber sei versichert, einen kleinen Aufschub ist mir die Sache trotzdem wert«, sagte Mora in einem Ton, als läge ihr daran, seine Befürchtungen zu zerstreuen.

Während sie noch sprach, hatte der Hüne Ian und Crispin mit Hilfe einer Kette, die er durch die normalerweise für die

Fackeln bestimmten Eisenringe gezogen hatte, an ihren Handschellen aufgehängt, sodass sie keinen Bodenkontakt mehr hatten. Die Position hätte schlimmer sein können, überlegte Ian, obwohl er es sich eigentlich nur schwer vorstellen konnte, als der stechende Schmerz von seinen Schultern in seine Handgelenke schoss. Vielleicht, wenn die Fackeln noch in den Ringen gesteckt und sie die Metallglieder der Ketten erhitzt hätten und das heiße Wachs auf seinen Kopf getropft wäre ... Er war immer noch dabei, sich weitere mögliche Foltermethoden auszudenken, um Moras geistesgestörtes Geplapper so weit wie möglich auszublenden, als er plötzlich etwas hörte, was seine Aufmerksamkeit wieder weckte.

Mora hatte sich verschwörerisch Angelo zugewandt. »Sollen wir ihnen erzählen, was wir uns für deine Cousine ausgedacht haben? Meinst du nicht, dass das Warten für sie aufregender wird, wenn sie die Uhr ticken hören und dabei an sie denken?« Beim Wort ›aufregend‹ senkte sie die Augenlider und fuhr sich genüsslich mit der Zunge über die Lippen. Angelo nickte nur erwartungsfroh.

»Was hast du mit Bianca gemacht?«, fragte Ian harsch und vergaß plötzlich seine Arme, seine Schmerzen.

Mora zog mit zwei Fingern den Schwung von Angelos Schultern nach. »Es geht nicht darum, was ich gemacht habe. Es geht darum, was du getan hast, um genauer zu sein, was du tun wirst. Du musst wissen, in genau zweieinhalb Stunden, wenn die Uhr von San Tristan zwölf schlägt, wird der Ostflügel des Dogenpalastes in die Luft fliegen, und du wirst dafür verantwortlich sein. Du weißt, welchen Flügel ich meine, den, in dem Veronese gerade die Gemälde restauriert hat, den, wo die Notare sitzen, den, in dem –«

»Die Gefängnisse sind!«, unterbrach Crispin sie. »*Dio mio*, sie wird Bianca umbringen!«

Mora nickte und wandte ihren Blick dorthin, wo Crispin neben seinem Bruder hing. »Ja, genau. Warum begreift Ihr immer so viel schneller als Euer Bruder?« Sie fixierte Ian erneut. »Aber eigentlich ist das erst der Anfang. Es wird nicht lange dauern, und dann wird man dich, Ian, und den Rest deiner teuren Arboretti-Familie des Landesverrats bezichtigen. Man wird deine Waffengeschäfte mit den Türken, die in der Sprengung des Dogenpalastes gipfeln, ans Tageslicht bringen.« Sie hielt inne und nickte mit einem kleinen Seufzer mehrmals hintereinander. »Aber stümperhaft wie du nun einmal bist, hast du den Anschlag vermurkst und nur eine Ecke in die Luft gejagt, wobei eine Menge Fässer mit deinem Schießpulver, das heißt Fässer, die den Namen Arboretti tragen, unversehrt zurückgeblieben sind. Dein Ruf wird genauso wie deine kleine Schlampe in Rauch aufgehen. Sollte es dir trotz deiner Fesseln gelingen, dorthin zu gelangen, um zu retten, was zu retten ist, dann wird deine Anwesenheit bei der Explosion nur ein weiteres Indiz für deine Schuld sein, genauso wie die anonyme Anzeige, die morgen eingehen wird. Der ganze Plan wird wie ein Uhrwerk ablaufen, ja, in der Tat, wie ein Uhrwerk!« Sie lächelte Angelo verschmitzt an, als spiele sie auf einen Witz an, den nur sei beide kannten. Sie atmete tief durch und fuhr fort: »Mein einziger Kummer ist, dass ich nicht Zeugin der reizenden Folter sein kann, die sich der Senat für Verräter deines Standes sicher ausdenken wird.« In ihren Augen loderte der Wahnsinn.

Ian erschauderte. Es war ein brillanter Plan. Ob anwesend oder nicht, er würde zur Verantwortung gezogen werden. Und Bianca würde sterben. »Du scheinst das alles gut durchdacht zu haben«, presste Ian zwischen zusammengebissenen Zähnen hervor.

»Du müßtest am besten wissen, wie gründlich ich bin.« Ihre dicken schwarzen Wimpern flatterten auf und nieder. »Ein perfekter Plan, nicht wahr?«

Die Frage war zwar an Ian gerichtet, aber Crispin reagierte als erster. Seine Stimme vibrierte vor Ungeduld. Wie konnte Ian nur so ruhig dasitzen, beziehungsweise hängen und mit einer wahnsinnigen Mörderin herumplänkeln, wo es doch um ihrer aller Leben ging? »Warum tut Ihr das?«, fragte er barsch. »Warum bestraft Ihr Bianca? Was hat sie Euch getan? Was hat Euch überhaupt einer von uns getan?«

Mora sah ihn mit großen Augen ungläubig an. »Ihr wagt mich das zu fragen? Was Ihr mir angetan habt?« Sie nahm die Hände von Angelos Körper und fuchtelte damit vor ihnen wütend in der Luft herum, wobei sie Ian böse anblitzte. »Ich habe alles, was ich hatte, für ihn aufgegeben, habe alles verloren, was mir am meisten wert war. Los, sag's ihm, Ian, erzähl' ihm, wie ich auf dich gewartet habe. Erzähl' ihm, wie ich dir jeden Wunsch erfüllt habe, wie ich auf all deine Bedürfnisse eingegangen bin.«

»Das entspricht nicht unbedingt dem Bild, das ich von unserer Beziehung in Erinnerung habe«, begann Ian trocken, wurde aber sofort abgewürgt.

»Hört Euch bloß diesen selbstgerechten, undankbaren Mann an. Nach allem, was ich für dich auf mich genommen habe! Ich habe alles für dich geopfert, mein eigenes Glück, die besten Jahre meiner Jugend, ja sogar meine wahre Liebe, und was habe ich dafür bekommen? Nichts.«

»Nach meinen Berechnungen«, zählte Ian zusammen, »hast du dafür eine Million Golddukaten bekommen, ganz zu schweigen von den geschäftlichen Tipps, die noch einmal doppelt so viel wert waren, und dazu noch das Haus, in dem du jetzt wohnst, deine beiden maßgefertigten Gondeln, mindestens ein Dutzend Kleider, eine Rubinkette – du trägst sie gerade – die passenden Ohrringe dazu –«

Morgana schnaubte verächtlich angesichts seiner Aufzählung und beschrieb dann einen weiten Bogen mit der Hand. »Was ist das alles ohne wahre Liebe? Nach Jahren der Selbsttäuschung, du könntest dich zu einem besseren Mann entwickeln, zu einem liebesfähigen Mann, wie ich ihn verdiene, erkannte ich, dass unsere Beziehung ein Ende haben musste. Ich versuchte, sie freundschaftlich zu beenden, aber du wolltest mich nicht gehen lassen.«

»Seltsam, ich dachte immer, ich sei derjenige gewesen, der Schluss zu machen versuchte, weil ich dich nicht liebte.«

»Du hast es schon immer gut verstanden, die Dinge so hinzudrehen, wie es dir am besten paßte, nicht wahr, Ian?«, unterbrach Morgana ihn und fuhr hastig fort, bevor er die Gelegenheit hatte, darauf zu reagieren: »Du behauptest, *du* seist es gewesen, der die Affäre beenden wollte, aber jeder konnte die Wahrheit sehen. Selbstsüchtig und ohne Blick für deine Mitmenschen, warst du blind für das, was vor sich ging, blind für meine Liebe zu einem anderen und dessen tiefe, echte Leidenschaft für mich. Ich habe dich angebettelt, mich gehen zu lassen, du hast abgelehnt. Schließlich konnte ich es in dem Gefängnis deiner Liebe nicht länger aushalten. Doch mein weiches Herz konnte den Gedanken nicht ertragen, dir Schmerz zuzufügen. Ich wollte dir die grausame, zu späte Entdeckung ersparen, wie sehr du mich brauchtest, und auch die Qual, mitansehen zu müssen, wie ich mit jemand anderem glücklich werde.«

»Ich versichere dir, du hättest dir keine Sorgen zu machen brauchen«, warf Ian ein. Doch Mora hatte sich zu sehr in Trance geredet, um davon Notiz zu nehmen.

»Aber dann sah ich einen Weg, einen Weg, dich von deiner gefährlichen Leidenschaft für mich zu befreien. Als Abschiedsgeschenk für dich schickte ich jemanden nach Sizilien, um sicherzustellen, dass du niemals mehr nach Venedig zurückkehrst und mich in den Armen eines anderen sehen mußt.«

»Was meinst du damit? Willst du damit sagen, du hast jemanden geschickt, um mich zu *meucheln?*«

»So ein hässliches Wort für meinen Akt der Barmherzigkeit. Ich habe nur versucht, dich zu schonen, damit ich mein Leben leben konnte, ohne mir ständig über dich und das Leid, das ich dir zugefügt habe, Gedanken machen zu müssen. Ich bin über meinen Schatten gesprungen und habe Unmengen von Geld dafür ausgegeben, den Besten seines Fachs zu dingen, weil ich wollte, dass es ordentlich gemacht wird. Aber selbst da, wo mir nur dein Wohl am Herzen lag, konntest du mich nicht ungehindert meinen Weg gehen lassen. Anstatt dich zu töten, töteten sie *ihn*, ihn, meinen geliebten Christian, während du unbehelligt am Wegesrand liegen bliebst. Selbst im Angesicht des Todes warst du undankbar und hast meinen bezahlten Mördern praktisch noch dabei geholfen, den Mann, den ich liebte, abzuschlachten.«

Auf Ians Gesicht, das schon die ganze Zeit über Abscheu und Empörung widerspiegelte, zeichnete sich bei der Erwähnung von Christians Namen ein Ausdruck absoluter Ungläubigkeit ab. »Christian?«, stieß er hervor.

»Ja, Christian. Er und ich liebten uns. Es war echte Liebe. Etwas, was du nie verstehen wirst.«

Es brauchte eine Weile, um die einzelnen Mosaiksteine richtig zusammenzusetzen. »Dann hast du das *geplant?* Du hast hinter dem Überfall auf uns gesteckt ...« Durch den stechenden Schmerz der Fesseln hindurch, die sich in seine Handgelenke bohrten, fiel es ihm plötzlich wie Schuppen von den Augen. Zum ersten Mal ergab alles, was in Sizilien passiert war, einen Sinn – Christians Versuch, ihn alleine vorzuschicken, die Zurückhaltung der Banditen, ihm etwas anzutun, sein Aufwachen in Messina ohne große Blessuren ... Was keinen Sinn ergab, waren die Wunden, die er sich von Mora hatte schlagen lassen, Wunden, für die er seine Mitmenschen hatte büßen lassen.

Er hatte gewusst, dass Mora eigennützig war, hatte geahnt, dass sie unmoralisch war, aber er hatte nicht erkannt, wie skrupellos sie sein konnte. Für sie wurden Recht und Unrecht danach definiert, was ihr gefiel und was ihr nicht gefiel, was ihren Wünschen entgegenkam und was sich ihnen in den Weg stellte. Ian wurde schwindelig bei dem Gedanken, wie zerstörerisch eine solche Skrupellosigkeit sein konnte und wie er es zugelassen haben konnte, dass sie sein Leben und sein Glück zerstörte. Aber damit war jetzt Schluss, gab er sich selbst das Versprechen. Vorausgesetzt, er kam hier lebend raus.

Als Moras Stimme sich in seine Gedanken drängte, hatte sie einen neuen Ton. Sie erinnerte in keiner Weise mehr an das Unschuldslamm, das sie zu sein vorgab, sie sprach jetzt wie eine siegreiche Eroberin, die die Früchte ihrer Arbeit erntete. »Du hast vor zwei Jahren all meine Pläne zunichte gemacht, Ian Foscari. Doch das wirst du nicht noch einmal tun. Du hast immer wieder versucht, mein Leben zu zerstören, aber jetzt, jetzt endlich, zerstöre ich dein Leben. Es wäre einfacher gewesen, wenn dieses Flittchen von dir nicht den Dolch genommen hätte, den ich von ihrem Bruder in Auftrag habe geben lassen, um dich des Mordes zu überführen.« Sie machte eine Pause und überlegte. »Doch ich finde, dieser Ausgang ist eigentlich noch besser. Er ist dramatischer und weitaus aufregender. Und ich hatte nebenher das Vergnügen, dich leiden zu sehen als Ausgleich für all das Leid, das du mir zugefügt hast.« Sie wandte sich an die

Wachen, die die Brüder gefesselt und aufgehängt hatten. »Sind die Fesseln sicher? Habt ihr darauf geachtet, dass sie nicht entkommen können?« Die Hünen gingen einer nach dem anderen zu ihren Gefangenen und vergewisserten sich noch einmal, wobei der eine von ihnen von Crispin noch einen halbherzigen Tritt in die Lenden einsteckte, ohne jedoch auch nur mit der Wimper zu zucken. Schließlich bestätigten sie, dass keine Gefahr bestand, die Brüder könnten sich selbst befreien.

»Ihr drei«, Mora deutete auf die kleineren Ausgaben der Hünen, »ihr bringt Jeno und Roric zurück ins Haus meines Bruders und bleibt bei ihnen. Die anderen zwei nehme ich mit. Ihr könnt den Ruderern helfen, durch den Sturm zu kommen. Sie wandte sich Angelo zu und drückte dabei fest gegen sein Suspendarium. »Und Ihr, mein kleiner Engel, Ihr werdet dafür sorgen, dass ich mich auf der langen Überfahrt nach Zante gut unterhalte.«

Als die Uhr zehn schlug, saßen die Brüder immer noch in der Falle, baumelten immer noch ohne jede Aussicht auf ein Entkommen an der Wand.

29. Kapitel

Die Stimme war zu aufgeregt, um Ian gehören zu können, und zu hoch, um Crispins zu sein, aber was sie schrie, war unmissverständlich.

»Hilfe!«, hörten Tristan, Miles und Sebastian es durch die Tür der Bibliothek schallen. »Hilfe! Zu Hilfe! Einer muss schnell kommen!«

Nilos Sturmlauf endete an Tristans Brust. Der Aufprall war so stark, dass beiden die Luft wegblieb. Nilo wich einen Schritt zurück, blinzelte zwei Mal und schrie dann noch ein Mal aus vollem Hals. »So helft mir doch!«

»Aber sicher doch, natürlich, aber erst musst du uns sagen wie.« Miles ging vor dem Knaben in die Hocke. »Pscht, pscht, ist ja alles in Ordnung.«

»Nein, nichts ist in Ordnung!«, brüllte der Knabe laut und schüttelte dabei den Kopf. »Nein, nein, nein! Sie wollen Signorina Salva in die Luft sprengen, und die anderen hängen gefesselt an der Wand, und da sind Riesen und –«

»Warum gehen wir nicht erst einmal hier rein?« Tristan legte beruhigend eine Hand auf Nilos Schulter, schob ihn in die Bibliothek und drückte ihn in einen Sessel. »Setz dich und atme erst einmal tief durch. Und dann fängst du von vorne an.«

»Es ist keine Zeit, sich hinzusetzen, versteht Ihr denn nicht?« Nilo ließ seine gehetzten großen Augen von einem Gesicht zum anderen wandern. »Wir müssen jetzt sofort dorthin, bevor es zwölf schlägt.«

»Wohin? Und was sollen wir dann tun?«, fragte Sebastian.

Als Nilo merkte, dass ihm nichts anderes übrig blieb, als alles genau zu erklären, holte er tief Luft, konzentrierte sich kurz und fing dann an: »Sire Ian und Sire Crispin sind zu dieser Frau gegangen, zu der Frau, die zu spät zu dem Ball kam und die jedermann für eine Hexe hält.«

»Morgana di Gigio?«, fragte Tristan skeptisch nach.

»Ja, genau die«, nickte Nilo. »Sie wollten dorthin, weil dieser Mann, dieser Sire Angelo, da war, und sie wollten ihn mitnehmen, aber dann kamen die Riesen und packten sie von hinten und dann –«

»Riesen?« Nun war es Miles, der ungläubig klang.

»Sie sahen aus wie Riesen. Auf jeden Fall gab es einen Kampf. Ich konnte nicht sehen, was genau passierte, aber dann befahl die Frau, also Signorina di Gigio, dass sie angekettet und hochgezogen werden, und dann erzählte sie ihnen, was sie mit meiner Herrin machen werden.« Er hielt inne, um Luft zu holen. Seine melancholischen Augen blickten noch unglücklicher drein als sonst, und sein Kinn zitterte. »Sie hat gesagt, wenn die Uhr auf der Piazza zwölf schlägt, geht das Gefängnis in die Luft, und jeder wird denken, Ihr habt es getan, und Ihr werdet alle Verräter sein, und Ihr könnt nichts dagegen unternehmen. Aber Ihr müßt etwas unternehmen, Ihr müsst! Ihr müsst was tun! Ihr dürft meine Herrin nicht sterben lassen!«

Sebastian sah den Knaben stirnrunzelnd an. »Haben Ian und Crispin dich mitgenommen?«

Nilo biss sich auf die Lippen. »Nein. Ich bin ihnen ohne ihr Wissen gefolgt. Ich hatte Angst ...« Er zögerte und überlegte, wie er es ihnen am besten beibringen sollte. »Ich habe nicht geglaubt«, setzte er noch einmal an, bevor er herausplatzte: »Nach dem, was er heute beim Prozess getan hat, habe ich seiner Lordschaft nicht geglaubt, dass er meine Herrin retten würde. Ich dachte, vielleicht versucht er, ihr wehzutun; ich wollte einfach sichergehen. Also bin ich ihnen gefolgt.« Seine Wangen röteten sich und er sprach schneller: »Ich habe mich geirrt, aber es war trotzdem gut, dass ich da war, weil Ihr sie jetzt retten könnt. Ihr müsst sofort los!«

Giorgio, der Nilos Geschrei in Marinas Zimmer unten gehört hatte, stürzte plötzlich in die Bibliothek und fragte: »Was ist los? Was geht hier vor?«

»Nilo hat uns gerade beunruhigende Neuigkeiten gebracht«, klärte Sebastian Giorgio auf und richtete seine auffallend blauen Augen wieder auf den Knaben. »Du sagst, Ian und Crispin sind aufgehängt worden?«

»Mit Ketten, ja, aber das ist jetzt nicht so wichtig.« Zwischen Verzweiflung und Enttäuschung hin- und hergerissen, fuchtelte er wild mit den Händen in der Luft herum. »Wichtig ist, dass Ihr Signorina Salva retten müßt!«

»Wir werden unser Bestes tun«, sagte Tristan mit beruhigender, gleichmäßiger Stimme, »aber wir müssen mehr wissen. Ich habe deine Herrin von deinem phänomenalen Gedächtnis sprechen hören. Glaubst du, du kannst dich an alles erinnern, was Morgana gesagt hat?«

Giorgio war hinter den Knaben getreten und legte ihm jetzt onkelhaft eine Hand auf die Schulter. »Versuch einfach dein Bestes, Nilo. Erzähl alles, woran du dich erinnerst.«

Nilo legte seine Stirn in Falten und blinzelte genau so, wie er es bei den Erwachsenen gesehen hatte, wenn sie versuchten, sich etwas ins Gedächtnis zurückzurufen. Dann rezitierte er Wort für Wort, was Morgana von sich gegeben hatte.

Er hatte noch nie eine so aufmerksame Zuhörerschaft gehabt und war fast ein bisschen traurig, als seine Nacherzählung zum Ende kam. Aber dann fiel ihm ein, dass es eine Menge zu tun gab.

»Es scheint, als habe sie den einen Flügel des Palastes mit unserem Schießpulver vollgepumpt«, zog Sebastian ein erstes Fazit. »Aber sie müssen jemanden dort abgestellt haben, der das Pulver entzündet. Wenn wir herausfinden könnten, wo sie stehen und –«

»Nicht unbedingt«, fuhr Miles aufgeregt dazwischen und strich sich das Haar aus der Stirn. »Mal sehen, ob ich Recht habe.« Er wandte sich wieder Nilo zu. »Sie sagte doch: ›Der ganze Plan wird wie ein Uhrwerk ablaufen‹, und dann wiederholte sie: ›Ja, in der Tat wie ein Uhrwerk!‹?«

Auf dem Gesicht des Knaben spiegelte sich Verwunderung. »Ja, wortwörtlich«, bestätigte er zögernd. »Aber das war doch nur ein Scherz. Wichtig ist der Teil, wo sie sagt, dass –«

Miles schnitt ihm trotzdem das Wort ab. »Ich denke, da steckt mehr dahinter. Ich habe davon gehört, dass Leute Zünder an Uhren anschließen. Wenn die Uhr dann eine bestimmte Zeit schlägt, wird der Zünder aktiviert und löst die Explosion aus. So ein Zünder lässt sich fast nicht finden und ist narrensicher, weil niemand in der Nähe sein muß, um ihn zu zünden. Ich glaube, diese Methode ist im Osmanenreich weiter verbreitet als hier.« Er sah zu Sebastian hinüber, der langsam nickte. »Ich vermute, Mora hat ihre türkischen Verbindungen genutzt und irgendwie einen Zünder an die Turmuhr von San Tristan angeschlossen, der so eingestellt wurde, dass er losgeht, wenn die Uhr zwölf schlägt.«

»Dann brauchen wir ja nichts weiter zu tun, als ihn abzuklemmen!« erklärte Tristan enthusiastisch.

»*Margari!* Als wenn das so einfach wäre!« Tristan warf die Hände hoch. »Einen Zünder an eine Uhr anzuschließen und dazu einen Behälter mit Sprengstoff, der Hunderte von Metern weit entfernt im Ostflügel des Palastes deponiert ist, ist ein äußerst kniffliges Unterfangen. Es erfordert einen Mechanismus, der mindestens so kompliziert ist wie eine Uhr und darüber hinaus noch weitaus genauer. Um das ganze Ding abzuklemmen, bräuchte selbst der Mann, der es konstruiert hat, Stunden. Ganz zu schweigen davon, dass es nur einer falschen Bewegung bedarf, um den Zünder zu aktivieren und alles vorzeitig in die Luft zu jagen.«

»Fantastisch.« Sebastians Ton war schärfer, als er beabsichtigt hatte. Etwas ruhiger fuhr er fort: »Du behauptest also, dass es absolut unmöglich ist, ihn abzuklemmen. Aber du bist dazu in der Lage, oder?«

Miles war der Einzige der Arboretti, der seine Fähigkeiten eher unterbewertete. Er schwieg einen Moment. Sein Gesicht drückte volle Konzentration aus. Dann seufzte er: »Ich kann es versuchen. Tatsache ist, dass ich so einen Mechanismus noch nie mit eigenen Augen gesehen habe. Ich habe darüber nur in Briefen und in Reiseberichten gelesen. Aber ich wäre bereit, es zu probieren.«

Sebastian kannte Miles Talente und wusste, dass die Situation unter diesen Umständen nicht völlig hoffnungslos war – nur fast hoffnungslos. »Ich werde dich zu San Tristan begleiten –«

»Nein, ich werde alleine gehen«, unterbrach Miles ihn. Seine Stimme war tief und ernst. »Es ist sehr gefährlich. Es ist praktisch so, als begebe man sich ins Zentrum der Explosion. Wenn ich auch nur den kleinsten Fehler mache, geht alles sofort in die Luft. Ich möchte nicht für den Tod irgendeines anderen Menschen verantwortlich sein. Es reicht, wenn ich *mein* Leben aufs Spiel setze.«

Sebastian antwortete mit gleichermaßen ernster Stimme: »Es ist meine Entscheidung mitzukommen und ich habe sie getroffen. Ich setze mein Leben also selbst aufs Spiel. Du brauchst gar nicht erst zu versuchen, es mir auszureden. Du kannst nicht erwarten, die ganze Zeit im Alleingang Wunder zu vollbringen.« Sein Ton wurde ein bisschen lockerer: »Und außerdem, warum solltest du den ganzen Nervenkitzel für dich allein haben?«

»Ich wette, er liebäugelt immer noch mit Biancas Hand.« Tristans trockener Kommentar ließ Miles blasses Gesicht dunkelrot anlaufen. »Ihr Leben zu retten, während Ian in Ketten schmachtet, wird zweifellos starken Eindruck auf sie machen. Aber was ist mit mir? Was soll ich tun? Wenn ich hier ruhig herumsitze, während ihr beide Helden werdet, werde ich bei keiner Frau im ganzen christlichen Abendland jemals mehr eine Chance haben.«

Sebastian ignorierte Tristans Worte und wandte sich stattdessen an Nilo: »Du kannst Sire Tristan zu Ian und Crispin führen. Wenn irgendjemand sie befreien kann, dann er. Er war immerhin lange Zeit ein Dieb.«

Nilo begab sich an Tristans Seite und sah ihn mit großen, bewundernden Augen an.

»Danke für die Empfehlung«, sagte Tristan mit einem amüsierten Schnauben und ging bereits mit Nilo im Schlepptau zur Tür. »Wir treffen uns in einer Stunde bei San Tristan.« Es klang optimistisch, aber als er sich auf der Türschwelle noch einmal umwandte, hatte seine Stimme jeden Anflug von Heiterkeit verloren: »Das heißt, falls dann noch etwas von dem Bau übrig ist.«

»Wie bist du eigentlich auf die Idee mit dem Ausweiden gekommen?«, fragte Crispin Ian über die Schulter. »An diesem Punkt lief mir wirklich eine Gänsehaut über den Rücken.«

»Ich glaube, das hatte etwas mit dem Gefühl in meinem Magen zu tun, als ich sah, wie dieser Mann im Begriff war, dich zu töten«, gab Ian mit ungewohnter Offenheit zu.

Die Brüder verfielen eine Zeitlang in Schweigen. Dann hob Crispin wieder an: »Ich habe nicht gemerkt, dass Mora so … krank ist.«

»Ich auch nicht. Als wir zusammen waren, hielt ich sie nur für kapriziös. Ha!« Ian grunzte in sich hinein. »Natürlich, ich hielt Bianca ja auch für eine Mörderin.«

Kurzes Schweigen. Dann fragte Crispin: »Glaubst du, wir können die Explosion von hier aus hören?«

Ian holte tief Luft. »Darüber möchte ich lieber nicht nachdenken. Ich konzentriere mich lieber auf meine Schmerzen in meinen Handgelenken.«

»Du fühlst deine Handgelenke noch?«, fragte Crispin ungläubig. »Ich bin fast bis zu den Knien taub.«

»Dann schätze dich glücklich«, knurrte Ian zurück und biss die Zähne zusammen.

»Ich würde gerne wissen, ob ich jemals wieder überhaupt etwas füh–«

»Pschscht!«, unterbrach Ian ihn. »Hör mal!«

Irgendwo in der Tiefe des Hauses hörte Crispin Hunde bellen. Es fing leise an und wurde immer lauter, so als ob sich mehr und mehr Tiere dem Gebell anschlössen. Plötzlich war es still.

»Wie viele Männer kennst du, die so eine Wirkung auf Tiere haben?«, flüsterte Ian.

»Nur einen, den König der Diebe«, entgegnete Crispin und stellte eine Gegenfrage: »Aber wie sollte Tristan uns gefunden haben?«

»Um mir darüber den Kopf zu zerbrechen, fehlt mir im Augenblick die Kraft. Hoffen wir einfach, dass wir Recht haben.«

Die Brüder schwiegen wieder und spitzten ihre Ohren in die Dunkelheit hinein. Zuerst hörten sie nichts weiter als das allgegenwärtige Strömen des Regens, doch dann vernahmen sie ein kaum hörbares Knacken, ein Schlurfen und wieder ein Knacken. Und erneut kurze Stille, gefolgt von dem unverwechselbaren Geräusch rostiger Türangeln.

Noch bevor sie Nilo und Tristan sahen, hörten sie schon deren leise Schritte. Richtig erkennen konnten sie die Silhouetten der beiden Gestalten in der Dunkelheit allerdings erst, als sie fast schon vor ihnen standen.

»Ian! Crispin! Könnt ihr mich hören?«, sprach Tristan mit einem gehetzten, flüsternden Ton die beiden herabhängenden Körper an. »Seid Ihr bei Bewußtsein?«

»Bewusst sind uns nur die Schmerzen in unseren Armen«, flüsterte Ian ebenso leise zurück.

»Mir nicht, ich spüre meine Arme nicht«, fügte Crispin hinzu.

»*Grazie a Dio!*« Tristan atmete auf. Ich hatte schon Angst, wir kämen zu spät.«

»Wenn es jetzt etwa gegen elf ist, dann könnte es durchaus schon zu spät sein«, erwiderte Ian finster. »Wir müssen zur Piazza San Tristan, bevor es –«

»Zwölf schlägt«, kam Tristan ihm zuvor. »Ich weiß, ich weiß. Miles und Sebastian sind schon unterwegs nach dort. Miles glaubt, er habe Chancen, den Zünder oder was weiß ich, abzuklemmen, bevor wir alle in die Luft fliegen. Aber jetzt müssen wir euch erst von dort oben herunterbekommen. Ich sehe es von hier aus nicht. Woran hat man euch aufgehängt, Ian?«

»An Handschellen, solchen wie bei den Galeerensklaven, und mit ähnlich dicken Ketten. Die Schlösser sind neu. Sie sehen aus wie die, die Gianferuccio für die Gefängnisse angefertigt hat – die mit den dreieckigen Schlüsseln und den beiden Dornen.«

»Schön zu hören, dass du dich noch an deine Lektionen erinnerst«, sagte Tristan und lächelte in sich hinein, während er im Dunkeln in der Tasche, die er mitgebracht hatte, herumwühlte. Als Ian vor Jahren mit dem Wunsch an ihn herangetreten war, ihn in der hohen Kunst des Schlösserknackens zu unterweisen, hatte er anfangs gedacht, er wolle sich nur über seine anrüchige Vergangenheit lustig machen. Aber bald hatte er herausgefunden, dass er seinem sonderbaren älteren Cousin offenkundig Unrecht getan hatte und Ian ein echtes Interesse daran hatte, was er die ›Mysterien des Stehlens‹ nannte.

»Sehr lange werde ich mich nicht mehr daran erinnern, wenn mir all meine Lebensäfte weiterhin aus dem Kopf in die Füße fließen«, flüsterte Ian gequält zurück.

»Das dürfte für dich das geringste Problem sein, wenn diese verdammten Hunde erst mal das Haus aufwecken. Ich mache so schnell, ich kann. Aha!« Tristan zog nach einigem Suchen einen Schlüsselbund heraus und stellte die Tasche beiseite. »Nilo, gibt es hier irgendwo einen Stuhl oder einen Hocker oder sonst irgendetwas, worauf ich mich stellen kann?«

»Du hast den Knaben zu deiner Unterstützung mitgebracht?« Ian schien überrascht. »Was kann er dir nützen? Pass bloß auf, dass Giorgio nichts davon erfährt.«

»Giorgio weiß, dass er mit mir hier ist. Aber ich wäre nicht hier, und Sebastian und Miles wären nicht in San Tristan, wenn es Nilo nicht gäbe. Er hat alles, was Mora gesagt hat, heimlich mitgehört und ist dann zum Palazzo Foscari zurückgerannt, um Hilfe zu holen.« Tristan war inzwischen auf den Hocker geklettert, den Nilo herangezogen hatte, und hantierte fachmännisch an dem großen Schloss herum, mit dem die beiden Brüder zusammen an den Ring gekettet waren. »Ah, ich glaube, ich habe es gleich geschafft. Richtet euch darauf ein, gleich herunterzufallen«, warnte er die Brüder vor. Und schon sprang das Schloss auf.

Ian und Crispin schlugen mit einem dumpfen Knall auf dem Boden auf und konnten nur mit Mühe verhindern, schmerzgepeinigt aufzuschreien. »Wir haben keine Zeit, die Handschellen auch gleich abzumachen, das können wir auf dem Boot tun.« Tristan stieg wieder von dem Hocker. »Könnt ihr gehen, oder besser noch, rennen?«, fragte er hastig, während er seine Werkzeuge in aller Eile wieder in der Tasche verstaute.

Ian nickte und ließ sich von Nilo hochhelfen, während Tristan sich in gleicher Weise um Crispin bemühte. »Kommt schon, hier entlang«, drängte Nilo und zog Ian hoffnungsvoll an seinem Umhang in Richtung Tür. Er zerrte so kräftig an ihm, dass er bald das ganze Cape ohne seinen Besitzer in der Hand hatte, der immer noch regungslos dort stand, wo Nilo ihn auf die Beine gestellt hatte. Irgendjemand musste heimlich seine Beine gegen starre, heiße Scheren ausgetauscht haben, die sich bei jeder Bewegung in seinen Körper bohrten.

»Geh schon vor«, flüsterte er Nilo zu. »Ich komme gleich nach.«

»Ich auch«, wisperte Crispin und winselte vor Schmerzen leise vor sich hin.

Was Nilo und Tristan auch immer gesagt hätten, nichts hätte die Brüder dazu bewegen können, auch nur einen Schritt zu tun. Doch die Schritte, die sich von draußen plötzlich näherten, waren mehr als jeder verbale Ansporn. Sie hüpften mehr, als sie gingen, auf die kleine Seitentür mit den rostigen Türangeln zu, durch die ihre Retter vorher eingedrungen waren, und hatten sie gerade hinter sich geschlossen, als die große Salontür aufsprang.

Beim Anblick des leeren Raums wussten die sechs Wachen sofort, dass sie von ihrer anspruchsvollen Herrin weit Schlimmeres als nur ihre Entlassung erwartete, wenn sie die beiden Häftlinge aus dem Haus entkommen ließen. »Verriegelt die Türen! Sperrt die Treppen ab! Lasst die Hunde los!«, schrie der Anführer der Palastwachen, und noch bevor er die Befehle richtig ausgesprochen hatte, waren sie auch fast schon ausgeführt.

Am Fuße der Treppe, die zum Hundezwinger führte, machte Tristan halt. Die anderen reihten sich hinter ihm auf. Er bedeutete ihnen, still zu sein, öffnete die Tür einen Finger breit und sah sich vorsichtig um. Die Hunde bellten wütend zwei verstörte maurische Diener an, die die Aufgabe bekommen hatten, sie herauszulassen. Tristan setzte eine gebieterische Miene auf, stieß die Tür auf und tauchte, Ian und Crispin an ihren Ketten hinter sich herziehend, aus dem Schatten des Treppenhauses auf.

»Alles in Ordnung, Männer«, wandte sich Tristan an einen der beiden Diener. »Ich habe die Gefangenen.« Er hielt den beiden die Ketten vor die Nase. »Geht nach oben und sagt dem Anführer der Palastwache, dass alles unter Kontrolle ist. Ich kümmere mich um die Hunde und bringe ihm die beiden Verräter hier« – er spuckte verächtlich seine Cousins an –, »sobald ich fertig bin.«

Die Erleichterung auf den Gesichtern der beiden Diener war unverkennbar. »Ja, Signore« – sie verbeugten sich vor ihm –, »wird sofort gemacht.« Tristan neigte in Erwiderung ihrer Verbeugung leicht den Kopf und wandte sich dann den Hunden zu. Er stieß einen leisen Pfiff aus, der sie sofort zur Ruhe brachte. Nachdem die Diener davongeeilt waren, tauchte Nilo aus dem Gang hinter der Tür auf. Die Bewunderung, die ihm ins Gesicht geschrieben stand, erfüllte sogar Ian mit einem gewissen Neid.

»Das war fantastisch, Sire Tristan«, sagte er atemlos.

»Musstest du mich unbedingt anspucken?«, wollte Crispin wissen.

Tristan ignorierte die Frage. »Das ist ein ganz alter Trick«, meinte er wegwerfend zu Nilo gewandt. »Aber er ist keinen Pfifferling wert, wenn wir hier nicht schleunigst herauskommen. Geh vor!«

Nilo huschte behände voran und folgte dem Pfad, den er am frühen Abend ausgekundschaftet hatte. Sie schlichen um den Küchentrakt herum, dann geradeaus weiter und bogen schließlich nach links ab. Nach weniger als drei Minuten, die

Ian und Crispin jedoch wie eine Ewigkeit vorgekommen waren, stießen sie endlich auf eine enge Gasse, die längs am Haus vorbei führte.

»Es sind nur noch ein paar Schritte bis zur Gondel«, rief Tristan den Brüdern über die Schulter zu. »Wir haben es geschafft.«

Er hatte die Worte noch nicht ganz ausgesprochen, da ging auch schon das Geschrei los. »Da sind sie!«, rief jemand hinter den fliehenden Arboretti her. »Ihnen nach!«

Tristan wirbelte herum und sah, wie drei hünenhafte Wachtposten aus einer anderen Seitentür des Hauses auftauchten und die Verfolgung aufnahmen. Nilo war vorgelaufen und längst weg. Aber Ian und Crispin waren zu schwach, um sich schneller zu bewegen. Mit Entsetzen beobachtete Tristan, wie die Wachen aufholten, und so überholte er schließlich die Brüder, die sich kaum von der Stelle zu bewegen schienen.

Doch sein Entsetzen verwandelte sich ziemlich schnell in Belustigung, als er nämlich sah, dass Ian und Crispin ihre Schwäche nur vorgetäuscht hatten. Auf das Kommando von drei rissen sie beide ihre mit Handschellen bewehrten Hände hoch und ließen sie auf die Köpfe von zweien der drei Wachen sausen. Als der dritte Verfolger sah, was mit seinen Kumpanen passierte, machte er auf dem Absatz kehrt und spurtete schneller, als er gekommen war, davon.

Wenn nicht die Gefahr gedroht hätte, dass Letzterer bald mit Verstärkung zurückkam, wäre Tristan stehen geblieben und in Gelächter ausgebrochen. So aber hastete er mit den beiden Brüdern um die Ecke des Palastes, wo Nilo in der Gondel bereits auf sie wartete.

»San Tristan, *avanti, avanti!*« schrie Tristan und sprang hinter Ian und Crispin ins Boot. »Ich glaube es hat gerade elf geschlagen.«

Der Wind peitschte Miles und Sebastian den strömenden Regen ins Gesicht, als sie von ihrem Boot zum Glockenturm hetzten. Es gab keinen Zweifel, jemand war vor ihnen da gewesen. Das Schloss an der Tür war aufgebrochen und schlenkerte in dem orkanartigen Sturm hin und her, wobei es, fast im Gleichklang mit dem rhythmischen Schlagen der Uhr, immer wieder an die Türfüllung knallte. Miles eilte, immer drei Stufen auf einmal nehmend, die Treppen hinauf und stand schließlich keuchend vor dem riesigen Uhrwerk, das gerade zum elften Mal anschlug, bevor wieder Stille eintrat.

Seine Augen brauchten einen kurzen Augenblick, um sich an das Dunkel zu gewöhnen, aber dann sah er ihn sofort: Der Apparat war mit vier Zahnrädern und verschiedenen Gewichten fast genau so kompliziert wie das Uhrwerk selbst. Miles ging um die enge Plattform herum, die für die Handwerker gedacht war, um die Uhr warten zu können, und suchte sich einen Platz, wo er das Machwerk besser in Augenschein nehmen konnte. Sebastian blieb, wo er war, nicht sicher, ob er so einem Teufelsgerät auch nur einen Zentimeter näher kommen wollte.

»*Madonna!*« Miles pfiff bewundernd durch die Zähne. »Grandios gemacht.« In dem Maße, wie seine Bewunderung stieg, wuchs auch seine Verzweiflung – er hatte nicht die leiseste Ahnung, wie er an dieses Gerät herangehen sollte. Er streckte versuchsweise die Hand aus, um den kleinen Apparat zu berühren, zog sie dann aber sofort wieder weg, als hätte er ihn angezischt.

»Beißt das Ding?«, fragte Sebastian und meinte es nicht nur scherzhaft. Mit all seinen Zahnrädern und Rollen sah das Ding wahrhaftig wie eine Höllenmaschine aus.

»Das kann ich noch nicht sagen.« Man merkte Miles' Stimme an, dass ihm keineswegs zum Spaßen zumute war. »Hast du an das Lederetui gedacht?«

Sebastian beugte sich zu Miles vor und hielt ihm das Etui hin. Miles öffnete es, blickte von dort zu dem Apparat und wählte dann sorgsam eine lange Flachzange aus.

»Siehst du etwas?«, erkundigte sich Sebastian, während Miles sich dem Apparat mit dem Werkzeug näherte.

»Nein«, war die ermutigende Antwort.

»Ich hoffe, du weißt, was du tust«, schob er nach einer kurzen Pause hinterher.

»Weiß ich nicht«, sagte Miles ruhig und begann an einer Seite des Apparats mit dem Werkzeug herumzuhantieren.

Sebastian konnte nicht sehen, was er machte, aber er hörte das Kratzen von Metall.

Plötzlich gab es einen lauten Knall und der Glockenturm erstrahlte in einem gleißenden, weißen Licht. Sebastian warf sich gegen die Wand und deckte Augen und Gesicht ab, um sie vor Verbrennungen zu schützen. So schnell wie das Ganze gekommen war, war es auch wieder vorbei. Zurück blieben nur der beißende Geruch von explodiertem Schießpulver und eine ganze Menge Rauch.

»Was ist passiert?«, fragte Sebastian in die Dunkelheit hinein. Als er keine Antwort bekam, kämpfte er sich hustend und würgend auf die Beine hoch und schrie zunehmend beunruhigt: »Miles?«

Die einzige Antwort war das Echo seiner Worte, das von den Steinmauern der Kammer widerhallte. »Miles!« versuchte er es noch einmal. *Miles, Miles, Miles* flüsterten die Wände.

Das Schweigen war fast schlimmer als das unangenehme Echo. Sebastian hatte gerade die Hände zu einem Trichter an den Mund gelegt, als er ein Husten hörte, und dann noch einmal.

»Hier … ich bin unten … hier«, hörte er eine Stimme vom Boden her mühsam sagen. Sebastian wandte sich in ihre Richtung und versuchte mit den Augen die rauchgeschwängerte Dunkelheit zu durchdringen. Endlich konnte er den Scheitel von Miles Kopf ausmachen, der irgendwo unterhalb der Plattform herumschwebte.

Es dauerte einen Moment, bis er erkannte, dass Miles sich mit den Fingerspitzen an der schmalen Plattform festkrallte und mindestens sieben Körperlängen hoch frei über dem Erdboden baumelte.

»Sebastian …« – Miles Stimme klang kläglich – »Ich rutsche ab.«

Noch während er sprach, hatte Sebastian sich schon vorgelehnt, ihn an den Handgelenken gepackt und hochgezogen. Er ließ Miles sich eine Minute aushusten und stellte erst dann seine Fragen.

»Was ist passiert? Wie bist du da runter gekommen? War es das jetzt? Ist der Palast hochgegangen?«

Miles schüttelte den Kopf und wischte sich mit seinen Manschetten den Ruß aus dem Gesicht. »Ich bin nicht ganz sicher, aber ich glaube, das war nur eine Schutzmaßnahme. Der richtige Zünder muss viel gewaltiger sein als dieser hier, aber er war stark genug, um seinen Zweck zu erfüllen.«

»Und der wäre?« wollte Sebastian wissen.

»Jeden, der sich an dem Apparat zu schaffen macht, abzuschrecken. Ich sage dir, wer auch immer das hier konstruiert hat, er ist ein Genie. Ich kann nichts daran machen, ohne eine weitere, möglicherweise noch schlimmere Explosion zu riskieren.«

Die beiden Männer sahen sich schweigend an, jeder damit beschäftigt, die volle Bedeutung von Miles' Worten zu erfassen. »Soll das heißen«, versuchte Sebastian Klartext zu reden, »dass es überhaupt nichts gibt, was du tun kannst? Dass wir hier untätig herumsitzen wollen, während der Dogenpalast in die Luft geht?«

Als Miles keine Antwort gab, sondern nur weiter hilflos ins Leere starrte, beschloss Sebastian ihn aufzustacheln. »Willst du Bianca einfach so sterben lassen?«

»Das ist kaum mein Problem, sie ist schließlich nicht *meine* Verlobte«, sagte Miles mit unverschämter Gleichgültigkeit, die Sebastian aber sofort durchschaute.

»Sicher doch«, stimmte Sebastian zu. »Aber ich bin der Meinung, dass sie praktisch eine von uns ist. Und wenn das Leben eines Mitglieds unserer Familie auf dem Spiel stünde, würdest du hier eben nicht untätig herumstehen.«

»Wer sagt, dass ich hier untätig herumstehe?«, fragte Miles finster zurück.

»Ich dachte, du hast gesagt, du könntest nichts machen –«

»Nichts an diesem Mechanismus«, verbesserte Miles ihn und strich sich das Haar aus der Stirn, wobei eine widerspenstige Locke zurückblieb. »Es gibt noch eine Möglichkeit, die wir versuchen könnten.«

»Und die wäre?«, fragte Sebastian und bemühte sich seine Erregung zu unterdrücken.

»Wir könnten die Uhr anhalten und verhindern, dass sie zwölf schlägt«, erklärte Miles einfach.

Sebastian sah seinen Cousin beunruhigt an. Hatte er den

Verstand verloren? »Aber du weißt doch, dass diese Uhr ständig gehen soll. Und es heißt, wenn sie einmal steht, bricht das ganze venezianische Reich zusammen.«

Miles zuckte die Achseln.

»Was bedeutet das alles im Klartext?«, wollte Sebastian völlig aufgebracht wissen.

Miles zuckte erneut die Achseln. Doch als er sah, dass Sebastian drauf und dran war, ihn zu schütteln, machte er schließlich doch den Mund auf: »Ich glaube, das ist unsere einzige Chance. Wenn wir Glück haben, liegt das ganze venezianische Reich auf dem Ohr, und kein Mensch merkt, dass die Uhr gestanden hat. Das heißt, falls man sie überhaupt zum Stehen bringen kann.«

»Könnten wir uns nicht in die Nähe der Glocken stellen und zum Stundenschlag dafür sorgen, dass sie sich nicht bewegen?«, bot Sebastian an.

»Offensichtlich hast du sie noch nie aus der Nähe gesehen. Jede der Glocken ist groß genug, um mit ihrem Klöppel einen Mann zu erschlagen. Außerdem würde das das Problem nur vorübergehend lösen. Sobald wir weggingen, würde die Uhr zwölf schlagen und den Zünder aktivieren. Wir müssen die Uhr ganz anhalten. Zumindest bis morgen früh, bis wir das Schießpulver ausfindig gemacht haben und dieses Ding hier« – er deutete mit einer Mischung aus Bewunderung und Abscheu auf den Apparat – »weggeschafft werden kann.«

»In Ordnung. Ich stimme mit dir überein, dass das der einzige Weg ist, der uns bleibt. Also los. Halt sie an.« Sebastian sprach mit der fatalistischen Entschlossenheit eines Mannes, der gerade erfahren hatte, dass man ihm den rechten Arm amputieren müsse.

»Einfach so anhalten?«, fragte Miles ungläubig. »Du selbst hast doch darauf hingewiesen, dass die Uhr so konzipiert ist, dass sie ständig geht. Erwartest du etwa, das ich sie mit einem einfachen Fingerschnippen zum Stehen bringe? Dein Vertrauen in meine Fähigkeiten schmeichelt mir zwar, aber ich muss gestehen, ich habe nicht die leiseste Ahnung, wie ich sie anhalten soll.«

Sebastian starrte ihn, die blauen Augen weit aufgerissen,

immer noch ganz entsetzt an, als die Räder sich zu drehen begannen und eine laute Glocke über ihnen zwei Mal anschlug. Es war halb zwölf.

Die Gondolieri kämpften verbissen gegen den erbarmungslosen Sturm. Nicht nur dass ihre Ladung durch das zusätzliche Gewicht von Ian und Crispin, die durch die mitgeschleppten Eisenfesseln auch nicht gerade leichter geworden waren, beträchtlich zugenommen hatte, der Wind war ebenfalls stärker geworden. Der Canal Grande ähnelte im Moment eher einer aufgewühlten See, denn der friedlichen Hauptverkehrsader der Stadt.

Selbst bei bestem Wetter dauerte die Fahrt von Moras Palast bis zum Hauptplatz mindestens eine halbe Stunde, erinnerte sich Ian, der im Schutz der abgeschlossenen Kabine saß. Doch heute konnte sie endlos werden. Wenn nur seine Arme nicht so schmerzen würden, obwohl Tristan sie mit seinen magischen Fähigkeiten inzwischen von dem einengenden Eisenschmuck, den Mora ihnen so umsichtig angelegt hatte, befreit hatte. Und wenn nur seine Beine nicht so klopfen würden … er würde hinausgehen und sich selbst dem Sturm entgegenwerfen. So aber musste er sich damit begnügen, still zu sitzen und ungeduldig vor sich hin zu fluchen.

Sie näherten sich gerade dem *baccino* vor San Tristan, als sie den ersten Gong der Glocke hörten.

»War das …?«, fing Crispin an, ließ die Frage aber dann in der Luft hängen, als er den grimmigen Ausdruck auf Ians Gesicht sah. Der Puls der drei Männer und des Knaben in der Gondel schnellte hoch.

Als sie die Anlegestelle von Dorsoduro passierten und der Dogenpalast in Sicht kam, ertönte der zweite Glockenschlag.

»Sagt doch, sie sollen sich sputen«, flehte Nilo jeden, aber niemanden im Besonderen, an.

Als die Bootsleute sich gerade abkämpften, um die Gondel in Richtung Landesteg beizudrehen, schlug die Glocke das dritte Mal.

»Bedeutet das, dass Miles …?« Tristan brach ab und verfiel in Schweigen. Die Uhr schlug zum vierten Mal.

Ians Hals war trocken und sein Herz raste. Wenn er vorher noch Schmerzen gespürt hatte, vibrierte jetzt jede Faser seines Körpers vor angespannter Erwartung.

Er hatte sich gerade entschlossen, ins Wasser zu springen und ans Ufer zu schwimmen, da glitt die Gondel neben den Landesteg. Einer der Gondolieri warf ein Tau aus, um das Boot an einem Pfosten zu sichern. Es war Millimeterarbeit. Er machte sich daran, es festzuzurren.

In diesem Augenblick schallte der fünfte Schlag über den Platz.

Der Wind peitschte von der Außenlagune herein und zerrte an der Gondel. Plötzlich tat es einen Ruck, das Ankertau zerriss und die Gondel trudelte zurück aufs freie Wasser.

Der sechste Schlag ertönte.

Ian konnte nicht länger warten. Ohne sich um die Proteste von Crispin und Tristan zu kümmern, kletterte er aus der Kabine und sprang in das brausende Wasser.

Als er den Kopf wieder aus dem Wasser steckte, um Luft zu holen, hörte er den siebten Schlag.

Das Wasser war eiskalt. Er musste gegen den Sog eines Strudels ankämpfen, der ihn unerbittlich hinunter auf den Grund zu ziehen versuchte. Er atmete tief ein und zwang seine Arme, sich durch die Eiseskälte des Wassers zum Ufer zu pflügen.

Der achte Gong.

Er hievte sich keuchend und prustend auf den marmornen Bootssteg vor dem Dogenpalast hoch, stand auf und schleppte sich, ohne sich auch nur einmal nach dem Verbleib der Gondel umzusehen, mit letzter Kraft in Richtung Dogenpalast.

Ein neunter Gong.

Er war sich nur vage bewusst, dass er wahrscheinlich in den Tod lief. Sein einziger zusammenhängender Gedanke war, dass er die verdammte Uhr zum Schweigen bringen musste, und wenn er seinen ganzen Körper dafür einsetzen musste. Er musste sie anhalten und dann Bianca retten. Er würde nicht ruhen, bis er sie wieder in seinen Armen hielt. Ungeachtet des Regens und des eisigen Windes rannte er auf sein Ziel zu.

Als er den Glockenturm schließlich erreichte, hörte er den zehnten Schlag.

Er vernahm hinter sich Stimmen, doch er blieb weder stehen, noch drehte er sich nach ihnen um. Die Tür stand offen, klapperte immer noch im Wind; er hastete die Stufen hoch.

Der elfte Schlag dröhnte so laut, dass er aus seinem Kopf zu kommen schien. Das Geräusch und die Vibrationen setzten ihm gewaltig zu. Er war einen Moment lang wie betäubt, sodass er Miles und Sebastian zuerst gar nicht wahrnahm. Dann sah er sie in halsbrecherischer Manier an den großen Zahnrädern der Uhr hängen.

»Haltet das Ding an!«, herrschte er sie an. »Ihr müsst sie anhalten! Anhalten!«

Anhalten, anhalten, anhalten hallte es in dem Gemäuer wider. *Anhalten, anhalten …*

Als das Echo verklungen war, trat Stille ein. Miles hielt den Atem an. Sebastian sprach innerlich ein türkisches Gebet, dessen Text er schon längst vergessen zu haben glaubte. Ian biss die Zähne aufeinander.

Die Stille dauerte an – und dauerte an.

»Ich glaube«, fing Miles mit leiser unsicherer Stimme an, »ich glaube, wir haben sie angehalten.«

Sebastian gab irgendwelche Laute von sich, halb Lachen, halb Weinen, während Ian ihm von der schmalen Plattform half. Miles war auch schon in Sicherheit, als Tristan durch die Tür stürzte.

»Ihr habt es geschafft«, triumphierte er und trat einen Schritt beiseite, um Crispin und Nilo durchzulassen. »Der Palast steht noch!«

»Ich kann es kaum glauben«, sagte Miles. Seine Stimme zitterte immer noch. »Ich kann nicht glauben, dass es vorbei ist.«

»Es ist noch nicht vorbei«, verbesserte Ian ihn. »Noch nicht. Wir müssen noch Bianca holen. Ohne sie gehe ich heute Abend hier nicht weg.«

»Komm schon, Ian.« Crispin trat auf seinen Bruder zu. »Für diese Nacht ist sie in Sicherheit. Morgen gehen wir dann zu den Richtern und –«

»Nein! Ich werde sie nicht zurücklassen. Ich werde sie

nirgendwo zurücklassen, wo Mora sie bekommen kann. Gott allein weiß, was sich diese Hexe für den Fall eines Scheiterns für sie ausgedacht hat. Mit oder ohne euch, ich werde sie holen.«

»Ich auch!«, schloss sich Nilo ihm an. »Ich werde auch nicht ohne sie gehen.«

Die anderen Arboretti tauschten gequälte Blicke aus.

»Worauf warten wir dann noch?«, fragte Tristan, wobei er versuchte, einen lockeren Ton anzuschlagen. »Holen wir sie aus dem Gefängnis.«

»Was ja von Anfang an mein Vorschlag war«, gab sich Ian störrisch, während er sich an den Abstieg vom Glockenturm machte. Sie überquerten die Piazza und gingen auf den Dogenpalast zu. Der Dienst habende Wachmann steckte den Kopf aus dem Wärterhaus heraus, in dem Ian ein Feuerchen prasseln sah.

»Halt!«, schrie er dem durchnässten Trupp zu, als er die Treppe hinaufstürmen wollte. »Was habt Ihr hier zu suchen?«

Im ersten Moment wusste Ian nicht so recht, was er davon halten sollte, als Tristan ihn plötzlich beiseite stieß und mit fester Stimme schnell auf den Wachhabenden einzureden begann – wie jemand, der es gewohnt war, Befehle zu erteilen und auch gewohnt war, dass man ihnen nachkam. »Sergeant, wir haben gerade gesehen, wie Banditen in den Glockenturm eingedrungen sind. Wie viele Leute haben heute Nacht Dienst?«

»Vier«, antwortete der Wachposten prompt, erfreut darüber, dass man ihn für einen höherrangigen Soldaten hielt.

»Ihr müsst sie alle zusammentrommeln und diese Banditen verfolgen. Sie sind jetzt im Turm. Macht Euch sofort auf.«

Tristan hatte kaum zu Ende gesprochen, da hatte der Wachtposten auch schon seine Leute zusammengerufen und ihnen mitgeteilt, was geschehen war. Er trieb die anderen zur Eile an und wandte sich dann wieder an Tristan. »Ihr bleibt, wo Ihr seid und wartet, bis wir zurückkommen.«

»Selbstverständlich«, erwiderte Tristan feierlich. »Dürften wir uns vielleicht an Eurem Feuer aufwärmen?«

Der Wachtposten überlegte kurz, nickte schließlich und rannte dann seinen Kameraden über den Platz hinterher. Die Arboretti tauchten kurz in der Wachbaracke unter, bis sie sicher waren, dass alle Wachtposten außer Sichtweite waren, und hasteten dann zu dem Flügel, in dem die Gefängnisse untergebracht waren.

Dort stand ein weiterer Wachtposten. Dieser war größer, älter und sah klüger aus als der erste. Ian spähte zu Tristan hinüber, der jedoch nur die Schultern zuckte und den Kopf schüttelte. »Den da kannst du haben«, bot Tristan ihm zuvorkommend an und trat zurück, um sich zu Crispin, Miles, Sebastian und Nilo zu gesellen.

Ian marschierte direkt auf den Wachtposten zu und stellte sich vor: »Ich bin Ian Foscari. Ich muss zu einem der Gefangenen, und zwar sofort.«

Der Posten, der emsig damit beschäftigt war, sich sein Abendessen aus einem verfaulten Zahn zu pulen, hob langsam die Augen. Er musterte Ian von seinen triefenden Hosen und Stiefeln bis zu seinem finster entschlossenen Kinn. »Geht nicht«, sagte er schließlich.

»Ich fürchte, ich verstehe nicht recht. Ich kann nicht in die Gefängnisse?«, fragte Ian in einem Ton, der vermuten ließ, die Wache spreche einen Dialekt aus der tiefsten Mongolei.

Der Posten, der gerade ein besonders prachtvolles Stück in einem Zahn gefunden hatte, nickte.

»Warum nicht?«, verlangte Ian zu wissen.

»Abgeschlossen.«

»Dann schließ eben auf!«

»Kann nicht«, sagte der Posten lakonisch und verschränkte die Arme vor der Brust.

»Ich finde, Tristans Vorstoß hat besser funktioniert«, sagte Crispin hinter seinem Bruder.

»Hast du einen besseren Vorschlag?« Ian drehte sich mit funkelnden Augen zu ihm um.

»Wir könnten es mit einer Variante der Methode versuchen, die wir bei Moras Riesen angewandt haben«, bot Crispin an. »Sie schienen gut darauf anzusprechen.«

Während sie sich noch unterhielten, bewegten sich alle sechs auf den Posten zu. Er stand mit verschränkten Armen stocksteif da und demonstrierte Lässigkeit, doch seine Augen begannen nervös hin und her zu wandern.

»Wenn Ihr Herren vorhabt, mir etwas anzutun, dann muss ich Euch warnen. Da drüben steht ein ganzer Pulk von Wachen bereit.« Er deutete nervös auf das nun leere Wachhäuschen.

»Das bezweifle ich«, sagte Tristan kühl und rückte immer näher. Plötzlich sah sich der Posten von einem Halbkreis aus sehr großen Männern und einem kleinen Knaben umringt. Er wollte gerade protestieren, dieses Mal lauter, als Sebastian dem Mann mit der Handkante einen Schlag auf den Hinterkopf versetzte. Er war auf der Stelle bewusstlos.

»Donnerwetter«, meinte Tristan bewundernd. »Du mußt mir irgendwann mal zeigen, wie das geht.«

»Nur, wenn du mir zeigst, wie man unanhaltbare Uhren anhält«, gab Sebastian zurück, während Tristan bereits die Taschen des bewusstlosen Manns durchsuchte. Kurz darauf stand er mit zwei Schlüsseln in der Hand auf und händigte sie Ian aus.

»Damit müsste es gehen. Warum geht ihr beide, du und Crispin, sie nicht holen, während wir übrigen hier bleiben und aufpassen, dass diese Wachen nicht zu aufsässig werden.«

Ian und Crispin steuerten sofort auf die Treppe hinter dem Hocker des Wachtposten zu und verschwanden nach unten. In dem Treppenabgang waren zwar in Abständen Fackeln angebracht, aber die Dunkelheit war trotzdem nahezu undurchdringlich. Sie hatten noch keine zwanzig Stufen genommen, da hörten und sahen sie auch schon, wie das Wasser gegen die Wände schwappte. Unbeeindruckt setzten sie ihren Weg nach unten fort und wateten immer tiefer in das kalte Wasser hinein.

»Hier ist alles überflutet«, sagte Crispin überflüssigerweise in Ians Rücken hinein.

»Ich weiß nicht«, fuhr er fort, als er sah, dass Ian nicht stehen blieb, »ob wir noch viel weiter können.«

»Hm, Ian –« versuchte Crispin es noch einmal.

»Das Gitter muss hier ganz in der Nähe sein«, schrie Ian mit an Wahnsinn grenzendem Optimismus zurück, während er um eine Ecke bog. Das Wasser stand ihm nun schon bis zum Schlüsselbein – exakt so hoch, wie Biancas Kopf ihm reichte, ging es ihm plötzlich durch den Kopf. Das vor seinem geistigen Auge auftauchende Bild ließ einen Kloß in seinem Hals entstehen, der mit jedem Schritt, den er weiter vordrang, immer größer wurde.

Nach zwei weiteren Stufen erreichte das Wasser seine Ohren, und nach der nächsten schlug es ihm fast über dem Kopf zusammen. Erst als er völlig untergetaucht war, erreichte er das Eisengitter zum Gefängnis. Crispin hatte Recht. Alles war völlig überflutet, das Wasser reichte vom Boden bis zur Decke.

Plötzlich wurde er ganz ruhig und dachte sehr rational. Es gab keine Möglichkeit, dass irgendjemand da unten überlebt hatte, sagte ihm sein Verstand. Alle Anstrengungen, den Schlüssel von dem Wachtposten zu bekommen, waren verlorene Liebesmüh, dachte er ruhig. Es ist entsetzlich, resümierte sein Kopf, aber Bianca ist mit an Sicherheit grenzender Wahrscheinlichkeit tot.

30. Kapitel

Ian drehte sich um und stieg die Treppen wieder hoch. Auf halber Strecke wartete Crispin auf dem Absatz vor der Biegung auf ihn. Sein Herz klopfte qualvoll.

»Und?«, fragte er, als sein Bruder näher kam, wobei er sich nicht sicher war, ob er die Antwort hören wollte.

»Bianca konnte nicht schwimmen«, sagte Ian ruhig, während er sich an Crispin vorbeidrückte, und weiter nach oben stieg. »Ich glaube, sie ist tot.«

Mit Entsetzen beobachtete Crispin, wie sein Bruder wie eine aufgezogene Puppe weiterging. Hatte er ihn richtig verstanden? Hatte er wirklich gesagt, Bianca sei tot?

»Ian!«, schrie er und folgte ihm. »Ian! Was hast du gerade gesagt?«

Ian blieb oben an der Treppe stehen und wartete, bis Crispin ihn eingeholt hatte. »Ich sagte, dass Bianca nicht schwimmen konnte und somit höchstwahrscheinlich tot ist.«

Ian ignorierte Nilos kleinen Aufschrei und die Fragen der anderen Arboretti und schritt mit erschreckender Kälte auf den wieder zu sich kommenden Wachtposten zu. Er zog den Mann am Kragen seines Umhangs hoch und schüttelte ihn, bis er die Augen öffnete und anfing, Geräusche von sich zu geben.«

»Was ist mit den Gefangenen, die unten in den Zellen waren, geschehen?«, verlangte er zu wissen.

Der Posten blickte verwirrt zu dem patschnassen Mann, der ihn am Hals packte, hoch und erinnerte sich wieder daran, was vorgefallen war.

»Ich werde dafür sorgen, dass Ihr für den Angriff auf die herzoglichen Wachen zur Verantwortung gezogen werdet. Ich werde«, stammelte er, »ich werde dafür sorgen, dass man Euch den Prozeß macht und hängt. Das wird Euch noch Leid tun, Ihr –«

Ian unterbrach sein Geplapper mit ruhiger, schneidender Stimme: »Was ist mit den Gefangenen in den Zellen passiert?«

»Nichts«, erwiderte der Posten und sah den Mann, der vor ihm aufragte, verwirrt an. »Sie sind da unten, wo sie hingehören, oder nicht? Hey, Siro Claudio, oder wie immer Ihr Euch vorgestellt habt, könntet Ihr wohl den Griff um meinen Hals ein wenig lockern?«

Ian ging gar nicht darauf ein. »Sie wurden nicht verlegt? Keiner hat sie evakuiert?«

»Aber warum sollten wir das bitte tun?«, fragte der Posten. Sein Ton wurde plötzlich aufmüpfig.

»Die Zellen sind überflutet. Das Wasser steigt schon die Treppe rauf. Da unten kann niemand überlebt haben.«

»Hört, Sire Claudio, diese Gefangenen sollten sowieso bald sterben. Drücken wir es mal so aus: Das Wasser hat es den Henkern halt erspart, aus ihrem warmen Bettchen zu hüpfen. Sehen wir es doch einfach so, ja?«

»Wollt Ihr damit sagen« – Ian verstärkte seinen Griff um den Hals des Mannes und lupfte ihn vom Boden hoch –

»dass man die Gefangenen nur da ließ, damit sie in der Flut umkommen?«

»Das ist jetzt aber nicht mehr lustig, Sire Claudio.«

»Mein Name ist nicht Claudio. Antwortet gefälligst auf meine Frage.«

»Ihr habt es ungefähr erfaßt.« Das Blut wich schnell aus dem Gesicht des Posten. »Man hat sie eben dort gelassen. Ob sie sterben oder nicht, das liegt in ihrer und in Gottes Hand, oder nicht?«

Ian ließ den Mantelkragen los und den Mann auf den Boden fallen. Dann drehte er sich um und marschierte wortlos an seinen Cousins und Nilo vorbei auf die Piazza hinaus.

Er zog seinen nassen Mantel um sich und machte sich auf den Weg zum Landesteg, wo die Gondolieri es inzwischen geschafft hatten, die Gondel zu vertäuen. Aufgeschreckt durch sein Nahen, waren die Bootsleute schon startbereit, als Ian die Gondel erreichte und Anweisung gab, nach Hause zu rudern. Sie hatten gerade abgelegt, als Crispin heraneilte und in vollem Lauf noch aufsprang.

»Geht es dir gut?«, fragte er seinen Bruder mit lahmer Stimme, als er vor Anstrengung immer noch keuchend die Kabine betrat. Er hatte die Frage kaum ausgesprochen, da bereute er sie schon.

Ian presste die Lippen fest aufeinander und antwortete dann mit einer Stimme, die auch nicht einen Anflug von Gefühlen erkennen ließ: »Natürlich, mir geht es immer gut.«

Crispin erschauderte. Ians Stimme war schon ohne jegliche Regung, aber seine Miene war noch ausdrucksloser. Crispin hätte alles gegeben, um auch nur den winzigsten Funken Leben in seinen schiefergrauen Augen zu entdecken.

»Du kannst doch nicht behaupten, dass sie dir egal war«, fing er an, in der Hoffnung, Ian wenigstens wütend zu machen.

»Ich habe nichts dergleichen gesagt.« Ians Gesichtsausdruck veränderte sich in keiner Weise und auch seine Stimme schwankte nicht.

»Ich glaube, du hast sie geliebt«, fuhr Crispin mutig fort, mit der Absicht, seinen Bruder unter allen Umständen zu einer Gefühlsäußerung zu zwingen.

»Ich denke, du hast Recht«, erwiderte Ian in einem Ton, der es zweifelhaft erscheinen ließ, dass er überhaupt ein Herz besaß.

Crispin klappte der Kiefer angesichts dieses Eingeständnisses herunter. »Das heißt, du gibst es zu? Du leugnest es nicht?«

Ian zog die Augenbrauen hoch und sagte mit unveränderter Stimme: »Warum sollte ich? Du hast Recht.«

»Und das sagst du einfach so? Sitzt hier wie eine sprechende Statue und akzeptierst einfach, dass die Frau, die du geliebt hast, tot ist?«

»Tut mir Leid, wenn dir mein Verhalten missfällt.«

»Darum geht es mir doch gar nicht.« Crispin rang nach Worten. »Es ist nur, nun ja, dein Verhalten ist einfach unglaublich.«

»Aha«, erwiderte Ian und hoffte, dass diese zwei Silben ausreichten, um Crispin begreiflich zu machen, dass das Gespräch beendet war. Er fühlte sich plötzlich bleiern, so als sei sein Körper doppelt so schwer wie sonst. Der Sturm hatte sich gelegt und der Regen hatte nachgelassen. Vielleicht sollte er für einen Moment die Augen schließen, einfach hinübergleiten in den Schlaf – süßer verlockender Schlaf …

Plötzlich wurde der Tag sonnig und warm. Ian stieg aus der Gondel aus, jedoch nicht wie erwartet an seinem Landesteg, sondern im Park der Sommervilla eines Freundes. Zuerst hörte er nur das Laub rascheln und sah niemanden, aber dann wehte der leichte Sommerwind die Klänge einer ländlichen Melodie zu ihm herüber. Er folgte ihnen und fand sich bald auf einer schattigen Lichtung wieder, an dessen einer Seite ein kleiner Wiesenbach vorbeifloss. In der Mitte, auf einer Samtdecke, lag Bianca. Sie hatte keine Kleider an und war über und über mit Blumen bedeckt – sie wirkte wie eine zum Leben erweckte Waldnymphe. Als er bewundernd vor ihr stand, lächelte sie ihn an und rief seinen Namen.

»Komm, Ian, komm her«, sagte sie warm und streckte ihren schlanken, anmutigen Arm nach ihm aus.

»Aber du bist tot«, platzte er heraus, ohne sich bewusst zu sein, was er sagte.

Sie lachte und schüttelte den Kopf, in dessen wallendem Haar sich das Sonnenlicht zauberhaft fing.

»Nein, nein, bin ich nicht. Komm, Ian. Ich bin hier.«

Als er begriff, was sie sagte, durchströmte eine wunderbare Wärme seinen Körper. Sie war überhaupt nicht tot, sie hatte die ganze Zeit hier auf diesem idyllischen Fleckchen Erde auf ihn gewartet. Er lächelte und ging vor Glück erfüllt auf sie zu.

»Komm schon«, sagte sie noch einmal. Ihre Stimme war diesmal tiefer, drängender und weniger freundlich.

»Komm schon!«, Crispin schüttelte ihn fester. »Wir sind da. Wir sind zu Hause.«

Ian schreckte hoch. Er sah sich verwirrt um und blinzelte. »Ich habe ... geträumt?«, fragte er seinen Bruder immer noch leicht benommen.

»Sieht so aus.« Crispin wirkte besorgt. »Du hast nur ein paar Minuten geschlafen. Die Gondolieri haben sich mächtig ins Zeug gelegt.«

»Ich habe geträumt«, wiederholte er mehr für sich selbst. »Es war nur ein Traum.«

Mit Entsetzen wurde ihm klar, dass sich all die Gefühle, die er am Fuß der Gefängnistreppe zurückgelassen zu haben glaubte, nur versteckt hatten. Ohne Vorwarnung drängten sie in ihm hoch, überschwemmten seinen Körper und ließen ihn mit einem Gefühl der Verzweiflung zurück, das intensiver war, als alles, was er bisher erlebt hatte. Er musste allein sein. Sofort.

»Ich bin in der Bibliothek, falls irgendjemand mich braucht«, sagte er mit schwankender Stimme zu seinem Bruder und fügte dann hinzu: »Sieh bitte zu, dass das nicht der Fall ist.«

Crispin beobachtete, wie der Rücken seines Bruders die Treppe hinauf verschwand. Er war sich nicht sicher, ob er erleichtert sein sollte, weil Ians Gefühle scheinbar wieder zurückgekehrt waren, oder ob er sich Sorgen machen sollte, dass er sich womöglich etwas antat. Aber er fühlte sich selbst zu erschöpft und aufgewühlt, um diesbezüglich eine Entscheidung zu treffen. Er machte sich über einen anderen Treppenaufgang auf den Weg zur Küche, auf der Suche nach warmem Wasser und einem Grappa, den er jetzt unbedingt brauchte.

Ian hatte die Bibliothek gewählt, weil sie sein Lieblingsraum war. Doch als er sich der Türe näherte, scheute er davor zurück. Erinnerungen an die Zeit, die er mit Bianca dort verbracht hatte, stürzten auf ihn ein – die köstlichen Stunden, in denen sie miteinander gestritten hatten und sich am liebsten gegenseitig an die Kehle gesprungen wären, und die noch köstlicheren Stunden, die sie sich in den Armen gelegen hatten. Er erinnerte sich daran, wie er in jener Nacht, da sie sich zum ersten Mal geliebt hatten, in die Bibliothek gekommen war und sie vor dem Feuer liegend vorgefunden hatte – ihr weicher, geschmeidiger Körper im Widerschein des Feuers golden schimmernd, ihre Brustwarzen aufgestellt, ihr Rücken lustvoll hochgebogen, während sie sich mit Anmut selbst befriedigte.

Er öffnete die Tür und trat mit geschlossenen Augen über die Schwelle, noch einmal das Bild von ihr heraufbeschwörend und voll auskostend. Als er die Augen öffnete, wich er verstört zurück. Der Raum sah genauso aus wie in jener Nacht, erfüllt von dunklen Schatten und nur vom Schein des Feuers im Kamin erhellt, und auf dem Teppich davor lag tatsächlich auch eine Gestalt. Aber es war nicht Bianca, nicht einmal annähernd. Zum einen war sie zu klein und zum anderen war es ein ziemlich grotesk gekleideter Mann.

Als Ian näherkam, wandte er sich um und blinzelte ihn an. »Bringst du Faulpelz von Diener mir jetzt endlich den Grappa?«, fragte der kleine Mann barsch.

»Nein, ich bin des Dieners Herr.« Ians Stimme klang verächtlich. »Aber wer seid Ihr eigentlich?«

Der Kleine sprang behände auf die Beine und verbeugte sich tief. »Bitte um Verzeihung, aber so wie Ihr angezog'n seid, seht Ihr nich gerade wie ein Lord aus, Euer Lordschaft.«

Ian hatte weder Lust auf Kritik, noch auf Gesellschaft. »Ich nehme Eure Entschuldigung an, aber Ihr habt mir immer noch nicht meine Frage beantwortet. »Wer seid Ihr?« Und wann haut Ihr endlich wieder ab, fügte er in Gedanken hinzu.

Ihr Gespräch wurde von einem Klopfen an der Tür unterbrochen. Einer von Ians Dienern trat mit der Grappa-Karaffe und einem Glas ein.

»Bring noch'n Glas für Eure Lordschaft, ja?«, wies Cecco ihn an, und der Diener verließ eilends, ohne auch nur einen Blick auf seinen Herren zu werfen, den Raum. »Der da« – Cecco deutete in die Richtung, wo der Diener gerade gestanden hatte – »mag ja ganz gut sein. Aber er is langsam auf'n Bei'n. Ich hab' ganze zwanzig Minut'n auf'n Grappa gewartet. Wenn ich Ihr wär', würde ich das nich durchgeh'n lass'n.«

Wenn Ian nicht von so tiefer Verzweiflung und so großem Selbstmitleid erfüllt gewesen wäre, hätte er die Bemerkung des kleinen Tyrannen als amüsant oder ärgerlich empfunden. Aber unter den augenblicklichen Umständen wollte er nur dessen Namen wissen, um ihn dann mit persönlicher Anrede hinauswerfen zu können.

»Es tut mir Leid, dass meine Dienerschaft nicht Eure Billigung findet, Eure Hoheit«, sagte Ian. Er ging zu einem Stuhl, setzte sich hin und vergrub den Kopf in den Händen.

»Hoheit – das ist witzig, nein wirklich«, sagte Cecco mit einem Lächeln und setzte sich Ian gegenüber. Er nahm einen kräftigen Schluck Grappa, der selbst einem größeren Mann alle Ehre gemacht hätte. »Ihr seid ein Witzbold. Also, mein Name ist Cecco. Cecco, der Zwerg. Die Frau hatte Recht, wir werd'n gut miteinander auskomm'n.«

Ian hob den Kopf. »Welche Frau?«

Der Diener kam mit einem zweiten Glas zurück, das er Ian reichte. Cecco wartete, bis es gefüllt war und bedeutete Ian, erst einen Schluck zu nehmen, bevor sie weiterredeten.

»Sieht so aus, als könntet Ihr 'nen Schluck gebrauch'n. Diese Mörderin, die keine Mörderin is. Bianca. Ihr'n andern Nam'n hatse mir nich gesagt. Aber sie hat mir erzählt, dass Ihr und sie heiraten sollt, undse hat gesagt, dass ich Euch aufsuch'n soll und Euch die Geschichte erzähl'n soll, die ich ihr erzählt hab', und dann noch was andres.« Cecco machte eine Pause, um sein Glas auszutrinken. Anschließend wischte er sich genüsslich die Lippen an seinem Ärmel ab.

Ian schoss das Blut ins Gesicht, seine Augen weiteten

sich, und er rutschte auf seinem Stuhl nach vorne. »Bianca? Ihr habt Bianca gesehen? Wo?«

»Ja, wo denn wohl? In den verdammt'n, nass'n Zell'n des Palasts vom Dog'n. Wo sonst hätte ich'ne Dame dieses Formats treff'n soll'n?« Ceccos Wertschätzung für Bianca war rapide hochgeschnellt, als er sah, in welchem Stil ihre Freunde lebten, und er sah keinen Grund, warum er mit Komplimenten sparen sollte.

»Ihr habt sie im Gefängnis gesehen? Wann?« Ian kippte inzwischen fast von der Stuhlkante und für einen Moment hob sich sogar der Schleier seiner Verzweiflung.

»Oh, muss so vor gut fünf Stund'n gewes'n sein, schätz' ich mal, so Eure Uhr'n richtig geh'n.«

Ian setzte sich wieder zurück und versank erneut in seinem Unglück. Vor fünf Stunden, das war eine Ewigkeit her. »Lebte sie da noch?«

»Musse ja wohl, nich? Wennse mir aufgetrag'n hat, herzukomm'n, um Euch meine Geschichte zu erzähl'n.«

Ian war verwirrt. Im Angesicht des Todes hatte Bianca ihm einen Zwerg geschickt, um ihn mit Märchen zu unterhalten? »Was für eine Geschichte?«

Cecco hielt ihm sein Glas zum Nachschenken hin und nahm wieder einen ordentlichen Schluck. »Sie meinte, dass Ihr mir dankbar sein würdet, wenn Ihrse gehört habt. Darauf möchte ich Euch ausdrücklich hinweis'n, bevor ich anfang' – für den Fall, dass Ihr es mittendrin vergess'n solltet und Euch irgendwelche Mordgedanken in den Sinn komm'n sollt'n. Versprecht Ihr mir, dass Ihr Euch meine Geschichte zu Ende anhört?«

Ian nickte bekümmert. Die Aussicht, ihn noch länger ertragen zu müssen, begeisterte ihn nicht gerade. Er wollte einfach allein sein und sich seinem Kummer hingeben.

»Und mich nich mit Zwischenfrag'n belästigt?«, fuhr Cecco fort.

Als ob er noch Kraft für Fragen gehabt hätte. Oder überhaupt zum Zuhören. Ian nickte erneut.

»Also gut dann. Es geht darum, was sich vor zwei Jahr'n zugetrag'n hat. Auf Sizilien. Am Rande von Messina.« Cecco wartete einen Augenblick, entschied, dass Ians Aufmerksamkeit wahrscheinlich das Höchstmaß war, das er erwarten konnte, und fuhr fort: »Ich erzähl' Euch jetzt, wie 'ne Hexe und ihr Liebhaber mich und mein'n Partner dafür gedung'n ham, Euch auf Sizilien aufzulauern und zu töt'n. Na ja, ich persönlich hatte gar nichts gegn'n Euch, aber diese Hexe, die hat mich ständig mit mein'n entzückend'n Ohr'n zugequatscht, und da konnt' ich einfach nicht anders, als dies'n Auftrag annehm'n.« Cecco musterte Ian, der nur halb hinzuhören schien. »Eure Ohr'n sind auch gar nicht so schlecht, aber Ihr müsstet sie auch benutz'n«, bemerkte Cecco und setzte seine Geschichte fort: »Das Problem is nur, wir ham 'nen Fehler gemacht und den falsch'n Mann umgebracht. Aber das war eigentlich nich unsere Schuld, versteht Ihr, weil abgemacht war, dass nur einer von Euch da ist.«

Cecco hörte auf zu reden, weil er merkte, dass er die Aufmerksamkeit seines Zuhörers verloren hatte. Ians Blick zeigte ihm, dass er weit weg war und seine Worte, denen er sowieso nur mit halbem Ohr zugehört hatte, nur ganz langsam in ihn einsickerten. Ian war so mit seinem Unglück beschäftigt, dass er fast eine Minute brauchte, um zu begreifen, was Cecco ihm gerade erzählte. Mora und Christian hatten gemeinsam einen Mörder für ihn gedungen. Sein bester Freund und seine Mätresse. Was für ein Idiot war er gewesen, das nie bemerkt zu haben, nie den leisesten Verdacht gehegt zu haben?

Aber selbst diese schreckliche Enthüllung schaffte es nicht, Ians Interesse wach zu halten. Seine Gedanken wanderten immer wieder zu Bianca; er dachte an die glücklichen Jahre, die sie miteinander hätten verbringen können, an die Familie, die sie hätten haben können, an die grässliche Leere seines Lebens ohne sie. Der Schmerz des Verlustes war so groß, dass er sich auf seinem Stuhl nach vorne krümmte, seinen Kopf mit den Händen umspannte und die Lippen fest zusammenpreßte, um nicht gequält aufzuschreien. Sie war von ihm gegangen. Sie würde nie mehr zurückkommen. Er hatte sie für immer verloren, hatte den einzigen Menschen verloren, mit dem er je wahres Glück erlebt hatte. Zum ersten Mal seit Jahren, seit mehr als zwei

Jahren, erlaubte er es sich zu weinen. Zuerst löste sich nur eine Träne und dann rollten ihm langsam immer mehr Tränen über die Wangen.

Er hatte völlig vergessen, dass noch eine andere Person im Zimmer war, bis sich nach einer viertel Stunde Cecco räusperte. »Das is noch nich das Ende der Geschichte. Dann schleppt'n wir Euch nach Mes –«

»Ich weiß, wie sie ausgeht«, unterbrach Ian ihn, ohne aufzuschauen, »ich weiß, was danach geschah.«

»Ja, alles?« Cecco erhob sich von seinem Stuhl und ballte eine Faust gegen Ian, der den Kopf leicht drehte, um ihn anzusehen. »Wusstet Ihr auch, dass Ihr mein'n Partner umgebracht habt? Den besten Freund, den ich je hatte?«, fragte Cecco wild.

»Nein«, sagte Ian ruhig in seinen Schoß hinein.

Cecco senkte die Faust. »Ha!«, sagte er. »Darüber habt Ihr nie nachgedacht, oder? Wusstet Ihr, dass ich mich versteck'n mußte, dass ich mich diese zwei Jahre selbst eingesperrt habe, aus Angst, mein'n Kopf'n in den Straß'n von Venedig zu zeig'n?«

Ian hob seine rot geränderten Augen, um den Zwerg zu mustern. Als er den Kopf verneinend schüttelte, kam ihm plötzlich in den Sinn, dass er und Cecco eine Menge gemeinsam hatten. Sie hatten beide ihren besten Freund in den Ebenen von Sizilien verloren. Sie hatten beide die letzten zwei Jahre aus Angst vor Mora in Klausur verbracht, hatten sich davor gefürchtet, was passieren würde, wenn sie ihr wahres Gesicht in der Öffentlichkeit zeigten. Und jetzt waren sie beide durch Biancas letzte Geste von Moras Fluch befreit worden, hatten beide ihr Leben zurückbekommen.

Ian schluckte den Kloß runter, den er seit dem Anblick des überfluteten Gefängnisses im Hals gehabt hatte. Der kleine Mann vor ihm, der ihn böse anstarrte und seinen Grappa trank, wurde ihm plötzlich als letztes Vermächtnis von Bianca lieb und teuer. Als er sich Cecco zuwandte, schwankte seine Stimme, und seine Miene spiegelte all sein Unglück wieder, aber es war ihm egal. »Es tut mir Leid. Davon hatte ich keine Ahnung.«

Ians Entschuldigung überrumpelte Cecco. Sein böser Gesichtsausdruck verschwand so schnell, wie er gekommen war. »Nein, das hätt' ich nie und nimmer erwartet. Danke. Ihr seid schon ein erstaunlicher Mann. Aber Ihr seht nich besonders gut aus. Möchtet Ihr den Rest von der Botschaft Eurer Dame jetzt gleich noch hör'n oder –«

»Ja, bitte«, drängte Ian, und in seiner Stimme lag so viel Elend, dass es einem fast das Herz zerriß.

Cecco räusperte sich, bemüht auch alles richtig auszurichten. »Ich soll Euch sag'n, dasse den Mord nich begang'n hat, sondern irgend so ein Anzelo oder Angelo, ein Cousin von ihr. Und« – Cecco verzog widerstrebend das Gesicht, entschied aber, er schulde es dem Mädchen als Gegenleistung für Ians Entschuldigung – »und dann hatse noch gesagt, dasse Euch liebt.«

Immer noch, dachte Ian. Und das nach allem, was passiert war. Sie liebte mich. Die Offenbarung jagte ihm einen Schauder über den Rücken und versetzte ihm in all seinem Elend noch einen zusätzlichen Stich.

Cecco sah überrascht, wie schwer sich seine Worte seinem Gegenüber aufs Gemüt legten. Die Nachricht, dass seine Verlobte keine Mörderin war, sollte ihn doch eigentlich aufbauen. »Ich weiß nicht, ob Ihr den ersten Teil richtig mitbekomm'n habt, ich hab', genau wiese mir aufgetrag'n hat, gesagt, dasse unschuldig ist –«

»Ich weiß«, schnitt Ian ihm grimmig das Wort ab. »Ich wusste bereits, dass sie unschuldig ist. Ich wusste es die ganze Zeit. Aber das spielt jetzt, da ich sie verloren habe, keine Rolle mehr.«

»Ihr seid mir der Richtige. Einfach aufzugeb'n. Ich habse erst vor knapp zwei Stund'n in das Boot gesetzt, und ich glaub nich, dasse den Anker schon gelichtet ham, nich in einer Nacht wie dieser.«

»Was sagt Ihr da?«, fragte Ian, und sein Herz begann plötzlich wieder zu schlagen.

»Ich seh schon, ich hab' mich mit Euern Ohr'n getäuscht. Ihr Leute versteht die einfachste Sprache nich, nich mal, wenn's um Kopf und Krag'n geht.« Cecco schüttelte den Kopf. »Was ich meine, is, dass ichse vor nich mehr als zwei Stunden auf ein Boot gesetzt hab', und dass ich nich glaub', dasse schon weg is.« Die letzten Worte sprach er laut und langsam, in der Hoffnung, gegen die Schwerhörigkeit des Edelmanns anzukommen.

»Wie? Sie lebt?«

»Es war keine Leiche, die ich durch die Kanalisation geschleppt hab'. Das sag' ich Euch. Ich kann natürlich nich mit Bestimmtheit sag'n, obse immer noch lebt. Manchmal kommt der Tod ziemlich plötzlich, wisst Ihr, aber vor zwei Stund'n, als ichse auf dies Boot gebracht hab' –«

»Warum Boot? Wohin?« Ian erhob sich von seinem Stuhl. »Warum wollte sie auf ein Boot?«

»Weg'n irgend so 'nem Unsinn von weg'n ungewollte Verlobung und sich beiseit räum'n oder so was. Glaubt mir, sie war in keiner bess'ren Verfassung als Ihr.«

»Sie wollte vor der Verlobung weglaufen?«, sagte Ian mehr zu sich als zu Cecco. Bianca lief weg und verließ ihn? Aber warum?

Es traf Ian wie ein Blitz. Sie musste denken, er hasse sie nach dem, wie er sie behandelt hatte. Nicht nur dass er sich ihr gegenüber stets geweigert hatte, an ihre Unschuld zu glauben, er war auch mitten in der Verhandlung aufgestanden und, ohne sie auch nur eines Blickes zu würdigen, hinausmarschiert. Er hatte sich wie das verabscheuungswürdigste Monster ganz Italiens benommen. Er konnte ihr keinen Vorwurf daraus machen, dass sie von ihm weg wollte. Er würde sich anstrengen müssen, um das bei ihr wieder gutzumachen. Er würde ihr alles erklären. Er konnte sie auf keinen Fall einfach so gehen lassen.

Cecco kauerte sich auf seinem Stuhl zusammen, als Ian sich über ihn beugte. »Wohin sollte das Boot gehen?«, fragte Ian in einem derart forschen Ton, dass Cecco Bedenken bekam. Dieser Ton war zumindest für einen von ihnen ungesund.

»Ich weiß nich«, erwiderter der Zwerg frank und frei. »Sie hat's mir nich gesagt.«

Ian stürzte wie ein Besessener zur Tür. »Aber ich bin mir sicher, Ihr findet sie ohne große Probleme«, rief Cecco seinem breiten Rücken dienstbeflissen nach. »Heute nacht könn'n nich mehr als hundert Galeeren in der Lagune lieg'n.«

31. Kapitel

Das Wasser klatschte gewaltig gegen den Bug von Ians Boot, als er und Giorgio das Ruder von den müden Gondolieris übernahmen und auf das millionste – vielleicht war es auch erst das vierzehnte – Handelsmarineschiff zusteuerten.

»*Bianca!*«, brüllte Ian aus Leibeskräften, ein Ritual, das Giorgio zu diesem Zeitpunkt bereits mehr als vertraut war. »Bianca! Wo bist du? Bianca!«

Giorgio überlegte, ob er seinem Herren sagen sollte, dass er, nur drei Armlängen von ihm entfernt, seine Schreie bei diesem Wind und Regen schon fast nicht mehr hören konnte. Um wie viel unwahrscheinlicher war es dann, dass jemand auf einem Schiff sie hörte. Aber er entschied sich dagegen, einfach aus der Überlegung heraus, dass alles, was den seltsamen Wahnsinn, der von seinem Herren Besitz ergriffen hatte, abbauen half, auch sinnvoll war. Sie zogen gerade längsseits eines großen Kahns bei, als jemand den Kopf aus einem der unteren Bullaugen steckte.

»Was wollt Ihr hier?«, fragte ein alter Seemann mit wettergegerbtem Gesicht und ruppigem weißen Bart nicht gerade freundlich. »Wir sind gerade dabei, den Anker zu lichten, und haben keinen Platz mehr für weitere Passagiere.«

»Habt Ihr eine Frau an Bord?«, fragte Ian und klang dabei so verzweifelt, dass der Seemann amüsiert losbrüllte.

Er blitzte Ian mit einem zahnlosen, komplizenhaften Grinsen an. »Ihr kommt den ganzen Weg hier raus, nur wegen einer Frau? Davon gibt es Dutzende, ja Hunderte in Venedig. Das Paradies der Prostitution, so wird die Stadt genannt, und das nicht von ungefähr. Ich kann Euch die Adresse von so einer geben, die kennt ein paar Nummern mit Federn –«

»Nein.« Ian schüttelte den Kopf, verzweifelt bemüht, ihn zu unterbrechen. »Ich suche eine ganz spezielle Frau. Meine, ehm, meine Schwester. Sie ist klein und hat ein wunderschönes ovales Gesicht, seidiges, fülliges braunes Haar und Augen, die wie geschmolzenes Gold schimmern, wenn sie aufgeregt ist.«

»Klingt für mich nicht gerade nach Schwester«, meinte der Seemann und zog die Augenbrauen hoch, »aber das geht mich schließlich nichts an. In dieser speziellen Preislage haben wir jedenfalls keine Waren an Bord. Da bin ich sicher. – Was?« Der Seemann drehte sich nach jemandem hinter ihm um. Dann wandte er sich wieder Ian zu: »Bleibt noch mal 'nen kurzen Augenblick hier, ja?« Er verschwand im Inneren des Schiffs.

»Wir sollten besser voranmachen«, drängte Giorgio Ian, nachdem sie zwei Minuten gewartet hatten, die ihnen in dem kalten Wind eher wie zwei Jahre vorkamen. »Alle diese Schiffe werden gleich ablegen, wenn die Flut hereinkommt. Das heißt, uns bleibt nur noch weniger als eine Stunde, und wir haben noch an die vierzig abzuklappern. Wenn Ihr Euren Namen hinterlasst, dann wird Euch der reizende Seemann sicherlich wenigstens die Adresse der reizenden Frau mit den Federn zukommen lassen.«

Ian wusste nicht, ob er Giorgio ins Gesicht schlagen oder ihn ignorieren sollte. Er hatte sich gerade für die Ohrfeige entschieden, in der Hoffnung, sich dadurch ein bisschen abreagieren zu können, als der Kopf wieder am Bullauge auftauchte.

»Angenommen, jemand weiß etwas über Eure, ehm, Eure Schwester« – der Seemann verdrehte die Augen nach hinten und deutete mit dem Kopf eine Bewegung in die Richtung an. »Warum sucht Ihr überhaupt nach ihr?«

»Ich habe einen schrecklichen Fehler gemacht«, bekannte Ian laut, »und möchte ihn wieder gutmachen. Ich muss sie sehen und mit ihr sprechen.«

Der Mann nickte, verschwand kurz von dem Bullauge und tauchte wieder auf. »Was möchtet Ihr ihr sagen?«

»Ich sage es Ihr, wenn ich sie sehe!« Ian war verzweifelt. »Spielt keine Spielchen mit mir, Mann. Ich muss sie finden, selbst wenn ich dafür bis nach China reisen müsste. Ist sie nun hier oder nicht?«

Der Seemann deutete mit dem Kinn nach oben. Ians Blick folgte der angegebenen Richtung und suchte das Deck des Schiffes ab. Und dort, zwischen zwei Dutzend Seeleuten, die das Schiff zum Ablegen fertig machten, dort stand Bianca.

Mit im Winde flatternden Haaren und gesenkten Augen stand sie an der Reling, und sah aus wie eine alte Meeresgöttin, die gekommen war, um mit einem sterblichen Feind eine Schlacht zu schlagen.

Bianca verfluchte sich. Ihr war doch klar gewesen, dass sie Ian nicht sehen durfte, dass sie sich von ihm unbedingt fernhalten musste, doch sie schaffte es nicht. Sie hatte es versucht, vom ersten Moment an, da sie ihn ihren Namen schreien hörte, doch ihr fehlte die Kraft. Ihr verräterisches Herz hatte einen Sprung gemacht, hatte beim Klang seiner Stimme vor Freude wie wild zu klopfen begonnen. Er war gekommen, um sie zu suchen …

… und sie zurück ins Gefängnis zu schleppen und ihrer Strafe zuzuführen, meldete sich ihr kühler Verstand. Um ihr ins Gesicht zu sagen, wie sehr er sie hasste. Wie Leid es ihm tue, dass sie nicht in den Fluten der Zelle umgekommen sei. Als sie jetzt an der Reling stand, schlug ihr Herz vor Nervosität und Angst so laut, dass sie meinte, man müsse es bis Venedig hören. Sie bemühte sich um ein ausdrucksloses Gesicht, um eine neutrale Stimme.

»Ihr habt mich also gefunden«, konstatierte sie intelligenterweise und sah zu Ian nach unten.

Ian wusste nicht, was er sich erhofft hatte, aber diese gefühllose Begrüßung ließ sein Inneres zu Eis erstarren. Er war den ganzen Weg hier herausgerudert, hatte sich für sie zum zweiten Mal an diesem Tag in den tobenden Sturm geworfen, eine Lungenentzündung und Schlimmeres riskiert, um ihr zu sagen, dass sein Leben ohne sie nichts wert sei und wie sehr er sie brauchte … und alles, was er dafür bekam, war ein frostiges ›Ihr habt mich also gefunden‹. Sein plötzlich gefrorenes Herz zerbarst in tausend Splitter.

»Ja, das habe ich!« Sein Ton bohrte sie wie Eisnadeln in ihren Körper. »Habt Ihr wirklich geglaubt, Ihr könntet so einfach auf und davon? Muss ich Euch daran erinnern, dass Ihr Euch der Justiz entzogen habt und eigentlich unter meiner Obhut steht?«

Biancas Herz sank tiefer und tiefer, hinab auf den Grund der Lagune. Deshalb also war er gekommen. Er war nicht aus Liebe gekommen, sondern um sich die Peinlichkeit zu ersparen, eine Verbrecherin entkommen lassen zu haben, oder besser ausgedrückt, um sich damit brüsten zu können, eine flüchtige Gefangene aufgespürt zu haben. Sein Ton, seine Miene, all das sagte ihr deutlich, dass er nichts für sie empfand außer Abscheu. Sie neigte den Kopf, in der Hoffnung, er könne auf die Entfernung nicht die Tränen sehen, die in ihr aufstiegen. »Das hatte ich vergessen. Wie unachtsam von mir.«

Ihre Stimme, so kalt, so verändert, bar jeden Gefühls, bestätigte Ians schlimmste Befürchtungen. Sie war geflohen, weil sie ihn nicht heiraten wollte. Er reizte sie körperlich, aber damit hatte es sich auch. Die Aussicht, mit ihm ihr Leben zu verbringen, stieß sie ab. Aber sie hatte doch gesagt …

Die Worte strömten aus ihm heraus, noch bevor er sich dessen bewusst war. Seine Stimme verlor alle Kälte, war nur noch Schmerz. »Warum willst du mich nicht heiraten, du hast doch gesagt, du liebst mich?«

Bianca blinzelte kurz, fragte sich, ob der Wind wohl die Worte verzerrt hatte oder ob sie doch richtig gehört hatte. Doch dann, wie unter Zwang, offenbarte sie das tiefste, sorgfältigst gehütete Geheimnis ihrer Seele: »Weil Ihr mich nicht liebt.«

»Aber natürlich liebe ich dich!«, stieß Ian verwirrt hervor. *Ich habe dich immer geliebt.* »Das ist doch offenkundig.«

»Offenkundig!«, wiederholte Bianca wie ein Echo. »Aus meinem Mordprozess verschwinden, noch bevor er vorbei ist? Offenkundig?«

»Ich bin praktisch hinausgeworfen worden. Außerdem musste ich … musste ich etwas nachprüfen.« Die Entschuldigung klang selbst in Ians Ohren lahm.

Bianca hatte das Gefühl, als habe sich ihr Körper von ihr abgespalten und gehorchte ihr nicht mehr. Hier stand der Mann, den sie liebte und der sagte, dass er sie auch liebte, doch anstatt sich über die Reling in seine Arme zu stürzen, stritt sie mit ihm herum. »Wenn Ihr mich wirklich liebt, warum habt Ihr das dann nie gesagt?«

»Habe ich das nicht?« Ian vermied es, ihrem Blick zu begegnen. »Ich dachte, ich hätte das.«

Bianca schüttelte den Kopf. »Das reicht nicht. Ihr müsst es aussprechen. Jetzt.« Bianca deutete auf die Vorbereitungen für die Ankerlichtung, die um sie herum in vollem Gange waren. »In ein paar Tagen bin ich außerhalb von Venedig und wahrscheinlich sogar außerhalb von Italien, und dann werdet Ihr nie wieder die Chance dazu haben.«

Ian stand da und bewunderte sie, geblendet von ihrer Schönheit. Ohne zu wissen, was er tat, hob er die Hände wie zum Gebet. »Geh nicht weg.« Es war kein Befehl, es war ein Flehen. »Bitte, Bianca, geh nicht weg.«

Sie zauderte einen Moment, immer noch die stolze Göttin, aber dann fragte sie mit einer Stimme voller Pein: »Warum? Warum sollte ich bleiben? Ich gebe dir deine Freiheit zurück, Ian. Ich löse unsere Verlobung auf. Verstehst du nicht? Das ist es doch, was du die ganze Zeit wolltest. Du wolltest mich nie heiraten, erinnere dich, das hast du selbst gesagt. Jetzt kannst du heiraten, wen immer du willst, wen immer du aufrichtig liebst. Wenn du mich heiratest, ohne mich zu lieben, würdest du mich mit der Zeit hassen und verachten. Das wäre zwangsläufig so, das ließe sich nicht verhindern.« Bianca war so fest entschlossen, alles loszuwerden, was sie sich zurechtgelegt hatte, dass sie einfach drauflos redete und gar nicht merkte, dass Ian schon lange auf ihre Frage geantwortet hatte.

»Weil ich dich liebe«, hatte er in ihren Monolog hineingesagt.

»Was?«, zuckte sie plötzlich zusammen, als ihr bewusst wurde, dass sie etwas verpasst hatte.

»Wenn du nicht so viel reden würdest, hättest du es gehört«, schalt er und zog ein Gesicht. Das Herz klopfte ihm bis zum Hals. »Jetzt ist es zu spät.«

Er treibt mich in den Wahnsinn, dachte sie, in den absoluten Wahnsinn – und sieht unverschämt gut aus. »Ich wäre dir sehr verbunden, Ian«, sagte sie höflich, »wenn du mir erzählen würdest, was du gesagt hast.«

»Ich sagte, dass ich dich liebe, Bianca Salva«, schrie er zu ihr hoch und in seiner Stimme klang Jubel und Triumph mit. Die Seeleute ließen ihre Arbeit an Deck ruhen und versammelten sich an der Reling, um besser sehen zu können. »Ich sagte, das ist der Grund, warum du bleiben sollst. Weil ich dich liebe.«

Bianca widerstand dem Bedürfnis, sich in seine Arme zu werfen. Bevor sie den möglicherweise lebensgefährlichen Sprung von Bord des Schiffes wagte, wollte sie sichergehen, dass sie ihn nicht missverstanden hatte. »Meinst du … du könntest das noch einmal sagen?«

Ian legte die Hände als Trichter vor den Mund und schrie ihr zu: »Ich liebe dich, Bianca. Ich glaube, ich habe dich vom ersten Moment an, als ich dich sah, geliebt. Ich liebe jedes teuflische, mörderische, widerspenstige, schwierige, streitsüchtige, brillante, lebendige, prachtvolle Stückchen an dir. Ich liebe dich mit jeder Faser meines Körpers, mit jedem Atemzug meiner Lunge, mit jedem Gedanken in meinem Kopf. Ich liebe dich und ich möchte mit dir für immer zusammen sein.«

Noch Jahrhunderte später erzählten sich die Venezianer von diesem wundervollen Tag Ende des Jahres 1585, als die große Turmuhr stehen blieb und eine Göttin wie ein Kranich vom Deck eines Schiffs in die wartenden Arme ihres Geliebten flog.

Epilog

Die Märzsonne strahlte durch die halb geöffneten Vorhänge ins Schlafzimmer und malte goldene Kringel auf das Paar im Bett.

Ian, der im Bett saß und ein Buch durchblätterte, tippte das kleine zusammengerollte Bündel, das neben ihm lag, an: »Komm schon, Bianca. Du willst doch nicht zu deiner eigenen Hochzeit zu spät kommen.«

»Hmpf«, erwiderte das Bündel.

»Bianca. Mach es mir doch nicht noch schwerer, als es ohnehin schon ist.« Ians Stimme war ganz nüchtern, während er weiter die Seiten des Bandes umschlug.

»Hmmmpf«, sagte das Bündel. Es bewegte sich, um sich in Ians Armbeuge zu kuscheln.

Er versuchte eine neue Taktik, studierte aber weiterhin sein Buch, um sich den Anschein des Beschäftigtseins zu geben. »Roberto und Fransesco werden nie wieder ein Wort mit uns sprechen, wenn du das Kleid, das sie für dich anfertigen ließen, links liegen lässt. Ganz zu schweigen von Nilo. Er rennt wahrscheinlich schon die ganze Zeit unruhig auf und ab.«

»Hmm«, fing das Bündel wieder an, beschloss dann aber nachzugeben. »Also gut«, sagte Bianca träge. »Wenn du so darauf erpicht bist, mich zu heiraten, dann stehe ich eben auf und lass dich allein.«

»Ausgezeichnet«, sagte Ian und gab sich den Anschein eines Mannes, der nur mechanisch etwas von sich gab, ohne es wirklich zu meinen.

Bianca sah erst ihn stirnrunzelnd an und dann das Buch, das er in den Händen hielt, oder besser gesagt, das *ihn* in seinen Klauen hielt, offensichtlich ein Buch, das interessanter war als sie. Sie wand sich um ihn herum und starrte von hinten böse auf den Buchrücken, in der Hoffnung, einen Hinweis auf den Inhalt zu finden, aber alles, was sie erkennen konnte, war der Name FOSCARI, der in goldenen Lettern auf den Buchrücken gestanzt war. Hatte Ian sich in eine Familienchronik vertieft? Damit musste jetzt sofort Schluss sein. Sie spähte über den oberen Buchrand und sah ihm ins Gesicht.

»Hallo. Ich gehe jetzt. Ich verlasse dich. Um zu heiraten. Dies ist deine letzte Chance, mich noch einmal zu nehmen, bevor ich eine ehrenwerte Frau werde. Danach bin ich für ewig die Ehefrau eines Mannes.«

»Mmmm«, sagte Ian, ohne die Augen von der Seite zu nehmen, die er gerade studierte.

Jetzt reichte es. Wenn er schon vor der Hochzeit nicht auf ihre Annäherungsversuche einging, wie würde das dann erst hinterher aussehen, dachte sie mit Schaudern. Die Vision eines gemeinsamen Lebens, Seite an Seite im Bett, ohne miteinander zu reden, Ian in irgendeinen Schinken vertieft und sie um seine Aufmerksamkeit buhlend, breitete sich vor ihrem geistigen Auge aus und fühlte sich an wie eine Wanderung durch Dantes Hölle.

»Ian, da du von dem Autor dieses Buches ja offensichtlich mehr fasziniert bist als von mir, solltest du vielleicht lieber ihn heiraten.«

»Sie«, berichtigte Ian sie. »Das Buch ist von einer Frau.«

Von einer Mischung aus Eifersucht und Interesse gepackt, rückte Bianca näher an Ian heran, um das Werk besser in Augenschein nehmen zu können.

»Hier, schau«, sagte Ian, klappte die Titelseite auf und hielt sie ihr hin.

»*De Humani Corporis Feminae*«, las sie mit großen Augen laut. »O Gott, das ist ja ein Buch über die weibliche Anatomie. Dann ist mir also jemand zuvorgekommen.« Biancas Stimme klang traurig, doch nur für einen Moment. Als sie weitersprach, war ihr Ton schon wieder fröhlicher: »Wenigstens ist es von einer Frau. Wie heißt sie denn?«

Ian hatte Mühe, das Buch ruhig zu halten, ganz zu schweigen von seiner Stimme: »Möglicherweise kennst du sie ja.« Er machte eine Pause, als suche er auf der Titelseite nach ihrem Namen. Dann las er laut und deutlich vor: »Von der höchst angesehenen, illustren Gräfin d'Aosto, Bianca Salva Foscari.«

Verwirrt starrte Bianca einen Moment lang auf den Namen. Sie wiederholte ihn erst noch einmal leise für sich und stieß dann einen Schrei aus: »Oh! O nein! Das ist … Ian, du hast … Oh! Das bin ich! Das ist mein Buch!«

Ian grinste von einem Ohr zum anderen. Ihre Reaktion war zu seiner Überraschung sogar noch besser, als er erwartet hatte. »Gefällt es dir? Ist es dir recht so?«

»Ich … Oh, Ian … ich bin … nein wirklich … ich bin einfach sprachlos.« Bianca schlang die Arme um seinen Hals und zog ihn an sich. In ihren Augen glitzerten Tränen. »Das ist das Schönste, Edelmütigste, Großzügigste, was je ein Mensch für mich getan hat. Beim Finger der Santa Agatha, du hast mein Buch publizieren lassen!«

»Brust«, verbesserte Ian sie.

Bianca wich ein wenig zurück, um ihn anzusehen. »Wie bitte?«

»Brust. Bei der Brust von Santa Agatha. Ich habe das aus deinen Aufzeichnungen.« Ian strahlte sie wie ein Schuljunge an, der stolz auf seine Belesenheit ist. »Im Übrigen habe ich das nicht ganz uneigennützig gemacht. Die Vorstellung, dich sprachlos zu sehen, war ziemlich verlockend.«

Biancas strahlendes Lächeln ging in ein Schmunzeln über. Sie wandte ihre Aufmerksamkeit wieder dem Band zu und blätterte liebevoll die Seiten durch. »Wie hast du das Manuskript von den Richtern zurückbekommen? Ich dachte, sie wollten es behalten, bis sie Mora und Angelo haben und einen ordentlichen Prozess gegen sie führen können.«

»Ich habe Beziehungen«, sagte Ian mysteriös. »Außerdem liegen genügend Beweise gegen die beiden vor, um sie auch ohne Zeichnungen zu überführen. Wenn sie klug sind, halten sie sich für ziemlich lange Zeit vom Staat Venedig fern.«

Biancas Blick wanderte von ihrem kostbaren Buch zu den Narben, die man immer noch an Ians Handgelenken sah. »Das würde ich ihnen auch raten. Mich juckt es in den Fingern, meine nächsten anatomischen Experimente an ihnen vorzunehmen.«

Ian zog eine Augenbraue hoch. »Mir wäre es lieber, wenn du sie an mir vornimmst?«

»Wirklich?« In Biancas Augen tanzten kleine Teufelchen. »Stell dir nur mal vor, ich schneide dir dein Herz heraus?«

Ian schnitt eine Grimasse. »Vielleicht könntest du ein bisschen harmloser beginnen.«

Bianca nickte wissend. »Es gibt in der Tat eine Theorie, die ich gerne überprüfen würde. Es heißt, der beste Weg zum Herzen eines Mannes führt über seine entzückenden Ohren.«

Ian knurrte: »Hast du bei Cecco wieder Nachhilfestunden genommen?«

»Du bist anscheinend eifersüchtig«, erklärte Bianca bestimmt und grinste fröhlich. »Du wärst erstaunt, was für Tipps er mir gegeben hat.«

»Zum Beispiel?« Ian war sich keineswegs sicher, ob er überhaupt wissen wollte, worüber sich sein neuer kleiner Butler und seine teuflische Verlobte so viel unterhielten.

»Komm her«, lockte Bianca. Ian legte das Buch vorsichtig auf dem Boden ab und rutschte näher. Sie zog seinen Kopf zu sich herunter und begann ihm etwas ins Ohr zu flüstern.

Mit Unbehagen merkte Ian, dass sein Glied steif wurde und unübersehbar das Bettuch hochdrückte. »Ich hoffe, das gehört nicht zu den Experimenten, die du bei Angelo durchzuführen gedenkst«, brachte er mit Mühe heraus.

Bianca lachte, ihr Atem kitzelte sein Ohr. Sie ließ ihre Hand zu seinem Schenkel gleiten und kitzelte ihn sanft, ohne ihr Geflüster zu unterbrechen. Ian stöhnte, wollte sie dazu bringen, von ihm abzulassen, aber sie dachte nicht daran. Er war gerade kurz davor, um Gnade oder um die letzte Ölung zu bitten, als sie sich ein wenig von ihm zurückzog.

Bianca musterte ihren Verlobten anerkennend. »Du bist ein ideales Versuchsobjekt«, lobte sie ihn. »Du bist besser, als ich gedacht habe. Ich werde dich in all meine Projekte einbeziehen müssen. Hoffentlich macht das deiner Frau nichts aus.«

»Meiner Frau?«, konterte Ian. »Was ist mit deinem Mann? Was ist, wenn er etwas gegen deine Experimente einzuwenden hat?«

Bianca schüttelte den Kopf. »Darüber brauchst du dir keine Gedanken zu machen. Ich bin überzeugt, er wird verstehen, dass ich als bekannte Wissenschaftlerin die Pflicht habe, mich ganz und gar in den Dienst der Wissenschaft zu stellen und mein Wissen zu vermehren.« Während sie noch sprach, machte sie sich bereits an ein neues Experiment, bei dem sie alle zehn Fingerspitzen und das neben ihrem Bett aufbewahrte Gardenienöl einsetzte. »Stimmt Ihr darin nicht mit mir überein, mein Herr?«

Ian, bereits unterwegs auf dem Kreuzzug für den wissenschaftlichen Fortschritt, konnte seine Zustimmung nur noch stöhnend kundtun.